古典文獻研究輯刊

初 編

潘美月・杜潔祥 主編

第36冊

《三教開迷歸正演義》研究

林 珊 妏 著

國家圖書館出版品預行編目資料

《三教開迷歸正演義》研究／林珊妏著 — 初版 — 台北縣永
和市：花木蘭文化工作坊，2005〔民 94〕

目 3+ 320 面：19×26 公分（古典文獻研究輯刊 初編：第 36 冊）

ISBN：986-7128-07-9（精裝）
1.三教開迷歸正演義 – 研究與考訂
857.44   94019228

ISBN 986-7128-07-9

9 789867 128072

古典文獻研究輯刊

初　編　第三六冊   ISBN：986-7128-07-9

《三教開迷歸正演義》研究

作　　者　林珊妏
主　　編　潘美月　杜潔祥
企劃出版　北京大學文化資源研究中心
出　　版　花木蘭文化工作坊
發 行 所　花木蘭文化工作坊
發 行 人　高小娟
聯絡地址　台北縣永和市中正路五九五號七樓之三
　　　　　電話：02-2923-1455／傳眞：02-2923-1452
電子信箱　sut81518@ms59.hinet.net
初　　版　2005 年 12 月
定　　價　初編 40 冊（精裝）新台幣 62,000 元

《三教開迷歸正演義》研究

林珊妏　著

作者簡介

林珊妏，1969 年生，臺灣省臺北縣人。中國文化大學中文研究所文學博士（2002.1），任職於德霖技術學院通識教育中心副教授。著有〈談《三教開迷歸正演義》小說中的林兆恩思想〉（2000.12 漢學研究第十九卷第二期）、〈談《東度記》小說中的矛盾——從作者試圖融合宗教立意與娛樂效果角度分析〉（2000.12 國家圖書館館刊第二期）、〈明代知篇小說中之僧犯戒故事探討〉（2005.4 南大學報三九卷一期）。

提　要

　　明代的三教合一思想發展得極為成熟，不論哲學、宗教或是文學領域中，都可見到此種三教並行混融的思想特色。《三教開迷歸正演義》為明代萬曆年間刊印發行的神魔小說，由小說書名即可看到此種三教合一思想的援引運用；若再從書中所出現的靈魂人物：林兆恩，屬於明代三一教的創始教主身份，則更可看出此書的三教合一特色。因此研究《三教開迷歸正演義》一書，將可以作為明代三教合一思想的了解依據。

　　另外，此部小說屬於明代中末年相當興盛的神魔小說之一員，因此藉由分析《三教開迷歸正演義》小說，將可呈現神魔小說的編撰特色和寫作技巧。

　　本論文的研究內容，共有八章，以下略述各章之要：

　　第一章「緒論」，首先將個人的研究動機和研究目的，詳細說明之。再則介紹《三教開迷歸正演義》的作者和評者部分，以及說解此書的版本問題。

　　第二章《三教開迷歸正演義》背景之考察」，以思想和小說兩方面的深入分析，作為此書時代背景的探討方向。思想方面從佛、道、儒、民間祕密宗教四項著手，小說方面則由神魔小說和世情小說兩項進行分析。

　　第三章《三教開迷歸正演義》情節和創作素材分析」，屬於小說文本的內容分析。先將全書內容進行剖析，歸納成兩條主線情節，藉以說明此部小說的故事架構。再則分析全書運用到的創作素材類型，可知作者取材自古書成語典故、唐傳奇、筆記和小說、民間說唱故事、民間傳說、以及民間笑話。

　　第四章《三教開迷歸正演義》人物和語言運用分析」，屬於小說技法之特色分析。在人物運用方面，從分析中可見作者於人物命名和出場安排時的獨特手法，以及對於人物群像的特殊塑造；而書中的真實人物之描摹，更是作者匠心獨具之巧思。在語言運用方面，作者的韻語、議論、戲言之運用，為全書寫作特色之構成所在。

　　第五章《三教開迷歸正演義》思想內容探討」，從道學觀點、社會價值、宗教意識、政治態度四方面，進行小說的思想內容分析。藉以反映小說的思想特質。

　　第六章「林兆恩的思想理念與《三教開迷歸正演義》的實踐方式」，針對小說中的靈魂人物、精神領袖：林兆恩，其真正的三教合一理念，以及所創立的三一教，進行概要性介紹。再則探討小說中所描摹的林兆恩形象，以及小說中所援引到的林兆恩思想。

　　第七章《三教開迷歸正演義》的價值探討」，說明此部小說足以作為明代神魔小說和世情小說融合的具體例證，再則呈現此書所反映的明代性文化現象。另外，明代讀者對於此部小說的評價，以及此書對於《東度記》等書的影響，也為《三教開迷歸正演義》價值之所在。

　　第八章「結論」，綜述本論文之研究成果，將《三教開迷歸正演義》的文學地位和思想意涵作一總結性的說明，藉由表彰此部小說的存在意義。

目

錄

第一章　緒　論

第一節　研究動機與目的

　　《三教開迷歸正演義》爲明萬曆年間，南京萬卷樓刊行的二十卷百回之長篇章回通俗小說，由潘鏡若編次撰寫，朱之蕃評訂圈點，原書現藏於日本天理圖書館。書前有金陵朱之蕃的〈三教開迷演義敘〉、九華山士潘鏡若的〈三教開迷序〉、九華山士的〈三教開迷凡例〉八則、以及浙湖居士顧起鶴的〈三教開迷傳引〉，書後則有未署名的〈三教演義跋〉。

　　內容敘述一位明萬曆年間的福建莆田縣人士林兆恩，前往金陵秣陵縣開化鄉崇正里的渾元廟，探望其門人宗孔（字大儒）。等到林兆恩在渾元廟會合了儒道佛三教代表：宗孔、袁靈明、寶光三人，開導了鄉居處士們的四個疑問之後，以「與一友相期往徽郡齊雲巖訪友」爲理由，留下《三教宗旨》書文一部，即離開了渾元廟。三教三人領受了林兆恩的刊刻書文之後，因崇正里的眾處士們募款興建道場法會，起「三教大殿」、成「三教勝會」，故三人在此論經談道以宣揚三教宗旨，發揮三教合一的理念。

　　辛德處士之子辛放，本渾沌愚昧之人，受到大儒點化開悟後，與蘭豸、吳情等歪邪子弟結黨閑晃、花天酒地。當大儒直言勸導眾人時，竟惹惱了戚情一時性起，將鎮妖石碑推倒，放出潘爛頭神仙過去收伏鎮壓的狐妖，使得狐妖開始於崇正里作亂爲害鄉民。同時間的蘭嗇處士，因其子蘭豸太過於奢侈揮霍，讓蘭嗇氣極成病，終至死亡。死後因太過吝嗇，下了黑暗地獄，故向大儒托夢希望能行齋醮度化之儀式。結果行普渡法事的眞空長老，由於習法未精，竟誤破黑暗地獄，放出了其中的所有迷魂，讓迷魂們從此作亂於人間。後來狐妖和百迷結盟成黨，在崇正里更加猖

獗地肆虐橫行。此時的靈明道士因貪酒失丹頭，以致除妖法力盡失，只好陸續請來牛畢二道士和王林泉道士以助捉妖除魔之事，經過一番波折之後，終於將狐妖捉拿入冥間拘禁，但百迷已四散人間，開始四處惑亂人心。

　　除狐妖之後，三人決定離開渾元廟，遊歷各方以尋道訪聖，正好林兆恩從武林（杭州）託人稍來音訊，因此三人正式展開尋訪遊歷的路程。而辛放受到大儒的點化之後，改名爲辛知求，希望跟隨三人以增廣見聞、修養心性，故亦一路伴隨三人前行。四人自金陵而武林，由武林而京城，再於天津、登萊乘船，由海路抵達福建，終返金陵渾元廟。四人遊歷南北各地時，遇到各式各樣的人物，開破了各種不同的迷魂，也斬除了不少的妖魔精怪；以三教三人的合作模式，對形形色色的妖邪迷思，進行論理說道的教化勸示，串連組合出全書的故事主體。藉由主角人物的移動路線，擴展小說的故事空間，以容納眾多的人物、迷魂和妖魔精怪，讓三教三人各使專才，一一開破斬除，達到開迷歸正的故事主旨。最後一回安排林兆恩再度現身故事，開破三人開迷之迷，解散三人的組合模式，讓寶光靈明坐化去世，大儒從政仕宦，得寶光靈明二人冥中相助以立功封爵，終榮歸故里、告老還鄉。

　　此部小說最早爲孫楷第所介紹，但他在《中國通俗小說書目》卷八之《附錄一》《三教開迷》條，曾對此書有所誤判〔註 1〕。澤田瑞穗於《三教思想と平話小說——潘鏡若撰〈三教開迷歸正演義〉について》文中對此問題早已辨正〔註 2〕。柳存仁（Liu Ts'ung-yan）在 *Selected Papers from the Hall of Harmonious Winds* 書中的林兆恩（Lin Chao-en）單元中，亦提及《三教開迷歸正演義》一書〔註 3〕。天理圖書館的《善本寫真集》第二十七號《中國古版通俗小說集》（昭和 41 年 10 月）對此書亦有簡短的文字介紹，並有田淵正雄撰述的《天理圖書館中國通俗小說書目》〔註 4〕。Judith Berling（1985）在 "Religion and Popular Culture：the Management of Moral Capital in *The Romance of the Tree Teachings*" 文中，提及《三教開迷歸正演義》一書，

〔註 1〕孫楷第：《中國通俗小說書目》，（台北：木鐸出版社，民國 72 年 7 月），頁 244，在「三教開迷」條下，說明「《在園雜志》三：《禪真後史》二書一爲三教覺世，一爲薛舉託生瞿家，皆大部文字，各有各趣。此三教開迷或即另一種之《禪真後史》，其書曾有此題，亦未可知。」此說即屬對《三教開迷歸正演義》小說之誤判。

〔註 2〕澤田瑞穗：《三教思想と平話小說——潘鏡若撰〈三教開迷歸正演義〉について》，《ビブリア》NO.16（1960 年 7 月），頁 37～39。

〔註 3〕柳存仁（Liu Ts'ung-yan），" Lin Chao-en（1517～1598），the Master of the Three Teachings"（1968），reprinted in Selected Papers from the Hall of Harmonious Winds（Leiden：Brill, 1976：149～174），頁 143。

〔註 4〕田淵正雄：《天理圖書館中國通俗小說書目》，《ビブリア》NO.73（1978 年 10 月），頁 70。

並且認為此書是一本介紹林兆恩其人其事的小說，對於小說的故事內容多所分析和評論〔註5〕。李夢生以〈《三教開迷歸正演義》提要〉一文，概述小說的故事內容〔註6〕。Kenneth Dean 在 *Lord of the Tree in One*（Princeton: Princeton University Press, 1998）書中，提到天理圖書館所藏的《三教開迷歸正演義》小說，並述及天啓七年金陵中一堂的三一教徒們焚燬此書之舉，認為此部小說雖對林兆恩有些不實的敘述，「但無損於小說本身對三一教初期傳播的重要地位。」，對此書與三一教的關係，作了正面且積極的推論〔註7〕。

　　劉世德將《三教開迷歸正演義》小說，列入明萬曆年間大量興起的神魔小說之一部〔註8〕。王三慶老師以〈《三教開迷歸正演義》讀後〉一文，對此書的研究文獻、版式敘錄，以及作者、思想內容和寫作問題等，詳加論述〔註9〕。齊裕焜在《明代小說史》書中，將此部小說置入明代中後期的神魔小說之列，以另立單元方式特別介紹小說的內容，並且認為「《三教開迷歸正演義》以林兆恩與三一教為題材，在小說史上是絕無僅有的，對我們了解三一教和當時的社會思潮很有幫助。」〔註10〕林辰於《神怪小說史》中，將此部小說列入「神怪仙佛類」的「佛道宣教小說」，指出當時的佛道兩教之宣教小說十分泛濫，因此出現了倡導儒釋道三教合一的《三教開迷歸正演義》小說〔註11〕。陳大康的《明代小說史》書中，認為此部小說為萬曆末年的神魔小說，詳細評析小說的故事內容和評點問題，指出小說的象徵手法影響到後來《掃魅敦倫東度記》的小說創作，而其「反映生活與為現實服務」的創作風格，「為神魔小說開了一條新路」；只是其「細小瑣事的綴連與乏味說教的充斥」內容，

〔註5〕Judith Berling, "Religion and Popular Culture：the Management of Moral Capital in The Romance of the Tree Teachings"（in David Johnson et al , eds. , Popular Culture in Late Imperial China, Berkeley：University of California Press, 1985：188～219），頁 196～198。

〔註6〕李夢生：〈《三教開迷歸正演義》提要〉，《明清小說研究》（江蘇省社會科學院文學研究所明清小說研究中心，明清小說編輯部，1992 年 12 月第三、四期），頁 480～487。

〔註7〕Kenneth Dean， Lord of the Tree in One （Princeton：Princeton University Press, 1998），頁 128。

〔註8〕劉世德：〈變化多端的神魔小說〉，（《神怪情俠的藝術世界》，程毅中主編，北京：中共中央黨校出版社，1994 年 1 月），頁 144。

〔註9〕王師三慶：〈《三教開迷歸正演義》讀後〉，（《1993 年中國古代小說國際研討會論文集》，北京開明出版社，1996 年 7 月），頁 245～262。

〔註10〕齊裕焜：《明代小說史》，（杭州：浙江古籍出版社，1997 年 6 月），頁 214～215。

〔註11〕林辰：《神怪小說史》，（杭州：浙江古籍出版社，1998 年 12 月），頁 326。此外，林辰的《神怪小說史話》，（瀋陽遼寧教育出版社，1993 年），頁 84，將《三教開迷歸正演義》列為「佛教的宣傳小說」，屬於錯誤的歸類，因《三教開迷歸正演義》實際上為宣揚三教合一理念的小說。

讓此書缺乏可讀性，陳大康推測此書失傳於中土的原因，可能就是「後來的書坊主因著眼於銷路而不再願意翻刻」的結果。〔註12〕

　　從上述的前人研究文獻回顧，此書雖曾絕跡於中土，但重現世上即受到中外學者們的矚目和討論，主要是這部小說為明代三教思潮影響下的文學作品，反映了這個時期的小說流行風尚；而書中所出現的林兆恩人物，又具明代民間宗教團體三一教的教主身份，似有文學為宗教服務的傾向。

　　小說文體既為文學創作的屬性〔註13〕，卻又試圖安排其中的載道意義和歷史影射，作者對於不同範疇領域的連繫和融合手法，其技巧成敗如何，誠有值得深究的必要。

　　唯前人對於此部小說，或屬單篇專論及簡短探究，或在探討林兆恩思想時，將此書的內容和意義略微提及；甚至只是在縱論明代小說史時，一筆帶過，皆未能詳細探討其中的內容和相關問題。因此本論文先對此部小說的思想背景和小說背景進行探討，以了解明代三教思想盛行下，文學創作類型和小說發展的傾向；再則詳細分析小說文本的內容和特色，以呈現小說完整面貌和細部要點，進而理解作者將個人思想融入文學作品的內容和意義，並論述其技巧與功能。林兆恩人物既見於書中的角色安排，作者又將其思想援引入書中，因此對於林兆恩與小說的關係探討，亦屬本論文的重要課題。此外，分析《三教開迷歸正演義》的價值，將有助於此書地位之重新歸屬和確立，也將是本論文寫作的要點和目的。

第二節　作者、評者與版本

　　《三教開迷歸正演義》的作者署名為潘鏡若，真實姓名無法詳考。但若從小說序言中的自述之語：「壯而孔門未遂，首為鷹揚拔（扈）淹蹇長安四十餘載，小試錫山，郁郁（鬱鬱）未展，而馬齒衰矣。」和小說第二回的自我介紹：「這士人年近五

〔註12〕陳大康：《明代小說史》，（上海：文藝出版社，2000年10月），頁419、427～428、434～435。

〔註13〕康來新老師：《發跡變泰──宋人小說學論稿》，（台北：大安出版社，民國85年12月），頁84，提及「最初，不具文體意義的『小說』一詞是由先秦諸子的《莊子》而來的，這與『大達』形成對照價值的瑣碎小道，便注定日後歸類《子部》的命運與發而為議論的使命。」另外，頁106指出一直要到宋代，才對小說的屬性定位和類型概念，有了長足的進展和建構，所以「明清小說盛世的許多鉅著，也是發跡於宋，或經由由宋人而起了關鍵性的改變。」

句，乃都城內一個武解元，姓潘別號鏡若。」（頁 31）〔註14〕可知作者姓潘別號鏡若，在寫作此部小說時，年近五旬，實際上雖未考取任何功名，但在小說中改編成武解元身份。再從第七十三回中的「濟南府商和縣，有個榮陽潘氏，隨大明皇祖征進金陵，家世居京，代傳一個仙遊了的清溪道士，乃九華山士的先人。只因有個戶長潘棟到商和取討軍裝，隨行一個姓崔的假稱族長，後棟死，崔子常年到商和往來。」（頁 1121），則可勾勒出此位作者的形象：原籍河南開封府的榮陽，後移居濟南府的商和縣，又隨明太祖的建都金陵而落籍金陵，因此籍貫爲金陵。可能爲一軍戶武官子弟，雖投考科舉多年，皆未獲任何功名。在小說中對武職之人，多所推崇和維護之語，也將小說中的潘鏡若推舉至武科舉人榜首的地位；甚至安排小說人物宗大儒的結局爲：受陳總兵禮聘以「總戎參畫機務」，後因平藩有功而封爵受賞，衣錦還鄉。所以現實世界中的作者，屬失意不得志的軍籍身份，故利用小說情節以寓寄抱負、移情理想，讓小說中的自己成了一位武解元人士，又讓小說中的宗大儒成了個人的成功化身，能衣錦榮歸、光耀門楣。

　　至於小說的評點評訂者朱之蕃，爲眞名實姓的人物。《狀元圖考》中介紹朱之蕃爲明萬曆二十三年廷試第一：

> 之蕃，字元介，號蘭嵎，直隸錦衣衛人。父夢東方朔送一大桃而生。屢試必先選，南雍屢擬元，嘗夢神贈聯：光騰劍鍔三千丈，風送鶯聲十二樓。扶鸞詩：蛟龍吞海日，雛鳳出岐山，萬里長安道，三千爾獨先。未第時讀書於寧國寺，忽見齋中紅光，壁有題云：萬方寶曆開八運，一躍金鱗奮九天。其事甚奇。甲午領薦應天，乙未會試。主人夢朱養淳至其家，明日朱公入宿，與夢姓符及。　廷試第一則乙未狀元，又與癸未狀元符矣。始悟八運者，萬曆第八科也；一躍金鱗者，龍頭之兆也；乙未屬金之年也，時年三十五〔註15〕。

此段記載充滿神化色彩，將朱之蕃的出生和及第登科之事，描繪成有神兆、且屬天命註定，增添朱之蕃身世的價值感。再從顧起元《嬾眞草堂集》中的記載：

> 於是宗伯（朱之蕃）使朝鮮，隨有南掌篆之。　命事竣，丕奉太宜人而

〔註14〕筆者所用《三教開迷歸正演義》版本，屬王三慶老師自日本天理圖書館影印的萬曆間白門萬卷樓刊本，本無頁數。因爲引用小說原文時，若無頁數標示，舉例說明十分不便，亦顯不夠確實。而上海古籍出版社的《古本小說集成》叢書中之《三教開迷歸正演義》，據天理圖書館影本刊行，將二十卷一百回的小說分成三冊，並且爲小說加上頁數。因此筆者據此頁數，作爲本論文小說原文引用之標示所在。

〔註15〕（明）顧祖訓原編、吳承恩增補：《狀元圖考》，周駿富輯《明代傳記叢刊》，（台北：明文書局），頁 20—242～243。

南，既抵舍，謂宗伯曰：今而後，吾不能爲汝復出石頭城矣。以是宗伯再被
右庶子，少詹事之 召皆辭不赴。闢閒園時御太宜人宴娛其中。壬子晉南少
宗伯迺以慈命起視事。……〔註16〕

可以看出來朱之蕃中狀元之後，曾出使過朝鮮，後來因爲母親的緣故，多半於南京
爲官。至於顧起元與朱之蕃皆爲南京人士，兩人乃世交關係，據《金陵通傳》中記
載，朱之蕃之父朱衣與顧起元之父顧國輔，曾遊城外諸山，並輯成《雨花編》詩集
〔註17〕。而朱之蕃母親周氏之墓誌銘，亦由朱之蕃請顧起元書寫〔註18〕。可見兩人
交情之密切。

王三慶老師據《明詩綜》及其它可考資料，將朱之蕃生平作成一年譜：

嘉靖二十七年（1548）　生。（《壯陶閣書畫錄》卷三）
萬曆十三年（1585）　以「玉華館」名刻《玉山名勝集》。（《故宮善本書目》）
萬曆二十三年（1595）　三月乙未狀元（《列朝詩集小傳》丁集上、《明史‧神宗紀》
　　　卷二十）　入翰林院。（《金陵通傳》卷十九）
萬曆三十三年（1605）　出使朝鮮。（《帝里明代人文略》）
萬曆三十四年（1606）　還，輯朝鮮詩人柳根詩爲《東方和音》，附在所著《使朝鮮
　　　稿》中一道刊行。（《四庫全書總目提要》卷一七九）任南京右春坊右諭德（談
　　　遷《國榷》卷七七～七八）
萬曆三十七年（1609）　十二月，右庶子兼翰林院侍讀。（談遷《國榷》卷七七～七
　　　八）
萬曆四十年（1612）　七月，官南京禮部右侍郎，刊《全唐名家詩集》成。
萬曆四十一年（1613）　與吳江俞安期等同在京通政司署觀閻立本鎖諫圖卷（《虛齋
　　　名畫錄》卷一），作《杉禽圖》。（《珊瑚網》畫部卷二一）
萬曆四十四年（1616）　輯刻《明百家詩選》。（《四庫全書總目提要》卷一九三）
萬曆四十七年（1619）　臨宋李公麟所作蘇軾像。（《復初齋詩集》卷二六）
天啟二年（1622）　刻所纂《三家詠物詩》。（《故宮善本書目》）
天啟三年（1623）　刻《金陵圖詠》一卷。（《松軒書錄》）

〔註16〕（明）顧起元：《嬾眞草堂集》（六），（《明人文集叢刊》二十九，明萬曆四十六年刊本），
　　　〈誥封太宜人朱母周氏墓誌銘〉，頁3427～3428。
〔註17〕（清）陳作霖：《金陵通傳》，《中國方志叢書‧華中地方38‧江蘇省》，清光緒三十年
　　　刊本，（成文出版社），頁557。
〔註18〕（明）顧起元：《嬾眞草堂集》（六），（《明人文集叢刊》二十九，明萬曆四十六年刊本），
　　　〈誥封太宜人朱母周氏墓誌銘〉，頁3421～3432。

天啟四年（1624），卒。

由此年譜可知朱之蕃乃金陵地區的官場人物，其詩文書畫方面的著作頗多，在文壇上具一定的知名度。因此書坊刻刊書籍時，喜用其名聲以提高書籍價值，如建陽余象斗於萬曆十九年（1591）刻印《史記品粹》時，就標榜著「狀元朱之蕃匯輯」之名〔註19〕，劉氏宗文堂於萬曆四十四年（1616）刊刻《戰國策玉壺冰》八卷時，亦標榜「朱之蕃匯評」〔註20〕，這些書或許真為朱之蕃輯評，或許只為掛名作用，但可見朱之蕃與當世的一些書坊主人關係良好，因此其詩集的刻印成品眾多。以此情況來推測《三教開迷歸正演義》小說的評訂問題，或許朱之蕃真的曾對此部小說加以評訂，但也有可能只是朱之蕃受萬卷樓主人之邀約，成為朱之蕃眾多掛名作品之一而已〔註21〕。

　　而寫作〈三教開迷傳引〉的顧起鶴，可能一如作者之名，亦屬化名。在小說中的第四十一回中曾自我介紹：「小子姓顧名起鶴，家本湖州，世居白下。」（頁615）也在第九十四回出現過「後處士顧起鶴看到此處，有詩說道」（頁1452），故此位顧起鶴應屬浙江湖州人士，為作者的朋友，受邀為此部小說寫作引文，因為與作者同為未曾仕進、未有功名在身的人物，同屬名不見經傳的士人，故也無法查索到任何相關資料。

　　此部小說的版式情況，據王師三慶教授〈《三教開迷歸正演義》讀後〉文中的介紹為：

> 《三教開迷歸正演義》二十卷一百回，每卷五回，每二卷裝訂成冊，共十冊。高26.5公分，寬16.5公分，偶爾版面偏小，然非補版。版框四周單邊，部分作雙邊，無定式。框內高20.7公分，寬13公分。原封面脫，卷首為金陵朱之蕃《三教開迷演義敘》、下押『元介』篆字陰文、『狀元侍郎』篆字陽文方印各一枚。其次九華山士潘鏡若《三教開迷序》、押有『九華山士』篆字陰文及『鏡若生』篆字陰陽合文方印各一枚。再次則有九華山士撰《三

〔註19〕謝水順、李珽：《福建古代刻書》，（福州：福建人民出版社，1997年5月），頁243、245。書中指出余象斗為了增加書籍的銷路，常有假借著名官紳、學者之名，來顯示己書之珍貴和不同凡響。

〔註20〕見上註，頁309。

〔註21〕若從上述顧起元與朱之蕃的世交關係，或可推測朱之蕃出名評點的其它可能。因為顧起元之名，令人聯想到小說中的「顧起鶴」人物，但遍查方志資料，並無此人資料，僅可存疑，或許真有其人，但此人名聲未顯，故不見史料文獻；或許小說作者已將此人之真實名字改動，故查之未見，或許正因此位顧氏人物的關係，朱之蕃才會為此部小說評點作敘，否則以此部小說的類型，以及朱之蕃過去評點為文的作品性質，皆未顯示出對小說關注的興趣，獨為此部小說評點為敘文，即因友人請托之故。

教開迷傳凡例》八則和淛湖居士顧起鶴撰《三教開迷傳引》。接著題署『朱蘭嵎批評三教開迷歸正演義目錄』一行及一百回總目。本文每半頁十一行，行二十二字，行間無界欄。版心題《開迷歸正演義》，上欄有評語，約占版框十二分之一，下欄爲本文，有評點、句讀。卷一首題「新鐫朱蘭嵎先生批評三教開迷歸正演義卷之一」，以下分題「九華潘鏡若編次，蘭嵎朱之蕃評訂白門萬卷樓梓行」三行。最後一冊卷末則有《三教演義跋》，未署名。原書經過「橋本」收藏及重加裝訂，故有「橋本藏書」印記〔註22〕。

因書中未有小說刊行的年代，故王師三慶教授以白門萬卷樓書坊的背景，推論此書應爲萬曆四十年（1612）至天啓四年（1624）間刊行的通俗小說。

若再依「三一教」〔註23〕教徒們所編撰的書籍叢刊，其中的崇禎本《林子全集》〔註24〕貞部第九冊《金陵中一堂行實》之記載：

> 天啓七年丁卯，三月有書鋪廊賣書人閭九皐者，緣筆棍潘九華歷編三教開迷演義一部八冊，剽（剿）竊水滸傳、西游記，以爲措詞。于中貶正排賢，左道惑眾，邪說不經，竟將三教先生姓名弁之於首，倚藉名色，以爲獲利，魚目混珠，不辨邪正。得見此書，眾心憤發，遂欲鳴諸有司。九皐等知非懼罪，懇託應天文學顧之進、謝璣、周景濂、許桐等，乞歇于朝天宮，將演義板俱搬出，劈碎付火，而潘九華逃走無蹤，仍立券爲據，如後別有印行，皆彼認罪。（子92～746）

金陵中一堂爲林兆恩弟子眞懶，在萬曆四十四年（1616）冬天到達金陵開始傳教後，於天啓元年（1621）所建立的一座三一教堂。《金陵中一堂行實》即爲眞懶僧編寫撰述的一部作品，記載著林兆恩死後的三一教在各地的傳教情形，而其中就出現了此段《三教開迷歸正演義》小說遭焚燒禁印的事件。天啓年間的金陵中一堂，在當地政壇人士的大力支持下，聲勢浩大。若從金陵中一堂在天啓元年的開堂日，有周如

〔註22〕王三慶：《《三教開迷歸正演義》讀後》，《1993年中國古代小說國際研討會論文集》（北京：開明出版社，1996年7月），頁246。

〔註23〕「三一教」指的是明萬曆年間，福建莆田人士林兆恩，以其三教合一理念和獨特的艮背九序功法，吸引民間大眾，進而發展成型的民間宗教團體。關於三一教的發展概況，將在第六章第一節中詳細介紹。

〔註24〕《林子全集》崇禎本的原稿爲林兆恩弟子眞懶所有，他於金陵倡教時，由其門下涂文輔爲其師出資匯刻，從崇禎元年開雕到崇禎四年（1631）完成。原書藏於北京圖書館，共四十一冊，計一百三十餘卷，分成元亨利貞四集。台灣大學圖書館的《四庫全書存目叢書》，（台南：莊嚴文化出版社，民國74年），《子部》，〈雜家類〉，第九十一、九十二冊收入的《林子全集》即此崇禎本。

磐大學士提聯、張繼孟山東御史題匾，「其餘聯句尚多，不能盡載」〔註25〕，一付冠蓋雲集、如日中天的盛況，可看出當時三一教信徒們的勢力。另外《三教開迷歸正演義》的評訂序作者：朱之蕃狀元，在天啓四年時去世，原刊印此書、具政壇背景的萬卷樓周曰校〔註26〕，到了天啓七年時，已將書板轉移到閩九皋書商手中〔註27〕，因此《三教開迷歸正演義》在缺乏後台勢力的撐腰之下，因金陵三一教徒宗教狂熱及勢力強盛的作用下，遭受到焚燬書板的命運。

　　藉由此則記載，可將《三教開迷歸正演義》的流傳年代，下推至天啓七年，至少天啓七年時，金陵地區仍有此部小說的刊行流傳。而天啓七年之後，此部小說在三一教教徒們的激烈反對下，於金陵地區絕跡，至於其它地區的情況則未詳。但此書並非如《金瓶梅》鉅作之絕妙臻善，可以有遭禁而未絕的潛力；若小說極力推崇的林兆恩人物，以及企圖宣揚的三教合一主張，都會遭到三一教徒們的反對和否定，那麼社會上其他讀者們對此書的興趣可想而知。所以此部小說後來絕跡於中土，有其必然的根本因素。一直要等到上海古籍出版社印行的《古本小說集成》，才將《三教開迷歸正演義》小說重刊問世。

〔註25〕（明）林兆恩：《林子全集》，《四庫全書存目叢書》，（台南：莊嚴文化出版社，民國74年），頁子92-743-744。

〔註26〕陳昭珍，《明代書坊之研究》，（台灣大學圖書館研究所碩士論文，民國73年7月），頁16，「周曰校爲太醫龔廷賢之姻親，故能遊公卿之門」。

〔註27〕書板移轉的原因，可能是此部小說並不暢銷，故由萬卷樓轉讓給小書商閩九皋印刷販售。

第二章　《三教開迷歸正演義》
背景之考察

　　背景考查爲小說文本研究之先決依據，因爲文學創作必定受到當世時代之大環境影響。而思想和小說這兩項背景因素，對於《三教開迷歸正演義》的內涵和成因，有著相當直接的關連；因此藉由思想背景和小說背景這兩項背景因素的探索，將有助於了解《三教開迷歸正演義》一書的思想定位和文學特質。

第一節　《三教開迷歸正演義》之思想背景

　　《三教開迷歸正演義》小說既以「三教」作爲書籍題名，故探討小說的背景因素時，必從佛道儒三教著手，建構出小說的思想背景。對於佛道二教的發展情勢，本節採重點要項方式加以探討，歸結出明代佛道的發展特色；至於儒家方面，先了解明代儒家的發展和流變情形，再進一步分析儒者的佛道思想傾向。而明代民間祕密宗教所主張的三教合一教義，亦與《三教開迷歸正演義》小說所訴求的三教合一理念息息相關，因此本節也對民間祕密宗教的教派分屬概況和教義進行分析。本節即藉明代佛、道、儒、民間祕密宗教四方面的思想內涵之探討，以呈現出《三教開迷歸正演義》小說的背景資料。

一、明代佛教的發展情勢

　　佛教自傳入中國以來，隨著不同時期的演化，各有不同的面貌內涵。多數的佛

教發展史或禪宗發展史，每將宋元明清合稱〔註1〕，元明清合論〔註2〕，明清合述〔註3〕；或將明代佛教劃分爲「宋以後的佛教」，清代佛教則屬「近世之佛教」〔註4〕；對於明代佛教有以衰微期、後期〔註5〕稱呼者。根據以上這些研究佛教史的評價，可以看出明代佛教在佛教理論上的建樹來說，確實不如從前，既無唐代佛學之昌盛局面，也無宋代禪學之圓熟成果；但若從歷史定位與社會教化的角度來說，明代佛教不僅居於承傳容受的關鍵位置，亦發展出代表時代精神的宗教特色，仍有其一定的時代意義。鎌田茂雄就認爲應以「同化融合時代」，稱呼宋以後的佛教發展，並且指出此期的「社會高階層的儒家」，漸被佛教融合而同化；至於「一般大眾」，則「民間的道教和佛教同化爲一體，在大眾信仰中，成爲血肉相融合的時代。」因此鎌田茂雄對宋以後的佛教大加推崇，不認爲是「衰退時代」，而是「中國人的宗教完全融匯入中國人的社會生活之中的時代」，「這才眞正是佛教融入中國人生活之中的時代〔註6〕」。

　　基於本單元之寫作目的，爲建立《三教開迷歸正演義》小說寫作時之佛教思想背景，在呈現明代佛教的概況時，必不可能求深廣，因此筆者擬先探討影響佛教的兩大政策因素：度牒和僧官教派問題，爲第一單元的內容；再介紹佛教派別中最主要的禪宗，在明代的發展情形；最後再介紹明代佛教的特色，以爲總結。希望藉由這三方面的概述，能建構出明代佛教的初淺輪廓，以爲小說的思想背景。

（一）明代佛教發展上的幾個問題

　　明太祖朱元璋基於個人出身經歷的因素，定立了不少祖訓，屬全面控制與管理嚴格的宗教政策，讓佛教處在一個與過去時代完全不同的環境之中，影響了整個明朝佛教的發展趨勢。而祖訓制定的原意，與後代帝王的施行情形，往往有著很大的落差，以至於名存實亡、前後矛盾、相互衝突的窘況。佛教在這樣的政治背景之下，再加上宗教本身的演變因素，因而產生了質變，走上了一條完全不同的路子。

〔註1〕顧偉康：《禪宗六變》，（台北：東大圖書公司，民國83年12月），頁237～263，以宋元明清爲禪宗的五變時期。

〔註2〕洪修平：《中國禪學思想史》，（台北：文津出版社，民國83年4月），頁303，以「元明清時期」合稱，並稱此期爲禪學思想的衰微期。

〔註3〕郭朋：《明清佛教》，（福州：福建人民出版社，1985年）

〔註4〕蔣維喬：《中國佛教史》，（台北：史學出版社，民國63年1月），頁7。

〔註5〕宇井伯壽：《中國佛教史》，（台北：協志工業叢書出版股份有限公司，民國59年6月），頁183，以「後期」稱呼宋以後的佛教。

〔註6〕鎌田茂雄：《中國佛教通史》，（高雄：佛光文化事業有限公司，民國87年9月），頁71～72。

　　江燦騰《晚明佛教叢林改革與佛學諍辯之研究》書中介紹湛然圓澄的《慨古錄》，說明湛然圓澄對晚明叢林問題的諸多觀察，其中有朝廷佛教政策之六項不當：

　　1、官方久不開戒壇，僧官揀別無由。

　　2、官方以收銀代替考試度僧，造成僧品蕪雜氾濫。

　　3、官方禁講經論，使非法之徒得以惑眾。

　　4、僧官制度受制於儒，而使僧官和住持人選不當。

　　5、官府違規課稅勒索。

　　6、寺產被侵佔僧人被辱，而官方未善盡保護之責〔註7〕。

從上述內容中，可看到度牒和僧官教派是王朝控制宗教的兩種主要方式，但也由此而產生種種流弊。而江燦騰亦以「宗教政策的性格轉變與度牒泛濫」論述造成叢林問題惡化的首要因素〔註8〕，可見度牒制度之影響重大。所以本單元僅取宗教政策代表性的兩項問題：度牒頒發和僧官教派，作為宗教政策影響佛教發展的重點式探討。

1、度牒頒發問題

　　明太祖為限制僧人的數目，和精良僧人的素質，以加強並落實度牒制度的考核，讓僧人資格的取得嚴格化，以達到宗教控管的目的。《大明會典》卷一零四，禮部六十二，「僧道」項說：

　　　　洪武十六年，定天下僧道，府不過四十人，州不過三十人，縣不過二十人。限年十四以上，二十以下，父母皆亡，方許陳告有司，行鄰里勘保，然後得投寺觀，從師受業，五年後，諸經習熟，然後赴僧道錄司考試，果諳經典，始立法名給與度牒，不通者罷還為民〔註9〕。

僧人數目有一定額，出家條件有所限制，再加上考試核准的把關控制，讓度牒的取得透過嚴格的審查程序，一方面有助於僧人素質的提升，使僧團精簡而優質化；另一方面因為人數的有效控制，亦可避免物資缺乏而分配不均，對於佛教本身而言，確為一項良策美意。而宗教政策對佛教所給與優惠福利和特權有：

　　　　欽賜田地，稅糧全免。常住田地，雖有稅糧，仍免雜派。僧人不許克當差役〔註10〕。

〔註7〕江燦騰：《晚明佛教叢林改革與佛學諍辯之研究》，（台北：新文豐出版有限公司，民國79年12月），頁11～13。

〔註8〕同上註，頁22～28。

〔註9〕李東陽等撰，申時行等重修：《大明會典》，（文海出版社，明萬曆刊本），卷一○四，頁1577。

〔註10〕（明）葛寅亮：《金陵梵剎志》，《四庫全書存目叢書》，（台南：莊嚴事業有限公司），

　　　天下僧道的田土，法不許買。僧窮寺窮，常住田土，法不許賣。如有似此之人，籍沒家產〔註11〕。

　　　行腳僧道，持齋受戒，恁他結壇說法，有人阻當，發口外為民〔註12〕。

以上政策制定雖是對僧人的種種限制與約束，但確實能保障僧團的公有財產，給與清修僧人一個安寧無憂的絕佳環境，並且維持了僧人的社會地位。所以明代初期宗教政策在度牒頒發上的限制，雖阻礙了僧團的發展，但對佛教界而言，仍是相當正面的助益。

　　然而時代大環境後來的改變，使得最初良法美策產生變質，逐漸朝向完全不同的發展。因國家財政上的危機，代宗（1450～1456）在景泰年間以「空名度牒」的方式販賣度牒，藉此增加國庫的收入；結果形成監察御史左鼎所說的：「今天下僧數十萬計」〔註13〕。同時又因度牒審查資格中的舞弊貪污事件，使得僧官的自主權遭到廢除〔註14〕，改變了朱元璋祖訓中的僧官自治原則。

　　憲宗成化年間（1465～1487）因發生嚴重的水災，便以頒發販賣空名度牒的方式，獲得米糧錢財以賑災，此次度牒發放的數量眾多，讓僧人數目激增，嚴重破壞了僧團的生態平衡〔註15〕；導致倪岳《止給度疏》說：「成化十二年，度僧一十萬，成化二十三年度僧二十餘萬，以前各年所度僧道不下二十萬，共該五十萬。……其軍壯丁私自披剃而隱於寺觀者，不知其幾何。」〔註16〕。大量發售度牒的結果，使得度牒所代表的社會地位和宗教意義亦隨之改變，度牒本身的價值亦隨之下滑。原本赴京考試即可獲頒、不需納銀的度牒，發展至世宗嘉靖十八年時已需納銀十兩，但不需赴京考試；等到嘉靖三十七年又降為每名六兩；至穆宗隆慶六年更降成每名

卷二，《欽錄集》，頁 25（史 243～759），〈洪武二十七甲戌〉。

〔註11〕 同上註，頁 5（史 243～749），〈洪武十五年〉。

〔註12〕 同上註，頁 31（史 243～762），〈永樂五年〉。

〔註13〕 《明英宗實錄》，卷二二八，景泰四年四月，《明實錄》，（中央研究院歷史語言研究所校印本），第三十三冊，頁 4985。

〔註14〕 同上註，卷二四三，景泰五年七月，第三十四冊，頁 5279～5281，「於是文科給事中十三道御史劾奏南浦等奸欺四罪，禮部奏允雲南土僧不給度，僧錄司卻奏欲給度，取利肥己，至蒙允許。……禮部尚書胡濙等亦奏各僧官累次進本煩瀆，其欲普度者，特設計為規利之媒……」，頁 5291，「少保兼太子太師禮部尚書胡濙奏請僧童度牒，仍照洪武宣德間例，遣給事中、御史、禮部官各一員，公同考審，詔從之。」

〔註15〕 同註7，頁 26～27，言明代佛教急劇腐化的原因之一，即因「江北淮揚、山東等地的嚴重水患，遍及華北、西北和東南沿海，都需救災和賑濟饑民，於是奏淮大量頒發空名度牒來換米糧和銀兩。」

〔註16〕 （明）陳子龍等選輯：《明經世文編》，（北京：中華書局，1997 年 6 月），卷七七，頁 666，《青谿漫稿一‧止給度疏》。

五兩〔註17〕。既然國家有財務危機，僧人數量又漫無限制的增加，自然使其本享有的優惠待遇不可能保有，還飽受政權地方勢力的傾壓：免稅的「欽賜田」出現遭課稅的情形，一般寺田亦發生與佃戶和官員爭產的糾紛，甚至有本已無租金之收入，卻又被加重徵稅的情形〔註18〕，這些混亂的財產和權利問題，都造成僧團的經濟危機。從晚明曹洞宗禪師湛然圓澄在《慨古錄》中所說：

> 太祖於試度之外立例：納度上銀五兩，則終身免其差役。超然閒散，官府待以賓禮。今則不然。納度之後，有田當差，有人當丁，迎官接府，祈晴請雨，集儀拜牌，過於亭長。夫欲遠累出家，而不知反增其累也。且俗人當里長，子姓百十，皆止一戶，更無二役。僧家不然，毋論一人二人，以及千百，皆要人上納，似又不如俗人之安省也。又俗人納農民者，則以優免，終則就仕成家。而不知僧者何所圖？而上銀納光頭役使耶？若遲緩不納，則星牌火急催迸，過於他役〔註19〕。

根據是文，可以看出僧人原有的優勢待遇盡失、又飽受俗世社會和政治上對其的諸多要求，沉重訴說自身的困境。但縱使如此，僧人的數量仍在持續的擴充當中，未曾停止。

明憲宗成化年間，禮部尙書鄒榦說「成化二年已度僧道一十三萬有奇，今未及十年，不宜更啓其端。」〔註20〕和監察御史陳鼎奏曰：「自成化二年起，至十二年，共度僧度一十四萬五千餘人，而私造度牒者，尙未知其數。」〔註21〕這樣龐大的僧眾人數，成化二十一年八月禮部仍「請行給度僧道七萬」〔註22〕，至成化二十二年更於一年中頒發了三十二萬度牒給僧道〔註23〕，其中僧人高達二十萬，而當時全國僧人約有五十萬人〔註24〕。當然度牒至此，已成了一紙徒留形式的文書。

〔註17〕（明）李東陽：《大明會典》，（台北：文海出版社，民國75年，明萬曆刊本），卷一○四，《禮部》六二，頁1576，〈僧道〉。

〔註18〕同註7，頁28～32，介紹金陵天界寺欽賜田的一場長期諍議官司，充分顯現出當時寺田的管理情形，已經出現與原先寺田制度完全不同的處境。

〔註19〕（明）湛然圓澄：《慨古錄》，《卍續藏經》，（中國佛教會影卍續藏經會印行），第一一四冊，頁370。

〔註20〕《明憲宗實錄》，卷一○四，成化八年五月，《明實錄》，（中央研究院歷史語言研究所校印本）第四十三冊，頁2031。

〔註21〕同上註，卷一九五，成化十五年十月，第四十七冊，頁3444。

〔註22〕同上註，卷二六九，成化二十一年八月，第四十九冊，頁4550。

〔註23〕中村元：《中國佛教發展史》，（台北：天華出版社，民國73年5月），頁460。

〔註24〕任繼愈：《佛教史》，（北京：中國社會科學出版社，1991年12月），頁513，提及《大明會典》的統計數目。

　　佛教會這麼漫無節制且乏管理的激增發展，除了王朝腐化等複雜的政治因素，也是一種社會需求的反映，明中後期的廣大人民百姓，在亂局困境中，不僅視宗教為精神之寄託，亦視出家為生活困境之解決方法。只是浮濫的出家人眾，草率的出家方式，量多質差的結果，使得多數僧人社會地位低落，生存壓力亦隨之加重，已非昔日優勢清高之絕俗情況。所以佛教之所以逐漸轉化成世俗而庶民式的宗教性質，由此已可看出端倪。

2、僧官教派的分屬問題

　　明太祖洪武元年於金陵天界寺設立善世院，命慧曇主持以管理全國佛教，為對佛教進行政策性管理的第一步驟。洪武十四年進一步設置在京之金陵「僧錄司」，設左右善世二人、左右闡教二人、左右講教二人、左右覺義二人之僧官官制。在外則分府「僧綱司」，設都綱一人、副都綱一人；州「僧正司」，設僧正一人；縣「僧會司」，設僧會一人〔註25〕。僧官負責佛教界事務，如度牒之考核頒發，寺院住持之任用，僧人間的爭訟等項。且分寺院為禪、講、教三種僧人，「禪」為禪宗，談明心見性，僧服為茶褐色服，青條玉色的袈裟；「講」指華嚴宗、天台宗、法相宗等，以闡明諸經旨義為主，僧服為玉色服，深紅條淺紅的袈裟；「教」指從事瑜珈顯密法事儀式的瑜珈教僧，或稱赴應僧，著皂色服，黑條淺紅的袈裟。此制度見於洪武二十四年所發布《申明佛教榜冊》：

> 今天下之僧多與俗混淆，尤不如俗者甚多，是等其教而敗其行，理當清其事而成其宗。令一出禪者禪，講者講，瑜伽者瑜伽，各承宗派，集眾為寺，有妻室願還俗者聽，願棄離者聽〔註26〕。

這樣的分類法對佛教本身起了相當大的影響。最主要的就是確立教僧制度，讓教寺得到明確地位。教僧是專行祈禳法事儀式的僧人，不需佛理上的精通，只要會誦經行儀即可，且因與一般社會大眾密切接觸，所以往往成為倍受爭議的對象。當時教僧數目已逐漸增加，形成與傳統佛教認可的禪僧和講僧鼎立的局面。由明初教寺佔

〔註25〕龍池清：〈明太祖的佛教政策〉，《明清佛教史篇》，（台北：大乘文化出版社，民國66年11月），頁5～7，有詳細的僧官制度資料。忽滑谷快天：《中國禪學思想史》，朱謙之譯，（上海：上海古籍出版社，1994年5月），頁707，引用《釋氏稽古略續集》說明洪武十四年六月所頒佈的宗教政策中，僧官設置和職掌的情形。

〔註26〕《釋氏稽古略續集》，《卍續藏經》，（中國佛教會影卍續藏經會印行，第一三三冊），卷二，頁128，〈申明佛教榜冊〉。
龍池清：〈明太祖的佛教政策〉頁11中亦指出教僧制度是明代佛教政策中，最有特色的。因傳統佛教界都分禪、講（或云教）、律三等。洪武十五年改變此分等類型，成禪、講、教三派。

全寺院數目的一半，教僧約爲全國僧人數目四五成左右〔註27〕的局面，可見到其勢力的發展。洪武二十四年所頒定的《申明佛教榜冊》，大部分規定亦是爲教僧而設立，因此類僧人的素質和數量，成爲當世佛教的主力和弊端的來源，故太祖對其重視之餘，又不得不加強管理。由僧團的分類情形，可以看出佛教世俗化的演變情形，這是佛教漸迎合民情需要的必然發展。

明太祖嚴格區分三類，除教僧可應邀做法事之外，其餘二派不得散居或入民間混處，只能居寺靜修，守常住財，不能公開講經演法〔註28〕。另外禁止僧人持化緣簿強要捐助、禁止僧人與官員結交、禁止秀才和地方人士入寺與僧人會食等條文〔註29〕。但這種嚴格的政策限制，若比照明太祖本身多次大肆興建超薦法會，邀請知名禪講高僧演法，又鼓勵民眾多行佛事法會，真可謂前後矛盾。所以明太祖對待佛教的態度，是既限制又利用，希望斷絕僧俗的接觸，以防止宗教勢力擴張後危害國本，又無法避免民間與己身對宗教之現實需求。

制定法律的政權人物，本身行爲既已不符合規定，後世子孫之歷代君王更不可能嚴格遵守此套限制，所以佛教本身仍採一貫整合方式持續發展，如晚明四大高僧之一的憨山德清，出身華嚴宗系統的講寺金陵報恩寺，又授業於禪師雲谷法會；雲棲袾宏禪師爲禪宗僧人，卻大力宣揚淨土教義，被稱爲「蓮宗八祖」。蕅益智旭宗派上屬天台宗，卻兼學禪、華嚴、淨土等宗。所以律法上的禪講教三派之分，早已名存實亡，明代佛教界主要朝向會通諸宗的趨勢，且多不討論教僧教寺一類，誠如蔣維喬於《中國佛教史》中所言：「明代禪教講之區別，恐係宋末以來一般人之說；其教中似含有祕密佛教之儀式；故祕密佛教在社會方面頗佔一部分勢力；但在佛教史上則無可記之事實。」〔註30〕。政治上的強制分類方式，僅剩坐大教僧勢力的意義，讓教寺教僧成爲民間信仰的重要一環，盛行於群眾之間，故將於第四節民間信仰之探討時，再作詳細分析。

（二）明代禪宗的發展與流變

明代佛教仍延續著過去以禪宗爲主流的發展趨勢，但已非宋元以前的南禪面

〔註27〕龍池清：〈明太祖的佛教政策〉，頁15，提及明代地方志的幾項統計：「湖州府：教寺三十七，講寺六，禪寺二十四，所屬宗派不明十七，總計八十四寺，所歸併的寺院庵堂二百五十一寺；姑蘇府：教寺七十一，講寺二十三，禪寺三十一，所屬宗派不明六，總計一百三十一寺，所歸併寺院五百五十八寺」可見教寺多佔半數以上。

〔註28〕同註10，頁25（史243～759），〈洪武二十七甲戌〉：「除遊方問道外，禪講二宗，止守常住，篤遵本教，不許有二，亦不許散居及入市村。」

〔註29〕同註27，頁8～11，介紹杜絕僧俗接觸的種種制訂內容。

〔註30〕同註4，頁55。

貌，而是在其他宗教的威脅下，及政治保障優勢不再的環境中，以重整融合為發展取向，形成世俗化多樣式的禪宗新風格。禪僧人數雖非全國僧人之首，但明代有名的高僧幾乎皆屬禪宗系統，深受君王與社會各階層人士的矚目敬重，故縱使禪宗在明代幾經打擊而有幾番浮沉，但明末終有中興振發之氣勢。以下區分成三期介紹：

1、明初的禪門風氣

禪門五家七宗傳承至明代，僅臨濟、曹洞二家仍具規模：「五宗者，溈仰、雲門、法眼三宗，與宋運俱終，其傳至今日者，唯臨濟、曹洞二家〔註31〕。」而明初君王所重視的禪師，又多為江南臨濟宗系統。如楚石梵琦，屬為元叟行端之嗣法弟子，明洪武元年、二年皆奉詔參加蔣山法會，其演法之語讓太祖大悅，有「國初第一宗師」的美譽；他提倡禪教一致〔註32〕，棲心於淨土〔註33〕，有淨土詩數首〔註34〕，禪學思想上強調自心覺悟、自然解脫，反對執著知解，有著狂禪之放曠作風「如來涅槃心，祖師正法眼，衲僧奇特事，知識解脫門，總是十字街頭破草鞋，拋向錢塘江裡著。」〔註35〕，並重視佛教其它法門，不獨守禪宗一門。

覺原慧曇為笑隱大訢的法系，為洪武元年善世院的主持，「統諸山釋教事」，從二品待遇；且於洪武三年奉命出使西域諸國，後卒於今斯里蘭卡。曾習律學、天台宗教義，明太祖之法會中常為登台說法之人。

在明初禪師普遍與明王朝來往密切的情形下，恕中無慍自始至終拒絕王室的詔令，而仍維持極高的聲譽，甚屬難得。恕中無慍隨元叟行端出家後，於江浙一帶參禪，廣閱佛經常達十年，後在竺元妙道指導下，以參「狗子無佛性」話頭悟道，故力主參話頭之看話禪：

> 參禪乎，參禪乎，參禪須是大丈夫。當信參禪最省事，單單提個趙州無。行亦提，坐亦提，行住坐臥常提撕，驀然打破黑漆桶，便與諸聖肩相齊……，近代參禪全不是，盡去師，學言語〔註36〕。

〔註31〕《永覺元賢禪師廣錄》，《卍續藏經》，（中國佛教會影卍續藏經會印行，第一二五冊，卷一），頁202，道霈：《最後語序》。

〔註32〕《楚石梵琦禪師語錄》，《卍續藏經》，（中國佛教會影卍續藏經會印行，第一二四冊，卷九），頁19：「禪亦何曾異教。教是佛口，禪是佛心，未了之人聽一言，只這如今誰動口，便向箇裡會得，坐斷天下人舌頭，更分什麼禪，揀什麼教。」

〔註33〕同註2，頁314。

〔註34〕杜繼文 魏道儒：《中國禪宗通史》，（江蘇：江蘇古籍出版社，1995年2月），頁524。

〔註35〕《楚石梵琦禪師語錄》，《卍續藏經》，（中國佛教會影卍續藏經會印行，第一二四冊，卷四），頁53。

〔註36〕《恕中無慍禪師語錄》，《卍續藏經》，（中國佛教會影卍續藏經會印行，第一二三冊），卷五，頁431，〈參禪行贈荷藏主〉。

這種參禪證道的方法，即延續著大慧宗杲「看話禪」的傳統。而恕中無慍亦重視淨土信仰，有淨土詩數首。最著名禪門事蹟為「瑞岩三關」〔註37〕。

另外洪武六年明太祖「詔有道浮屠十餘人集京師大天界寺」，而愚庵智及為首座之僧，且宋濂對他曾有極高的贊許之言：「自宋季以迄于今，提倡達摩正傳，追配先哲者，惟明辯正宗廣慧禪一人而已〔註38〕。」愚庵智及以其法會演說能力，獲得君王的重視，但是以「法華懺法統師和替代一切佛法的演說，從中難得見到星點禪師面貌」〔註39〕，所以純粹以王朝服務為主。

道衍從愚庵智及修習禪業，亦習華嚴、天台、淨土，終以淨土為主，著有《淨土簡要錄》為禪淨相混融的內容。道衍因靖難之功，倍受寵信又謹守僧分，始終未還俗改服，足為一代異人。但其以禪師身份而涉入政權糾紛，對國祚命脈有關鍵性的影響，尷尬微妙的處境，飽受僧俗兩界的爭議。

從上述簡介數位明初高僧的事蹟言行，可看到一種現象：若名聲顯赫、具有尊榮地位，則或多或少與君王政權有所關連，在禪學上亦多少有所修正和兼融。如此一來，他們亦飽受宗教人士的批評，認為其思想漸趨衰落，令禪宗內涵產生質變，已非禪學正宗之面貌。

2、明中葉的禪宗傾向

明中葉為宣宗（1425）至穆宗（1572）年間，禪宗發展仍以臨濟宗為主，著名禪僧為笑巖德寶。笑巖德寶將大慧宗杲的看話禪加以修改，將參話頭與念話頭、念佛結合，即在內心參究話頭的同時，也要口中念誦話頭，和念阿彌陀佛名號〔註40〕。

> 直下舉個「不起一念處，那個是我本來面目？」或云：「一念未生時，那個是我本來面目？」初用心必須出聲，或三回，或五回，或至數回，默默審定。次或唯提一句，云：「不起一念處」；或云：「一念未生時」。疑句用心不定，順意則可。只要第五個「處」時，字上宜疑聲永長，沉沉痛切。此正疑中，當駐意著眼。或杜口默切，或出聲追審，的要字字分明。不緩不急，如耳親聞，如目親睹，即心即念，即念即疑，即疑即心，心疑莫辨，黑白不

〔註37〕忽滑谷快天：《中國禪學思想史》，朱謙之譯，（上海：上海古籍出版社，1994 年 5 月），頁 716。

〔註38〕《愚庵智及禪師語錄》，《卍續藏經》，（中國佛教會影卍續藏經會印行，第一二四冊），卷十，頁 187，〈塔銘〉。

〔註39〕同註34，頁 523。

〔註40〕同註34，頁 534～536，對德寶如何修訂看話頭，以三點分述之：第一，參話頭與念話頭結合。第二，參話頭與念佛結合。第三，解話頭與參話頭結合。

分〔註41〕。

這是將如何念誦話頭的過程仔細解說，讓人得以實證施行。除了傳統的用心參究話頭之要點，再加上口中念誦話頭的方式，將原本困難不易的參證悟道，簡化成確實可行的步驟。並且將淨土宗之念佛號，引入禪修過程之中，變成可念話頭或念阿彌陀佛名號：

> ……向無依無著乾淨心中唯提一個阿彌陀佛，或出聲數念，或心中默念，只要字字朗然。……但覺話頭鬆緩斷間，便是意下不謹切，便是走作生死大空子，即速覺得照破伊，則自然沒處去。……如此用心，不消半年一載，話頭自成片，欲罷而莫能也〔註42〕。

不論出聲或默念，心中將阿彌陀佛名號，念誦得字字朗然，即可達成看話禪參證效力。如此將話頭與佛號同等看待的觀點，可知笑巖德寶已主張禪淨雙修。另外笑巖德寶曾對「萬法歸一」提出解釋：

> 萬法歸一，一歸何處？昔人從此悟入者，不爲不多。欲知「萬法」，便是而今所見虛空、山河、大地、人畜等物，乃至自己身心，總名萬法也。欲知其「一」，便是如今人人本具，不生不滅，妙寂明心是也。亦名眞心，雖有多名，皆此一心也〔註43〕。

這是一種解話頭的言談，屬知解禪理的方式，將原本參看的禪理，改變成理解禪理，爲義學方式解禪的態度。

明中葉的禪學屬於沉寂時期，這可從笑巖德寶《笑巖集》中，對明代中葉的佛教描寫看出：「異容緇服，似粟如麻，盡稱佛祖兒孫，所營是何正業！」「眾稱方丈之名，自僭知識之號，哄動富勢，建寺院，度徒眾，居則金碧，呼則群聚，衣則滑鮮，食則甘美，乃至積金帛，治田莊，人豐、境勝，便是出世一番，盡此而已。」〔註44〕物質上的豐裕和人數上的眾多，非禪門有志高僧對佛教的理想目標，故德寶對當世佛教界有著沉重的感慨。所以此期的佛教僧團雖仍具規模，但禪宗理論卻了無新意，禪師多半以念佛代替參看話頭，遠離禪宗本意，漸歸向於淨土思想。故此階段可稱之爲禪宗之衰落期。

3、明末的禪學興盛

此期禪學發展蓬勃，禪僧論述著作相當豐富，留下不少的佛學經典，也提升了

〔註41〕《笑巖北集》上。
〔註42〕《笑巖北集》上。
〔註43〕《笑巖北集》上。
〔註44〕《笑巖北集》上。

佛教徒的社會地位，對佛教整體形象之提升多所貢獻。釋聖嚴在《明末佛教研究》書中的明末定義爲「明神宗的萬曆年間（1573～1620）」〔註45〕，且認爲明末禪者的法派可分成臨濟、曹洞、尊宿三類〔註46〕。故本單元亦將明神宗萬曆年間作爲明末開始的上限，並以曹洞宗、臨濟宗和四大高僧三項，作爲明末禪學的敘述內容。

（1）曹洞宗的振興

曹洞宗沉寂了一段時日後，於明末終有振興局面。無明慧經被稱之爲中興曹洞宗的人物〔註47〕，以繼承百丈懷海「禪勞結合」「寓禪於勞」傳統〔註48〕的農禪制度，擴大叢林規模、純淨禪林風範，以親身住山開田、勞動示範，爲僧人表率，被尊稱爲「壽昌古佛」。以經濟自主的實力，拒絕官僚王公的布施，反對赴應僧作法事的行爲，讓禪林保有高潔名聲。無明慧經的參禪主張爲看話頭：

> 參學之士，道眼未明，但當看個話頭，要立個堅固志，如一人與萬人敵，安其放意殺出方了，孳孳然，念念然，管甚麼色，管甚麼聲，冤也不管，親也不管，佛也不管，凡也不管，非也不管。有死對頭護生，須是殺殺，盡始安居。雖然如是最是省力，不須念經，不須拜佛，不須坐禪，不須行腳，不須學文字，不須求講解，不評公案，不須受歸戒，不須苦行，不須安閑，於一切處，只見有話頭明白，不見於一切處〔註49〕。

這樣的修行法門，簡單明瞭，切合禪宗精神，易與其主張的勞動實踐結合。

無異元來雖爲無明慧經的弟子，但禪學主張卻大不相同。他以戒律約束僧眾，獲得相當好的成效：

> 博山故詔國師道場，荒廢日久，寺僧皆肉食者流。廣文君倡諸縉紳，偕寺僧請和尚。和尚至，則誅草爲屋，僅足容膝，而禪律並行，蹶然而興起。鵝湖聞和尚居博山，即以授戒儀軌偉之〔註50〕。

〔註45〕釋聖嚴：《明末佛教研究》，（台北：東初出版社，民國81年2月），頁3。

〔註46〕見上註，頁48。

〔註47〕《無明慧經禪師語錄》，《卍續藏經》，（中國佛教會影卍續藏經會印行，第一二五冊），頁36，憨山德清：〈題無明和尚眞賛并引〉：「向禪宗澹薄，今幸見和尚標格，爲向上典刑（型）。況全此道中興，後生晚進，得有龜鑑，法門之幸，端有賴焉。」頁35～36，黃伯端的〈壽昌語錄序〉文中，甚至稱無明慧經爲中興明代禪宗之人。

〔註48〕《永覺元賢禪師廣錄》，《卍續藏經》，（中國佛教會影卍續藏經會印行，第一二五冊），卷三十，頁389，《續寱言》：「先師粗衣糲食，躬秉耒耜，年至七十，未嘗暫輟。」

〔註49〕《無明慧經禪師語錄》，《卍續藏經》，（中國佛教會影卍續藏經會印行，第一二五冊，卷一，〈小參〉），頁3。

〔註50〕《無異元來禪師廣錄》，《卍續藏經》，（中國佛教會影卍續藏經會印行，第一二五冊，卷三五，劉日杲：〈博山和尚傳〉），頁195。

從能仁禪寺的寺僧皆「肉食」行徑，可看出當時佛教沉淪不守戒律的情況是多麼的嚴重。而無異元來住持博山能仁禪寺，號召相當多的人士前來授戒：「學士大夫、文學布衣，禮足求戒者，動至數萬。」〔註51〕，後住持建州董岩禪寺、福州鼓山湧泉禪寺和金陵天界寺等，於江西、福建、江蘇一帶都具影響力，就是因其禪律並行治理叢林，獲得世人的肯定。

此外，無異元來除了參究話頭的主張外，尚重視經律論三藏文字，認為佛典諸宗教義修習的要點，不能只重禪宗而輕視教義佛典，因此曾說：「然宗教殊途，皆歸一致，都城趨入，遲速不同，非敢以宗抑教，以教抑宗，真有所抑，即是魔人。」〔註52〕，這樣禪教並重的主張，尚表現在其撰寫《宗教答響》五卷，專門論述宗與教的相通關係。劉日杲曾高度讚許無異元來：「明興二百年，宗乘寥寥，得和尚而丕振，猗與盛哉，禪律不相謀，宗教不相為也，而和尚法嗣壽昌，律傳鵝湖，殆兼之矣〔註53〕。」故元來以其「禪律並行」「禪教並重」的主張，名重一時。而對淨土信仰，無異元來認為禪淨無二，可依修習者的根基不同，各有所選擇，但不必兼修二門：「禪淨無二，而機自二。初進者，似不可會通，當求一門深入〔註54〕。」因此無異元來或以參禪或以念佛方式，指導他人修習。

永覺元賢先學臨濟後學曹洞：「予三十年前學臨濟，三十年後學曹洞，自從胡亂後（按即大悟之後），始知法無異味；又因曹洞而得臨濟。」〔註55〕，企圖調和禪宗內部：「門風之別，所宗有五，其實皆一道也。故真知臨濟者，絕不非曹洞；真知曹洞者，決不非臨濟。」〔註56〕其有數部經注作品，即為重視經教的表現，屬禪教兼重的禪師。永覺元賢也是淨土信仰的推崇者，於《淨慈要語》曾說：

> 若實論之（禪與淨土）絕無優劣。參禪要悟自心，念佛亦是要悟自心。入門雖異，到家是同。……蓋禪淨二門，應機不同，而功用無別。宜淨土者，則淨土勝於參禪；宜參禪者，則參禪勝於淨土。反此，非唯不及，必無成矣〔註57〕。

〔註51〕同上註，卷三五，頁195。
〔註52〕同上註，卷二十三，頁144。
〔註53〕同上註，卷三五，劉日杲：〈博山和尚傳〉，頁196。
〔註54〕同上註，卷二一，〈淨土品第二〉，頁134。
〔註55〕《永覺元賢禪師語錄》，《卍續藏經》，（中國佛教會影卍續藏經會印行，第一二五冊，卷十六，〈三玄考〉），頁293。
〔註56〕同上註，卷三十，〈續寱言〉，頁387。
〔註57〕永覺元賢：《淨慈要語》，《卍續藏經》，（中國佛教會影卍續藏經會印行，第一〇八冊），頁501。

參禪與念佛都以悟自心為終極目標，所以入門和應機雖有不同，但結果與功用卻是相同的。可隨個人特質，或淨土為主，或參禪為上，圓融運用。所以永覺元賢對禪宗和淨土的態度是一視同仁的。

（2）臨濟宗的興盛

明末臨濟宗延續著開創者臨濟義玄「嚴峻激烈」的行事作風〔註58〕，喜以「震威而喝，及拂衣而去，來接人和被人接」〔註59〕。從釋聖嚴列出明末臨濟禪宗傑出禪僧共十四人的世系表〔註60〕，以及雲谷法會、笑巖德寶、幻有正傳、密雲圓悟、天隱圓修、漢月法藏、費隱通容、玉林通琇七人的禪悟修證資料〔註61〕，可知臨濟宗明末人才倍出的盛況。密雲圓悟曾住持過常州龍池山禹門禪院、天台山通玄禪寺、福州黃檗山萬福禪寺等六處寺院，提倡墾田開荒的農禪作風，重視勞動以參禪修道，且因廣傳弟子，故有「言滿天下」、「名聞九重」說。禪學思想為「直指人心」「見性成佛」，曾說：

> 山僧出家將及四十載，別也無成得甚麼事，只明得祖師西來直指人心，見性成佛一著子。……心佛眾生，三無差別。既無差別，即說個心，佛與眾生都在其間，即說個佛，心與眾生都在其間；即說個眾生，心與佛亦在其間。如是則說一即三，言三即一〔註62〕。

這段自述話語將佛、眾生、心三者等同，即所謂的「一即三」或「三即一」。除了心佛眾生並無差別的思想，又將禪學修習，簡化成棒打之法，在《密雲禪師語錄》中記載了許多密雲圓悟以一棒打去，又棒又喝的開示法門：

> 上堂，一僧遶出禮拜，師便打云：大眾若見，山僧棒落處，便向者僧未開口，前證取自家境界，不從人得。若向者山僧開口處，摶量意根……〔註63〕。

可見其透過條棒打去，開人正眼以悟見境界，將機鋒棒喝禪風推崇備至。

漢月法藏為密雲圓悟的嗣法弟子，亦倡導農禪的作風，但禪學主張上兩人大異其趣。法藏以振興且融會禪門五家宗旨為職志，天啟五年所作的《五宗原》，對禪宗五家系統整理，釐定五家系譜，解釋五家要點，以看話禪統攝五宗禪法。他將大慧

〔註58〕楊惠南：《禪史與禪思》，（台北：東大圖書股份有限公司，民國84年4月），頁135～145，以「臨濟宗的嚴峻激烈」單元名稱，點出臨濟宗禪法的特色。

〔註59〕同註45，頁70。

〔註60〕同註45，頁25。

〔註61〕同註45，頁58～61。

〔註62〕《密雲禪師語錄》卷二，藍吉富主編：《禪宗全書》語錄十七，（台北：文殊文化有限公司，民國78年12月），頁371。

〔註63〕同上註，卷三，頁386。

宗杲的看話禪重新詮釋，使「話頭」定義推廣到日常生活的所有事務當中，認為：

> 所謂話頭者，即目前一事一法也。凡人平居無事，隨心任運，千思百量，
> 正是無生死處。只為將一件物事到前，便生九種見解。所以流浪生死，無有
> 出期。故祖師家令人于一事一物上坐斷九種知見。討個出格之路，故謂之看
> 話頭〔註64〕。

> 話頭者，不可看心看性，看理看玄，須離卻心窠裡，單單向事上看取，
> 謂之事究竟堅固〔註65〕。

凡人身旁事物皆可生出「話頭」，可生出見解、討個出格。所以看話頭不是看心看性、看理看玄，而是視生活上的事物為參究對象。故解脫證悟不僅靠古則公案之參究，也可靠解決日常事務以證悟，如此一來，禪門更具實踐力行特色，也更平易近人。

（3）明末四大高僧

明末有四位高僧為世人所稱頌，在當世和後代的佛教發展，都具有相當深遠的影響力。分別是雲棲袾宏、紫柏真可、憨山德清、藕益智旭，今略介紹如下：

雲棲袾宏別號蓮池，出家為僧後即雲游四方，遍參名師。在京城曾參華嚴宗遍融真圓和禪門笑嚴德寶，對佛教各宗派主張融合統一，認為禪與經論應相互促進：

> 參禪者藉口教外別傳，不知離教而參是邪因也，離教而悟是邪解也。饒
> 汝參而得悟，必須以教印證，不與教合悉邪也。是故學儒者必以六經、四子
> 為權衡，學佛者必以三藏十二部為模楷〔註66〕。

對於歷來參禪者所說的「教外別傳」提出反駁，認為教與參同等重要，若僅偏一就是「邪因」「邪解」。而且學禪者必以三藏十二部經論為學習的依據和楷模，否則難以求得真正的參悟。另外其中心思想為念佛淨土，力主禪淨合一：

> 或問：淨土之說，蓋表法耳，智人宜直悟禪宗。而今只管贊說淨土，將
> 無執著事相，不明理性？答：歸元性無二，方便有多門。曉得此意，禪宗淨
> 土，殊途同歸，子之所疑，當下冰釋。……如中峰大師道：禪者淨土之禪，
> 淨土者禪之淨土，而修之者，必貴一門深入。此數語尤萬世不易之定論也〔註
> 67〕。

〔註64〕《三峰藏和尚語錄》卷六，藍吉富主編：《禪宗全書》語錄十七，（台北：文殊文化有限公司，民國78年12月），頁621～622。

〔註65〕同上註，卷十三，頁699。

〔註66〕（明）雲棲袾宏：《雲棲法彙·竹窗隨筆》，明版《嘉興大藏經》，（台北：新文豐出版公司，第三十三冊），頁32，〈經教〉。

〔註67〕（明）雲棲袾宏：《淨土疑辨》，《卍續藏經》，（中國佛教會影印卍續藏經會印行，第一〇八冊），頁200。

認爲禪宗淨土是殊途同歸的佛學方便法門，只要修習一門深入，即可獲得相同的疑釋悟道。不要執著其一，而是兩者兼融。著有《阿彌陀經鈔》等以宣揚淨土之教，視念佛爲解脫最佳法門，其〈普勸爲人必修淨〉〈勸修淨土代言〉〔註68〕都是號召持名念佛之文，視修淨土爲禪門的具體實踐。其以《戒殺放生文》引起人們對佛教基本觀念的重視，以《法界聖凡水陸普度大齋勝會修齋儀軌》重修水陸法會的儀文，並完成《自知錄》佛教式的功過格，這些著作都代表了袾宏不以參禪個人覺悟爲主，也不強調理論以說教，而是奠定佛教禮儀，採世俗庶民化的佛教觀念，發揮宗教的勸善作用，注重佛教對社會民眾的生活影響層面。

紫柏眞可初習華嚴宗，後行腳諸方，從禪門諸師習禪，調合禪教各派，並重視淨土法門，有《阿彌陀佛贊》《無量壽佛贊》等著作。因大藏經過於繁重，故與憨山德清、弟子密藏道開，以十年時間刻印校閱，世稱爲「徑山藏」或「嘉興藏」、「明本」，對佛經之流通貢獻極大。

憨山德清初從雲谷法會習禪，繼從無極明信習華嚴，後參遍融眞圓、笑嚴德寶，故有禪教一致、禪淨合一思想。主張恢復大慧宗杲的看話禪系統：

> 黃檗始教人看話頭，直到大慧禪師，方纔極力主張，教學人參一則古人公案，以爲巴鼻，謂之話頭，要人切切提撕〔註69〕。

> 其參禪看話頭，下疑情決不可少，所謂小疑小悟，大疑大悟，不疑不悟，只是要善用疑情，若疑情破了，則佛祖鼻孔自然一串穿卻〔註70〕。

認爲參古人公案話頭，若有疑情則可悟透，無疑反爲不悟，若能悟破疑情，則可直指佛祖。而看話禪爲禪門修行之法，此禪修又必與經教一致，二者無分：

> 佛祖一心，教禪一致，宗門教外別傳，非離心外別有一法可傳，只是要人離卻語言文字，單悟言外之旨耳。今禪宗人動即呵教，不知教詮一心，乃禪之本也〔註71〕。

教外別傳只爲破除語言文字之障礙，並非教禪相離，因佛祖僅一心，教禪必一致。再來則是禪淨共修的表現：「初參禪未悟之時，非念佛無以淨自心，然心淨即悟心也。」「若念佛念到一心不亂，煩惱消除，了明自心，即名爲悟，如此念佛，即是參禪。」

〔註68〕（明）雲棲袾宏：《往生集》，《卍續藏經》，（中國佛教會影卍續藏經會印行，第一二五冊），頁91〜93。

〔註69〕（明）憨山德清：《憨山老人夢遊全集》，（清光緒五年，江北刻經處刊本，明釋德清撰），卷六，〈示參禪切要〉（徑山禪堂小參），頁9。

〔註70〕同上註，頁11。

〔註71〕同上註，卷六，〈示徑山堂主幻有海禪人〉，頁15。

〔註72〕如此將念佛置於參禪之先前地位，以淨土念佛爲修持的主要法門，因可適用於所有的對象，故大力提倡，甚至有「念佛即是參禪，更無二法。」〔註73〕之語。看話禪亦與念佛淨土合一，直接可以「阿彌陀佛」爲話頭參看：「念佛審實公案者，單提一聲阿彌陀佛作話頭。就於提處，即下疑情，審問者念佛的是誰，再提再審，審之又審，見者念佛的畢竟是誰〔註74〕。」故可看出德清對淨土念佛的高度重視。

藕益智旭以天台宗爲主，又習華嚴、法相各宗。因其從學背景而有調和儒釋的著作：《四書解》《易經禪解》等，又融會禪淨有《阿彌陀經要解》《淨土十要》等著作。言「禪者佛心也，教者佛語也，律者佛行也，三者具備，始爲完全佛教〔註75〕。」融合禪教律，而禪教律又終歸於淨土法門：「普使法界有情，從此諦信念佛法門，至圓至頓，高超一切禪教律，統攝一切禪教律，不復有泣歧之歎也。」〔註76〕。至於禪教的關係，其認爲參禪者必須學習經典，視佛教理論爲指導原則：「棄教參禪，不可得道」〔註77〕「若不受黃卷尺牘之經典之指導，不能悟入勝義之法性〔註78〕。」所以宜兼修禪教，二者不可分割。

這些明代禪門高僧的共通點，皆有兼融並會的思想和行止，似乎唯有如此方能壯大自身和光大佛法禪宗。

（三）明代佛教的發展特色

明代的佛教發展趨勢，有著世俗化與混融型的特色。當佛教逐漸成爲中國文化的一部分，與中國人的生活息息相關時，其發展的態勢，呈現著與社會整體意識調合的世俗化特色。此外，當整個時代的思潮正流行著混合雜融風格時，佛教於此階段亦必不可免的有著混融型的特色。這從明代僧侶皆或多或少的兼習並修各宗，如上述的諸位高僧之求學參悟，其歷程都不僅獨宗一家、單修一門，而是廣泛地消融多樣思想之後，方能求得個人獨具心證。而天台宗、華嚴宗、法相宗等佛教宗門，

〔註72〕同上註，卷九，〈示慧鏡心禪人〉，頁17。
〔註73〕同上註，卷十，〈示凝畜通禪人〉，頁12。
〔註74〕同上註，卷九，〈示念佛參禪切要〉，頁9。
〔註75〕同上註，卷二之五，〈示六正〉，頁20：「戒者佛身，律者佛行，禪者佛心，教者佛語。……有身無行，無心語，本偶傀儡而已；有心無身語，無主孤魂而已。……由是觀之，三宗果可分乎？」。
〔註76〕（明）藕益智旭：《靈峰宗論》，（清光緒元年江北刻經處刊本，明釋藕益撰），卷六之四，〈西方合論序〉，頁6。
〔註77〕同上註，卷二之一，〈示律堂大眾〉，頁5。
〔註78〕同上註，卷二之一，〈示韞之〉，頁15：「儻非黃卷赤牘，作標月指，示真實修行出要，何由得證勝義。」

明代已不見特殊發展，必納入禪宗以發展之後，才能見到其顯揚法門教義的獨特處。

　　以下先從佛教形式方面的量化與質變，探究其世俗化趨勢；再從教義本身混合消融成禪教統一，終歸淨土的內涵，突顯其思想上的特色。

1、庶民世俗化

　　明代佛教界的僧眾人數之多、佛寺數目之眾，已從上述度牒問題與僧官教派問題之探討時，了解問題形成的原因。而這樣龐大的僧團隊伍、無可計量的佛教院寺，都代表著佛教深入民間的現象。江燦騰以七點佛教特色，說明佛教朝向「世俗化」發展的特色，而所謂的「世俗化」，意指「政治、社會、經濟、文藝、思想等為宗教所帶來的影響，或則與宗教關係有極大幅度的變化〔註79〕。」林惠勝認為宋明佛教有「世俗化」、「禪淨合流」、「宗派意識的模糊」三項特點〔註80〕。中村元的《中國佛教發展史》以「庶民的佛教」為明代佛教發展的標題，定義「庶民佛教」為「流布社會底部，廣受信仰之佛教而言，足見所為非正統之佛教，是含迷信化、低俗化意識之佛教〔註81〕。」這樣的標示即以數量比例和程度層級看待佛教內部的成員。其引用謝肇淛《五雜組》資料為：

　　　　今日釋教殆遍天下，琳宇梵宮盛於黌舍，嗶誦咒唄，囂於絃歌。上自王公貴人，下至婦人女子，每談禪拜佛，無不灑然色喜者〔註82〕。

敘述明代僧寺林立的盛況，以及信徒們崇信謨拜的情形，反映出當世社會對佛教的信奉風潮。謝肇淛的敘述觀點，屬士人眼光看待當時佛教盛行的實況，故中村元依此角度提出庶民佛教的說法。士人認可具佛理禪思的佛教，義理探討、經典研究、參悟心法，多為士人接受吸取的思想涵養；若僅念佛拜佛、大行祈懺法會，且僧團聲勢又過於龐大，對社會造成過大的影響，則士人之憂心與排斥態度，亦將油然興起。這是士人階級對社會風氣的憂慮態度，故連帶產生對佛教庶民化的不滿感受。

　　雖然當時王朝在政策宣傳上以庶民佛教為主力，企圖藉由《大明仁孝皇后勸善書》、《釋迦牟尼佛讚》等頒佈，宣揚庶民佛教以教化人心，但「諸如此類的官製宣傳，使得佛教終於未能成為庶民之信仰。庶民們各自透過各自透過不同的分野，接受並發展自己所信仰而非一般教義學者或政府所企求的佛教〔註83〕。」於是佛教的

〔註79〕同註7，頁2～4。
〔註80〕林惠勝：《王陽明與禪佛教之關係研究》，（師大國文研究所博士論文，民國85年7月），頁46～47。
〔註81〕同註23，頁476。
〔註82〕（明）謝肇淛：《五雜組》，（明末刊本）卷八，人部四，頁32。
〔註83〕同註23，頁477。

趨勢，影響了民間宗教的興起，這點將在第四節再行介紹。總之，明代佛教之世俗庶民特色是可確認的。

此外從明代僧人著作中，亦可看出佛教世俗庶民化，非僅是形式上的改變，更有佛教內部的質變作用。如雲棲袾宏以《自知錄》為庶民佛教的表現，將道教式的功過格改成佛教式的善過格，為民眾生活規範的通俗善書，以闡述諸惡莫作、諸善奉行之理。蕅益智旭亦有《占察善惡業報經義疏》，據中村元以為：「乃隋朝時廣州方面盛行如來藏思想的疑經《占察善惡業報經》的注釋書。明代智旭所撰類此注釋書有《同經義疏》二卷、《玄義》一卷，充分顯示出文獻中未曾出現的庶民容受佛教的一種形態。……此經之用善惡業報木輪相占察，可能深得庶民之共鳴。……〔註84〕」從高僧為庶民寫作適合其思想觀念的著作，可知佛教本身內容上的世俗庶民走向。這是佛教高僧為達宗教宣傳目的，有意識的進行教義之改造，援引其他教派優點的權變運用，此種大膽嘗試，讓明代佛教的世俗化更加徹底。另外，鎌田茂雄從「現世利益的佛教」觀點，認為中國人在宗教信仰方面的考量，是相當實利性質的，例如中國人最信奉的神明，往往具備「有求必應」的特色〔註85〕。所以佛教發展的世俗庶民化，正是根植於中國人現實務實的性格。

2、禪教統一、融歸淨土

達摩禪成立之前，禪教合一不分。但當禪宗勃蓬盛行時，禪宗已獨立於佛教經論和其他宗派之外，成為一種獨立超然的派別，此屬禪教相分階段。宋元明清階段的佛教發展，又走回禪教合一的階段，這是歷史條件和文化背景的自然演化。博山元來之享盛名，即是其「禪教並重」的主張，充分符合了佛教界的發展趨勢。雲棲袾宏對經論的注重，憨山德清的教禪一致主張，紫柏真可的調和禪教，蕅益智旭的禪教統一，在在都反映出明代末年禪教並重的共同趨勢。

而緊跟著禪教統一的思想趨勢，之後的禪宗發展，又朝禪淨合一的方向繼續前進。

唐末禪宗以公案禪為主，將前輩禪師之悟道過程及方法，視為禪修之主要範例，加以體驗與實踐，以求啟發而開示〔註86〕。但公案本身未必人人皆可體會理解，故「頌古」「評唱」著作出現，以輔助簡明扼要的公案。然而由簡入繁的結果，修禪內容反致更艱深的地步，已失公案禪之良法，因而有大慧宗杲的「看話禪」出現，選

〔註84〕同註23，頁483。
〔註85〕同註6，頁27～31。
〔註86〕同註7，頁52～59，參考江燦騰論述公案禪與看話禪的內容。

數則公案以參證，禪修者若集中心志就能參破。這種簡化禪宗參證的方法，令禪修普遍易於施行，果讓禪宗獲得更廣泛的流傳。但不免走入僅參修而不研習佛經的弊端，使得禪師個人學養未深。

明代以來高僧之精進，除了多朝廣閱佛經方式以加強佛學素養之外，並多修習淨土以突破禪門困境。故禪淨雙修即為明代佛教的一種發展特色。如道衍《淨土簡要錄》就是閱讀淨土諸書後，對前賢先人述作的讚詠文集，除了表明道衍專依淨土立場外，更是禪淨相融的表現。而曹洞宗的無異元來和永覺元賢亦皆有禪淨相融的主張。明末四大高僧皆力主調合，兼修禪淨二宗，這是他們順應時代潮流無可避免的思想。禪宗本以參悟成佛為實踐法門，但此時禪師普遍不再重視參悟印證，而是以念佛往生淨土為解脫法門，抬高了念佛價值與效用。顧偉康於《禪宗六變》中說：「同屬禪定，同走一條中國化的道路，同樣是面向大眾、面向生活；禪宗玄虛深刻而動人，淨土現實樸質而易行---無論是高僧大德之見性成佛兼觀想念佛，還是鄉村老嫗之默默坐禪兼往生西方，兩者都能相輔相成，共同普及、共同提高，故禪淨合一，風流天下，成為四朝佛法的主流〔註87〕。」

所以教禪合一是中國佛教於明代的整體趨向，此傾向自宋以來即開始發展；而禪淨雙修則是禪宗內部的改造，以簡易實踐為修行法門。

二、明代道教的發展情勢

明代道教的發展情形，歷來學者多評斷為衰落的階段。劉鋒與臧知非合著的《中國道教發展史綱》即以「明清道教的衰落」〔註88〕為標題；而劉精誠在《中國道教史》中亦標題為「明清道教的衰落」〔註89〕。有些雖不強調此期之衰落，但內容中亦不乏衰落的文句，如李養正《道教經史論稿》以「道教之勢漸趨減弱，不似已往之盛。」〔註90〕；劉國梁《道教精華》以「明初至明末，道教教義已經基本不變，各派道教勢力日趨衰微，但道教仍在潛伏發展。」〔註91〕。卿希泰、唐大潮合著的《道教史》和任繼愈主編的《中國道教史》，多採持平客觀態度講述此期的道教發展狀況，但有時亦不免有「道教衰落趨勢」、「明中葉以來，正一道在上層的地位日趨

〔註87〕同註1，頁260。
〔註88〕劉鋒、臧知非：《中國道教發展史綱》，（台北：文津出版社，民國86年1月）。
〔註89〕劉精誠：《中國道教史》，（台北：文津出版社，民國82年7月）。
〔註90〕李養正：《道教經史論稿》，（北京：華夏出版社，1995年10月），頁1987。
〔註91〕劉國梁：《道教精華》，（吉林：文史出版社，1991年2月），頁210。

衰落〔註92〕」和「明清時代，以道教教團爲代表的正統道教兩大派雖從停滯漸趨衰落……〔註93〕。」這樣的話語出現。當然亦有學者從哲學角度觀察，認爲明代不僅非衰落期，更可稱之爲成熟階段，如卿希泰主編《道教與中國傳統文化》〔註94〕；或是認爲「衰落的只是它的『教』這一部分，而它的眞正的精神，即做爲整個道教根基的『道』，反而得到更爲清晰、透徹的闡釋。」〔註95〕。

總之，上述這些評論，頗能顯出明代道教的地位與前朝時代相比，明顯低落許多，道教的教義理論與宗派發展情形，較爲停滯而不受重視。但每個時代的文化皆有其獨特的內涵與特色，若採同一觀點比較時，難免會因同一標準而分出高下優劣。其實道教發展至宋元，理論與教派皆已達完備成熟的階段，明代將如何發展以求突破與轉化？這是教眾所關心的問題。所以明代道教以走入民間和漸趨世俗化的方式，走出一條與以往完全不同的路子，此爲其不得不然的方向。

（一）明代道教發展上的幾個問題

封建時代的階級意識明確，隨著社會地位的區隔，影響所及的層面亦有不同。而不同階級的宗教信仰需求各異，所促成的宗教發展方向亦有所分歧。以下將從政權階級、道教內部人士、社會大眾的民間信仰，這三種不同階級的影響層面，探討道教發展之轉變根源。

1、政權統治者的態度與影響

君王基於統治立場的政權安全考量，對於道教採嚴格管理與限制的措施，以期維持一己之極致勢力。明太祖朱元璋因開國前個人的白蓮教背景，對宗教團體的勢力相當擔憂，所以對宗教採抑制黜斥的態度。如：

> 秦始皇、漢武帝好尚神仙，以求長生，疲精勞神，卒無所得。使移此心以圖治，天下安有不理……〔註96〕。

> 神仙之術以長生說，而又謬爲不死之藥，以欺人。故前代帝王及大臣多好之，……然卒無驗，且有服藥以喪其身者，……切不可信〔註97〕。

〔註92〕卿希泰、唐大潮：《道教史》，（北京：中國社會科學出版社，1994年），頁313。

〔註93〕任繼愈：《中國道教史》，（台北：桂冠圖書公司，民國87年3月），頁732。

〔註94〕卿希泰：《道教與中國傳統文化》，（福州：福建人民出版社，1990年9月）。

〔註95〕張廣保：〈明清內丹思潮與陳攖寧學派的仙學〉，《宗教學研究》，（四川大學出版社，1997年第四期）。

〔註96〕《明太祖實錄》，卷三三，洪武元年七月，《明實錄》，（中央研究院歷史語言研究所校印本第二冊），頁579。

〔註97〕同上註，卷五九．洪武三年十二月，頁1157。

以上冠冕堂皇的言論，試圖表現出開國君王的理智形象與英明風範。他甚至頒定了嚴格限制的政令：

　　　　敕曰：自今天下僧道，凡各府州縣寺觀雖多，但存其寬大可容眾者一所，併而居之，毋雜處於外，與民相混〔註98〕。

　　　　命禮部榜示天下僧寺道觀，凡歸併大寺，設砧基道人一人，以主差稅。每大觀道士編成班次，每班一年高者率之，餘僧道俱不許奔走于外，及交構有司以書冊，稱爲題疏，強求人財。其一二人于崇山深谷修禪及學全眞者聽，三四人勿許〔註99〕。

朱元璋不容許大型寺觀的存在，是基於政權穩固的考量，杜絕宗教勢力的集結和壯大，並且將僧道與民眾區隔開來，以阻止人民動亂的可能。這種表面上以理性態度看待宗教，設定完善週延的制度以規範教團，實爲明太祖治國管理上的安全措施。但這些都是君王有意讓百姓下屬看到的一種表象，其個人實際行爲和眞正的信仰觀念爲何？朱元璋起兵開國前，有神異假託、術士相助的舉動和傳說；建國後仍徵舉尋訪道士，崇信服食金丹之效，甚至有親制道教科儀樂章、躬行祈禱齋戒等舉止，爲太祖崇信道教的明證〔註100〕。後來的明朝諸君，皆或多或少呈現這樣的名爲限制規範，實則崇信縱容的模式。例如成祖一方面斥責道士之獻道經〔註101〕和表現出對金丹方書之不信任態度〔註102〕，一方面又崇奉玄武眞君、尋訪張三丰道士，大肆營建武當山之宮觀〔註103〕、尊禮道士周思得之靈官法〔註104〕和服食靈濟宮仙方〔註

〔註98〕同上註，卷二〇九，洪武二十四年六月，第七冊，頁3109。

〔註99〕同上註，卷二三一，洪武二十七年正月，第八冊，頁3372。

〔註100〕楊啓樵：〈明代諸帝之崇尚方術及其影響〉，《明史研究論叢第一輯》，（台北：大立出版社，民國71年6月），頁374～386。文中認爲太祖前後態度是矛盾的，言異術之不可信，又屢徵術士；說金石藥誤人又服食著神藥；認爲僧道盡財耗民，本身又事佛禮神甚虔誠。文中詳列相當多的史料，顯示出太祖說的門面話與實際舉止之不相符合。

〔註101〕《明太宗實錄》，卷二六，永樂二年正月，《明實錄》，（中央研究院歷史語言研究所校印本）第十冊，頁493～494：「有道士獻道經者，上曰：『朕所用治天下者五經耳，道經何用？』斥去之。」

〔註102〕同上註，卷一九二，永樂十五年八月，第十三冊，頁2023：「甌寧縣人進金丹及方書，上曰：『此妖人也。秦皇漢武，一生爲方士所欺，求長生不死之藥。此又欲欺朕，朕無用金丹，令自食之，方書亦與毀之，毋令別欺人也。』」如此言論極似太祖之語，爲形象塑造之場面話。

〔註103〕《明史》，（台北：成文出版有限公司，仁壽本二十六史，據東海徐氏退耕堂刊本影印），卷二九九，頁34905，「永樂中，成祖遣給事中胡濙偕內侍朱祥，齎璽書香幣往訪，遍歷荒徼，積數年不遇。乃命工部侍郎郭璡隆平侯張信等，督丁夫三十餘萬，人大營武當宮觀，費以百萬計。」

105〕。而明宣宗既嚴格規範度牒制度：「宜令僧道官取勘，如果無之，爾禮部同翰林院官，禮科給事中，及僧道官（會）同考試，能通大經，則給與度牒，在七月十九日以後及不通經者，皆不給〔註106〕。」卻也在宣德元年三月因正一道張宇清所請，而授道士八十一人度牒〔註107〕。明英宗也是先定嚴格的度牒制度，卻又三番兩次的自行違反打破規則〔註108〕。孝宗尚屬賢明君王，卻也是黜貶神道之後，又崇信無間〔註109〕。另外世宗更是明史上極著名的崇道信奉者。這些君王或一面制定規範一面自行破壞，或先貶黜道教後寵信之，在在顯現出道教對於明代君王們的影響，深深左右著君王們的人生。而明代君王對道教的信奉態度與管理措施，亦反過來也影響著道教，如派系發展盛衰、方術齋醮風氣、以及典籍編修工程和神明列譜方面，今試論述之：

（1）派系勢力的高下

首先是道教派系的認定問題。自從明太祖洪武七年於《御制齋醮儀文序》中言：「朕觀釋道之教，各有二徒：僧有禪，有教；道有正一，有全真。」故官方及社會上對道教派系的認定，僅剩正一與全真。其實符籙諸派與內丹內養諸派，至明仍持續存在而發展著，如茅山、內丹東派、淨明、神霄等。茅山派因君權勢力的介入，

〔註104〕（清）英廉：《日下舊聞考》，《烏石文庫》124，（清乾隆年間武英殿刊本，清英廉等奉纂修），卷五十，頁20，引《春明夢餘錄》：「倪文毅岳疏永樂中於禁城之西，建天將廟及祖師殿。宣德中改廟為火德觀，封薩真人為崇恩真君，王寶官為隆恩真君，又建一殿崇奉二真君，左曰崇恩殿，右曰隆恩殿。……因王靈官而行王靈官法，因周恩得而顯其法之所自，皆宋徽宗時，林靈素輩之所傳，一時附會之說。」

〔註105〕《明史》，（成文出版有限公司，仁壽本二十六史，據東海徐氏退耕堂刊本影印），卷二九九，《列傳》十一，頁34904：「遂建靈濟宮於都城祀之。帝每遘疾，輒遣使問神，廟祝詭為仙方以進，藥性多熱，服之輒痰壅氣逆，多暴怒，至失音。中外不敢諫。（尚寶寺少卿袁）忠徹，一日入侍，進諫曰：『此痰火虛逆之症，實靈濟宮符藥所致。』帝怒曰：『仙藥不服服丹藥耶？』」可見成祖之信奉仙術。

〔註106〕《明宣宗實錄》，卷十九，宣德元年七月，《明實錄》，（中央研究院歷史語言研究所校印本）第十七冊，頁516。

〔註107〕《明宣宗實錄》，卷十五，宣德元年三月，《明實錄》，（中央研究院歷史語言研究所校印本）第十六冊，頁394。

〔註108〕《明英宗實錄》，卷一〇二，正統八年三月，《明實錄》，（中央研究院歷史語言研究所校印本）第二十六冊，頁2055：「給道童劉珪安等一百七十四人度牒。」卷二四〇，景泰五年四月，第三十四冊，頁5230：「命禮部凡僧道請給度牒者，於通州運米二十石赴口外萬金等處官倉交收，以備軍用。」

〔註109〕楊啓樵：〈明代諸帝之崇尚方術及其影響〉，《明史研究論叢第一輯》，（台北：大立出版社，民國71年6月），頁415～419，列舉相當多的史料，說明孝宗對道教亦屬名實不符、矛盾而崇信之。

在洪武十六年改原有的宗師制成靈官制，且分屬全眞與正一道治理；改變後的茅山宗，五觀傳全眞道，三宮傳正一道，又發展爲靜一派和清微派〔註110〕。萬曆時揚州興化縣儒生陸西星著十餘種丹書，雖未創立宗派，但後人稱其爲內丹東派，內丹學於晚明復興，與明世宗崇道有關〔註111〕。劉淵然被尊爲淨明道第六代嗣師，以善祈雨聞名，於洪武二十六年召入宮中，太祖賜號高道；仁宗時賜號「長春眞人」，給二品印誥，與正一眞人同等。其徒邵以正於明代宗時，授道錄司左玄義，正統中升右正一，領京師道教事，景泰中時賜號爲「通妙眞人」，明英宗天順間列二品班末，亦屬榮寵。明世宗時陶仲文屬神霄派，受封爲「神霄保國宣教高士」。領道錄事，食二品俸，進加少保、禮部尙書，又加少傅，食正一品俸。《明史》記載明世宗「加仲文少師，仍兼少傅少保，一人兼領三孤，終明世惟仲文而已。」〔註112〕，其榮顯爲明代道士之冠。但這些派系的名稱，越到後來越鮮爲人知，人們多半知正一、全眞之名，而不懂神霄、淨明派系，這就是在官方認定和君王喜好的影響之下，成爲必然的結果。

　　再者爲對於派系的崇抑問題，基於君王信仰喜好與政權統治上的考量，君王多半尊正一而抑全眞，明太祖的《御制齋醮儀文序》中即表明此種態度：「禪與全眞務以修身養性獨爲自己而已，教與正一專以超脫，特爲孝子慈親之設，益人倫，厚風俗，其功大矣哉！」因人倫道德力量的教化而稱贊正一道，僅是太祖粉飾信仰的門戶話而已，其重視正一道的眞正原因，是正一道第四十二代天師張正常，早在朱元璋立國前即多次遣使上謁，表明擁護朱元璋的態度。洪武元年張正常亦入朝禮賀，雖遭革了天師名號，僅能稱眞人，但仍多有賞賜與封爵；而全眞道自丘處機起，即與元室關係密切，當然令朱元璋有所不滿。另外，正一道有一固定世襲之領導者，歷來傳統上亦多與官方來往密切，所以從君王的政權管理者立場來說，正一道管理起來較爲方便；而全眞道多無明確穩定之繼任者，又多隱居山林，精修爲主，官方管理十分不易，故名義上當然得尊正一而貶全道。明正一道之張天師，自第四十二代張正常至五十一代的張顯庸，代代皆襲封大眞人，掌天下道教事，倍極榮顯。所以在尊正一和抑全眞的君主立場下，兩派的發展相距甚遠。

　　最後則是派系的素質與內涵問題。君王對正一道和全眞道的態度，與兩派發展

〔註110〕曾召南：〈明清茅山宗尋蹤〉，《宗教學研究》，（四川大學出版社，1997年第四期），頁48～53。

〔註111〕任繼愈：《中國道教史》，（台北：桂冠圖書公司，民國87年3月），頁708。

〔註112〕《明史》，（成文出版有限公司，仁壽本二十六史，據東海徐氏退耕堂刊本影印），卷三〇七，《列傳》一九五，頁35026。

出來的素質內涵恰成反比。正一道倍受尊榮，但宗教素質低落且理論內涵無成；全真道雖不受君王重視，政治舞台上寂然無聞，但反能於教義之探討、教理之發揮有所建樹和深遠的影響。關於這方面的問題，屬於道教內部人士的探討，將於「道教人士對道教發展的影響」單元分析。

（2）方術齋醮之風氣

對君王而言，道士們主要的功用即是方術之提供，與齋醮儀式之施行。位居萬人之上的君王，往往視長生永享榮華富貴，和自身滿足於淫欲，為人生追求的主要目標。因此道士為取悅君王，無不視此兩項目標的達成為首要工作。如前述明成祖之遇疾時，請道士進藥，縱使無效且有反作用，亦篤信不疑；而明仁宗為第一位食金丹身亡的明代君王〔註113〕，乃至憲宗〔註114〕、世宗亦因服丹死亡。其實服食金丹對君王而言，因歷年來多有君王中毒身亡，已漸失長生不老之魅力，而助成春藥之泛濫。君王三宮六院，嬪妃成群，多半需要房中術或春藥以供一己淫欲之需。所以歷代君王仍不時有服金丹以助興之舉，道士們亦以此作為己身進爵榮貴之手段〔註115〕。

另外，基於鬼神賜福降禍的信仰，和祭祀祖先的傳統觀念，適時舉行齋醮，為君王對道士的仰賴。齋醮儀式由來已久，齋本為古人祭祀鬼神前之齋戒動作，潔淨以事天，後為道教採用於祭儀名稱，如黃籙齋、玉籙齋、金籙齋等；醮則為僧道設壇祈禱之儀式〔註116〕。兩者字雖異而義幾近，界說本混淆未明，宋以後更連用或通用二事，至明代對二者已不嚴格區分，所以可等同視之。齋醮的功能為祈福消災、超度亡靈；或指道士本身的修煉儀式，包括淨身清心、設壇、擺供、焚香、化符、

〔註113〕《明史》，卷一三七，《列傳》十八，（台北：成文出版有限公司，仁壽本二十六史，據東海徐氏退耕堂刊本影印），頁33156。宣宗初，御史孫汝敬上書：「先皇帝嗣統未及期月，奄棄群臣。揆厥所由，皆憸壬小夫獻金石之方以致疾也。」

〔註114〕《明孝宗實錄》，卷二，成化二十三年九月《明實錄》，（中央研究院歷史語言研究所校印本）第五十一冊，頁28：「金丹氣傷龍脈（指憲宗），一時寢廟不寧，旬日宮車晏駕。」

〔註115〕《明通鑒》，卷五七，（（清）楊沂孫編，三陶先生合刊，清光緒六年，國家圖書館藏線裝書）第三函，第二十四冊，頁29右：「元節年老，因薦仲文於上，以符水噀劍絕宮中妖，莊敬太子患痘，禱之而愈，益見寵異。」卷五九，頁27右～左：「癸丑大雨百官稱賀優詔答之，壬戌封陶仲文為恭誠伯，以禱雨平獄功也。」

〔註116〕劉枝萬：〈中國醮祭釋義〉和〈中國修齋考〉，《中國民間信仰論集》，（中央研究院民族學研究所專刊之二十二，民國63年），頁1～44，齋醮資料參考此兩篇文章，劉枝萬對醮有四種本義之解釋、三種引申義之解釋、兩種訛義之解釋，皆可用以詮釋醮之內容與定義，此處僅以最通俗簡要方式，舉出其中之一義。

唸咒、上章、誦經、贊頌等程序〔註117〕。雖然佛教亦有齋醮儀式的施行，但受重視的程度遠不如道士，人們普遍還是請道士施法爲主。古代人們面對不可測知的災異禍害時，齋醮就成了唯一救贖解決之道。如明太祖曾因久旱，而親行齋戒〔註118〕。此儀式爲人類尋求心理安慰的一種舉動，試圖以僧道獨特能力以改變處境、或成了與另一國度溝通的管道，本屬無可厚非之事。但若君王太沉溺齋醮，就成了國家重擔與朝政弊病的來源。如孝宗時諸言官上疏諫齋醮之妄，仍無法阻止君王一意孤行的舉辦齋醮以祈雨〔註119〕和賜道士崔志端爲禮部尚書的荒唐舉動〔註120〕；而世宗在位四十五年，大部分的時間都在齋醮，事無大小皆請示於神〔註121〕，浪費了無數錢財〔註122〕。張澤洪在〈唐宋元明時期的齋醮〉中統計明代張天師共爲國齋醮八十四次，史上時間最長的齋醮法會，即是明成祖永樂五年，張宇初在朝天宮舉行的薦揚玉籙大齋，長達百日；人數最多的齋醮法會，則是永樂十七年張宇清在福建洪恩靈濟宮，共有七千多位道士參與；而明世宗嘉靖年間，則是中國歷史齋醮最盛行的時代〔註123〕，已臻浮濫，甚至瘋狂的狀態〔註124〕。

〔註117〕劉鋒、臧知非：《中國道教發展史綱》，（台北：文津出版社，民國86年1月），頁242～246，介紹唐代之齋醮內容，種類與儀範程序皆十分豐富繁複，可知唐代齋醮已發展成熟，爲道教之重要內容。

〔註118〕《明通鑒》，卷三。（（清）楊沂孫編，三陶先生合刊，清光緒六年，國家圖書館藏線裝書），第一函，第三冊，頁11左～頁12右：「上以久旱，祈禱齋戒，后妃躬執爨，皇太子諸王饋於齋所。六月戊午朔上素服草屨，徒步至壇席槁暴日中，夜臥于地凡三日，詔賚將士省獄囚，命有司訪求通經術，明治術者，壬戌大雨。」

〔註119〕《明孝宗實錄》，卷七五，弘治六年五月，《明實錄》，（中央研究院歷史語言研究所校印本）第五十四冊，頁1417：「比因雨雪不降，啓建禳禜齋醮，動經旬月，所費不貲，茫無應驗。」

〔註120〕《明通鑒》，卷四十，（（清）楊沂孫編，三陶先生合刊，清光緒六年，國家圖書館藏線裝書），第二函，第十六冊，頁5左，：「以道士崔志端爲禮部尚書。志端，李廣之黨也，習步虛聲，音吐洪暢。成化中傳奉，歷官至太常少卿。久之進卿，至是驟擢尚書，仍掌寺事。言官以志端羽流，不宜清秩，抗疏力爭，上曰：『先朝有之，既擢用矣』不聽。」

〔註121〕（明）張瀚：《松窗夢語》，《元明史料筆記叢刊》，（北京：中華書局，1997年11月），卷五，頁99：「（邵元節、陶仲文）倡率道眾，時舉清醮，以爲祈天永命之事，上亦躬服其衣冠，后妃宮嬪皆羽衣黃冠，誦法符咒，無間晝夜寒暑。」

〔註122〕《明史》，（台北：成文出版有限公司，仁壽本二十六史，據東海徐氏退耕堂刊本影印），卷八二，志五十八，頁32484：「營建齋醮，採木採香，採珠玉寶石，吏民奔命不暇，用黃白蠟至三十餘萬斤。」

〔註123〕張澤洪：〈唐宋元明時期的齋醮〉，《宗教哲學》第二卷第二期，（台北中華民國宗教哲學研究社，民國85年4月），頁132。

〔註124〕劉枝萬：〈中國修齋考〉，《中國民間信仰論集》，（中央研究院民族學研究所專刊之二十二，民國63年），頁32，對世宗晚年極頻繁地舉辦齋醮，甚至同月間舉行相同

故明代道教的各教派，無不以方術齋醮的精進，視爲個人能力的必要條件。即使是全眞派如此重清修內煉的教派，也得知齋醮之法。這從一些獲得君王寵遇的道士們，皆因祈禱有驗而受封號的例子可看出端倪，如張三丰弟子丘玄清受薦爲太常卿，封三代〔註125〕；嘉靖時嶗山全眞道士孫玄清因求雨有驗，世宗賜號爲「護國天師左贊教主紫陽眞人」。而其他教派的道士也多因此而受封賜，如陶仲文、邵元節、周元眞（茅山上清派）等。既然居上位的君王崇信此道，上行下效，黎民百姓自然亦對方術齋醮之熱衷風行。

另外，朱元璋曾敕禮部選道士宋宗眞、趙允中、傅同虛等編撰《大明玄教立成齋醮儀範》一卷，將傳統醮儀定爲成規，頒行於天下〔註126〕。亦讓宋元以來的齋醮儀得以妥善保存和統合。

（3）道教典籍之保存

對於道教典籍的保存，明代君王較之前的唐宋君王而言，已不甚重視，因非眞正的宗教信奉者，故不關心道教的教義理論之傳承、文獻典籍之保存和宗教精神之發揚，只偏重實利性的齋醮與方術，滿足一己之需求。但因元代兩度焚經，造成金元時期編修的《道藏》大都散失或遭焚毀，故明成祖朱棣即位之初，即敕令第四十三代天師張宇初重編《道藏》，後又於永樂八年詔令第四十四代張宇清繼續主持編修，但至宣宗二年張宇清去世爲止，仍未完成。馮千山〈明代纂修《道藏》從任自垣始〉文中認爲永樂十一年張宇清薦舉學道於茅山元符萬寧宮的任自垣，爲玄天玉虛宮提點（正六品），宣德三年又任命爲太常寺寺丞。而任自垣受太常寺寺丞職時，曾纂修《大岳太和山志》十五卷，其中有三處提及奉旨纂修《道藏》，並擔任總裁，而葛寅亮撰《金陵梵刹志》中亦提及此事。故除張宇清編修外，尚有任自垣等人參與《道藏》之編纂〔註127〕。

明英宗雖是佞佛之君，但仍繼承成祖遺志，修纂道書，原因是英宗認爲道藏可有神效，可供祝禱祈福之用，故重視之〔註128〕。正統九年命邵以正督校，增所未備，於正統十年完成五三〇五卷，稱之爲《正統道藏》，頒賜天下道觀。明神宗萬曆年間又刊布《續道藏》，萬曆三十五年令第五十代天師張國祥續補，稱之爲《萬曆續道藏》。

　　　　齋儀之不近情理舉動，加以議論。

〔註125〕（明）沈德符：《萬曆野獲編・補遺》，《元明史料筆記叢刊》，（北京：中華書局，1997
　　　　年11月），卷三，頁902，〈淹九〉。

〔註126〕同註92：頁1320。

〔註127〕馮千山：〈明代纂修《道藏》從任自垣始〉，《宗教學研究》，（四川大學出版社），頁
　　　　32～36。

〔註128〕同註89，頁285。

以上明代的正續《道藏》共計五千四百八十五卷，五百二十函，即現在保存的明版《道藏》。

　　《正統道藏》雖刻於明，實源於宋，僅依據元初宋德方刊行的《玄都寶藏》，再增入元明二代道書而成。但未廣泛收集道書，連《政和道藏》五百六十四函，已知存於福建龍溪縣玄妙觀，仍未運往北京增補，可知編撰態度之輕忽草率。且選擇書籍的標準不嚴格，連偽托呂祖、文昌降筆等扶鸞之書亦刊入，使得內容顯得蕪雜失眞〔註129〕。以原本道學素養不高的正一道張天師們爲編修主持人員，可見明代君王編修《道藏》的態度，似非因重視道教經典予以保存，而是因崇信榮貴正一道，有爲其標榜抬高聲勢之意味。總體而言，《道藏》品質雖良莠不齊，但也容納道教大量的經典，和可觀之數量，內容龐雜豐富，保存了不少道教思想文化的精髓。

（4）道教神明之立祀廟祭

　　道教爲多神崇拜的宗教，不僅神仙系譜不時增添，不同派系的最高主神，亦各有不同。明代君王基於個人政治立場或特殊的崇信因素，對道教神明的成立和信奉亦有所影響，有時將民間原本信仰的神明，上升成官方祭祀的對象；有時是道教原本不甚重視的神明，卻因君王的推崇成了道教的主神。因道教神明眾多，無從一一介紹備置，故以下僅介紹四位由官方立祭的道教神明：

金玉闕真人

　　金闕玉闕指的是南唐徐知澄和徐知諤，原本爲閩縣民間所祀之神，宋代以來有救旱除澇、逐蝗救險等靈異之跡。明成祖病篤時，因禱之有驗，遂大加崇信，永樂十五年時爲其立廟於皇城之西，是爲洪恩靈濟宮，於正旦、冬至、聖節、生辰祭祀；憲宗成化二十二年封爲金闕玉闕上帝，命大學士萬安祭於靈濟宮〔註130〕。

真武大帝

　　眞武大帝原爲星宿神，本稱玄武，屬二十八宿中的北方七宿，與東青龍、南朱雀、西白虎並列。宋眞宗大中祥五年爲避聖祖趙玄朗之諱，改稱眞武，於天禧二年祥源觀專祀〔註131〕。眞武大帝爲鎮守北方之神，居捍侮之職，宋代因北方強敵威脅，自宋眞宗起就頒賜封號以推崇，希望藉此神明的保護以抗敵，此純屬心理安慰作用。元代基於政治因素，奉此爲開國立基之神，視爲北方政權的肇基神，元成宗於大德

〔註129〕同註90，頁210～212。
〔註130〕同註93，頁653。
〔註131〕曾召南：〈宋元明皇室崇信眞武緣由當議〉，《宗教學研究》，（四川大學出版社，1996年第二期），頁38～43。

八年將眞武封號，從宋代的「眞君」提升爲「帝」，名之爲「玄天元聖仁威上帝」〔註132〕。可知元朝對此神之重視，廟祀亦更加普遍。

明成祖爲取得政權，不僅以清君側的政治理由，作爲起兵口號，又以與北方藩王地位相應之眞武神護，作爲天命理由，名正言順的登上王位。爲酬神佑，並鞏固其政治地位，成祖於永樂十年大肆營建崇奉眞武大帝之武當山宮觀；又於永樂十三年八月十三日於北京建眞武廟崇祀眞武，其《御制眞武廟碑》：「北極玄天上帝眞武之神，其有功德於我國家者大矣，昔朕皇考太祖高皇帝，乘運龍飛，平定天下，雖文武之臣克協謀佐，實神有以相之。肆朕肅靖內難，雖亦文武不二之臣疏附左右，奔走御侮，而神之陰翊默贊，掌握樞機，斡運洪化，擊電鞭霆，風驅雲駛，……〔註133〕」更將眞武神推崇備至，視爲國家的保護神。所以明代在成祖的政治意圖主導之下，將眞武祭祀視爲皇家與地方上的重要祭典，終明之世都十分隆重。

關　公

關公即三國時的忠臣良將關羽。明洪武二十七年建關帝廟於南京雞籠山之陽，稱爲漢前將軍壽亭侯〔註134〕，成爲京師十四廟之一，受官府年年祭祀。北京亦於永樂年間建關公廟，成化十三年又奉敕建廟宛平縣之東，祭於五月十三日，皆太常寺官祭。各地之關公廟不計其數，僅北京地區於明朝時即有五十所〔註135〕。明末謝肇淛的《五雜俎》卷十五記載：

今天下神祠香火之盛，莫過於關壯繆，而其威靈感應，載諸傳記乃耳目所見聞者。如福寧州倭亂之先，神像自動三日乃止，友人張叔弢親見之〔註136〕。

今世所崇奉正神，尚有觀音大士、眞武上帝、碧霞元君三者，與關壯繆香火相垺，遐陬荒谷，無不尸而祝之者。凡婦人女子，語以周公、孔夫子或未必知，而敬信四神，無敢有心非巷議者，行且與天地俱悠久矣〔註137〕。

〔註132〕《玄天上帝啓聖靈異錄》第十，《正統道藏》，（台北：新文豐出版公司，民國86年3月），第三十二冊，頁830下。

〔註133〕《大明玄天上帝瑞應圖錄》第二十五，《正統道藏》，（台北：新文豐出版公司，民國86年3月），第三十二冊，頁834下。

〔註134〕《明史》，（台北：成文出版有限公司，仁壽本二十六史，據東海徐氏退耕堂刊本影印），卷五十，志十四，頁32157：「嘉靖十年訂其誤，改稱漢前將軍漢壽亭侯。以四孟歲暮，應天府官祭，五月十三日，南京太常寺官祭。」

〔註135〕《宛署雜記》，《稀見中國地方志匯刊》，（江蘇中國科學院圖書館選編，1992年12月），第一冊，卷十九，頁195～196。

〔註136〕（明）謝肇淛：《五雜俎》，（明末刊本），卷十五，事部三，頁15。

〔註137〕同上註，卷十五，事部三，頁17。

謝肇淛以當代文人的立場，記錄著當時民間信仰關公的盛況，就是關公信仰流行民間的最佳證明。明萬曆二十二年道士張通元請進爵為帝，四十二年制敕封「三界伏魔大帝神威遠震尊關聖帝君」。《三朝野記》卷七的記載，可見明代君王對關公的重視與崇敬：

> 宮中舊規，上每年冬底書符召仙或召將，叩以來歲事，無不應者。至是年召之不至，良久，玄帝下臨乩，批云：「天將皆已降生人間，無可應召者。」上再拜叩問：「天將降生，意欲何為？尚未降生者否？」乩答云：「惟漢壽亭侯受明厚恩，不肯降生，餘無在者。」批畢，寂然，再叩不應矣〔註138〕。

將天界與人世相結合，成神話般的轉世降生之說。不過崇禎時亂象已現，危亡時似乎僅剩關公仍正義凜然的保衛明室，或為道士荒謬語話，也正顯示明室視關公為守護神之角色，尤其是明末內禍外患之際，關公武聖義勇形象，為君王心理之寄託。

城隍神

明洪武元年封天下之城隍神，如凡間之封建制度，應天府之城隍為帝，其餘亦有王、公、侯、伯之名。洪武三年頒定廟制，城隍廟之高廣與官署廳堂相同。洪武四年各地設無祀鬼神壇，以城隍神為主祭之神；新官赴任，先謁城隍神並祝禱起誓，為陰陽兩界治理百姓之象徵〔註139〕。可知明代君王視城隍神為神界的地方官吏，以凡間稱呼建構之，期收陰陽治理之效。而城隍信仰淵源，最早見於三國時吳赤烏二年蕪湖城隍祠，唐李陽冰即稱城隍神祀典本無，吳越始有。唐文宗大和中李德裕建蜀成都城隍祠，李白在《韋鄂州碑》中對城隍靈驗神效給與肯定；韓愈貶至潮州時亦作城隍祭文。宋元時各地皆有城隍廟，但其神權僅限於府縣地方級而已。明代城隍神格上升，各地城隍皆有封號，而這樣的官方式封神，讓城隍信仰極為榮盛。《明史》卷四十九中記載：「凡聖誕節及五月十一日神誕，皆遣太常寺堂上官行禮。國有大災則告廟。在王國者，王親祭之，在各州府縣守令主之」〔註140〕於是道教吸收城隍入神仙譜系中，編《太上老君說城隍感應消災集福妙經》，正式成為道教神明中重要的一員。

2、道教人士對道教發展的影響

明代道教的主流為正一道，故論影響力而言亦以正一道士為主，尤其是張天師

〔註138〕《三朝野記》，（台北：廣文書局，民國53年2月），卷七，頁160。
〔註139〕（明）葉盛：《水東日記》，《元明史料筆記叢刊》，（北京：中華書局，1997年12月），卷三十，頁296〈城隍神〉：「新官赴任，必先謁神與誓，期在陰陽表裡，以安下民。」
〔註140〕《明史》，（台北：成文出版有限公司，仁壽本二十六史，據東海徐氏退耕堂刊本影印），卷四九，頁32150。

們在道教中的地位十分崇高，其行事風格、思想特徵都可作爲道教發展的代表性人物。以下介紹三位道教人物的思想觀念和行事作風，以正一道的宗教領袖、正一道的重要知識份子，和全眞道的傳奇人物，探討以此三人所代表的道教主流份子，可以窺知道教本身的改革和整合。

（1）張宇初之改革與援儒入道

正一道因皇室的優渥待遇，掌天下道教各派之大權，獲修建宮觀府第，封官進爵，享種種政治經濟禮遇之特權，但也逐漸步入腐化墮落的階段。永樂初年張宇初即以道教教主身分撰寫《道門十規》，企圖整頓正一道戒律鬆弛、奢靡怠惰的風氣，改善素質低下的道士教團。而張宇初亦以《峴泉集》十二卷、《度人經通義》四卷、《龍虎山志》十卷，精粹正一道的理論架構。任繼愈解說張宇初的道教學說有五：1、申明道統源流，上攀先秦道家；2、強調性命雙修，內煉爲本；3、三教同源，儒道融合的性命說；4、以內煉爲本的齋醮道法說；5、繼承全眞教風，清整戒律清規﹝註141﹞。這五點內容都是針對正一道在社會風評不佳的情況之下，以全眞教內煉自律的清規，加上對道家學說的推崇，期能改善並重建正一道的名望。由此可看出張宇初的企圖，既取全眞道內丹修煉之性命雙修，又保留了正一道符籙﹝註142﹞齋醮之術，並結合以心性爲源頭，融合三教內涵的明代思想趨勢。由張宇初的這些論著內容，可見其對道教改革的決心，以及整合全眞正一兩派、融合儒道精神的企圖。《漢天師世家》卷三中稱張宇初：「學問深造，貫綜三氏（儒釋道）爲一途，旁及諸子百家之籍，靡不究蒐，發爲載道紀事之文，各極精妙。」爲歷代天師中最有學問、最好讀書的一位，而且張宇初居於領導地位來提倡道教之改革，應該或多或少可收較佳的效果。

理學自宋元以來，造成社會一股不小的思想風潮，明代道教理論亦深受理學影響。張宇初對周敦頤、程灝、程頤、朱熹、陸九淵等理學家推崇備至，並以心學作爲個人思想的基礎﹝註143﹞，認爲「聖賢之道者何？道德性命仁義之謂也﹝註144﹞。」「聖人之道本乎心。易，心學也。邵子之言曰：心爲太極。爲學養心，先天之學，

﹝註141﹞ 同註93，頁689～696。
﹝註142﹞ 同註88，頁239，提及「符籙」屬民間深信方術之一，東漢時出現流傳，爲張道陵所吸收，成道士重要法力之一。符籙指的是「記有天官功曹，十方神仙名籍的牒文，用來召役神吏，禳災祈福，超度亡靈，拔度眾生，是道士方術的最重要手段。」
﹝註143﹞ 見註91，頁215。
﹝註144﹞ （明）張宇初：《峴泉集》，《四庫全書珍本》五集第三〇〇冊，（台灣商務書局，民國63年），卷一，〈愼本〉，頁6。

心也。其言心至矣，其論理明矣〔註145〕。」張宇初在論作中，明顯認同理學觀點：「太極者，道之全體也，渾然無所偏倚，廓然無得形似也，其性命之本歟？稟於命理，具於性心統之之謂道，道之體曰極，五居九疇之中曰皇極，書曰會其有極，詩曰莫匪爾極，以是求之即心也，道也，中也〔註146〕。」由心統性命而至太極的哲學結構，即爲理學家的理論根源，而張宇初全盤繼承此理論。故任繼愈介紹張宇初的道教學說特點時，曾提及其「撰《觀物篇》，對邵雍的『心爲太極』之論最爲推崇。還有《廣原性》、《辨荀子》、《先天圖論》、《河圖原》等，廣論儒家性命之說，和會道教。這種對儒學的靠攏，反映出明代理學對道教的挾迫、影響〔註147〕。」所以明代道教理論若要尋求更上層樓的發展，非得從宋元以來已十分豐盛的理學思潮中汲取不可，因此每位道門中的知識份子，在吸收知識建構宗教理論的同時，亦不免受到影響。

（2）趙宜真之整合符籙道法並引禪入道

另一位明代正一道重量級的學者型人物，爲明初的趙宜眞。據張宇初的《峴泉集》卷四《趙原陽傳》記載，其本爲一儒生，後入道，曾師事曾塵、張天全、金野庵、李玄一、蒲衣馮等人，著《原陽子法語》和《仙傳外科祕方》十一卷，「凡道門旨奧，皆綴輯成書。」其學說兼具各派特長，論著兼備清微、神霄、正一、全眞、淨明等道，明代重要的符籙道法匯編《道法會元》共二六八卷，內容多爲宋元間流傳的清微、神霄等符籙道法，其中許多篇章的序跋皆是趙宜眞的著作。其影響力可從《趙原陽傳》：「其高行偉操爲時所推慕，從游者益衆〔註148〕。」去世時「官庶瞻敬者群至」，從世人對他的推崇孺慕之情，可以想見其道教理論之深遠影響。趙宜眞改革符籙儀式上的繁瑣程序，強調行持作法要與「天心」相合：「清微祈禱本無祭壇……所謂天地大天地，人身小天地，我之心正則天地之心亦正，我之氣順則天地之氣亦順矣，故清微祈禱之妙，造化在吾身中，而不在登壇作用之繁瑣也」〔註149〕雷法以內煉爲符籙靈驗之本，而輕儀式上的繁文縟節。且整合全眞內丹北派之論與正一外丹之信仰，一方面以「自性法身」爲內丹之本，《原陽子法語、還丹金液歌》序：「自性法身本來具足，不假於外，自然之眞；其進修則攝情歸性，攝性還元，有

〔註145〕同上註，卷一，〈讀觀物篇〉，頁56。

〔註146〕同上註，卷一，〈太極釋〉，頁23。

〔註147〕同註93，頁693。

〔註148〕《正統道藏》第五十五冊，正乙部，（台北：新文豐出版公司，民國77年12月），頁844下。

〔註149〕《道法會元》卷之八，《正統道藏》，（台北：新文豐出版公司，民國86年3月），第四十八冊，頁550下，〈祈禱說〉。

爲之爲出於無爲，無證之證所以實證。」，另一方面又相信外丹，認爲日月精華煉成丹藥點化肉身，可臻形神俱妙，白日飛升〔註150〕。

禪宗發展至明代，思想體系已相當成熟，社會各階層的接受度亦相當普遍。道教人士不乏禪味之行事風格，也不再有強烈批佛貶禪的舉動，亦多有融佛禪化的理論。如趙宜眞與禪宗關係密切，震陽王廣文問性命之旨時，他回答：「有有有非有，無無無不無。碧潭秋夜月，星散一輪孤。」「水裡月可捉，天邊雲可縛。收拾入葫蘆，便是長生藥。」充滿禪味的闡釋道教思想，可見其入禪之深〔註151〕。任繼愈稱其「以『粉碎虛空』爲最高境界，頗近於禪。」「主張性命雙修，屬修性次修命一流，受禪宗影響較深〔註152〕。」

趙宜眞的修道理論，據劉國梁的引述，主要是強調三教同一：「他繼承北宋張伯瑞『教雖三分，道乃歸一』的思想，認爲『聖賢仙佛分門戶，畢業到家同一路，身心了外更無玄，早合眞參求實悟』；『三教同開道義門，心心相契共誰論。如何則被游塵隔，未信涵天實鑒昏。』在他看來，盡管儒、釋、道教義與修行的途徑、方法不同，但其共同點在于修心悟道，即是通過自己內心的證悟，達到理想道德的完善。」〔註153〕故趙宜眞主要學說爲引禪入道，但基於時代之趨向和他個人的讀書背景，儒學亦深植於思想之中，有三教歸一的傾向。

（3）張三丰之創教與兼融各家

張三丰爲明代全眞派創立一獨特的教派，或稱之爲武當道教，或稱之爲新全眞教。武當山道教兼有各派，以信奉眞武玄天上帝爲主，有全眞，也有清微、神霄、正一。自明王朝令張天師統領天下道教，亦促進了武當山道教各派的融合。張三丰名全一，一名君寶，號三丰，一號張邋遢，遼東懿州人，生於元定宗二年。據《明史》張三丰傳：「頎而偉，龜形鶴背，大耳圓目，鬚髯如戟，寒暑惟一衲一蓑，所啖升斗輒盡，或數日一食，或數月不食。書經目不忘。遊處無恒，或云能一日千里。善嬉諧，旁若無人〔註154〕。」唐大潮和石衍丰〈明王朝與武當道教〉一文介紹張三丰不僅通全眞修煉之法，且會符咒之術，從道士冰壺先生與張三丰相遇之事，和道士王宗道得張三丰導引、咽漱祕術、步虛洞微之詞傳授，以及張三丰弟子邱玄清亦

〔註150〕同註93，頁696。
〔註151〕同註91，頁212～215。
〔註152〕同註93，頁696。
〔註153〕同註91，頁213～214。
〔註154〕《明史》，卷二九九，《列傳》八，（台北：成文出版有限公司，仁壽本二十六史，據東海徐氏退耕堂刊本影印），頁34904。

擅祈禳之術和清靜守中之祕，可知此派風格，兼融多家特長〔註155〕。其弟子王宗道於永樂三年由胡瀠攜之入朝，給全眞牒，故官方多認定屬全眞一系。但衛復華的〈明著名道士張三丰住鶴鳴山年代及其他〉一文，則引用相當多的資料，證明張三丰屬正一而非全眞〔註156〕，此屬少數學者之觀點，但亦可看出張三丰流派之歸屬，若非以官方認定的全眞道，而是再加以實質評論時，尚有所爭議之空間。所以張三丰對全眞教而言，亦屬對道教革新整合的功臣。

張三丰主張三教合一，據《三丰全集、大道論》上篇：「予也不才，竊嘗學覽百家，理綜三教，並知三教之同，此一道也。儒離此道不成儒，佛離此道不成佛，仙離此道不成仙。」且說「儒也者，行道濟時者也；佛也者，悟道覺世者也；仙也者，藏道度人者也。各講各的妙處，合講合的好處，何必口舌是非哉！夫道者，無非窮理盡性，以致於命而已矣〔註157〕。」此態度符合張三丰卓然灑脫、不羈成見的形象，也代表明代部分士子普遍的融合觀念。

3、民間信仰對道教發展的影響

多數論述道教發展的學者，都認爲明末至清代，道教已步入民間而成世俗化。此與明代正一道因君王本身重視外丹符籙齋醮需求，逐漸發展成實用性質的道教，與此同時的民間亦有相同的趨勢，已不再重視理論教義之探討。而全眞道因無政權的保障，於民間行走時，亦不得不以方術齋醮爲生存之法。所以明代的正一和全眞道士所表現出來的行事風格，十分雷同。

雖然仍有學者型的道士，致力於理論教義的發展、道教形象的塑造，但大多數的道士們已不似唐宋元時道士之德學兼備，以名望服人，僅只是單純的以道術行走江湖，視道術爲維生之法，道士身份成爲一種職業。道士人數的眾多和度牒取得之浮濫，可看出明代道士階級屬性的改變。至此來自於民間信仰的道教，雖經魏晉唐宋以來，數位道教人士的努力建構理論、發展教義，以期呈現學術內涵深厚之高遠形象，但幾經演變至於明代，終究又成了民間型態之宗教而已。

身居於民間之道士們，自然呈現出相當平民化的面貌，將民間信仰融入道教體

〔註155〕唐大潮、石衍丰：〈明王朝與武當道教〉，《宗教學研究・道教研究》，（四川大學出版社，1996 年第三期），頁 7～13。

〔註156〕衛復華：〈明著名道士張三丰住鶴鳴山年代及其他〉，《宗教學研究・道教研究》，（四川大學出版社，1995 年第一、二期），頁 36～38。

〔註157〕《張三丰全集》，（杭州：浙江古籍出版社，1999 年 3 月），頁 3。而李養正的《道教經史論稿》（北京：華夏出版社，1995 年 10 月，頁 204）書中則指出指出張三丰所創武當道教義有四：1、崇祀眞武大帝。2、習武當內家拳技。3、在教義上主張三教合一。4.重修煉內丹、且首重性功。

系之中，以下從多神信仰與扶鸞求籤術兩項，來了解民俗對道教的影響。

（1）多神信仰對道教神仙系譜之擴充

中國屬多神崇拜的信仰觀念，相信萬物皆有靈，會對人類有所賜福與降禍。自古以來天地間的動植物與自然現象、歷代名人與傳說人物，往往成爲民間祈禱崇信的對象，如龍王、火神、山神、土地神、財神等神靈皆與人民生活息息相關，既代表著廣大群眾的渴望，也讓這些神明具有相當大的影響力。道教根源於民間，其崇奉的神明也多深具民間生活關聯之性格。但每一時代民間崇奉的神明更具有鮮明的時代特性和意義，所以道教雖然自有其崇拜的正神，如元始天尊、三清天尊等，但相較之下，不若隨順民眾需求所增添的神明，更受到廣大社會群眾的重視。因此道教得適時吸收民間所崇信之神明，以符合當世人們的需要。除上述提到君王敕封廟祭的金玉闕眞人、眞武大帝、關公、城隍之外，尚有文昌帝君、財神、灶神、天妃（媽祖）等，從民間信仰轉化成道教之正神，受道教定時齋醮祭祀。如天妃媽祖，本爲宋代莆田湄洲嶼上女子林默，相傳二十多歲坐化而逝後，成爲海神，湄洲嶼和沿海鄉民漁人建祠祀之，極爲靈驗〔註158〕。宋徽宗時首次賜廟額爲「順濟」，宋理宗加封爲「助順嘉應英烈協正妃」。明成祖時詔命在湄洲、長樂、太倉、南京以及北京建天妃廟，還親自撰寫了《南京弘仁普濟天妃宮碑》，讓媽祖在民間的神明地位更加崇高。因此道教此時將媽祖納入其神明體系中，編集其靈跡撰寫成爲《太上老君說天妃靈驗經》，使媽祖成爲道教的一位正神。

（2）結合民間扶鸞與求籤之術

扶鸞又稱扶乩，是民間神與人溝通的一種方式，爲早期巫術的一種。道教歷經數代的發展，已取代巫者在民間的地位〔註159〕，擁有較高的社會地位與向心力，但巫術並未完全消失，仍存在於民間。明代道教基於民間信仰的需要，加入此項與道教原始精神不符的方法，建立一種與神溝通的管道。道教本身一開始並不認同此種儀式，可從明初張宇初的《道門十規》中，斥責當時社會上圓光附體、降將扶箕、

〔註158〕韓秉方：《道教與民俗》，（台北：文津出版社，民國86年），頁193～196。

〔註159〕羊華榮：〈道教與巫教之爭〉，《宗教學研究》，（四川大學出版社，1985年第一期），頁35～42。文中論述道教與巫教的差別，道教反對巫教的原因，以及道教戰勝巫教的結果。其中雖未明示扶鸞仍巫者之行爲，但觀其巫教之解釋，「巫教把人與神之間劃一條絕對的不可逾越的界線，神永遠是人的主宰者，正如奴隸主主宰著奴隸的生命一樣。而巫覡則是人神之間的唯一使者，巫覡雖具有詛祝之權，即有在神的面前講某人的好話或壞話的權力，但它無駕馭神的權力。」而道教則爲人與神可直接溝通，神存在人身之中，可上達天聽，毋需第三者傳達。故以此認定扶鸞本爲早期巫術之一。

持鸞照水等術，訓誡道徒不得行這些民間迷信方術，而以正一、靈寶、上清、淨明等傳統法籙爲正道〔註160〕。但張宇初之《道門十規》僅爲一教之主對道徒理想式的約束與規範，雖然能對道教有形象上的提昇作用，以及一定程度的影響，但似乎無法阻止一般道士們盛行方術的風氣，例如扶鸞術。扶鸞的基本程序爲先置香火盤或沙盤於案上，道士行禮念咒請神降臨，運筆於香灰或沙上寫字，事後由道士解說。明代盛行此術，道士們以此取得民眾的信任和君王的寵幸，如嘉靖時顧玒即以此術，官至太常少卿；藍道行亦以此術令君王對嚴嵩父子厭惡。一些知識份子亦相信此術，進行科舉試題之猜測或出迷作詩〔註161〕。求籤則是先禱告神明，許下心願，再從事先準備好的神籤中選出一支，由道士解讀，告知吉凶。本爲民間人神溝通之法，但也逐漸成爲道教宮觀常設之儀式，凡此對後世影響極爲深遠。

（二）明代道教的發展特色

明代道教發展的情形，可從上述三種影響因素，看出其發展傾向。以下總結此發展趨勢之三項主要特色：

1、世俗化趨勢

道教歷經魏晉唐宋時期的多位學者對教義理論之建構經營，雖然學說已然成型，思想體系亦已建立，但因時代大環境的改變，和禪宗、理學興盛雙重影響，道教仍漸走入群眾，不斷吸取民間文化的新生命，以充滿世俗色彩的活力，流行於民間。從上述政權因素、民間信仰因素，探討道教神明體系和方術齋醮、扶鸞求籤的發展情形時，已可看出道教世俗化之趨勢，雖因觀察角度的差異，上述單元是從影響因素研究明代道教的發展情形，但所造成的結果，仍可說爲世俗化趨勢。故此單元不再重復民間職業化道士們，以符咒禁忌、去病禳災、養生送死、祈晴止雨、驅魔降妖等道術，行走於民間之世俗化活動；和道教世俗化後，於民間建立了相當多的道教神廟，如城隍廟、眞武廟、關帝廟、媽祖廟等情形。僅從內丹學之復興、勸善書之盛行、民間宗教之興起，探討道教世俗化之趨勢。

外丹術因隋唐時的慘痛教訓，和耗費物資過於龐大，宋元以來已較少爲人所修煉。明代君王雖仍有煉金丹之舉，亦有服食中毒或死亡的情形，但多數君王的態度，已較唐代君王謹慎許多。此期內丹修煉延續宋元時的發展，但已漸世俗化，理論不再深奧難解、充滿神祕色彩，而是以三教合一思想詮釋內丹術。內丹本以勸人斷俗念、去愛欲，爲修道成仙的前題。但世俗化後，以儒家倫理忠孝觀念，調和著入世

〔註160〕同註93，頁694。
〔註161〕同註88，頁331。

與出世的差別，如王常月爲全眞龍門之中興人物，除要求出家學道者需「捨絕愛緣」外，仍需不忘報天地、日月、君王、父母。其《龍門心法》中說：「孝悌忠信禮義廉恥，……若不了此八個字，人道就不全了，如何進得仙道。」「儒門中宰官居士，有心出世者，且莫去行出世之法，只該先去愼獨存誠，孝父母、忠君王，仁義存心，純良盡己。」〔註162〕觀點入世且容易實行，解說方式簡單通俗，適用層面廣，相當世俗化。明末全眞龍門派第八代的伍守陽，以佛教禪學觀念引入內丹修煉理論中，其《天仙正理》《仙佛合宗語錄》皆將道教內丹修煉的步驟與禪法相結合〔註163〕。因內丹學者著力於理論學說之平實取向，致力結合當世盛行的三教合一思想，故社會各階層都容易接受內丹思想，使其通俗化流行。

道教勸善書在民間廣泛傳播，深入群眾的生活之中，亦爲道教世俗化的表現。《太上感應篇》在宋理宗時即刻印入道藏中，明清時廣爲流傳，有「民間道教經典」之稱，明儒楊起元、李贄、高攀龍、金杭等人皆曾爲其序或疏，因認可其對人民的影響力，故官紳士人捐資印施者甚多。《文昌帝君陰騭文》成書約南宋時代，明清時與《文帝孝經》等皆盛行於世，被輯入《道藏輯要》中，受到廣泛的翻刻與流傳。《功過格》本爲道士自記個人善惡功過的冊子，也爲宋明理學自我鞭策督導之法，後爲道士所仿效，又流行於民間百姓身上，爲一般人立身處事之道德規範，添加神化色彩。以上僅就《太上感應篇》《文昌帝君陰騭文》《功過格》三種代表性的勸善書略加檢視，說明道教世俗化的過程中，勸善書扮演了一個重要的角色。

道教世俗化的發展，影響了民間宗教的興起。明代民間宗教特色爲三教合一，兼取各教思想精華，或有所偏取，以爲創教立論之用。而白蓮教、黃天教、八卦教、紅陽教、長生教等，更與道教關係密切，將道教神明納入其信奉的神靈系統，視道教符籙齋醮、內丹修煉，爲其重要的傳法手段和教義內容。而民間宗教之盛行，正反映出道教在明代社會之影響力，和在人民心中的地位，也就是道教世俗化的反映。

2、融合化趨勢

首先延續著宋元以來三教歸一的理論，各派各門都以三教融合爲學說之依據，除前述介紹的張宇初、趙宜眞、張三丰三位，正一道與全眞道重量級人物，著作言論中都有明顯的三教合一觀念，如朱權、陸西星〔註164〕、王常月〔註165〕等人學理

〔註162〕同註93，頁721～722。

〔註163〕同註92，頁315。

〔註164〕同註91，頁219～222。

〔註165〕同註93，頁724～726，偏重論王常月著作學說之佛教傾向；而劉鋒與臧知非：《中國道教發展史綱》，頁328～330，認爲王常月「借佛學詞句，講人倫道德，達於道

中即亦不乏三教融合傾向。任繼愈曾說：「出身於中下層知識分子的內丹家們，大多出入於三教，從其見解和本身的需要出發，皆高唱三教歸一，並和宋元內丹家們一樣，把三教同源一致之點，歸結於道、太極、性命，往往以道釋儒援儒入道」〔註166〕這是從明代內丹諸家的思想觀察，可得三教同源、歸一的結論，因此明代道教之發展，確實有三教合一的趨勢。

另外則是派系之間的滲入與整合。正一道因政治優勢為天下道教各門各派的管理者，故與各門派有相互整合的機會，彼此之對立並不明顯。如張宇初重整正一道時，即一再重申全真道清規之優點，並多採全真教義；劉淵然、邵以正都兼承全真北宗之傳。而全真道一些著名人物，在習道過程中都曾從學於正一道，如龍門派的陳通微，本學正一法，後才歸依於全真龍門之張德純。另外可從上述方術與齋醮單元中，看到全真道士亦多通曉正一道法，可知兩者之整合無分，只是各有師門派別之傳承關係，和偏重專長之區別而已。

3、正一道之榮貴與衰落，全真道之沉寂與中興

正一道依附政權而榮貴，受君王封賜重用之程度，為歷來道教史上絕無僅有。上層階級道士為君王所寵幸，能自由出入宮闈、受到封官賜宅府與金錢；一般道士則得以享有免役免稅之特權，並以道術迷惑信徒，求取錢財。因此正一道士們的外表光鮮，政治地位崇高，享盡優渥待遇，但也漸趨於腐敗和衰落，成了社會地位不高、聲名不彰的下場，清代以後不為社會人士重視，再無振興之勢。

全真道因不受政權重視而走入民間，並能維持清靜高潔之修行，以其清高謹行的形象，與道法靈驗之術，為社會人士所敬重和推崇，明末至清以後有中興之勢，如王常月之中興龍門，伍柳派之丹法影響，皆是全真道後起之盛勢。

三、明代儒家的發展情勢

明代儒學既延續著南宋以來程朱理學的發展趨勢，又有王學成風的新興局面，兩者構成了明朝的學術現象。而儒者在佛道二教發展成型的歷史長流中，逐漸受到薰陶和感染，使得明代儒家有著與佛道融合的思想特徵。因此本單元先從明代理學王學的發展流變分析著手，再探討儒者的佛道思想。

（一）明代儒家的發展與流變

教仙極，出世與入世、天界和人界混而為一，道教與儒學為一。」，此論似乎是以王常月儒學傾向為主。故可看出王常月亦採三教並用方式傳道。

〔註166〕同註93，頁719。

1、明初程朱理學的官學一統地位

明太祖基於儒學對社會秩序的建立和倫常安定的特質，於政權治國有利，故明定儒學爲立國之本。朱熹理學自從南宋末年取得學術上的優越地位，元代時成爲科舉考試的主要範本，已獲得統治階層的高度重視。明太祖承繼著此項科舉取士的傳統，對於四子書和五經的傳注，都以朱學作爲命題取士的標準；如此一來，學子研習經書的範本，就僅限於朱學傳注，別無他本了。明成祖更藉《四書大全》《五經大全》的頒定，讓朱學地位更形上揚，置朱學於崇高之官學角色〔註167〕。故絕對獨尊的程朱理學，即爲明初儒學的主要趨勢。顧炎武的《日知錄》卷十八「書傳會選」條：「自八股行而古學棄，《大全》出而經說亡。」足以說明官方科舉考試的八股取士，對士人們的局限，和對學術發展的阻扼，其危害更爲深遠。因此後來陳獻章的心學開端，王守仁的發揚心學，皆是對朱學的革新和突破。

此期主要的代表人物有宋濂、劉基、方孝孺、薛瑄、吳與弼、胡居仁、曹端等，皆屬理學的正統學者，對程朱之學有所闡釋與發揚。如《明史·儒林傳序》所說的：

> 原夫明初諸儒，皆朱子門人之支流餘裔，師承有自，矩矱秩然。曹端、胡居仁篤踐履，謹繩墨，守儒先之正傳，無敢改錯。……〔註168〕

但明初大儒並非全然謹守成規舊制而無創見新論，他們往往以程朱思想爲前題，或「折衷朱陸」或「兼采朱陸」，將陸學的尊德性和發明本心融入朱學當中，成爲明初理學蘊釀心學之潛藏準備期。如曹端被黃宗羲視爲「今之濂溪」，且認爲方孝孺之後，能於「斯道之絕而復續者，實賴有先生一人」〔註169〕，《明史·曹端傳》稱其「大旨以朱學爲歸」；但其學仍對朱學有所修正：「事事都於心上做工夫，是入孔門底大路。」「事心之學，須在萌上著力〔註170〕。」已見心學的傾向。

黃宗羲《明儒學案》成書於康熙十五年（1676），是一部論述明代儒學發展流派，與對各家思想加以評述的學術史著作，共六十二卷，分成十七個學案。卷首《師說》一篇，爲輯錄其師劉宗周評議明代學術之言論，亦可總結黃宗羲論著此書時的觀點。此書概括整個明代理學的發展情形：明代初期以朱學爲主、明代中期王學爲大宗，明末則有修正心學的王門別派、和朱學對王學的批判。其中以明代中後期佔了書中

〔註167〕侯外廬：《宋明理學史》，（北京：人民出版社，1997年10月），下冊第二章「明初朱學統治的確立」詳細介紹明初朱學的歷史源由與發展情形，頁33～54。

〔註168〕《明史》，（台北：成文出版有限公司，仁壽本二十六史，據東海徐氏退耕堂刊本影印），卷二八二，頁34712。

〔註169〕（明）黃宗羲：《明儒學案》，《黃宗羲全集》第七冊，（台北：里仁書局，民國76年4月），頁2，〈師說·曹月川端〉。

〔註170〕同上註，卷四十四〈諸儒學案上二〉，頁1064～1065。

最多的篇幅，對王學的興起和演變情形，視作其基本內容。故王學的發展可稱為明代儒學的主流〔註171〕。

而王學產生的開端應自陳獻章始：「（明代）學術之分，則自陳獻章、王守仁始。……姚江之學，別立宗旨，顯與朱子背馳。門徒遍天下，流傳逾百年。……嘉隆而後，篤信程朱，不遷異說者，無復幾人矣。……」《明史》卷二百八十二〈儒林傳·序論〉曾有這樣的介紹。明清學者稱陳獻章為「白沙先生」，其學為「江門之學」，早期以「惟在靜坐，久之然後見吾心之體。」為異於朱學的心學開端。心學宗旨為「以自然為宗」〔註172〕，以「天地我立，萬化我出〔註173〕。」為其世界觀，「為學須從靜坐中養出個端倪來，方有商量處〔註174〕。」為實踐方式。完整的心學體系，讓江門心學立於明代儒學開創性的革新地位，劃分了朱學與後起姚江心學的界限，其思想理論與晚出的王學結合後成為明代心學的主要內容。

2、明代中期王學的流播和與其他學派的互動關係

王守仁的學說歷經三變之後〔註175〕，形成獨特的心學體系，集中國哲學思想上主觀唯心主義之大成〔註176〕，主要論題為「心即理」、「知行合一」和「致良知」。其心學體系，以簡捷成聖為特色，對朱學弊病有所矯正，以切合時代人心之需求；更因王守仁以弘揚聖學為己任，注重講學闡道，一生不曾間斷，再加上其官場仕途的崇高地位與轉徙各地的經歷，讓王門心學受到當世儒者的普遍重視而流行，漸漸取代朱學在學術界的領導地位。

王陽明一生講學的時間相當長，又隨著仕宦際遇之改變，到過相當多的地方。故門下弟子不僅人數眾多，且來自各地又散居四方；又因受教王門的時間前後有別、

〔註171〕 侯外廬：《宋明理學史》，（北京：人民出版社，1997年10月），下冊第二十八章，頁781～822：「《明儒學案》及其對明代理學的總結」對《明儒學案》有詳細的評論。

〔註172〕 （明）陳獻章：《白沙子全集》，《中國哲學叢書》，清乾隆辛卯年刻板碧玉樓藏板，（台北：河洛圖書出版社，民國63年9月），卷三，書一，頁500，〈與湛民澤〉：「人與天地同體，四時以行，百物以生，若滯在一處，安能為造化之主耶？古之善學者，常令此心在無物處，便運用得轉耳。學者以自然為宗，不可不著意理會。」

〔註173〕 同上註，卷三，書三，頁564，〈與林郡博〉：「此理干涉至大，無內外，無終始，無一處不到，無一息不運會，此則天地我立，萬化我出，而宇宙在我矣。」

〔註174〕 同上註，卷三，書一，頁400，〈與賀克恭黃門憲〉。

〔註175〕 （明）黃宗羲：《明儒學案》，《黃宗羲全集》第七冊，（台北：里仁書局，民國76年4月），卷十〈姚江學案〉，頁181有「其學凡三變而始得其門」之語。

〔註176〕 侯外廬：《宋明理學史》，（北京：人民出版社，1997年10月），下冊第八章，頁206，對此有所評論。認為王守仁心學體系的內容，雖比南宋陸學精緻完整，但仍為一混亂的理論體系，有著許多的矛盾，可以有不同的理解和分類。

聽王陽明講述的主要學旨亦有區別。另外王陽明的教育理論，本重啓發誘導、貴自得、循序漸進和因材施教〔註 177〕，所以弟子們個人心得各有不同，在王陽明生前時已屢見辯論爭執，等王陽明死後，弟子們彼此的歧見更形深巨。這就是王門心學開放自由的獨特學風，以及其學說本身形成過程中，兼融各家門派菁華所導致的結果。但這樣的現象，也讓王學顯得博大繁複，內涵深厚。

黃宗羲《明儒學案》中以人文地理爲依據，將王門後學分成：浙中、江右、南中、楚中、北方、閩粵、泰州七個流派。其中以錢德洪和王畿爲代表人物的浙中王門，最具社會影響力；而江右王門被稱之爲王學正宗，屬陽明精神之嫡傳；泰州學之特出與創新，讓王學面貌爲之一變。

羅欽順與王廷相，是明代中期朱學的代表人物。兩人皆以倡導經世治用的實學，對應當時如火如荼的心學風潮。也各自別立不同於朱學思想的理論：羅欽順的理氣論和人性論、王廷相的氣本論，在思想界亦佔有重要地位。

在蔚然風行的王學思潮之下，除了仍傳承延續著的朱學之外，此期尚有湛若水的心學與王學並興對峙。湛若水亦主張心本論：「性者，天地萬物一體者也。渾然宇宙，其氣同也。心也而不遺者，體天地萬物者也。性也者，心之生理也，心性非二也。」「心無所不貫也。」「心無所不包也。」「故心也者，包乎天地萬物之外，而貫夫天地萬物之中者也〔註 178〕。」但與王學仍有所不同。因學理上的異同成分，以及王學本身的吸引力，故湛學傳衍過程中，發生了分化現象，或傾向江右王門，或傾向朱學，亦有調和王湛異同的傾向〔註 179〕。故此期儒學的發展情形，尚包含湛學與王學的對立與調合現象。

3、明代後期王學分化加遽和儒學匯整的情形

泰州學派爲王學七流派中相當特立獨行的一門，雖王艮對王陽明學說的主觀唯心主義有所繼承，但別出王學系統的部分則更多。例如其格物論被稱爲「淮南格物」，

〔註 177〕 侯外盧：《宋明理學史》，（北京：人民出版社，1997 年 10 月），下冊第九章，頁 237 ～243，詳論王陽明的「教育論」。另外頁 230～236，說明「天泉證道和王門四句教」事件之始末與含意時，亦可看出王門後學之所以分歧的原因。

〔註 178〕 （明）黃宗羲：《明儒學案》，《黃宗羲全集》第八冊，（台北：里仁書局，民國 76 年 4 月），頁 877，卷三七〈甘泉學案一〉，「心性圖說」。

〔註 179〕 侯外盧：《宋明理學史》，（北京：人民出版社，1997 年 10 月），下冊第二十八章，頁 809，列出四項不同：一、疑孟子之求放心，二、非難靜坐之法，三、批評王守仁的知行合一，主張「知行並進」，四、以「格物」即「造道」，而「所以造道者」，「知行並進、學問思辨行」。並且說明湛學傳人分化的三種情形。

表現在「安身立本」，推論成「人己平等和愛人思想」，皆與王陽明的思想不同〔註180〕
《明史·王艮傳》說「艮以布衣抗其間，聲名反出諸弟子之上。然艮本狂士，往往
駕師說之上，持論益高遠，出入于二氏。」〔註181〕可見其學之特色和影響之廣泛。
之後的泰州後學人物：何心隱、羅汝芳、李贄，皆以異端思想名聞當代與後世。何
心隱異於理學的一大特色爲「育欲」主張，認爲人欲問題出自天性，不應阻遏；羅
汝芳的「愛養赤子之心」，以「赤子良心」爲良知，是不學不慮的，如能做到「徹形
骸，忘物我」〔註182〕，則我與天地萬物無分，故捨棄一切有形的羈絆，任天機流行，
顯現眞我。

　　李贄師事泰州學派的學者王襞，對王艮、何心隱十分敬佩，以反道學著名，對
迷信聖人、信奉經典、道統說法，給與嚴厲的批判，揭露道學家的虛僞守舊思想，
直指儒者明末的弊病。他立於心學角度評議程朱理學，又提倡「童心」說以傳承良
知說的思想。

　　明末的程朱理學逐漸向王學靠攏，不再像過去以激烈的態度對抗，而是以兼採
合流方式，對理學加以改造。朱學代表人物顧憲成和高攀龍，在心、性、理、物關
係上的探討，即有取兩家之長以相補救之舉。如顧憲成既肯定程朱「性即理」的觀
點，也肯定陸王「心即理」「心即善」的命題：

　　　　性即理也，言不得認氣質之性爲性也。心即理也，言不得認血肉之心爲
　　　　心也。皆喫緊人語〔註183〕。

　　　　心之所以爲心，非血肉之謂也，應有個根柢處，性是已。舍性言心，其
　　　　究也必且墮在情識之內，粗而不精。天之所以爲天，非窈冥之謂也，應有個
　　　　著落處，性是已。舍性言天，其究也必且求諸常人之外，虛而不實〔註184〕。
將心、性、理同一視之，即爲兼取之法。高攀龍認爲：「本無可疑天下之理，無內外，
無鉅細，自吾之性情，以及一草一木，通貫只是一理，見有彼此便不可謂盡心知性。

〔註180〕侯外廬：《宋明理學史》，（北京：人民出版社，1997年10月），下冊第十六章，頁
　　　　438～443。
〔註181〕《明史》，卷二八三，《列傳》一七一，（台北：成文出版有限公司，仁壽本二十六
　　　　史，據東海徐氏退耕堂刊本影印），頁34735。
〔註182〕（明）黃宗羲：《明儒學案》，《黃宗羲全集》第七冊，（台北：里仁書局，民國76年
　　　　4月），卷三四〈泰州學案〉三，頁762：「參政羅近溪先生汝芳」：「先生之學，以
　　　　赤子良心、不學不慮爲的，以天地萬物同體、徹形骸、忘物我爲大。此理生生不息，
　　　　不須把持，不須接續，當下渾淪順適。」
〔註183〕（明）黃宗羲：《明儒學案》，《黃宗羲全集》第八冊，（台北：里仁書局，民國76年
　　　　4月），卷五八〈東林學案一〉，頁1380：「端文顧涇陽先生憲成·小心齋箚記」。
〔註184〕同上註，卷五八〈東林學案一〉，頁1394：「端文顧涇陽先生憲成·商語」。

聖賢之教，隨人指點，見問者欲專性情，故推而廣之〔註185〕。」此言可見王學之痕跡〔註186〕。

　　劉宗周為晚明重要的理學家，是蕺山派的開創者。心性問題的探討，採程朱「性即理」的觀點：

　　　　性即理也，理無定理，理亦無理〔註187〕。

　　　　性即理也，理無往而不在，則性亦無往而不在〔註188〕。

　　　　　　一性也，自理而言，則曰仁義禮智；自氣而言，則曰喜怒哀樂。一理也，

　　　　自性而言，則曰仁義禮智，自心而言，則曰喜怒哀樂〔註189〕。

反復說明性與理的關係，主張性即理，理也是性，也是氣也是心，性和理都無所不在、無所不存。不僅套用程朱觀點，再根據王守仁心性不二的觀點，推演出心性相依的結論：「凡所云性，只是心之性，決不得心與性對。所云情，可云性之情，決不得性與情對〔註190〕。」但其學說仍有傳統孔門儒學之繼承，如其「慎獨」論，即為《中庸》《大學》所說的「君子慎其獨」。一再宣揚「慎獨」：「獨之外，別無本體；慎獨之外，別無工夫，此所以為中庸之道也。」〔註191〕，黃宗羲言其學之總結說：「先生之學，以慎儒為宗，儒者人人言慎獨，唯先生始得其真〔註192〕。」劉宗周以此慎獨論取代了王陽明的良知說，亦修正心學禪化之趨勢，在明末產生了不小的影響。

（二）儒者的禪佛思想

　　理學的禪宗思想，可追溯至二程朱熹時代。雖然宋代理學家程顥程頤，於禪學風行的宋代，批判佛教的消極出世、因緣和合的世界觀、私心自利的人生觀，但佛教以完善細緻的思辨邏輯，帶給二程理學理論上的精進與突破。此點在蔡方鹿的〈佛教與二程理學〉一文中，認為理學的核心「天理論」，即是吸取了佛教華嚴宗的「理

〔註185〕（明）高攀龍：《高子遺書》卷八上，《景印文淵閣四庫全書》，（台灣商務書局印行，民國72年）第一二九二冊，頁466，〈答顧涇陽先生論格物〉。

〔註186〕于化民：《明中晚期理學的對峙與合流》，（台北：文津出版社，民國82年），頁153～168，以相當多的篇幅，介紹顧高二人朱王合流的思想內容，足資參考。

〔註187〕（明）黃宗羲：《明儒學案》，《黃宗羲全集》第八冊，（台北：里仁書局，民國76年4月），卷六二〈蕺山學案〉，頁1524。

〔註188〕同上註，卷六二〈蕺山學案〉，頁1543。

〔註189〕同上註，卷六二〈蕺山學案〉，頁1517。

〔註190〕同上註，卷六二〈蕺山學案〉，頁1536。

〔註191〕同上註，卷六二〈蕺山學案〉，頁1580。

〔註192〕同上註，卷六二〈蕺山學案〉，頁1512。

本論」「理事說」；「心性論」則是將孟子的思想，發展成哲學的本體論，「受佛學的影響，二程包括程頤均心性不分，混淆心性的差異，所以心所具有的主觀知覺的屬性，性也同樣具有。這便是對佛教思想的吸取〔註193〕。」不過二程理學基於儒者入世倫理的本質，僅將佛教論理的思維方式吸取入理學，藉佛教凝心靜坐，作為個人修行實踐之法，以達到理學的終極目標。朱熹與佛教的關係密切，除了早年沉潛佛學的經歷，著作中多引佛教語詞之外，尚多考據、批評佛經的言論，由此可見其佛學素養非凡。曾春海的〈朱熹理學與佛學之交涉〉文中，對朱熹涉入轉出佛學的經歷，以及其學說中理氣論、心性論和靜坐實踐功夫，吸取自佛學又不同於佛教的部分，予以分析與論述〔註194〕。從以上兩位現代學者的論著中，可看到二程和朱熹理學在理論架構的形成時，對佛教禪理的吸取與借用。以思考模式、問題主旨、修持工夫等程序過程和方法作為引用的主軸，但總立論必不會動搖到儒學本體的入世關懷和成聖目標，所以其儒學本位色彩仍相當鮮明。

　　陽明心學受禪宗的影響甚深，如王陽明運用禪理證明「心也，性也，天也，一也。」；知行合一的演繹方式，得自於禪宗定慧等學的思想；致良知更是禪學的明顯表述等。《宋明理學史》書中以相當多的篇幅，詳列兩者的承傳關係，舉出王學理論中的禪學淵源〔註195〕。鎌田茂雄亦認為「陽明學也受禪的影響，這是不容否認的，這方面許多先進學者都有此說，似乎王守仁的實踐修行方法與禪頗為類似〔註196〕。」但縱使如此，王陽明仍有不少對佛氏的批評〔註197〕：

　　　　吾儒養心未嘗離卻事物，只順其天則自然，就是工夫。釋氏卻要盡絕事物把心看做幻相，漸入虛寂去了，與世間若無些子無涉，所以不可治天下〔註198〕。

〔註193〕蔡方鹿：〈佛教與二程理學〉，（《宗教哲學》，第二卷第一期，1996年1月），頁53～63。
〔註194〕曾春海：〈朱熹理學與佛學之交涉〉，（《哲學與文化》，第二十六卷第九期，1999年9月），頁794～804。
〔註195〕侯外廬：《宋明理學史》，（北京：人民出版社，1997年10月），下冊第九章第四節「王學淵源」，頁246～265。
〔註196〕同註6，頁14。
〔註197〕侯外廬：《宋明理學史》，（北京：人民出版社，1997年10月），下冊第九章第四節「王學淵源」，談到甚多的王陽明闢佛之言論，頁261～265；除此之外，林惠勝：《王陽明與禪佛教之關係研究》，（師大國文研究所博士論文，民國85年7月），頁347～366，以〈陽明的異端觀及闢佛〉一節，論述王陽明的觀點與立場，內容亦相當豐富，可足資參考。
〔註198〕（明）王守仁：《王文成公全書》，《四部叢刊初編集部》，（上海商務印書館縮印明隆慶刊本），卷三，《傳習錄》下，頁142下。

佛氏著在無善無惡上，便一切都不管，不可以治天下〔註199〕。

先生嘗言：佛氏不著相，其實著了相；著相吾儒，其實不著相。請問。

曰：佛怕父子累，卻逃了父子；怕君臣累，卻逃了君臣；怕夫婦累，卻逃了夫婦。都是爲個君臣、父子、夫婦著了相，便需逃避。吾儒有個父子，還他以仁；有個君臣，還他以義；有個夫婦，還他以別。何嘗著父子君臣夫婦的相〔註200〕！

這就是傳統儒者對禪佛的態度，可多方取用佛釋的思辨理論、套用各種語詞和句式，但若牽涉到儒者的治世立場和倫常觀念時，就立刻與釋氏鮮明敵對，毫無轉圜餘地的大肆撻伐，一付十足的儒者本色。根據李豫川〈禪宗對陽明心學影響初探〉指出王陽明受到禪宗「知爲心體」的影響，開發出「良知說」思想體系，兩者有相同處亦有相異點，而最終的結論則爲：「陽明心學是把儒家的倫理思想與禪宗的思辨結構揉合起來的產物。它吸收的是禪學的邏輯結構，改造的則是禪宗空寂的心體。」〔註201〕亦是相同的結論。而潘桂明亦有相似的論點：「雖然王守仁沒有停留于禪宗的心性學說，但是禪宗的思想資料和思維方式，在王學建立過程中所起的重要作用，已是公認事實〔註202〕。」

明代儒者對禪佛的態度，亦有全盤接受、多加援引而毫無批評的言語，但這樣的儒者就會被人批評爲狂禪行止，認爲此人失去了儒學本位。其實在時代背景和政經環境的因素下，這是王門後學企圖對思想學說有所創新和變革的力求突破，屬學術史自然演化的趨勢之一。

以下將明代儒者的禪佛思想，歸納成：援用佛理又批判佛教，和深受禪學影響的儒者兩種。當然，儒佛常常處於一種既矛盾又緊密相連的關係，儒者往往因人生際遇上的轉變，對禪佛產生極大態度上的差異。另外，儒者有時也會針對不同命題，而有或接受或部分援引、或激烈駁斥的不同反應。所以對佛理的既援引又批判的儒者人數較多、比例較高，此屬一般傳統的儒者觀念；而全盤接受佛理的儒者，相形之下就顯得較特別，成了明代少數儒者的獨特風格。

1、援用佛理又批判佛教

（1）汲取禪佛精華又不免對其批判的儒者

〔註199〕同上註，卷一，《傳習錄》上，頁79上。

〔註200〕同上註，卷三，《傳習錄》下，頁136上下。

〔註201〕李豫川：〈禪宗對陽明心學影響初探〉，（《內明》卷二七七，民國84年4月），頁33～38。

〔註202〕潘桂明：《中國禪宗思想歷程》，（北京：今日中國出版社，1992年），頁590。

　　薛瑄反對禪宗，亦反對流於坐禪空悟的象山之學，但仍有近似禪修的心悟經驗：「一日，在湖南靖州讀《論語》，坐久假寐。既覺神氣甚清，心體浩然，若天地之廣大。忽思前語，蓋欲少則氣定、心清、理明，幾與天地同體，其妙難以語人。」〔註203〕其下學上達的歷程，即靠「豁然貫通」直覺方法領悟，非為知識累積的真理發現，而是冥悟中的「明覺」體驗〔註204〕。這樣的「心悟」即如禪宗的「頓悟」。

　　陳獻章學說以靜坐為開端，曾自述求學過程，先求師問道、遍覽群書，皆未可得，於是

　　　　舍彼之繁，求吾之約，惟在靜坐。久之，然後見吾此心之體，隱然呈露，常若有物。日用間種種應酬，隨吾所欲，如馬之銜勒也。體認物理，稽諸聖訓，各有頭緒來歷，如水之有源委也。於是渙然自信曰：作聖之功，其在茲乎！有學於僕者，輒教之靜坐，蓋以吾所經歷，粗有實效者告之，非務為高虛以誤人也〔註205〕。

陳獻章從個人的親身經歷，體認到靜坐的功效，認為可以成聖。因此其提倡求之吾心的靜坐，認為一切真知皆在我心，只要能將自我置於虛明靜一的狀況下，即有所得：

　　　　學勞擾則無由見道，故觀書博識不如靜坐〔註206〕
　　　　為學須從靜中養出的端倪來，方有商量處〔註207〕

強調靜坐無可避免的「近禪」，此點亦表現在其詩文中：「無奈華胥留不得，起憑香几讀《楞嚴》」〔註208〕「天涯放逐渾閒事，消得《金剛》一部經〔註209〕。」「閑拈曲江句，勝讀《法華經》」〔註210〕「胸中一部《蓮華經》，江雲浩浩江泠泠〔註211〕。」可見陳獻章確有讀誦佛經的習慣，佛學對其學說的構成定有影響。但陳獻章對佛教仍是有限度的取用，非全盤之承襲，他一方面說：「佛氏教人曰靜坐，吾亦曰靜坐；

〔註203〕（明）薛瑄：《讀書錄》卷一，（山西：人民出版社，1990年8月），頁1018。

〔註204〕侯外廬：《宋明理學史》，（北京：人民出版社，1997年10月），下冊薛瑄之「論性與復性方法」，頁129。

〔註205〕（明）陳獻章：《白沙子全集》，《中國哲學叢書》，清乾隆辛卯年刻板碧玉樓藏板，（台北：河洛圖書出版社，民國63年9月），卷三，書一，〈復趙提學僉憲〉，頁421。

〔註206〕同上註，卷三，書一，〈與林友〉，頁533。

〔註207〕同上註，卷三，書一，〈與賀克恭黃門憲〉，頁400。

〔註208〕同上註，卷十，七言絕句二，〈午睡起〉，頁1347。

〔註209〕同上註，卷十，七言絕句二，〈鄺吏目書至有作兼呈吳縣尹〉，頁1347。

〔註210〕同上註，卷七，五言律詩，〈春興〉，頁819。

〔註211〕同上註，卷六，長短歌行，〈病中寄張廷實用杜子美韻〉，頁795。

曰惺惺，吾亦曰惺惺。調息近於數息，定力有似禪定，所謂流於禪學者，非類歟〔註212〕。」似乎對自己近禪不以爲意，但又對其靜坐之源，追溯至周濂溪之主靜、程伊川之善讚靜坐，而爲自己靜坐辯護：「……然在學者須自量度如何，若不至爲禪所誘，仍多著靜，方有入處」〔註213〕似乎又對禪有所排拒，僅是方法上的取用罷了。此點正反映出絕大多數儒者對佛教的矛盾態度。其實對佛典之習讀已爲儒者之必修功課，行事和思想上皆多少與佛教有著密切的關連，但這些學者爲維持儒者風範，保護儒學傳統，必以堅定之儒學信念，皆對佛禪或多或少有所批判。

（2）終歸儒學立場的儒者

羅欽順是明代中期重要的理學大家，曾對傳統守舊學風心生不滿，而潛心攻讀佛經。但深入了解佛理之後，察覺到佛儒本質上的不同，對心性探討的解讀不同，故而轉變向佛的態度，回歸儒學系統，在短暫習禪後，終歸儒學的代表人物。

王陽明的心學，遭當世朱學學者非難爲「近禪」，稱之「流於佛老之空寂」。故後學內部出現爲維護師說，以儒者堅定立場來闡發心學的言論，以求排除近禪色彩。例如江右王門被視爲王學正傳：

> 姚江之學，惟江右爲得其傳。東廓、念庵、兩峰、雙江其選也。再傳而爲塘南、思默，皆能推原陽明未盡之學。是時越中流弊錯出，挾師說以杜學者之口，而江右獨能破之，陽明之道賴以不墜。蓋陽明一生精神，俱在江右，亦其感應之理宜也〔註214〕。

黃宗羲此說即是對江右王門極力儒化而斥禪的立場，給與稱揚。聶豹之「歸寂」說，遭同門人非難爲「禪悟」時，自言：「夫禪之異於儒者，以感應爲塵煩，一切斷除而寂滅之，今乃歸寂以通天下之感，致虛以立天下之有，主靜以該天下之動，又何嫌於禪哉！」〔註215〕此學理帶近禪色彩，但本人仍致力於儒釋之辨，個人表現出儒者立場是十分堅定的。羅洪先的「主靜」說，以主靜功夫爲致良知之法：「夫良知該動

〔註212〕同上註，卷三，書一，〈復趙提學僉憲〉，頁425。
〔註213〕（明）黃宗羲：《明儒學案》，《黃宗羲全集》第七冊，（台北：里仁書局，民國76年4月），卷五〈白沙學案〉上「與羅一峰」，頁83。
〔註214〕（明）黃宗羲：《明儒學案》，《黃宗羲全集》第七冊，（台北：里仁書局，民國76年4月），卷十六〈江右王門學案一〉，頁333。
〔註215〕同上註，卷十七〈江右王門學案二〉「貞襄聶雙江先生豹」，頁376。頁373，黃宗羲稱其：「先生所以自別於禪者，謂『歸寂以通天下之感，不似釋氏以感應爲塵煩，一切斷除而寂滅之。』則是看釋氏尚未透。夫釋氏以作用爲性，其所惡言者體也。……先生亦何背乎師門？仍當時群起而難之哉！」可引爲參證資料。

靜、合內外，其統體也，吾之主靜，所以致之。〔註216〕」此主靜功夫近乎坐禪，黃宗羲介紹其經歷：「先生嘗閱楞嚴，得返聞之旨，覺此身在太虛，視聽若寄世外。見者驚其神采，先生自省曰：『誤入禪定矣。』其功遂輟。登衡岳絕頂，遇僧楚石，以外丹授之，先生曰：『吾無所事此也。』〔註217〕」此段描述，為當時士人普遍習禪之例子，但羅洪先以堅定的儒學立場，省悟自誤，拒絕更進一步的深入禪門，將其學推向以仁來辨明儒佛之別，視佛為異端，認為非儒者所應為。

2、深受禪學影響的儒者

（1）學理思想之援引禪佛

宋濂的佛學傾向，可從其自言對佛典的潛心研讀內容中看出：「予本章逢之流，四庫頗嘗習讀，逮至壯齡，又極潛心於內典，往往見其說廣博殊勝，方信柳宗元謂與《易》《論語》合者為不妄〔註218〕。」「濂自幼至壯，飽閱三藏諸文，粗識大雄氏所以明心見性之旨」〔註219〕故可知其理學思想的源頭，佛典佔了相當重要的部分。但宋濂也因此遭人批評為「佞佛者流」〔註220〕，因其對佛學的取用，非僅陰取而是公開襲取，明白表示對佛教禪理的推崇：

> 西方聖人以一大事因緣出現於世，無非覺悟群迷，出離苦輪；中國聖人受天眷命，為億兆民主，無非化民成俗，而躋於仁壽之域。前聖，後聖，其道揆一也〔註221〕。

> 天生聖人化導蒸民，雖設教不同，其使人趨於善，道則一而已。儒者曰：我存心養性也；釋者曰：我明心見性也。究其實，雖若稍殊，其理有出于一心之外者哉？……（儒）修明禮樂刑政，為制治之具；（佛）持守戒定慧，為入道之要。一處世間一出世間……，而一趨於大同。……儒釋一貫也〔註222〕。

如此並重儒佛，兼取二家思想，於理學獨尊的時代，難怪會遭受儒者們的批評。所

〔註216〕同上註，卷十八〈江右王門學案三〉「文恭羅念菴先生洪先」，頁401。
〔註217〕同上註，卷十八〈江右王門學案三〉「文恭羅念菴先生洪先」，頁390。
〔註218〕（明）宋濂：《宋文憲公全集》，《四部備要》集部，（中華書局據殿榮校刻足本校刊，第一冊），頁4，卷十三「夾註輔教編序」。
〔註219〕同上註，卷十一「佛性圓辯禪師淨慈順公逆川瘞塔碑銘」，頁16。
〔註220〕（清）全祖望：《鮚埼亭集外編》，《四部叢刊》正編085，（台北：台灣商務印書館，卷十九），頁706，〈宋文憲公畫像記〉。
〔註221〕（明）宋濂：《宋文憲公全集》，《四部備要》集部，（中華書局據殿榮校刻足本校刊，第一冊，卷二二），頁6，「金剛般若經新解序」。
〔註222〕（明）宋濂：《宋文憲公全集》，《四部備要》集部，（中華書局據殿榮校刻足本校刊，第一冊，卷十三，頁3～4，「夾註輔教編序」。

以侯外廬等編著的《宋明理學史》書中，就曾指出：「理學家當中，這樣公開的宣揚佛教是不多的」，而宋濂認爲佛教「有補治化」，可「以佛資儒」，以佛教的「不二之門」入手，即可看出其受佛教影響之深刻〔註223〕。

王畿不加掩飾的援用禪理，遭人評議爲近禪。劉宗周稱其：「直把良知作佛性看，懸空期個悟，終成玩弄光景，雖謂之操戈入室可也。」〔註224〕其論學多標舉禪理，將禪門「不著一念」的「無念」融入其學說，認爲「君子之學，以無念爲宗。」〔註225〕又說「君子之學，貴於得悟，悟門不開，無以證學。……」〔註226〕將禪學得證之悟法納入君子之學，可見其禪理印證的個人思想。其套用禪家話頭：

> 若是眞致良知，只宜虛心應物，使人人各得盡其情，能剛能柔，觸機而應，迎刃而解，無些子摻入：譬之明鏡當台，妍媸自辨，方是經綸手段。〔註227〕

以「明鏡當台，妍媸自辨」禪宗話頭解說良知內涵，視禪和儒並無不同，認爲二者同等重要，就是十足的禪佛風範。

（2）強烈維護禪佛的立場

泰州學派的「狂禪人物」李贄，拋妻棄子，剃髮離家，長居佛寺，充滿狂禪形象。王煜〈李卓吾雜揉儒道法佛四家思想〉一文中，指出其著作《初潭集》一書中的標題「苦海諸嫗」「彼岸諸嫗」充滿佛教色彩〔註228〕。曾說：

> 天下寧有人外之佛，佛外之人乎？若必待仕宦婚嫁事畢然後學佛，則是成佛必待無事，是事有礙於佛也。有事未得作佛，是佛無益於事也。佛無益於事，成佛何爲乎？事有礙於佛，佛不中用矣，豈不深可笑哉〔註229〕？

以積極主動之入世態度解讀佛教，爲佛與儒的立場取得一致之共識，強調兩者都應在人事上磨鍊修養，以求精進。

袁宏道受到李贄的禪學啓發，甚至得到其印可，對禪學相當地有自信：「每笑儒

〔註223〕侯外廬：《宋明理學史》，（北京：人民出版社，1997年10月），下冊「宋濂調和朱陸、折衷儒佛的理學」，頁68～69。

〔註224〕（明）黃宗羲：《明儒學案》，《黃宗羲全集》第七冊，（台北：里仁書局，民國76年4月），〈師說〉「王龍溪畿」，頁9。

〔註225〕《龍谿王先生全集》，（明萬曆乙卯山陰張汝霖校刊本），卷十五，〈趨庭漫語付應斌兒〉，頁37。

〔註226〕同上註，卷十七，〈悟說〉，頁19。

〔註227〕同上註，卷一，〈維揚晤語〉，頁10。

〔註228〕王煜：《明清思想家論集》，（台北：聯經出版社，民國81年），頁50。

〔註229〕（明）李贄：《焚書》，（北京：中華書局，1975年1月），卷一，書答，〈答周西巖〉，頁2。

生禪，顛倒若狂醉。除卻袁中郎，天下盡兒戲。」〔註230〕。其禪學理論的確別具創見，潘桂明《中國禪宗思想歷程》以〈袁宏道爲代表的晚明士大夫禪學〉爲標題，介紹其禪學素養，認爲袁宏道對禪的理解具改革性，其反對參禪，認爲應「在人生日用中貫徹禪學」，於平實處修習。另外，潘桂明進一步分析：「袁宏道的禪學，其核心在心性二字，其表現特色在天眞自然。」「他自以爲尚未達到人生的最終目的，便從中年起轉向對禪土法門的重視，與時人一樣落入禪淨兼修和淨土歸向的窠臼。」〔註231〕故可看出袁宏道對佛教的接受程度，是相當濃厚而深遠的。融熙〈評袁中郎的佛學思想〉對袁宏道的佛學素養，給與極高的評價：「觀中郎論禪定的見解，出於尋常禪和子萬倍，實在不是一般依稀彷彿的光影門頭，掉弄知解者，所能夢見。」〔註232〕文中亦對其淨土思想和佛學思想的歷程加以分析，揭示其清晰的佛學內涵。

焦竑對禪的接受程度，已達將二者並重共視的程度。黃宗羲介紹他：「先生師事耿天臺、羅近溪，而又篤信卓吾之學，以爲未必是聖人，可肩一狂字，坐聖門第二席，故以佛學即爲聖學，而明道闢佛之語，皆一一紬之。」對李卓吾和佛學的推崇備至，可知其行事作風與過去儒者已截然不同。其〈論學語〉中以《中庸》「未發之中」解釋佛氏的「本來無物」，〈答友人問釋氏〉中極力爲釋氏辯駁，立於全然的禪佛立場，言「蓋世儒牽於名而不造其實，往往然矣。仍以自私自利譏釋氏，何其不自反也？〔註233〕」這樣鮮明的釋氏立場，可見當時儒者風範之轉變。

（三）儒者的道教傾向，以及三教合一思想

儒者接受道教思想的程度，與佛教相比，較不明顯。此特點歸因於明代以來道教學理思想上的發展，比較乏善可陳、無所創見和發揚，故儒者以知識份子眼光看待道士們的學識內涵，頗難欣賞接受。此現象可從本節第二單元論及道教思想趨勢之內容，可以看出端倪。而與儒者接受道教的範疇，多以修道煉內丹爲主，較無思想上的引用。如王畿的靜坐調息法，充滿了道教意味：

> 調息之術，亦是古人立教權法，從靜中收攝精神，心息相依，以漸而入，亦補小學一段工夫，息息歸根，謂以丹母〔註234〕。

〔註230〕《袁中郎全集》，(台北：文星書店，民國54年1月)，卷九，〈別石簣〉

〔註231〕潘桂明：《中國禪宗思想歷程》，(北京：今日中國出版社，1992年)，頁569～586。

〔註232〕融熙：〈評袁中郎的佛學思想〉，《中國佛教史論集·明清佛教史篇》(六) 張曼濤主編，(台北大乘文化出版社，民國66年11月)，頁105。

〔註233〕（明）黃宗羲：《明儒學案》，《黃宗羲全集》第八冊，(台北：里仁書局，民國76年4月)，卷三五〈泰州學案四〉「文端焦澹園先生竑」，頁830～833。

〔註234〕（明）黃宗羲：《明儒學案》，《黃宗羲全集》第七冊，(台北：里仁書局，民國76年4月)，卷十二〈浙中王門學案二〉「郎中王龍溪先生畿」，頁248。

講解調息之術，即運用了道教的內丹理論，和道教內丹家同出一轍。故黃宗羲評論為「龍溪則兼乎老，故有調息法。」

而朱得之是南中王門「援儒入道」的代表人物。著有《參玄三語》，黃宗羲評其「其學頗近於老氏。」言錄中有著明顯的道教痕跡：

> 人之養生，只是降意火。意火降得不已，漸有餘溢，自然上升，只管降，只管自然升，非是一升一降相對也。降便是水，升便是火，《參同契》「真人潛深淵，浮游守規中」，此其指也〔註235〕。

> 或問「金丹」。曰「金者至堅至利之象，丹者赤也，言吾赤子之心也。煉者，喜怒哀樂，發動處是火也。喜怒哀樂之發，是有物牽引，重重輕輕，冷冷熱熱，鍛煉得此心端然在此，不出不入，則赤子之心不失，久久純熟，此便是丹成也。……〔註236〕」

這兩段言論都是將道教的煉丹術比附成個人修身養性，不僅運用了《參同契》的內容，更在言語中透露著對丹術的認識與解釋，十足的修道人士形象。

儒者因道教修煉行徑的摻入，很自然地有著三教合一的思想。三教合一是自宋元以來的思想主流，明代亦瀰漫濃厚的合一氣息，儒道佛皆互有援引、彼此融受，但就比例和形式來說皆仍保有各家本位色彩，如儒者而言，縱使佛道色彩強烈，但言論重心仍以儒家為主，力求不失儒者本色，佛道人士的情形亦然。反倒是民間宗教方面的三教合一觀念，比三教談論運用時較為廣泛而全面。

王陽明的心學理論具三教合一的特色，其論辨三教異同時說：

> 仙家說到虛，聖人豈能虛上加得一毫實？佛氏說到無，聖人豈能無上加得一毫有？但仙家說虛，從養生上來，佛氏說無，從出離生死上來，卻于本體上加卻這些子意思在，便不是虛無的本色，便于本體有障礙。聖人只是還他良知的本色，便不著些子意在。良知之虛，便是天之太虛，良知之無便太虛之無形。日月風雷，山川民物，凡有象貌形色，皆在太虛無形中發用流行，未嘗作得天的障礙。聖人只是順其良知之發用，天地萬物俱在我良知發用流行中，何嘗又有一物超于良知之外，能作得障礙〔註237〕。

儒家聖人的良知、仙家（道）的虛、佛氏的無，在王陽明看來絲毫無別，「良知之虛」「良知之無」，是無形的天之太虛，都是自然界演化產生的淵源；若能順此良知而發

〔註235〕同上註，卷二五〈南中王門學案一〉「明經朱近齋先生得之」，頁588。

〔註236〕同上註，卷二五〈南中王門學案一〉「明經朱近齋先生得之」，頁588。

〔註237〕（明）黃宗羲：《明儒學案》，《黃宗羲全集》第七冊，（台北：里仁書局，民國76年4月），卷十〈姚江學案〉「文成王陽明先生守仁」，頁212～213。

用，則天地萬物之理皆可涵其中。如此一來，心學主體的「良知」，其特性為「虛無本體」，與佛道無異。唐大潮於〈論明清之際三教合一思想的社會潮流〉文中，認為王守仁此段內容，可見其「受佛教『萬象皆幻』、『以空為真』、『萬法唯識』和道教『從無生有』思想的影響之深〔註 238〕」故王陽明雖有不少佛儒之辨、三教異同的言論，但在建構其心學理論時，仍自然的將三教思想融合以引入。王陽明與王畿對話，有著三教無別，直指聖學之思想：

> 唐虞之時，原是本有家當，巢許輩皆其守舍之人。及至後世，聖學做主不起，僅守其中一間，將左右兩間甘心讓與二氏。及吾儒之學日衰，二氏之學日熾，甘心自謂不如，反欲假借存活。洎其後來，連其中一間，岌岌乎有不能自存之勢，反將從而歸依之，漸至失其家業而不自覺〔註 239〕。

此論主要針對世人崇信佛老之心理，和儒學盛世不再的情形，有所沉重的感歎，但亦可看出王陽明視佛老可為聖人之學的法門，三者可並行不悖的觀點。他在回答朱得之三教同異的問題時，說「道人無名，若曰各道其道，是小其道矣」〔註 240〕小有相同的看法，認為在聖學大道的前題之下，三教無所區分。

王畿則從調息之法，歸納得出三教合一的思想：

> 欲習靜坐，以調息為入門，使心有所寄，神氣相守，亦權法也。調息與數息不同，數為有意，調為無意，委心虛無，不沉不亂。息調則心定，心定則息愈調，真息往來，呼吸之機自能奪天地之造化。心息相依，是謂息息歸根，命之蒂也。一念微明，常惺常寂，範圍三教之宗，吾儒謂之燕息，佛氏謂之反息，老氏謂之踵息，造化闔闢之玄樞也〔註 241〕。

靜坐以調息為入門，而儒之「燕息」、佛之「反息」、道之「踵息」，是三教調息功夫的不同稱呼而已。所以若能藉調息而心寄、守神氣，則可達天地造化之理。所以從呼吸的調息之理，可將三教等同視之，自然合一。其《三教堂記》中更以「性」視為三教等同的基點，將「良知」作為三教融合的樞紐：

> 人受天地之中以生，均有恒性，初未嘗以某為儒、某為老、某為佛而分

〔註 238〕唐大潮：〈論明清之際三教合一思想的社會潮流〉，（宗教學研究・道教研究，1996年，第二期）。

〔註 239〕《龍谿王先生全集》，（明萬曆乙卯山陰張汝霖校刊本），卷一，〈三山麗澤錄〉，頁20～21。

〔註 240〕（明）黃宗羲：《明儒學案》，《黃宗羲全集》第七冊，（台北：里仁書局，民國 76年 4 月），卷二五〈南中王門學案一〉「明經朱近齋先生得之」，頁 588。

〔註 241〕（明）黃宗羲：《明儒學案》，《黃宗羲全集》第七冊，（台北：里仁書局，民國 76 年4 月），卷十二〈浙中王門學案二〉「郎中王龍溪先生畿」，頁 256。

授之也。

良知者，性之靈，以天地萬物爲一體，範圍三教之樞。不徇典要，不涉思爲，虛實相生，而非無也；寂感相乘，而非滅也，與百姓同其好惡，不離倫物感應而聖功徵焉。

學者苟能以復性爲宗，不淪於幻妄，是即道、釋之儒也〔註242〕。

認爲人受天之恆性而生，初始並無三教之分，只要具良知之性靈，不淪爲幻妄，即可包融三教之旨。王畿以復性爲宗旨來調合三教，雖仍以儒爲宗，但提出「道釋之儒」的說法，已可看出其思想先進之處。

李卓吾的三教合一主張，可從其亦儒亦佛亦道的形象，並與佛道人士密切交往的行徑中看出。曾說「儒、道、釋之學，一也，以其初皆期聞於道也〔註243〕。」「所謂仙佛與儒，皆其名耳。孔子知人之好名也，故以名教誘之；大雄氏（釋迦）知人之怕死，故以死懼之；老氏（道教）知人之貪生也，故以長生引之；皆不得已權立名色以化誘後人，非眞實也〔註244〕。」將三教視爲相同目標下的不同途徑，三者無不同。

羅汝芳的師事三教可從楊止菴〈上士習疏〉中見到：「羅汝芳師事顏鈞，談理學；師事胡清虛，談燒煉，採取飛昇；師僧玄覺，談因果，單傳直指。..每見士大夫輒言三十三天，憑指箕仙，稱呂純陽自終南寄書。其子從丹師，死于廣，乃言日在左右。……」黃宗羲對此說斥爲虛妄之流傳，但仍取其好學之說。並引王塘南言羅汝芳「早歲於釋典玄宗，無不探討，緇流羽客，延納弗拒，人所共知。而不知其取長棄短，迄有定裁。《會語》出晚年者，一本諸《大學》孝弟慈之旨，絕口不及二氏。其孫懷智嘗閱《中峰廣錄》，先生輒命屛去，曰：『禪家之說，最令人躲閃，一入其中，如落陷阱，更能轉頭出來，復歸聖學者，百無一二。』〔註245〕」這樣又證明了羅汝芳果眞有釋道二家的修煉與行事，晚年方才復歸儒門；引文中言及晚年不再提二氏之說，似可反證其早年對二氏的崇信行徑。

明代的儒家發展重心以王陽明的心學爲主，王門弟子的流播廣遠，讓心學勢力勃興熾盛，但也產生了種種歧見而分支別派。除了對王陽明學說的認知解讀角度不

〔註242〕《龍谿王先生全集》，（明萬曆乙卯山陰張汝霖校刊本），卷十七，《三教堂記》，頁9。
〔註243〕（明）李贄：《續焚書》，（北京：中華書局，1975年1月），卷二，說彙，〈三教歸儒說〉，頁75。
〔註244〕（明）李贄：《焚書》，（北京：中華書局，1975年1月），卷一，書答，〈答耿司寇〉，頁33。
〔註245〕（明）黃宗羲：《明儒學案》，《黃宗羲全集》第八冊，（台北：里仁書局，民國76年4月），卷三四〈泰州學案三〉「參政羅近溪先生汝芳」，頁762～763。

同之外，對佛道的觀念，往往成了彼此間的嫌隙。不過越到後來，儒者接受佛道的程度就越寬容，三教可並存的想法，就逐漸爲儒者所接受。

四、明代民間祕密宗教的發展情勢

所謂民間祕密宗教指的是未經官方認可，存在於民間社會各層階的宗教團體。祕密爲其未可明示公開之特徵，或爲儀式、或爲教義、或僅故弄玄虛，代表此類宗教之神祕色彩，或不爲人知的組織因素。這種宗教團體稱之爲「民間宗教」、「祕密宗教」或「祕密會社」等，雖名稱不一，但皆指上述定義的宗教屬性和社會組織，可算是中國儒道佛三大正統思想外的另一大類。故此處定名爲民間祕密宗教，不管是先祕密後公開，或是先公開後祕密，甚至是從頭到尾都處於祕密狀況之下，皆可歸納於此類的宗教領域。文中除了稱「民間祕密宗教」之外，尚簡稱爲「民間宗教」。

民間祕密宗教除了不爲官方承認、行事詭譎隱密、非純正統一的思想內涵之外，尚有一些共通的相同特徵。歐大年《中國民間宗教教派研究》一書指出：「教派的皈依手段都是簡化儀式、簡短祈禱和以用方言撰寫的經文爲基礎的通俗化布道。」〔註246〕這段描述民間宗教之世俗化特徵：簡化的皈依儀式、簡短祈禱、方言經文，可視作民間宗教的評判標準之一。如源出於佛教淨土宗的彌勒教和白蓮教，不再需要繁複的戒律考核，以及深奧艱辛的佛典研讀訓練才能入門，只要透過固定儀式的宣示和虔誠信仰的表白，即可歸屬此派宗教，立即獲得救贖與重生。簡便易行的法門，爲普遍信徒所需要，故民間宗教往往在短時間內，蔚爲風氣而盛行。當然要探討民間祕密宗教的特徵，非上述簡要定義所能涵蓋，以下將對明代民間祕密宗教進行解讀。此單元之論述，僅能進行局部性的介紹，特別是針對本論文之主題：三教合一進行相關性的分析，畢竟民間祕密宗教爲一博雜繁複的課題，現今學術界的專門性論著不計其數，其間牽涉到的社會學、人類學、宗教學等問題皆可深入解析，故本節僅選取概要性的派系分屬演變情形，教義內容之要點和三教合一內涵，作爲本單元的主要論述內容。

（一）明代民間祕密宗教的分合類屬問題

明代爲民間祕密宗教發展最爲興盛的時代。政治上的集權專制、宗教上的正統衰微、經濟上的破敗危機、社會上的調節整合思潮、以及時局之動盪混亂等因素，都是促進此期宗教團體蓬勃發展的契機。明末是此期之鼎盛階段，據戴玄之的說法，

〔註246〕歐大年：《中國民間宗教教派研究》，（上海：上海古籍出版社，1993 年 7 月），頁77。

主要關鍵因素爲「祕密宗教傳入宮廷」上行下效的結果〔註247〕，當時共計有數十種新興宗教：白蓮教、羅教、弘陽教、青陽教、黃天道、悟明教、西大乘教、南陽教、收源教、紅封教、混元教等等，多隨教主之自立門戶而別稱教派，教義儀式雖有差異，但觀其淵源與主張多可歸納爲二種系統：羅教和白蓮教。這樣的二分法必定會招來爭議，因羅教之成立與內容，有些學者視其爲白蓮教之分支，甚至認爲明代所有的民間祕密宗教皆爲白蓮教的分支，將整段明代的民間宗教現象，視作白蓮教極度分化與高度發展的結果。若從宗教結社對王朝政權的威脅來說，羅教和白蓮教在官法說詞上都屬邪教，並無不同，因此一概稱之白蓮教。故有以下之記載：

> 言近日妖僧流道，聚眾談經，釀錢輪會，一名捏槃教，一名紅封教，一名老子教，又有羅祖教、南無教、淨空教、悟明教、大成無爲教，皆諱白蓮之名，實演白蓮之教〔註248〕。

這是執政階級視異教團體爲洪水猛獸，不問原由成因，不了解教派的內容與差異，對其打壓消滅以維護自身地位。鄭志明〈明代羅祖的宗教思想〉文中雖未明言羅教與白蓮教不同，且在論述無生老母信仰時，將羅祖五部六冊寶卷，視作最早的無生老母教派之經卷，似乎將二者教義等同視之；但文中仍有「故自神宗萬曆以來，無爲教與白蓮教被視爲二大邪教，……」〔註249〕，已將二者分別看待。若從信仰的主神無生老母，和劫難與救贖模式的主旨，作爲判定標準來看，所有的明代民間祕密宗教的確皆可納入白蓮教之系統。但若仔細分析教義的內容，就又可看出其間的差異。歐大年認爲兩者截然不同，指出「酒井忠夫編纂的羅教資料的詳盡目錄中，既沒有涉及彌勒佛也沒有涉及無生老母的著述。」，且「《史料旬刊》中有關羅教的豐富材料中，沒有一件涉及與無生老母崇拜相關的白蓮教儀式，如挂號焚表等。」故認爲早期的羅教經典並無彌勒信仰、無生老母信仰，更無白蓮教儀式，要遲至十六世紀的弘陽教飄高教主之人，才摻入無生老母於原本正統的羅清經文之中。但僅管羅教遭受到不同教派的任意編纂和改造，歐大年仍認爲羅教本身的教義和後續產生的宗教團體，一直到十九世紀仍與白蓮教涇渭分明。〔註250〕由於歐大年之論點引述相當多的證據，對於羅教的觀察可信度極高。但此段文字中，認爲羅祖以後的羅教

〔註247〕戴玄之：《中國祕密宗教與祕密會社》，（台北：臺灣商務出版社，民國81年10月），頁581。定義明末時代爲萬曆元年（1573年）至崇禎十七年（1644年），經神宗、光宗、熹宗、毅宗四朝共七十二年。

〔註248〕《明神宗實錄》，卷五三三，萬曆四十三年六月，頁10094。

〔註249〕鄭志明：《民間的三教心法》，（台北：正一善書出版社），頁2。

〔註250〕歐大年：《中國民間宗教教派研究》，（上海：上海古籍出版社，1993年7月），頁146。

繼任者，仍與白蓮教有所區別的觀點，實際上則未必如此。因自羅祖之後的羅教典籍，已逐漸採用白蓮教之教義，甚至已加入白蓮教組織之中。

喻松青於《明清白蓮教研究》書中認為一百多種當世實錄、奏議、文集、方志、檔案所認定的「邪教」之中，其淵源和思想皆有所不同，「有的和白蓮教本來不同，有所區別，自成系統，但逐漸白蓮化了的（如山東即墨羅靜的羅教）」〔註251〕。因整體而言，各教派演變到後來的信仰主張、組織形式大同小異，故喻松青認為「可以用白蓮教總其名」。此段言論可分析成兩項重點：一、羅祖創教之初的羅教，確實與白蓮教有別，且有自覺性的另立門派意味，如其五部六冊中的《正信卷》第十八品中批駁白蓮教的內容，和第十九品中批判彌勒教的內容〔註252〕。二、羅教發展至明末已與白蓮教融合不分，如萬曆初年山東魚台人侯表，雖奉無為教卻又宣傳白蓮教三世之說；萬曆二十七年，原本在浙江傳習無為教的趙古元，在徐州率眾起義，自號「龍華帝王」，展現白蓮教反抗爭鬥的行事作風。如此風格即與其他羅教傳承之平和派系迥然不同，卻又代表羅教日後與白蓮教結合的必然結果。當然此結果不僅是基於宗教上演變之趨勢，尚有明末政經社會等複雜因素所造成的結果。

所以明代的民間宗教，有兩種不同的行事風格，一為激進行動派的社會改革份子，一為平和理論派的宗教宣傳份子。兩者不會截然二分而毫無交集，但也確實各自具有獨特的作風。狹義的白蓮教屬於前者，叛亂起事層出不窮，聲勢龐大，對於教義則多援引各家思想的雜揉混合，在理論和教義上並無太多的建樹，但積極強烈的行動派風格，造成社會廣大的影響。羅教屬於後者，致力宗教性的宣導，強調典籍教義的充實，雖無浩大陣容，但影響思想的層面卻相當久遠且深入民心。以下即從這兩種觀點，概要介紹白蓮教和羅教。

基於這兩教派本質上的歧異性，所以在敘述白蓮教內容時，以其不曾止息的反動舉事為主，因白蓮教的分支與傳承關係十分混亂，父子相傳式、家族傳衍式、或師徒交替式皆有，且分化情形相當嚴重，限於篇幅難以全面述及，故捨棄分支演化部分的介紹，僅就探源部分了解其形成初期的歷史脈絡；另外再提及繁盛廣流的聞香教一支，以為代表性介紹。

〔註251〕喻松青：《明清白蓮教研究》，（四川：人民出版社，1987年4月），頁12。
〔註252〕李秀芬：《羅教的知識系譜與權力關係一個知識史的詮釋》，（台大歷史研究所碩士論文，民國83年6月），頁138～139，文中指出羅祖稱「白蓮」為「白緣」邪宗，有其與白蓮教劃清界線的企圖，並期能建立自身的正宗身分。且對彌勒教的批評，更可確定其近彌陀淨土、遠彌勒淨土的立場。並進一步指出羅祖「更不可能接受以彌勒下生思想為中心的『三世說』」。

　　至於羅教早期的傳承脈絡較為清晰可辨，且有典籍專論以為教義依據，故文中將介紹一二，以為羅教流傳的概況敘述。

　　總之，民間宗教的本質和面貌十分複雜和特殊。若欲仔細分析每種宗派的屬性與類別，並非三言兩語即可說盡，且目前現有的資料與論著又十分龐雜眾多，試圖挑選其中一二概述之，已非為易事，只能多探眾家學者的看法，加以整合，勉力為之。

1、白蓮教

　　白蓮教淵源於佛教，是佛教通俗化發展的演變結果。對其源頭，歷來學者的討論甚多且分歧。歐大年認為白蓮教是一種「激進的多種信仰混合的宗教」，始自正統淨土宗教義，再則「滲入民間巫師宗教、道教信仰、巫術以及摩尼教的二宗三際教義」，從十四世紀起融合「民間阿彌陀淨土思想與民眾的彌勒教劫變觀念」，並有著「政治軍事觀點」，形成「彌勒教」式的宗教神話理論結構〔註253〕。

　　戴玄之在「白蓮教的源流」這一單元中，認為東晉慧遠的白蓮社和南宋茅子元的白蓮懺堂，實非白蓮教源頭。而是以淨土宗所分化出來的彌勒和彌陀信仰，在梁朝傅大士廣收弟子，以宣揚極樂世界和彌勒佛現世的彌勒教義之下，所形成彌勒教，才是白蓮教最直接之源頭。至於茅子元的白蓮菜和孔覺清的白雲菜，在遭受當權者禁令壓迫之下，以及到宋代在摩尼教的影響之後，改名為白蓮會和白雲宗，藉以依附於正統佛教白蓮社和白雲宗之下而求生存，但仍與正宗佛門派別截然不同，有妻妾、飲酒茹葷、夜聚曉散、有髮、殺傷人命、詐賭等不法事蹟。等到白蓮會韓山童加入當時最活躍、最有實力的彌勒教組織之中，兩者就此合一成白蓮教之總名，創「彌勒下生，明王出生」之口號，成立時間約至元五年到至正九年〔註254〕。所以白蓮教創立的始祖為梁傅大士，開始稱之為「彌勒教」；經另一種民間祕密宗教組織白蓮會的領袖韓山童，加入彌勒教和重整，改造成「白蓮教」之名，白蓮教才定位下來，有明確口號以宣教。在這樣錯綜複雜的立教歷程介紹中，可看出民間宗教創立的模式：一、非僅純正單獨之創立，必受到多種不同教派思想的影響；二、融合與壯大多受政權之激發，禁令下達即是轉型之始。

　　王兆祥則認為白蓮教的教儀和教義是民間宗教之集大成者。「就其宗教成分而言，有魏晉慧遠的淨土思想，又有南北朝的彌勒教教義，還有摩尼教的教義，以及

〔註253〕歐大年：《中國民間宗教教派研究》，（上海：上海古籍出版社，1993 年 7 月），頁47～48。
〔註254〕戴玄之：《中國祕密宗教與祕密會社》，（台北：臺灣商務出版社，民國 81 年 10 月），頁 493～509。

三階教的成分。」〔註255〕亦採取融合觀點看待白蓮教，且視彌勒教爲白蓮教創立之直接根源，從明清白蓮教教首多自稱「彌勒」下世，可引爲明證。但又將羅教、弘陽教中的無生老母抬到最尊神的地位，形成與彌勒教不同的主神信仰，最終教義之定型於無生老母創世、三期末劫、彌勒救世等，構成龐雜的宗教思想〔註256〕。而喻松青等多位學者則仍視南宋茅子元的白蓮菜爲白蓮教之起源。由此可看出對白蓮教源頭之爭，仍未止息。歸納爭執點即是起源於南宋茅子元的白蓮菜？或是起源梁朝傅大士？從民間宗教形成演變過程中，接受性極強、包容度極高的特性觀察，兩者皆有可能，只是前後的影響區別而已。

　　白蓮教歷經轟轟烈烈的元末起義和明代建國，雖在明太祖朱元璋有意識的壓抑之下，仍持續發展未曾間斷過，甚至構成一整體性的組織意識：「抗爭與反叛」，以及組織形態：「教主至尊而世襲」，再加上民間宗教之特徵：「法術惑眾」。所以明代的白蓮教有著層出不窮的起義事件，妖言妖術的神祕色彩，和綿延數代的家族師承關係。其教義上採儒道佛兼備思想，多引羅祖五部經內容，再加上迎合教主舉事需要的各種讖語，構成豐富的白蓮教內涵。故白蓮教系統涵蓋了整個明代的所有民間宗教，甚至是羅教亦常被併列其中，因大部分特質近似，且常互相援用。此部分之介紹，除明代白蓮教最具代表性的聞香教之外，亦不可避免對白蓮教徒抗爭爲亂的情形略加敘述。

　　據戴玄之「明清時代的白蓮教亂」的論述，可以看出從明初至明末，白蓮教皆不曾間斷的起事作亂。洪武年間有王玉二、王佛兒、彭瑩玉、王元保等在江西、湖廣、四川聚眾起事；永樂宣德年間則有李法良、劉子進、唐賽兒等由南方自北方全面舉事，逐步擴展範圍。白蓮教的勢力逐漸南北會合，互通聲息。明中葉的白蓮教亂進行得更是如火如荼，地區遍及全國各地，浙江葉宗留、山西王文簡、陝西王斌、湖廣李添保、劉千斤、山西李福達等等皆對當時政權形成極大的威脅，李福達案更是禍連政壇數十人，形成一場政治風暴，更可看出白蓮教勢力已由民間上升到政壇官場，甚至打入王親皇族之間。明末雲南繼榮、浙江趙一平、山東徐鴻儒、朱炳南、王倫益等更與流寇結合，在亂世之中掀起驚人的風潮〔註257〕。明中葉以來，土地兼併問題、特權專制問題，讓流民大量增加，形成嚴重的社會問題，其中的白蓮教首領和信徒，即順勢燃起反抗的火光，讓民眾結合壯大以反抗不合理的專政集權。濮

〔註255〕王兆祥：《白蓮教探奧》，（陝西：人民教育出版社，1993年2月），頁16。
〔註256〕同上註，頁25。
〔註257〕戴玄之：《中國祕密宗教與祕密會社》，（台北：臺灣商務出版社，民國81年10月），頁189～246。

文起對此現象，認爲進入嘉靖以後的白蓮教活動特點有三：「一是白蓮教起義不僅頻繁，而且規模越來越大；二是明代中葉傳到漠北的白蓮教更加發展，成爲內地白蓮教徒及其災民的求生之地；三是白蓮支派迭出。」〔註258〕另外，濮文起指出此期白蓮教的情形，已改變明初以來作亂的唯一主流角色，演變成流民和農民起義的附入角色，或是居策動反抗的主導地位。且與廣大流民融合的結果，組織成比以往更爲龐大的動亂集團。

其中最著名的一次白蓮教亂爲徐鴻儒的領導起兵。徐鴻儒爲聞香教教主王森之徒，亦是以白蓮教義令信徒從順後，進而領導教團，但教團興起的主因，還是根源於人民飽受兵禍饑荒所苦，以致受到徐鴻儒可見金山、銀山、麵山、米山等幻術的迷惑，爭先信從此教。明熹宗天啓二年御史劉徽的奏摺中，可見到當時白蓮教徒之龐大聲勢：

> ……奴酋跳梁，我兵屢敗，凡市井無籍輩，不曰兵甲之不利，人謀之未臧，遂捏造妖言，妄引天道氣數之說，搖惑人心，因倡爲白蓮、龍天、皇天、無爲等教。……從來山東、河南盛興之，而直隸更甚。臣自爲子衿以至登第時，猶見十人內約有五、六爲教門中人，心竊爲地方憂，浸尋至今，則遍地皆傳教之所，盡人皆受教之人矣。未幾又接山東撫臣趙彥妖賊聚眾猖亂，縣官棄城逃走一疏，且所屬鄆城鉅野等處竟爲妖賊所劫虜。近又聞北直大名府地方有白蓮等教，萃聚成群，雄據鄉鎮，聲言接應山東起事妖賊，且中有青衿太學咸被迷誘而不之悟，臣於是知門庭草寇之患，更甚於奴氛矣。……〔註259〕

奏文所指的山東白蓮教亂即爲徐鴻儒事件。文中敘述可看出徐鴻儒之所以能在短時間內，令山東、江蘇、河北、四川等地興起響應，即爲白蓮教徒廣布天下，甚至有知識分子參與其中。據徐鴻儒臨刑前的歎詞：「我與王氏父子經營天下二十餘年，按籍而數，吾法門弟子已逾二百萬，更遲數日，吾橫行於天下，孰敢攖吾鋒者。」〔註260〕王氏父子指的是王森、王好賢，王森所創立的「聞香教」爲白蓮教極盛的一分支，據《明史》卷二百五十七《趙彥傳》：

> 先是薊州人王森，得妖狐異香，倡白蓮教，自稱聞香教主，其徒有大小

〔註258〕濮文起：《中國民間祕密宗教》，（杭州：浙江人民出版社，1991年），頁39。

〔註259〕《明清史料乙編》，（中央研究院歷史語言研究所編，維新書局，民國24年），頁8〜9。

〔註260〕（明）沈國元：《兩朝從信錄》，（明崇禎間原刊本，國家圖書館藏），卷二一，頁12右。

傳頭及會主諸號，蔓延畿輔、山東、山西、河南、陝西、四川，森居灤州石佛莊，徒黨輸金錢稱朝貢，飛竹籌報機事，一旦數百里。萬曆二十三年，有司捕繫森論死，用賄得釋，乃入京師，結外戚中官，行教自如。後森徒李國用別立教，用符咒召鬼，兩教相仇，事盡露，四十二年，森復爲有司所攝，越五歲斃於獄。〔註261〕

聞香教之創立過程，充滿民間宗教之神祕色彩，王森自稱爲天眞古佛轉世，法號「石佛」，又稱其教爲「東大乘教」、「大乘圓頓派」，尊奉保明寺的大乘教爲「西大乘教」、「大乘圓通派」，但以太上老君爲第一大聖、自身爲第二大聖、保明寺之呂姑爲第三大聖，後來學者多譏其自尊而欺師，可視其自立門戶之強烈動機和鮮明立場。王森本身並無抗爭反叛事蹟，以有制度的信徒組織，有效率的經濟模式，成一強大富有的教派，與政權核心的關係亦良好，縱使入獄亦可免死，爲成功的白蓮教支派。但內部的紛亂鬥爭導致王森的再度被捕致死，可謂民間宗教組織之常見弊端，如同層出不窮的舉事失敗，往往非外在勢力的剿滅，而是組織內部派系鬥爭的問題，眾首領們的意氣率性和利益糾紛不均，導致教團結構的瓦解而讓外敵有機可乘。聞香教在徐鴻儒事件後並未消失，仍繼續數代綿延不絕的傳教，即清代之「清茶門教」。

2、羅教

　　羅教之創始人爲羅清，生於明英宗正統七年（1442），卒於明世宗嘉靖六年（1527），山東萊州即墨人，享年八十五歲。主要著作經典爲「五部六冊寶卷」，或稱爲「羅祖五部經」：《苦功悟道卷》《正信除疑無修證自在卷》《巍巍不動太山深根結果卷》《嘆世無爲卷》《破邪顯證鑰匙卷》上下二冊。羅清之異名相當多，又名因、靜、夢鴻、成等，鄭志明有「羅祖異名表」〔註262〕顯示出羅祖傳說之紛雜，以其「無爲居士」、「無爲道人」之名號，故羅教又稱無爲教。另外戴玄之有羅倫爲羅祖之說，以《明史》介紹羅倫的來歷爲一進士及第、曾任翰林院修撰、後辭官講學於金牛洞的學者〔註263〕，可說是完全不同的推論，再則演變成無爲教、大成教、老官齋教、理教、龍華會、三乘教、大乘教、清茶門、鐵船門等囊括明清二代的教派，戴玄之

〔註261〕《明史》，（台北：成文出版有限公司，仁壽本二十六史，據東海徐氏退耕堂刊本影印），卷二五七，《列傳》六，頁34422。

〔註262〕鄭志明：《民間的三教心法》，（台北：正一善書出版社），頁81～82。

〔註263〕《明史》，（台北：成文出版有限公司，仁壽本二十六史，據東海徐氏退耕堂刊本影印），卷一七九，《列傳》六七，頁33520～33521：「擢進士第一，授翰林修撰。」「以金牛山人跡不至，築室著書，其中四方從學者甚眾，十四年卒，年四十八。」

並且爲其列表說明其間的傳承〔註264〕。戴玄之此說較爲少見，且似乎未能符合羅教本身平民世俗化之特色，亦與五部經中敘述自身家世經歷的內容並不符合。

多數學者視羅祖爲知識不高、教育程度有限的軍籍人士，自身苦修，曾求教於寶月和尚、無靜禪師、眞空無際禪師等淨禪兩宗僧人的指導，並深受當時三教並重的風氣影響，兼採儒道二教之學說，以及當時盛行的民間宗教思想：白蓮教、摩尼教等教義，成一融合當世思潮又有所創新的獨特教派。澤田瑞穗列表說明羅祖教義思想的來源有三：佛教系、道教系、民間邪教系〔註265〕，另外酒井忠夫和澤田瑞穗對羅祖五部六冊的引書經卷整理歸類，再經鄭志明變動次序和條目介紹爲：儒家典籍、道教典籍、佛教典籍、禪淨典籍、通俗日用類書、通俗佛教科儀、通俗佛經寶卷七類〔註266〕。藉由這些引書和著作本身的內容，可看出羅祖思想偏重佛教，較少儒道色彩，且層次不高，僅屬通俗儒道知識的引用。由此點看來，戴玄之羅倫之說，可信度並不高，羅祖應仍屬中下階層的民間人士，方能創造出迎合社會大眾喜好的五部六冊。

羅清坐化後，浙江殷繼南爲第二代傳人，設立「無極正派道場」廣收門徒，著作《聖論寶卷》、《天經》、《地經》等。第三代傳人爲姚文宇，設立「靈山正派道」，使無爲教極爲昌盛；姚文宇法名普善，自此教首法名皆以普字爲行，如普祿、普瑞、普馨、普在……等，改稱教名爲「龍華會」，後又稱「老官齋教」。

黃天道創立於嘉靖三十三年（1554），創教人爲李普明，著有《普明如來無爲了義寶卷》，喻松青認爲李普明對無生老母信仰有著「上承正德年間的羅教，下啓萬曆時期以後民間祕密宗教的各宗各派，起了過渡和發展的作用。」〔註267〕，而淵源上亦與白蓮教不同，信奉彌陀而無彌勒信仰。李普明之後的鄭普靜於萬曆十二年（1584）著《普靜如來鑰匙寶卷》，亦爲民間秘密宗教之重要經典。萬曆十四年汪普善繼任之，後另立「長生教」，勸人吃齋念佛以卻病延年，信奉白磁觀音大士，推崇六祖慧能，專度居士，重視儒家倫理綱常，以個人修行爲主。

弘陽教又稱紅陽教、混元教、源沌教等，爲明萬曆年間直隸人韓太湖創立，其奉無爲教羅清爲祖師，自稱羅祖轉世，號「飄高祖」，仿五部經造《銷釋混元無上大道玄妙眞經》五部經，稱之爲「小五部」；以混元老祖爲最高崇拜，無生老母爲其妻，

〔註264〕喻松青：《明清白蓮教研究》，（四川：人民出版社，1987年4月），頁41～44。
〔註265〕李秀芬：《羅教的知識系譜與權力關係一個知識史的詮釋》，（台大歷史研究所碩士論文，民國83年6月），頁12～13。
〔註266〕同上註，頁7～8。
〔註267〕喻松青：《明清白蓮教研究》，（四川：人民出版社，1987年4月），頁151。

飄高老祖爲其子，下凡收元，拯救人類，信徒多爲婦女，屬平和安善的民間宗教組織。

西大乘教的歸圓仿羅祖五部經，於萬曆年間寫成《大乘教五部六冊》，於北京西山黃村的保明寺創建了大乘教。後來爲與王森的聞香教有所區隔，多稱保明寺爲「西大乘教」，聞香教則因地處山東，偏東方，故稱爲「東大乘教」。西大乘教源出於無爲教，但爲增加信仰的神奇色彩，增加了明英宗時期呂姑的保皇神話，尊稱呂姑爲初祖，故此教即有呂祖和張祖二尊。該教純以經典教義之宣傳爲主，奉誦張祖歸圓所著《銷釋大乘寶卷》《銷釋圓通寶卷》《銷釋顯性寶卷》《銷釋圓覺寶卷》《銷釋數收圓行覺寶卷》，以無生老母爲最高崇拜，視呂祖爲其化身，具完整之組織制度〔註268〕，朝中權貴人士交好，甚至是神宗之母李太后亦爲該教信徒，故聲勢極盛。後又有全眞道道士劉香山劉斗璇父子，爲其續增編纂多本寶卷，故該教不免染上全眞道色彩，這樣的情形亦屬民間宗教特質之一：包融性極強，教派形成的過程中極易混同他教教義。

羅清的五部六冊代表了羅教的宗教思想，其教義具開展性，其影響深含思想的改造特點，致使後代宗教團體，多摻雜其他成分，別立門派，不再稱之爲羅教，卻仍可從教義和經典中看出羅清思想的延續。喻松青認爲羅清「從宗教的領域中，啓發了民智，指引了眾多的下層社會的群眾，對舊世界和舊信仰產生懷疑。」〔註269〕故羅教系統之發展，多偏重思想方面的著作論述、宣揚教義，產生廣大而普及之信仰效應。

佛教大師密藏於《藏逸經書》「五部六冊」條批評羅教「三更靜夜，咒詛盟誓，以密傳口訣，大佛小佛，男佛女佛，所作所爲，無非佛事。」，又指出「此其教雖非白蓮，而爲害殆有甚于白蓮者乎！」以佛教正統立場駁斥羅教，但又明白表示羅教與白蓮教之不同。正可看出羅教自身的矛盾與尷尬。羅祖一再以正統自居，視佛教禪宗爲其思想教旨之源頭，卻又不容於佛教，且又陷入其所排斥的白蓮教範疇之中。無疑的，羅祖開創了明代民間宗教思想的源泉，使得後來各式各樣的宗教團體，都不免引用其思想教義，或仿作以成著作。但白蓮教和羅教各有其原始的歧異風格，各代表不同的宗教理念，縱使隨著時代趨向和環境局勢的轉變，漸難區分二者之別，亦可藉由探源和深究教義，看出二者根本理念的不同。

〔註268〕濮文起：《中國民間祕密宗教》，（杭州：浙江人民出版社，1991年），頁56，介紹《銷釋接續蓮宗寶卷》紅梅三杆品第十二。
〔註269〕喻松青：《明清白蓮教研究》，（四川：人民出版社，1987年4月），頁186。

（二）民間祕密宗教的主要教義，以及三教合一主張

　　探討民間宗教發展的歷程，可從史料加以釐清其間的脈絡傳承。但分析教義內容則難以區分每一門派的差異，畢竟整個明代的民間宗教處於不斷演化、不停融合的狀況，每一新創的教派，教主皆會提出代表該教特色的口號或著作，以求區別於源出的派系，但主要的教義內容又不免引用既有原出的教義。故現今探討明代白蓮教教義的論著，皆會援引幾個著名宗派的經典教義以爲說明，視其爲一個整體性之教義。因此本單元以廣義性的白蓮教一詞，視作明代的民間各宗教皆可包涵納入的對象，解說其中的主要教義；因羅祖的某些思想和宗教主張具原創性，並與後來民間宗教的教義既有所關連又有所區隔，故對羅祖進行另一部分的介紹。最後，再以民間宗教教義之中的三教合一特色介紹作爲總結。

1、白蓮教的主要教義

　　白蓮教發展至明代，已相當成熟，並富含時代性的代表意義。羅祖教義滲入前是以「彌勒佛」爲至尊，羅教影響後的白蓮教則以「無生老母」爲主神，再則而有「眞空家鄉，無生老母」八字眞經爲信徒所奉誦。王兆祥以明中葉爲兩者斷代之分界，並且指出據黃育楩在《破邪詳辯》一書中說：

>　　邪教一流始自後漢妖人張角、張梁、張寶，下迄唐宋元明，歷代皆有邪教，從未聞有供奉無生老母者。至明末萬曆以後，有飄高、淨空、無爲、四維、普明、菩靜、悟明、悲相、頓悟、金禪、還源、石佛、普善、收源、呂菩薩、朱菩薩、孫祖師、南陽母等，一時並出，始奉無生老母爲教主，可見無生出自明末，原無疑義。

將此視作明末萬曆年間無生老母信奉之始的證據，不失爲一種可理解接受的判定。又以萬曆年間刊印的《龍華寶經》，其演述無生老母內容，爲此類信仰的定型標誌〔註270〕。喻松青認爲羅教的五部六冊，對無生老母的描述不甚清晰，至黃天道李普明的《普明寶卷》才對無生老母的權威性和慈愛特質，有著鮮明的地位和形象描寫〔註271〕：

>九蓮池，無生母，盼兒童。〔註272〕
>
>忽然想起老無生，心裡痛，滿眼淚珠往下傾，心不忍古佛久等我回程。

〔註270〕王兆祥：《白蓮教探奧》，（陝西：人民教育出版社，1993 年 2 月），頁 138。

〔註271〕喻松青：《明清白蓮教研究》，（四川：人民出版社，1987 年 4 月），頁 186

〔註272〕《普明寶卷》〈釋迦牟尼如來分第一〉，王見川、林萬博主編：《明清民間宗教經卷文獻》，（台北：新文豐出版公司，民國 88 年 3 月），第六冊，頁 143 下。

〔註 273〕

　　　　見我得無生老母，撲在娘懷裡抱，子母們哭哮啕。從靈山失散了，因為我貪心不捨，串輪迴無歸落，今遇著老母家書，也才得了無價寶。老母你是聽著，普渡眾生出波淘……。〔註 274〕

動人情節和真摯感情的抒發，令無生老母產生親切感人的力量。但此時尚非教派神佛的第一主角，僅為無生老母信仰成形的過渡。至於無生老母故事般的神話傳說，何時進入白蓮教義？歐大年據黃育楩的說法，認為《混元紅陽血湖寶懺》：「太上飄高祖於萬曆甲午之歲（1594）正月十五日居於太虎山中，廣開方便，濟度群迷。」為無生老母故事入教義之始。〔註 275〕總之，無生老母是白蓮教的創世神話，圓頓教《古佛天真考證龍華寶經》中的〈混元初品〉：「古佛出現安天地，無生老母立先天」〔註 276〕，〈古佛乾坤品〉：「無生母，產陰陽，先天有孕；產先天，懷聖胎，變化無窮；生一陰，生一陽，嬰兒妊女；起奶名，叫伏羲，女媧真身。」〔註 277〕皆有無生老母為人類起源之意。除了創世意義之外，無生老母亦有救世象徵，西大乘教的《銷釋數圓行覺寶卷》說到：「無生母在家鄉，想到嬰兒淚汪汪，傳書寄信還家罷，休在苦海只顧貪。歸淨土，趕靈山，母子相逢坐金蓮。」〔註 278〕所有信徒是無生老母之子女下凡受難，故待無生老母派遣使者引渡回家鄉。

　　另外「三世觀」「末期劫難」亦是白蓮教教義特徵。三世說在魏晉南北朝時有佛教之「龍華三會說」，而後的三階宗亦有三階說，摩尼教則為二宗三際說，甚至儒家的公羊學派亦有三世說之提出。以上這些思想皆影響到民間祕密宗教三世說之形成。「劫」的用語，因佛教傳入而有時間概念。《佛祖統紀》將過去、現在、未來三世稱為「三劫」，白蓮教引用改造成三會、三陽、三極，將宇宙劃分成過去現在未來

〔註 273〕《普明寶卷》〈寶蓮華善住娑羅樹王如來分第三十五〉，王見川、林萬博主編：《明清民間宗教經卷文獻》，（台北：新文豐出版公司，民國 88 年 3 月），第六冊，頁 189 上。

〔註 274〕《普明寶卷》〈無垢如來分第十一〉，王見川、林萬博主編：《明清民間宗教經卷文獻》，（台北：新文豐出版公司，民國 88 年 3 月），第六冊，頁 157 上

〔註 275〕歐大年：《中國民間宗教教派研究》，（上海：上海古籍出版社，1993 年 7 月），頁 164～165。

〔註 276〕《古佛天真考證龍華寶經》〈混元初品〉，王見川、林萬博主編：《明清民間宗教經卷文獻》，（台北：新文豐出版公司，民國 88 年 3 月），第五冊，頁 649 下。

〔註 277〕《古佛天真考證龍華寶經》〈古佛乾坤品〉，王見川、林萬博主編：《明清民間宗教經卷文獻》，（台北：新文豐出版公司，民國 88 年 3 月），第五冊，頁 652 上。

〔註 278〕歐大年：《中國民間宗教教派研究》，（上海：上海古籍出版社，1993 年 7 月），頁 158，引用黃育楩《三續破邪詳辯》（《清史資料》（三），頁 128。亦見澤田瑞穗《寶卷研究》，頁 160）。

三階段，否定前二者，憧憬最終階段。黃天教《普靜如來鑰匙通天寶卷》:「燃燈佛子（過去佛），獸面人心；釋迦佛子（現在佛），人面獸心；彌勒佛子（未來佛），佛面佛心。」〔註279〕僅追求彌勒佛掌教的未來世界。黃天道自鄭普靜之後，改彌陀信仰爲彌勒信仰，雖然李普明亦有獨特的三世觀點，但未來佛則屬「皇極古佛」〔註280〕，非鄭普靜的「彌勒佛」。弘陽教《混元弘陽臨凡飄高經》序:「弘陽法者，現在釋迦佛掌教，以爲是弘陽教主；過去青陽，現在弘陽，未來才是白陽。」〔註281〕故「紅陽劫盡，白陽當興。」亦是追求未來的白陽理想世界。三世說給與人民於苦難艱困中希望，末期劫難說則給與人民抗爭反叛之勇氣，具有一種積極突破、改造革新的意義，所以「應劫起事」就成了白蓮教舉義的鼓舞力量，白蓮教亂事之層出不窮，亦是以此爲理論依據。

2、羅祖的主要思想

羅清的宗教思想中，對眞空、虛空的詮釋極具代表性，是羅祖立論的基礎。鄭志明在《明代羅祖的宗教思想》文中指出，《六祖壇經‧般若品第二》對般若性空的通俗闡敘，是羅祖「虛空」「無爲」概念的源頭〔註282〕。

> 想當初，無天地，無有名號；本無成，亦無壞，不減不增。
>
> 太虛空，無名號，神通廣大；太虛空，生男女，能治乾坤。
>
> 太虛空，不動搖，包天裏地；太虛空，變春秋，五穀能生。
>
> 誰知道，太虛空，神通廣大；他是我，我是他，一體虛空。〔註283〕
>
> 有人曉得眞空法，十八地獄化天堂。
>
> 有人曉得眞空法，南北東西無遮擋。
>
> 有人曉得眞空法，娘就是我我是娘。
>
> 有人曉得眞空法，本性就是法中王。〔註284〕

〔註279〕《普靜如來鑰匙通天寶卷》，王見川、林萬博主編:《明清民間宗教經卷文獻》，（台北:新文豐出版公司，民國88年3月），第四冊，頁770。

〔註280〕喻松青:《明清白蓮教研究》，（四川:人民出版社，1987年4月），頁156～159，不僅抄錄《普明寶卷》內容以介紹李普明的三世說，並且列表說明。

〔註281〕《混元弘陽臨凡飄高經》序，王見川、林萬博主編:《明清民間宗教經卷文獻》，（台北:新文豐出版公司，民國88年3月），第六冊，頁695下。

〔註282〕李秀芬:《羅教的知識系譜與權力關係一個知識史的詮釋》，（台大歷史研究所碩士論文，民國83年6月），頁31。

〔註283〕《苦功悟道寶卷》體絕形名第十四，王見川、林萬博主編:《明清民間宗教經卷文獻》，（台北:新文豐出版公司，民國88年3月），第一冊，頁139上。

〔註284〕《苦功悟道寶卷》依法出生第十六，王見川、林萬博主編:《明清民間宗教經卷文獻》，（台北:新文豐出版公司，民國88年3月），第一冊，頁141上。

「虛空」與「眞空」異名同實，爲絕對、永恒、且永劫不壞的宇宙根本，變化生成世界人類和萬事萬物，是人與天連通的關鍵，而人透過本性驗證眞空法，達到天人合一的境界。再則羅祖提出「無極」的概念，以相應強化「虛空」的觀念：

> 無邊虛空無極身，本性就是無極人。
>
> 本來面目眞無極，本性相連太虛空。
>
> 無極普覆大千界，天地本是無極津。
>
> 日月本是無極化，男女本是無極津。
>
> 春秋也是無極化，一體同觀無二門。〔註285〕

無極是道教的觀念，如此佛道配合即成羅教特殊的教義。羅祖對道教概念的引用尙有「無爲」的觀念：「有爲之法還有苦，執著陰陽不明心。有爲之法還有盡，無爲妙法永無窮。」（《破邪顯證鑰匙寶卷》第十四品），鄭志明認爲「無爲法」是羅祖讓人識得自身本來面目、體認虛空的一種獨特儀式，透過儀式中的「點開天眼」「親指點」「親打破」就可「大地眾生一刹那，識得自己活彌陀。即今常在三界外，絕盡無爲沒娑婆。」（《正信除疑無修證自在寶卷》「先天大道本性就是品第十二」）〔註286〕，因此無爲法是一種簡便的修行方式，從眞空本性衍生而來。

羅祖認爲「家鄉」是悟道修行的最終目標，是人類最後的歸宿，可享永恒的快樂：

> 有智慧，參大道，歸家去了；到家鄉，永不散，永得團圓。
>
> 在家鄉，永團圓，無量壽限；到家鄉，同聚會，快樂無邊。
>
> 本來面，到臨危，十方普覆；有緣人，到家鄉，永得團圓。
>
> 勝境界，遍十方，難描難繪；無邊界，受快樂，永得團圓〔註287〕。

參道是一種歸家的舉動，宣揚家鄉快樂的氣氛，以吸引有緣人立志修道，同歸家鄉、同享快樂。再則將家鄉與虛空等同並論：

> 得道人，與虛空，混源一體；顯刀山，顯地獄，同顯神通。
>
> 得道人，與虛空，混源一體；顯神通，顯閻君，同顯神通。
>
> 得道人，歸家去，混源一體；運行日，運行月，同顯神通〔註288〕。

〔註285〕《破邪顯證鑰匙寶卷》第二十四品，王見川、林萬博主編：《明清民間宗教經卷文獻》，（台北：新文豐出版公司，民國88年3月），第一冊，頁280下。

〔註286〕《正信除疑無修證自在寶卷》先天大道本性就是品第十二，王見川、林萬博主編：《明清民間宗教經卷文獻》，（台北：新文豐出版公司，民國88年3月），第一冊，頁315上下。

〔註287〕《正信除疑無修證自在寶卷》第十三品，王見川、林萬博主編：《明清民間宗教經卷文獻》，（台北：新文豐出版公司，民國88年3月），第一冊，頁318上下。

得道就是達到了虛空混源一體的境界，可與日明天地同在，如此就令後來的羅教繼任者結合而成「眞空家鄉」概念，成了民間宗教極樂淨土之歸宿所在。

羅清既然以人性化通俗式的悟道，假想淨土爲「家鄉」，就必然存在著的「父母」概念，因此五部六冊內容中充滿著對父母爹娘的孺慕憧憬之情，將其形容成修道者的精神支柱、護持倚靠，並且進而稱之爲「無生父母」：

> 下苦功，一拜下，不說不起；告師傳，發慈悲，轉大法輪。說與我，彌陀佛，無生父母；這點光，是嬰兒，佛謫子孫〔註289〕。

> 又參一步，單念四字阿彌陀佛，念得慢了，又怕彼國天上無生父母不得聽聞〔註290〕。

「無生」本是佛家語，無生即無滅，視諸法實相無生即涅槃。而羅祖的無生父母概念後來發展成「無生老母」的信仰，成爲明代民間宗教的主神，爲教義重心之所在。喻松青說：「在明清時期的民間祕密宗教中，最早提倡眞空、無爲、無生的是羅教。羅教的經卷五部六冊，長篇累牘的卷文，都是爲了闡明眞空、無爲、無生的意義，使佛教的空和道家的無，在理論上有了新的發展和邁步。」〔註291〕可爲以上的介紹做總結式的註解。

3、三教合一的主張

民間祕密宗教將三教合一的理念發展至極致，試圖以三位一體的宗教思想，取代正統宗教的主導地位，實際上也因擷取三教精華進行改造，確實搏得最多群眾的接受。淨土思想、儒家道德教化的力量、和道教儀式法術的運用，集合成民間宗教的普遍特色。明代的三教合一思想其來有自，鄭志明談到此趨勢時說：「儒家與佛教，儒家與道教，道教與佛教三者的關係在同一個生態空間與文化涵攝下，漸趨一致，三教的調合的融合，自兩晉已開其端，隋唐的三教講論，唐末以來的三教戲，宋儒的理學都已奠定基礎，於是民間三教合一的風潮在宋代已逐漸興盛，到了元、明更有三教像、三教堂的設置，尤其明太祖的三教論更加快三教統合的腳步。」〔註292〕

〔註288〕《巍巍不動太山深根結果寶卷》第十二品，王見川、林萬博主編：《明清民間宗教經卷文獻》，（台北：新文豐出版公司，民國88年3月），第一冊，頁371上下。

〔註289〕《苦功卷》第三參，王見川、林萬博主編：《明清民間宗教經卷文獻》，（台北：新文豐出版公司，民國88年3月），第一冊，頁417下～418上。

〔註290〕《苦功卷》第四參，王見川、林萬博主編：《明清民間宗教經卷文獻》，（台北：新文豐出版公司，民國88年3月），第一冊，頁419上。

〔註291〕喻松青：《明清白蓮教研究》，（四川：人民出版社，1987年4月），頁148。

〔註292〕李秀芬：《羅教的知識系譜與權力關係一個知識史的詮釋》，（台大歷史研究所碩士論文，民國83年6月），頁17。

此段文字足爲簡要說明此思潮的歷史發展和背景。

至於羅祖思想中的三教合一之「三教」，雖源自傳統對三教的概念，但已加以改造而成嶄新的思想體系。如「無」概念出自道教，「空」的概念出自佛教，心性的注重受宋明儒學的影響，但結合之後的無爲、眞空、本性又獨具特色。以下列舉羅祖對三教的看法：

> 一僧一道一儒緣，同入心空及第禪。似水源流滄溟瀇，日月星辰共一天。本來大道原無二，奈緣偏執則談玄。了心更許何誰論，三教原來總一般〔註293〕。

> 不拘僧俗而只要辯心；本無男女，而何須著相。未明人妄分三教，了得的同悟一心〔註294〕。

> 本無一物，執著夫子、老君、佛，執著三教，心外求法，又墜沉淪〔註295〕。

> 大道無形生天地，運行日月佛神通；老君是佛元是一，佛是老君無二門；夫子是佛元是一，長養萬物一氣生；治下假名無其數，元來萬法一氣生〔註296〕。未有三教先有道，大道原是主人公。三教經書一字出，一字流出諸佛名〔註297〕。

前三則指出三教無分，三教一體，執著區分三教者爲虛妄，三教可以「心」全部一體求得，若於心外求法則屬沉淪。後二則認爲三教同源於一，可以「道」視之，「道」即一，一即大道，演化成三教，生成萬物。另外羅祖三教會通思想又可從其引書的方式得之，已見上單元對羅教介紹的內容中，故不再重覆。

另外據傳爲羅教二祖的秦洞山，著作的《無爲正宗了義寶卷》，喻松青有一篇專文研究上卷，說明羅祖五部六冊之後的三教思想，除繼承佛道的眞空、無極、無爲特色，又竭力提倡儒家的爲人處世之道並注重眞實的精神：「秦洞山在卷文中，把儒、道、佛三家要旨，並列敘述，一段眞空，一段眞實，並行不悖。像這樣籠統兼容的著述，在明清兩代是常見的，尤其是明中葉以後提倡三教合一爲數眾多的著述中，

〔註293〕《破邪顯證鑰匙卷》第一品，王見川、林萬博主編：《明清民間宗教經卷文獻》，（台北：新文豐出版公司，民國88年3月），第一冊，頁208下～209上。

〔註294〕《破邪顯證鑰匙卷》第八品，王見川、林萬博主編：《明清民間宗教經卷文獻》，（台北：新文豐出版公司，民國88年3月），第一冊，頁242下。

〔註295〕《破邪顯證鑰匙卷》第二十三品，王見川、林萬博主編：《明清民間宗教經卷文獻》，（台北：新文豐出版公司，民國88年3月），第一冊，頁274下～275上。

〔註296〕《破邪顯證鑰匙卷》第十五品，王見川、林萬博主編：《明清民間宗教經卷文獻》，（台北：新文豐出版公司，民國88年3月），第一冊，頁256下。

〔註297〕《巍巍不動太山深根結果寶卷》第十一品，王見川、林萬博主編：《明清民間宗教經卷文獻》，（台北：新文豐出版公司，民國88年3月），第一冊，頁369上。

更是普遍。但民間祕密宗教之中，還很少見到像秦洞山那樣熱中於儒家綱常倫理的寶卷。」〔註298〕，《無爲正宗了義寶卷》有相當多的篇章專門講述儒家的人倫五德、克己復禮和仁義信愛等基本信條，尤其強調忠孝：「孝乃人間寶，行者得固堅。臣忠君無慮，子孝父心寬。」〈行孝品第二〉〔註299〕，「事君則忠，事親則孝，忠孝雙全，此乃何不立身之道矣。」〈立身品第三〉〔註300〕，「在家奉法，則是順化之民，以盡忠孝爲第一。」〈識眞品第五〉〔註301〕，以上這些引述代表著秦洞山的重儒思想，視儒家爲三教中的首要地位。其次佛家中的禪宗內容和淨土教義，亦常出現在此寶卷中，有著羅教禪淨結合特色的延續。其三教合一的宗教思想見於下述：

> 夫中國有三教者儒釋道也，自伏羲畫卦而儒教始於此，自老子著《道德經》而道教始於此，自漢明悟夢金人而釋教始於此。三教者，儒以正設教，道以尊設教，釋以大設教是也。一切天下之人，不過善惡兩途。三教聖意，無非教人改惡向善。……孝宗皇帝曰：「以佛治心，以道治身，以儒治世，不容有一不治也。」又曰：「佛如日也，儒似月也，道如星也，如三光之在天不可缺一也。」〔註302〕

> 性者，眞如本體，父母未生以前，一眞無妄之體，謂之本來面目。禪宗則曰本性彌陀。孔子則曰天理，大易則曰太極。名雖有異，其實同一〔註303〕。

將三教歸之於「性」「眞」，爲人類原初之「本來面目」，採三教同源、互相依存、無所差別的觀點，故秦洞山論述問題往往列出三教說法，再加以總結，因此喻松青認爲秦洞山的《無爲正宗了義寶卷》中，獨創性的內容並不多見。而秦洞山提倡三教合一的立場亦不明確堅定，有時以儒第一，有時卻又以佛爲第一。含混矛盾的表現，正是民間宗教的特徵，因其集合眾家說法、截取採納多方意見，組合時難免顧此失彼或前後衝突。不過喻松青認爲秦洞山即使「他以佛爲第一，純以佛徒的姿態和口

〔註298〕喻松青：《明清白蓮教研究》，（四川：人民出版社，1987年4月），頁197。筆者介紹秦洞山的三教思想，多引述書中〈《無爲正宗了義寶卷》上卷研究〉一文。

〔註299〕《無爲正宗了義寶卷》〈行孝品第二〉，王見川、林萬博主編：《明清民間宗教經卷文獻》，（台北：新文豐出版公司，民國88年3月），第四冊，頁394下。

〔註300〕《無爲正宗了義寶卷》〈立身品第三〉，王見川、林萬博主編：《明清民間宗教經卷文獻》，（台北：新文豐出版公司，民國88年3月），第四冊，頁395上。

〔註301〕《無爲正宗了義寶卷》〈識眞品第五〉，王見川、林萬博主編：《明清民間宗教經卷文獻》，（台北：新文豐出版公司，民國88年3月），第四冊，頁397下。

〔註302〕《無爲正宗了義寶卷》〈明教品第六〉，王見川、林萬博主編：《明清民間宗教經卷文獻》，（台北：新文豐出版公司，民國88年3月），第四冊，頁399下。

〔註303〕《無爲正宗了義寶卷》〈明眞見性品第二十一〉，王見川、林萬博主編：《明清民間宗教經卷文獻》，（台北：新文豐出版公司，民國88年3月），第四冊，頁410上。

吻說教的時候，他所表現出來的思想方法，仍是傳統中的儒家正統思想的模式。」
此點正可說明民間宗教提倡三教合一，雖極力說明三教同源、三教並重，但仍不免
有所偏重，如秦洞山、長生教傾向儒家，黃天道的李普明傾向道家，羅祖的五部六
冊則傾向於佛教禪宗。

　　李普明於嘉靖三十七年著作《普明如來無爲了義寶卷》，其中亦有相當多的三教
合一觀點：

　　　　分三教，生萬物，本性圓明〔註304〕。

　　　　太極之世，立於三教，迷人都執半邊，不得方圓〔註305〕。

　　　　九宮八卦三玄妙，一佛分于三教導〔註306〕。

將三教合一的「一」視作萬物之起源，以生成天地。「一」似乎充滿佛教的禪味，如
他認爲三教都是「一佛之性」〈開經偈〉，「一個性，化三形，分成三教。」〈善遊步
如來分第三十二〉〔註307〕，自稱其道是「達摩西來，直指單傳」〈普明無爲了義如
來分第三十六〉〔註308〕；但實際上李普明黃天教的道教色彩較羅教濃厚。喻松青就
認爲修煉在《普明如來無爲了義寶卷》中佔有最多的篇幅，並且說明「積極修煉的
內容如煉丹、修眞、採先陽氣、取眞精眞氣、鍛煉眞空等，李普明認爲都是非執相
修行。」「李普明還提出了所謂『還精補腦』的辦法，他講了許多道教的房中術，……」
「《普明寶卷》中，也講道教的其他方術，如『眞汞熬成崑玉山，癸水鉛內取黃金』、
『煉汞燒鉛、黃芽白雪』等」〔註309〕，可看出道教思想充斥於李普明的想法之中。
除了佛道的內容之外，儒家的綱常倫理亦出現《普明如來無爲了義寶卷》中：

〔註304〕《普明如來無爲了義寶卷》〈寶火如來分第七〉王見川、林萬博主編：《明清民間宗教
　　　　經卷文獻》，（台北：新文豐出版公司，民國88年3月），第六冊。

〔註305〕《普明如來無爲了義寶卷》〈蓮華光遊戲神通如來分第二十五〉，王見川、林萬博主編：
　　　　《明清民間宗教經卷文獻》，（台北：新文豐出版公司，民國88年3月），第六冊，
　　　　頁174上。

〔註306〕《普明如來無爲了義寶卷》〈財功德如來分第二十六〉，王見川、林萬博主編：《明清
　　　　民間宗教經卷文獻》，（台北：新文豐出版公司，民國88年3月），第六冊，頁176
　　　　下。

〔註307〕《普明如來無爲了義寶卷》〈善遊步如來分第三十二〉，王見川、林萬博主編：《明清
　　　　民間宗教經卷文獻》，（台北：新文豐出版公司，民國88年3月），第六冊，頁184
　　　　上。

〔註308〕《普明如來無爲了義寶卷》〈普明無爲了義如來分第三十六〉，王見川、林萬博主編：
　　　　《明清民間宗教經卷文獻》，（台北：新文豐出版公司，民國88年3月），第六冊，
　　　　頁190下。

〔註309〕喻松青：《明清白蓮教研究》，（四川：人民出版社，1987年4月），頁166～171，
　　　　介紹黃天道的修煉內容十分詳細。

求仙佛，都不離，人倫大道〔註310〕。

孝順久遠長生道，逆子非人墜塵輪〔註311〕。

勸化徒眾人倫孝道可視爲儒家的教化道德修煉。李普明混合佛教的真空、無生，道家的無爲、混源，形成教義中的精神和真理，喻松青評析此點說：「既有佛教涅槃的含義，又是先於宇宙存在於宇宙萬物之中的永恒核心，它們又隱約地包含著宋明理學和心學的良知等意義」〔註312〕正可說明黃天教中的三教思想，其信仰雜糅佛道，又受到明代陽明良知說的影響。

　　明代民間祕密宗教的理論教義，多與羅教系列的思想著作有關；而明代的民間宗教活動，則多與白蓮教的各派系密切相關。所以明代的民間宗教即圍繞著這兩大系統，融合著分化著而衍生出許許多多教派。

第二節　《三教開迷歸正演義》之小說背景

　　明代小說的發展輝煌而燦爛，有經典巨著之四大奇書，也有數量驚人、種類繁多的文言小說和白話短篇小說，更有眾體具備的長篇章回小說。在這麼興盛的小說年代裡，在這麼龐大的小說作品群中，小說彼此間有著千絲萬縷之關連性，和互爲影響的淵源關係，足供後世探討玩味。魯迅〈中國小說的歷史的變遷〉曾以「明小說之兩大主流」指出「神魔小說」和「世情小說」爲明中葉小說發展的主要思潮。〔註313〕而《西遊記》和《金瓶梅》二書分別爲最典型、影響最深廣的神魔和世情小說。齊裕焜延續此說，在《明代小說史》書中指出：「在小說創作方面，以《西遊記》和《金瓶梅》爲代表的神魔小說和人情小說成爲長篇小說的主潮，是明中葉以後成就最高的作品。」〔註314〕而《三教開迷歸正演義》刊刻時間大約在明中後期之萬曆四十年到天啓七年，約爲二大奇書問世流行之稍後時期，正處於明代神魔世情小說蔚然風行的年代。在此時風潮流之下，《三教開迷歸正演義》自然深受神魔與世情小

〔註310〕《普明如來無爲了義寶卷》〈堅德如來分第十八〉，王見川、林萬博主編：《明清民間宗教經卷文獻》，（台北：新文豐出版公司，民國88年3月），第六冊，頁165上。

〔註311〕《普明如來無爲了義寶卷》〈無憂德如來分第二十二〉，王見川、林萬博主編：《明清民間宗教經卷文獻》，（台北：新文豐出版公司，民國88年3月），第六冊，頁171上。

〔註312〕喻松青：《明清白蓮教研究》，（四川：人民出版社，1987年4月），頁144。

〔註313〕魯迅：〈中國小說的歷史的變遷〉，《中國小說史略》之附錄，（香港：三聯書店有限公司，1999年3月）

〔註314〕齊裕焜：《明代小說史》，（杭州：浙江古籍出版社，1997年6月），頁5。

說的影響，呈現出兼具神魔與世情色彩的小說風格。故本節探討《三教開迷歸正演義》的小說背景，從神魔小說和世情小說著手，綜論明代小說兩大主流的發展原因和脈絡，分析神魔小說世情小說的特色及要點。

一、《三教開迷歸正演義》前的神魔小說背景分析

「神魔小說」指的是以神仙人物和妖魔角色相爭對抗為故事主線，所發展成型的小說類別。對「神魔小說」加以名詞定義和概念確認的，始自魯迅：

> 且歷來三教之爭，都無解決，互相容受，乃曰同源，所謂義利邪正善惡是非真妄諸端，皆混而又析之，統之二元，雖無專名，謂之神魔，蓋可賅括矣〔註315〕。

> 當時的思潮是極模糊的，在小說中所寫的邪正，并非儒和佛，或道和佛，或儒道釋和白蓮教，單不過是含糊的彼此之爭，我就總括起來，給他們一個名目叫做神魔小說〔註316〕。

雖偶有學者不贊同此種定名明代小說的用詞〔註317〕，但後世研究者多採魯迅此說，已視為通則定論，故本單元亦以「神魔小說」稱說明代小說的此一類型。魯迅這兩段的定義內容中，包涵著神魔小說宗教上的三教合一特色，以及形式上善惡陣營相爭的故事特點，清楚標示出神魔小說的概念定義。

對於神仙和妖魔形貌描述的歷史相當久遠，古老神話傳說中的自然諸神、山川精怪，《山海經》中的奇幻國度、遠古神靈，已然開啟了人們對神怪構想之輪廓。西漢偽託東方朔撰著《神異經》的民間怪異傳聞，東漢劉向《列仙傳》所定出的神仙譜，魏曹丕《列異傳》對鬼妖的描繪，以及晉干寶《搜神記》描寫方士的幻術、弄法、符咒等內容，南朝齊王琰《冥祥記》宣揚佛法無邊、善惡報應觀的幽冥界之描寫，這些志怪小說的靈異虛幻故事，即是神魔小說成型的先前因素。唐代《紅線傳》《聶隱娘傳》《古鏡記》《任氏傳》等傳奇小說的神奇事件、奇特人物，也具有神魔小說的成因要素。而北宋劉斧《青瑣高議》和李憲民《雲齋廣錄》中的許多怪誕故事，亦延續著此一怪奇靈異風尚，記述著人間鬼魅和妖界仙界奇聞事蹟。至於宋元話本中的「煙粉」「靈怪」「妖術」「神仙」，更是充滿了神魔怪異色彩，從宋代羅燁

〔註315〕魯迅：《中國小說史略》，（台北：谷風出版社），頁157。
〔註316〕魯迅：〈中國小說的歷史的變遷〉，《中國小說史略》之附錄，（香港：三聯書店有限公司，1999年3月）。
〔註317〕林辰：《神怪小說史》，（杭州：浙江古籍出版社，1998年12月），頁6。堅持以「神怪小說」稱之。

的《醉翁談錄》將這些故事獨立成不同類別，可見此類小說已逐漸發展成型。

因此神魔小說雖然是明代白話長篇小說的指稱，以神仙妖魔爲內容，於萬曆年間繁盛，但其歷史淵源則可追溯至上述的遠古神話傳說、魏晉志怪小說，以及唐宋時期的傳奇、筆記和話本等，這些都已具備神魔小說成因要素的明代之前小說，可視爲明代神魔小說的發展源頭。

至於明代神魔小說的體制，雖然如明洪武年間瞿佑《剪燈新話》之類的傳奇筆記體小說，其中包涵相當多的神魔故事，亦可歸類爲「文言」神魔小說〔註318〕。但一般學者論述明代神魔小說時，多半視長篇章回白話小說爲此期神魔小說的主要對象，尤其是萬曆年間所興起的神魔小說，也多具通俗白話特色。再加上本論文研究的《三教開迷歸正演義》亦屬章回體的白話通俗小說，故下列對明代神魔小說的發展情形和特色進行分析時，以章回白話體的神魔小說爲本單元的研究主體。

（一）明代神魔小說的發展因素

明代神魔小說的發展，深受當世政治、社會、經濟、宗教、學術風氣、以及思想等外緣因素的影響，再加上《西遊記》一書問世後，對小說文體本身產生的內緣因素之影響，形成明代神魔小說風行一時的盛況。以下將針對這些影響明代神魔小說發展的內外緣因素綜合論述。

萬曆十年（1582）張居正病死後，明神宗雖開始親臨執政，卻從此不顧政事，不見朝臣，只在宮中與宦官、宮女們飲酒歡宴。而張居正死後遭抄家的下場，亦讓後繼的閣輔權臣們，成了唯唯諾諾的虛僞平庸之輩，毫無政治理想和改革抱負。所以萬曆年間的朝政鬆弛，官吏們皆自保避事，而讓閹宦猖狂掌權。這樣癈弛的政治現象，一方面讓文風思想不受政權的箝制而能盡情發揮，使得神魔小說得以自由發展；但另一方面宦官和無能貪官在得勢後的橫徵暴斂、貪污勒索、營私舞弊，也讓人民無法生存而流亡暴動，動亂的社會現象。因此神魔小說在此理想的文體發展條件下，衝突氣氛強烈的環境中，形成內容上讓人民的心靈有所寄託，也對黑暗的現實處境有所影射的小說類型。神魔鬥法之後的正義得勝，帶給人們心理上的安慰，妖魔邪惡的敗亡，讓民眾心中的不滿情緒得以宣洩。所以正因爲社會惡勢力的囂張，才讓人民寄情於小說世界，期待神仙力量的解決之道。

萬曆年間經濟發展迅速，農業生產力的提高，帶動了商業和手工業的發展，促

〔註318〕林辰：《神怪小說史》，（杭州：浙江古籍出版社，1998年12月），第十章以「明清文言神怪小說」稱之，即爲此類文言神魔小說。

進了城市經濟的發展〔註319〕。當人們消費能力提高時，表現在閱讀方面的需求亦相對增加，於是經營出版印刷事業的書坊，在明中後期獲得長足的發展〔註320〕。書坊主人面對閱讀市場的龐大需求，不斷推出新的閱讀文本以獲取利益，或由書坊主人親自編寫小說，如福建建陽地區余氏書坊一員的余象斗〔註321〕，編輯民間華光大帝的傳聞以成《南遊記》一書；或由書坊委請文人進行神魔小說之編寫，如鄧志謨爲余氏萃慶堂所著述的《鐵樹記》《飛劍記》《咒棗記》，都是書坊主人商業謀利的現實考量下，是基於書坊本身販售之需求，推波助瀾的大力推行神魔小說寫作。因此明代神魔小說的繁榮盛況，書坊的商業經濟因素，起了相當大的作用〔註322〕。李豐楙亦從通俗讀物的出版市場角度，認爲「市民階層與刊刻業者之間的供需關係，由於需求殷切而需要量大，就促成職業性編書人與書坊業者進行了一連串的合作事業。也基於通俗讀物市場正如流行文化，會刺激了整個市場機能，從而導致當時市民階層的讀者群接受，並在需求傾向下，形成了長達三十年的流行風潮，也寫下了通俗文化史上極具典型的一章〔註323〕。」此段商業角度的觀察分析，止足以說明神魔小說興起的商業經濟因素。

　　明代政權統治者，對於宗教皆採崇奉信仰的態度，如明太祖的崇佛尊道，爲僧道定立優渥的待遇；成祖因崇奉眞武大帝，而大肆營建宮觀，甚至有服食靈濟宮仙方致疾仍不悟的情形；憲宗的信奉方術，以致方士亂政；世宗篤信道教，爲齋醮花費大量的財錢；神宗信奉釋老，數建寺觀，大設齋醮〔註324〕。在上位的君王篤信崇教，在下位的臣民亦不免崇佛敬老，形成一股信仰風潮，而面對這種崇奉宗教的社會風氣，魯迅分析說：

　　　　奉道流羽客之隆重，極於宋宣和時，元雖歸佛，亦甚崇道，其幻惑故遍

〔註319〕楊國楨、陳支平：《明史新編》，（台北：昭明出版社，民國88年9月），頁349～399，論述嘉靖萬曆時期「城鎮工商業的繁盛」景象。

〔註320〕陳美林等：《章回小說史》，（杭州：浙江古籍出版社，1998年12月），頁103～105，認爲「明代尤其是中晚期，出版印刷規模有了長足發展」，而書坊的堀起，也促成了小說大量出版的盛況。

〔註321〕陳昭珍：《明代書坊之研究》，（台大圖書館研究所碩士論文，民國73年7月），頁34，介紹明代余氏書坊之堂號有三台館、雙桂堂、萃慶堂等，且已知之余氏經營者高達三十多人。

〔註322〕陳大康：《明代小說史》，（上海：文藝出版社，2000年10月），頁429～433，對於書坊主影響神魔小說的發展多所論述，並且強調其中的商業考量，是促成神魔小說崛起的重要因素。

〔註323〕李豐楙：《許遜與薩守堅》，（台北：台灣學生書局，民國86年3月），頁315。

〔註324〕楊啓樵：〈明代諸帝之崇尚方術及其影響〉，《明史研究論叢》第一輯，（台北：大立出版社，民國71年6月）。此文論述明代君王的宗教態度甚詳。

行於人間，明初稍衰，比中葉而復極顯赫，成化時有方士李孜，釋繼曉，正德時有色目人於永，皆以方伎雜流拜官，榮華熠耀，世所企羨，則妖妄之說自盛，而影響且及於文章〔註325〕。

因為政權階級的崇信道士，讓一些方術之士獲得顯赫榮尊地位，因此神魔小說自然盛行於世，文壇上充滿著怪力亂神的妖妄之說。而且明代是民間祕密宗教的興盛時期，尤其是明末更是到達鼎盛階段。在此宗教氣氛瀰漫的時代，神魔小說的盛行，就是一種自然民風的展現，順應著民間信仰的多姿而有蓬勃的發展。

王門心學在王艮、李贄等人的主張宣揚下，有著挑戰權威、突破傳統的革新思想。注重個性本質的呈現，自我意識的覺醒，成為思想領域的主流趨勢。這樣的改革思潮為明代小說創作，激發了新的生命。為求作品的題材變化，讓小說的立意新穎獨特，於是脫出當時流行的講史演義小說，另立新奇的神魔小說創作，即為王學左派思想影響文壇的結果之一。明代的講史演義發展繁盛，刊刻最多的即為《三國演義》和《水滸傳》〔註326〕；而神魔小說的誇奇虛幻風格，狂放不羈的神魔鬥法，為明代小說的創作，注入一股新生命的活力，因此明代文風思潮正如實反映在神魔小說的創作上。

至於萬曆年間之所以會掀起一股神魔小說的熱潮，《西遊記》佔有相當關鍵的決定性因素。自從此書一問世，人們即對其抱持著高度的熱衷和興趣，從上述內容中提及的明代四種刊本、兩種節本，和清代的六種刊本，可以想見《西遊記》當時受歡迎的程度。《西遊記》是一部思想豐富、意涵深遠，藝術成就極高的完美優秀之作，因為寫作技巧高超、人物塑形生動、故事構想新穎奇特，不但吸引了當時書坊各種版本的刊刻、後續者的仿作，甚至後來的神魔小說創作中，在情節脈絡、人物特色、故事構想方面，都免不了有《西遊記》的影子存在。

如《西洋記》直接搬用《西遊記》的金角銀角大仙、黃鳳仙和火母等人物，借用《西遊記》第三十四回的「魔王巧算困心猿，大聖騰那騙寶貝」和第三十五回「外道施威欺正性，心猿竊寶伏邪魔」的故事情節，而成羊角真君把金碧峰攝入吸魂瓶中，結果金碧峰用錫杖化成鑽（鑽）子，鑽出小孔逃生。模仿《西遊記》唐僧西天取經，孫悟空和豬八戒一路輔助，歷經八十一難，方達極樂世界的故事概要，而成鄭和西洋覓寶、金碧峰長老和張天師相伴解災、路經三十九國，終達酆鬼國。再如

〔註325〕見註315，頁157。
〔註326〕陳大康：《明代小說史》，（上海：文藝出版社，2000年10月），頁368，以萬曆二十年作為新通俗小說創作開始繁榮的年代，並且指出在此之前，社會上流傳的通俗小說以講史演義為主，且以《三國演義》和《水滸傳》刊刻最多。

《南遊記》主角華光上天入地，變化莫測，法術無邊的形象，幾乎就是孫悟空的翻版；第十二回「華光與鐵扇公主成親」的故事情節，就是出自《西遊記》第六十一回「孫行者三調芭蕉扇」。

而鄧志謨更是將《西遊記》第四十七回「聖僧夜阻通天水，金木垂慈救小童」的一段文字，直接抄入《咒棗記》第六回「王惡收攝猴馬精，眞人滅祭童男女」文中〔註327〕。而《封神演義》在韻語方面亦對《西遊記》文字稍加改動的進行抄襲，如第十二回哪吒看到天宮景象時的韻語，與《西遊記》第四回孫悟空看到天宮時的韻語大致相同；第四十三回聞太師眼中所見的東海金鰲島贊，和《西遊記》第一回形容花果山的韻語幾乎全同〔註328〕。

從這些後世編著者喜用《西遊記》的故事情節、人物角色、敘述模式、佈局架構、韻語內容，可見《西遊記》對神魔小說影響之深遠且全面。

《西遊記》對後世神魔小說的影響，除了上述的故事要素之援引和內容襲取外，在小說書名的取名上，也試圖沾《西遊記》書名之光環，利用此書的高知名度，增加後繼者的商業價值，如《北遊記》《南遊記》《東遊記》《西洋記》《東渡記》等書名皆是相同的用意，足見《西遊記》問世之後，受其影響及仿作的作品蜂出，使得神魔小說成爲明代長篇白話講史小說外的另一主流。

（二）明代神魔小說的發展概況

明萬曆以前以《三國演義》《水滸傳》等講史演義爲小說發展的主流，神魔小說的數量較少，但明初羅貫中的《三遂平妖傳》已開始神魔小說發展的重要契機，這一部以歷史事件爲主軸而開展的神魔小說，成爲後代平妖小說系列的先驅〔註329〕。明隆慶三年的沈孟桿《濟顛禪師語錄》刻本，將民間濟公故事之傳聞，連綴成濟顛禪師一生的行狀，亦對後代濟公系列的小說產生影響〔註330〕。

〔註327〕陳大康：《明代小說史》，（上海：文藝出版社，2000年10月），頁422～423，文中指出除了文字全盤抄錄之外，《咒棗記》中尚有刪改後的抄錄《西遊記》文字，足見神魔小說創作者深受《西遊記》的影響。

〔註328〕齊裕焜：《明代小說史》，（杭州：浙江古籍出版社，1997年6月），頁197，比較《封神演義》和《西遊記》韻語之雷同。當然韻語在通俗小說中往往有共用、直接移植的習慣性寫作，此乃通俗小說之通則定律，筆者僅借齊氏之說，作爲《封神演義》受《西遊記》影響的證據之一。

〔註329〕如明末的《七曜平妖傳》和清初《女仙外史》等。林辰：《神怪小說史》，（杭州：浙江古籍出版社，1998年12月），頁315，認爲《七曜平妖傳》的寫作和刊刻時間，應爲清人據明版重刊，但「明天啓甲子精刊本」之存在，不無可疑之處。但至少明末應有此書之刊行問世，故文中仍定爲明末小說。

〔註330〕如清康熙年間的《濟公全傳》三十六回，光緒年間的《濟公全傳》二百八十回。

　　明代神魔小說的代表作《西遊記》，於萬曆二十年（1592）在南京書坊世德堂刊出，這部自唐僧玄奘取經事蹟而衍生的著作，是一部世代積累型的小說，明之前與玄奘事蹟有關的作品為：唐代的《大唐西域記》《大慈恩寺三藏法師傳》、宋話本《大唐三藏取經詩話》、西夏的取經圖，甚至元代雜劇中亦有吳昌齡《唐三藏西天取經》。到了明代，此類相關著作更是繁多，劉蔭柏認為有四種明刊本：1、新刻出像官板大字本《西遊記》二十卷一百回（明代金陵唐氏世德堂刊本），2、鼎鍥京本全像《西遊記》二十卷一百回（明萬曆閩書林楊閩齋刊本），3、《唐僧西遊記》二十卷一百回，4、《李卓吾先生批評西遊記》一百回。以及兩種明代節本：朱鼎臣《鼎鍥全像唐三藏西遊釋厄傳》十卷和楊致和《西遊記傳》四卷四十一回。甚至清代也有汪象旭（澹漪）《西遊記證道書》一百回，和六種不同刊本的作品流傳於世〔註331〕。除了以上版本之外，近代學者常以元人《西遊記》平話一書，視作吳承恩創作時的祖本，甚至是楊景賢《西遊記》雜劇之依據〔註332〕。明代萬曆二十年（1592）金陵世德堂刻、華陽洞天主人校本的《新刻出像官板大字西遊記》，為《西遊記》眾多流傳版本中，廣受歡迎、較為常見的一種版本定論。從上述《西遊記》版本的論述中，可知《西遊記》受當世和後代子孫喜愛的程度，所造成的流行風潮，甚至促成萬曆年間數量驚人的神魔小說之興起。

　　《西遊記》之後的神魔小說作品眾多，且多集中在萬曆年間〔註333〕，如萬曆二十五年（1597）羅懋登的《三寶太監西洋記通俗演義》（簡稱西洋記）一百回，萬曆

〔註331〕劉蔭柏：《西遊記發微》，（台北：文津出版社，民國84年9月），頁215～226。

〔註332〕此書已佚，僅可見《永樂大典》卷一三二九「送」字韻「夢」魏徵《夢斬涇河龍》篇中《西遊記》平話殘文之注明；以及元末明初時朝鮮人學習漢語的課本《朴通事諺解》「孫行者」三字下小注引《西遊記》之文字。楊昌年老師在〈《西遊記》的時代背景與意識指向〉（《歷史月刊》，民國85年8月）一文中，頁30，指出《朴通事諺解》所存的〈車遲國鬥聖〉遺文一千字，即為元代的《西遊記平話》之殘存文字。可想見此書內容與吳承恩作品之相似，經多位學者的考證引述，認定是吳承恩創作之重要依據。

〔註333〕劉世德：〈變化多端的神魔小說〉，《神怪情俠的藝術世界》程毅中編，（北京：中共中央黨校出版社，1994年1月），頁144。文中列出二十六部作品，並分成明初、嘉靖隆慶、萬曆、明末四階段，並且稱說：「以上一共二十六部作品，明代的神魔小說可謂盡於此矣」。
　　　　齊裕焜：《明代小說史》，頁187～218，介紹明代中後期十三部神魔小說，將其題材分成宗教、講史、民間故事三類。
　　　　林辰：《神怪小說史》，頁292～326，以寓意、史話、仙佛三類介紹十三部明代章回小說。
　　　　由此觀之，神魔小說的著作實為豐饒，本文僅概略介紹萬曆時期的一些著名之作。

年間陸西星所著的《封神演義》一百回〔註334〕；書坊主人余象斗於萬曆三十年刊出《北方眞武玄天上帝出身志傳》（簡稱北遊記）四卷二十則，不久再刊出《五顯靈官大帝華光天王傳》（簡稱南遊記）四卷十八回；吳元泰在萬曆年間有《八仙出處東遊記》（簡稱東遊記）五十六回〔註335〕。萬曆年間閩刻本的神魔小說有：朱開泰《達摩出身傳燈傳》四卷七十則和萬曆三十二年朱星祚《二十四尊得道羅漢傳》六卷。建陽書坊的余氏萃慶堂，於萬曆年間出版了鄧志謨的三本神魔小說：《許旌陽得道擒蛟鐵樹記》（簡稱鐵樹記）、《呂純陽得道飛劍記》（簡稱飛劍記）、《薩眞人得道咒棗記》（簡稱咒棗記），爲宣教理念的道教小說。本論文的研究文本：潘鏡若《三教開迷歸正演》亦夾雜在萬曆時期這一大批的神魔小說行列之中，成爲此期神魔小說雄壯聲勢之一員。

　　當然，萬曆年之後的神魔小說仍持續刊行問世，有天啓三年楊爾曾的《韓湘子全傳》三十回，崇禎八年方汝浩的《掃魅敦倫東渡記》，崇禎年間的穆氏《關帝歷代顯聖志傳》等，但數量和價值明顯卜降，呈現衰退階段。神魔小說於明末衰落的原因〔註336〕：第一爲文體發展生命的必然曲線，極度繁榮興盛之後，必定走向沒落；當相類似的題材和故事，已遭編著者搜羅殆盡，寫作出來的作品已了無新意和缺乏創見時，文學類型即已走到了盡頭。第二爲末世人心的自然需求，已轉向對現實生活的關注，和社會黑暗面的揭露；神魔小說的怪奇虛幻內容和影射暗諷風格，已不符合此期民眾對閱讀文本的心理需要和強烈口味，所以在萬曆年間世情小說、時事小說、淫穢小說等，取代神魔小說獨領風騷的局面，形成明末小說的主流，而神魔小說亦就此逐漸淡出小說舞台。

（三）明代神魔小說的特色分析

　　本單元將從形式和內容兩方面，對明代神魔小說的特色進行分析和論述，期能呈現神魔小說的獨特面貌。

〔註334〕柳存仁：《和風堂讀書記》，（香港：龍門書店，1977年），頁336，提及著有《封神演義之作者》一書，足以證明封神演義的作者爲陸西星而非許仲琳。雖然筆者未見柳存仁考證封神演義作者之書，但仍據柳存仁之說，以爲《封神演義》現藏日本內閣文庫之最早版本之作者。

〔註335〕齊裕焜：《明代小說史》，（杭州：浙江古籍出版社，1997年6月），頁202，根據書前余象斗的〈八仙傳引〉，推論《東游記》作者吳元泰當屬萬曆或萬曆前的人，至少此書刊本爲萬曆年間刊刻。

〔註336〕陳大康：《明代小說史》，（上海：文藝出版社，2000年10月），頁439，認爲神魔小說在萬曆以後已步入衰落期，並且推論出三種原因。筆者據此說法整理成兩大因素，以爲明末神魔小說的衰退原因。

1、形式方面

（1）援引史事以敷衍故事

《西遊記》以前的明代通俗小說，幾乎全是演史小說的天下，當時所流行的講史演義，著重在依史鋪陳故事，因此就算是《西遊記》，也是以唐代玄奘取經史事為故事展開的依據。因此明代神魔小說時常具備史的成分，許多小說據史事以敷衍故事，編寫情節，如鄭和下西洋是《明史》上的重要記載，另外，也有馬歡《瀛涯勝覽》、費信《星槎勝覽》等相關史料之留存。羅懋登據這些史事的記錄，加上民間對鄭和的種種鄉野傳聞，編寫創作成《西洋記》，所以此書是一部歷史幻化型的神魔小說，具有演史小說和神魔小說的雙重性質。

武王伐紂於《史記》卷十三的《三代世表》、卷三《殷本紀》、卷四《周本紀》〔註337〕中皆有記載，甚至於《楚辭·天問》《詩·大雅·大明》《淮南子·覽冥訓》等書中亦記載了此則史事。元代講史話本的《武王伐紂平話》，即為一本歷史加上民間傳聞的平話故事。柳存仁考證《封神演義》的創作淵源，除了據元至治刊本的《武王伐紂平話》是書以編撰之外，尚有萬曆間龔紹山梓陳眉公評本的《列國志傳》一書，為《封神演義》作者所鈔襲和援用〔註338〕，所以《封神演義》亦是在史事的根據上，附會著民間長期以來的種種傳說，再加上現有著作的妥善利用和援引移植下，完成了這部演史神魔小說。

因此《西洋記》和《封神演義》這兩部小說，都是運用歷史的框架，以幻化虛構的藝術手法，將神魔相鬥的故事，融入看似真實的史事之中。但是其中的故事鋪陳，已完全超出最初限定的歷史脈絡之外，對於史只是借用和援引，不拘泥於史事的真相，而有飛躍的想像開展。

（2）襲用素材以拼湊小說

神魔小說的成書方式，往往是作者從過去史書、筆記、小說等現有材料中，襲取拼湊成一部新的作品，如《三遂平妖傳》的故事組成相當複雜，構成全書的五個故事，皆可在《醉翁談錄》中找到故事的源頭，如聖姑姑、永兒故事和王則起義故事，出自「妖術」類的「千聖姑」和「貝州王則」；卜吉故事出自「公案」類的「八

〔註337〕（漢）司馬遷：《史記》，（藝文印書館據清乾隆武英殿刊本景印），頁224，卷十三《三代世表》：「周武王伐紂。」頁65，卷三《周本紀》「周武王於是遂諸侯伐紂。」頁72，卷四《殷本紀》：「於是武王遍告諸侯曰：殷有重罪，不可以不畢伐。」

〔註338〕柳存仁：〈元至治本全相武王伐紂平話明刊本列國志傳卷一與封神演義之關係〉，《和風堂讀書記》，（香港：龍門書局，1977年），頁335。

角井」；彈子和尚與杜七聖故事，出自「靈怪」類的「葫蘆兒」〔註339〕。

　　余象斗將《道藏》中的《玄天上帝啓示錄》、《元洞玉歷記》和一些民間故事，拼湊而成《北遊記》一書〔註340〕。因此，魯迅對《北遊記》的評語爲：「此傳所言，間符舊說，但亦時竊佛傳，雜以鄙言，盛誇感應，如村巫廟祝之見〔註341〕。」將此書雜取民間傳聞故事、拼湊佛典道傳故事的特色表露無遺。

　　《東遊記》則是將《楊家府演義》的第三十二至第三十八回抄入書中的第三十四回至第四十三回。《咒棗記》編者鄧志謨自述其寫作旨趣爲：「暇日考搜神一集，慕薩君之油然仁風，摭其遺事，演以《咒棗記》。」即是兼採類書和民間傳聞爲寫作素材的明白表示〔註342〕。《東度記》將《三教開迷歸正演義》人物名字的諧音象徵手法，運用在《東度記》小說的人物取名中；在描寫頭陀、全眞道士、清溪道人等角色時，亦與《三教開迷歸正演義》人物的故事定位多所相似，可以看出《東度記》對《三教開迷歸正演義》援引〔註343〕。另外，兩書皆有一些相同的故事，例如放生鯉魚得福報、民間酒色財氣之迷亂人心等，屬於通俗小說常有的寫作題材，這是共通互用的故事要素。根源於民間傳聞，爲小說寫作者所引用，編列成小說的一部分。

　　若再參看本節探討明代神魔小說發展因素中的「西遊記的影響」單元，則可看到更多《西遊記》之後的神魔小說後出編著者，借用抄襲《西遊記》內容的例子。可知明代神魔小說的編著者，多半是故事有所本的進行改寫編輯，或搜集民間傳聞，或整理過去史料筆記，或援引已問世的小說章節段落，或綴補舊本小說，經過文才各異的編纂者之手，整理拼湊成一部新的神魔小說。

2、內容方面

（1）混融色彩的宗教宣揚

　　明代神魔小說中，有明確宗教意涵、且具宣教意義的作品有《錢塘湖隱濟顚禪

〔註339〕齊裕焜：《明代小說史》，（杭州：浙江古籍出版社，1997年6月），頁91，文中分析《三遂平妖傳》的故事源頭，認爲是一種雜湊短篇話本故事而成書的寫作方式。
〔註340〕陳大康：《明代小說史》，（上海：文藝出版社，2000年10月），頁419。
〔註341〕魯迅：《中國小說史略》，（台北：谷風出版社），頁159。
〔註342〕李豐楙：《許遜與薩守堅》，（台北：台灣學生書局，民國86年3月），頁208，書中考證《搜神一集》與《咒棗記》之間的相關性。頁248，指出「作者確能運用多方的材料，其中包羅文獻資料，口傳資料，以及實際的生活所知之事。」
〔註343〕雖然《三教開迷歸正演義》現存刊本的年代並無記載，但從萬卷樓的刊書年代，朱之蕃的評定時間，再加上《林子全集》、《金陵中一堂》記載天啓七年，三一教徒們焚燬小說書版之事，可以推定此部小說必在明崇禎八年刊本的《東度記》之前，因此兩書的傳承關係，爲《三教開迷歸正演義》影響《東度記》。

師語錄》的濟公信仰、《南海觀世音菩薩出身修行傳》的觀音信仰、《天妃濟世出身傳》的媽祖信仰、《飛劍記》的呂洞賓信仰、《韓湘子全傳》的韓湘子信仰、《鐵樹記》的許遜信仰和《咒棗記》的薩守堅信仰等，即是以宗教仙佛人物得道成仙、救世濟眾的斬妖除魔歷程方式，宣揚各種特定的宗教思想。

雖然這些小說原創主旨的宗教類型各異，但這些宣教性質的小說，往往有著民間宗教的混融特質，不受書中宗教派別的局限，而是以三教合一和世俗變化性方式，發展小說的宗教意識。如《南海觀世音菩薩出身修行傳》中的妙善公主對佛法修行十分虔誠，但卻受到太白金星的指點前往南海香山普陀修行。故事安排妙善經過了修道的過程，並有丹藥、甘露濟人的行為，如此即將佛教的菩薩道教化了。而《咒棗記》薩君歷經聞儒經開悟、念佛修行、出家修道之三世修緣，最後方得正果。這種涵蓋儒佛道三教的行止，就是將三教合一思想，表現在小說主角的修行歷程上。

《西遊記》的宗教屬性亦十分複雜難辨，後人對其即有批佛貶道、揚佛批道、貶佛宣道等種種不同的說法，但小說的三教合一觀點則十分明確，如孫悟空一身高強的功夫和法術來自於「須菩提祖師」，這位名號為佛教尊者的師父，眾人稱其為「神仙」，而稱其弟子為「仙童」，居住在「靈臺方寸山，斜月三星洞」。這樣道教行事風格的佛教師父，卻又以佛門方式為孫悟空取了空觀佛教的法名，連後來三藏聽到他的法名都說「也正合我們的宗派。」而此「須菩提祖師」在小說中登壇講道時：「一會道講一會禪，三家配合本如然。」統合三教的立意分明，再結合三更入門傳道的禪門公案故事，和長生妙道的傳授，成就了能霞舉飛昇、又能使喚剙斗雲的孫悟空。這種融合佛道二教的觀點，任意使用宗教名詞的筆法成了小說中的一貫方式。所以三教合一成了後世神魔小說常見的寫作風格，也是一種明代流行思潮的自然反映。第四十七回孫悟空在打死了妖道、放了和尚後，對車遲國國王說「今日滅了妖邪，方知是禪門有道。向後來，再不可胡為亂信。望你把三教歸一；也敬僧，也敬道，也養育人才。我保你江山永固。」藉悟空之口說出宗教信仰之終極依歸：三教合一。

鄭志明在〈西遊記的鬼神崇拜〉提到民間信仰中的「多重至上神觀」和「三教多神崇拜」〔註344〕，正足以說明《西遊記》的佛道雙方高層階級融洽和睦的情形，佛道神祇可齊聚一堂歡宴，彼此能夠來往互助無間，甚至在當玉皇大帝的部下對付不了孫悟空時，會請西方如來出面協助；而取經本為如來的安排，卻得玉帝方面人馬的大力協助，所以在民間宗教的認知中，三教無分，可靈活自由運用，而其他的

〔註344〕鄭志明：《神明的由來》，（嘉義：南華管理學院，民國86年10月），頁267，其中指出儒家不適合稱之為儒教，僅以「民族宗教」「天命宗教」定義其宗教之屬性，認為是統治階層官方性的「宗法性宗教」和民間的「巫術性宗教」。

神魔小說作品亦是這種民間信仰意識的延伸，有著混融的宗教觀。

　　儒家色彩在神魔小說中，時常以倫理道德的教化意義呈現，如《東度記》佛祖說「一善能解百惡」「破法全靠正大光明」，而善為忠孝節義信悌仁禮等道德規範，正大光明者莫過於忠孝二字。甚至故事中達摩的兩位弟子，一位是純孝而出家，另一位則是忠君而成佛。整部小說的故事主體，亦圍繞著俗世倫理間的糾紛問題，皆可由佛法進行度化開示，而有勸世教化目的之達成，這就是編著者對儒佛無所分別的一體混用。

　　神魔小說時常運用道教的神祕儀式、神奇法術、繁多法寶法器，和眾多神仙系譜，讓小說呈現豐富精彩的戲劇情節，因此不論小說主旨歸屬何教，神魔小說往往具備濃厚的道教色彩〔註345〕。

（2）現實意義的奇幻虛構

　　神魔小說可歸納出兩項浪漫奇幻的特色：一、豐富的幻想，極度的誇張；二、奇妙的變形，豐富的象徵意象〔註346〕。此屬神魔小說藝術手法的分析，是一種超現實的想像發揮，但在此奇幻虛構的故事中，仍富含現實的象徵意義，充滿著哲理性發人省思的言語〔註347〕。這是因為神魔小說不受限於信史的束縛，可以自由發揮想

〔註345〕苟波：〈道教與神魔小說的結構〉，《宗教學研究》，（四川大學出版社，1997年第二期）
　　　　　〈道教仙傳和神魔小說中的去欲就善思想〉，《宗教學研究‧道教研究》，（四川大學出版社，1996年第三期）。
　　　　　〈神魔小說中人物形象的道教內涵〉，《宗教學研究‧道教研究》，（四川大學出版社，1998年第二期）。
　　　　　〈道教與神魔小說的人物形象來源〉，《宗教學研究‧道教研究》，（四川大學出版社，1996年第四期）。
　　　　　大陸學者苟波這一系列探討道教與神魔小說關係的文章，可以看出道教對神魔小說編撰者的廣泛深遠的影響。
〔註346〕齊裕焜：《明代小說史》，（杭州：浙江古籍出版社，1997年6月），頁189，文中論述神魔小說的奇幻特色：「首先是豐富的幻想，極度的誇張。神魔小說以突破時空、突破生死、突破人神界限的手法去描寫奇事奇境：其形象多是神魔，它們都有奇特的外貌，奇妙的武器，有著變幻莫測的神通、超越自然的生命。即使是人，也多是被神話化了的仙人、真人：其事件多是除妖滅怪、懲惡揚善、戰天鬥地、顯揚忠烈；其環境則多是幻域，其中有天庭、地府、龍宮，也有海市蜃樓般的仙莊、佛境，把現實與幻想、天上與人間皆籠於筆底，從而向人們展現出廣闊的描寫空間、奇麗的幻想天地。其次是奇妙的變形，豐富的象徵意味。」
〔註347〕同上註，頁190，提及神魔小說的表現方式為：「一是整體的象徵，像《西遊記》的整體形象象徵著從追求到痛苦到實現的人生哲理。一是局部性的象徵，就是鑲嵌在整體性象徵體系中的一些有哲理意味的故事，或與整體象徵無關的一些哲理性語言。」，此段分析即是說明神魔小說的現實意義。

像力的編寫故事，但描述神仙世界和妖魔法力的同時，也會自然地將作者週遭的社會生活、所見所聞寫入故事，於是小說成為現實世界的投射，具有反映與批判的現實意義。如《封神演義》有著奇特的想像人物：土行孫之穿地而行、雷震子的肉翅飛翔、千里眼順風耳的奇特感知能力，以及各式各樣於鬥法中所展現出的法寶，和變幻曲折的奇異情節。在這些虛構內容中，仍有對現實政治不滿的影射，如商紂王之殘暴、忠良之受迫害，也是對當時黑暗政治的一種真實反映，甚至商紂王太子的遭陷害，也似乎是萬曆時的朱常洛，長期得不到明確太子身份的現實寫照。而《西遊記》亦將種種社會現象，藉由小說故事以呈現，如楊昌年老師認為：

> 西遊一書，假托唐代構成的三部份中，齊天大聖的故事與八十一難兩大部份，又都假托天上仙佛宮庭。其實任誰都知道這是作者的無奈隱晦，轉移偷渡。他這不是不想說，而是心有顧忌，在人屋簷下的不敢說。事實上這部書絕不是什麼神怪妖魔的幻想小說，而是一部時代由明及唐、地域由人間至天上的，充含著強烈諷世意識的寫實作品。……在『天上即人間』的創作模式統攝之下，西行所遇的各色妖魔，指涉的是現實腐惡社會中橫行的貪官、污吏、惡勢力〔註348〕。

在此現實意義的內涵下，讓小說更具憾動人心的感染力量。

另外，《西遊記》對道教角色有詆毀意味，如第三十四、三十五回蓮花洞的金角大王和銀角大王，「愛的是燒丹煉藥，喜的是全真道人。」行妖騙人時也愛「變個老道士」，兩人既是壓龍山壓龍洞九尾狐狸精之子，亦是道教祖師太上老君手下看金爐銀爐的童子。第三十七回中的獅猁王化身為全真道士，將烏雞國王推下井中淹死，占了其王位。第七十八回中的白鹿精打扮成道人模樣。第四十四回車遲國中道士們對僧人的迫害，在朝中耀武揚威的模樣。這些對道士譏評嘲諷的情節，即是對明代道士權高位重之紊亂朝綱，和君王沉溺道術的荒誕，進行沉痛的歷史控訴。在小說想像虛幻的世界中，對這些道教的不良份子加以醜化角色的塑造，並藉神佛力量加以剿滅。所以《西遊記》中的妖魔多半化身為道士形象，且多據道教法術為惡，又與道教有著淵源頗深的關係〔註349〕，令人感受到作者對當世妖道不分的社會之感受描述。

〔註348〕楊昌年老師：《古典小說名著析評》，（台北：五南圖書出版有限公司，民國83年5月），頁162～163，頁175。

〔註349〕張橋貴：〈《西遊記》與明代道教〉，（道教學探索第八號，民國83年12月道教出版），「《西遊記》作者的宗教立場是貶道揚佛，袒護佛教，而認為妖道一家，妖由道生，妖由道興，妖魔與道教之間存在十分密切的聯係。」

　　因此神魔小說虛幻世界的描寫，仍根植於真實世界的環境，在奇幻虛構的想像故事中，仍如實反映著社會真相。

二、《三教開迷歸正演義》前的世情小說背景分析

　　「世情小說」刻劃著社會人情之現實，流露出民心真切之情感，描寫著平凡小民的生活瑣事，以愛欲情結為小說的主要內容。最早對世情小說定出範圍與概念的是魯迅：

> 當神魔小說盛行時，記人事者亦突起，其取材猶宋市人小說之「銀字兒」，大率為離合悲歡及發跡變態之事，間雜因果報應，而不甚言靈怪，又緣描摹世態，見其炎涼，故或亦謂之「世情書」〔註350〕。

這一段文字雖遭後來研究小說的學者甚多評議，但其間概念的創始與立標竿之意義，更受到每位小說研究學者的一致推崇和引用。魯迅雖以「人情小說」定名，但內文中以「世情書」稱之，故後人或以「世情小說」或以「人情小說」稱呼此期之小說類型。基於「世情」一詞的社會世俗意象，較「人情」一詞深切，且較多學者採用，故本單元以「世情小說」定名。魯迅認為最有名的世情書為《金瓶梅》，且論述明代世情小說時亦從《金瓶梅》開始介紹，並未涉及《金瓶梅》前的其他世情書。而向楷對世情小說的定義為：「描寫普通男女的生活瑣事、飲食大欲、戀愛婚姻、家庭人倫關係、家庭或家族興衰歷史、社會階層眾生相等為主，以反映社會現實（所謂世相）的小說〔註351〕。」且將論述對象擴大至《金瓶梅》之前，只要符合廣義的世情小說定義：世態人情之描摹和現實人生之寫照，以及具備世情因素成分的小說，都納入其世情小說的範圍，因此世情小說的歷史淵源，可追溯至魏晉時代。此種定義說明和涵蓋範圍，頗能顯出世情小說的歷史脈絡和地位，也對世情小說之所以出現在明代，有如此繁榮的盛況，提出合理的解釋。因此下列將循此廣義的世情小說定義，將明以前小說的世情概況，稍加梳理略述。

　　世情小說的歷史源頭，可追溯至唐以前的志怪志人小說，如《列仙傳》的「江妃二女傳」、《列異傳》的「蔣濟亡兒」、《搜神記》的「吳王小女」、《幽明錄》的「賣胡粉女子」、《西京雜記》的「秋胡戲妻」、《世說新語》的「許允醜婦」等靈怪世情的故事，這些篇章雖未能稱得上是真正的世情小說，但已具備世情小說的要素成因，為世情小說的先前準備階段。更進一步的世情小說先聲，當屬唐代開始增多的人事

〔註350〕魯迅：《中國小說史略》，（台北：谷風出版社），頁182。
〔註351〕向楷：《世情小說史》，（杭州：浙江古籍出版社，1998年12月），頁3。

描寫小說，已從過去的「鬼話」「仙話」進展到「人話」階段，對於人間世事的關注態度，使得此期小說的世情成分，明顯加重，也可稱得上是世情小說的範疇，如唐傳奇中的《東城老父傳》、《鶯鶯傳》、《霍小玉傳》、《任氏傳》、《李娃傳》等皆有真情流露和現實世態描寫之成份，可視為世情小說的初始形態。

宋元話本中的「銀字兒」和「煙粉」類，即是宋元時期的廣義世情小說代表，如《鬧樊樓多情周勝仙》和《樂小舍拼生覓偶》所描寫的真摯情感，《碾玉觀音》和《刎頸鴛鴦會》傳達出來的戒欲教化意義，都有濃厚的市人氣息，表現出深刻的通俗民情。《快嘴李翠蓮記》更是一篇對傳統禮法挑戰的世情故事，描繪一位性情獨特、敢說敢做的女子，不容於世的沉痛哀歌，具備世情寫實控訴之意義。宋元話本的初期階段，小說具飽滿俚俗的旺盛活力，故事主要重點為傳達市井小民的愛欲情仇，道德說理意味淡薄；但是到了後期，說理教化色彩轉濃，甚至鬼怪氣息亦漸趨強烈。且宋元話本小說以小人物為描寫的主要對象，圍繞在生活現實層面，鋪述成一個複雜曲折的完整故事，具有完備的世情成分〔註352〕。至於文言傳奇中的《李師師外傳》《嬌紅記》等，也都具有感人的情愛描寫，對當時的社會現象、人生無奈的困境，皆有深切的刻劃，亦能列入世情小說發展過程中的前置階段。尤其是元人宋梅洞的《嬌紅記》，首開後世中篇傳奇小說之先例，促成了明代才子佳人小說、豔情淫穢小說的出現；而《金瓶梅》的書名命定方式，似乎亦源自於《嬌紅記》書名之構想，組合故事人物名字以成書名，甚至《金瓶梅》一些文句和詩詞，也都直接抄襲自《嬌紅記》〔註353〕，可知此書對世情小說影響之深遠。

這些明以前的小說作品，探討分析之後，的確符合世情小說的廣義定義，也可納入世情小說的行列。但真正為世人所矚目的世情小說代表作，則為《金瓶梅》一書，而《金瓶梅》所處的明代時期，也為世情小說出現最多、內容定位最明確、世情意涵最直接的時代，所以對於明代世情小說的發展情形，下述將進一步的加以探討。在此之前必須說明的是，因為《三教開迷歸正演義》屬白話章回小說，故上單元探討明代神魔小說的發展概況時，限定神魔小說的研究對象為白話章回小說；但此單元探討明代世情小說時，發現通俗體的代表作即屬《金瓶梅》一書，而《金瓶梅》前後的其他白話世情小說並不多見，歷來研究明代世情小說的學者，也多舉文

〔註352〕向楷：《世情小說史》，（杭州：浙江古籍出版社，1998年12月），頁94～97，以四項趨向和特點說明宋元話本小說的發展特點和成長表徵，筆者以擇要點方式簡略介紹。

〔註353〕陳益源：《元明中篇傳奇小說研究》，（中國文化大學中國文學研究所博士論文，民國83年12月），頁49～50，列舉《金瓶梅》對《嬌紅記》的抄錄仿效之處。

言筆記體的世情小說之例，以爲說明世情小說在明代的發展情形，故此單元必須加入文言傳奇小說類的作品，以爲論述的舉證對象。

（一）明代世情小說的發展因素

　　世情小說在明代興起的因素，與神魔小說有著相同的政治、經濟、社會、思想等外緣因素，只是因爲作者創作理念的不同，朝向兩種不同的小說文體發展。若從《西遊記》和《金瓶梅》這兩部神魔世情小說代表作，觀察兩者盛行的時間，世情小說可說較神魔小說的興盛時期稍晚，因此造成神魔小說發展的種種外緣因素，到了世情小說所處的明代後期更加強烈或愈形嚴重，這就使得世情小說在這些政治急速腐化、商業經濟高度發展、王學異端熾熱助長的因素下，成了講求眞實反映社會民情、赤裸呈現人欲情愛的小說文體。所以在大環境相同的情況下，明代世情小說與神魔小說的外緣因素相當一致，只是程度上的更形加重，影響所及的另線轉折而已。

　　此外，小說文體的自然發展趨勢，也是促成世情小說接續神魔小說而發展的重要因素。如前節所述，明代神魔小說在萬曆年間發展熾烈的盛況下，已隨題材運用殆盡、數量過度膨脹、品質逐漸下降的發展過度情況下，呈現產量過剩的情形，漸走入衰落階段。於是世情小說在《金瓶梅》的帶領下，面對民眾閱讀心態的轉變，口味轉換的需求下，漸形流行，並且因世情小說較能直接揭露現實生活的黑暗醜陋面，較能符合人心民情對時代的感受，故而開拓出一條新的小說創作道路。

　　當然《金瓶梅》創作的成功，爲明代世情小說的發展方向，提供了更清楚而明確的定位。因爲此書的問世，方使人們對於此種小說創作的類型產生興趣，開始讓小說中的世情成分加重、渲染成完整故事，視直接披露社會實情、描摹寫狀人心欲望，爲小說創作最主要的題材要素和精神主旨，從而形成新興的世情小說類型。因此《金瓶梅》一書對於明代世情小說的發展，具有功不可沒的決定性關鍵。

（二）明代世情小說的發展概述

　　明初中期的世情小說，以文言傳奇體爲主。如瞿佑《剪燈新話》中的《愛卿傳》、《翠翠傳》、《秋香亭記》，描寫元至正年間因戰亂而至夫妻離散的家庭悲劇，充滿對於時代動亂、情愛不遂的沉痛感傷，表現眞實深刻的世情。陶輔《花影集》的《劉方三義傳》《心堅金石傳》則是表現出對堅貞感情的崇高理想，也對現實環境的阻礙愛情，提出嚴厲的控訴。

　　丘濬《鍾情麗集》、盧民表《懷春雅集》皆爲中篇的傳奇小說，敘述男女之間的愛情婚姻故事，《金瓶梅》的欣欣子序言中，曾將「丘瓊山之《鍾情麗集》」與《懷

春雅集》置入「前代騷人」的作品行列之中，表示出對二書的推舉。《鍾情麗集》一書受到《嬌紅記》的影響，又向下影響了《懷春雅集》的寫作，進而帶動明代中篇傳奇小說的創作風氣。而《金瓶梅》書中的詩詞文句，有相當多的數量，抄錄改寫自《鍾情麗集》和《懷春雅集》二書〔註354〕，可以看出二書對《金瓶梅》的影響，可蓋括於明代世情小說的範圍。另外《天緣奇遇》、《尋芳雅集》、《花神三妙傳》這類的男女歡愛小說，對於淫穢的情欲場面，寫作相當露骨而具篇幅，反映出此類小說朝向情色性欲的發展方向，也對《金瓶梅》情色內容，具備一定的影響力。

施耐庵《水滸傳》屬於講史演義體的明初小說，故事主要在歌頌英雄豪傑之事。但書中對於平民百姓的生活描寫十分注重，其間表露出來的樸實豪放之通俗風格、以及市井氣息濃厚的世俗意味，亦具備相當程度的世情成分，尤其是《金瓶梅》的故事構思，即源於《水滸傳》第二十三回到二十六回的內容，可以看出此書對世情小說的影響。另外明代的擬話本中亦不乏世情成分，如《裴秀娘夜遊西湖記》、《張于湖傳》《戒指兒記》《如意君傳》等，都對社會風氣、世間情愛之事有所描寫。而《如意君傳》細膩露骨的性欲敘述，為時代風氣、社會趨勢的結果所致，也影響了《金瓶梅》性欲場面的描寫〔註355〕，兩者有密切的傳承關係。

《金瓶梅》為一部作者獨創寫作的世情小說，問世後即造成一股巨大的風潮，可從沈德符的一席話中見到此書的盛況：

> 馬仲良時榷吳關，亦勸予應梓人之求，可以療饑。余曰：此等書必遂有人板行，但一出則家傳戶到，壞人心術，他日閻羅究詰始禍，何辭置對？吾豈以刀錐博泥犁哉？仲良大以為然，遂固篋之。未幾時，而吳中懸之國門矣〔註356〕。

當《金瓶梅》尚為鈔本時，已讓當時士人們爭相鈔錄閱讀，所以沈德符預料就算不是他付梓板行，此書也會很快的刊印問世，在社會上廣傳流行。果然一如沈氏的預測，《金瓶梅》付梓後廣受歡迎，流傳影響深遠，在《金瓶梅》之後的小說著作，或多或少都可見到此書的影子，連《三教開迷歸正演義》也不例外，在故事人物的

〔註354〕陳益源：《元明中篇傳奇小說研究》，（中國文化大學中國文學研究所博士論文，民國83年12月），頁96～97，207～215，列舉《金瓶梅》的許多詩句，出自《鍾情麗集》和《懷春雅集》二書。

〔註355〕劉輝：《《如意君傳》與《金瓶梅》》，《金瓶梅研究集》，（濟南：齊魯書社，1988年1月），頁298～299，指出相當多的例子，說明「《金瓶梅》抄襲了《如意君傳》」性生活的情節。

〔註356〕（明）沈德符：《萬曆野獲編》卷二五〈詞曲・金瓶梅〉，《元明史料筆記叢刊》，（北京：中華書局，1997年11月），頁652。

俚俗形象塑造上、色情場面的著力描寫上、嘲諷譏評的敘述口吻上，仍延續著《金瓶梅》的世情特色。

　　《金瓶梅》因文人對創作小說的隱諱心態，以及民間刻書業蓬勃興盛的刊印再版之混亂風氣，使得此部小說的作者、著作刊印年代、版本內容等問題，皆爲後世研究學者挑起熾熱猛烈的戰火，延燒至今猶未熄滅。作者或如萬曆本《金瓶梅詞話》欣欣子序言中所指稱的「蘭陵笑笑生」，或是沈德符所聽到「嘉靖間大名士」傳言〔註357〕，又或爲李開先〔註358〕、王世貞〔註359〕、馮惟敏〔註360〕、屠隆等等說法；此外，也有集體創作或個人創作兩種極端不同結果的推測之言〔註361〕。這些精彩論證和豐富資料，都爲金瓶梅作者的神祕面紗，更添一層濃厚的興味。對於此書的成書年代，或嘉靖說、或萬曆說，而顧國瑞以上限爲嘉靖四十五年、下限至萬曆十五年，綜合嘉靖萬曆兩說〔註362〕。至於《金瓶梅》現存可見的早期刻本有三種：一是《新刻金瓶梅詞話》一百回，萬曆四十五年刻本，有欣欣子序，廿公跋，東吳弄珠客序（簡稱萬曆本）。二是《新刻繡像金瓶梅》一百回，崇禎初年刻本，無欣欣子序（簡稱崇禎本）。三是《皋鶴堂批評第一奇書金瓶梅》一百回，清康熙三十四年乙亥刊行，

〔註357〕同上註，頁 652。

〔註358〕卜鍵：〈《寶劍記》與《金瓶梅》的再比較——李開先作《金瓶梅》探考之二〉，《金瓶梅研究集》，（濟南：齊魯書社，1988 年 1 月），頁 208～244。

〔註359〕顧國瑞：〈《金瓶梅》中的三個明代人——探討《金瓶梅》成書年代與作者問題〉，《金瓶梅研究集》，（濟南：齊魯書社，1988 年 1 月），頁 245～258。

〔註360〕趙興勤：〈也談《金瓶梅》的作者及其成書時間〉，《金瓶梅研究集》，（濟南：齊魯書社，1988 年 1 月），頁 259～280。

〔註361〕多數學者採個人獨創的論點，如齊裕焜：《明代小說史》，（杭州：浙江古籍出版社，1998 年 12 月），頁 269，即以「第一部個人獨創的長篇小說」當節目。向楷：《世情小說史》，頁 156，則認爲是「個人的創作，作者則是個身居市井的書會才人，或者是淪爲說書藝人的下層文士。」並且駁斥「集體創作」之缺乏證據。日本學者鳥居久靖則在〈《金瓶梅》作者試探〉，《日本研究金瓶梅論文集》，（濟南：齊魯書社，1989 年 10 月），頁 177，文中說「難以認爲這篇作品是某個個人根據創作意識有計劃地執筆」，而是認爲「它原來可能作爲話本形態而存在的底稿，由誰整理編集加工而成。」同書頁 263，阿部泰記：〈論《金瓶梅詞話》敘述之混亂〉則駁斥前者之說，認爲《金瓶梅》有特定的作者存在。徐朔方：〈《論金瓶梅成書及其他》自序〉，《金瓶梅研究集》，（濟南：齊魯書社，1988 年 1 月），頁 21～24，文中充分流露學者在取捨《金瓶梅》作者是個人或是集體創作時，其中的窘境和矛盾，既說《金瓶梅詞話》是「未經認眞整理的一部世代累積型集體創作」，又認定「《金瓶梅》的寫定者或寫定者之一是李開先或他的崇信者。」

〔註362〕顧國瑞：〈《金瓶梅》中的三個明代人——探討《金瓶梅》成書年代與作者問題〉，《金瓶梅研究集》，（濟南：齊魯書社，1988 年 1 月），頁 255～256。

以崇禎本爲底本，張竹坡評點之〔註363〕。從上述內容中，足見《金瓶梅》一書受世人矚目的盛況。

《金瓶梅》的小說構思源自《水滸傳》第二十三回到二十七回，潘金蓮和西門慶偷情而殺夫的故事情節，作者將此段情節截取出來，敷演而成一全新的故事，將原本故事作了大幅度的刪改和整體的改編。以潘金蓮毒殺武大後，入西門慶家爲第五妾室，爲故事主體的開展，描述西門慶此位呼風喚雨、精明能幹的市井小民，如何經商致富、官場得意的情況。終以西門慶死後，潘金蓮慘遭武松剖殺，爲整個故事的結束方式。此書取故事中三位女性的名字：潘金蓮、李瓶兒、龐春梅組合成爲書名，描寫西門慶一生最精彩的五年時光，轟轟烈烈的事業盛況，與二十多位女性百般縱慾淫穢的過程。書中人物多達八二七位，故事進行方式或謂板塊式或謂網絡式〔註364〕，主線副線交叉縱橫運作，呈現豐富的閱讀趣味。

自從《金瓶梅》問世之後，影響所及的明代世情小說，又轉變成兩大類，一是《金瓶梅》的續作部分，如《玉嬌李》（或爲《玉嬌麗》)，是一本已佚之《金瓶梅》續作，爲西門慶、潘金蓮、武大等人投胎轉世後受報應的故事，許多明人都曾看過此書：謝肇淛《金瓶梅跋》提及此書，沈德符《萬曆野獲編》卷二十五亦簡要說明此書內容，張無咎《新平妖傳》初刻序和重刻改定序都曾提到此書，但今日已不得復見。到了明末清初則有丁耀亢的《續金瓶梅》，書中繼承著《金瓶梅》世態人情之揭露精神，藉強調因果報應以掩飾反清之主題，故康熙四年即遭禁毀。《三世報隔帘花影》四十八回是《續金瓶梅》之刪改本，刪去原書影射反清情節、議論文字，並對人物名字進行改換。民國初年出版的《金屋夢》六十回是另一種《續金瓶梅》的刪改本，基本上恢復了原書面貌。《三續金瓶梅》八卷四十回爲清道光元年抄本，訥音居士編輯，敘述西門慶死後七年還陽的故事〔註365〕。這些續作的價值並不高，但

〔註363〕鳥居久靖：〈《金瓶梅》版本考〉、〈《金瓶梅》版本考訂補〉、〈關於《繡像金瓶梅》〉、〈《金瓶梅》版本考再補〉、〈《金瓶梅》版本考補說〉，《日本研究金瓶梅論文集》，（濟南：齊魯書社，1989 年 10 月），在這四篇文章中，鳥居久靖對三種刻本之後的演變與流傳狀況，作了相當詳實精細的考證，可知現今世上的《金瓶梅》多達十幾種之多，隨著藏地、刻印與保存現況，各有不同名稱。

〔註364〕周中明：《金瓶梅藝術論》，（台北：貫雅文化事業有限公司，民國 79 年 8 月），頁298～300，書中提及的標題爲「由板塊結構發展爲以人爲中心的網絡結構」。陳東有：《金瓶梅文化研究》，（台北：貫雅文化事業有限公司，民國 81 年 11 月），頁 268～284，更以十個板塊連接分析全書之結構。齊裕焜亦於《明代小說史》書中提及《金瓶梅》「從線性結構到網絡結構」小說發展的轉變。

〔註365〕《金瓶梅》續作部分，參考齊裕焜：《明代小說史》，（杭州：浙江古籍出版，1998年 12 月），頁 302～304。

從明末清代直到民國，都有人再三續作《金瓶梅》的動作，可見《金瓶梅》的廣大影響。

第二則屬《金瓶梅》小說的異流部分，既深受《金瓶梅》的影響，又另闢蹊徑的寫作小說，有筆調高雅、人物高尚、情愛動人的才子佳人小說；也有描寫露骨、情欲渲染、荒唐淫穢的豔情小說。前者有《玉嬌梨》《平山冷燕》《好逑傳》《二度梅》《鐵花仙史》《宛如約》《定情人》《金雲翹》等，李進益指出這類小說「興於明末，盛於清初，一直延續至清末」，屬十六回上下、十萬多字左右的「中篇章回通俗小說」，其定義爲：

> 才子佳人小說敘述的是才貌雙全男歡女愛的愛情婚姻故事。它的表現形式有一較普遍化的模式：男女主角經由吟詩作詞，相互愛慕才情。由於愛慕引起了相思與好逑的念頭，男女雙方未經父母同意即私定終身良緣。然而從來好事多磨，禍不單行，中間情節曲折，不是小人播弄其中，便是爲權宦豪門逼迫，顛沛流離，歷經一番磨折，終因才子登科，高中狀元，成爲金堂玉馬新貴族，而得以憑藉功名，衣錦還鄉，歸娶佳人共享榮華，以皆大歡喜的大團圓美滿結局收尾〔註366〕。

這類才子佳人小說表現出追求美好情愛、理想生活的幻夢寄託，作家們的心態普遍對社會世情有所不滿，故藉創作以獲得現實生活的安慰。在過度脫離現實生活、推崇理想感情的美化之下，作品流於陳舊氣息的公式化，缺文學意義上的新鮮活力。

豔情小說則有明末之《浪史》《繡榻野史》《閑情別傳》《痴婆子傳》《昭陽趣史》《肉蒲團》《宜春香質》《弁而釵》，清代之《杏花天》《濃情快史》《巫山豔史》《燈草和尚》《桃花影》等等。陳慶浩編《思無邪匯寶》的明清豔情小說叢書之總序中說：

> 豔情小說或被稱爲風流小說、猥褻小說、穢褻小說、淫蕩小說等，諸家所指內容各不相同。本叢書所收乃是專以敘寫性愛或以敘寫性愛爲重點之一的小說〔註367〕。

這種專在性愛上大作文章的小說，與商賈以利益取向的心態有關，故不僅內容淫穢，更常有互相抄襲的情形。當然其中不乏佳作是藉色情反映世情，亦具有揭露現實的意義性，但絕大多數的作品格調不高，除了提供趣味性的色情，營造誘人的官能刺激之外，故事創意上、主題意識上皆欠缺作品成功之必備要素。當然豔情小

〔註366〕李進益：《天花藏主人及其才子佳人小說之研究》，（中國文化大學中國文學研究所碩士論文，民國77年6月），頁36。

〔註367〕陳慶浩、王秋桂主編：《思無邪匯寶》，（法國國家科學研究中心、台灣大英百科股份有限公司合作出版，民國86年12月），頁7，〈叢書總序〉。

說的源頭非自《金瓶梅》始，之前的《天緣奇遇》《花神三妙傳》《如意君傳》都已流露出以性愛色欲爲故事主題的小說創作。但因《金瓶梅》作品之成功，此類小說獲得莫大的鼓勵，因而促成這一股性愛風潮之流行。王秋桂即認爲

> 由於《金瓶梅》一問世事即被視爲淫書，後來又屢遭禁毀，歷來談及艷情書，都將《金瓶梅》列首，且它的確也影響到後來的艷情小說〔註368〕。

這部分的明代小說，嚴格說來已非世情小說的範圍，而是分屬才子佳人和淫穢小說的類型，但因與《金瓶梅》傳承關係十分明確，也可藉此分析某些世情成分的小說，在小說演變上的轉化情形，故亦在此稍加論述。

（三）明代世情小說的特色分析

明代世情小說的特色，部分與神魔小說有所重疊，如形式方面亦有抄錄拼湊舊說他書以完成小說的方式，如《天緣奇遇》模仿《嬌紅記》男女主角初見時的場面，以及對《懷春雅集》和《雙雙傳》的情節抄襲〔註369〕，甚至《金瓶梅》一書對多本文言傳奇小說的文句詩詞，亦多所抄錄仿作〔註370〕。此乃基於明代小說問世的商業成因，習慣將一些名著佳言，引入新作品中以提高價值；或僅是急就章的方便之法，抄襲現成材料以刊印賣錢，不講究作品內容的獨創性。尤其是韻語方面，自宋元話本以來，小說的韻語部分，即有抄錄襲用的情形，一方面是詩詞創作不易，小說家無法立刻創作出大量的詩詞作品，以爲作品內文之需，故多援引現成詩作；二方面是此種過去小說的常用編著之法，已成慣例，而讀者對通俗常見的詩作頗能接受，甚至會產生親切感，所以小說作者自然不願傷神的努力創作詩詞歌賦。況且此舉的經濟效益不高，小說作者創作短小困難的詩詞，不若多寫作敘述性文句的故事情節，加長小說篇幅以增加稿費。所以明代世情小說在故事情節和詩詞韻語文字方面，亦具備抄錄拼湊的寫作特色。

而內容方面，世情小說的宗教特色，和神魔小說一樣皆是混融型的。例如《金瓶梅》書中的西門慶在第四十九回中得一春藥，即是「西域天竺國密松林齊腰峰寒

〔註368〕同上註，頁151，〈編輯後記（二）〉。

〔註369〕陳益源：《元明中篇傳奇小說研究》，（中國文化大學中國文學研究所博士論文，民國83年12月），頁270，列表比對其中的關係。並且指出明代隆慶萬曆年間的《李生六一天緣》、《情義奇姻》、《傳奇雅集》、《雙雙傳》、《五金魚傳》對《天緣奇遇》的情節文字多所模效抄錄。可從此段文字的舉證，作爲此期小說創作抄襲拼湊風氣的明證。唯因這些傳奇小說不一定可全都歸屬於世情小說的範圍，故不列入文中說明，僅在註釋文字中提出。

〔註370〕陳大康：《明代小說史》，（上海：文藝出版社，2000年10月），頁446，以表格方式列出《金瓶梅》直接搬自話本小說的部分。

寺卜來的胡僧」給的，此西域來的胡僧解釋春藥由來時說：「乃老君煉就，王母傳方。」西域天竺來的胡僧，解釋擁有的春藥淵源竟抬出了道教人物。第五十三回吳月娘得薛姑子的「種子靈丹」時，此位尼姑解釋靈丹效力的一番言語，竟也是一段道教的丹藥內容。除了佛教人物援引道教用語觀念之外，道教人物亦多言佛教言論：第六十六回中黃眞人在道教法事中的用詞「……鮮能種於善根，多隨入於惡趣，昏迷弗省。……萬事皆空，業障纏身，冥司受苦。……」多具佛教色彩。這種佛道混融共通的宗教特色，即是民俗對於宗教實效立場的結果，也可說是民間宗教發展的自然趨勢，同樣地反映在與民間大眾貼近的世情小說中，呈現佛道融合互通的情形。

　　至於明代三教合一思潮，亦反映在世情小說中，如《金瓶梅》作者對於故事中的宗教人物和主要人物之宗教活動，往往不嚴格區分宗教派別，僅以實務利益角度兼取，如王薛二尼時常出入西門家以宣講寶卷，而李瓶兒死後所舉辦的大小齋事法會，亦可看到和尚與道士同席誦經場面安排。雖然故事中的西門慶崇信道教，但亦會捐資助印佛經；吳月娘爲虔誠佛教信徒，但也有焚香拜斗之舉。雖然《金瓶梅》充斥著宗教活動的舉辦描述，但另一方面，作者或以「看官聽說」現身說法，或以詩詞評議方式，從文人儒家道德立場的思考角度，對這些宗教行爲大加批判，進行嘲諷，如第八十四回中，作者對「貪財好色之輩」的碧霞宮道士石伯才，與當地惡霸殷太歲結交，替其「賺誘婦女到方丈任意姦淫，取他喜歡。」，而石伯才又與徒弟郭守清、郭守禮行淫穢之事，評論說道：

　　　　看官聽說：但凡好人家好兒好女，切記休要送與寺觀中出家，爲僧作道，
　　女孩兒做女冠、姑子，都稱瞎男盜女娼，十個九個都著了道兒。

這就是作者以「看官聽說」現身說教的方式，表達出對出家人的負面看法。第八回作者亦以「看官聽說」評論：

　　　　世上有德行的高僧，坐懷不亂的少。古人有云，一個字便是僧，二個字
　　便是和尚，三個字是個鬼樂官，四個字是色中餓鬼。

然後小說中又指出蘇東坡曾云：「不禿不毒，不毒不禿；轉毒轉禿，轉禿轉毒。」這種典型的士人心態，呈現出儒家至上的觀念。對儒家的倫理綱常觀念，亦同樣表現於世情小說的《金瓶梅》書中，此點在陳東有〈《金瓶梅詞話》對理學與宗教的選擇〉一文中，將《金瓶梅》的理學意識，歸納成「民間層次」的理學內涵，且列舉出幾首詩詞作爲此內涵之例證，如第十二回：「堪笑西門暴富，有錢便是主顧，一家歪斯胡纏，那討綱常禮數。……」第三十四回：「自恃官豪放意爲，休將喜怒作公私。貪

財不顧綱常壞，好色全忘義理虧。……」〔註371〕皆是從一般文人角度，以民眾可理解的儒家綱常，對財色作出批評。這是因為儒學發展至明代，仍以理學為主流，但民間所能了解之層次，僅限倫理綱常部分，故反映世俗文化的《金瓶梅》，就以倫理綱常作為書中的儒家思想。如此可看出《金瓶梅》作者對三教的態度，有著自我衝突，互相矛盾之特點，但也回應著明代三教混融思想的趨勢，將儒家的倫理綱常、佛教的因果報應和道教的神尊法術，同時運用在《金瓶梅》書中，構成故事重要的關鍵情節和轉折因素。

所以三教合一，在小說中往往非真正的三分並重局勢，而是儒家僅以倫理道德觀納入；佛教具冠冕堂皇的名義外貌，本質存留極少，僅剩一些名詞與概念；道教無疑是最多最重的部分，除了當時道教盛行的種種法術與醮齋都為民眾所需要，在小說中更因戲劇效果與情節特異性的需求，將此點發揮得淋漓盡致。但基於儒佛崇高形象和受民眾景仰的心理，對應著思潮主流的三教合一特性，小說世界中的宗教觀，仍常存有三教合一特色，此點在世情小說和神魔小說中皆然。

世情小說在形式和內容方面的特色，除了上述與神魔小說有雷同相似的特色之外，尚有四點特色，以下亦分成形式和內容兩方面進行論述：

1、形式方面

（1）市井小民的關注塑造

傳統小說多屬傳奇人物的舞台，高渺異能的神仙、駭人聽聞的鬼怪妖魅、本領高強的英雄豪傑、功勳蓋世的帝王將相，這些故事的角色，代表著人們期待心理的想望，將其視之為崇高理想的目標，也使小說世界點染得出奇繽紛不凡。而世情小說的特色之一，即是對一些平凡人物的生活情況、感情世界投入關注的大幅描寫，因此在世情小說中時常能看到平凡小民躍上男女主角的地位，如《剪燈新話》中的《愛卿傳》、《翠翠傳》、《秋香亭記》三篇世情小說的男女主角，皆是身份平凡的人物，所以作者著重在人物之間誠摯情愛的深刻敘述，讓小說產生動人的魅力。《花影集》的《心堅金石傳》則描寫一位妓女與男子之間，有情有義的愛情悲劇，兩人皆是無法對抗政權大官的平凡小民，因此面對醜陋強大的惡勢力時，只好雙雙為愛情犧牲。

再來看看《金瓶梅》，有的是破落戶起家的巨商惡霸，一群無所事事的幫閒份子，為人奴僕的勞動階層，貧困無才學的秀才士人，饒舌無行的女子，種種中國社會最

〔註371〕陳東有：《金瓶梅文化研究》，（台北：貫雅文化事業有限公司，民國81年11月），頁34～46。

常見的市井小民、平凡人物，成為書中主要描寫的對象，交織成一幅幅最俚俗且常見的畫面和場景，就是一種超越過去傳統寫作模式，呈現另類描寫的方式，反而令人驚訝於其描述之真切和對社會刻劃的深入。《金瓶梅》書中刻劃了相當多形象鮮明的次要角色，這些身份卑微的小人物，時常處於故事情節的重要轉折點。如王婆這位西門慶和潘金蓮之間的關鍵性人物，從一開始為二人偷情的方式安排，毒殺武大時所扮演劊子手助手，到故事末尾潘金蓮被月娘趕離西門家，發派到王婆家待賣。潘金蓮一生的重要時刻，都不免出現此位王婆人物。而作者對王婆描繪的形象亦十分鮮明生動，將王婆重利貪婪、機巧靈活的模樣，透過第二回中對西門慶坦率表達自己為錢財無所不為的「雜賺」之道，以及巧妙安排兩人偷情佈局：請西門慶送「一疋藍紬、一疋白紬、一疋白絹、再用十兩好綿」，再請潘金蓮到府裁縫方式，如此一來，不但完成西門慶所託可拿回報，又獲得了額外價值不匪的布匹，真是老謀深算的高招安排。雖然王婆此人看似惡事作盡，當受報應，但作者對她卻無絲毫譴責之語，也未見任何惡果報應。由此可知作者對此類小人物的寬容態度，視其一切手段作為，皆屬平凡小民的生存之法，自然合理地無需刻意譴責。

（2）強調情欲的誇張渲染

世情小說描寫到男女情愛之事時，喜就性愛場面的進行描寫，如《嬌紅記》申生與嬌娘的雲雨情節，《鍾麗情集》辜生與瑜娘的男女歡愛，《張于湖傳》陳妙常尼姑和潘必正書生的偷情描寫，《如意君傳》武則天與薛敖曹的淫亂性交。這些小說對於人性情欲事的無諱描寫，反映出明代文人對於男女之間的性事，逐漸走向直敘無隱的開放態度，這種重視情欲的社會風氣，在《金瓶梅》一書的推波助瀾之下，發展得更為迅速興盛，成了明末淫穢小說之流派。

魯迅認為《金瓶梅》具備「淫書」的特色，並且指出此乃一種明代的「時尚」風氣〔註372〕，並且指出明代淫書興起的原因，與君王們荒淫縱欲的重用方術之士有相當密切的關係：

> 成化時，方士李孜僧繼曉已以獻房中術驟貴，至嘉靖間而陶仲文以進紅鉛得幸於世宗，官至特進光祿大夫柱國少師少傅少保禮部尚書恭誠伯。於是顏風漸及士流，都御史盛端明布政使參議顧可學皆以進士起家，而俱借秋石方致大位。瞬息顯榮，世俗所企羨，僥倖者多竭智力以求奇方，世間仍漸不

〔註372〕魯迅：《中國小說史略》，（台北：谷風出版社），頁185，稱之為「而在當時，實亦時尚」。

縱談閨幃方藥之事爲恥〔註373〕。

既然獻方藥可致高官厚祿，當然臣屬們皆以此事爲加官晉爵之重要捷徑而樂此不疲。既然君王和士大夫階級都以追求淫欲之事爲要務，上行下效的形成風氣之後，自然一反中國過去保守傳統的恥談閨房事思想，而對男女的情欲活動多所縱肆敘述。

《金瓶梅》的淫穢內容向來頗受爭議。一方面象徵晚明時代對人欲眞情重視的精神，反映出一種社會興起的性趣嗜好；另一方面其赤裸裸的畫面描寫、醜陋人性之揭示，亦有令人不忍卒讀的難堪感。所以大陸方面在 1985 年、1987 年重新編印出版萬曆本《金瓶梅詞話》和張竹坡的第一奇書《金瓶梅》時，都將性內容加以大幅刪除〔註374〕。在性知識開放的二十一世紀，情色媒體所帶來的性愛內容，早已成爲現代人習以爲常的生活一部分。但以目前開放眼光看待《金瓶梅》的性愛內容時，仍感到其中嚴重缺乏愛的成分，只有太過簡單寫實的性描寫。或許如一些學者所強調的，這是作者刻意扭曲人性、醜化性事的寫作用意，故書中處處可見人欲難忍縱放之情節，將原本隱諱的閨房性事，絲毫不加以美化的寫實搬演，攤開於大眾的面前，就使得「人」變形成「獸」。

《金瓶梅》對西門慶性欲方面強烈需求的描寫，已達非人獸行的程度。全書共有二十多位女性與其發生關係，且女性幾乎都是自願，且當下即充分享受性愛的樂趣，作者這種角度的敘述觀點，正代表傳統大男人主義的自我意識之局限性，採一意設想方式理解兩性關係，將個人享樂推崇致上，忽視女子感受，採全然偏頗角度敘述性愛場面。男子對待女子的態度和方式上，在故事中是極端的病態和殘酷，兩人相處似多屬肉體生理上的一時快感，而欠缺眞實感情。如西門慶與潘金蓮在第三回即偷情成功，但西門慶卻遲至第九回才迎娶潘金蓮，讓潘金蓮在歷經心驚懼怕的情緒中、千辛萬苦地毒殺親夫後，擔心焦慮地苦等了三個月之久，一直倚門翹首盼望西門慶前來迎娶。當時西門慶正忙著迎娶有錢寡婦孟玉樓，對千方百計弄到手的潘金蓮早將其拋置腦後、棄之不顧，如此對待可曾有一份眞情存在？而潘金蓮入西門家之後，兩人歡聚多爲性欲，西門慶對潘金蓮的態度，或因一時心情不佳而踢打她、或以言語羞辱她，或以一己之變態性欲而折磨她，這些舉動都令人不禁懷疑兩人感情的落點在哪裡？除了性欲之外，兩人相處似乎無一絲的關懷愛憐情意。潘金蓮對西門慶的態度，似乎也非眞情對待，只是一種個人性欲至上，自我權利爲先的

〔註373〕同上註，頁 185。

〔註374〕陳東有：《金瓶梅文化研究》，頁 120～121 引用 1985 年 5 月人民文學出版社的編者說明，和 1987 年 1 月齊魯書社的編者後記，前者刪去一萬九千一百六十一字，後者刪去一萬零三百八十五字。

享樂主義，就算故事中處處表現她的生活重心、喜怒哀樂皆取決於西門慶一人身上，但與陳經濟偷情、驚殺官哥兒、強令西門慶服春藥致死等種種行為，都令她失去人之真情特質，僅剩性欲高漲之淫婦形象。連她自掘墳墓般的下場，遭武松剖心慘殺，亦是被性欲衝昏了頭，以為武松真要娶她，在早知武松之正直剛勇、報兄仇心切的情況下，既早和陳經濟約好贖身，卻見了武松就昏頭而歡歡喜喜的赴了鬼門關。故事的悲歌來自於人物本身情欲之無法控制，似乎是兩位主角的共同命運。

　　根據陳東有在〈性行為描寫中的文化意義〉文中對《金瓶梅》性內容的一些統計數字：1.全書共一百萬字左右，性內容文字達三萬多字。2.全書共有一百多處的內容與性行為有關，西門慶個人佔百分之八十（與潘金蓮獨佔一半），潘金蓮與西門慶以外的他人佔百分之十，陳經濟與潘金蓮以外的他人佔百分之七，剩下的百分之三由則屬其他人士。3.異性性行為佔百分之九十一，同性性行為則佔百分之九。4.婚內性行為佔百分之四十五，婚外性行為則佔百分之四十六﹝註375﹞。這樣的數字頗能反映《金瓶梅》書中的性內容特色，第一男主角西門慶和第一女主角潘金蓮分佔男女性內容之鰲頭，正為二人形象之特色，以在書中的代表性地位。而性欲場面對故事情節之發展，往往起著或關鍵或渲染的效果。另外，婚外性行為略高於婚內性行為的數字，正符合此書從性下筆以揭發社會人心黑暗面的企圖。

　　《痴婆子傳》是萬曆年間流傳甚廣的一部淫穢小說，作者描述女主角阿娜一生的荒淫事蹟，所列出的人數之眾、關係之亂，到了令人無法置信的地步。明萬曆年間以及之後的年代，出版眾多的淫穢小說，如《僧尼孽海》、《龍陽逸史》、《繡榻野史》等等，雖然在當時即受到社會輿論的譴責，甚至禁燬的命運，但從這麼龐大的數量上觀察，小說內容也代表著當時人心重色輕狂的一種社會現象。

2、內容方面

　　明弘治、正德年間的《懷春雅集》、嘉靖年間的《尋芳雅集》《天緣奇遇》都在描寫男女愛情離合的故事主題之外，敘及對於時代動盪和社會不安的真實情形，試圖對於現實環境有所揭露。當然明代世情小說中，最能反映社會實情的代表作即是《金瓶梅》一書，因為《金瓶梅》的描述角度、寫作用意對當時社會現象的呈現最為清楚而詳細，更因相當多研究明代世情小說意義的學者們，也多半就《金瓶梅》內容加以探討分析，故本單元即以《金瓶梅》一書舉例說明。

（1）商業逐利的市井生態

﹝註375﹞陳東有：《金瓶梅文化研究》，（台北：貫雅文化事業有限公司，民國 81 年 11 月），
　　　　頁 133～134。

　　明代中葉之後，政權統治腐敗無力、農村人口流亡入城市、航海貿易轉興發達，再加上時代演化下的必然趨勢，城市商業漸漸成了晚明時代的經濟主力。《金瓶梅》的男主角西門慶就是一個經商致富而顯貴的例子。從第二回介紹他是「一個破落戶財主，就縣門前開個生藥鋪」，到第七十九回彌留時交待月娘如何處理遺產，這一段發跡變泰的過程中，除了原有的生藥鋪，又開了緞子鋪、綢絹鋪、絨線鋪，以及其他經營和活動資金，總價累積約十萬兩銀以上〔註376〕，可見其商業經營的成功。書中詳細陳述其種種獲利的手段，既長途販運貨品，也設店販賣商品，更有產品加工和趁急搜購外地商人貨物之舉；其善於討好奉承甚至賄賂官宦政權階級，再加上取得官僚身份「山東提刑所理刑副千戶」、「正千戶掌刑」之後，利用職權以收取錢財，並增加其從商之優勢地位，都是其迅速累積財富的管道。西門慶多元化的經營事業，並知政商兼顧的雙向發展，正是成功商業的最佳範例。而從西門慶巨富、惡霸、貪吏的多種身份當中，反映了當時由下至上官商勾結、圖私自利的社會生態。另外，商業重利觀念成了社會思想主體和判斷標準，更新了人們傳統的價值觀，甚至連婚姻大事也從過去重門風家世、人品相貌，轉變成以錢財為首要條件，如第七回薛嫂媒介西門慶娶孟玉樓時，不言此女子的身材相貌、人品家世，而先介紹孟玉樓的財產身價；相同的，對著楊家姑姑介紹西門慶時，亦是先言西門慶的家業財產，而女方的態度亦不管男子家中三妻四妾的情形，和人品風評方面有何問題，只要是錢財富家，一切皆可包容。所以從孟玉樓再嫁時的選擇，棄斯文詩禮人家的尚舉人，而選富霸一方的商人西門慶，即可看出當世社會官商地位倒轉的情形。

　　社會階級的排序重組，還可從原本位高權重的官宦人士，在西門慶這位富商面前亦會流露羨慕臉色，或僅因得到錢財好處，即對人品低下的西門慶推心置腹，甚至將其視為知己。如第四十九回蔡御史明明不久前曾向西門慶借貸的款項未還，竟仍厚臉皮的又到西門慶家中作客；並因獲得貴重的禮物和盛情款待，對西門慶感激萬分、握手相語：「賢公盛情盛德，此心懸懸。若非斯文骨肉，何以至此。向日所貸，學生耿耿在心，在京已與雲峰表過，倘我後日有一步寸進，斷不敢有辜盛德。」堂堂巡鹽御史對僅具五品虛名的西門慶如此諂媚奉承態度，真是一種士不如商景象的社會寫照。當然商人算盤打得是十分精細的，西門慶結交蔡御史不是無所求的贈與，而是一項能回收成本得到利潤的交易：立即得到蔡御史的承諾，早領取官府發給鹽商運銷食鹽的專利憑證--「鹽引三萬」。藉由這三萬鹽引和進一步的投資經商，西門

〔註376〕十萬兩銀的數目為盧興基：〈十六世紀一個新興商人的悲劇故事〉，《金瓶梅研究集》，(濟南：齊魯書社，1988年1月)，頁34，所統計的數字。

慶後來的累積獲利達三萬兩銀的資產〔註377〕。這種官商互利的模式在書中時有所見，賺錢生財之道被壟斷在少數權勢份子，旁門左道、傾壓當世霸道一者能成就豪富龐大事業，而此不公平的商場遊戲規則運作下，形成了當時社會財富分配不均的局面。當然這也顯示出明代鹽引專賣制度的弊端，以及反映當時鹽商暴發成豪富的背後，一些不為人知的內幕。

《金瓶梅》所描寫的官吏大都貪贓枉法、見利忘法：第十八回中的資政殿大學士兼禮部尚書李邦彥，見了五百兩銀子就替西門慶名字改作賈慶，讓他脫罪；第三十六回新科狀元蔡一泉回籍省親，路經西門慶家時，討了一筆豐厚的路費；第六十五回、第七十六回宋御史接待欽差黃太尉、侯巡撫，第七十二回安郎中為九江大尹蔡少塘接風等等，官員請客卻成了西門慶出資代辦酒席，本居崇高地位的政權階級，在金錢方面卻遠遠不如一中下階級的商人小民。這些情節都反映了明代階級的區分，呈現出處於變動新舊銜接的時代其間的迷思與矛盾，士商兩者的地位與財富，竟然與過去傳統觀念中的士商階級，有了反轉的懸殊差距。陳東有曾約估明朝正一品官員的月俸為九十石左右，從九品官員的月俸則為五石上下，而西門慶一天固定收入至少數十兩銀子左右，相當於中級官員的月俸，更不論他尚有其餘數百兩數千兩銀子的額外收入〔註378〕。收入微薄的官員，在富商巨賈面前，難免形成一種互利交易的模式，所以金錢與權力勾結的情節，也是《金瓶梅》真實反映明代金錢掛帥的社會現象。

（2）現實功利的宗教面貌

《金瓶梅》書中所揭露的宗教現象，往往極為真實而醜陋。如第五十七回中介紹薛姑子的出身時，即將她安上財色皆備的形象：本隨丈夫居住在廣成寺前，因家計困難就與和尚們有著性交易，以換取酒肉金錢；等到丈夫死了，就自然以此門路謀生：

> 專一在些士夫人家往來，包攬經識。又有那些不長進，要偷漢子的婦人，叫他牽引和尚進門，他就做個馬八六兒，多得錢鈔。

印經卷成了包攬生意的賺錢途徑，且以色情媒介大賺捐客錢，打著宗教的旗幟而行淫穢騙財之事，常因為貪財而露出自私自利可笑的嘴臉，所以在第六十八回描寫王姑子和薛姑子為了唸經印經之事，明爭暗鬥的用盡心機手段，只為了多貪一些

〔註377〕三萬兩銀的數目為盧興基：〈十六世紀一個新興商人的悲劇故事〉，《金瓶梅研究集》，（濟南：齊魯書社，1988年1月），頁35，所統計的數字。

〔註378〕陳東有：《金瓶梅文化研究》，（台北：貫雅文化事業有限公司，民國81年11月），頁171。

錢財，不惜撕破臉打破長久以來的互利共生關係。所以作者在這段糾紛之後，作了以下的評論：

> 看官聽説：似這樣緇流之輩，最不該招惹他。臉雖是尼姑臉，心同淫婦心，只是他六根未淨，本性欠明，戒行全無，廉恥也喪，假以慈悲爲主，一味利欲是貪，不管墮業輪迴，一味眼下快樂，哄了些小門閨怨女，念了些大戶動情妻，前門接施主檀那，後門丟胎軟卵濕化，姻緣成好事，到此會佳期。

從錢財利益爭執的事件中，作者指責尼姑爲淫婦，對此類出家人士嚴加批評，認爲尼姑以其出入民眾家門之便，爲淫穢之色媒，造成種種的社會亂象。

但從此段情節的描述中，也可看出當時人民的謀生方式，就平民女子而言，出家爲謀生、甚至是謀取金錢的絕佳管道。所以出家爲尼僧往往非關宗教信念，從民生困苦的現實狀況下，寺院僧眾的生存似比平民百姓來得容易，如第八回作者評論僧人出家後，仍色慾留心的原因：

> 這爲僧戒行，住著這高堂大廈佛殿僧房，吃著那十方檀越錢糧，又不耕種。一日三食，又無甚事縈心，只專在這色慾上留心。譬如在家俗人，或士農工商，富貴長者小相俱全，每被利名所絆，或人事往來。雖有美妻少妾在旁，忽想起一件事來關心，或探探瓮中無米囷少柴，早把興來沒了，卻輸與這和尚每許多。

即是因爲出家僧人的生活無虞，甚至擁有比一般人更爲安樂的物質環境，故容易色慾迷心。由此段作者對出家與俗家人生活條件的分析，充滿了既羨慕又批判的口氣，亦比對著一般平民百姓生活奔波困苦的處境。正如本論文第二章探討明代宗教發展的背景時，提及出家成了民眾的一種生計方式，在政權對宗教控管的放鬆，以及社會各階級皆唯利是圖的心態之下，宗教人物的素質自然不高，與俗世之人無異。如此看來，世情小說正對宗教現象的社會現實寫照。

因爲商業逐利風氣瀰漫於整個明代社會，所以在《金瓶梅》故事中，幾乎每一位人物都受到利字左右，如第五十七回當永福寺的道堅長老以「扶桂子保蘭孫，求福有福，求壽有壽，東京募緣的長老求見。」這番利誘西門慶的求見語，再加上進門後一連串的善報承諾，果打動西門慶大方施捨修廟。再如第三十九回中提到西門慶正爲送各官府衙門中節禮而忙碌時，玉皇廟的吳道官亦送禮前來登門拜訪。道士行徑竟與官場人士應酬送禮行爲無異，巧妙表現了此類人物的世俗化。而吳道官送禮的投資行爲亦獲得立即性的回收，因爲此舉讓西門慶興起爲官哥兒寄名齋醮的念頭，進行了一場盛大的齋事，如此一來，吳道官也因此添了一筆豐厚的收入。可見宗教人物齋醮法事的舉動，是一種重要的營生手法，而且必須時時前往大財主家走

動，方能有生意之成交，所以《金瓶梅》書中出現的和尚、道士、尼姑與西門慶家發生接觸的原因，不是來求施捨建廟塑像印經，就是藉齋日祭祀求取金錢捐助。

　　同樣的，醮主花大錢的祈福保安舉動，也是與神明進行一場利益交換的買賣，凡人祭祀上饗，神明即應提供相對的賜福增壽。難怪西門慶有一次講出相當狂妄諷刺的話：

　　　　咱聞那佛祖西天，也止不過要黃金鋪地，陰司十殿，也要些楮鏹營求。
　　　　咱只消盡這家私，廣為善事，就使強奸了常娥，和奸了織女，拐了許飛瓊，
　　　　盜了西王母的女兒，也不減我潑天富貴。(第五十七回)

　　在吳月娘趁機勸告西門慶少幹些偷香淫蕩事時，西門慶以他對宗教的認知，說出如此金錢至上、無所不能的狂語，認為自己偌大的家財，足以消除個人色淫滿貫的惡行，可謂對宗教的極度偏差認知，而此錯誤觀念，正是那些時時前來勸募要錢的宗教人物，長期給與培養出來的想法。

第三章 《三教開迷歸正演義》 情節和創作素材分析

　　《三教開迷歸正演義》書前作者自撰的序言和凡例，正足以說明小說創作的旨趣要義和故事內容。序言內容如下：

　　　　三教道理其來久矣，乃開迷奚自而傳耶！蓋予先嚴清溪道人喜談釋，嘗與名緇辨難，塵情萬種，觸境皆迷，誰能剖破。借（惜）予垂髫，未悉其旨，壯而孔門未遂，首爲鷹揚拔（扈）淹塞長安四十餘載，小試錫山，郁郁（鬱鬱）未展，而馬齒衰矣。思今憶昔，四恩未報，百行皆虛，與宗儒談及世法，謂人居筌中，如魚居水，觀水中游，則識座中景。塵即迷也，非迷不足以見人，非開不足以見道，非深明大儒《中庸》至理，又孰能開。乃《心經》《道德》不外《中庸》，此立傳之意，實繼先嚴論迷之志也。傳中浪遊三吳齊魯之區，見屢人情物理之事，眞實不妄；而慷慨之發宏議，實開誠布諷之私；雜以詼諧，乃驅睡魔，消白晝，眞塵世難逢開口笑之意歟！噫！嘗讀《皇明祖訓》、《孝順》等諭，大哉王言！眞萬世四民進德修業之本，果念茲何迷不開，而且以予傳爲囂囂於世，是爲序。

　　前半段說明此書的原創旨意，爲繼承其先父清溪道人「塵情萬種，觸境皆迷」的論世理念，看待舉世之人，無非迷者，需以儒釋道三教經典的《中庸》《心經》《道德》，方能開迷見道。後半段敍述此書故事內容的著作意趣，有三項重點：一爲寫「人情物理之事」，以反映眞實的社會風俗；二爲藉「慷慨之發宏議」，以表個人諷諭規諫之意；三爲述「詼諧」可笑故事，以吸引讀者的閱讀興趣。這三項故事內容的重點，在凡例八款的第二款中，亦再度揭示：

　　　　本傳指引忠孝之門，發明禮義之路，點破奸邪之私，殲除僻陋之習，曲

盡周詳。乃雜以詼諧謔浪，非故怪誕支離，以傷雅道。世恐有執經義示人，召其盹睡，而終日與談淫冶魑魅不倦者。既曰通俗演義，借滑稽以解閱者頤，庶直言觸忌婉語求容之意。

此則凡例的內容，主要是作者表述個人創作小說詼諧內容的用意，是為了要符合通俗演義此種文體的閱讀性質；但又強調了此書具忠孝禮義的教化作用，以及反映奸邪世情、僻陋風俗的現實意義。因此藉由上述所引的序言和凡例內容，可以解讀出作者試圖在小說文體中，表現出教化風俗、反映民情和娛樂效果的三重作用。此創作意圖縱貫於全書內容中，處處可以察覺到作者寫作旨趣的實踐。

《老子》第五十八章：「禍兮，福之所倚；福兮，禍之所伏。孰知其極？其無正！正復為奇，善復為妖。人之迷，其日固久〔註1〕。」意指人們對於禍福無定、善惡轉變的現象，已經迷惑了相當久的時日。所以人心之迷，源自奇邪和妖惡之事。再從《荀子》〈天論〉中提及：「物之已至者，人祆則可畏也：楛耕傷稼，（耘）楛耨失（薉）歲，政險失民；田薉稼惡，糴貴民飢，道路有死人：夫是之謂人祆。政令不明，舉錯不時，本事不理，勉力不時，則牛馬相生，六畜作祆：夫是之謂人祆。禮義不脩，內外無別，男女淫亂，則父子相疑，上下乖離，寇難並至，夫是之謂人祆。祆是生於亂，三者錯，無安國〔註2〕。」人事中的怪異現象，即為「人祆」，或因生產失時、或因政令失當、或因教化失序，將導致社會的混亂，影響到國家安寧，令人可畏。這是對於人間妖異現象的詮釋，傳達著妖無所不在的訊息。《左傳》莊公十四年，對妖發生的原因說明為：「妖由人興也，人無釁焉，妖不自作。人棄常則妖興，故有妖〔註3〕。」當人有違反常理之爭端禍兆時，將導致妖異之事的發生；宣公十五年則說：「天反時為災，地反物為妖，民反德為亂，亂則妖災生〔註4〕。」人們的失德為亂，將導致天地的妖異災變。如此就將自然界的妖異現象，歸究於人事問題的失序不諧。由上述引文之論說，可知《三教開迷歸正演義》作者的妖亂人世、迷惑人心之故事概念，其來有自。

基於全書內容的錯縱複雜，千奇百怪的大小情節，疊床架屋式的交錯進行，因此本章先從主線情節和創作素材方面探討論述，作為小說內容分析的第一步；下章再探討人物和語言運用方面，以為小說內容分析的第二步。希望從這四方面深入了

〔註1〕陳鼓應：《老子今註今釋及評介》，（台北：臺灣商務印書館，民國75年10月），頁192。
〔註2〕李滌生：《荀子集釋》，（臺灣：學生書局，民國68年2月），頁374。
〔註3〕《左傳》，《十三經注疏》，（藝文印書館印行），頁155。
〔註4〕同上註，頁408。

解全書的面貌。

　　故事情節方面條理出兩條主線情節，進行情節內容的詳細分析，以勾繪出全書的故事輪廓。再分析《三教開迷歸正演義》的創作素材內容，以了解作者如何襲用明代小說一貫的拼湊雜融特色，藉以壯大小說的篇幅份量，並且達成小說詼諧嘲諷的娛樂教化效果。

第一節　兩條主線情節分析

　　小說書名中的「開迷歸正」，代表著創作旨趣的標示，也可由此得知開迷故事必爲全書最重要的主線情節。因此探討小說的故事內容，必從開迷故事起首，進行故事脈絡以及情節內涵分析。另外縱觀全書，尚有狐妖故事佔了小說的極大篇幅。作者在第一到第十三回中所描寫的狐妖角色，不僅是反派勢力的首領，所塑造的角色形象更是鮮活生動，情節豐富而有趣，搶盡三教代表人物之光彩；接下來的第二隻妖狐，出現篇幅較短，第七十一回現身，第七十三回即被清溪道士捉住消滅，但此段描寫十分精彩，再加上與前一隻狐妖結合並行的情節，亦可看出作者情節上的安排用心。第五十一回的城狐純屬穿插配角，但也可足資壯大妖狐故事的行列。最後的狐男女情節，是一種回應和總結性安排，不僅將先前狐妖與桃夭淫亂行爲，給與飽嘗惡果的警戒性教訓意味，也是再將全書情節回歸於動物精怪與人間迷魂的勢力結合，使正派人物終能全面消滅反派邪惡，作爲一個完滿的大結局。如此看來妖狐故事共佔小說百回篇幅中的十八個章回，算是僅次於開迷故事的另一重頭戲，所以本單元將對這兩條主線情節的故事內容進行探討和分析，以呈現作者創作小說的種種手法和情節上的安排用意。

一、開迷主線情節

　　小說中群迷的初次登場，以百迷花冊爲最具體完整的介紹，但實際上全書所出現的迷名，總數超過三百個以上。基於迷名數量的龐大和迷名取用定名的複雜性，所以本單元之初，先對這些故事中陸續舉用的迷名進行分析，藉以了解小說開迷故事的概要性架構，和作者對迷名的運用情形。再從故事中的群迷角色和開迷模式，呈現開迷故事的深層內涵；因爲迷角色的形象塑造，以及解決迷亂問題的手法，都是書中相當重要的故事內容，因此亦另立單元詳加解說。最後以故事人物自我質疑開迷行徑的內容，了解作者自我檢視故事構想的反省性特色。

（一）百迷花名冊籍與其它迷名的意義及運用

第九回的眞空長老因習法不精濫行普度，不知稱念亡魂姓名，以救脫做齋之家的亡魂，而是「口誦眞言，連杵了幾下」，導致黑暗地獄破了幾個窟窿，放出了拘禁在內「世間貪愛不明、不忠不孝、邪污罔法的人」之眾迷魂，致使黑暗地獄的眾迷魂橫行人間，這是開迷故事最直接的原因。當這些迷魂初離黑暗地獄，首先來到渾元廟前探看消息，結果遇到狐妖自稱「久修行的道人」，邀約眾迷結夥成黨，與靈明正義勢力對抗。當時迷魂們中的穆義氣提議「報個名、查個數、分個頭緒」，才能不亂。於是眾迷將名字書寫於冊子上，成百迷花名冊籍。此百迷之名冊，如同《水滸傳》終了時的天書名冊，代表故事中的人物地位，和故事情節進行的總綱概要。既然百迷名冊之出現，居於小說之初始位置，屬開迷故事尚未開始之前的概要介紹，也正代表作者創作開迷故事的基礎理念。所以本單元將從百迷花冊著手，據此名冊對小說內容進行檢驗，核對作者在書中運用百迷名冊情形，了解作者的創作構想和實際成品的關係。

第九回所列出的迷名共有百種，從狐妖要求群迷書寫「花名冊籍」，以及群迷造了文冊後，狐妖查勘完畢說：「原來都是有名百迷。」之語，故筆者將此文冊定名爲「百迷花名冊籍」，以表格排列方式介紹之，並且標明這些迷名出現的回數位置。

百迷花名冊籍（頁 134～136）

百 迷 名 稱	出現回數	別 名 及 回 數	百 迷 名 稱	出現回數	別 名 及 回 數
麴 糵 迷	9 13 44		好 色 迷	10 13 44	
貨 利 迷	10 13	好貨迷 46 貨財迷 14	忿 戾 迷	17	忿怒迷 13
貪 戀 迷		貪婪迷 14	痴 愚 迷	10 65 84	愚昧迷 43
七 情 迷	10		六 慾 迷	10	六根迷 26
四 生 迷	10 97		欺 罔 迷	38	
忤 逆 迷		不孝迷 64	患 得 迷		患得失 15

患 失 迷		患得失 15	溺 愛 迷	64	
驕 傲 迷		矜驕迷 88	諂 媚 迷	46	逢迎迷 46 阿諛迷 49
無 禮 迷	67		奢 侈 迷	57	
吝 嗇 迷	10 13		無 義 迷	70 77 82	非義迷 64
誇 逞 迷			好 樂 迷	*	
博 奕 迷	29	古怪迷魂 28	姦 盜 迷	10	盜劫迷 68 盜賊迷 67 偷盜迷 79
匿 怨 迷	*		狡 詐 迷	10 46	謊詐迷 46 譎詐迷 61 假詐迷 63 虛詐迷 78 遁詐迷 78 奸狡迷 43.49
餔 餟 迷	49 97	貪饞迷 89	鬥 狠 迷	10 97	鬥毆迷 77
刻 薄 迷			顛 倒 迷	23	
是 非 迷			爭 競 迷	10 77	妾妾爭訟二迷 20
相 思 迷	27		寵 嬖 迷		寵妾迷 48
犯 上 迷		不忠迷 64	作 亂 迷	42	
奸 險 迷		奸人迷 77	佞 口 迷		利口迷 21
鑽 隙 迷		穿窬迷 13.66 鑽穴迷 31 踰牆迷 31	男 色 迷		美男迷 49 男風迷 52
爵 祿 迷			賄 賂 迷	14	
邪 說 迷	21		浪 蕩 迷		淫奔迷 31 背夫迷 31

聚歛迷		聚會迷65	田獵迷		
聚歛迷		禽獸迷73	黷武迷	10	
土木迷	*		六道迷	10 97	
山水迷	*		花石迷	*	
魚鳥迷	*		玩好迷	*	
綾錦迷	34		愛潔迷		潔病所迷44 愛潔44
風水迷	*		殺生迷	54 79	
娶妾迷		處室迷19	邊腹迷		
歌詠迷	27	詩句迷54	憂貧迷	82	疾貧迷94
淫奔迷	13		附勢迷		勢利迷32.39.52.68.78
欺善迷	*		畏惡迷	*	
凌譴迷	*		譏謗迷	64 81	毀罵迷41
忌妒迷	79 61 91		暴棄迷		自暴自棄二迷51
風月迷	13 37 75 81	花柳迷15 風情迷75.81 風流迷75	邪思迷	31 46	邪思27
咒詛迷	*		權黨迷		偏黨迷65.73
外道迷	80	修道迷81	色莊迷	14 92	飾外迷93
絲竹迷		梨園迷63 愛戲迷73 憎戲迷73	懼內迷		獅吼迷41
嘲笑迷		戲謔迷10	貨殖迷	*	
寇讎迷	*		煩惱迷	*	

識 字 迷	27		好 名 迷	27	
刁 唆 迷	37 77		怠 惰 迷		懶惰迷 65.68.71.81.82
踰 閑 迷	*		猶 豫 迷	78	
恩 愛 迷		思愛迷人 41	饕 餮 迷	79	
燒 煉 迷	15		忍 心 迷	57 78	強忍迷 52
劫 掠 迷	84		足 恭 迷	*	
執 固 迷	87		夢 想 迷	27	夢想之迷 42 妄想迷 43.69.71.88
多 言 迷	*		偏 私 迷	50 73	偏愛迷 73
迂 腐 迷	17		窮 酸 迷	17	
褻 瀆 迷		諂瀆迷 73.87 褻慢迷 73			

由以上表格可以看出作者編寫迷名的三種情形：

1、確實運用百迷名稱於小說故事中，如「麴蘗迷」「痴愚迷」「欺罔迷」等五十二個迷名，作者使用與百迷花冊相同的迷名，將百迷迷名如實地運用在書中。

2、另外有二十六個迷名，雖與花冊上的名稱不同，但觀察故事情節的內容，和取名之用意，確定與百迷花冊上之迷名性質和意義相同，故以「別名」一詞稱呼。這種別名的出現情形，作者有時是不用原先所造之百迷迷名，而以別名方式稱呼迷名，如「犯上迷」和「忤逆迷」，與第六十四回中出現的「不忠迷」和「不孝迷」，在性質和意義上是一樣的。有時是既用了百迷花冊上的命名稱呼，卻又另外編造了其他名詞出現在小說中，如「憂貧迷」既在第八十二回中出現，但在第九十四回又以「疾貧迷」一詞稱呼此類迷名；「偏私迷」在第五十回和第七十三回中出現，但第七十三回又以「偏愛迷」出現。這樣的本名和別名皆出現在小說中的情形，共有二十一次之多，亦佔了百迷的五分之一。

3、除了上述兩種情形之外，尚有一種情形，是小說故事中所提及到的內容，與百迷花冊上的迷名有所關連，甚至是代表著相同或相近的迷，但書中未曾出現明確的迷名，並無一個完整的名詞稱呼可以定名，僅能以概念理解的方式，或者是性質

定義的方法，為其歸類於百迷花冊上，也確實可以在表格中為其定位，故在表格中以∗記號標示。這種情形在小說中總共出現了十八次，都可在百迷花冊中找到適當的位置，可算是百迷花冊的迷名範圍。以下分成十三組的內容進行介紹，詳細說明歸屬百迷迷名的情節和原因：

（1）足恭迷和匿怨迷：第二十一回中大儒以孔子之言：「巧言、令色、足恭，左丘明恥之，丘亦恥之。」（頁318）勸化常謙處士太過足恭的毛病，因此故事進行的內容，主要針對常謙的「足恭迷」進行開迷。所以作者雖未直接說出「足恭迷」一詞，但從「足恭太過」語句，即可看出百迷花冊中「足恭迷」的運用。另外，故事中雖未出現與「匿怨迷」相關的語詞或文句，但從《論語・公冶長》孔子談「巧言、令色、足恭，左丘明恥之，丘亦恥之。」的下半段，尚有「匿怨而友其人，左丘明恥之，丘亦恥之。」之語，即可反映出「匿怨迷」之詞的源由，可以說是關連性的隱含式迷名，所以可歸屬於百迷範圍。

（2）風水迷：第四十五回從一段二屍爭競墳山的故事，推展到王三水為著家中的好風水遭歹徒覬覦而煩惱，他擔心祖先骸骨可能被賊人偷挖掉換，以致子孫祭拜著他人骸骨。這種為著風水之事而起煩惱的情況，正符合「風水迷」的定義。當然靈明寶光大儒三人亦輪番開導王三水心中之迷，終使他對風水之事釋懷。

（3）蹈閑迷：第三十二回中的駱姓士人，因厭惡士人們的奔競勞擾，故「慕閑散」，逍遙林下，被稱為「駱閑散」。此人問大儒這樣的行為是否為迷？結果大儒舉大禹陶侃等聖賢，雖不仕仍勤勉的例子，說明閑散行為不可取。因此故事中雖未提及「蹈閑迷」之詞，但駱閑散的迷處卻等同於此迷。

（4）凌謔迷：「凌謔」一詞的「謔」字，在百迷花冊中不知是否為「虐」字之誤？若是「凌虐」一詞，則此迷可屬與「欺善迷」性質相同的迷名，即與凌若仁和何欺善人物的故事相關連。若是以「謔」字解，則除了與「嘲笑迷」、以及另名的「戲謔迷」相近之外，又與第二十一回單謔對喋喋不休的寧給，加以言語諷刺的故事有直接關係，不僅有符合意義的故事內容，更與人物取名的用意相同，所以可視為「凌謔迷」的代表。這種意義不明的迷名，在小說時常出現，只能以推測方式解說作者的用意。而花名冊籍上迷名的意義重疊情形，亦不罕見，多為作者創作之不嚴謹所致。

（4）土木迷、山水迷、花石迷和玩好迷：第二十四回靈明認為園林勝境的意義和價值，高過累積財富留給後世子孫：「人生寄客，既富於財，為耳目玩好之供，便是山水花石之趣，費用些，強似積聚阿堵之物，與不相知之人。」（頁356）這段話所提到的「山水花石之趣」，恰可為「山水迷」和「花石迷」下一個註解。至於後來

所提到的「土木花石迷」，又可補充「土木迷」一項。所以此則故事包含著土木、山水、花石三迷。而「為耳目玩好之供」一句可為「玩好迷」的代表。

（6）咒詛迷：第二十二回中尤豫土豪之妻常氏，與新娶之妾室爭競不合。鄉里的女巫擅長咒詛傷人，故建議常氏咒詛夫與妾以求自保。因為常氏未同意此法，女巫遂轉向尤豫進言，謊說常氏咒詛夫妾疾病。此段故事出現的迷名為「疑惑迷」，為尤豫所著之迷。但在內容中很清楚的看到「咒詛迷」的存在，因咒詛之事才導致尤豫心中之疑惑，所以此處亦可歸屬於「咒詛迷」。

（7）寇讎迷：第二十一回提及辛知求和藺彡本為好友，卻為妓女而爭風吃醋，「二人寇讎一般」。爭風吃醋之事發生在第八回，當時百迷尚未出黑暗地獄，故遲至第二十一回提及往事時，作者僅提及「寇讎」一詞，並未加上迷字。但從名稱相同的關係而言，此處亦可視作百迷之一看待。

（8）欺善迷和畏惡迷：欺善怕惡本為一組俗語，小說中未見明確的用詞，但從第五十六回中的凌若仁處士行徑中，可看出這兩迷的存在。首先是凌若仁名字中的凌弱之義，等同於欺善；再則是透過王三水對此人的介紹：「少壯時恃勇力慣刁奸，侵占善良的田土卻也不少。」（頁 857）亦是欺善之行徑。當凌若仁遇到陀頭勸解時，仍使氣恃勇施暴，不料遭到陀頭使法術懲罰，以致於凌若仁「畏怕飛來棍子打他，所以還存著幾分忍耐。」（頁 861）這就是畏惡的行徑。所以此段故事可看到「欺善迷」和「畏惡迷」同時出現在凌若仁身上。不過小說中另以「弩末迷」和「秋毛迷」標定凌若仁之迷名，此屬作者創作上的賣弄和隨興。另外第三十一回有位人物因為「生平性氣剛強，有些凌轢鄉里」，故人們替他取了名字叫「何欺善」，所以這位人物的別名亦可對應著「欺善迷」。

（9）貨殖迷：第五十七回寶光分別稱珠玉商為「無益迷」「炫耀迷」，米商為「願荒迷」和「忍心迷」，布商為「黨殺迷」「奢侈迷」和「括目迷」，並且認為商人亦生「假物迷」。因此寶光分別開導三位商人，認為「為商生理甚多，個個也未免有些迷看，只是平等些，莫要為利過用了心計。」（頁 877）再從一開始商人自言：「若做了半生商賈，經過了多少賺錢折本，費盡了無限的辛苦，拋家離舍，別妻遠子，不知可是迷麼？」（頁 871）因此雖然不同買賣的經商，各有各的迷，從整體來看，商人們亦可統稱為「貨殖迷」。

（10）煩惱迷：第十九回三人遇一老婦人為夢境之事啼哭不已，老者則為說書的故事，憂愁不已，兩人皆為庸人自擾的愚昧可笑，靈明評論說：「這老男女何處站著，惹了那無明地獄裡的迷魂。」（頁 286）此老者之名為「穆來由」，女婿名為「秦氣惱」，因此從整個故事內容和人物名字來看，亦可將老者之迷稱之為「煩惱迷」。

（11）魚鳥迷：第二十三回大儒三人和一位顏素士人就漁夫捕魚之事，談論漁夫之迷和魚之迷的問題，認為兩者皆有迷處。結尾以詩讚寶光之心慈，而此詩有「世間魚鳥雖愚蠢」之句，恰可歸屬於百迷花名冊籍上的「魚鳥迷」。

（12）好樂迷：第二十八回吳所用自言生性懶惰，「喜的是逍遙耍樂，怕的是勞碌事業。」（頁 415）故可歸屬於「好樂迷」。但小說中則稱吳所用遭遇到的迷為「古怪迷魂」，即「博奕迷」。不過從整段故事情節和吳所用之取名來看，應亦可稱之為「好樂迷」。

（13）多言迷：第二十一回對於寧給的多言聒噪，引來單謔對他嘲笑諷刺之語，作者以「話多也是」加以評論。所以可屬「多言迷」的範圍。

從以上的表格和論述中，可以了解到作者的創作小說時，並未全盤照名冊編寫迷魂之故事，常常出現一迷多次引用、又多種別名的方式，在故事中隨意運用迷名。例如「狡詐迷」不僅出現在第十回和第四十六回，又有「謊詐迷」「譎詐迷」「假詐迷」「虛詐迷」「遹詐迷」之別名，其本名和別名雖稍有些許的差別，但仍可視作相同的迷魂作怪。或者是喜用一次介紹兩種的手法，如「患得迷」和「患失迷」，在第十五回中以患得失迷一次出現，一次統稱完畢；第二十四回中的「土木花石迷」「花石山水之趣」，也是一次代表著「土木迷」「山水迷」「花石迷」三種。

甚至有時僅從迷名的稱呼方式，未能立即聯想到此項迷名與百迷花冊之迷名有何關係，必須從故事的內容中找尋索求，方能有所對應。如第六十五回的「聚會迷」一詞，必須仔細觀看書中的介紹：「因施茶而科斂人錢，聚眾做會，勾引四方奸狡無賴，不惟無益而反有害。」（頁 993）才能了解作者欲表達的「聚斂迷」之意，如此方能將「聚會迷」歸屬於百迷花冊上的「聚斂迷」。所以作者對於迷名的運用方式太過多樣，以及其手法之粗糙草率，其混亂的程度著實令人深感困擾。因此作者對於迷名的用詞，並不嚴格精確，縱使他在開始的創作構思上，已先規畫好一幅藍圖，取名為百迷，試圖據此推演人生百態，呈現出人世間的種種弊病，但實際上的創作成品，仍超出此藍圖甚多。

但百迷之取名方式和多重式運用，並不能滿足作者就迷主題進行故事發揮的強烈興緻，在小說中陸續出現百迷花冊中所無的迷名，高達一百六十九個，如下表所列：

迷名	譟妄迷	霸道迷	猖介迷	恐懼迷	荒淫迷	傲慢迷	矜肆迷	富驕迷	卑污迷	財帛迷	偏僻迷	疑惑迷
回數	13	13	14	15.53.97	17	17	17	18	18	19	19	22
迷名	狂妄迷	六根迷	厭倦迷	苦思迷	敝絮迷	退悔迷	疑忌迷	眞癡迷	反復迷	鬥勝迷	競勝迷	僵屍迷
回數	22.55	26	27.91	27	34	38	38	38	39	42	42	45
迷名	煙火迷	寬縱迷	欺侮迷	殘酷迷	仇懟迷	滑胥迷	壞法迷	惡狠迷	憂思迷	貪財迷	外誘迷	老奸迷
回數	48	48	48	48	48	48	48	48	52	54	56	56
迷名	巨滑迷	弩末迷	秋毛迷	無益迷	炫耀迷	願荒迷	括目迷	黨殺迷	假物迷	黨惡迷	渾俗迷	火嘴迷
回數	56	56	56	57.64	57	57	57	57	57	58	58	61
迷名	狐疑迷	猜疑迷	冤衍迷	惡人迷	惶懼迷	豪舉迷	離情迷	多女迷	多男迷	寂靜迷	好靜迷	驕子迷
回數	61	61	62	62	63	63	63	63	63	63	63	64
迷名	遊棍迷	酗酒迷	濫交迷	損友迷	婆子迷	非禮迷	妖怪迷	權巧迷	作孽迷	殘忍迷	憎惡迷	不足迷
回數	64	64	64	64	64	64	66	67	68	68	68.75	68
迷名	不學迷	失檢迷	虛哄迷	欺世迷	銀子迷	自苦迷	唆巡迷	懈志迷	徼福迷	馮婦迷	想必迷	意必迷
回數	69	69	69	70	71	71	71	72	73	73.90	73	73
迷名	妯娌迷	丈夫迷	絞家迷	失御迷	憐愛迷	冤鬱迷	清客迷	清議迷	盹睡迷	魍魎迷	拾吐迷	不遜迷
回數	75	75	75	75	75	75	58	58	76	76	76	76
迷名	無述迷	閱牆迷	不明迷	損德迷	不孝迷	遠遊迷	競利迷	證父迷	遇直迷	過抗迷	故作迷	汎常迷
回數	76	76	76.89	78	78	78	78	79	79	79	79	79
迷名	胡亂迷	自誤迷	醜惡迷	妖嬈迷	嬌媚迷	貪歡迷	戀色迷	勃谿迷	背主迷	辜恩迷	負義迷	棄舊迷
回數	81	81	81	81	81	81	81	82	83	83	83	84
迷名	花木迷	勢惡迷	邪淫迷	富貴迷	貧賤迷	空憐迷	反目迷	過望迷	疑懼迷	輕信迷	逐客迷	憂虞迷
回數	48	84	84	85	85	85	85	85	86	86	86.87	87.97

迷名	親疏迷	家教迷	親親迷	誆說迷	鄉語迷	豪氣迷	淹蹇迷	鄉談迷	塵網迷	憂懼迷	過思迷	由基迷
回數	87	87	87	87	87	88	88	88	89	90	90	90
迷名	揚惡迷	信邪迷	妖幻迷	武斷迷	貪戾迷	不仁迷	斗大迷	窄小迷	嗔怪迷	誣捏迷	拘方迷	守轍迷
回數	90	91	91	91	93	93	94	94	96	96	83	83
迷名	朋友迷	強辯迷	冤孽迷	誘哄迷	怨懟迷	好事迷	斯疏迷	胡說亂道迷	學不忘迷	傳不習迷	胡針亂炙迷	薄幸寡情迷
回數	89	46.78	48.89	48	58	82.85	89	80	56	56	80	21
迷名	吳越同舟迷											
回數	21											

這些迷名所在的故事內容，絕大部分與百迷故事的內容重疊，甚至亦與百迷的迷名性質有相當的關連性，但若要全部列入第一表格中，仍屬勉強，而且未能突顯作者對於迷名之浮濫運用情形。因此筆者仍將這些與百迷不同的迷名，另立表格獨立呈現，以標示出此類迷在小說中的份量。

這些作者另行創造出來的迷名，與百迷花冊之迷名，在故事中混雜合用的情形相當普遍，例如第七十三回大儒不贊成設齋做醮之事，認為會惹動村人們的「徼福迷與諂瀆迷」，而且若是村人們不起敬修齋，還會動了「褻慢迷」。「徼福迷」是對神明要求、祈求福祿的信仰迷思，但也可能會因結果不如人意，而導致人們對神明的褻瀆失敬。大儒的此段談話內容，將拜神祭祀的前因後果，以並列共舉方式，讓不同意義的的迷名置於相同之處，因此筆者處理時，將「諂瀆迷」和「褻慢迷」這兩種符合百迷項目的迷名，置於百迷花冊的表格之中，而「徼福迷」則另外置入第二種表格之中。這種兩者混雜的情形在小說中出現的次數甚多，例如第十七回出現了四個迷魂，分別是「荒淫迷」「傲慢迷」「窮酸迷」「迂腐迷」，後兩迷是百迷花冊上所有的迷魂，前兩迷則需置入第二種表格；第八十一回則是「風月迷」帶領著「風流迷」「妖嬈迷」「風情迷」「嬌媚迷」「貪歡迷」「戀色迷」，名詞運用上「風月」和「風流」和「風情」較為相近，屬百迷範圍，另外三種迷則另置第二種表格之中。

除了作者一次搬出長串的迷名時，可見這種混用的情形之外，小說中百迷和非百迷之迷名，同時並用的況狀更是普遍而常見，例如第十七回「矜肆迷」和「忿戾

迷」，第三十四回的「綾錦迷」和「敝絮迷」，第三十九回的「勢利迷」和「反復迷」，第五十四回的「殺生迷」和「貪財迷」，第五十七回的「願荒迷」和「忍心迷」等等。這種二者混用的情形，似乎是作者據百迷花冊寫作故事，卻又不受其名冊限制，任意另造新的迷名、刻意將二者置於一處，呈現出迷無所不在、隨處可見、不時增添的特性，所以作者一方面據百迷花冊以編造迷名，另一方面又自由創造出比百迷數量更龐大的迷名。

作者一次舉用多種迷名的手法，有時是為了呈現對相同事件的不同思考角度，例如第八十七回大儒三人對家庭糾紛產生之原因，各有各的看法，因此各自以「親疏迷」、「親親迷」、「家教迷」為人性弱點加以定名；第八十五回三人對騙子拐婦事件，從不同角色的立場，下了不同迷名的註腳，認為是「劫掠迷」「痴愚迷」和「棄舊迷」。有時是作者為增添故事色彩，在故事敘述的過程中，不時插入迷名以生色，例如第八十五回共有五種迷名：「富貴迷」「貧賤迷」「空憐迷」「反目迷」「過望迷」，在此回的前後兩段故事中，陸續運用迷名以標示出事件之問題根源，也讓故事進行看來更符合小說之開迷主旨。所以在第二表格當中，可以看到迷名的出現回數，往往是一長串的成組模式，相同回數中，出現不只一種的迷名。

總觀百迷花冊與第二表格眾迷名的情形，其自由任意、混雜疊用的諸多情況，顯示出作者貪求壯大眾迷行列的肆意隨興之創作態度，有損於全書結構的完整性。但書中不乏模式化的運用手法，易令讀者對迷亂人間的社會現象，產生相當深刻的印象，更能達成作者警世歸正的創作目的，增添全書的戲劇效果，突顯出開迷主線的情節份量。

此外，作者喜用《論語》中的文句和詞彙，為群迷們定名，亦是一種相當特別的現象，如《論語・學而》：「貧而無諂，富而無驕。」成了第十八回中的「富驕迷」和「卑污迷」，由靈明口中說出：「世間有那等富而驕，卻便就有這等貧而諂。」正可得到證驗。《論語・公冶長》：「巧言令色足恭」，就成了第二十一回中的「足恭迷」。《論語・先進》：「論篤是與，君子者乎，色莊者乎。」即成了第九十二回中的「色莊迷」。《論語・子路》：「必也狂狷。」為第十四回的「狂狷迷」。當然這些迷名，也可能只是恰巧論語中亦出現相同用詞罷了，但為數不少的迷名皆可從論語中找到出處，以及作者對孔子的一貫推崇態度，運用論語內容以取迷名的情形也是可能的。一如作者為小說的首席人物定名為「宗孔」（字「大儒」），也是一種對孔子的推崇表現。

（二）群迷角色與開迷模式

1、群迷角色的塑造特點

　　小說中的百迷成立之初，拜狐妖為魔王，在新峰山的石洞之外，擺了一個迷魂陣，分眾迷為酒色財氣四門，各自有所領軍和陣勢，期能迷縛士農工商三教九流之人。以酒色財氣概括社會問題亂源的說法，於《金瓶梅》的開卷詞中，已可見到小說作者這種歸類的觀點。《三教開迷歸正演義》雖明確指出百迷可分酒色財氣四門，但實際上的百迷內容，卻非此四項可概括。且故事中除了陣勢擺開之初，曾提及酒色財氣之語，後續故事的發展中，並未見到符合此分類的情節安排，因此對於眾迷的內容探討，無法從迷名的性質進行分析。所以本單元另從故事角色的塑造方式，將群迷分析成兩種形態的故事角色：迷魂與迷思，一是妖魔形態的角色塑造，一是人性形態的角色塑造。藉此了解作者如何運用群迷角色在小說中翻雲覆雨的營造小說娛樂效果，以及作者試圖藉群迷角色以包融人生百態，橫呈社會問題之根源所在。

（1）妖魔形象的迷魂

　　此類迷魂不僅形體似妖魔，作怪方式也似妖魔。如第四十四回金山寺之范四全，半夜在家中的醉茶亭乘涼時，有一位自稱玉馨香的女子前來歡好，後又與女子的丫環狀元紅相親交歡，致有微恙在身，躲到寺中養病。靈明評論此女子和丫環分別為好色迷和麴糵迷，認為范四全雖離了醉茶亭，迷卻仍存在范四全的心中，已跟隨至金山寺中。接著診斷好貨迷和忿怒迷二迷，已離范四全身上，另投入寺中的僧人徒弟身上，致使此位徒弟與師父爭吵，隨著一位鹽商同往花柳叢中耍樂。所以此處的迷魂能化為人形迷惑世人，並且可以隨意轉移。

　　第四十九回的「美男迷」「餔餟迷」「阿諛迷」和「忌妒迷」，更是猴妖故事中的重要角色，這些迷魂與動物結合，成了更為具體實在的妖怪。他們鑽入猴子肚子，使得此猴成了精怪，能夠變化人身四處作怪。然後「美男迷」又鑽入官府肚中，讓官府為余雙生士人著迷。「餔餟迷」則鑽入馮迎肚子，遇到其肚子的蛔蟲，探問之下才知自己走錯了人家，然後又遇「阿諛迷」從猴子肚子跑出來，就喊「阿諛迷」進來聊聊，訴苦著自己的處境。這一段迷魂的形貌和彼此之間的交談對話，十分人性化，也十分的可愛而俚俗，讓這些迷魂成了平民形象的人物，毫無妖邪色彩，充滿了詼諧的趣味。只見這些迷魂有時一付投錯宿主的無奈，有時又神通廣大的能讓猴子成精作怪，因此作者在塑造迷魂的妖魔角色形象方面，隨興任意的進行創作，在娛樂趣味之餘，亦令人產生矛盾之衝突感。

　　其中「美男迷」的下場就十分奇怪，第五十二回中浩古聽了靈明的戒諭，心中

愧懊意念歸正，遂使浩古胸中的美男迷存留不住，從口中吐出了美男迷的真形，原來是一塊血餅。作者說明美男迷「當初是個桃紅花色，一個青年像貌。只因在猴子腹中日久，便黑乾憔悴，尖嘴縮腮，滿面滿身，鬍鬚一般的長毛，那臀上紅赤赤的傷痕，尾把骨子都磨光了。」迷魂有形體，成一血餅現身，真是令人無法理解。本屬妖魔形象的迷魂，至此成了無用的實體，前後形象難以合理化。

至於迷魂惑人方式一般以動念起心即遭迷的情況最多，如第七十六回的袁奎，見了皇華驛亭上的蕊珠題詩，動了愛慕之意，引動一位淫夭女子游魂纏身，即是「魍魎迷」。

另外尚有月夜或郊野之地遭迷的情形，如王三水在第五十三回中提及曾在月下把盃，見「一片如煙如霧飛到面前，覺入了在肚，便焦思起來，如病如痴。」寶光認為入王三水肚中的迷，不是「恐懼迷」就是「憂患迷」。第六十二回描寫殷獨曾在夜間行路，遭空中一道黑氣鑽入肚中，回家之後即變得十分凶狠暴躁，如瘋狗一般，人儒認為殷獨遭到了「惡人迷」。第八十回真如僧說起不久前的一個夜晚，有幾位醫卜巫等九流人士在庵前站立著聊天，當時天色已晚，明月當空，只見空中有「如煙如霧雲氣成形，直奔下來亂紛紛，鑽入眾人耳目口鼻」，結果又來了一位精細鬼要鎖真如僧人，幸靠真如僧人念動真言，結了心印才得以脫困。這些故事情節，都將迷魂塑造成有著煙霧黑氣的詭譎神祕特徵，一付妖魔魅人的模樣，十分特別。

（２）人性弊病的迷思

此類迷思皆是人性弊端的表現，也是一般常見的社會現象。如第四十九回有幾位衙門公役向三教之人請教自身的迷處，大儒認為在衙門中的人易遭「滑胥迷」「壞法迷」「奸狡迷」和「惡狠迷」，宜小心謹慎、客觀公正的處理公事。這就是針對官場弊病進行解說，只是加上迷字，成了迷名。

第五十二回則是將三四位年輕士人的「狂妄迷」和江右先生仲魁的「強忍迷」，形成一段誇張對比的士人相處故事，藉由士人的兩種極端行事風格，營造出戲劇化色彩。迷在此處僅是一種人性象徵，一如寶光認為狂生們的迷，「此迷今日少年時，尚不足為怪，便作怪也易除。」（頁792）所以狂妄迷是士人們常見普遍的年少輕狂，不足為奇。對於仲魁遭遇到狂生們的戲謔嘲諷，一律冷笑含忍的態度，寶光則認為此舉十分不尋常，必定有迷在身。原來仲魁為高中的甲科，隱姓埋名於鄉間尋館，終以出人意料的結局收場。對於「強忍迷」的形成原因，和開破此迷的方式，作者並無太多合理的解釋，只以仲魁自破己迷，和眾人激破其迷的解說方式草草結束。因此可看出作者僅為運用對比式的行事風格，編造出一段戲劇性的故事情節，迷名取用僅為符合故事主旨，重點仍是製造小說的娛樂效果。當然其間的人性探討，亦

具社會世情的揭露意義。

這種傳達世情現象的迷思，又可見於第六十三回，當王三水與辛知求為了離別而落淚不已時，大儒評論兩人動了「離情迷」。而商天經的喜抱旅主女兒，韋地義的喜抱旅主兒子，以及關赦的不悅與旅主小兒女相處，大儒也都為其定了「多男迷」「多女迷」「好靜迷」之迷名。這些迷思其實都只是人性自然的情感表現而已，屬社會世情之一，作者卻為其一一安上迷名。

對於人性迷思成形的因素，以及破除的關鍵，作者在第七十一回中，利用萬火牛與大儒的對話，進行說明。當萬火牛聽了寶光說：「出外由路，相逢聽緣，世事不必著了成心迷。」覺得頗具深意，便請教三人世間何事為迷？何法為開？大儒回答：「凡事偏著便是迷，片言點破即開。」（頁 1073）對著迷和開迷之事，下了一個簡潔有力的註腳。第七十九回也是針對人心弊病，說明迷的來源：「比如主人心胸偏倚不明，就是迷了。」（頁 1204）第三十二回（頁 472）處士問「迷在何處？」，寶光回答：「人在迷中不知迷，便是人在心中不知心，若知心便知迷。」靈明回答：「迷卻在眾隱士眼前。」所以迷是心的問題，而非身的問題，「但凡人心偏著處就是迷」，如果能夠「不偏就把迷破了」。所以迷乃人心之偏執性，若要破除唯心不偏。第七十三回（頁 1117）彭黨老者的「偏黨迷」，大儒勸他應該「存一個不偏不倚公平正大的心，就入了君子行中，出了小人夥內，不但生涯茂盛，便是你後代也興隆。」也是以心正觀念，作為開破迷思的原則。

對於人性迷思的詮釋，作者在第五十六回中，採取另一種角度的解釋方式：第五十六回中的星平家乃是一位瞽者，手執明杖，招帘上寫著：「指迷子判人星命」。當時多人對其論斷的結果十分信服，大儒看了這種情況，認為星平瞽者迷於眼前不迷於心內，找他算命的人都是大迷，因為那些前往算命之人，都過度重視算命者講出的話，屬於「迷不在心，乃在口。」的迷。第六十九回則是針對相士的「妄想迷」「虛哄迷」「揣度迷」「利欲迷」，進行開導勸化。吳相自認為論命說理有據，是憑凡人行事之心機，配合易象之理，起數推算出準確的結果。大儒則認為無心機則無理可推，以及起數如黑暗中照鏡子，只是恍惚不清的輪廓而已，必不能依恃此法，所以吳相士的相術必有迷。最後吳相接受大儒的開導後，禮謝而去。這兩則開迷情節看似迷不由心之解，但作者僅是從另種角度說明迷之存處形態，究其根本之理仍為迷由心起的觀念。

另外有些人性弱點，作者喜用妖魔出場的方式，為其添加戲劇色彩，如第五十一回中對於自暴自棄二迷的描寫，最初是靈明為捉猴精在官府家中巡視，注意到左屋內有著「一陣黑氣腥風」（頁 768），本來以為是猴精作怪，經過官府介紹，才知

是他的兩位兒子讀書之書堂。長子非毀義禮、次子不信義禮，皆不信聖賢而不讀書文，所以大儒稱二子著了自暴自棄二迷，以理開導二人慚愧服義。本屬人性弊端的自暴自棄二迷，在故事一開始卻套上了妖魔出場時才有的黑氣腥風，有著故弄玄虛的鋪張感。

2、開迷模式

從小說的回目文字，可見作者以儒為本位的開迷構想，認為人性之迷的開破，必須靠儒者代表的宗大儒出面，方能獲得完善解決。回目書寫的文字如下：

回　數	15	18	23	27	32	35	40	45	51	56
回　目	大儒一破患得失	大儒兩破富而驕	大儒三破吳繼旦	大儒四破宋朝美	宗大儒五破鮑虎	大儒六破吳恒醫	大儒七破患為師	大儒八破浸潤讒	大儒九破自暴棄	大儒十破傳不習
回　數	60	64	68	74	74	77	82	85	89	95
回　目	十一破怨天尤人	十二破溺愛不明	十三破治孽蠻夷	十四破半途而廢	十五破父子責善	十六破兄弟鬩牆	十七破婦姑勃谿	十八破夫妻反目	十九破朋友斯疏	大儒二十破任心

在回目中為大儒的開破迷思仔細規劃和介紹，顯示出大儒在全書中的獨特之重要地位，標榜儒者與眾不同的開迷功能。但是這些文句中，並無迷名的運用，一方面表現出作者對迷的寬廣觀點，認為只要指出人性和社會缺失，就可包含著迷和開迷之事。但另一方面這種未曾出現迷名的破迷解說方式，也讓人有不夠切合全書主旨之感。而這種隨興不嚴謹的寫作態度，又可從第九十九回靈明書寫榜文的內容中看到相同的情形：

第一開導患得失	第二開導富而驕	第三開導無忌憚	第四開導好色迷	第五開導鬥狠迷	第六開導無恒醫	第七開導患為師	第八開導浸潤讒	第九開導自暴棄	第十開導傳不習	第十一開導怨尤迷	第十二開導溺愛迷	第十三開導作孽迷	第十四開導博奕迷	第十五開導吝嗇迷	第十六開導奢侈迷	第十七開導色莊迷	第十八開導麴蘗迷	第十九開導貪而諂	第二十開導騙挾迷

明明回目和榜文的數目一樣，前十三項目的內容也一樣，但後七項卻不再照前編寫。而回目中的文句，因與書中的情節呼應，故尚能理解其順序編寫用意，也都可以找到迷名的稱呼，如「十四破半途而廢」為「懶惰迷」，「十五破父子責善」為「不孝迷」及「失檢迷」，「十六破兄弟鬩牆」為「鬩牆迷」。但作者卻不願在榜文中，按此順序編寫開迷文句，使得榜文所示的文句，未能符合故事內容的出現順序，例如「麴蘗迷」主要出現在書中的第九、十三、四十四回，屬於故事的前半段部分，榜文將其排入第十八項則屬不合宜；「吝嗇迷」的情形亦是如此，屬故事一開始的迷角色安排，結果卻置入榜文中的第十五項。這種情形一如作者的迷名運用方式，剛開始的構想與後來的實踐有所出入，兩者之間有所差異。其實作者大可將回目中所述及的迷名，於榜文中如實搬移即可，如此一來，前後開示文句即能相配而呼應。作者之所以不願遵循自己先前定下的模式，可能是作者認為「博奕迷」「奢侈迷」「色莊迷」「麴蘗迷」等迷名，比「懶惰迷」「不孝迷」「鬩牆迷」「勃谿迷」更富含人性迷思的代表性，較符合榜文昭告社會弊病、警戒世人的作用，故將這些迷名替換。當然這種前後不一致的現象，呈現出作者不太慎重的寫作風格，也是一種作者才氣不足的結果，雖然有理想的構圖佈局，卻無法駕馭情節的發展，以致未能完善地將故事構想佈局週到，產生前後失調的敗筆。

但從這兩種表格的文句內容中，足見作者認定開迷主體以倫理道德為首要的依據，社會教化意義是開迷情節最重要的精神所在。正是作者開迷以見「道」的創作旨意，希望揭示「忠孝禮義」之道以移風化俗。

而開迷工作的進行，自然繫於三教代表人物：宗大儒、寶光、靈明三人的身上。對於此三位人物的形象和言談分析，將於下一章人物分析中再詳細論述，此節僅針對開迷情節中，三人進行開迷動作時，採取何種開迷模式？進行特點內容的分析。

作者自撰的《三教開迷傳》凡例八款中，已明確定出小說編寫時，代表三教的三位角色人物，在開迷情節上的功能分派：「三綱五常則用大儒開，情欲邪淫則用寶光破，怪孽妖氛則用靈明剿，總是仁者一心。」這種三人開迷工作之分屬方式，僅是概念性進行分配，實際上除了大儒未曾涉足剿除妖魔之事外，如第三十三回（頁499）面對陀頭神異法術事，言「孔孟傳流，這怪事未敢拆辨」；第七十一回（頁1084）面對狐妖事，言「儒門不信怪事」；或者如第四十五回（頁681）面對二屍爭競墳山事，靈明即要大儒遠去百步，因為大儒的「孔門明顯道學」與靈明的「神徽符法」分治陰陽事，兩者截然不同；甚至於此次事件中，大儒難得表現出有觀看的興趣時，也因大儒在場鬼魂不敢近前的關係，使得靈明再次要大儒避開。因此作者在開迷情節方面，給與宗大儒一貫的「子不與怪力亂神」精神之安排。但除此之外，靈明和

寶光二位人物在開迷工作的進行上，則是三方面皆有所涉足，說理和法術皆用。因此可將小說中的三人開迷模式，分析成兩種特點：一為三人共同輪番說理，以破除迷事；二為三人各顯專長奇招，以開迷破邪。以下分述之：

（1）三人輪番說理以破迷

小說中最常見的開迷方式是三人輪番上場，各說一段道理來開解迷魂或迷思。如第十五回回目雖為「大儒一破患得失」，但書中卻是三人共同說理以開解患得失士人的榮名得失心態：

> 大儒聽了士人言語便答道：「先生既脫白掛綠，比如那飯淡薑黃，更有那俯仰廊廟，一心只慕盤桓山水，總來蝸角虛名，何必憂心得失？」寶光便也說道：「楞嚴經說的好，我身本不有，身尚不有，榮名何在？」靈明也說道：「道德經說的好，名與身孰親？身與貨孰多？又云知足不辱，知止不殆。先生何不回頭，那鶉宮白屋屬目，你軒冕朱門既得，與那未得一比，自然榮辱兩忘！」（頁 217～218）

此段情節中，靈明和大儒說解的篇幅相當，理由亦相近。作者回目設定為「大儒」破迷的用意，僅因開迷對象既為士人，故將開迷責任歸屬於大儒身上；可是三人在開患得患失迷事件上，屬合力輪番說理的破迷模式。面對第七十七回曾產之「閱牆迷」，大儒、寶光、靈明三人亦接替式的進行敘述，輪流各講一段道理，作者說：「只這一篇談論，把個曾產說的仰天而看，在馬上拱手稱謝。」（頁 1178）所以在三人輪番說理的開迷方式下，順利開破曾產的迷思。第二十九回因為大儒點破吳所用的迷思，讓慣樗蒲和勾絞星無法騙取十貫錢，故兩人前去向大儒們理論。大儒一開始先以利誘，平息二人怒氣，再分析博奕之弊和發財之道；寶光以「伽藍送供」，證實本份生意一樣可以致富；靈明則以「天網不饒」「報應不爽」道理威嚇二人。這一段三人合力破迷的情節，充分展現出三教的特色，大儒以實際事理說服，寶光以神靈感應相勸，靈明則以冥界報應之理，令人心生恐懼而警戒。第八十一回（頁 1242）解代的「懶惰迷」，也是寶光、靈明、大儒三人依次說明，讓解代醒悟而改過。第六十一回三人各自對做官的迷，提出簡要的開迷說明，大儒說：「文官不要錢，武官不怕死。」寶光說：「但留方寸地，留與子孫耕。」靈明說：「忠君愛民。」（頁 941～942）博得史牙稱贊三人果然理致合一。

因此小說中多採三人輪番說理的開迷方式，讓迷事順利解決。此種常用的破迷模式，仍有些特別的情形，如第十八回先由靈明和大儒以口頭韻語方式，破除傅饒的「富驕迷」；等到靈明大儒等人離去之後，再由寶光一人，以相當長篇幅的論理內容，獨自破除向言也的「卑污迷」。第五十八回王一本、王友、王恭父子兄弟之間的

「偏愛迷」「怨懟迷」則由大儒三人分別針對一人，採一對一方式個別進行開破。

另外，就算開迷情節中，並非三人全都出言論理，有些情況是一人或兩人出言說理，即可獲得破迷歸正的結果，就無須三人全都下場說理一番，如第二十回大儒和靈明分別破除小妾的「小競迷」和大妻的「大爭迷」；第二十一回寧給的「利口迷」和不了和尚的「邪說迷」由寶光一起點破，常謙的「足恭迷」則由大儒引用孔子之言點化開破；第五十六回大儒以曲折複雜方式破除司徒教的「學不思迷」和司徒授的「傳不習迷」。但三人在開迷情節中是同行共進退的組合模式，論理概念亦大同小異，此乃作者三教合一理念的實踐，不過這也使得故事中寶光幾度遭人質疑，如第二十九回寶光引用孔子之言，勸解吳所用的「懶散不用心」，就惹來吳所用反彈：「這話讓大儒先生講，寶光是個長老如何講說？我卻也不服。」（頁426）使得大儒趕快表明支持立場：「我三人合一，總是這個道理，寶光師兄有願開導，故此備細發明，小生多且不及。」（頁426）同樣的情形亦出現在第五十八回，王一本質疑寶光：「一個披剃僧人，如何說的都是儒門的道理？」（頁891）此次寶光自我辯解、澄清身份：「小僧與儒門合一行教，卻不是那一等化經造像，遊腳掛搭的和尚。」（頁891）因此作者為求開迷情節的合理性，士人身份的迷，多半由大儒發話開破；既然士人在小說人物比例中佔了絕大多數，所以總論三人說理開迷的工作分配，仍以大儒佔了首席地位，為最重要的說理破迷之角色。

（2）三人各以專長奇招破迷：

除了理論性的說解道理以破迷之外，三人在故事中仍有各自專屬的專長奇招，進行開迷的工作。如第三十七回對於兩面刀的「刁唆迷」，大儒先運用計謀使其搖動「愧根」，再由寶光以天理報應之理，令他產生毛骨悚然的感覺，以致心生懊悔；當「刁唆迷」化作黑氣飛出時，即由靈明運動掌心雷，將迷押赴神司處拘禁。所以儒釋偏向以理開迷，道教則多以符法伏迷。

大儒的開迷方式並非全然持理論說而已，有時是靈活的對症下藥，以巧計權術方式的進行開迷，如第二十七回謊說俏尼將自己的鼻劓了，以破除宋朝美的相思迷。第七十五回中，大儒謊稱認識皇華驛題詩之人，說他是一位風酒醜陋的好事之徒，以斷袁奎的「憐愛迷」和「風情迷」。至於袁奎身上另一個「魍魎迷」，屬妖魔型的迷魂，所以由靈明運掌心雷欲擊之，可惜讓它化青煙飛空而去。再如第七十七回面對市井之徒的任性使氣，著了「鬥毆迷」，大儒假說自己為風鑑先生，以將有訴訟禍事的推測，嚇阻兩方人馬的相爭。第八十二回面對靈明寶光勸解婆媳之「勃谿迷」無效時，大儒巧施計策，令男子對母親妻子兩方皆說謊，以平息雙方一時怒氣，糾正兩人偏拗心性，進而由假入真的和平相處。。所以大儒一貫道貌岸然談論真理的

嚴肅形象，在這些特殊情況之下，亦隨著故事情節之需要，有所改變。

　　靈明的法術除了掌心雷、運動元神探查消息，以及召喚神司神將捉拿迷魂之外，尚有一些奇特的招術，如面對待幼弟和故人之子皆無情無義的佐邑吳義，靈明在第七十七回使出奪魂法術，讓其子和幼弟同時遭他魂附身，指責吳義的罪責，稱說將使其無子嗣，並將遭到大盜洗劫財物，這才令吳義悔改向善。在第五十五回靈明也施展了一套影子幻術，開解賽霸王、施打油、封流等人的一干大迷，十分精彩有趣。靈明在第五十九回中，又施展了一次影子幻術，用以警戒王一本和王恭，破除「偏愛迷」。

　　第九十五回中的明不迷先生和宗大儒相談甚歡，靈明和寶光為了讓明不迷先生了解實用工夫的重要性，兩人攝出明不迷先生的遊魂，並運動元神變了勸善司和罰惡司，讓明不迷有所覺悟。待明不迷先生醒後，寶光笑稱：「不迷之迷，乃是大迷。」靈明則說：「身體力行何迷之有？」（頁1462）讓明不迷和大儒都能領受到實踐之理的重要性。

　　寶光在小說中，除了多以慈悲服人、說理開迷之外，尚能施夢異術。第五十四回因為屠戶堅持不肯悔改、執意殺生，因此寶光以改變屠戶夢境的方式，對其加以懲處，以開屠戶的「殺生迷」。在第七十八回甚至以運動三昧真火，燒斷齊魯仁長老的狐疑，破其「猶豫迷」。

　　作者為了強調開迷工作的不易，曾安排辛知求在第七十五回中，自信滿滿的前去開「妯娌迷」「丈夫迷」等迷思，結果不僅無效，而且反險遭人棍打一番。所以大儒說辛知「不識迷根，誤伐其幹。」輕妄開迷的結果，自身反遭禍害，以此證明三人開迷行為之不易，也對三人的開迷行為有所推崇。不過三人在小說中的開迷方式，除了一些特殊情況的特殊手法，有令人耳目一新的趣味性魅力，其餘相當雷同的模式化手法，和基本型的次序安排，都不免令人產生閱讀上的厭倦感。

（三）開迷行徑的自我質疑

　　迷與塵俗和心的關係，在第四十回中則藉降龍伏虎尊者之語再度說明：「世間眾生被這塵迷，無大無小，如恒河沙之多，皆緣情識。汝能滅得幾個？滅而復生，不勝繁擾。但那心地原有些根本來的，知汝開導善心，以德感汝；那痴愚蠢子，慚惱作怨，迷以藏迷，徒為覺之苦。」此番尊者勸阻寶光開迷的話語，正包含了對塵俗世間和世人心地的消極看法，以為人心之聰慧愚昧各有不同，徒使開迷之事成虛罔之事。但寶光秉持著佛家普渡眾生的慈悲意念，未能接受尊者的勸退，仍繼續開迷之事業。

這種對開迷之事的質疑，在第六十三回中作者藉由一位旅店主人的評論，自我解嘲：「世間人百其面，人百其心，就是人或有私意，妄行迷了，卻那裡是走了的迷魂作弄？假如就是這迷魂弄人，師父怎麼破他？就是破了他，如何懲治他？」面對旅店主人的質疑，由靈明代表回答「小道們遇著迷魂弄人，自有道術。」（頁968）勉強能夠有所回應。但是由一向善於說理的大儒此時卻是沉默不語的反應，可以看出一向代表作者儒家立場的宗大儒，在創作過程中，對開迷故事的架構和理論，不免有所質疑和反省。第五十五回又出現一次這樣的情形，米水田評論開迷之事為：「師兄們這開迷唇舌，不過矯其偏歸於正，說的就是見成化，那愚人那裡信你？就信了你，一時轉過眼來又迷著了。既道無心無人做不的夢，就行不的霸道，可還有甚法兒，若說沒有，你們手段就窮了。」（頁840）寶光面對米水田以咄咄逼人方式，詢問開迷對象和開迷原理的態度，以不答回應，結果仍然是靈明代答，並以紙人幻術顯示自身手段，讓眾人心服。此次大儒也是無任何答話，全憑靈明法術賣弄，有失大儒向來的行事風格。當然這些大儒不語的情況，也是作者為讓靈明法術有所表現，刻意安排的故事情節，以增加小說的娛樂色彩。不過這種情節的安排一多，不免令人猜測作者的深層用意，又如第八十七回一位處士質疑大儒們：「列位開迷，世間之迷愈開愈迷，列位也是迷之首也。」寶光解釋說：「處士差矣，禮亂在世，迷亂在心，在世的人愈開愈迷，在心的只已一開即導。」（頁 1333）此次大儒仍是不語。所以這些外人的質疑言論，也正代表作者檢視自身開迷歸正理論的態度，頗值得玩味，似乎是作者喜用的一種特殊創作手法。

在書中加入這種對小說故事主體、情節架構的根本性質疑文字，為作者自行揭發創作弱點，自我批判故事主旨之缺失，好讓讀者產生閱讀上的認同感。原本對開迷情節過於繁複眾多的厭煩心態，經此手法的洗滌，反倒有所理解和包融，能夠再度接受這樣的情節安排。而且經過反覆多次的質疑和解決，開迷之事才能獲得更合理堅強的依據。最後一回為讓故事合理結束，作者安排由林三教現身勸退三人的開迷之行徑：「三位何苦多事這一番？當初不破，何必後開？愈開愈著，何時得破？」（頁1536）小說的靈魂人物林兆恩既有此番結語，開迷故事自然可以順利下場。

作者最常假大儒之口以談論世間迷魂橫行的情況，畢竟大儒在小說中主要是以理服人，扮演著開口講道理的角色，與靈明的道法伏人和寶光慈悲渡世的角色，各有所司，當然靈明和寶光亦不乏開口論理談迷的行為。這些言論，都可代表著作者對迷的觀點和看法。並且是一種藉迷以發揮己意的方式。

二、妖狐主線情節

（一）妖狐故事的意義及運用

　　小說中出現的妖狐共有五隻。其中狐男女似爲人身但具狐性，或是半人半狐的形象？在故事中並未清楚交待，僅說其「妖模妖樣」。但是因名稱爲「狐男女」，姑且歸屬爲妖狐類的故事，成一組的故事情節。所以算起來共有四組的妖狐故事，以下分別簡略介紹：

1、狐　妖

　　《三教開迷歸正演義》小說中的前十三回，以一隻妖狐作怪情節爲此期故事的主線。先藉第一回林兆恩與金陵治城道院道士的問答，帶出此狐妖的來歷：

> 當初聞說崇正里有個方村，樹木稠雜，人煙稀少。只因出了個妖怪，白日迷人，或變男子，姦淫婦女，或變婦女，迷誘男人，炒（吵）鬧村舍，傷殘牲畜。（頁5）

　　所以村人們請來潘爛頭神仙除害。起初以膿血符紙讓村人拿去鎮妖，無效後，道士親自出馬現場察看，令村人除去密林以逼出狐狸，果見狐狸逃竄，再眞言咒語縛住狐妖，丟入楛井中，上壓書寫著偈語符篆的大石。村人因感念潘爛頭道士的恩德，建了渾元廟，在石上立了碑記。戚情在第三回中推倒石碑，放走了狐妖，使得狐妖從第四回開始興風作浪。首先變成道人模樣，向一位拾松實的老婦人詢問新峰山石洞的情形，得知山洞空缺可居住時，竟喜得現出了本相，嚇得老婦人跌倒哎叫，飛奔下山。接著吞吃了靈明的嘔吐內丹，能變化多端。因受酒香的誘惑而來到酒店，「心裡要取碗喫些，又恐店主看見，自己也不肯做個偷酒賊頭。不吃，又饞涎空唅。」（頁54），結果趁有人來沽酒敬神，就自稱可「光明正大吃他的了」，上桌大吃大喝起來，使得祭拜之人誤以爲眞有神來享用酒食。

　　當狐妖看到婦人與史動偷情時，動了慾念，變了婦人丈夫模樣歸家，撞散了正偷情的二人，雖拉婦人雲雨，奈何婦人不從。只好出外再尋美酒，以假酒店騙得蘇三白的一船美酒。因終日飲酒盡興，動了淫興，想起當日與婦人一段奸淫不遂，歎道：「世間痴愚漢子醜陋兒男，遇著這樣淫亂的婦人，欺瞞的也不少，能有幾個眞正節義的？」（頁62）歎了一會之後，因動了淫心變成小婦人模樣，再變個草房以勾引史動。只是狐妖忘了應變女人的陰物，所以上床露出陽物之後，撒了漫天的謊說：「我父母當初生下來，就有此物，人人說道是個二尾子女兒。果然嫁得丈夫，日間有這陽物是個男子，夜間就有陰物卻是個婦人。」（頁64）兩人雲雨其間被陸欲撞破，史動只好離開。陸欲雖百般欲姦宿狐妖，無奈功虧一簣，被狐妖推下床後只見

在一個曠野地上，令他惶恐驚訝不已。

　　狐妖酒後想到史動的標緻模樣，就又變成史動相貌在外閑走，引動了吳明（字大亮）女兒桃夭的邪心，以「把右手向胸點點，又伸了三個指頭向背後一摸。」（頁69）暗示狐妖半夜三更時到家門後相會。結果一會面桃夭立刻主動的摸狐妖那話，倒令狐妖不快的暗想：「人家女子大了切不可留，色慾之事萬不宜向他講說。這女子多是父母不善訓，此閨閣中失節，將來也是個淫奔浪婦，且看他怎個家數？」（頁70）見桃夭主動脫衣上床勾引，又想：「世間失節的女子比禽獸還不知羞！就是我們也還存些廉恥。」（頁71）兩人雲雨後，桃夭問其家世來歷，狐妖自報姓名爲「胡里」，桃夭不疑有他，自此兩人密切來往。吳明起疑之後，銬打婢女梅香，令狐妖有所忌諱，便暫時銷聲隱跡。結果史動等人恰巧來找吳明之子吳情，被梅香看見後指認爲偷香之人，令史動百口莫辯，遭吳明痛打一番。經吳情調解，說「如今世上先姦後娶的也不少」（頁79），主張將妹妹桃夭嫁給史動。快速成婚時，桃夭仍認定史動爲狐妖所變身的假史動，因而舉止放蕩，氣得史動冷笑又歎道：「怪不得了！如今時勢，人家有錢有勢，若是好女子，怎肯與門不當戶不對的女婿，除非是有德的詩禮人家，檢兒郎不檢田庄的，方肯擇婿，我今得做了吳處士的女婿，也罷了。」（頁82）

　　後來狐妖變身成吳明和史動，騙桃夭說因爲史動在外招惹到禍事，需離家避禍，使隱身法領著桃夭搬出家門，寄住在其存放蘇三白酒的屋子中。吳明發現女兒不見了，消息傳開後，宗大儒等人亦來探問關心，大儒順口說出：「世間有這樣的憊賴惡人，拐帶人家婦女，犯將出來，就該打死。」（頁86）此言恰巧被狐妖聽到，惹得狐妖大費周章的誘惑大儒，一陣糾纏後被大儒的正氣沖破了妖術，草屋和女子全部化爲虛空。自此眾人才知全部事情都是遭到妖狐作怪所致。

　　因靈明先前酒後吐出內丹，導致功力盡失尚未恢復，所以靈明請來牛公畢老二道士助陣捉妖。第七回前半段，以敘述牛畢二道士受狐妖捉弄的故事爲主，先讓道士見財心喜，自喪法器神力，再偷走其身上的令劍，使得二道士無法順利施法，收妖之事只好草草了事、未竟全功。

　　第七回內容從中段開始，在原本以狐妖故事爲主線情節的小說進行中，插入一些另線情節：藺嗇處士的吝嗇笑料，辛放藺夛遭設局騙財、爲妓起爭執，眞空長老破黑暗地獄等，共佔了兩回的篇幅，完成後續故事的種種伏筆、另向情節之安排。一直等到第九回中段，地獄所出之眾迷，與狐妖相遇，至此兩方妖魔結盟，狐妖成洞主魔王，而眾迷列出花名冊籍成百迷之名，在山洞前擺下迷魂陣，形成兩股勢力合流，一付要興風作浪的架勢。另一方面吳明請來王林泉道士前來捉狐妖，也因貪

酒而功力有損，雖探得妖迷所在位置，但仍未尋獲桃夭。等到蘇三白前來取酒錢，才使桃夭之藏身處曝光，再來則是狐妖騙酒賣酒之事亦被揭穿，眾人方知狐妖所惹是非的全部真相。狐妖在第十二回又戀上先前的婦人，變身成史動模樣與婦人多次偷情，全然不顧桃夭這邊的事。當狐妖發現婦人只重一時偷情歡愉，非真心相待，也會恨恨暗道：「婦人心最毒，古人說不差。」（頁 173）一付真情愛戀女子，卻得不到女子真心回報的怨恨模樣。等到狐妖回家後，才發現桃夭已被家人接回，只剩蘇三白等在家中催取酒債，便變了五加皮模樣，一番巧言之下，勸走了蘇三白。然後變了史動樣子又前往桃夭家糾纏，甚至鬧出真假史動當面互罵指責的場面，使得王道士趕來捉妖，狐妖才急忙退走。等到第十三回蘇三白出了五兩銀子，要王道士建壇收妖，兩方一陣大戰之後，這才讓狐妖束手就擒，被押解入陰間冥司，其餘百迷則是四散遁走無蹤。

2、妖　狐

　　第七十一回到七十三回出現另一隻妖狐〔註 5〕，為花蛇怪的師父，向來變身成道人，在山中燒丹煉汞、禱雨祈晴。聽到寶光說要驅趕他，就先跑來與靈明們挑戰對陣。只見他口中念念有詞，就把寶光變成一條蟒蛇，又變出四五個公差，嚷著要捉拿大儒們。幸賴靈明沉著應戰，喝醒寶光歸正去邪，再運掌心雷向公差們打去，才使公差和道人化成一道黑氣而去。

　　第七十二回妖狐被掌心雷趕趕復了本像後，不巧被列荒等獵人捉住，一時不便逃躲，暫時屈身籠中。寶光看到被捉獵物的可憐模樣，動了慈悲心，希望列荒等人釋放獵物。寶光以報應之理相勸，靈明以輪迴轉世之理勸說，告知列荒等人禽獸也有可能是他們的宗親或親戚投胎轉世而成。這時妖狐被靈明寶光們的言語勸服，出言幫襯相助，假稱為眾人的父老親族，使得列荒等人急忙釋放眾獵物，呼爹叫奶奶的，一場精彩有趣的混亂局面。只是靈明認為狐狸開口說話，必為妖怪，因此故意問他底細，由列荒問他生肖年紀名字，以核對身份。結果狐狸答不出來，列荒盛怒之下拿刀要殺狐狸，這時妖狐就變成靈明道士的模樣，惑亂眾人視聽，不知該殺那個人？列荒使性要都殺了的同時，靈明雖也慌了卻硬說：「都殺了罷！」使得妖狐沉不住氣，復了本像一陣風似的走了。

〔註 5〕這兩隻狐狸精怪的稱呼方式，在小說中是十分混亂的。前十三回的第一隻狐狸，大都稱之為「狐妖」，偶爾才會稱「妖狐」。第七十一到七十三回中的第二隻狐狸，部分稱「妖狐」、部分稱為「狐妖」，似乎稱「妖狐」之詞的次數稍多。但第七十二回兩隻狐狸相遇後，前一隻皆稱為「狐妖」，後一隻皆稱為「妖狐」，以區別二者。因此本單元在敘述時，以「狐妖」和「妖狐」直接定名二者。

妖狐與剛脫逃的狐妖相遇之後，兩者結拜同盟，立意鬧靈明的壇場。於是二隻狐妖化成兩個和尚，先動搖列荒修齋之心，讓靈明大呼：「哎呀！閣下如何動了不信不誠之心，此心一發，便請了我祖師來也行不得。」（頁 1119）只好解壇。接著就是下毒藥於茶中要害靈明，結果驚動了護持神將，將茶碗打翻，才化解了一場災禍。二妖逃走後，又去捉弄列荒等人，先變狡兔引動眾人追捕，再變大狼和虎反咬眾人。這時在一旁觀看的清溪道士出面制止，說道：「業障！你豈記不得當年我前代神仙，不忍傷你生命，故以石碑鎮壓，誰知後來移動了符章，走了你這業障！」（頁 1124）狐妖慌忙要逃，道士解下腰條將兩隻狐妖縛住，召神將望空兩擲，成了一團膿血皮骨，再將妖氣押入酆都，永不放釋。

3、城　狐

第五十一回靈明運動元神在官府中搜尋捉拿猴精時，意外發現府內一間無人鎖閉的小屋內，有人說話的聲音：

> 一箇說道：「且瞞了官府徑自去做。」一個答道：「我就是官府，他敢不依！」一個說：「只與掌家計較通了，也不怕那官府。」一個說：「便是奶奶也做的個主，買囑了官府舅子也可。」（頁 777）

靈明聽了之後仔細一看，原來是一個老鼠對著一個貓大的小狐狸，正在屋中學官府人士講話。於是靈明令神將捉拿住狐鼠，審明「城狐社鼠」兩者的來歷，令兩者協助神將搜尋猴精。當狐鼠找到眾妖和猴精時，受到眾妖精以「兔死狐悲」之理勸說，騙走押解的神將，不改本性的歸屬妖精陣營，與眾妖精們在妓家飲酒玩樂。後由馬祖師調遣神獒來捉猴精，一開始先咬到社鼠，其他妖精一看情勢不對，全都一哄而散，但因神獒主要職責是要捉拿猴精，所以就放開社鼠，再去趕咬猴精。因為城狐社鼠並非主角，僅屬猴精故事的一段分支，因此其下場也未交待，形成一個不了了之的故事片段。

只有城狐社鼠一開始出場假扮人類說話的內容，正透露出官府內部收授賄賂的情節。提到官府中的家務主管、官吏夫人和官府舅子，雖未明言何事，如何行事，但可知官府內部常例之行使模式，其間弊端叢生的情形，已隱約若現了。

4 狐男女

前十三回狐妖與桃夭一場人與獸的淫亂關係下，使桃夭有了身孕。第九十五回敘述桃夭生下了一對雙生男女，吳情和史動見其形貌妖怪模樣，就由史動以妖種為名，棄在山洞中，成了精怪而生事端。第九十七回寫道：「村鄉不論大小，但有說道他身上的，他就知道了，定要來生一番炒鬧。」當辛知求逼蕭閑說出此事時，辛德

安人就從屋裡出來叫道：「你們不要說甚閑話，後屋中打將來了！」果有瓦磚磁甌亂打出來。連靈明到辛德家閑聊時，也有一個茶鍾打出堂來，靈明覺得莫名其妙，詢問何故時，辛德更是一點都不敢說、十分害怕的模樣，只說辛知求已到渾元廟中告知此事。書中交待此事為：「狐男女成了精怪坐在洞中，有兩個司聽司明，妖怪稟道有人在那裡議論要勸除二位魔主。」「狐子隨差圖狠迷，領著那新投的成精憶賴、強梁跋扈等迷，到辛蕭二家炒鬧。卻好遇著靈明來望居士……。」（頁 1490～1492）所以有著這番事故。

靈明設壇捉妖，派出一員神將和許多神兵將狐子狐女圍住，狐子女則是以迷魂陣對敵，並且說出不盜不貪淫，只是心性好奉承，所以最恨村人閑言毀謗。結果狐男女和百迷群魂們，立刻被神將神兵上前捉住，縛解至神壇聽侯處分。第九十七回末尾時就有村鄰人士談論說到：「方才村人都去山前看一宗怪事。數月前吳明居士家拋棄的雙生子女已死了，卻不知怎的又被繩索拴在山下。」靈明回答：「這就是打茶盃的那怪了。」（頁 1500～1501）至此狐男女之事結束。

（二）妖狐故事的分析

《三教開迷歸正演義》小說中的狐狸精怪，無疑是故事中的重要角色。一開始即對此角色大量鋪寫、著重描繪，而且前十三回中，除了有兩回旁插其他情節之外，作者傾全力寫作狐妖故事的部分共達十一回之多，佔了小說相當重要之篇幅。此期眾迷角色雖已現身，但份量上和功能上全然無法與狐妖相比，可從兩方勢力結盟時，百迷居於下屬位置，甚至狐男女出現時，百迷也自然而然的成為他們使喚的對象。因此雖然小說以「開迷歸正」為全書之主旨，標榜著群迷的角色地位，但從全書首尾部分的狐妖情節之份量，以及角色塑造之精彩和強調，狐妖可視為全書的首要反派角色。

從上述整理的故事內容中，可以看出作者所塑造的妖狐角色，具備了幾項傳統性的特色：

1、善於變化

狐狸以其靈巧神祕的特性，有著種種善於變化的傳聞。小說中的狐妖，具自由變形的法術，狐妖可以隨興變身男女，亦可變出草屋等物品；妖狐可同時變成道人和公差，甚至可將寶光變成蟒蛇，他們在變化異術上的功力十足，似乎無所不能。

而狐狸變化男女人身的情形，是一項淵源久遠的狐類傳聞，葛洪的《抱朴子》

記載：「狐狸豺狼皆壽八百歲，滿五百歲，則善變爲人形」〔註6〕郭璞《玄中記》亦提及相同的觀念：「狐五十歲能變化爲婦人，百歲爲美女，爲神巫；或爲丈夫與女人交接。能知千里外事，善蠱魅，使人迷惑失智，千歲即與天通，爲天狐〔註7〕。」這種狐成精幻化人形的說法，皆是「物老成精」觀念的衍化，在魏晉方術思想盛行的年代，成爲神仙理論的佐證，如果物能不死成精，那麼人亦可不老成仙。《太平廣記》記載著許多則狐變化人身的故事，如「崔昌」遇狐化身的小兒和老人〔註8〕；〈鄭宏之〉〔註9〕遇狐群變身的貴人、長人、從騎；〈王苞〉敘述與老野狐化身的婦人交歡〔註10〕。這些故事的意義和主旨各異，但狐能變身人形的故事，卻是相當普及的模式性情節，代表人對自然界的神祕事物之富奇想像。對小說這樣的娛樂性文體來說，狐妖故事既是人們所熟悉和喜歡的類型，當然在編寫時不免加入狐妖情節以營造強烈鮮明的戲劇色彩。所以李壽菊的《狐仙信仰與狐狸精故事》書中特別提到：「比較特別的是宋明人士喜歡在章回小說中，弄幾隻妖狐，設幾個情節，點綴一番。《封神演義》《三遂平妖傳》就是一例〔註11〕。」當然《三教開迷歸正演義》的狐妖情節，在全書中絕非僅是點綴性質而已；但若從小說主體來看，群迷和開迷活動才是最主要的寫作意旨，因此狐妖情節在全書中雖份量不少、角色地位亦不低，但也難免有綜合舊有狐妖故事，以熱鬧故事場面氣氛之感，屬作者序言稱說「驅睡魔」的諧趣內容。

2、與道士關係密切

其實狐狸精故事的來源，本由方士所編造，用以塑造方士神化形象，成爲其高強法力之憑證，所以無妖則無術之展現。此點李壽菊書中多次提及：

狐狸成精幻人，爲魏晉六朝最主要的狐狸觀，方士化的文人起了很大作用〔註12〕。

再看文籍中將狐狸說成鬼說成妖都是方士之徒，如焦延壽、京房、葛洪

〔註6〕（晉）葛洪：《抱朴子內篇校釋》，（北京：中華書局，1994年）卷三，頁3652。
〔註7〕（宋）李昉：《太平廣記》，（台北：文史哲出版社，民國76年）卷四四七，頁3652。
〔註8〕同上註，卷四五一，頁3685。
〔註9〕同上註，卷四四七，頁3669。
〔註10〕同上註，卷四五○，頁3677。
〔註11〕李壽菊：《狐仙信仰與狐狸精故事》（台北：台灣學生書局，民國84年10月），頁147。書中認爲與前代比較起來，宋明時期的狐狸精故事銳減，並對故事特質和狐狸精形象多所整理和結論。本單元參考此書的地方甚多，但書中提及的宋明時期狐狸精故事，因多採筆記小說和擬話本小說爲研究對象，因此所得結論不夠全面和完善，至少與《三教開迷歸正演義》小說中的妖狐故事特質和角色形象，並不符合。
〔註12〕同上註，頁32。

〔註13〕。

　　魏晉志怪中現存的狐狸精故事，就有三分之一強的篇數，是講方士除妖去怪的故事，這也是此一時期的特色之一〔註14〕。

　　魏晉時以方士為狐妖故事的主角，到了宋明時代則是道士主導著收妖除妖的工作，只有別具異能的神奇人士，方能收伏異界精怪，這樣的模式代表著對方術、道教的宣揚意味，因此狐妖故事總是在逗趣神祕的效果之外，蘊含著宣教意義。

　　《三教開迷歸正演義》則保持著此類故事的一貫作風，雖對當世道士腐化敗壞的形象多所描摩，將收妖的道士們，安排成一開始就飲酒失丹，失去修煉的法力，或是貪財而失法器，但最終能降妖的，總還是道士：潘瀾頭道人、王道士、清溪道士、靈明道士，皆能完成除妖之責，為民間除魔去害。所以此期的道士們，因上位君王對煉丹方藥的崇信態度，正處跋扈囂張氣焰的盛況，以致民間對道士們有不守戒律而昏亂的負面評價。

　　而兩隻主要妖狐的首度現身，皆是化身為道士的模樣出現，再加上他們對道士的戲弄和不滿言論，更讓狐與道士之間的衝突不斷加劇，產生妖亂和除魔的故事情節。對於妖狐這樣的頑強妖魅，人們還是相信只有道士才能制服得了，這是民間對道士法力的崇信認知。所以仍由靈明和王林泉道士，與狐妖展開一次又一次的對決與爭鬥，只要道士能堅定自身的正義立場，注重個人修習的內在功夫，就能完成除妖的職責。因此在這些道士除妖去魔的情節中，蘊涵著作者對道士們的勸告，認為戒律修行是道士們法力的關鍵，因此道士們必得守道修戒。

　　當然塑造傳奇性的神仙人物，請來潘爛頭神仙和清溪道士仙人，將最強悍不化的狐妖和妖狐擒獲消滅，也是民間對道教神界的推崇手法，以神仙除妖的方式，表達出作亂乃天理難容之事，必有神仙出面斬除。

3、喜用真假難辨的場面

　　狐妖曾變身成史勳模樣，當面與真史勳對罵互責，令旁人無法判斷出真假之別。妖狐也變身成靈明模樣，與真靈明互相標榜個人之真實身份，讓列荒無從判斷真假而欲全殺之。這種狐化人身，又當面與真人對質爭論的故事，與《朝野僉載》的〈張簡〉故事，言狐變張簡身以授課講學，又兩番變身成張簡妹，甚至誘騙張簡擊殺自己的真妹〔註15〕，又和《搜神記》中的「吳興老狸」故事，說到農夫的兩位兒子在

〔註13〕同上註，頁 92。
〔註14〕同上註，頁 123。
〔註15〕同註 7，卷四四七，頁 3658。

田裡工作，父親卻無緣無故的跑來打罵一番，令兒子們深感不解。父親告訴他們絕無此事，並要兒子們下回看到時，必要加以打殺。結果父親真的前往探視田中兒子時，竟被兒子們打殺死亡，並由妖狸化身父親，共度了一年日子，直到法師前來才加以揭穿〔註16〕。此故事據李壽菊的分析，乃《左傳》‧〈黎丘丈人〉的翻版，只是將主角鬼，改成主角狸。同時並指〈張簡〉故事亦是相同模式的套用。所以《三教開迷歸正演義》小說中的狐，假扮人身以混淆人們視聽，這種形式的故事其來有自。

另外真假相爭的場面，在《西遊記》第五十七、五十八回中，出現孫悟空與六耳彌猴假扮的悟空形貌，糾纏不清、真假難辨的場面；和《警世通言》卷三十六的〈皂角林大王假形〉中亦出現鼠精作怪，使得真假趙再理人物相爭，也是一種極相似的鬧劇效果，皆是作者企圖藉妖魔角色的變化多端、靈活狡猾，以營造小說的趣味色彩。

4、淫欲與真情的渲染

第一隻狐妖在前十三回中，出現最多、描寫最富的情節，就是或男身或女身的，與人類奸淫腥羶的場面。他對宗大儒的誘惑手段，假扮風流男子的勾引女子與婦人偷情，或者是扮成標緻小婦人模樣的誘騙男子，將過去狐狸成精魅人的狐女狐婿角色，全集結成一身，成了色欲狂縱的淫蕩角色。

作者在描寫這些場面時，著重鋪陳人性之情欲面貌，卻又不忘賦予狐妖以真情的形象，如第十一回中敘述狐妖費了許多心機與婦人偷情，身為妖怪仍有所謂的十怕，而對自己這麼大冒忌諱前來相會的真心真意，婦人卻無情無意的對待，狐妖竟產生了怨恨的心態；且在第十二回見到桃夭與史動的恩愛情形，也會有爭風吃醋的心理。這麼淫穢亂交的妖狐，面對桃夭的主動和婦人的無情，都不免有著家教不嚴、婦人心最毒的評語，又是一付道貌岸然、真心真意愛戀女子的面貌，呈現出人類比獸類還不如的諷刺意味。

這樣的兩種截然不同形象的組合，頗有古今狐妖形象融合的意味。當然「好色」是狐狸精故事一貫的傳統，狐不論變男變女，都不免希望與人類有性關係的發生。但宋明之前的狐狸精雖好色、善與人交，卻不會縱欲濫交，如李壽菊所說的：「然而仔細推敲唐狐好色的態度，不是縱慾逞物型，而是本之好之求之的心態，也無始亂終棄的行徑，更不搞七捻三，甚至可以說相當專情。」所以據李壽菊書中所描述的魏晉志怪書和唐傳奇故事中狐狸精形象，其中不乏恩怨分別、甚至有情有義的真心相待，只是人類有時卻回報以打殺的無情對待。一到了宋明時期，卻變成了狐妓狐

〔註16〕（晉）干寶：《搜神記》卷十八，（台北：木鐸出版社，民國74年7月），頁221。

妾形象爲主的狐狸精故事，成了「淫蕩、採補、無惡不作的壞胚子」，所以宋明故事中的狐狸精怪，「相當遭人憎恨，無人不唾棄，只觀其行徑，就令人咬牙切齒，要人性命，包藏禍心，禍國殃民。」〔註17〕。

所以《三教開迷歸正演義》小說中的狐妖之多重性格，正代表過去狐狸精形象的延伸，以及明代當世對狐魅妖術之觀點，組合構成了一種複雜又不太諧調的角色面貌。

除了上述四項特色之外，《三教開迷歸正演義》中的狐妖故事，尚有一些符合傳統狐狸精故事的特徵。如第一隻狐妖的產生背景，是在方村早年樹林稠密、人煙稀少的時期，正符合北方野地狐狸出現的主因：地廣人稀、林木茂盛，自然獸類猖獗，狐害爲患。而狐妖重現問世之後，仍選擇人煙稀少的山洞，作爲其落腳之所，等到他沉浸於酒色之中，才在村落中佔住一間空屋，用以藏美酒和桃夭，這是他化身爲人、在民間的暫住地。但其大本營仍在山洞中，從後來與王林泉道士一場爭鬥中可看出，在山洞野地處與王道士相鬥是不相上下的，直到被土道士詐敗引到城邊處時，才被神將所捉，可見狐離山林、進到人類地盤，其命運是可想而知的。另一隻妖狐所居住的地點，故事中說是「山中」，亦可看出居住在山林野地乃狐狸習性，這是小說中所透露的自然天性。

《世說新語》·〈排調〉第二十五有則故事，言謝幼輿謂周候說：「卿類社樹，遠望之，峨峨拂青天，就而視之，其根則爲群狐所託，下聚溷而已。」不僅可看出狐與樹的關係，由此則再推《晏子》：「諺言有之，社鼠不可薰之。」，以及《韓詩外傳》卷七：「齊景公問晏子，爲人何患？對曰：『患乎社鼠。』景公曰：「何謂社鼠？」晏子曰：『社鼠出竊於外，入託於社。灌之恐壞牆，燻之恐燒木，此社鼠之患。』〔註18〕」可見《三教開迷歸正演義》小說中「城狐社鼠」故事是有所本的。

另外可從狐狸信仰的禁忌觀念，來了解狐男女不願外人談論其名字之事。中國民間禁忌中本有直諱狐狸名字之習俗，必須稱之爲「大仙爺」或「胡三爺」等別名，《搜神記》卷十七的倪彥思就是與妻子談論著狐的閑話，被狐作弄一番〔註19〕。所以狐男女只要有人談起他們的事，就會對人類投磚打瓦的懲罰一番，而村人們諱談其名字的態度，一如民間對狐狸諱名的禁忌，兩者如出一轍。而狐男女的角色安排，令人想到《平妖傳》中聖姑姑的一對兒女，亦是狐男女的角色安排，似乎有所關連

〔註17〕 同註7，頁 115～162。

〔註18〕 南朝（宋）劉義慶：《世說新語》，〈排調〉第二十五，（台北：三民書局，民國85年8月），頁720。

〔註19〕 （晉）干寶：《搜神記》，卷十七，（台北：木鐸出版社，民國74年7月），頁210。

和仿效。

　　因此作者賦與狐妖情節的故事內容，較多的諧趣娛樂性質，屬於熱鬧故事場面、製造笑料的故事內容，但是從狐妖情節的結果安排，也可看出作者對於此類為妖作亂故事的警世意義，有著天理不容的教化意趣。

第二節　創作素材分析

　　因通俗小說的慣用取材方式，以及明代印刷事業發達、閱讀需求供不應求的情況下，《三教開迷歸正演義》有著雜融各種故事題材以成書的拼湊特色。以下就其內容與其它載籍有共同特徵者，將素材來源分為古書成語典故、唐傳奇、筆記和小說、民間說唱故事、民間傳說、民間笑話六種，屬作者襲用文獻資料，或採自通俗民間資料的創作方式。而作者詼諧意趣的創作理念，正呈現在這些眾多紛雜、形形色色的諧趣情節中；當然這些諧謔情節背後的嘲諷警示意義，亦是作者創作用意之所在。

一、取材於古書成語典故

　　作者喜以成語故事作為創作故事的素材。有時將成語故事的內容改寫，或有新意，或僅僅只是襲用仿作；有時在書中刻意提及成語用詞，或是特別編造相關人名以為成語典故之運用，成為作者賣弄才學的一種方式。這些內容大部分都顯得十分矯情造作，安排既不巧妙，也無生動鮮活的戲劇效果，純粹只是作者為充篇幅、為展才識的蓄意而為之創作。

（一）將杯弓蛇影改成「杯中蛇影」

　　第二十二回胡宜在朋友家飲酒：「只見杯中隱隱數條紅虫，胡宜忙然吃下。歸家偶爾腹痛，遂疑吃了酒中紅虫，成此怪症。」寶光實地察驗，看到窗簾上鉤鬚紅絲線，取杯酒實際演練，得到紅虫即為紅絲線倒影的證明，笑稱：「古人有杯中蛇影，猶是此病。」如此方解胡宜心中的疑懼，「笑將起來，只一嘔去了許多痰塊。」（頁330～331）病就全好。作者以後人口吻評論此事是「寶光依樣葫蘆」，因為此段情節全依成語「杯弓蛇影」典故仿效編寫，《晉書》卷四十三〈列傳第十三〉「樂廣」：

> 　　嘗有親客，久闊不復來，廣問其故，答曰：「前在坐，蒙賜酒，方欲飲，見杯中有蛇，意甚惡之，既飲而疾。」于時河南聽事壁上有角，漆畫作蛇，廣意杯中即角影也。復置酒於前處，謂客曰：「酒中復有所見不？」答曰：「所

見如初。」廣乃告其所以，客豁然意解，沈痾頓愈〔註20〕。

　　小說作者將弓代換爲紅絲線，改蛇影爲紅虫，皆是人心見疑而生病，也都安排成人心中釋懷無疑，自然病情痊癒的結局。

（二）錦囊妙計

　　大儒們在第二十二回中遇到一位口無遮攔、肆無忌憚的吳繼旦人物，因其狂妄無禮，經大儒們百般開釋仍毫無悔意，故大儒留下三個錦囊，要夏常秀士在吳繼旦有悔意時，伺機開封以完成勸化之功。所以第二十三回中陸續出現開錦囊以驗大儒預言先知。不過第二與第三封同時開啓，且由夏常解釋大儒預言原理爲：「大儒直據理斷，說人無忌憚，何事不爲？不遭人責，便遭鬼責；不遭鬼責，便遭王法。俗語說的好，明有王法，幽有鬼神，眞實可畏。今日繼旦得免王法，皆是宗先生錦囊之教。」（頁343）將錦囊妙計解釋成據理推想的結果，並非神妙之道，如此改編與《三國演義》諸葛亮臨死前以錦囊密計囑咐馬岱，伏下陣前殺魏延反賊的計謀，相較之下遜色許多。

（三）河東獅吼

　　第四十一回有一舟子自言河東人，姓獅名吼，娶一續絃妻十分凶悍，常打前妻之兒女。結果孩子遭打而哭，獅吼則越發笑自己：「這等一個大漢子怕老婆。」（頁619）這是藉由宋朝蘇軾嘲笑朋友陳慥（季常），懼怕老婆柳氏的「河東獅吼」〔註21〕成語，仿效編寫成此段情節。除了泣中笑的場面安排頗不合理，人名取法對成語典故的意義而言，屬牽強且不倫不類的結合。另外作者在此賣弄了一段韻語，藉寶光和靈明之口，替夫妻兩人各說了長段七言詩句，作爲兩人各自述說立場，有著家庭事務難解的苦衷。如此一來，又與故事先前老婆凶悍、丈夫無能的河東獅吼主旨無法配合，因此故事主旨和韻語內容有所矛盾。

（四）杞人憂天

　　第五十三回中有位杞國仁，擔憂女媧補天後，天會掉下石頭，故憂愁不已。靈明以「天是積氣相成，日月星繫焉，這積氣高厚卻有幾千萬丈，那裡是石頭的？女媧補天的話，也是古人虛詞。」（頁810）杞國有人憂天地崩墜，恐將身亡，此說法

〔註20〕《晉書》，（台北：鼎文書局，民國69年），頁1244。

〔註21〕《東坡集》卷十五，（《東坡七集》，《四部備要》，中華書局），頁3，〈寄吳德仁兼簡陳季常〉詩中有：「忽聞河東獅子吼，拄杖落手心茫然。」詩句，嘲笑陳季常懼怕妻子柳氏的模樣。

出自《列子》〔註22〕，其後亦有解釋說：

> 天積氣耳，亡處亡氣，若屈伸呼吸，終日在天中行止，奈何憂崩墜乎？

故靈明解說方式與列子之敘述相同。由此可知，小說僅將此成語典故之內容，編寫入故事情節之中，並無太多的創意。

（五）重作馮婦

第七十三回介紹「馮婦迷」為：「晉國有個馮婦善搏虎，後改行修善不去打虎。卻遇著晉人打虎，虎赴嵎莫敢去攖，看見馮婦，晉人求他，這馮婦忘了日前改行，依舊喜喜歡歡與晉人打虎。後人笑他，所以叫做馮婦迷。」這是將《孟子·盡心下》：「晉人有馮婦者，善搏虎，卒為善士，則之野，有眾逐虎，虎負嵎，莫之敢攖，望見馮婦，趨而迎之，馮婦攘臂下車，眾皆悅之，其為士者笑之〔註23〕。」的內容解說一番後，安上符合全書主旨的迷名。然後敘述獵戶者列荒，本受大儒們勸化歸善不再殺生打獵，但受到兩隻妖狐變身為兩隻兔的引誘，不免動了「禽獸迷」，入了「馮婦迷」，依舊拿著網罟弓弩追趕兔子。這是作者按照「重作馮婦」成語模式，編寫獵戶嗜好打獵的行為，成了馮婦無法戒除搏虎事的另一詮釋。

陸容《菽園雜記》曾提及：

> 馮婦善搏虎，卒為善，句士則之。句野有眾逐虎，虎負嵎，馮婦攘臂下車，眾皆悅之，其為士者笑之。近見嘉興刻本，點法如此，頗覺理勝。蓋悅之者，搏虎于野之眾，笑之者，則之之士也。前後相應〔註24〕。

認為嘉興年間的刻本，對此事記載的點法與以前不同，而此點法較為合理，能前後相應，故採用之。可見明代對此成語亦多談及，小說中出現這樣的編寫仿效情節亦不足為奇。

（六）吳越同舟

第三十六回有兩戶人家因為長久以來爭池水的糾紛，結下了三代之仇，這兩戶人家的男主人，作者分別取名為：「吳解」和「越深」。故事中刻意安排兩人同上一條船，由靈明書寫兩道符籙，先製造大風浪，等到兩人同舟共濟、同心協力共赴難關時，再令風浪平靜，如此安排之下，果令兩人盡釋前嫌。人名即包含了「吳越同舟」成語的用意，故事情節更循成語典故的內容進行安排：「吳人與越人相惡也，當

〔註22〕《列子》，《四部備要》，（中華書局據守山閣本校刊），頁14。
〔註23〕《孟子》，《十三經注疏》，（台北：藝文印書館，民國78年1月），頁253。
〔註24〕（明）陸容：《菽園雜記》，（北京：中華書局，1997年12月），卷十二，頁144，此則文字的句讀，為中華書局所點校。

其同舟共濟，遇風，其相救也如左右手〔註25〕。」可以看到作者依此成語編寫情節的方式。

（七）得魚忘筌

第二十三回大儒們到嘉善縣地方時，看到漁船捕魚的景象，三人討論起漁夫捕魚之迷的問題，其中靈明說道：「忘網乃是忘了顧惜這網，你看他未得魚時，惜愛那網，既得了魚，任那魚躍網中，觸斷絲線，毫無愛惜，乃是迷耳。」（頁344）於是大儒笑稱此理與「得魚忘筌」相同。此段情節編寫，無疑出自《莊子·外物》篇：「筌者所以在魚，得魚而忘筌。」的內容。

二、取材於唐傳奇

第六十一回王恩因酗酒縱惡打罵妻子，致使妻子氣死，其妻死後化成冤魂，決定只要王恩續絃再娶，她就要伺機復仇。果然王恩在妻子死後不久即再婚，且夫妻兩人感情甚篤、如膠似漆。當王恩前妻正打算打磚打瓦以吵鬧王恩新婚夫妻時，「猜疑迷」為王恩前妻另出主意，提到唐朝的李益故事，認為可以仿效此故事，以達王恩前妻的報復目的。《三教開迷歸正演義》書中並未介紹李益故事的內容，視此故事為眾所皆知、毋需多言的普遍常識，直接敘述「猜疑迷」建議王恩前妻變身成青年後生的模樣，以引起王恩的猜疑和嫉妒之心，如此一來定可破壞他們夫妻的感情，讓王恩休去新婚之妻。果然此舉令王恩懷疑新婚妻子的貞節，結果與岳父石義爭執不休，甚至鬧上官衙處理公斷。後因寶光靈明的出面解決，才化解了一場離婚官司。

唐朝李益故事即指《霍小玉》的唐傳奇故事，此故事的結局為李益因對霍小玉負心，故在霍小玉死後總在妻子房內見到男子的身影，卻又往往倏然不見，始終無法捉到此位男子。而且夫妻在房內時，門外甚至會拋來定情物，令李益對妻子的貞節十分猜疑，終至暴力相向，以訟諸公庭休妻作結。

因此《三教開迷歸正演義》作者將唐傳奇《霍小玉》的結局採入書中，仿效編寫成小說中的一段情節，照樣搬演一場，既行之有據，又具戲劇效果。

另外，第八十八回又出現一位名為李益的士人，鬱鬱不得志之下做了一場黃梁一夢，醒來後由靈明道士加以開導後，才真正的了悟釋懷。此段情節取自唐傳奇的《枕中記》，故事中亦以「黃梁之境，邯鄲之遊」明確點出取材之來源。

〔註25〕語出《孫子·九地》（第十一），原文引自《成語典故文選》，（山東教育出版社，1997年10月），頁259。

三、取材於筆記和小說

作者在這方面的素材取用，或來自當代的文人筆記，或爲當時刊行的通俗小說，或見於舊有的文言小說情節，作者採取這些筆記故事和小說情節，於書中進行編寫和再創造。此類故事不乏精彩有趣、別富意義的情節，足見作者用心改寫舊有故事以成新意的創作方式，但有些故事若與同期的同類型故事相比，即顯作者的創作才能之相形見絀。

（一）僧奸情的公案情節：
僧欲殺人滅口以掩奸情，文人急智用重物擊僧以脫險

第十八、十九回中發生了一件奇事：吳門秀士夏常向來依棲在寒山寺方丈寄居，又與城外某一小庵的長老熟識。一日夏常找宗大儒前往庵中遊玩，因大儒急欲淨手故先出庵方便，後來見庵門已閉鎖，誤以爲夏常已走，因此轉身先行離去。只剩夏常秀士留在庵中，意外撞見長老所藏之婦人。而當長老發覺夏常撞破其奸情時，欲殺之滅口，但戀在舊有交情上，先招待夏常酒茶，待其酒足飯飽後再行殺害。酒席間夏常情急生智，趁僧不備時以酒壺敲擊其頭顱，殺死了長老。夏常先取其積聚的財貨，再報官處理，放婦人歸家。

此段故事可見馮夢龍《增補智囊補》卷十六捷智部靈變，「倉卒治盜」條：一位吳地書生寄居在僧舍，某日探查僧人向來緊鎖的僧房，結果發現僧窩藏女子的奸情。這時僧正巧回來欲殺書生以滅口，書生先乞飲酒，再巧智以酒壺擊碎僧之首顱，分得僧財貨後遣少婦歸家。﹝註26﹞而凌濛初的《拍案驚奇》卷二十六「奪風情村婦捐軀，假夫妻幕僚斷獄」一開始頭回故事中的臨安鄭姓舉人，在廣福寺讀書時的一段經歷，與馮夢龍的記載大致相同。

徐復祚《三家村老委談》之「胡太守」條，爲胡可泉太守述及一段往事：一日與二友前往某寺僧處遊玩，僧人治餚設酒招待之。後來胡太守與一友先行離席歸家，只剩一友留下。結果此友半夜前來叩門求救，說出因撞破僧人密室奸情之事，故遭僧人們強留。此人遂以酒灌醉六僧，再以鐵如意擊碎一老僧腦袋，才得以逃歸。於是天明訴官府搜捕此寺，果得兩位婦人於密室，以及六位酒醉不醒的僧人，和首碎之老僧。所以此位胡太守自此極度厭惡僧人﹝註27﹞。

由此得知，此則僧房奸情遭士人撞破的故事，當時頗爲流傳。《三教開迷歸正演義》中夏常秀士之奇遇故事，結合以上兩種版本的情節：大部分與馮夢龍記載的要

﹝註26﹞《筆說小說大觀》第二十一編，（新興書局），頁3797。
﹝註27﹞《筆說小說大觀》第四十二編，（新興書局），頁96～97。

點相符：吳門士人、酒壺擊殺，取其財貨；也與徐復祚記載的士人們同遊、他人先行離去、留下士人事後告知的情況相符。此外，小說對此段公案故事的寫作，既讓僧人有段自述身世來歷之語，又增加道人角色使秀士取得財物之法更加合理，尚屬不錯的故事安排。但若再與《拍案驚奇》卷二十六的頭回故事相比，夏常秀士發現僧房祕密的過程，和擊殺僧人之動作，都較凌濛初詳實又精彩的寫作內容，遜色許多。

（二）人魂化蛇出遊的志怪情節

　　第九回中的宗大儒，於夜晚時魂化成一小蛇爬出渾元廟，來到松林墳塚處盤旋一陣子後，又回到宗大儒房中，整段過程恰巧被眞空長老看到。第二天宗大儒向眾人提及昨夜夢到蘭嗇處士在宅上啼哭，而住宅地點爲高山密樹之所在，不似舊宅樣子。此事爲蘭嗇墮入黑暗地獄，請求宗大儒施道力以超度之原由。這時眞空僧人微微而笑，並未說破昨夜所見異事。整段人魂化蛇的情節，僅具鬼魂傳遞消息的用意，至於大儒爲何會魂化小蛇？此點並未在故事中進行評論，自始至終亦未說明有何意義。

　　明代陸粲《庚巳編》卷四「人魂出遊」條中〔註28〕，記載著嘉定時有一士人拜訪某僧，值其熟睡。見一小蛇自僧鼻竅中出來，故以刀插地、以唾液吐地方式來戲弄此蛇。再觀看此小蛇遊走過水潭、花藥欄，最後又循鼻竅原路回到僧身上。等到僧醒來，具言夢中所見：遇盜刀嚇、食路旁甘露、沐浴海中、賞玩花園，皆與士人所見相符合。此士人並未將其所見告訴僧人。而陸粲亦僅以「人魂能出遊」言語，作爲此事之總結。

　　明代鄧志謨《飛劍記》第十一回敘述著呂純陽化身爲一道人，拜訪杭州天竺寺法珍僧人時，兩人曾同觀一僧人酣睡時的樣子，看到此僧頂門中遊出一小蛇，經過食涕唾、飲溺器水、渡水溝、繞遍花臺、遇小刀等事，終循原路回到僧頂而入其身。等到僧人醒來後，告知二人夢中之事：食精齋、飲美酒、渡小河、遇佳人、逢盜賊。最後呂洞賓評論此事爲僧性毒多嗔，故變化成蛇相，而死後亦將投生於蛇身。

　　陸粲的記載與評論，與宗大儒化身蛇之事，風格與用意較爲接近，純粹從誌異角度記錄一奇事，未有太多的涵意。小說僅藉此帶出爲蘭嗇作法超度之後續情節，並未具有《飛劍記》所代表的人物性情之意義。畢竟宗大儒在小說中是純粹正派的人物，甚至比另外兩位角色：靈明和寶光，受到作者更多的贊賞與肯定，所以從小說立場看來，僅具陸粲記載之傳奇性質，非對大儒此人有任何的影射作用。而這段

〔註28〕　（明）陸粲：《庚巳編》，（北京：中華書局，1997 年 11 月），頁 41～42。

人魂化蛇的情節，亦代表當世盛傳的荒謬觀點，純粹只是小說中附會的人魂故事之一。

（三）煉丹的騙術情節

第十五回大儒的同窗好友童鏣微恙，偶遇一全眞道士治癒。此全眞道士先演練一場化銅成銀把戲，讓童鏣信以爲眞，起了貪念，拜他爲師，供千金之費以採買藥物，不到半月道士即提去千金而走。後來此全眞道士竟復前來，要求童鏣假扮其師父，同去騙另一位迷信煉丹之人，如此不僅可以償還前遭騙走之千金，尚可賺得千金。接著全眞施展力敵十餘人之神奇功力，令童鏣再度信服，立意配合其說以行騙。當大儒們連番勸說無效時，寶光自告奮勇，代替童鏣扮成全眞之師父，意圖伺機行事以破除全眞騙財行爲。當全眞和寶光齊到范保家中，全眞果然重施故計，視寶光爲晃子，打算提罐而走。但因寶光防守甚嚴，全眞無計可施，竟意圖殺害寶光，所以寶光只好躲入園中一小樓上，所以最後還是讓全眞將銀子提走了。

這樣的煉丹騙術，歷來多有記載。胡士瑩曾對凌濛初《初刻拍案驚奇》卷十八〈丹客半黍九還，富翁千金一笑〉中，松江富翁信丹術遇騙故事的來源加以說明，可見於馮夢龍《古今譚概》卷二十一〈丹客〉和明王象晉《剪桐載》的〈丹客記〉。〔註29〕而《初刻拍案驚奇》故事中的富翁，和《古今譚概》故事中的監生〔註30〕，都有遭騙不悔，第二次還幫著丹士騙取他人財物的模式相同。此點與童鏣和全眞道士之間的兩次接觸情形一樣。只是後半段要富翁剪髮成頭陀的角色，《三教開迷歸正演義》直接找來寶光和尚擔任，順理成當接續著原來的情節。結果雖然仍是全眞道士得金而走，但小說安排寶光因得到范姓祖先告知埋金之所，讓范保意外獲得萬金之財，所以對全眞道士拿走的三千金，范保就沒有再追究，如此一來，寶光也得以脫困。從這樣的情節安排，可看出《三教開迷歸正演義》故事之來源，必與當時一些筆記小說和擬話本小說有關，因爲故事可見類似的模式，以及改動之痕跡

（四）搶劫的騙術情節

第十九回辛知求出外閑逛，駐足觀看一位煎銷銀店的人，正在戳鑿一錠大銀。忽然來了一位士人走到銀店內，邊絮叨著被蠻官笞打之語，邊拿著大棒瘡膏藥在銀舖火爐上烘熱。此士人趁鑿銀匠人不注意時，將膏藥往匠人臉上一貼，搶了錠銀飛

〔註29〕 胡士瑩：《話本小說概論》，（北京：中華書局，1980年），頁576。
〔註30〕 馮夢龍的《古今談概》，經後人改名爲《古今笑》，收錄入《明清笑話十種》（西安：三秦出版社，1998年9月）書中。〈丹客記〉此則可見於頁370，記載著兩則不同的丹客故事，凌濛初即據此兩則故事，融合改編而成。

快走了。

　　這件手法奇特的搶案，也可見於《杜騙新書》十一類強銀騙的「膏藥貼眼搶元寶」故事﹝註31﹞，敘述一戶家境殷實的銀匠，因鋪門有一大縫隙，可從外窺視屋內情形。一日銀匠正在處理兩個元寶，一位歹徒買好膏藥，從外潛看銀匠傾煎元寶的過程，伺其將兩元寶洗畢、暫放於爐邊時，歹徒假呼疼痛之聲，要求入內借爐火灼熱膏藥，以敷貼被賊人打傷之痛處。結果趁機以灼熱軟化之膏藥，貼到銀匠面上，搶走元寶後逃逸無蹤。

　　雖然這兩則故事搶銀人物的角色身份，和搶銀過程的細節安排，有所不同，但是同樣以用膏藥貼人面的手法，可看出兩者必有相當程度的關係。可能是《杜騙新書》和《三教開迷歸正演義》同時記載了相同的社會事件，因為兩書的地理位置和編寫時間上十分相近，作者一為浙江、一為江蘇，皆為萬曆四十年間刊行的書籍。或者也可以說是《三教開迷歸正演義》採用《杜騙新書》中的一則記載來編寫故事，因為整體而言，《杜騙新書》的人物安排和細節說明，都較《三教開迷歸止演義》內容合理得多，故可推測兩者的前後關係。

（五）設局詐賭的故事情節

　　第八回戚情欲拐騙友人蘭多賭局以賺取暴利，事先與四位外地人士商量，由他出面邀約設局，四人操作詐賭，得金之後再分贓。結果四人事後翻臉不認帳，將戚情痛打一頓後，跑走不見人影。典型設局詐賭加上黑吃黑的故事。《杜騙新書》七類引賭騙的「裝公子套妓脫賭」有部分情節與此故事相似﹝註32﹞，如出現一位外地來的人假扮公子，並且設局於妓家。

　　第二十八回也出現設局詐賭的故事，吳所用被歹人帶去博奕賭鈔。其間過程敘述詳細，先與帶去之人合夥，令人掉以輕心、失去戒心；再則不講求現金，說事後結算總數，使賭客未能察覺到金錢之現實面，到最後就累積成一筆可觀數目。

（六）呂洞賓度柳樹精和戲白牡丹的故事情節

　　第四十七回柳樹精楊嬌嬌因對仲子青年依戀難捨，求助於梅樹精梅瓊瓊，梅瓊瓊提到：「當年洞賓老祖度了你一個族祖成仙，他遺留了一枝曲裔在我嶺前，近那溪側。」（頁716）於是勸她去找當年「呂神仙度的柳樹精」幫忙。

﹝註31﹞　（明）張應俞：《杜騙新書》，《古本小說集成》，（上海：上海古籍出版社）頁139。編者前言中提及，此書寫作時間大約在萬曆四十年之後，作者張應俞為浙江慶衷人，故所記騙局亦以江蘇、浙江、福建等地之事為多。

﹝註32﹞　（明）張應俞：《杜騙新書》，《古本小說集成》，（上海：上海古籍出版社），頁85。

　　鄧志謨《飛劍記》第十一回記載著呂神仙度化楊柳的故事〔註33〕，只是楊柳是廣陵妓女之名字，而非真正的楊柳樹。若依李豐楙所言，《飛劍記》余氏萃慶堂刊本乃明萬曆三十一年刊行〔註34〕，而《三教開迷歸正演義》刊行時間約為萬曆四十年到天啟四年之間，時間上較《飛劍記》晚。所以可能是參考《飛劍記》此段故事的楊柳之名字，進行改寫成柳樹精的故事，目的是取當時大眾所熟知的呂洞賓故事，以增添讀者閱讀小說時的認同感。當然也有可能是呂洞賓度化楊柳的另種版本傳說。

　　再看第八十一回龐門引述呂祖調戲白牡丹之事，當作是房中術的引證。當時靈明立刻予以否認說：「洞賓老祖真正神仙，那有此事！白牡丹之說，是一個假充呂姓的道人，如先生的外道，亂傳下來。後人不知，使祖師蒙謗，豈有此理，萬不可信。」（頁1233）故反對房中術的立場明確，且直斥呂洞賓戲白牡丹之事為妄說。

　　而《飛劍記》第五回有「呂純陽宿白牡丹」之故事，在文中說明著「這場事分明不是貪花，只是採陰補陽之術〔註35〕。」因此對房中術是採正面肯定的觀點，認為並非邪妄之事。

　　《飛劍記》安排此段故事的發生地點為金陵，恰巧與《三教開迷歸正演義》故事之源起地點和刊行地點相符合。故《三教開迷歸正演義》作者在此回中，似乎是對《飛劍記》呂洞賓戲白牡丹的故事內容進行批評和駁斥，認為《飛劍記》所提倡的房中術不可取，為毀謗呂洞賓之說。如此一來，小說第四十六回的度柳樹精故事，似乎也可說是據《飛劍記》內容而改寫，並非另有所本。

（七）運用裴度拾「犀玉三帶」不昧而積陰德的故事情節

　　《太平廣記》卷第一百一十七中的「裴度」條，記載《摭言》的一段故事，說明裴度因歸還婦人的「玉帶二犀帶一」，故能位極人臣〔註36〕。第八十二回寶光勸拾銀子之人，對來路不明的財物不要取用，因為取之不義，無利有害，即舉了裴度故事做為例證：「有個裴丞相做秀才時，一個風鑑相他貧死。後來拾得犀玉三帶還了人，這個陰功，官至宰相。」（頁1259）小說中僅以此故事舉例，說明拾金不昧所積的陰德，並無太多藉此編寫的內容。

〔註33〕（明）鄧志謨：《飛劍記》，《明代小說輯刊》第一輯，（四川巴蜀書社，1993年12月），
　　　　頁778。據此書前言介紹，此書為明建陽余氏萃慶堂刊本，原書藏日本內閣文庫。
〔註34〕李豐楙：《許遜與薩守堅》，（台北：台灣學生書局，民國86年3月），頁329。
〔註35〕（明）鄧志謨：《飛劍記》，《明代小說輯刊》第一輯，四川巴蜀書社，1993年12月），
　　　　頁741。
〔註36〕（宋）李昉：《太平廣記》，（台北：文史哲出版社，民國76年5月），頁816。

四、取材於民間說唱故事

第六十回有一個全家皆快嘴的鬧劇。所謂快嘴是指性急躁而口快，口沒遮攔的率直言談。此家老者名字爲「狄達生」，兒子爲「狄丁」，婆婆被稱爲「狄達婆子」〔註37〕，媳婦被稱爲「快嘴媳婦」。從一家人的名字即可看出心直口快的特色，尤其是媳婦的角色，更是直接以有名的快嘴媳婦故事命名。元代著名話本集《清平山堂話本》中的「快嘴李翠蓮記」，以一女子出嫁前後多言多語的行爲，引惹娘家和夫家的不滿，終至出家收場完結。快嘴言談的內容皆以韻語方式表現，全篇有著說唱兼敘述的形式。胡士瑩在《話本小說概論》中，解釋此故事流傳民間歷程久遠：「地方戲及各種曲藝裡都有秦腔劇中有《李翠蓮上吊》，一名《十萬金》即演此故事。」〔註38〕這種嘲諷嘴快媳婦的故事，屬民間說唱娛樂常見的題材，不僅宋元時常見，甚至可追溯至唐代，敦煌變文中有「齟齒可書」一卷〔註39〕，也是敘述一位新婦口無遮攔隨性漫罵的行爲，韻散夾雜，頗見趣味性和諷刺性。

《三教開迷歸正演義》除了「快嘴媳婦」採用此淵遠流長的民間故事模式之外，再求題材的擴大，誇張成全家人皆擅長以韻語方式表示意見，令大儒等人立意破其「火嘴迷」。故與史牙官長串通好，假稱縣主徵召五十個利嘴漢子、五十個長舌婦人前去殺倭子。等史牙率役卒多人到達時，他們果然嚇得或扮啞吧，或扮大舌頭，或成傻子，連快嘴媳婦都成口吃之人。當然這是一場鬧劇，將人物塑造成愚昧俚俗的可笑模樣，突顯了快嘴的戲劇效果，也生動刻劃著人民懼怕官吏的心態，縱使是多麼不合理之事，人民一旦見到役卒，就只能屈服接受、全盤投降。

所以小說中雖採與民間故事相同的快嘴媳婦角色，但已非控訴婚姻、探討女子社會地位的故事主題，而是對官民關係的有趣描寫、真實呈現。此外，作者仍遵循韻語模式的故事主體形態，藉以表現此類故事的特性，這是小說仿效民間快嘴故事，未曾改變的一項特色。

五、取材於民間傳說

此單元的兩位人物，都爲歷史上真實之有名人物，但提及的事蹟卻爲誇大神怪化的傳說，因筆者未見於其它小說內容的相關引用，故將兩則故事劃分爲民間傳說的內容，因兩則故事的民間氣息濃厚，可視爲民間流傳的故事內容。

〔註37〕根據（明）顧起元《客座贅語》，（北京：中華書局，1997年8月），頁9，介紹南都方言中的「的達」，爲「言之多而噪」之義。
〔註38〕胡士瑩：《話本小說概論》，（北京：中華書局，1982年7月），頁291。
〔註39〕潘重規：《敦煌變文集新書》（中國文化大學中文研究印行，民國73年1月），頁1197。

（一）運用李白乘鯉魚仙遊傳說以鋪陳情節

小說的第四十三回出現一隻鯉魚精，善於迷人作亂，為所欲為〔註40〕。為增添其真實性，並營造其神祕色彩，作者介紹鯉魚精的來歷為：「這妖怪卻是采石邊一個鯉魚。唐時太白避難於采石磯頭，捉月江心，騎了這魚仙遊。他得了太白的才華仙氣，遨歷乾坤已久。」（頁637）將李白墜江之事，與太白死後成仙歸去傳說結合，成了鯉魚精出身的顯赫淵源，為鯉魚精之神奇能耐，找到合理背景，方便鋪陳情節之後續發展。

（二）運用隋煬帝和迷樓傳說以鋪陳情節

為發展柳樹精的情節，在第四十六回以隋煬帝南幸江都為歷史依據，再移來武后正月令百花齊放的民間傳說，編寫成隋煬帝閒話一句即令維揚東郊楊柳，在正月時長出綠葉。又提到隋煬帝曾興建迷樓〔註41〕，並將柳樹插條移幹，長滿堤岸，成了柳堤，經千百年之後，就成了小說柳樹精的背景淵源，如此一來就將歷史和傳說兩相結合，為書中人物塑造具說服力的條件。

從故事內容取材的類型和來源探討，可以看出作者為迎合社會大眾閱讀口味的俚俗諧趣，將這些題材編寫進小說中。這些故事中，仍有不少亦具嘲諷訓示的正面意義，可見作者編寫材料時的社會教化企圖。

六、取材於民間笑話

此屬作者為營造小說輕鬆詼諧的氣息，大量創作的笑話類型故事。有些可從同時期的文人筆記中，找尋到同類型的相似笑話；有些雖未能從其他書籍的記錄中，檢索出相關同質性的笑話，但極具民間俚俗氣息，可視為作者將民間流傳的笑話編寫入小說書中，因此亦可歸類為民間笑話類型。以下分成腥羶、愚昧、荒謬官場、文字遊戲四種類型說明，足見作者在製造笑果之外，亦別具嘲諷訓示之教化用意。

（一）腥羶類型

1、嫖醜妓的荒唐行徑

喻祥和喻閑父子在第七十三回中與兩位醜妓交好，作者以「賽煙煤」和「遠觀花」命名，並以兩聯詩嘲笑兩人：

〔註40〕《太平廣記》卷四六九，〈彭城男子〉為一個鯉魚精怪化身為女子惑人的故事，與此則故事類型近似。（台北：文史哲出版社，民國70年11月），頁3864。
〔註41〕故址在今江蘇省江都縣西北。

> 有婦在村頭，喻祥作好逑。笑似烏梅裂，啼如豆汁流。眉頭生黑漆，身
> 體退光油。月明羅帳臥，疑似皂貂裘。（頁 1126）
>
> 城南一妓家，佳人貌似花。遠望渾身俏，前觀滿面麻。雀班（斑）虧白
> 粉，鷹嘴帶黃牙，不入情人眼，難免出而哇。（頁 1127）

將兩位醜妓的面貌，形容得不堪入目，令人有作噁之感。如此女子卻讓父子倆雙雙癡迷依戀，與醜妓交往得十分濃情蜜意，顯現出父子臭味相投的模樣。

馮夢龍《古今笑》的痴絕部第三「眇娼」條，記載一則類似的事：

> 秦少游云：「娼有眇一目者，貧不能自贍，乃西游京師。有少年從數騎
> 出河上，見而悅之，遂大嬖幸，取置別第中，囁嚅伺奉，唯恐不當其意。有
> 書生嘲之，少年忿曰：『自余得若人，還視世之女子，無不餘一目者。夫佳
> 目得一足矣奚以多焉？』〔註42〕」

此少年戀眇娼的行徑，雖召來他人的嘲笑，卻深情不悔的挺身為佳人說話，表現出可笑又感人的態度，雖不盡合理卻頗動人。而《三教開迷歸正演義》小說中僅取醜化娼妓作為故事笑料之賣點所在。

2、夫妻配對的不諧

第六十四回曹長子等人，各自表述與妻子身材外貌不相襯的笑話。曹長子抱怨其妻寸金糖說：「俺常叫他做件衣服短了，做雙布鞋小了，他罵俺當長不長，長在身子，當大不大，大在腳根。」郅矮子抱怨妻子一丈青：「俺要與他說句枕邊言，他卻推俺下去。及至下去，手又摸不著枕頭，如何說枕邊言？只在老婆子肚臍上作枕頭。」賊聾子則因聽不見人說話，問老婆日間來客何人？結果「老婆把腰間陰物露出來，將那毛摸了一把與俺聞，俺雖然知是臊鬍子，卻當不起他那臊氣，可不是受他氣？」（頁 985～986）每人說完對自己妻子的埋怨話語後，都引惹他人大笑的反應。

曹長子和郅矮子的話中都含有性暗示，將夫妻感情不合的原因，藉外貌動作上的不諧調，影射成性關係的不順遂。賊聾子的話中，明顯地表露著靠其妻賣春以維生的事實，卻又表現著一付自尊心強的樣子，實在是既可悲又好笑。其間俚俗粗鄙的性器官描寫，和直言醜陋的動作描繪，都讓此則故事增添了腥羶噁心的成份。當然這也是此本小說常見的敘述手法，總喜歡加油添醋、粗鄙低俗的運用性事和性器官，以投合當時社會中低階層多數群眾的喜好。

其中「一丈青」的女子名字，顯然取自《水滸傳》扈三娘的別號；也將扈三娘丈夫王矮虎的形象，改寫成「郅矮子」，成為一對不諧調的夫妻人物。另外，《金瓶

〔註42〕《明清笑話十種》，（西安：三秦出版社，1998 年 9 月），頁 130。

梅》書中的來昭妻也叫一丈青，爲第二十六回宋惠蓮第一次自殺的發現者，在書中的此段故事情節中，出現了不少次。

3、閨房性事的荒唐

第五回陸欲講了葷笑話：一個做小唱的男子，娶了一個破罐子女兒。成婚之夜時，男子將臀向著女子，結果「那女子叫道：『轉過身，扒上來。』小唱說道：『我到不知了。』女子笑道：『我比你知道些兒。』」（頁 66）結果一旁的史動聽了，不言暗笑而走。

第三十九回史潑皮說其新婚之夜的情形，因爲怨恨丈人家在聘禮上的索求壓榨，故以性事尋求洩恨。先發洩對丈人之恨，睡到二更天又發洩對丈母娘之恨，等到三更天，其妻將他搖醒，告知：「你舅子也幫著我老子勒揹，你可出他的氣了。」（頁 596）史潑皮的朋友們聽了全都大笑起來。

這兩則閨房性事的露骨描寫，讀之令人發噱，趣味性十足。但其間也透露著淡淡隱約的感傷：小唱戲子身不由己的悲哀，以至於對性事有這麼錯誤的無知；鄉里小民娶妻之不易，以至於對性事有偏差的對待。當然誇張手法是笑料之所在，但這種故事的原創根源，卻是民間無奈的悲歡。

4、老夫娶幼妾

第四十六回王三水講述他的一位老邁族叔，娶了一位能幹的幼妾。此幼妾一日在堂後閑坐，看到一位差役自稱爲勾死人的無常，前來喚其主人之名，表明要勾其夫之魂。結果此幼妾聽了答道：「不勞你來喚，我自然與你送了他來。」（頁 696）眾人聽了之後大笑。

將老夫娶少妻的組合，透過幼妾的回答，一方面嘲諷了年老者娶少妻行爲的不智，以及將遭受到毀生喪命的後果，另一方面也讓活潑可愛的少女形象，鮮明的呈現出來，令人感受到新奇的趣味。

（二）愚昧類型

1、誤認爲鬼之愚

第八十九回中有兩位善信者在廟中，聽了義僧人之見鬼事件後，一前一後在林中相遇，彼此誤認是鬼，前人以燈籠打鬼，後人拾得燈籠則更加確信是鬼在拋磚擲瓦。兩人回到廟中喧嚷見鬼際遇時，遭寶光說破才知是一場誤會。

這種世人互相誤認爲鬼，被人嚇而非被鬼嚇的故事，在明代筆記中時可聞見。如馮夢龍的《古今笑》謬誤部第五的「鬼誤」條，記載著《續笑林》的一則故事：

　　　　有赴飲夜者，值大雨，持蓋自蔽。見一人立簷下溜，即投傘下同行，久
　　之不語，疑爲鬼也。以足撩之，偶不相值，愈益恐。因奮力擠之橋下而趨。
　　值炊糕者晨起，亟奔入其門，告以遇鬼。俄頃，復見一人遍體沾濕，踉蹌而
　　至，號呼有鬼，亦投其家。二人相視愕然，不覺大笑〔註43〕。

葉權的《賢博編》亦記載一則相似故事：

　　　　清明時，天濛濛雨，一人張傘獨行，俄一人來趁傘同行。少頃，兩人互
　　相疑，有傘者捽趁傘者河中，走，河中之人起，亦走。歸，各以爲遇鬼，駭
　　且病。他日愈，會浴所。或問趁傘者曰：「何久不見也？」則以清明河邊之
　　事對。有傘者旁聽，事正協，遂相語大笑，釋其疑。此殆與飲蛇踏蛙相類，
　　愚人爲疑似所誤，多如此〔註44〕。

　　這兩則記載十分雷同，皆是天雨時道上兩人相遇，兩人互疑是鬼，故推一人下
河，等到眞相大白時雙雙皆大笑而終。一則純粹當作笑話記載，另一則加上愚昧者
因疑生誤的訓示意味。《三教開迷歸正演義》純粹當此互相誤認爲鬼的故事，屬一則
笑話材料而已，並無太多的意義，屬前段了義僧人遇鬼故事的情節延伸。

2、役卒無能之愚

　　眞空和尚在第九回中，因習法不精、濫行普度，破了黑暗地獄，使得眾迷魂全
都逃走無蹤。所以冥主差「精細鬼」前往渾元廟，捉拿眞空和尚到陰間衙門審問。
結果在等待冥主陞堂審問時，此精細鬼竟會忽然盹睡起來，於是眞空和尚利用其盹
睡時機剃其頭髮：「將精細頭髮剃的光光，把索子套精細頸裡，一陣風走回廟去了。
這精細醒來，摸了一摸頭，吃了一驚道：『和尚卻在此，我到那裡去了。』亂叫精細
精細。」（頁130）

　　這種笑話役卒愚昧無能的故事，在馮夢龍的《笑府》卷八殊稟部，有「解僧卒」
條：

　　　　一卒，管解罪僧赴戍。僧故黠，中道，醉之以酒，取刀髡其首，脫己索
　　反紲而逸。次早，卒寤，求僧不得，自摩其首，居然髡也，而索又在項，乃
　　大詫曰：「僧故在此，我在哪裡去了？〔註45〕」

　　雖然一則是陰間役卒，另一則爲人世間的役卒角色，但兩則都將役卒之怠忽職
守，頭腦昏鈍、無法辨斷事理的模樣，可笑又生動的勾勒出來。且結尾的話語幾近

〔註43〕　《明清笑話十種》，（西安：三秦出版社，1998年9月），頁155。

〔註44〕　（明）葉權：《賢博編》，（北京：中華書局，1997年11月），頁12。

〔註45〕　（明）馮夢龍：《笑府》，《明清笑話十種》，（西安：三秦出版社，1998年9月），頁681。

相同。

3、迷信風水之愚

第四十八回中的舒徐因心性迂緩、遇事十分遲疑，故在僕人報知其娘子被倒墻壓著腿時，竟然「不忙走，慢慢的尋通書，說：『今日不宜動土。』」（頁730）被倒墻壓腿，是何等緊急事件！小說中的舒徐先生不僅動作緩慢，在迷信風水的迂腐觀念下竟有如此不急的反應，這是對此位人物個性和智能的嘲笑。

而馮夢龍《笑府》卷四方術部，有「風水」條：

> 有酷信風水者，動輒問陰陽家。一日，偶坐墙下，忽墙倒被壓，亟呼救命。家人輩曰：「且忍著，待我去問陰陽先生，今日可動得土否？」〔註46〕

此位迷信風水者長久以來的行事作風，讓家人有不辨時機的昏庸反應，導致自己得自食惡果的下場。兩則笑話故事的含意各有不同，馮氏故事無疑嘲諷層次較深，有勿因迷信而自尋煩惱、自食苦果的訓示警戒意義；小說中的舒徐故事則屬片斷浮面的笑話故事而已，只爲博得讀者一笑。只是兩則笑話故事所用的墻倒壓腿之戲劇橋段相同，可看出兩者的關係，或者代表此類笑話故事之流傳普遍。

4、沉迷說書之愚

第十九回寫一位老者在寺中遇人「說紂王書」，聽到西伯被送到羑里城監禁，就開始爲西伯這位有德聖人，遭囚禁的際遇發愁。等到第二天又往寺中聽說書，聽到西伯被放回歸國，就高興地到處告訴他人。小說中描寫著老者全然相信說書情節，一付沉浸其中的模樣。

無獨有偶的，馮夢龍《笑府》卷六殊稟部亦有「愁文王」故事，十分相似：

> 有講文王囚羑里者，師適赴召，不竟其說。一士快快而歸，愁容可掬。中途，友人問之，對曰：「朝來吾師說，文王大聖人也，爲紂所囚。吾憐其無辜耳。」友曰：「文王不久便釋，非老於囚者。」士曰：「不愁不釋，只愁今夜獄中難過。〔註47〕」

兩則都是以說書者說文王遭囚，做爲笑話憑藉的主要題材。小說將鄉下老者愚昧不化的見識，塑造成單純善良的人物形象，利用其粗鄙無知的特質以製造趣味。「愁文王」條則將士人食古不化的模樣，死讀書不知判斷事理的荒謬，進行醜化之譏笑。所以這兩則笑話雖有相同的題材，卻有著不同的含意。

〔註46〕同上註，頁664。
〔註47〕（明）馮夢龍：《笑府》，《明清笑話十種》，（西安：三秦出版社，西1998年9月），頁678。

5、吝嗇之愚

　　第七回藺嗇因兒子藺夛浪費用度，氣出病來。因藺嗇為人吝嗇，不願花錢請醫生看病，叫家僕隨便取藥草方子即可。此家僕因一向對他多有怨言，故意說：「昨日一個醫人說處士宜服白丁香、夜明砂，童便調下，這二味卻要銀炭灰煆煉過性。」結果藺嗇嫌銀炭灰浪費，決定單吃白丁香、夜明砂和童便，遭安人點破說：「白丁香、夜明砂俱是屎，童便是尿，叫老官兒吃些尿屎。」藺嗇聽了竟說二味藥尚得花錢買，若是人糞、乾狗屎可以代替，他情願吃些不用錢的人糞乾狗屎。等到藺嗇病情更沉重時，他不願治棺費財，要求將家中畫匣抬來作棺木，自己掙扎著扒起掙入畫匣，叫家僮蓋上匣蓋，自己擠身在內，等到再揭開蓋子時，藺嗇已經斷了氣。所以當親友們問其妻，藺嗇因何病亡故？他的妻子答道：「材緊一頓塞，便塞死了。」（頁104～105）眾人知道後且笑且歎。這一段故事將嗇吝之人的行事風格、嘴臉醜態，生動有趣的刻劃出來，描繪其特徵十分淋漓盡致，充滿著愚昧無知的可笑。

6、資稟魯鈍之愚

　　第三十五回油蒙心因為資質太過魯鈍，不適合讀書，但其父卻逼他一定得讀書，連續請了許多老師都無法受教有成，故將他關在一間屋裡自讀，長達三年之久。當鄰居從門縫間，看到他對著書頻頻點頭，猜想油蒙心終於讀書有成，所以請大儒前去考校一番。結果他笑著回答：「三年前我只道書史都是紙筆抄寫，如今看來都是刻板印的，所以點首。」眾人聽了哄然一笑。而其父竟然也笑著回答：「兒子你閉戶三年，得了這個穎悟，卻也不枉了我做父母的教訓。」然後就開始問家僕說：「府縣幾時考童生，且報個名字去考。」（頁532）看來兒子之魯鈍，與父親之昏庸有關，充分表現出人民信奉讀書、企求仕宦的迷信愚昧態度。

7、誇逞妄想之愚

　　第四十三回婦人絮叨的念著：「左鄰右舍聽著，我家公公新做了壽官，兒子巡司做了門吏，昨日伏雞生下了一卵，財主籌該一二年便做，丈夫近又當了舖兵，那個官府敢不讓他前導，你兩鄰再來欺我家有錢有勢的官宦。」（頁657）而老者解釋從母雞生蛋、蛋生雞、換綿花織布、布賣銀子、銀買羊、羊生小羊、養壯了賣了買小船，一兩年後就可積聚錢財成財主。大儒和寶光分別笑著出言相勸兩人。婦人的誇逞和老者的妄想，搭配成了一對理想虛幻的世人愚昧寫照，這是對小民無知醜態的描寫，多麼可笑又多麼令人同情，原來他們的快樂這麼容易滿足，卻又是這麼不容易達到。

（三）荒謬官場類型

1、官吏香屁

第五十回中有一官吏在眾人面前放了一屁，他人都趕緊掩鼻，只有名叫馮迎（綽號三就先生）之人：「把鼻子嗅了兩嗅，道：『香的緊，大富大貴，真是有錢的氣味，放出來也是香的。』這官府心裡便喜歡起來，叫廚上備酒款留馮三就。」（頁751）這種典型的香屁故事，世人拍官員貴人馬屁的笑話，在馮夢龍的《笑府》卷八刺俗部中亦有「屁香」故事：

> 有奉貴人者，貴人偶撒一屁，即曰：「哪裡岐南香？」貴人慚曰：「我聞屁乃穀氣，以臭為正，今香，恐非吉兆。」其人即以手招氣嗅之曰：「這一會微有些枯辣氣〔註48〕。」

將既巴結又急智的逢迎諂媚者形象，描繪得十分精彩有趣。相較之下，小說所塑造的馮迎角色，就顯得可笑又可憐多了，也對官員無愧色的失禮行為，又喜聽如此噁心巴結的反應，給與嘲諷。

2、荒謬的審案過程

第十回有一位卜知事，斷案全憑其娘子的主意。將屏風剜了一個小孔，娘子在屏風後坐著，卜知事從小孔看娘子的手語來發話。當娘子把右手指向左掌一打，伸了五個指頭，卜知事就把陸欲打了五板；但當娘子翻轉手掌，意為再打五板、一共十板時，卜知事誤會其意，就把陸欲翻轉過身體，結果「不防那腰間陽物直舉，且是太巨，娘子看見，把大指一咬。」（頁145），如此一來卜知事又誤會了，竟「咬屌他的」陽物，令在場眾人看了大笑。

這種斷案方式之荒謬，不僅顯露出官員昏庸無能的面貌，又以腥羶色彩之添加，渲染此鬧劇的誇張性。

第六十二回官吏史牙在判案時，同時責怪兩方人士，並威脅著要對兩方施加刑罰，令兩方都趕緊送米和錢。結果斷案時拿出竹板當堂豎立，以竹板倒下方向，選定責打的對象。結果竹板竟往官吏史牙方向倒下。再豎立一次時，就往公差面前倒下，史牙真的要刑打公差時，公差抗議說：「小人何干？」史牙回答：「公差打皂隸，熱鬧衙門罷。」（頁951）此種處置令在場眾人，不禁掩口而笑。

這件官司後來無疾而終，史牙拿了告官者和被告者的錢和米，卻沒斷出任何實情、審出任何公道。所以竹板倒下的方向，正表現出官吏有罪的事實，但官吏卻可處之淡然，毫不在乎的絕不認帳，十分厚臉皮。而竹板亦倒向公差，正暗示著此類

〔註48〕（明）馮夢龍：《笑府》，《明清笑話十種》，（西安：三秦出版社，1998年9月），頁700。

訴訟官司，公差是理所當然的受賄者，所以故事中雖未提及，卻藉此以說明內情。官吏最後要刑打公差時，說了一句俗諺形式的理由，將整齣審案鬧劇以開玩笑方式結束，表現出整段公案事件的荒謬性，當然也是一種反諷的嘲笑。

　　所以小說對於民間訴訟官司的觀點，藉由這些官場人士的可笑行徑，傳達出必無公正合理裁決之可能，所以採取一貫的反對態度，認為應該避免。

　　小說中對於此類故事的標示十分明確，總是「笑」作為故事終結的手法，因此可藉由笑話觀點對此類故事加以理解。從賴旬美所說的：「明代締造了中國幽默文學第二個黃金時代，笑話專著之多，更勝宋朝，是中國古代笑話大放異彩的顛峰時期。」〔註49〕對於明代筆記中大量的笑話記載，表明當時文風之趨向，以及民情之喜好，反映在《三教開迷歸正演義》小說的特色亦是如此，作者喜用詼諧戲謔的筆法，講述著一個個誇張動人的故事，既有諷刺嘲弄的意味，更重要的是為著商業銷售利益的考量，投民眾閱讀之所好，故採輕鬆滑稽內容為小說重點之特色。

〔註49〕賴旬美：《中國古代寓言型笑話研究》，（台大中國文學研究所碩士，民國 87 年 1 月），頁 47。

第四章 《三教開迷歸正演義》
人物和語言運用分析

　　本章將針對《三教開迷歸正演義》小說的人物和語言運用，進行相關問題的探討。期能理解作者在人物角色的塑造及意義上，進行何種巧妙的安排，並慣用何種模式以實踐其創作理念；而在語言運用方面，作者藉由何種語言模式的採用，賦予小說更多的內涵，以提高小說的意義和價值。

第一節　人物運用分析

　　《三教開迷歸正演義》的人物總數超過三百位，此數目不包括妖魔和迷邪角色，純屬人類角色的統計。此乃作者在開迷情節的故事編寫下之必然結果，既然世間有百迷，又另有一百七十二個迷，按照作者序言中所謂的：「非迷不足以見人，非開不足以見道」之創作旨意，書中的一迷，即代表著一位人物，那麼人物總數超過三百位，亦屬吻合的數目。因為《三教開迷歸正演義》以開迷為故事的主線情節，而這些開迷情節又以人物為故事進行的主軸，因此藉由人物角色分析，將能呈現《三教開迷歸正演義》故事內容的另一角度：開迷情節可說是為小說故事的「事」角度之探討，人物角色則屬「人」角度之探討。所以人物角色分析的對象，必仍屬「迷」情節的範圍，但為求與開迷主線情節單元有所區隔，本節內容論述時，採單純就人物立場分析，不再涉及迷的問題。以下將從人物的命名方式和出場安排方面，以及人物群像的塑造方面，探討小說在人物角色問題上的寫作手法和意義。

一、人物的命名方式和出場安排

因作者教化警世的創作動機，對於書中的人物，只重說理教訓的意義賦予，不重視人物性格、心態、言談舉止的塑造，因此創造的龐大故事人物，往往淪為平面單調的人物角色，缺乏藝術詮釋和深入刻劃，結果就是令人頗為失望的人物塑造。〈三教開迷傳引〉說：「彼其姓名事跡真實者過半，就中生一派光明正大之規，彼其借事托名立義者十三，其間雜一段詼諧笑傲之趣，是傳又堪與《三國》諸傳記并美也。」評論此書堪與《三國志通俗演義》媲美，實是顧起鶴基於推薦書籍的目的，誇大此書的價值；但其說出的人物「姓名和事跡真實過半」，指出的「托名立義」，即為作者的人物命名方式。而〈三教開迷演義跋〉也說：「其中事跡若虛若實，人名或真或假，且信義而筆，無有定調。」亦是點出小說中人物取名和情節虛實的安排方式。因此小說中的人物定名方式，是本書值得關注的一項重點。

（一）人物的命名方式

作者為了方便讀者理解人物在故事中的角色安排，以及為求人物角色的故事意義，能一目瞭然的直接認知，採取特殊的人物定名方式，堪稱創舉。作者對於書中人物的名字，採取的取名方式，有三種：一為諧音命名，即取音相近的字，為人物命名，以影射人物的人品性格、際遇遭逢。二是原字原義命名，以明確的字詞語彙為人物定名，直接揭示人物的角色特徵和故事意義。三是拆字命名，人物名字可組合成一個特定意義的字，造成文字遊戲的趣味感。對於三種模式的命名方式，介紹析評如下：

1、諧音命名

諧音命名的方式，有單字諧音以示此人的品德心性，如吳仁：無仁，吳情：無情，戚情：七情，蘭薔：吝嗇，辛放：心放，賈忠厚：假忠厚，賈失常：假失常，王恩：忘恩，石義：失義，馮迎：逢迎。也有兩字全屬諧音運用的命名，如范保：飯飽，顏素：嚴肅，殷獨：陰毒，將人物在故事中的性格特徵，清楚表明。

除了以諧音命名方式，表現人物在書中的角色特性，作者亦會藉由諧音取義的人物名字，隱含此段故事的主旨，如鄭撞著：正撞著，是這位男子正撞著江湖仙人跳技倆的女子，芳心歸屬投奔於他，因此人物名字象徵著作者在此段情節故事的用意。

2、原字義命名

藉此種取名方式，清楚告知讀者此段情節的重點，簡化人物的背景介紹和事件

的細部描寫，如獅吼，一看即知是敘述怕老婆的故事。再如居求安、食求飽，亦是對於處士居安食飽的享受心態，藉由名字的稱呼方式，清楚傳達；賣包子老者的三位女婿：獃不了、不了獃、了不獃，三人癡呆的性情特色，也是令人一目瞭然。貢元、萬戶的文武官員身份，丁不知的一字不識，士人患得失的患得患失，強梁的霸王個性，都是透過原始字義的命名方式，表達出作者對於人物的角色安排。

當然這種取名方式，太過牽強，不像一般人所擁有的正常名字，這種情形出現多了，不免令人心生懷疑。所以作者有時將此類原字義的命名方式，稱呼成「渾名」，如夢裡醉、醉裡夢、兩面刀，就直接說明此為人物的渾名，非真正的名字。有時是作者在一些看似正常的名字之外，再藉由渾名的取名方式，點出人物的特徵，如張毛兒的渾名為油裡滑，湯卜德的渾名為滑裡油，穆法的渾名為鑽過不惹油，這三個人都是偷兒的角色，只從名字無法見到人物特徵，故作者安排渾名，讓讀者從渾名知道人物在故事中的角色意義。也有時是作者藉渾名以加重說明此人物的特色，賴麻子的渾名為扢搭臉，戴撇手的渾名為騙子手，都是重疊性的特色取名。除了上述的渾名，作者亦以綽號、別號方式，稱呼此類的名稱，如米水田的號為患為師，經年的別號客遊，都是作者在此類原字義取名方式中，運用成為人物特性的補充說明。

3、拆字命名

這種命名方式僅出現在第二十五回，貝戎為賊的拆字，即此人為盜賊之身份的揭示。此種名字取法十分有趣，王師三慶教授稱此法：「有如國劇臉譜，一望即知其寓意概念，卻也顯得十分荒誕〔註1〕。」

以上三種人物的命名模式，以第一種的諧音命名方式，作者最常使用、比例也最大。除了真實的人物名字如馬湘蘭、顧起鶴等，作者少以正常方式為人物命名，清一色的都有所隱喻和內涵影射意味，可謂作者創作上的一大特色，企圖以此標記方式，明白宣示此小說的道德訓誡意義。雖然作者的創作用意能確實達到，讀者能因人物名字，立即了解到作者的情節安排主旨，但也失去了小說摹真寫神的真實色彩，以及人物稱謂上的文學藝術性。

對於人物命名的要求，中國古代小說批評者對此亦多所著墨，孫遜、孫菊園編著的《中國古典小說美學資料匯粹》中曾以「各盡其妙，各得神理」盛讚古代小說的人物命名和稱謂藝術，尤其是《紅樓夢》的人物命名，除了「一如人物外貌描寫」，

〔註1〕王師三慶教授：〈三教開迷歸正演義讀後〉，《1993 年中國古代小說國際研討會論文集》，（北京：開明出版社，1996 年 7 月），頁 255。

更能「一洗小說窠臼」,「破除紅香翠玉等惡習」〔註 2〕。因此可以看出《三教開迷歸正演義》小說,其人物命名之所以失敗的原因,正是缺乏巧思構想的藝術色彩,徒留草率粗糙的標誌概念,淺顯簡單的令人失望極了。

(二)人物的現身出場方式

《三教開迷歸正演義》以「說理」歸正爲故事最重要的主體,事件之發生、情節之推展,無不圍繞著儒道佛三教的代表人物:宗大儒、袁靈明、寶光爲中心,展開一段又一段的故事,此屬周中明所說的「以人物爲中心的網絡結構」〔註 3〕。作者安排人物現身故事的出場登台方式,有三種最常見到:一是大會串的人物排比,二是雙人的正襯和對比,三是珠串式的接續登台。以下分述之:

1、大會串的人物排比方式

作者爲達盡情說理之目的,爲求論述最多項目的道理,往往一下子介紹出多位人物,讓三教三人一一破解迷思、化解弊病,以塑造三人高明智慧和超強手段的形象,如第七十九回的甘巴、甘掙、甘熬三兄弟因爲禦妻無方,使得家中的妯娌失合,家庭糾紛不斷、爭吵不安,由大儒據理直斷其中是非,使得一家子心服口服。第八十一回的旅店主人解代,以及其弟解池和解惰,都是著了懶惰迷,開店懶散怠慢,讓大儒們對三人開導一番。第六十四回的蕭遙三友和其妻,共有六位人物的出場,各有各家的糾紛情結,聲勢亦是浩浩蕩蕩的。大會串的人物排比模式,除了解決一連串疑難雜症的用途之外,也藉由一連串的人物出現,突顯故事的問題所在,方便三教之人對症下藥,如第二十四回楊譽的四位小友:趨炎、附勢、敬富、欺貧,一起出場,顯示出楊譽喜愛他人奉承、嗜好他人喜悅的毛病,讓大儒出言勸解。

但是最常有的情形,往往是作者在眾多人物出現的情況下,未加上多少的個性描繪,也無太多的情節安排,僅是人物角色的數量擴充而已,將多位性質相近和相關的人物,作一整套的排列式推出,如第二十八回勾絞星的五位朋友:惠幫閑、溫酒鬼、莫開口、熟絲竹、慣樗蒲,第三十一回五位惡少:笑中刀、白日鬼、囫圇吞、史潑皮、歪絲纏,第二十一回大言和尚、不慚僧人、不休僧人、不止僧人、不了僧人,及不了僧人的俗家父母兄弟:談天、論地、說謊、吊詖,第二十四回的無盡長

〔註 2〕孫遜、孫菊園,《中國古典小說美學資料匯粹》,(台北:大安出版社,民國 80 年 1月),頁 149。

〔註 3〕周中明:《金瓶梅藝術論》,(台北:貫雅文化事業有限公司,民國 79 年 8 月),頁 288。文中說到《金瓶梅》是中國長篇小說藝術結構的一大重要突破,由以故事爲中心的板塊結構發展,演變成以人物爲中心的網絡結構。觀察《三教開迷歸正演義》小說中的藝術結構,亦屬以人爲中心的網絡結構。

老、胎元高僧，和三徒弟從卵、從濕、從化，第四十六回的柳嬌嬌、祝翠翠、梅瓊瓊、桃夭夭、榴焰焰、李素素，第六十五回的四貝道、梁上君子、白日攫第九十五回任腸、任肝、任膽、任肺、任胛、任腎、任眼，都是一簍筐的人物出場，但是對故事的情節脈絡，實際上並無太多影響，甚至對主要人物有混淆的敗筆作用。《中國通俗小說理論綱要》提到一種「正襯」的雙人刻劃技巧，「作者故意安排性格相類相近的人物在一定的情節中進行比較，讓讀者自己去分辨他們的『同而不同處』。」〔註4〕以此正襯概念看待《三教開迷歸正演義》這種大會串的人物排比方式，亦能足資解釋此種人物的運用手法；當然尋此說法亦可明白《三教開迷歸正演義》之所以失敗的原因，即是此正襯技巧乃是一種「犯筆」，要「善用犯筆而不犯」為高難度的寫作技巧〔註5〕，作者刻意寫作、又不妥善處理的結果，不免令人有隨興任意的粗率感。

2、雙人的正襯和對比方式

雙人的出場方式在《三教開迷歸正演義》時常出現，一種是上述提及的正襯筆法，兩人的類型相似，置於故事中一起出現，造成突顯相關主題的作用，如蘇三白和五加皮都是釀酒販售的商人；牛公畢老是所謂的牛鼻道士；旅店中的顧工和傭作二人，皆是幫傭受雇他人的角色；寧給和單謔是擅長言語戲謔他人的兩位處士；吳所用和吳所成是一事無成的兩兄弟；吳解和越深是世仇深重的兩人；蕭洒和蕭遙是處世態度相近的父子：商天經和韋地義是幹傷天害理之事的衙門公差。這些都是性格相近、行事作風相同，或者是彼此關係密切的兩人，因此作者置於同一處進行描寫，讓小說此處故事情節，因相似的兩人，產生加分的效果。

反襯是常見的一種小說雙人刻劃技巧，將「兩個性格相異的人物在一定的描寫進行對比，使各人的人物彰明較著〔註6〕。」因為對比式的人物描寫在戲劇效果上最為顯著，故《三教開迷歸正演義》小說中出現的情況亦不少，如景洁和計得之，分別代表士人出處的兩種際遇和寫照；宋忠和吳有這一對丈人和女婿，分別代表治棺和賣藥兩種行業的衝突；富饒和向言也，是財主和依附的幫閑者，一驕狂一卑污的對比；吉造和舒徐這一對性情迴異的朋友，各有行事上的荒謬特徵；任嚴和任寬是對待家僕過與不及的兄弟。這些都是藉由對比的反襯方式，突顯人物的特徵，造成趣味效果，令人產生深刻的印象。如果按照夏文仁所說的良好對比條件：著力於

〔註4〕謝昕、羊列容、周啓志：《中國通俗小說理論綱要》，（台北：文津出版社，民國81年3月），頁135。

〔註5〕見上註，頁135所引張竹坡《批評第一奇書金瓶梅讀法》的文句。

〔註6〕見上註，頁135。

性格特徵的對比，對比要突出，對比要真實自然〔註7〕。則《三教開迷歸正演義》在三個條件中就屬第三項條件不能符合，因為其人物塑形的真實感不足，而且對比安排的故事情節亦顯得過於突兀。這應該是小說中普遍存在的一種問題，例如治棺的宋忠和賣藥的吳有，丈人與女婿的行業相衝突，卻又選擇比鄰而居，並且時常不顧對方顏面的出言批評、橫奪生意，於情於理方面都無法令人信服，因此就算是對比強烈、人物特徵鮮明，仍失說服人的真實感。

3、串連式的接續登台方式

　　《三教開迷歸正演義》以三教三人的行進路程，漸次開展故事。而此行進目標，一為開迷，一為追尋林兆恩的足跡，因此故事的主體脈絡是圍繞著三人而發展的。而眾多人物的登台方式，即是伴隨著三教三人的行經路線，在特定地點逐一上場，然後再由這些人物作為串連媒介，導引其餘人物。如三人最初聚合的渾元廟，即引來了辛德等五位鄉里處士和潘鏡若武解元，再串連出戚情等五位歪邪子弟，以及帶出張毛兒等三位偷兒、三位妓家女子，這些人物都是串連式的接次出現，有所關係。第三十二回大儒三人在西湖作汴長老寺中暫住時，引來駱閑散、居求安等三位隱士登門拜訪，再由駱閑散的甥婿甄狂，帶出一肚拐等三位幫閑人物；而由居求安引出兩位鄰居吳有和宋忠的紛爭故事。

　　這種隨著據地的轉移，讓三人破迷行徑得到最完善的發揮，讓這些有迷在身的人物，獲得大儒們一一的破迷救治；一旦有迷在身的人物，本身迷魂被大儒們破除了之後，即介紹其他人物讓大儒們發揮破迷功力，例如第十七回夏常秀士的迂腐迷和窮酸迷被大儒破了之後，夏常秀士帶來了鄒一聯詞人，讓三人破了其矜肆忿戾二迷。第三十八回因為寶光破了黃謊的欺罔迷，同行的僧人回寺告知院中長老，長老派人請寶光前來寺中，開破多忌禪師的疑忌迷。第三十一回與大儒們同行的醉裡夢，引來何欺善，再牽連出白日鬼等五位惡少。等到同一地點的破迷人物，累積到相當的數量，作者就會安排三人接獲林兆恩最新的訊息，再度動身前往另一地點。於是停留定點和旅途上的遭逢人物，都成了故事中的人物角色，而這些人物多數如串連方式接續上場，作者安排人物之間有著親朋好友之類的微妙關係，以製造人物們相遇聚合的合理解釋。此種方式與張世君分析《紅樓夢》的空間敘事之頂真手法相似：「場景與場景之間的分節，有時也類似於頂真手法，既以場景敘事結束時的自然段末句提到的人物，做下個自然段敘述的開端人物，由這個人物引出新的場景敘事〔註

〔註7〕賈文仁：《古典小說大觀園》，（台北：丹青出版社，民國72年），頁101。
〔註8〕張世君：《紅樓夢的空間敘事》，（北京：中國社會科學出版社，1999年11月），頁124。

8）。」由前一段故事的人物帶出下一段故事的人物，作為小說中人物們出場模式之一，也是小說故事向前延伸展開的方式。

因此故事整體看來，書中的眾多人物都背負著有迷在身的罪責，等待著三人的開導；而所有人物的出現，都僅為造就三人的開迷事業。再加上所有的人物，都是作者所製造出來的社會關係中之一員，在一切都太過合理化的要求之下，反而顯得十分突兀。

二、人物群像的塑造

（一）主要人物

全書最主要的人物為宗孔、寶光和袁靈明三人，分別代表了儒佛道三教，由三人追聖訪道的遊歷行徑，漸次展開書中大大小小的故事情節。另外，辛知求勉強也算是一位主要人物，大儒三人的遊歷行徑，辛知求全程陪伴，故事中發揮不少陪襯效果和關鍵作用，因此可算是一位主要人物。

1、宗　孔（字大儒）

宗孔，字大儒，在書中多半稱其宗大儒，以標榜其儒者身份。第一回介紹其來歷為「湖廣長沙秀士」，屬福建莆田林兆恩的門人。宗大儒的交友類型甚雜，遊學金陵寄居道院時，與道士袁靈明為友。書中稱莫逆之交的人物有兩位，一為第十五回中的童鎔（字勾金），屬林兆恩門下的弟子；另一位則是第四十五回中的王三水，則屬維揚鹽商的身份。第九十六回中的王敬捕衙，也是與宗大儒交契的朋友。這些人物都是作者賦與宗大儒形象的背景資料，可見其交友廣闊、品類甚雜的平民儒者特色。

雖然儒釋道三教人物，在書中的份量和形象，是平分等量的崇高，但釋門寶光和道教靈明，在書中仍有失節妄念的情節，以營造小說戲劇變化的高潮效果，如第二回靈明因貪酒而失丹頭法力，第七十一回寶光因先前的動念不正，遭妖狐變成蟒蛇。只有儒門的宗大儒，作者基於同屬文人身份的立場，始終給與最高潔的形象塑造，絲毫不見其不良行為的情節描寫，且是三人中說理最多，百迷不侵，功力高強的模樣。如第九十二回禿廝兒和尚「不敢干犯大儒，見了大儒形狀，便恭敬行一個問訊」，而且其厲害的法寶吸魂瓶，可奪靈明寶光的魂，卻拿宗大儒沒辦法，據宗大儒的說法是：「小生所以守我夫子聖訓格言，不語怪力亂神，非禮勿視，他何從借聲吸得？將我迷得眼？」（頁 1415）所以作者編撰邪魔怪事情節時，不是將宗大儒自然隱去不提，就是刻意安排宗大儒避開，如第八十五回鼠精來到大儒們的客房，書

中只說鼠精欲咬靈明寶光的衣冠，卻讓同房的大儒安然無事。第四十五回靈明處理二屍爭競墳山事時，即要大儒避開。在第六回妖狐化身女子引誘宗大儒的情節中，作者將宗大儒正氣凜然的模樣生動描繪，並且以「鏡若子」真實身份說一篇古風，對此事大加評論，表現對正氣推崇的態度。

另外，大儒說理論道的內容，為作者刻意展現才學見識的部分，論說議題十分廣泛，或談士人出處、文武官相待之道，或論人生貧富、世間苦樂之理，也對家庭問題、社會行業問題提出看法和解決方案，或以「宋時有個岳武穆說的好，文官不要錢，武官不怕死。」（頁941）引用說解為官之道，表現出一付無所不知、無所不論的博學模樣。

宗大儒為主角們的發話代表，一行人不論走至何處，都因宗大儒的儒者氣象受到他人的尊敬，看來作者對宗大儒此人物最為厚愛，給與極完美的形象，是一位集智慧和修行於一身的人物。

2、袁靈明

靈明這位道士的形象，一開始不太良好。先安排他在第三回中因飲酒過量，失修持丹頭，以致靈丹遭妖狐吞食，使得妖狐魔力增強，更加作亂滋事。再於第四回中透過大儒的說明，才知靈明離金陵道院，來到渾元廟的原因，就是因為靈明在治院縱酒，遭道友們厭惡，才避居渾元廟，可見其不守戒律的行為。雖然作者安排故事後續發展中的靈明，因為謹守戒律、勤勉修行，漸漸回復丹頭法力，成為能召神將除妖、有道行之正乙道士，但作者描寫此位道士形象時，時常編寫其為達破迷目的，竟會使計說謊，有時甚至有毫無慈悲救世心腸的冷酷舉止。如第十九回寫他初怕麻煩，不肯施法術開解村夫愚婦的愚昧，後來又以巧計的謊說方式，開解兩人的迷處，這樣的行為，甚至惹來寶光稱他作「扯謊道士」；第七十回靈明謊稱自己不久前曾為人收妖，以稱說女子為妖的方式，消除老漢責怪兒子的恨意，破解一家人的無義迷；第五十六回謊稱凌若仁被奪的田土，五年之內終將歸還，並且還立券以誓。對於靈明這種隨意扯謊的行為，作者在第八十五回對此種行為加以訓示糾正了一番，當靈明召來神將，詢問所收禁的群迷狀況時，神將回答因為靈明先前以燒煉事愚弄了吳有，即是「偏了正念走入邪途」，使得群迷群起作亂、差點逃走成功，靈明聽了之後才反省自身的失言。而靈明道士的缺乏慈悲心腸情形，可從第六十八回中看到，當二賊的鬼魂前來請求超渡時，靈明竟然答以「誰與你超度！」這麼不像出家修道者所說的話。第七十二回妖狐好意幫襯靈明說詞時，卻反遭靈明執意殺害，而此次靈明無慈悲之心的行事風格，也差點為自己惹來殺身之禍。

而且靈明似乎頗爲小氣，遇人請教正乙道法時，絕不肯傳授一二，如第四十三回面對女巫的誠心請求，他僅以「天下道法，總是一個師傅。」話語打發。連第八十八回辛知求向他請教玄教功夫時，他也是說「從吳杭而下，自維揚而上，天京已到，直下海洋。其間險阻艱難，俱已歷過，功夫自可推原，又何勞小道呶呶於口。」然後表明「呼神請將」工夫乃「吾師祖衣鉢傳流，未可輕以授受。」（頁 1348）可見靈明對於道法的不敢輕授，視自家正乙道門爲無上崇高的宗教派別。

另外，靈明的言談亦論述世間各事、社會百態，也不僅限於道門領域。在第二回渾元廟的講道內容中，作者安排靈明講善惡報應之理；第十一回論本門正道時講金丹祕訣，仍有濃厚的道教思想。當然一如作者凡例中所言，「怪孽妖氛則用靈明剿」，靈明在小說中最鮮明的形象和功能，仍是其斬妖除魔的行止。

3、寶　光

第一回介紹寶光來自於四川的蛾眉山，爲一位遊方僧人。當他來到崇正里化緣時，受林兆恩的邀請而至渾元廟中，後與大儒、靈明相伴遊歷各地。作者在書中對寶光的形象塑造，有第四回「五色毫光，罩著一個寶塔」的崇高形象，這時連妖狐都稱讚寶光是「有些來歷」的高僧；在第九十二回中禿廝兒和尚的銅鏡亦照出寶光爲一尊羅漢的模樣。他是一位標準的慈悲爲懷之佛教徒，如第四十五回靈明對二魂爭競墳塚的情形、發怒之下欲以掌心雷擊滅，這時即由寶光表示慈悲不忍心的立場，勸阻靈明的行爲，由寶光柔性勸告方式以開悟二鬼。當寶光在第五十四回看到屠戶殺豬時，也會買下豬隻以阻止屠戶殺生。

但形象一向良好的寶光，也曾因一時失足而受罰，第七十一回中他因化身成蟒蛇形像，前往勸解花蛇時，有不實之謊言，以致後來被妖狐所化身的道人變成了一條蟒蛇。幸賴他能把持正念，方可回復原形。另外寶光除了會說理，且以慈悲服人之外，也是靈明與妖魔鬥法的好幫手，如第六十六回陀頭和眾盜賊結合，與靈明對峙鬥法時，幸賴寶光或閉目入靜、或叫名破法，一行人才能安然過關；第六十八回再度與陀頭對決時，也是寶光唸一聲「觀自在眞言」，才化解危機。另外，寶光亦懂異術奇法，在第五十四回中，自稱幼時相隨神僧習得夢術，並且藉此夢術開破屠戶的殺生迷。第五十五回中又以大段文字說解夢術的三種層次。

寶光說理的內容，雖常引用佛經以論說，如第十五回引楞嚴經勸解患得失之迷，但也因說理常採儒門道理，而遭來非議，如第二十九回引孔子之言，即惹來吳所用不服之語；第五十八回寶光大談世間父母兄弟相處之道，也惹來王一本質疑寶光：「一個披剃僧人，如何說的都是儒門的道理？」（頁 891）當然寶光亦以釋門立場，在第

五十九回中，對牛一的投胎轉世疑問，給與佛教「一切見在如來善知識」（頁 903）的定義。

4、辛知求

　　辛知求本名辛放，爲辛德處士的癡呆渾沌之子，到了二十歲仍未曾出過門，終日只是兀坐堂中。等到宗大儒破其混沌，他卻又矯枉過正，反成浪蕩狂妄之人。後來受到宗大儒言語的點化，成了宗大儒的弟子，改名辛知求。自從大儒們第十四回離了渾元廟後，辛知求即一路同行相隨，扮演著一位操行不高、立意不堅、修道不精的角色。不是淫欲未斷差點嫖妓，就是謊稱選妾，隨著媒婆們到處貪看美色。他三番兩次的闖禍惹事，引起爭端：放白鴿子的仙人跳、柳樹精色誘的情節、貝戒的誘拐、俏兒的出家等事情，不是因他而起，就是與他有關。因此作者安排辛知求角色，以製造大儒一行人的多事情節，豐富故事的變化性，更能產生陪襯大儒們高潔形象的對比效果。

　　第七十五回辛知求認爲自己跟隨大儒們這麼久，應該也會開迷講道，並且評估甘巴兄弟的妯娌問題應該不難勸解，因此辛知求自行承攬開迷業務，私自出馬前往開迷。結果惹來眾婦女的怒罵，險遭到一番棍打。此回內容，除了刻劃辛知求學道未精、輕妄開迷的莽撞可笑舉止，亦突顯了開迷之事的不易，非常人所能爲。

　　故事結束時的安排爲：林兆恩仍留一部三教宗旨之書，即辭別眾人離去。寶光和靈明皆辭世坐化，只是一爲火化凡身、一爲尸假方式，然後兩人的元神又於眉山相會。而宗大儒受到陳總兵的聘請，與總戎參畫機務，因寶光和靈明時時前來暗中相助，讓宗大儒戰功連連，以致日後加官晉爵，衣錦榮鄉。辛知求則聽從大儒勸說，完成終生大事以傳宗接代。

　　作者自定的書前凡例之第二則說：「本傳三綱五常則用大儒開，情欲邪淫則用寶光破，怪孽妖氛則用靈明剿，總是仁者一心。」已將人物在故事中的責任歸屬，劃分清楚。在故事中的寶光，亦曾於第三十八回勸化眾僧和多忌禪師之迷時，因一人獨自開迷未盡全功，而有懊悔結語：「我不合自己一人到此破迷，撇了大儒靈明幫手。原是三教合一，我自家法眷便梗化至此。」（頁 579）顯示出作者強調三人共生合力的一體性。所以故事中的主要人物，圍繞著開迷除邪的故事主題，進行人物的角色塑造；主要人物的角色功能，亦以勸世警惕爲最重要的人物意義。

（二）次要人物

　　出現爲數眾多的次要人物，依其身份背景，約可分成五種不同的類型。

1、士　人

　　書中對於此類人士的稱呼各有不同，稱「處士」的人物非常多，但類型各異，代表的人物特質亦不相同，如第一回中崇正里的五位處士：吳明（不明理）爲「淺衷狹度的處士」，辛德（處心以德）「忠厚誠實的處士」，蘭嗇（吝嗇小氣）爲「刻薄貪財的處士」，蕭閑（瀟灑閑散）爲「磊落不拘的處士」，費用（花費過度）爲「奢華好勝的處士」；他們的行事各異，皆爲地方上深具影響力的鄉紳財主，作者並未指出這些人是否皆爲受過教育的文人，但代表了地方上不同類型的勢力份子。第二十一回稱寧給和單謔兩人皆爲處士，兩人都屬文人身份，只是一話多、一喜謔人，都有行事異常的人格特質。第二十一回的處士常謙，爲年高六旬的富家長者，且有「一子科貢，顯名鄉里」，但舉止過分謙虛，不合常理。

　　稱爲「隱士」的士人，有第三十一回的駱閑散、居求安、食求飽三位隱士，各以別號自稱，表現出個人對生活無所要求的士人賦閑隱居態度；第三十七回的王情隱士，在故事中爲一位對馬湘蘭老妓始終無法忘情的文士。

　　書中稱秀士的，有第十七回的夏常秀士，爲家境貧困的窮秀才，和第二十七回的費心思，爲對寫作詩文費盡心思的人物。

　　另有一些書中稱之爲士人的人物，行徑十分奇特，如第二十四回的楊譽，喜聽人稱譽；第二十八回的吳所用，散閑度日無所用；第四十四回的谷禮浩，高潔過度。

　　另外有一些士人書中雖未明確稱其身份，但由內容敘述中，仍可找出其士人身份的線索，如第二十二回狂妄口無摭攔的吳繼旦，第五十八回清高過度的樊士佳，第五十二回隱埋功名、強忍恥辱的仲魁，都是一些特立獨行的士人。第十九回的蔡清、第二十二回的尤豫，同樣都爲妻妾問題困擾的富家人士，書中雖未揭其士人身份，但從故事的敘述內容，可推知應同爲家境優渥的文人。第十六回的范保和童鍿，皆爲有錢的財主，仍貪心不足的試圖靠煉丹積聚更多的財富，童鍿屬林兆恩門下的弟子，但書中稱他爲「功名不就」的士人；范保的受教育與否，在書中則未明示。第十八回傅饒說自己「生長殷實之家，實是未諳禮義之語」，是一位富而不好禮的人。

　　另有一些圍繞在富家財主周圍的人，雖未稱呼這些人爲士人，但仍可看出其必受過一定的教育水準，並非無知無識的人。如第十八回的向言也，爲對富豪財主卑恭屈膝的貧士文人，如第二十四回的趨炎、附勢、敬富、欺貧屬狂妄無禮的後生小子，第四十九回阿諛奉承官吏的馮迎。

　　在小說中這群受教育的士人階級，有著各式各樣的迷思弊病，作者以同爲士人身份的了解，對於這些有迷在身的知識份子，提出警戒諷喻的建言。此類人物爲故事中份量最重的一群次要人物，不僅人數眾多，描寫情況亦最詳細，爲作者所注重的人物角色，有相當多藉托蘊藏的涵意。

2、官場人士

第十四回的計得之，已年高七旬，且官至極品，宦囊富饒，卻仍不肯致仕告老，依舊在官衙內算計收取賄賂金錢事宜，一付愛財貪官模樣。第十回的卜知事，審案斷案全憑老婆主意，以致問案時當庭鬧出笑話。第六十二回的史牙，更是毫不知恥的貪婪索賄。第八十四回的單曹官，作者稱其「治過大邑，也是有才名的，且好管閑事」，但論斷假托熟官司時，卻拿不出任何辦法，更別說是明察秋毫，只會威逼屬下、請靈明召神將調查。第六十三回的關赦、商天經、韋地義都是衙門公差，因涉及偏私不法公事，以致家中有所缺憾，或無男、或無女、或子女不孝。第六十七回的安邊，是個接官的武職，受到駔宰重文輕武觀念的冷淡。第七十回的萬火牛，為文職的稅務官，有著利欲與良知的兩方掙扎。第七十四回的貢元和萬戶，分別為文武官員相輕對立的象徵。第四十九回出現幾位無名的衙門公役，書中以「書房」「門子」「典史」「皂隸」方式稱呼這幾位人物，由這些公門人物揭發官場黑暗面，再由大儒們一一評論建議。

所以這些官場人士的形象，不是貪財，就是昏庸無能，作者藉由這些揭示官場醜陋面貌的情節，傳達出社會大眾的不滿情緒，也符合了民間對官場的認知，產生閱讀上的共鳴效果。

3、宗教人士

此類人士可分佛道兩種，佛教方面的有：第九回的真空長老，習法不精的破獄走迷；第三十一回的作汙長老，現實勢利的兩面人；第二十四的胎元高僧，虛有其表的裝腔作勢；第三十八回的黃謊和尚，誇張隨意的信口開河；第三十八回的多忌禪師，心地狹窄的禁忌極多。而最富戲劇性的宗教人物，即是首度於第六十五回出現的頭陀，陸續出現在第六十六、六十七、六十八回中，與靈明們有幾番交手鬥法的精彩情節。

道教方面的有：在第十三回中大破狐妖的王林泉道士，但遭狐妖諷刺為愛財道士；第七回前來助陣的牛畢二道士，結果見錢心喜，全失法力；第十五回的全真道士，擅長以燒煉術騙財，而且全無悔意。另外有一些假宗教身份，行為斂財之實的道人，如第六十回一九分道人、第六十五回的四貝道人等等。

因此書中的宗教人物，皆有道行不高、利欲薰心、色欲自迷的弊病，代表了作者對宗教人士的負面評價，也是一種社會人士對宗教界的普遍認知，認為佛道淨地有不少的宗教敗類。

4、婦　女

女性角色在故事中全屬陪襯的次要人物，爲人世間的色欲象徵，如第五回出現的桃夭，其淫蕩的性情，連狐妖都對其大肆批評一番；第十回的妓女李美兒、馬嬌兒、馬俏兒，都爲恩客們紛爭的根源；第二十九回的賈忠厚之妻，則因水性楊花的性情終得悲慘下場。除了這些不正經的女子之外，一些良家婦女亦是家庭糾爭的問題徵結，如第十九回蔡清的大妻小妾，第二十二回尤豫之妻常氏和妾王奶奶，第四十一回河東人獅吼之妻，第七十五回甘巴兄弟的妻子們，作者認爲這些女子的爭競吵鬧，是家庭不睦的主要來源，在故事中大加撻伐。所以作者從傳統道學家女人皆禍水的觀點，認爲女子爲社會亂象之根源，一律描寫成負面的人物形象。

5、商　人

商人角色的人物有第三十五回爲訴訟官司煩惱的王三水鹽商，第四十一回在外經商多年的經年徽商，以及第五十七回販賣無用之物的朱玉販珠寶商，華而不實的吳綾布商，重利的祝利米商，都是作者批判的商業行爲，認爲經商無益民生，只爲個人圖利的行爲，所以一貫按上迷名。

6、無賴盜賊之人

此類人物的取名或令人一目瞭然、或十分古怪，如第一回中的戚情、陸欲、史動、吳情、蘭豸，爲鄉里無賴之徒；第七回的張毛兒、湯卜德、穆法，和第六十五回的梁上君子、白日攫，皆爲民間的偷兒；第六十七回的卜待時，爲一位搶劫之嚮馬人物。第二十八回的勾絞星、惠幫閑、溫酒鬼、莫開口、熟絲竹、慣樗浦，都是壞人心思、讓人傾家蕩產的博奕之徒。第三十一回中的五位惡少：笑中刀、白日鬼、囫圇吞、史潑皮、歪絲纏，都是金陵地區欺凌良善百姓的惡霸。作者對於這些人物，僅傳達著批判社會敗類、世間匪徒的意圖，並未對人物的性格和背景有任何刻劃，也是相當平面式的人物塑造。

7、平凡小民

故事中有相當多的平凡小人物，爲作者勾勒出的社會百態之一份子。如第三十六回的吳解、越深二人，乃深陷家族世仇泥淖中的小老百姓；第三十五回的宋忠和吳有，爲一對有職業衝突的岳婿；第三十回的虛花子，乃貧窮虛榮的小民；第七十八回的丁不知，乃不識字的百姓；第七十六回的寇經、卜遜、吳迷，都是鄉間老而彌堅的長者。諸如此類的平凡小民，都是作者根據社會基層百姓的特色，加以誇張的故事編寫，讓此類人物的形象生動有趣，成爲令人印象深刻的角色塑造。當然這類故事的娛樂效果十足，也深具反映社會現象的省思作用。

由上述次要人物的類型分析，可以看出作者塑造次要人物的形象，多採負面角

度的刻劃，不是安排他們具備迷魂作遂的背景因素，就是著重描寫這些人物惡行惡狀的行徑。然後再以運用大儒們破迷或懲處此類人物的結局，達到全書的報應和教訓意義。因此藉次要人物帶出精彩情節的段落，點出故事的主旨，是作者對此種人物塑形的重要指標，也是此書角色多為平面人物的主因。

三、眞實人物的描摹

出現在小說中的眞實人物有：潘鏡若、清溪道士、潘爛頭、顧起鶴、馬湘蘭五人，此爲作者刻意安排在書中的眞有其人之小說人物。但是除了馬湘蘭和潘爛頭人物，可於當代史料筆記中，考查出人物的身份背景和相關故事，其餘三人僅靠作者書中所透露出的訊息，得到眞有其人的認知，因作者對於此種人物的角色描摹相當特殊，雖未有更多的證據，仍將三人定位成眞實人物的角色類別。，至於小說中的林兆恩人物摹寫，將於第六章第二節中敘述，此處暫且不提及。

（一）潘鏡若

根據卷首題「九華山士潘鏡若編次」，卷前的〈三教開迷序〉署名「九華山士潘鏡若撰」，卷末的〈三教開迷演義跋〉中說到：「余友鏡若子潘九華，燕居撰三教開迷。」約可斷言本書作者確爲潘鏡若。

作者將自己置入小說的故事情節中，先透過他人眼光觀看此士人：「濃眉秀目，厚背聳肩，兩耳垂朝海口，麻衣相他太公八十遇文王；雙顴直拱天庭，日者算他鷹揚四九登虎榜，三停修偉，一貌軒昂，帶一頂四方平定巾，穿一件六雲細紵襖。」（第二回，頁31）的內容，進行自我外貌的描寫，然後再說明「這士人年近五旬，乃都城內一個武解元，姓潘別號鏡若。」明確地將自己擺放入書中。當大儒、寶光、靈明三人爲三教大殿中的三教聖位之主位，爭執不下時，小說中的潘鏡若現身解決爭主位的僵局，此屬作者運用故事情節，刻意的自我標榜了一番。第六回又對大儒正氣破妖狐邪淫的情節，以「鏡若子一篇古風，單道正人君子不貪邪淫，自有善報。」清楚地將作者個人的眞實身份加入故事中，藉韻文以發抒己見、長篇議論。最後的第九十九回，作者又刻意的安排鏡若先生出面，解決眾人爲渾元廟新鐘爭相命名的糾紛，一方面呼應第二回爭主位的故事情節，另一方面也是作者書末再度現身、自我標榜一番的用意。

故事中的潘鏡若角色，有眞實的摹寫，也有虛構的編造。對於年齡、籍貫、姓氏，以及家世背景，應爲眞實無誇的個人資料之傳達；至於武解元身份，以及相貌外形的敘述，應屬小說人物角色塑造的虛構誇耀內容。

（二）清溪道士

第七十三回插入說明文字：「卻說濟南府商和縣，有個滎陽潘氏，隨大明皇祖征進金陵，家世居京，代傳一個仙遊了的清溪道士，乃九華山士的先人。」（頁1211）接著故事中敘述著清溪道士騎仙鶴觀看兩隻妖狐作怪，最後一舉擒捉了兩隻狐妖，並且說道：「業障你豈不記得當年前代神仙，不忍傷你生命，故以石碑鎮壓。誰知後來移動了符章，走了你這業障。」（頁1124）事後假大儒和靈明的談論內容，又將此關係再敘述一遍：「大儒聽了說道：『潘神仙之後，怎麼又有個清溪道士？』靈明道：『小道也曉得前代有個清溪道士，人不識上天下天下鶴一隻，乃是九華山士的前人，是他把狐妖蕩滅了。』」（頁1136）再看九華山士潘鏡若的序文中說：「蓋予先嚴清溪道人喜談釋，嘗名緇辨難，塵情萬種，觸境皆迷，誰能剖破。」可以了解作者將其父親寫入小說中，描繪成一得道成仙的高人，並且附會潘爛頭神仙為其先祖。因此清溪道士是實有其人的神化塑形，為作者虛實交雜的人物運用手法。關於清溪道士的人物問題，王師三慶教授認為作者以別號的稱呼方式，和序中對其父親的描寫內容，「這點卻使人聯想到明末寫作《禪真逸史》及《禪真後史》二書的清溪道人方汝浩」，因而猜測或許作者的潘姓亦非真實？若再從《新編掃魅敦倫東度記》署名清溪道人著，華山九九老人述的情形看來，籍貫地名雖符合上述《三教開迷歸正演義》的資料，出版時間和兩人之間的關係則不能有合理解釋，因為不可能父親尚在，兒子先出版自己的著作。因此王師推斷：「唯一合理的解釋是《東度記》的作者因為不滿《三教開迷》的三教合一，於是杜撰出一部以佛理獨治群魔的小說〔註9〕。」其實作者在出版《三教開迷歸正演義》時，父親應已仙逝，這從序文中的「先嚴清溪道人」和小說中的「仙遊了的清溪道士」可以看出端倪。可能方汝浩的清溪道人與潘氏的清溪道人並無關係，這只是一個道教氣息的常用名稱。總之這些潘姓、清溪道人的故事人物，可當成是作者以真實父親身份為基礎，編寫出一段神話傳說，構成一段幻想式情節。

（三）潘爛頭

從小說首回內容中，即可見到對於潘爛頭的神化介紹。當時因為林兆恩問金陵治城道院的道士：一向住在治城道院的靈明，為何會到金陵秣陵縣開化鄉崇正里的渾元廟寓居？於是道士解釋渾元廟亦是上世師祖留下的香火，而此「上世師祖」即是「潘爛頭神仙」。接著林兆恩又問起為何稱「潘爛頭」？因此道士開始述說潘爛頭

〔註9〕見註1，頁249。

的故事：潘爛頭七八歲時即因天資異稟，可以師父傳授的符咒罡訣，召來金甲神人，結果因為孩童性格，不知天高地厚，竟「忽要淨手」，吩咐召來神將做「取盆水來」的芝麻小事，惹得神人大怒，「把手向道童頭上一指，指了一個窟窿，遂爛成了一個膿血頑瘡，久後做了個瘋癲道士。」（頁 4）卻也因此成了其招牌法術，只要他以頭頂膿血抹在紙上，就成了避邪除妖的超高符咒。所以當時人們都稱他為「潘爛頭神仙」。

《金陵通傳》中也記載此人的事蹟：

> 潘爛頭，江寧人。有道術，嘗於園上作法召神將，神怒以雷火燒其頭，遂病瘡。而或以為能掌心雷云〔註10〕。

此段記載雖簡短，但與《三教開迷歸正演義》敘述的故事要點大抵雷同，皆以不潔之事召喚神人，使得自身受罰。但此種處罰標誌反成道術靈驗的證明，讓潘爛頭法力得到宣揚的效果。當然《金陵通傳》中的人物記載較為簡單，僅點出金陵地區曾有過這麼一位形象獨特的道人，有著神奇經歷的傳聞。小說的敘述則頗多彩多姿，不僅將受罰原因解釋得較為合理，也對此位人物的奇能異稟，有著更多的戲劇性加強，並且安排此人事蹟成為小說故事的源起來由。

（四）顧起鶴

顧起鶴應當是一位真有其人的作者之友，從他為小說寫〈三教開迷傳引〉文中的讚美之詞：「是傳又堪與《三國》諸傳記并美也」，且堅信「是傳之不欺」，可看出顧起鶴對此書的推崇。作者亦兩度安排此位真實人物出現在故事中，第一次是第四十一回大儒們遇舟中有處士悲泣悽愴，尋問之下，此人答道：「小子姓顧名起鶴，家本湖州，世居白下。實不相瞞，卻也是個縉紳後裔，只因生了一個兒子喚做攜龍，今年二十多歲……」（頁 615）接著敘述悲泣原因，為著此清秀傑出的兒子夭折而逝之事。於是大儒長篇言談，以令郎位登仙籍的說法，勸慰了顧起鶴的喪子之痛、不再傷悲。引文顧起鶴的署名為「浙湖居士顧起鶴」，正與上述人物的表白相符合。而此喪子之事，或亦屬此人真實的遭遇，作者以好友身份特定安排此一情節，藉故事中的大儒之口，勸解朋友的傷痛。真實人物的真實事件，使得此段情節在小說中顯得別具涵意。另外，作者在第九十四回中突然又加入了一段「是後處士顧起鶴看到此處，有詩說道……」（頁 1452）亦可證明顧起鶴確為真實的人物，因為作者書寫相當多的「後人有詩」「有人」等詩評，而此類詩評開場模式中，除了曾出現過的自稱鏡若子人名之外，就只有此處出現的顧起鶴人名。

〔註10〕《金陵通傳》，《中國方志》華中地方，第三十八冊，（成文出版社），頁 1460。

（五）馬湘蘭

馬湘蘭為明代實有的一位金陵名妓。明代江盈科《雪濤諧史》和馮夢龍的《古今笑》都曾計載此妓之事：

> 金陵平康有馬妓曰馬湘蘭者，當少年時，甚有身價。一孝廉往造之，不肯出。遲回十餘年，湘蘭色少減，而前孝廉成進士，仕為南京御史。馬妓適株連入院聽審御史見之曰：「爾如此面孔，往日乃負虛名。」湘蘭曰：「惟其有往日之虛名，所以有今日之實禍。」御史曰：「觀此妓能作此語，果是名下無虛。」遂釋之〔註11〕。

> 金陵名妓馬湘蘭以豪俠得名，有坐監舉人請見，拒之。後中甲榜，授禮部主事。適有訟湘蘭者，主事命拘之。眾為居間，不聽。既來見，罵曰：「人言馬湘蘭，徒虛名耳。」湘蘭應曰：「惟其有昔日之虛名，所以有今日之奇禍。」主事笑而釋之。湘蘭死後，哀挽成帙。或謂張賓王曰：「聞君有祭文甚佳。」張曰：「吾乃妨《赤壁賦》作者。」使誦之，張但舉一語云：「此固一世之雌也，而今安在哉！」聞者絕倒〔註12〕。

這兩則記載皆有諧謔性質，內容雖稍有不同，但皆可見到一位年老珠黃的名妓，委曲失意的晚年，同時也可知道此位名妓智慧和口才之出眾，使得她在愛弛色衰之時，仍享有一定的盛名。另外，《客座贅語》的〈書品補遺〉介紹馬湘蘭，本名「馬守真」，「湘蘭」為其名號，「工畫蘭，清易逸有致，名聞海外，暹羅國使者亦知購其畫扇藏之〔註13〕。」《金陵通傳》亦曾提及明萬曆三十一年時，明齊王榑五世孫朱可溮，中秋時於秦淮開詩社，當時馬湘蘭也是受邀的名妓之一〔註14〕。

《三教開迷歸正演義》刊刻既出自金陵書坊，所以作者在第三十六回加入此位金陵名妓，介紹馬湘蘭擅長於水墨畫，曾往渾元廟一遊，故靈明識得此妓。然後在第三十七回以杭州西湖為故事發生的地點，敘述馬湘蘭與王情隱士有情，卻因盛世賢的阻礙，兩人不得交往，對於三人之間的糾結關係，作者以詩作表達，賣弄性質濃厚。小說中安排盛世賢未到三十歲，卻如此迷戀年近五旬的馬湘蘭，甚至與王情為其爭風吃醋；另外又提及曾有一弱冠少年，為博得馬湘蘭一笑竟費耗了千金，這

〔註11〕　（明）江盈科：《雪濤諧史》，《明清笑話十種》（西安：三秦出版社，1998年9月），頁36。

〔註12〕　（明）馮夢龍：《古今笑》，《明清笑話十種》（西安：三秦出版社，1998年9月），頁452。此書即馮夢龍的《譚概》一書，後人改名為《古今笑》。

〔註13〕　（明）顧起元：《客座贅語》，《元明史料筆記叢刊》，（北京：中華書局），頁212。

〔註14〕　（清）陳作霖：《金陵通傳》，《中國方志叢書，華中地方38，江蘇省》，清光緒三十年刊本，（成文出版社），頁424。

種令人難以想像的男女愛戀情結，是作者借馬湘蘭當時的聲名傳聞，鋪敘渲染成戲劇效果十足的一段故事情節。並且以書中眾人評論此事時，稱說此事必屬迷魂盤據的現象，藉以符合全書主題。當然這也是作者對世人癡戀美色的嘲諷，刻意運用老妓角色以突顯其間的荒謬性。

作者對此娼妓的形象描繪，為其遊西湖時，「遊人個個都看著這蒼妓，也有認得的，指稱京城名妓。」（頁 542）當然「京城」意指金陵，因明太祖開國時定都金陵，所以作者保留著早期對金陵地區的稱呼；只是此「京城」與後來三教三人們北遊至北京的「京城」，有兩者混淆不清之感。另外，浙江杭州西湖畔的遊人們，竟認得江蘇金陵地區的一位名妓，此屬作者對馬湘蘭聲名的誇張營造，但也顯得過於失真而不實。不過整體而言，作者對馬湘蘭仍屬譏笑的言論，當然這是此部小說的一貫風格，對於女性不論美醜貴賤一律貶低，不過也正符合了上述所引的兩則記載，皆屬對馬湘蘭年長色衰的無情批評。

第二節　語言運用分析

《三教開迷歸正演義》書前凡例中的第六、七則內容為：

一、本傳通俗詩詞吟詠，欲人了明，而俗中藏妙，自未可以工拙論。

一、本傳敘事雖瑣屑，生平見履者過半，發論若正，固以開迷，是良藥苦口之喻；寓言若戲，亦以開迷，是以酒解醒之說，乃正人君子，忠孝立身者不迷，而且哂喋喋囂囂者之迷。

凡例內容說明了作者創作理念下的語言運用為：一為俗中藏妙的詩詞吟詠，二為瑣屑言談的發正議論，三為以酒解醒的寓寄戲言。因此本節從韻語、議論、戲言三方面，分析小說的語言運用方式，以及其中的內涵意義。

一、韻語運用方式

本單元選出的韻語對象，限定在《三教開迷歸正演義》書中所出現的詩、詞、賦、對句等韻語，其編排形式與一般故事主文有所區別，或空一格、或空三格、或空四格，空格數字雖然不盡相同，但藉空格以標示出明確的韻語位置，有時甚至以詩句排列的方式，突顯韻語的內容。這種韻語在小說中出現得相當頻繁，為作者喜用的表現手法，因此作為本章探討作者的寫作技巧之首要方向。另外尚有一些韻語，散見於小說散體敘述的內容之中，雖然仍屬小說中的韻語，但作者並未以獨特的標

示方式突顯其地位，次數和份量上並不多見，故不在本單元討論的範圍之內。

（一）伏筆預告的開場入話

全書未開始敘述故事之前，即引一首西江月和一首七言詩當作開場入話：

世事一場戲劇，利名兩目空花，高人到處便為家，看破虛舟飄瓦，不笑貧窮勞碌，偏嘲富貴波楂，貪心無厭逐蠅蛙，誰識塵緣盡假。

詩曰　　勿使機心莫逞強　　何勞自苦日奔忙

貧窮富貴天生定　　善惡修為自主張

求我放心歸正道　　禁吾邪念入迷鄉

看來萬種田心造　　積善堂中慶澤長

對於人間虛幻、世事無常的感歎，是詞和詩的共同特點，詞之「高人到處便為家」，道出故事人物隨處行走的特徵；而詩之「求我放心歸正道，禁吾邪念入迷鄉」，則表明了全書「開迷歸正」的主旨。因此作者以這兩首韻語總括了全書的故事概念，敘述著面對世間之應有修持，以及對心的正確態度。這種詩詞與話本小說入話詩的性質和功能相同，不僅居於故事開始之先前位置，也具概要性評論的作用。魯德才指出這類「入話」是作者介入故事、表現敘述者觀點的一種方式，而「說話人或作家開篇便向觀眾或讀者交代故事內容、創作動機。讀者知道故事的中心意思，但不知道怎樣發展；知道人物將有行動，卻不知如何行動，從而引起了思考和興趣〔註15〕。」因此除概論性作用之外，入話詩的功能，亦有製造閱讀上的懸宕感。

這種懸宕功能在《三教開迷歸正演義》小說中，又安排一些韻語詩詞置於每段小故事開始前，有預告暗示的伏筆作用，令人產生閱讀的興趣，如第四回（頁45）所出現的石上篆字靈符：「靈明正靜　妖邪自彌　戚情橫生　從此怪起」這段韻文正為迷魂的除破方式進行說明：主要得依賴靈明的修持正道，方能收妖除魔。因此韻語就是後續故事發展的暗示預告作用。第九回（頁 127）大儒請寶光和真空超度蘭菑亡魂，真空長老答應後，作者以「只這一句有分叫」和接續而來的對句：

高僧一杵破幽冥　　大地邪迷皆亂走

將後面故事的發展預先告知，也是韻語揭示未來情節的伏筆方式。第五十四回（頁827）靈明勸寶光的話，和第七十八回（頁1191）香客問寶光的話，也是用「只這一句有分叫」模式，帶出一套對句。雖然伏筆揭示的暗藏作用，在小說是頗具效果的一種筆法，但這種伏筆暗示作用的對句模式，有時安排得並不恰當，如第二十七回（頁 390）花心再度來到俏尼的尼庵，探問先前所見宋朝美男子的消息，作者

〔註15〕魯德才，《中國古代小說藝術論》，（天津：百花文藝出版社，1988 年 12 月），頁102。

在俏尼未開口答覆之先，插入一句「俏尼聽了這話，有分叫」，說出一套對句：

> 男女兩下害單思　僧儒一劑風流藥

其實在此處加入這麼一段暫停性的插敘，在整段情節上看來是不必要的，而且與前後故事的安排無多大關係；甚至「僧儒」的代表大儒和寶光，也是得再間隔一段相當長的情節之後，才會出現兩人解說勸告的場面。因此作者此處的安排，明顯模仿話本小說的故弄玄虛、製造懸疑氣氛的手法，但實際上作者在此處的運用是頗不恰當的，畢竟懸宕感若製造的太超前，遠離了故事主體太多，是令人有唐突之感。

（二）總評用意的結局煞尾

第八回（頁 115）戚情設下賭局詐騙辛知求和蘭多錢財，沒有想到被人黑吃黑，因此作者以「後人有詩嘲戚情空費了一場算計，嘆賭博勾人的天理不容」方式展開一首詩作：

> 詩曰　邀局牽頭設騙財　誰知十惡罪之胎
> 劫人不用刀和杖　天理難容必降災

這是作者針對前述情節，假後人之口，作詩諷刺設局騙財之事。這種置於事件之後的總結性韻語，在全書中出現的次數相當多，是作者在結尾時所作的評述性韻語，類似話本小說中的煞尾形式，胡士瑩表示話本的煞尾是「連接在情節結局以後，直接由說話人（或作者）自己出場，總結全篇大旨，或對聽眾加以勸戒。主要是對人物形象及現實鬥爭作出評定，含有明確的目的性。」而這種煞尾形式為後來的擬話本和長篇章回小說承襲，如《三國志通俗演義》的最後，由作者以「後人有古風一篇」概要簡述了三國的興亡過程；《平妖傳》以「詩曰」的一首七言詩總評。《三教開迷歸正演義》延續了此種結局煞尾的形式，在每則故事的終了時，加上韻語，讓故事產生告一段落的停頓感，方便下則故事的展開。故事即將結束時，作者利用第九十九回（頁 1519～1525）靈明書寫榜文的內容，第九十九回（頁 1527～1529）寶光的宣諭文字，以及第一百回寶光所寫的祝辭（頁 1541），對全書開迷之事有所總結評論作用，亦可視為煞尾性質的韻語形式。因《三教開迷歸正演義》小說中述及的故事相當多，而作者對於每一故事之結束，也幾乎都有詩詞韻語加以收尾，因此無法一一列舉完盡，僅以下表列出所在位置：

回　數	一	二	三	四
頁　數	9　11　14	22　24　27　28　32	37	51　52　（兩首）57
回　數	五	六	七	八
頁　數	68　74	82　86　91　（兩首）	98　101　105	114　120　125
回　數	九	十	十一	十二
頁　數	129	141　151	155　166	71　183
回　數	十三	十四	十六	十七
頁　數	195	211	218　223　227　245	245　261
回　數	十八	十九	二十	二一
頁　數	273	277　284	300	319
回　數	二二	二三	二四	二五
頁　數	325　331　335	346	351	376
回　數	二六	二七	二八	二九
頁　數	384　391	401　407	411	427　433
回　數	三十	三一	三二	三三
頁　數	439　446	459	476　483	497
回　數	三四	三五	三六	三七
頁　數	508	523	541	552
回　數	三八	三九	四十	四三
頁　數	574　580	592	602	648
回　數	四四	四六	四八	四九
頁　數	669	693	736	743
回　數	五十	五一	五二	五三
頁　數	757	786	791	805
回　數	五四	五八	六一	六二
頁　數	826	883	936	951　953
回　數	六三	六四	六五	六六
頁　數	966	972	991	1021
回　數	六八	六九	七十	七二
頁　數	1045　1047	1062	1074	1099

回　數	七三	七五	七七	七八
頁　數	1117　1121　1125	1135　1141　1145　1149	1179	1200
回　數	八十	八二	八四	八五
頁　數	1224	1249	1284	1304
回　數	八六	八八	八九	九一
頁　數	1328	1341	1371	1401
回　數	九二	九五	九六	九七
頁　數	1421	1465	1745　1478	1488　1497
回　數	九八	九九	一百	
頁　數	1508	1518	1534　1544　1545	

針對上表所列出的收尾韻語，將其特點陳述說明如下：

1、此種收尾韻語有其固定的展開模式，即慣用「後人有詞嘆道」「後人有詩說道」「後人有古風二十句道」「後人有五言四句」「有詩讚道」「有詩嘲……」「有詩說道」等方式，進行後面詩詞的鋪陳前置。這種喜用「後人」「有人」傳頌讚嘆的口氣，為其韻語的陳述，增添可信度極高的氣氛。如第二回（頁 32）鏡若士人調解三人爭三教主位的局面，作者對此事以「有詩單道士人，先破了三教爭迷以為傳頌」文句加以解釋，然後再敘述一首七言詩。

不過也有些特例的情形，如第六回狐妖誘惑大儒不成，作者以「後人有詩讚大儒正能破邪」：

詩曰　正氣從來怪不侵　狐妖空自逞邪淫
　　　電光一掣真儒現　始信神明作鑒臨

慣用論述的模式結束之後，又以個人明確現身方式，再度的大發議論一番：「鏡若子一篇古風，單道正人君子不貪邪淫，自有善報」：

世間諸惡業　邪淫最不良　莫貪美婦貌　勿愛小龍陽　休說情無礙
毋言理不傷　人皆有妻子　汝豈無女娘　嗟哉不良子　恨彼薄幸郎
鑽空淫人婦　踰墻摟婆嬌　邂逅或相調　圖謀更倚強　金效秋胡贈
盜同戶牖行　有妻又多妾　東妓復西娼　寧知損心德　況每招禍殃
縱不逢刑法　難無犯天傷　況有報與復　常遺臭共香　汝入人妻室
人鑽爾妾房　形體雖然具　靈明已喪亡　勸彼有心者　誦此古風章
好德如好色　蒼天降吉祥

對於此則邪不勝正的故事，作者不僅總評議論，又現身說法的大篇訓戒，顯示

色欲淫邪之誤人，社會危害之嚴重，代表作者對此事之關注程度。詩中引經據典以表現個人內涵，且以崇高道德觀來抒寫懷抱，傳達出作者的教化理念和訓世目的。

還有可看到詩讚體式的運用，如第四回（頁52）對靈明道士過飲失內丹之事，先以詩評總述論斷之後，又以兩首詩讚宗大儒和寶光對飲酒之事的節制。表現方式如下：「後人有詩說袁靈明道士過飲」：

> 詩曰　散悶陶情酒數巡　過多傷氣損元真
> 　　　只因一點貪痴性　惹得妖狐奪谷神

「又讚宗孔大儒惟酒無量不及亂一首」：

> 詩曰　世間此物合歡酬　氣血調和散悶憂
> 　　　可羨宗儒知孔道　當筵適量不多求

「又讚寶光和尚不飲一首」：

> 詩曰　助惡倡邪酒作狂　高僧持戒絕瓊漿
> 　　　靈明道士如知此　怎使妖狐怪氣倡

徐志平曾對此種置於話本小說卷末的詩文提出說明，認為「史傳文同樣影響了話本小說，從《史記》的『太史公曰』以下，到諸史的論讚對小說的形式明顯地造成影響〔註16〕。」這些卷末的詩詞在形式上是獨立的，有時亦與一段評論結合，作用則屬「故事敘述完後予以批評或讚歎」。雖然《三教開迷歸正演義》屬長篇章回小說，但小說內容由許許多多個短篇故事組合而成，因此作者有時亦在每則短篇故事結束之後，加上讚論的詩文。

2、總評議論是此種韻語的共同性質，但除此之外，煞尾韻語尚有其他相關性的作用，如：點出全書主旨的用意，第一回（頁14）林三教留下一部書文給宗大儒們，作者以「有詩說道」：

> 詩曰　綱常倫理本天然　講甚玄機問甚禪
> 　　　一部書文留勸眾　偏邪除去即真詮

除了對林三教留書之事加以評論，更是要點出三教歸儒的宗旨，以及去除偏邪的精神。

或者是作者藉煞尾韻語，另行發揮個人對此類事項的觀點。如第三回（頁37）大儒開破辛放之混沌，反惹來辛放大罵責怪。作者藉此事以「後人有詩說道」：

> 詩曰　世上精明笑癡魯　處迷復笑精明

〔註16〕徐志平：《晚明話本小說石點頭研究》，（台北：台灣學生書局，民國80年1月），頁155。

<blockquote>癡魯遭迷性怛然　精明若瞽情眞苦</blockquote>

　　人心智的精明和癡魯，未必能改變個人處世的優劣際遇。作者除了利用前述故事情節來說明此種觀點之外，尙以七言詩再度闡明此理。這種作者跳脫故事情節自行評論的情形，又可見於第八回（頁114）藺嗇和穆義氣來到黑暗地獄之後，穆義氣突發奇想欲湊錢以開天窗，遭藺嗇否決，這時作者說：「按下二人獄中受苦」，以「有詩說道」展開一首詩：

<blockquote>詩曰　黑暗獄豈遠　在此方寸間　迴光只一照　便破九幽關</blockquote>

　　破獄之事本屬荒謬，但故事後頭果眞進行了眞空長老破獄的故事，可算得上此段開天窗構想的實踐，所以作者對此段藺嗇和穆義氣的對話，不直接評議，僅從另一角度，對黑暗地獄的警示作用，以及破獄解脫的問題癥結，提出一般性的解釋觀點。

　　3、有時煞尾詩的解說性質較評論性濃厚，這是作者藉故事中的某一事件，提出相關性的道理解說，如第十五回（頁227～228）「後人有一篇燒煉詞說道」：

<blockquote>世人愚，學燒煉，可惜空費這一片仙人，雖要外戶家，豈肯將方傳下。賤說神仙，未嘗見全眞，素不識半面，無人試過引將來，僻靜豈無深山院，要富直消三兩遭，何必借你金銀變設方兒，將人騙。藥餌稀奇誰試驗，不是買藥拐人金，便是紅爐終日扇，假抵眞能慣串，更有低銀二千方百計攝人財，冥冥豈無神靈，鑒寄與燒丹煉汞人，瞞心自有雷和電。</blockquote>

　　爲作者對前述童勾金相信全眞道士煉金事件，這麼執迷不悟的行爲，有所沉重的感慨，並且提出個人對燒煉之事的看法。第二十七回（頁402）以「後人有個單思病的詞兒，說道：……」解說男女相思之情事，第二十八回（頁415）以幾句俚語解說古怪迷魂的古怪特徵，也都是解說意味較爲強烈的韻語。

（三）介紹作用的插敘韻語

　　小說的故事情節進行時，作者會不時安排韻語，插入內文的正常敘述中，以輔助情節內容之鋪敘，產生敘述語式的變化感。《三教開迷歸正演義》韻語的插敘介紹分成兩種，一爲介紹人物，一爲介紹場景，以下分述之：

1、介紹人物

　　以韻文介紹人物的方式，在小說中共有四種類型：一是透過人物眼光觀看；二是人物自我描述；三是人物介紹他人；四是作者解說人物。以下舉例分述之：

（1）透過書中角色觀看的手法，以描繪故事中的人物形象

　　透過書中人物的眼光，描繪故事角色形象的有第二回（頁30）「眾人看這士人」：

　　濃眉秀目，厚背聳肩，兩耳垂朝海口，麻衣相他太公八十遇文王；雙顴直拱天庭，日者算他鷹揚四九登虎榜，三停修偉，一貌軒昂，帶一頂四方平定巾，穿一件六雲細紵襖。

　　這種藉書中人物立場觀看，又可見於第八回（頁 111）金煥士人出場時，由「眾人驚看那士人，有西江月詞說道，怎生模樣：……」以一首西江月介紹金煥的穿著裝扮，風流模樣。第三十二回（頁 485）宗大儒首遇頭陀時，「大儒看那陀頭（頭陀）生的」形容古怪，體質修長，短髮齊眉，金箍子，耀花人眼寬袍大袖，玉條兒拴鎖他腰，手裡執著長棕繩拂，宛似那清談塵揮，腳下登著輕蹻麻鞋，恰如那雙飛鳥舄，長鬚留表丈夫儀，陀頭想熟參同契。

　　以故事人物眼光觀看同屬故事人物的角色形象，更添幾分臨場感和真實性，製造的場面也更加鮮活生動。第五十八回（頁 88）王一本初遇寶光時，「上下觀看長老卻怎生打扮？但見：……」透過韻文形容寶光的法相莊嚴，再於下文中敘述王一本對其恭敬禮遇的態度。第五十八回（頁 892）同樣的也是先以韻文介紹靈明的出塵清高模樣，令王恭處士見了之後，禮遇請教；韻文之前亦以「上下看了一眼，靈明卻是怎生打扮，但見他：……」作為下文的原因安排。第六十四回（頁 976）大儒看蕭逸模樣，「有個西江月」對其打扮加以形容。第六十八回（頁 1040）大儒們見安邊的戎裝打扮，亦以「但見他……」一首詞形容其威武裝束。第七十六回（頁 1165）女子見老者，「但見……」以韻語形容其老態龍鍾的模樣。

　　第六十六回（頁 1009）眾人見一隻大烏龜從河中爬上岸來，以「但見他……」方式運用韻語形容其外貌和誇大其能耐。金鍵人《小說結構美學》所談到的「視點人物」：「作者在寫作時，本人很難直接出面，他總要找一個替身，這替身有時很像作者的敘述者，有時是作品中的某個人物，有時直接充當一個人物面對讀者侃侃而談……而根據敘述者是否介入作品，是否充當一個人物去觀看或借用一個人物的眼睛去觀看，則可以有局外視點與局內視點之分；在敘述者介入作品的情況下，根據所敘說的是他的視線直接所及還是轉述旁人的視線所及，則又有直接視點與間接視點之別。」〔註17〕，可以看出視點人物中的「局內視點」之「間接視點」，即是《三教開迷歸正演義》此處的敘述觀點，藉由故事中人物的眼光，間接敘述人物的形象。

（2）由故事人物的自我表述，以呈現個人之身世和來歷

　　人物自我介紹的韻語敘述方式，可分成長篇和短篇，第一回（頁 4）潘爛頭道士幼年當道童時，以幾句口頭言語，告知師父自身之非凡。作者以道童「他說」方

式帶出一首韻語：

孩子年雖幼　　五體全無漏　　自有眞靈符　　聊借師成就

這種人物自我表述以說明自身來歷的短篇韻文，有不少的例子，如在第三回（頁71）妖狐自述家世身份；第四十七回（頁707～709）祝翠翠、梅瓊瓊、桃夭夭、榴焰焰、李素素、楊嬌嬌這些女子精怪，各以一陽春曲歌唱來表述身份；第五十一回（頁777～778）城狐和社鼠以韻文招供身份；第六十七回（頁1031）种大頭鬼以韻語方式標榜來歷：

岸上有船　河裡有田　西瓜有樹　菱角有園林　南庄有官　北庄有錢

外甥穿的是綾錦　女婿住的是彩椽　北省見有鄰里做官　南京見有親戚

狀元

十分淺白俚俗的口語化內容，刻劃出這一位鄉下人自傲的淺陋見識。

長篇的韻語自我介紹，有第十三回（頁187～190）麴蘗迷、好色迷、貨利迷、忿怒迷四位迷魂各自以超過二十句的五言古風，說明個人之來歷；第四十三（頁644～645）作亂迷被神將捉住後，在靈明神壇前招供來歷，以二十四句的七言韻語自述身世經歷：

自從蚩尤梗止化　　堯舜中天歷天夏

文武傳流到此時　　道義難懲人奸詐

皇王一怒動干戈　　悖叛殲夷永不赦

無明地獄怎相饒　　萬苦沉淪無晝夜

眞空長老救亡魂　　錫杖獄門只一下

區區見亮跑將來　　撞見鯉魚長橋堨（壩）

收爲羽翼做腹心　　這個魚精眞不亞

變做婦女迷村夫　　不用媒人自己嫁

就裡機關露出來　　炒（吵）鬧鄉村打磚瓦

聞得南來道士靈　　魚精心裡十分怕

差我作亂迷探風　　那知冒犯尊神駕

魚精不遠在前途　　供招是實求饒罷

這一長篇韻文的內容，除了作亂迷自我介紹出身起源，也對魚精作怪的經過加以介紹，將此段故事情節濃縮成韻文形式，概要性的總述一番；第四十八回（頁723）老者以二十二句的口頭詞話回覆靈明詢問太平車子來歷時的疑問，將自身經歷和從林三教先生取得信物的過程，仔細陳述。

這種長篇韻文表述人物自我特性的例子，還有第二十四回（頁375）老農以歌

兒自述工作性質，第五十回（頁 759）偏私迷以長篇口號自述出身，和第四十九回（頁 742～743）皁隸以長篇口號自述職業特徵，以及第三十七回（頁 569）黃謊以一長段「不文不俗的詞話」，自我表述愛說謊的人格特質；第六十回（頁 916）明時道人以唱詞自嘲個人行醫治病的荒謬；第九十六回（頁 1483～1484）戚情以七言韻文招供，說明自身的罪責；第九十七回（頁 1493～1494）狐男女被神將捕獲時，亦是七言韻語的供詞。第九十四回（頁 1448～1449）明不迷先生送任膽處士公道歌一長篇，第九十五回（頁 1454～1455）明不迷先生又贈一篇，都是長篇大論，概要敘述相關性情節。這類介紹人物的韻語，除了有說解陳述人物背景資料的作用，更為作者個人藉機大作文章，賣弄詩才的方式。

（3）借書中人物的口吻，以表述他人在故事中的身份和特色

第二十八回（頁 416～419）則是故事中勾絞星以口號方式，介紹惠幫閑、溫酒鬼、莫開口、熟絲竹、慣樗蒲的個人獨具特色。第七十三回（頁 1126～1127）好事之人對賽煙煤和遠觀花這位醜妓，分別有五言八句詩形容：

> 有婦在村頭　喻祥作好逑　笑似烏梅裂　啼如豆汁流　眉頭生黑漆
> 身體退光油　月明羅帳臥　疑似皁貂裘
> 城南一妓家　佳人貌似花　遠望渾身俏　前觀滿面麻　雀班（斑）糷白粉
> 鷹嘴帶黃牙　不入情人眼　難免出而哇

假韻語內容嘲笑這兩位人物，是一種俚俗淺白的遊戲式韻語。而這兩首詩是一種讓事情揭曉、真相大白的媒介，因為等到詩作傳至喻祥父子耳中，父子二人才知對方的醜事，致使兩人對罵扭打，結果由大儒們為他們進行一場開導訓示，故詩作是作者巧妙的情節安排之關鍵。這種對於娼妓的嘲諷之作，與鹿憶鹿在《馮夢龍所輯民歌研究》書中所列出的二十八首嘲妓之《黃鶯兒》民歌相似〔註18〕，皆是以戲謔口吻對當時的風塵女子進行醜化和譏評，既為廣大社會的聲妓風尚之反映，又為文人高標準的道德意識之表露，屬於相當誇張有趣的民間文學之創作。再看第十一回（頁 167）桃夭受狐妖拐騙，獨居荒屋時的思家想母心情：

> 可恨兒夫，日久情懷不似初，那想妾身孤，鎮日外遊不把人相顧。哀哀

〔註18〕鹿憶鹿：《馮夢龍所輯民歌研究》，（台北：學海出版社，民國 75 年 6 月），頁 97～102。書中介紹「《黃鶯兒》是流行於元、明、清三朝的小曲曲調，明代曲家用《黃鶯兒》寫的小曲更多，像唐寅、楊慎、黃峨……等，題材不外相思別恨、風花雪月，但是帶著濃厚的文人氣息，辭藻雕琢，引經用典，並非上乘的小曲。」而此種民歌的句式定格為：「五（上 2 下 3），六（上 3 下 3），七（上 4 下 3），七（上 3 下 4），五（上 2 下 3）」。

思父母，多時容未睹，猛地裡想起那儔兒，慾火煎燒，饞口涎欲，咽又還吐。

這樣的內容，與當世民歌以女子立場，吐露相思難耐、獨守空閨之苦悶風格相同，都是相當俚俗淺白、大膽直接的民情寫照之作〔註19〕。

（4）作者解說的人物介紹

作者以韻文方式介紹人物出場，有第三回（頁38～39）對吳仁、陸欲、馬肩、史動四位歪邪弟子在故事中首度現身時，分別以一段韻文加以介紹。第八回（頁115）馬妓的妹子俏兒之貌，也由作者以一首詞詳加形容。第五十一回（頁 753）以一首賦體介紹猴怪的模樣，「後人有幾句賦兒說他作怪」：

> 獸類人形，胎生鹿走，知覺運動，與人半點無差。眼耳鼻舌，肖貌一毫不爽，更多巧捷，且極淫騷，人心比猿，也只因他無定性。用猿馭馬，能使那馬不停蹄，莫說他悲傷，腸斷能啼月，且誇他變化神通去取經。任你朝三暮四養他，看他獻果，拖刀乖巧，只是身不滿尺，心太使奸，尾把先蕉面皮無肉，真可比做小人何妨爲狗類。

除了描繪此猴怪的形象和本事，又兼論及《西遊記》中的孫悟空，試圖營造猴怪角色的神奇本事效果。

2、介紹場景

此部分的敘述角度，相當難以區分作者和人物之間的界線。時而是人物眼光、作者口吻，時而是人物活動行止、作者解說，作者若隱若現的敘述方式，讓人物和作者角色在此部分的關係相當混淆難辨，如第一回（頁2～3）藉林兆恩從福建莆田縣，前往金陵探訪門人宗大儒爲故事的開場安排。等到達金陵時，以「且道這金陵勝地，有詩稱道」方式，出言吟詠贊歎：

詩曰　鍾山毓秀帝王都　　江水橫流直帶吳
　　　　得道盛朝誇上國　　掀天王業頌雄圖
　　　　聲名文物超千古　　帝里山河壯四隅
　　　　更有燦然真氣象　　武功文德萬年扶

這種作者藉人物行經的地點，出言詠嘆景致的詩句，在小說中出現的情形並不多見。而作者雖然藉人物立場的觀看角度以介紹景物，但實際上又未點明人物寫作這些詩句之可能，所以只能算是以人物角色觀看景物，將人物摻入此種介紹景物的情節中，未能歸屬於人物創作詩句的類型。又如第十五回（頁 216）眾人於月夜下

〔註19〕同上註，頁112～1113，此首表露桃夭心情之作，與馮夢龍《夾竹桃》民歌集中的作品內容及風格近似。

遊坑於江上，因風平浪靜，「眾人誇揚好景，有詩說道：詩曰……」並未點明何人作詩，也只能說是透過人物眼光進行詩作之呈現。第二十回（頁 292）大儒們到了煙雨樓，「但見那煙雨樓」：

> 四面窗開，雲鎖幾鉤，簾掛風翻，垂楊接繞半欄杆。正是乍晴還乍雨，輕煖復寒。

也是藉人物帶出詞作，整體而言仍屬作者的有意創作之詞。

　　另外與此寫景的情況相似的，尚有一種對於故事中場面佈景的韻文描寫，仍屬藉人物之眼觀看，韻文書寫口氣卻又屬於作者自創的情形，如第十一回（頁 175）妖狐來到吳明家中，觀看靈明壇場的情形，以「但見」啓首敘述道壇的場面：

> 神氣轟轟，靈威烈烈，硃符遍貼門庭，寶劍高懸几案，令牌連擊。那道士口裡不住眞言，鑼鼓頻敲，這家眾手中且持器械，輝輝煌煌，燈光直來射眼，隱隱見見，神將若似尋妖，雖不比往日的神仙，卻有些驚人手段。

　　這段韻文的內容，交待了與故事情節有關的場面，說明由土林泉道士所攞下的道場，較失丹頭法力的靈明道士，更有神效與法力，也爲接下來王道士收伏妖狐的結局，製造了一個可信度極高的背景。因此作者所安排的這段韻文，與先前的景物介紹韻語的敘述角度相同，皆有藉人物立場以爲韻語開場之導引，但實際上的敘述語氣又歸屬於作者。第一回（頁 7）林三教剛來方村看到渾元廟時，作者亦以「但見」方式導引出一段韻語，介紹渾元廟的外觀和氣氛，但又同樣是作者的敘述口吻；第八回（頁 125）藺嗇和穆義氣同被發派到黑暗地獄，所見到的地獄景象，作者亦以一段韻文介紹之，但敘述韻文之前先以「他二人遠遠望見」方式製造此段韻文的臨場感，讓故事人物作爲韻文開始之初的導引者，不僅增加韻語的可信度，也讓故事和韻文產生緊密的銜接感。

　　另外有一種則由單純的作者描寫，來說明故事中的某一場面，如第五回（頁 71）描寫狐妖和桃夭兩人偷情的韻語，「正是」：

> 笑嘻嘻，雙肩並禪，喜孜孜，四股齊交。狐逢女子，心快人間春色，女愛美男，情誇個裡風光。恍然不覺，到醉鄉深處，暢哉忙約下，夜去明來。

　　這段充滿情色風光的場面描寫，爲作者試圖在小說內容中增加的一段春光色彩。這種用語通俗的韻語，頗似明代流行民間小曲，萬曆年間即有《玉谷調簧》和《詞林一枝》等刊行於世，天啓年間馮夢龍將小曲整理編輯成冊，如《掛枝兒》《山歌》〔註20〕，這些小曲都有用語淺白、情意眞切、生動自然的民間氣息，有時也相

〔註20〕王忠林、邱燮友等，《中國文學史初稿》，（台北：福記文化圖書有限公司，民國 74 年

當的情色渲染，充斥著性愛的文字，而猥褻之作，正爲禮教沉重壓力之反彈，以及社會面貌之反映。或者作者遇寫景之需，就以詩作展現景物之美，如第十九回（頁285）大儒們到達太湖時，正值初夏，因湖山景色極佳，故作者以詩誇道：

> 詩曰　湖光漱（潋）灩值晴和　山色隆蔥鬱翠多
>
> 　漁艇往來行不斷　恰如錦上弄機梭

這就是作者爲營造太湖美景之氣氛，以詩作描繪景緻風光。

（四）人物表述的言談韻語

小說中有些韻語的運用，爲作者刻意安排的寫作手法，成爲人物自我表述的內容。以下分述：

1、對答韻語

作者喜用韻語對答方式，作爲書中人物自我表述的一種模式，這種情形相當常見。最初的對答式韻語，出現在第九回（頁130～131）情節中，以陰間衙門中的一個門役鬼，和精細鬼的一段對答

> 只見門上一個鬼使笑道：
>
> 「精細精細，其實不濟，未去捉僧人，先到做徒弟。恭喜幾時投師披剃？」
>
> 精細鬼笑道：
>
> 「和尚和尚，特也無狀，我到留情與你，如何弄光了我的頭項？我也有個法兒，只鎖著你不放。」

這段對答頗有民間韻語趣味，既表現幽默詼諧的風格，又有笑話典故的淵源〔註21〕。

再則第四十一回（頁619～621）獅子吼和妻子兩人之間的長篇七言韻語對答，由靈明和寶光代爲傳唱，稱之爲口號，亦屬較特別的對答形式。

小說中最精彩的對答式韻語，出現在第六十回（頁158～161）和第六十一回（頁929～935），共有十五則韻語形式的對答輪唱，由狄達、狄丁、狄達婆子、和快嘴媳婦共同組成此段情節，藉人物的韻語對答，表現出節奏快速、機智有趣的氣氛，此屬民間快嘴媳婦故事的承襲〔註22〕。

人物以韻語對答方式介紹人物的個人特性，尚有第七十一回（頁1087～1088）狐妖所化身的道人和靈明分別以十四句的七言韻語對答，顯示個人能耐；第七十二、七十三回（頁1111～1113）妖狐和狐妖第一次碰面，各以十八句七言韻語對答；第

5月），頁1026～1030。

〔註21〕可參見第三章第二節「創作素材分析」的「取材於民間笑話」之「愚昧類型」。

〔註22〕可參見第三章第二節「創作素材分析」的「取材於民間說唱故事」。

八十回（頁 1229）靈明以一首西江月說明自身的修練功夫，龐門答以西江月說明其房中術的道門；第八十五回（頁 1315～1316）寶光以韻語問來歷，鼠精以韻語反駁質問，然後由靈明以韻語再問，因靈明說破其本像真面目，使得鼠精不敢回答連忙逃走。第九十四回（頁 1440～1441）吳怨有一篇恨貧古風，將自身貧苦的處境生動表述，靈明再以轉述窮鬼七言韻語說詞勸慰吳怨忍耐，最後則是大儒以四句七言總結。

2、咒誓文詞

　　這種人物自我表述的模式，出現情形並不多，有第十一回（頁 157）辛德要求兒子辛放發誓戒酒，結果辛放咒誓說道：

　　　　酒也麼酒，為你出了多般醜。拗了爹與娘，好了朋和友，從今後，再吃你，你就是屎來我是狗。

　　其母不知此咒詞之意，還高興的認為兒子下重誓戒酒，其父則一言說破辛放無意戒酒的用意，認為狗改不了吃屎。此咒詞有著民間俚俗韻語的淺鄙可笑性，十分有趣。第四十三回（頁 652）靈明見飛符捉來一隻大蜘蛛，不禁笑而念咒，咒文內容為：

　　　　飛符飛符　法令宣誣　令爾捉怪　何解蜘蛛　魚藏溪水　蜘遠屋隅
　　　　彼既漏網　此及何辜　速放之去　以免其屠

結果飛符附身一位舟子身上，亦答以韻文：

　　　　道真道真　事亦有因　池與屋近　鯉實蛛鄰　朋相孽怪　東施效顰
　　　　網羅既密　蚊繩何伸　我符不忿　難宥不仁

　　此段純粹趣味性的對答，較特別的是咒文內容的平易淺白，不似咒語文句，反倒像一般性的韻語說解。第五十六回（頁 863～864）靈明寫下幾句詞話為券，以此權變之計勸服凌若仁的暴躁之氣。此立券文字較似誓言內容：

　　　　道士靈明主信券　苦將忍耐為人勸
　　　　強梁逞惡奪駢邑　惡貫滿盈生禍亂
　　　　生禍亂　賣田土　奪人依舊還原主
　　　　善惡由來及（反）覆間　為人何事如狼虎
　　　　任依（你）奪盡善人田　天與為仇人怎拗
　　　　人怎拗　天與仇　一日犯法不自由
　　　　道士今朝立信券　敢將誑語作遺留

　　文字主旨的勸世意味濃厚，而結語雖言立信券，反倒有著誓言立定的性質。故

可歸屬於此單元之韻語。

3、說理議論

說理議論性質爲此類韻語的一大特色，也是作者相當普遍的運用手法。假書中人物說解道理，可概分成兩大類：一是宗大儒、靈明、寶光三人的言談；二是書中其他人物們的言談。以三教三人爲書中的主角而言，當然前者比後者的次數高上許多，份量上也較龐大，但本單元的探討，著重在韻語形式的出現情形，因此對於長篇又大量的三教三人韻語之內容，並不詳加分析和舉例，僅作概論性介紹而已。

（1）三教三人藉韻語以說理

這方面的韻語有：第十一回（頁 160～162）三人各自以一長篇韻語表述本門正道的立場。第十八回（頁 264～267）靈明和大儒長篇說富貴之理。第二十回（頁 297～300）又是大儒和靈明長篇說妻妾之理。第二十四回（頁 358）靈明以詞說解土木花石迷，（頁 368）寶光以口頭語說解盜賊迷。第八十一回（頁 1239）靈明的金丹口訣以一篇古風詳加說明。第五十一回（頁 769）靈明以長篇俚言解說官府子的讀書堂何以似混堂。第五十六回（頁 854）大儒以四句七言詩贈送兩位書生以斷戒外誘迷，第五十七回（頁 872～874）寶光韻文勸解三位商人之迷思，第五十九回（頁 908）寶光以四句偈語說解不染還空之理。第六十六回（頁 1012）靈明解說風起的吉凶善惡。第六十九回（頁 1056）靈明以口頭歌說解簡恭三位女婿的迷思，而大儒以詞描繪晚景和不虞路遠的坦然心情。第七十六回（頁 1163～1164）大儒以七言四句助魍魎迷女鬼，女子亦借大儒韻句吟唱一首七言四句之詩。第八十回（頁 1216～1217）大儒以長段口頭話勸解龔駝子老者的老迷貪得毛病。第八十五回（頁 1297～1298）寶光長篇詩話解說人世乃一場虛幻之理。第八十八回（頁 1344～1345）寶光連續以兩首四句偈語開解辛放求道之心。第八十八回（頁 1356）靈明舉關公豪氣之例時，以五言四句形容，藉此開解李益的疑惑。第九十回（頁 1379）大儒以二十句五言詩，勸告尹善莫娶妾。第九十五回（頁 1463～1464）靈明以五言歌開示明不迷先生。第一百回（頁 1452）寶光臨終以一偈語辭世。凡此之例，數量頗多，以下舉一例以爲說明。

第六十六回靈明解說風起之吉凶善惡：

按四時	占風候	春和夏涼吹不驟	秋清冬烈寒生盛	若不順時宜詳究
論惠風	眞條暢	熙熙皞皞輕飄蕩	若是凄凄冷颼颼	悲風令人添惆悵
暴風狂	怪風烈	抖然刮來突然滅	揚砂拔樹起怒濤	倒屋翻舟行路絕
這陣風	卻不小	虎吼松號驚宿鳥	無雲沒雨紅日昇	定有妖精生計較

（頁 1012）

　　此為口語化的民歌形式，為靈明以道士立場，加諸自然風起之靈異現象，成了「暴風狂」「怪風烈」乃妖精生成之象徵，歌中充滿怪力亂神的玄奇氣氛，表現出道曲般的宗教意義。從此歌之前的故事情節，可看出作者刻意以此韻語，營造宗教神祕氣息的用意。之前的情節為：靈明認為狂風驟起，必是「陀頭嗔迷未息，起這陣怒風。」引來辛知求的不信此邪而取笑靈明，結果靈明答以：「這風卻是些嗔怒起的，凡愚之人莫知，從來學道之士，定審所起。」因此靈明要以此歌來開示辛知求之愚，讓凡俗之人知道狂風異象的代表意義。所以此段韻語的說解開示意義十分明確，為作者藉靈明之口，傳達其思想觀點，當然也是一種編造小說神怪內容的創作用意。

（2）故事中其他人物的論說與解釋

　　第四十四回（頁 664）一位處士提及為造酒的兩家鄰居排解糾紛，以四句口號解交：

　　　　兩鄰相爭真不美　　腔聲何心分此彼
　　　　董童造酒鼓何于　　破腹傷脾一肚水

將前事以韻文概括敘述，再以人物角度提出解決之道。第八十七回（頁 1330）二醫對於鼠鑽入婦人戶內的毛病，提出的除病方子是：

　　　　鼠精怕挐躲得巧　　妙藥難醫灸不好
　　　　若要老鼠出戶來　　須是皮槌一頓搗

這是一段俚俗葷羶的情節描寫，假二醫之藥方寫淫穢荒唐之事。第九十八回（頁 1509）蕭閑以西江月詞對蘭多等人的糾紛提出論斷。

4、賣弄詩才

　　由人物在小說中進行韻語詩詞的唱和，在情節上主要的有兩種：一是文人之間的酬唱應答，如第十七回（頁 253～255）四種癖好迷以四首五言詩聯句逞才，也包含著介紹人物特性之意。第三十四回（頁 523～524）三人面對景物各和一首七言詩，第三十五回（頁 543）隱士和齋墨客互答一首七言絕句，第三十七回（頁 562～565）共有五首詩唱和，第八十八回（頁 1348～1349）李益、大儒和靈明唱和四句五言詩以抒發感慨思緒，這些都是作者藉故事中人物唱和韻語的方式，進行詩句創作的目的。另一種是才子佳人式的傳唱韻文形式，如第三十回（頁 443～444）鄭撞著和女子以清江引曲子兒互唱，除了賣弄才情之外也有傳情作用。還有第二十回（頁 292）韋清愛女子的唱詞：

　　　　黃梅綠柳草青青，高閣輕煙帶雨溟，東君莫掩畫船舲，道歌管樓頭簾幌

裡，試聽箜篌出娉婷。

也是這種在情節上並無多大意義的韻語，只是作者藉人物之口唱和詠出，以爲小說文雅氣息之增色。第四十二回（頁 631）經年在夢中與死去的小妾相逢，由妾室的丫環唱頌一首曲兒，結果反引起經年的嫌忌之心。韻語在此亦屬增色作用，表現了女子的清麗形象。第四十二回（頁 637～638）士人和鯉魚化身的美貌女子亦有詩句對答。第七十五回（頁 1151～1152）袁奎抄錄一位女子的壁上題詩三首，並且據此和詩三首，整段情節和詩作即是標準的才子佳人故事模式。另外第五十六回（頁 843）靈明施影子幻術，搬演施打油和一小妓的詩歌互答。這種小說中人物們的贈詩互答，都是一種營造全書的文學氣息手法，讓詩情詞意的內容充斥於小說的篇幅中，藉以緩和全書議論內容過重，說理性質濃厚的嚴肅氣氛。

另外，尚有故事中的文人題詩以逞才的情形，如第五十五回（頁 816～817）施打油愛到處題詩，第七十回（頁 1078）林三教所留的「風沙行路時」詩，第八十七回（頁 1335）大儒早起觀潮並口占一詞以寫景。這些都是作者假人物之口，行個人炫才之實的詩詞創作。

當書中出現一些人物讚揚當時王朝的歌功誦德韻文時，則令人有虛情假意的不實感。如第六十五回（頁 989）大儒書寫皇祖聖喻：

　　孝順父母　尊敬長上　和睦鄉里　教訓子孫　各安生理　毋作非爲

第八十三回（頁 1274）大儒以五言八句讚揚太平盛世之景象：

　　聖主臨朝日　龍飛大有年　四夷齊向化　萬國盡朝天　國阜人民樂

　　君明文武賢　幸生堯舜世　信口誦詩編

寶光在第一百回（頁 1541）所書寫的祝辭：

　　天子萬壽無疆，海宇雍熙，人民康阜，士農工商，各安職業

都有迎合政權、諂媚阿諛的奉承意味，呈現出虛僞失真的逞才結果。

至於一些很難歸類的韻語類型，如第九十一回（頁 1397～1398）神司將金一鋤的陰間帳冊，逐一列出，是在故事中具影響地位的關鍵性情節。以及作爲人物心事的表述有第十一回（頁 167）桃夭被狐妖拐騙在荒屋，又遭冷落棄置，心中寂寞懊悔，藉詞以自述心事；第七十七回（頁 1175～1176）曾產吟一首五言四句透露兄弟鬩牆的無奈心事，以及第七十六回（頁 1165～1166）女鬼以韻文形容老者外貌，而老者終以打油詩自我嘲諷。這種無法分派到上述類別中，數量又不夠眾多可以另行介紹的韻語，在《三教開迷歸正演義》中亦所在多有，無從一一列出介紹。

二、議論運用方式

作者多用議論的寫作方式，常見於開迷情節中，大儒三人的輪番說理、或僅一、二人的代表性說理；而這些議論內容，多半針對某種世情之迷或人心之迷，明確的進行評論，以達成小說開迷的終極目的。作者在這些開迷故事的情節中，將議論內容設計成開迷除妖的重要手段，說理成了一種高強的法力，可以開破如妖魔般的迷魂。因此在第三章的開迷主線情節中，已可見作者多方運用議論言談的開迷模式。除開迷情節中，已分析過的議論內容之運用，作者更常於小說的故事情節之外，添加長篇議論說理的內容，作為糾舉社會問題和發揮個人見解的機會。作者藉由這些議論言語的表述，一方面探討社會常見之時弊，以達教化風俗目的；一方面針對某些特定議題，大放厥詞，以達逞才賣弄用意。這兩種不同目的的議論語言，都是作者時常運用於書中，表達個人思想觀點的寫作手法，以下即從這兩方面進行分析。

（一）糾舉時弊的評論

作者對於社會問題的觀察與建言，時常藉由小說人物的議論言談，生動深刻地進行表述，以期發揮社會風俗的教化作用。以下舉四例說明作者糾舉時弊，評論社會問題的寫作手法。

1、道士守戒問題的評論

第十一回大儒對靈明縱酒失丹頭，以致除妖法力盡失之事，加以評論建言一番：

> 道家法用先天一罡，將煉自己元神，古今總是一般。怎麼當年令師祖做道童，便能呼神遣將，他也說的好：五蘊無漏，自有真符。就是靈明師兄，當年法力也驗，只因縱酒之後，差了許多。依小生說，道士戴一頂玄冠，穿一領道服，口裡誦靈章聖號，心裡也要存養些元陽正氣，若是元陽正氣不合你身，便書符唸咒，也是固然。莫說虛費了齋主的金錢，就是承受他一席齋供也不起。此謂借神聖名色，哄愚人的財鈔，與指官索詐的寧差多少？惟有本一點至誠，行三朝法事，真真祭神如神在，加之養煉元神，不入邪妄，這樣道士舉心動念，神必響應。（頁156）

小說第九回（頁137）的王林泉道士，亦有喝酒失法力的狀況，只是因王林泉道士的道法深厚，故能立即回復元神。而《萬曆野獲編》記載了一條「道士入直內庭」事，提及龔中佩道士因熟讀道書，盡知諸神名號及科儀之事，故深得世宗的重用。只是此人「愚憨好酒」，當其酗酒時，常「侮諸中貴」，所以與人結怨。一日世宗傳喚他時，他因飲酒於刑部郎邵峻家，無法速至，故遭人譖言而下獄杖死〔註23〕。

〔註23〕（明）沈德符：《萬曆野獲編》，（北京：中華書局，1997年11月），頁700。

可見道士失戒飲酒事在明代並不罕見。作者藉靈明縱酒失戒之事，對道士的煉元守真提出呼籲，認為道士們若只知誦經行儀，徒具道士的外貌，而無法力以召神請將，就是一種「借神聖名色哄愚人的財鈔」行為，惟有秉心誠正的養煉元神，才能「祭神如神在」「神必饗應」。

任繼愈指出明代道士的社會角色，即是一種「滿足社會宗教需求的從業人員」，其「符咒禁忌、祛病禳災、祈晴止雨、養生送死，以及觀風望氣、相卜降乩之類，都成了人們信仰需求的熱門貨」，所以明代道教的發展必日趨世俗化與民間化〔註24〕。從《三教開迷歸正演義》書中描述著許多醮齋類的宗教活動，可見作者對於此類事情並未持反對立場，也抱持著相信的態度。而藉由此段宗大儒的言談內容，傳達出作者認為只有高潔操守和嚴謹戒律的道士，方能收祈禳之效的宗教理念。因此靈驗有效的醮齋祈福，就為宗教人士的職責本份之所在，否則只是利用宗教儀式行謀利之事。所以宗教的靈驗與否，和個人道德操守劃上等號，為作者既隨俗又教化意味十足的宗教評論。

2、盜賊問題的評論

寶光在第六十七回有一段議論，認為盜賊乃世間最靈又最蠢之人：

> 做盜賊的心機奸狡，偷法多端，此不是最靈？他卻只為著饑寒二字，不然就是浪蕩虛花，貧不守分，那裡曉的天地生人，再沒一個傷你饑寒之理。就是古人王地主，也念一民饑由己饑，一民寒由己寒，聖王這個心腸，所以有養老恤孤之典。一個人父母生將下來，你看他襁褓中，母就有乳以喂，可是天地不曾饑了人。及至長大了，有田土教你耕而食，有桑麻教你織而衣，可是天地不曾饑寒了人。天地又恐怕強梁柔懦，相凌相軋，乃立一個聖君宰制著，可是天地不曾偏了。有煖有寒有飽有饑的人，人自懶惰，不事本業，以故饑寒，乃不想何故饑寒，急修本等，卻思做賊，只知劫奪人，人誰肯與？不遭防禦的器械傷生，便是王法拿住不饒，可憐未曾受用，身先受了苦。就是受用，怎如那乞丐討吃的心腸，不為王法所累，這不是最蠢？（頁1022～1023）

寶光以大段義正嚴詞的言論，批判盜賊們的作奸犯科，全因懶惰不事本業，以靈敏奸巧的心機，犯下讓自己受王法的罪刑，即是一種最靈又最蠢的行為。作者既知「饑寒」乃盜賊發生的最大根源，卻又說「天地生人」無傷民饑寒之理，又以「聖王」有養老恤孤之典，說天地聖君不曾虧待人民，所以人民的饑寒必為「人自懶惰，

〔註24〕任繼愈：《中國道教史》，（台北：桂冠圖書公司，民國87年3月），頁681。

不事本業」。這是作者藉寶光之口，以統治階級的角度看待民間盜賊問題，以致說出這麼道貌岸然的言論，有著極偏頗的態度，十分敷淺和可笑。明代流民問題相當嚴重，盜賊作亂事的層出不窮，自有相當無奈現實的社會、政治、經濟因素〔註25〕，作者不去反映此類問題的社會背景，不去議論現實生活的內涵意義，只是純從義理道德層面，抒發其議論言談，爲小說包裝一層華而不實的虛僞外表，也失掉小說的寫實價值和影射意義。方汝浩《禪眞後史》敘述羊雷和潘三澼含冤受屈而無奈爲盜的情節，一如《水滸傳》刻劃人民落草爲寇情節的原因，都是一種反映眞實民情，加諸深沉社會省思的小說意義。而《三教開迷歸正演義》的作者，卻僅從訓戒世人角度，道德批判盜賊之人，表現一種單調制式的思想模式。

3、募化布施問題的評論

第三十八回因寺中長老和僧人請求寶光開示多忌禪師的迷病，所以寶光就順勢而利導，從多忌禪師進廟門後，即不斷地數說施主信徒布施多少之事，進行開示：

> 師兄的緣簿上引道：布施財鈔，便多福多壽多男子。這些布施的能施得幾多？便想著許多報應的善果。明明師兄一個貪，去引眾善們一個痴來應，再加那疑忌嗔怒，師兄莫怪弟子說，出家人爲躲離這貪嗔癡，師兄不但不能躲離，反去招惹在身上。若是募化印經造像，我佛只恐不喜此不淨而垢，若是吃在肚、穿在身，人天只恐不祐此貪而且癡。且如一個僧家喫齋，無非不染這些腥膻，蓋爲清淨身心以修極樂，認定念頭，卻怎反生疑忌？又如世上凶危不祥之事，顧瞻自己可有召致的過失愆尤，若是自己一心正道，逢凶自然化吉，若是傾邪便辭也辭他不去，倘有無辜相臨，亦直聽命而受，那在忌諱起了這無明煩惱。（頁578～579）

作者以此長篇的言論，對於民間宗教人士的化緣募款行爲，和信徒們的布施迷信心理，大加批判，評議此種互動關係，爲以貪引癡，乃不合天理、有違佛家清淨持戒的行徑。因書中以禪師之名，爲小說人物取名，故可將多忌禪師四處向信徒化緣募捐的行爲，視作明代禪林現象的反映，江燦騰以湛然圓澄禪師的《慨古錄》，探討晚明叢林的諸多問題，其中即有「爲謀衣食，而行爲失檢」一項〔註26〕，因晚明僧侶數量激增，過去的禪林制度無從供應如此龐大需求，因此僧眾必爲謀生而努力，

〔註25〕牛建強：《明代人口流動與社會變遷》，（河南：河南大學出版社，1997年年3月），書中對明代流民產生的原因有相當詳細的說明，頁318，對民生疾苦所產生的流民現象有所分析。

〔註26〕江燦騰：《晚明佛教叢林改革與佛學諍辯之研究》，（台北：新文豐出版有限公司，民國79年12月），頁14。

當然這也導致當世禪林素質低落、戒律散漫的結果。

另外，對於多忌禪師的事蹟，若不從明代禪林角度探討，而以民間宗教信仰的角度觀察，則因民間宗教信仰的發展模式，本賴信眾教徒們的金錢物品之布施捐獻，以為寺廟運作的來源，更是廣大僧眾賴以維生之據，所以書中反映了當世民間信仰的活動情形。而作者藉由寶光的言語，批評多忌禪師對於財錢募化的過度熱衷，有違佛門修行者清心寡欲的原則，更是屬於世俗之貪嗔癡，不合佛教戒律之要求。但深究其言論的內容，仍不脫儒者色彩，所謂的「一心正道，逢凶自然化吉」，「無辜相臨，亦直聽命而受」，即為順時處世、安於天命的儒家思想，屬理性人為力量的關注角度，而非宗教內涵的信仰角度。所以作者假寶光此位宗教人士之口，說出反對化緣布施事的言論，也表現了明確的儒者立場，對宗教募化事有所評議，也希望糾舉時弊，善盡儒者教化之責。

4、富貴貧賤問題的評論

第三十五回的盧花子乃一位愛慕虛榮的貧戶，大儒聽了他的遭遇之後，說道：「小生日前也曾向長者說，世人素富貴行乎富貴，素貧賤行乎貧賤。古人說的好，服之不中，身之災。足下衣被盜去，卻免了災，若是尚在，不知這紬綾中，生出許多怪事，豈但身災！」（頁 516～517）當盧花子質疑世間許許多多穿綾著緞的人，難道都會生怪事？大儒繼續答覆為：「安常處順，便是素位，何怪之生？反常背道，越禮犯分，自招邪怪，只是這不當穿而穿的心腸，不矜誇便淫慾，怎如這本等布絮！」所以大儒對富貴貧賤的看法，即在「安常處順」之道，不評論貴賤之事，只重視人心對於貧富問題的安順與否，是否能以平常自然之心看待。因此是種不外求而內省的反求諸己工夫，似乎為消極對應的處世態度。文中所謂的「曾向長者說」之意，即第二十五回中曾向常戚戚開示的「你道富的好，富如不好，人何苦苦求富？只是富也有苦處，你道貧的不好，貧如不好，陋巷簞瓢，古人何樂？只是貧不為苦。」富的「苦在心不足。」貧的「樂在不求人」「你能三次不求人，人肯三次不惡你求麼？忍一時之求，免三次之惡，試問君憂貧可憂得富來麼？若貧可憂得去，富可憂的來，便憂亦可。如憂不來，不如且樂一時，免生疾病。」（頁 378）此回言論，頗有一番見地，將貧富的苦樂問題，論理精闢而說解平易，能符合社會常態，較切合人事之慣例。

除了上述四項問題，全書類此模式以評論的問題相當多，如分家析產問題、人心勢利問題、風水問題、娶妾問題、鬥氣使性問題等等，針對時弊提出長篇評論的內容，為作者觀察民心世情後的個人見解，反映出部分的社會現象，因為作者希望

小說能發揮開示引導人民的教化作用，所以議論內容有時不免八股而老套，但也不乏精闢見解，和獨特的論點。

（二）特定議題的談論

當作者對於某項議題有高度興趣時，常藉人物之口以大發議論，在小說中盡情的抒發己見，以顯示自己的才學。下述舉四例以說明作者就特定議題，進行談論鋪敘的寫作方式。

1、人類起源與定名原因

第一回當林兆恩來到渾元廟時，蕭閑處士問林兆恩：「我們這個人當前怎樣生出來？便喚做個人？」林兆恩笑著回答：

> 這個道理，聖人也曾考較說出。那天地未闢原是一個渾渾沌沌，理與氣後分出個陰陽，輕清的上為天，重濁的下為地，釀成了個春夏秋冬，自然變化出萬般的物類。只是人比物類最靈，就製出許多名色來了。起一個名字叫做人，起了一個天字叫做天。這天也不知你叫他做天，摠是人中出來一個至聰至明的聖人，立的名色。如今見理透的說道，一任馬牛呼，假如當初把人呼為牛，把牛呼為人，如今呼人做牛，人也不怪。（頁 11～12）

這段回答是作者的藉機發揮，發表個人對哲理性議題的見解。認為渾沌乃宇宙初成的模樣，經「理與氣」之後，才開始一分為二，有了陰陽、天地之別，再則為春夏秋冬四季之生成，最後才變化成人類萬物。這種針對宇宙生成變化的闡釋言論，將理氣視作混沌初始分化之關鍵，與宋明理學家對理氣問題的關注態度，有著一致性共同點。當然因文字本身的簡略，無從見到太多理念的傳達，無法分析其理氣觀是屬朱熹的「理先氣後」「理本氣末」「理主氣從」「理存氣滅」觀點？還是王陽明的「理氣相依」「理在氣中」觀點？但從此段文字也可看出其對理氣的認知，與傳統上理氣為「標誌宇宙本原及其規律的哲學範疇」〔註27〕有所不同，為對理氣功能之強調，將原本博大繁複的理氣議題，局限為步驟上的功能性。

另外小說中的林兆恩，認為事物名色之由來，完全是人類定名事物的一種標誌，僅為名相之稱呼，而這些名色實際上都不會影響到事物的本質。所以此段言論，僅探討著名之起源，以及表述著名相和本質無關的論點，並無進一步探討名實關係的言論出現。而且認為定名者乃「至聰至明的聖人」，似乎又將名的定立，歸屬於智能高超的人所為之事。因此作者安排林兆恩人物為其思想觀點的發言者。

〔註27〕萬榮晉，《中國哲學範疇導論》（臺北：萬卷樓圖書有限公司，民國 82 年 4 月），頁109。

此次林兆恩現身故事的情節中,作者安排林兆恩針對處士們的疑問,提出種種闡釋解說,為有「當初生出人來時,到如今可知多少歲月?」之時間觀議題,「人死了知否」的靈魂存滅議題,「先知冥覺的神鬼」的有靈議題。這些談論內容,都是作者發抒己見的方法,將個人對這些議題的闡釋興趣,藉由小說人物的對話形式,鋪陳展現其思想。

2、三教合一

三教合一是明代思潮的主流,也是作者編寫故事的主體思想,因此書中出現相當多針對三教合一議題而開展的談論。如在小說中第十四回賈儒問三人:「儒釋道合一,一從何處起?何處止?」寶光回答:「空中樓閣起止在君。」靈明解說為:「綿綿若存,循環無間,誰分起止。」大儒則以:「小生笑即是起,先生問即是止。」「笑也是這個,問也是這個。」對應。接著賈儒又問「道既分不得,可離得麼?」大儒說:「可以離,可以不離」這時賈儒立刻說:「離不得離不得。」靈明接著解釋「離得」之理,認為喜怒哀樂「睡著便離了」,做夢時的喜怒哀樂也是「睡熟了無夢做」,也就是離得的了。結果賈儒認為大儒的論點較佳,總結為「可以離可以不離;可以分可以不分;可以合可以不合。」(頁 208~209)從這段四人對話的言談中,可見寶光解釋「三教合一」之「一」,從佛家空觀著手,認為「一」即「空」,為虛幻不實的空中樓閣,而「空」又可歸結於人身上,其本末始終都自「君」之我而發生。靈明則從老子「週而不殆」的道本體論,說明三教合一的「一」即「道」,為週而復始,循環運行不息的概念,毋需分出彼此起止之界限。因此寶光和靈明的釋道立場仍十分清楚,只有大儒對「一」較乏儒家立場之解釋,僅說明人我界限之等同觀念,起止分別實際上是不存在的。因此作者的三教合一觀念,只是一種部分理合、有所追求目標相同的認知,看待三教本身仍各異,認為三教實行方式和重心仍有差別,如第六十五回大儒就曾說過:「我三人合三教為一,卻是理合不是人合。」「只因儒釋道分門立戶,各相標榜,傳下個教,後人遂指為三途。殊不知我儒立了個萬古綱常倫理生人的命脈,只恐政教有不能盡化的去處,釋與道又幫助著些道理,所以說理合。」(頁 997)這種儒者本位的態度,視其餘二教為輔的觀點,正是作者凡例第一則所說的「本傳獨重吾儒綱常倫理,以嚴政教,而參合釋道,蓋取其見性明心,驅邪蕩穢,引善化惡,以助政教。」將儒為主,佛道次的立場。

但是作者在三教合一總綱目標之下,仍需有其他二教理念的發揚,如第二十一回寧給處士批評大儒三人只說些紙上現成的話,而乏實用的工夫時,大儒以「小生們自有實用的工夫,怎麼與人講的!」方式回答,靈明以「聖賢立教,著經書傳後,

也都露洩在內，只是了明的自然默契，因智愚不等，所以有這講說。此即明已明德新民之後，實用兼教化之說。」（頁310）當寧給批判明德新民乃儒門之理，怎能與釋道相參時？寶光回答說：

> 處士講的是後邊，不曾看那前處。我佛自無始以來，立教豈不欲物我玄同，渾渾如出一道，只因人心不同，有如其面，或為君子，可以理化，或為小人，不以理化，我佛千百億化身，觀見此等眾生，所以化身為孔仲尼，變形為廣成子，故儒家道家鼻祖，都是我佛所化怎麼不合？（頁310～311）

此段寶光的言談，將佛祖地位抬高至三教之首，極力推崇佛教；甚至將道教的「老子化胡」之說，改造成佛祖化身為孔仲尼和廣成子之說，表現出佛教至尊的態度。而故事中大儒和靈明的儒道立場，此時亦暫且隱沒，未見兩人提出任何反駁或不滿的反應。

可見作者在編寫故事中三教三人的立場和思想觀念時，往往讓三人各自表述、各有堅持；對於三教之間的矛盾和衝突，作者未能思考彌平、補救或化解之道，仍以塑造三教特色的態度，論述三教的本位觀點。因此故事中的三教合一，其實僅是一種口號似的名目，讓三教能在此名目下獲得世人的尊重和信任，而進行說理論道時，讓三教仍各自推崇本門教義的獨尊立場，並無真正的三教合一精神。

3、地獄存否

第三十二回（頁484～485）辛知求認為作汴長老「著了勢利迷，非方外宜有，師父念在佛門，寧忍使他墮入不明之獄？」時，寶光則回答說：「我佛發大光明，照徹十方法界，凡皈依三寶的，便不入這地獄。只是長老為勢利迷了，就不得登極樂界，尤不離這勢利中，生老病死苦卻推不去。」（頁484）寶光認為只要皈依佛門淨土，就能免除入地獄的下場。所以佛門勢利者不會下地獄，只會無法登上極樂世界、無法免除俗世的生老病死苦。當然這是寶光從勸人皈依佛門立場，所說的誇張言語，並不代表佛門人士具有免除下地獄的特權，只是一種極力推崇佛教的用意。後來辛知求又提出「若是皈依了三教的，可入了地獄麼？」（頁484）寶光的回答就很微妙：「天堂原是玄門神仙樂境。如今誦讀了孔孟的經書，披服了聖賢的禮義，名登天府，就是天堂，講甚麼地獄？」（頁485）其意為只要信道者就能上天堂，習儒者就會登天府，此兩類人的心中是不會有地獄的存在。再透過大儒的話：「入了禮義便出了地獄，出了禮義便入了地獄。」（頁485）將地獄形容成一抽象的非道德概念，再配合寶光先前的說明，可知對儒道來說（其實主要是儒者立場），地獄存在於意念中的不善範圍，只要行止合乎禮義，就無地獄之存在，若行為不合宜，就自然而然的落入

了地獄般處境。因此作者在此段故事情節的言談中，表達了理性轉化的冥界概念，與小說中大部分的冥界意識並不相同。

4、士人的出處之道

第十四回出現的計得之和景洁二人，分別著了貪婪迷和狷介迷，由大儒分別說理以開破。此段開迷情節中，作者藉二老與大儒之間的問答，特別針對士人出處之議題，發揮己見而論述：

> 出處原無二道。善出的卻與那善處的，一般用情。譬如這個身子既出與朝廷做些事業，就竭盡心力，如窮居抱道，不貪利祿的一般，若是只圖富貴患得患失，縱爵位崇高，居心獨無失其所守？那善處的也與那善出的，一般用意，譬如這個心情，既隱在山林巖穴，不關世事，卻也看那治亂何如？難道世教休明，我卻貧居自苦，縱不貪位慕祿，處室也須寬裕中節，若是貧困燕居，未免矯情誑世。（頁204）

從這段冠冕堂皇的言辭中，可看出作者認爲士人對於自身的處境，宜自然隨順，無論出處都不該驕傲失意，只要立意真誠，不貪婪謀利，亦不矯情造作，就是一種良好的士人風範。若從明代的士人處境、以及社會環境的現實層面，來看此段議論的內容，則有過於理想崇高而荒謬的失真感，既無一官半職、謀生之能，士人如何能處鄉居而「寬裕」？在明代商業經濟高度發展下的社會風氣，利如何能不置於人心之上？爲官「如窮居抱道，不貪利祿」的人能有幾位？所以雖然作者藉此段議論，表現出其理想的士人出處之道，爲理想文人的高華面貌。只是這種內容稍嫌老套八股，毫無高瞻遠仰的創見，亦乏時代反映的意義性。

除此四項議題的發揮，書中尚有艮背工夫、守身淨心、心口一致、義禮要旨、輪迴轉世、人世短暫等等特定義理的談論，多半屬作者爲誇個人識見之不凡，在小說中賣弄才學，以長篇議論形式，發表個人見解、抒發一己之思。

這些議論內容，多半運用人物之間的對話問答模式，帶出一段段的長篇言談，成爲作者有意而爲，或教化、或逞才的寫作技巧之表現。這種言談內容，大部分涵蓋於開迷情節中，以迷作爲議論說理的媒介，但並非以開迷爲此部分議論說理的主要目標，雖然作者的開迷模式，如筆者前章內容所示，多靠論道說理以開破。但觀察作者寫作議論內容時，有時亦脫出開迷主題

之外，甚至與開迷情節毫無關連；就算是從迷事而引發出來的一段議論，也多屬可獨立存在的言談內容。因此將這些作者蓄意而爲的議論語言，另行規劃成一類，以說明作者在語言方面的運用手法。

三、戲言運用方式

「醒」乃視酒醉如疾病，《說文》：「醒，病酒也，醉而覺，言既醉得覺，而以酒為病，云病酒也。」《廣韻》：「醒，酒病。」故作者凡例中的「以酒解醒」，即為以戲謔可笑的寫作手法，對世人可笑之弊病，進行種種的諷刺和批判，具有以毒攻毒的創作旨意。本單元即對小說之戲言內容進行分析，以了解作者在諧謔語言方面的寫作運用。

（一）嘲諷開示的俚俗戲言

作者常以俚俗的文句用語，嘲笑人物或事情，作為嘲諷世情、開示人心的手法。如第八回戚情設局騙財，被人黑吃黑時，即說出一段俚俗言語：「你不知我是馬扁的宗祖，湯不得的外公。」（頁113）雖然如此的虛張聲勢一番，但戚情後來仍被滑裡油等人修理，對彼此之間的先前約定毫不認帳。因此作者以此段情節來嘲諷那些自誇騙術高超的無賴人士，作惡多端終有滑鐵鑪的時候。第十回由蘭薈與家神交涉，救出被姦盜迷，事後戲謔迷即評論道：「這事雖好，難免俗語一句。」說道：「家鬼弄家神。」（頁140）惹來眾迷大笑不止。這段情節，正是作者對於社會人情關說氾濫的嘲諷，原本公正崇高的神明，竟也會接受鬼的人情關說，擅自又輕易地放了被拘禁的邪魂，由神界現象反映到人間現實，亦是一種嘲諷現實的寫作手法。

第六回吳情對史動說：「如今世上先姦後娶的也不少，就把史大哥招了做個女婿。原是他受用過的人也不笑他，娶了這等一個妻小，卻怨著誰？」（頁79）吳情這番對世間男女偷情後嫁娶關係的心態描寫，用語俚俗描述露骨，充滿諧謔趣味，當然話中所謂的「先姦後娶」現象，亦是淫蕩世情的一種反映。接著又有狐妖聽到桃夭嫁給史動的消息，說了一句「弄假成真，貓兒翻甕替狗趕食」（頁83）的俚語，亦十分有趣。

第四十三回有人說了一個反本還元譬喻：

> 前日一官坐堂，有隻狗當堂蹲臥，官喝他不去，只見個皂隸一聲喝，那狗飛走去了。官便問皂隸：「這狗怕你，你怕誰？」皂隸道：「小人怕老爹（老爺）。」官說：「我卻怕誰？」皂隸：「老爹怕天，天怕雲，雲怕風，風怕牆，牆怕鼠，鼠怕貓，貓怕狗，狗怕皂隸，皂隸卻又怕老爹。」（頁656～657）

眾人聽完後轟堂大笑。藉由一連串相剋之物的巧妙安排，描繪出官衙內的生態，充滿規律性的口語趣味。這是作者運用俚俗的文字遊戲，表現出對於官場現象的嘲弄和批評。

第七十五回當大儒開破甘巴兄弟妯娌間的絞家迷和失御迷之後，甘巴的妻子竟

冒出：「只是先生肯再有個法兒，把俺丈夫甘巴，不要甘掙。叫奴家們甘熬。」（頁1149）這種將鄉間小民生活艱辛的景象，以及夫妻間相處的現實處境，藉由故事人名的串連，編造成俚俗戲謔的文句。

　　第六十八回當盜賊卜待時意圖劫掠大儒一行人時，辛知求以「決不待明，短了一尺」之語，替寶光的開破盜賊之語幫腔。結果卜待時以為辛知求知其名號，嚇得從馬上摔落，並且說道：「爺爺呀！俺聞知他們有些古怪，怎麼就知道俺的名姓？俗語說的好：瓦罐不離井上破。俺們這生意，眼見的拿倒了幾個，被官司梟首示眾，這響馬也不是慶八十歲的，罷！罷！散了夥罷。」（頁 1039）整段言談內容，與盜賊粗曠草莽的形象符合，充滿著民間俚俗的趣味性。也點出盜賊匪類屬於不為人知的社會黑暗階層，此種人士不願他人知道自己的真實身份，忌諱曝露背景資料，有著見光死的特性。當然卜待時話中的反省覺悟之意，也是作者刻意安排的開示盜賊技巧，盜賊免不了遭官府捉拿處決的下場，讓盜賊之人有所警惕。

　　第二十二回尤豫懷疑妻子對自己下了咒詛，以致自己和妾室都得了怪病，並且稱說咒詛之事乃女巫報知的消息。當時靈明對尤豫心中疑惑的回答為：「這是女巫的邪說，迷了胸臆。世間那有咒成人病之理。俗語說的好：何不咒死了達子，也免犯邊塞。」（頁 328）靈明以俗語否定咒詛之事的存在，戲言嘲笑世間對咒詛事的迷信心理，這種不信態度，出自專門除魔斬妖的靈明道士之口，頗有幾分說服力，但也顯得有些矛盾。

　　第三十六回一位老者說自己不信任朋友的原因，為曾與一老友反目成仇，不相往來，且又受盡朋友的惡言相向之苦。再加上老者觀看他人之友，亦有忘恩負義的言行，故不信朋友之義。寶光以「君子與君子為朋，小人與小人為朋，各有個類，俗語說的好，門裡有君子，門外君子至；門裡有小人，門外小人至，面貌不同，心地各別，黨類不合，便動戈矛，所以朋友各從其類。」（頁 539）對老者不檢討個人言行得失，反而責求他人之失，以俗語之言，對老者不知物以類聚之理，進行開示。當然老者不服，認為自己雖非君子，但也必定不是小人，然後又對世情加以嘲諷一番：「君子總來是沒有甚麼朋友，有錢有勢疏的也親，無錢無勢厚的也薄。」（頁 539）將世態炎涼的景象，尖銳生動的反映出來。最後當老者向大儒請教「交朋友的道理」時，大儒的答覆為：「但凡交友之道，先聽其言，次察其心，三試其行事。果是個言與心孚，心與行事正當的，便與他相交，不可始初就親厚如骨肉，後來卻怎相繼？必須由疏而親，從薄而厚，始初是如何禮貌，到底只是這個禮貌，還要加隆敬些。那朋友必定也如此待你，古有晏平仲善與人交，久而敬之，世間交朋友，惟有這久敬卻難。」（頁 540）以觀察了解他人言行，作為交友的第一步驟；並由疏親關係的

循序漸進之理，說明交情深淺的實行方式；終以「久敬」之道，作爲友情維持之最高理想。當然，這一大段文字的介紹，亦屬作者針對朋友相處之道的特定議題，進行發揮詮釋；因故事情節之先前部分，採俚俗戲言方式，對老者不知自我檢討，只會指責他人的偏執個性，進行嘲諷開示。故取本則故事前段之議論特色，作爲此則故事的歸類。

第五十九回中，一位草古人士請寶光開解其心中之疑。草古不解人活在世上爲何如此短暫？人生爲何如此勞苦？面對人世間的種種爲何如此無奈？因此草古以一句「俗話說的好：啞子喫黃蓮，自己肚裡知。」（頁907）當作一連串問題的自我註解。此段俚語非戲謔意味，而是民間諺語的生動表述，但從寶光聽了草古的一番話後，笑著回答說：「足下知道這個意味，便識破這個意味，世人那個免得莫怪小僧說。」表示只有開始覺醒領悟自身之久暫問題，就是一種開悟之道。因此從寶光面對此事的反應，以及草古人名諧音取義的詼諧性，勉強可算是作者以俚俗戲言方式，進行人心開示的寫作手法。

（二）諧謔批判的誇張戲言

第四回的蘇三白酒商，說明何以金華酒店向其買酒的原因爲：

> 這金華原籍浙江人，姓金名華，也因名造酒，向來這鄉村家家造的酒，燒罈時細蜜，淋漓白酒。只因金華酒味醇釀甜美，富家大戶款待上賓，莫不沽買。這幾年風俗世情改變，也因太倉王鄉宦說笑：「金華酒俗，盜賊若不招，只把金華酒安息香，勸盜燻賊，便強似刑罰。」爲此金華酒不行。（頁59～60）

此段似是而非的言談，有著前後邏輯難以推知其理的問題。但仍可見作者誇張手法的運用，將眾所皆知的金華酒之名，編造成浙江人士的名字，且說成是「因名造酒」的聲名遠播。再由王鄉宦戲言的內容，以誇張金華酒釀厚味美的特色，連盜賊也會爲金華酒而屈服招供。此則內容，爲作者反映當時金華酒名聞遐邇盛況的誇張手法，又有批判釀酒成風的社會現象之意 [註28]。以此誇張戲言的寫作方式，進行道理執拗、格格不入的故事情節編寫。另外，此段故事情節，似有所依據，范濂的《雲間據目抄》卷二的《記風俗》記載著：「年來，小民之家皆尙三白，而三白又尙梅花者、蘭花者。」所以蘇州酒遂取代了金華酒的地位，甚至酒肆都更換了招牌。

〔註28〕牛建強：《明代人口流動與社會變遷》，（河南：河南大學出版社，1997年3月），頁218，書中提及浙江金華的酒業馳名國內，但如徐渭的《徐文長三集》卷十七《物產論》內容中，即表現了文人對釀酒獲利的世風趨勢之憂心。

所以作者據當世飲酒喜好的轉變現況，編寫人名和情節，以為世風之批判。

第七十二回有段群鬼嫖鬼妓的誇張故事。群鬼奉陰間判官之命，押解狐妖前往吳情家中，勘驗狐妖使桃夭懷孕之事。當群鬼和狐妖於途中路經一處楊梅果園，欲摘楊梅果子吃時，見到一位「渾身滿臉都是翻花大楊梅瘡」的看園者，於是眾鬼驚道：「爺爺呀，到是不曾摘了吃！你看這管園的，渾身滿臉，想是吃的果子多了。」（頁1109）這段誇張的言語，頗富戲謔玩笑性質，為一種誇張戲言的寫法。故事安排此位看園者告知眾鬼公差們，園後有一處勾欄墳地，他身上楊梅瘡就是去嫖鬼妓時所染上的。結果風流鬼和替死鬼不顧鬼妓的齷齪有疾，率先飛奔前往嫖妓，而其他鬼魂亦在一陣推擠爭先的混亂場面下，也全都去嫖鬼妓了，使得被押解的狐妖趁機逃脫。最後替死鬼得為怠忽職守、讓罪犯脫逃之過，擔起責任，由另外二鬼鎖了替死鬼交差。整件事看來荒謬可笑，群鬼嫖鬼妓，連陰間鬼魂，也免不了淫穢色欲之情，以致衝動誤事，文字敘述充滿噁心且露骨的色情描寫。當然此段故事為作者對明代社會淫穢色情風氣的諧謔批判，這樣的情節正好可以反映部分的時代民情，劉達臨指出，中國對梅毒等花柳病有明確記載的古代醫書，當屬明嘉靖二十三年出版的俞辨之《緒醫說》，及萬曆十八年出版的李時珍之《本草綱目》；另外對梅毒論述最詳細的，則為崇禎五年出版的陳司成九韶之《霉瘡祕錄》一書〔註29〕。從明代醫書對梅毒等性病說解詳細的情形看來，可見明代花柳病的流行盛況。此處鬼嫖鬼妓而染楊梅瘡的情節，正如當時民間無視楊梅瘡之流行，仍盛行嫖妓，明知嫖妓之弊仍縱欲無忌的現象，諧謔批判了一番。再如第十五回描寫辛知求本欲嫖妓女香兒，結果辛知求一摸到香兒身上有許多「彈大梅瘡」，嚇得他拔腿就跑。另一位醉裡夢的人物，則因喝醉酒糊里糊塗的被香兒誘上床，雨雲一番後才發現妓女有大瘡，因而懊悔極了。後來醉裡夢人物，說出一段夢話：「你這個辛長兄，嫖則莫怕，怕則莫嫖，東道已吃，怎卻推辭。」（頁222）另一位夢裡醉人物則也說出一段夢話：「辛兄不嫖，我與你二人要樂一個，只是如今表子生楊梅瘡的多。」（頁222）這種誇張的戲言，即是對當時的嫖妓淫風熾盛，導致楊梅瘡性病之流行，相當生動的反諷。

第二回賣布小販描述世情日下的情況：「當年貧窮的買布穿，富貴的買紬穿；如今富家節省買布，貧的找架子賒也賒一疋紬穿。」只見一位裁縫在傍笑著說：「正是古怪，當初衣服紬絹有裡，紗羅沒裡，如今只憑錢勢，有裡的做了沒裡，沒裡的做了有裡。」（頁31～32）於是眾人聽了都笑了。作者藉由兩位平民之戲謔言談，嘲諷世情的浮華虛榮，以相當誇張的戲言方式，批判俗世的實況。

〔註29〕劉達臨：《中國古代性文化》，（銀川：寧夏人民出版社，1993年），頁783～785。

　　一位老漢和辛知求在第八十二回中，有一段層層推展的對話，不僅表現出民間貧家可憐無奈的生活窘況，也是作者賣弄巧思之誇張戲言。故事是這樣進行的：此位老漢說自己兒子因家貧而叫苦，身上寒冷無綿叫苦，辛知求答覆：「這也不算苦。」老者答：「向日迎面雖暖，背後卻次只是叫苦。」，辛知求又答：「這也不算苦。」老者自解：「喜的個張大哥與他背靠背方熱，不匡背沾背長在一家，只是叫苦。」辛知求還是答：「這也不算苦。」老者再答：「他兩個你背我、我背你，相呼相隨，也不叫苦；誰知張大哥害病起來，只是叫苦。」辛知求仍答：「這也不算苦。」老者終答：「那張大哥卻死在背上，如何不叫苦？」辛知求依然答：「這也不算苦。」老者質疑說一個人死在背上如何不算苦？辛知求回答說：「只等張大嫂來燒張大哥，這方才算苦！」（頁 1263）這時在旁眾人聽了各各大笑起來。藉由辛知求回答相同的模式，引出老者一次又一次的說白言語，讓笑料推衍進展到最高峰，整段對答終止在一個極致的荒謬點，顯出此事誇張之笑果。這種層層推展的模式性笑話，充滿了民間口語智慧的趣味，作者運用誇張手法，將社會貧戶的生計問題，有所揭露亦有所諧謔的反諷。

　　由上述內容可知，作者喜用戲言方式，以呈現全書的嘲諷意味，及營造詼諧的趣味感。至於戲言內容的或俚俗或誇張，則屬作者運用此種戲言語言的不同特色。這些俚俗誇張的戲言運用，都將平凡小民的庸俗諧趣特質，充分表露在書中，成為小說娛樂效果的一大特色。

第五章 《三教開迷歸正演義》思想內容探討

《三教開迷歸正演義》的思想內容，由道學觀點為主體而漸次開展。作者的道學思想，影響了小說的社會價值觀、宗教意識及政治態度，使得小說的思想內涵較為教條化和制式化，但書中亦不乏明代思想特色的反映，符合當世的時代思潮。因此本章對《三教開迷歸正演義》思想內容的探討，先從小說的道學觀點著手，再依小說的社會價值、宗教意識、政治態度，來論述書中的思想內涵。

第一節 道學觀點

一、推崇道學

明代程朱理學往往被稱之為道學，而道學之名，據南宋周密的《癸辛雜識續集》卷下指出：

> 道學之名起於元祐，盛於淳熙。其徒有假其名以欺世者，真可以噓枯吹生，凡治財賦者則目為聚斂，開閫扞邊者則目為麤材，讀書作文者則目為玩物喪志，留心政事者則目為俗吏。其所讀者止四書、《近思錄》、《通書》、《太極圖》、〈東西銘〉、語錄之類，自詭其學為正心修身齊家治國平天下〔註1〕，……。

徒具虛名而不具治國才能，學養貧乏空洞，見識淺薄短窄，為周密所見到的道

〔註1〕（宋）周密，《癸辛雜識》續集下，《中華古籍叢刊》第二十四冊，（大西洋圖書公司，民國57年），頁4左，〈道學〉。

學家面目。雖然周密所言屬兩宋道學之人，但黃明理認爲「南宋以後，儒學依循程
朱路線前進，無大轉折」「明中期陳白沙、王陽明之後，於入聖功夫上雖有修正，然
道學之理想宗旨，則未轉移〔註2〕。」對於周密所抨擊的道學觀點，和黃明理所認
定的流傳影響層面，可看出道學思想仍普遍殘留於明代士人的觀念之中。尤其是程
朱理學受到君王政權的極力推崇，以及科舉考試的明文規定，更是形成定於一尊的
強大勢力。但是也因此成爲文人思想的禁制桎梏，絕對教條化後而日漸衰敗腐朽。
李卓吾對道學家的形象描繪如下：

> 平居無事，只解打恭作揖，終日匡坐，同於泥塑，以爲雜念不起，便是
> 眞實大聖大賢矣。其稍學姦詐，又攙入良知講席，以陰博高官；一旦有警，
> 則面面相覷，絕無人色，甚至相推委以爲能明哲〔註3〕。

這樣外貌嚴正、禮儀周到，虛有其表的道學家，正爲率性眞情的李卓吾所不恥。

《三教開迷歸正演義》作者的主體思想，屬程朱理學的傳統道學家觀點。這可
從作者塑造小說的主角人物：宗大儒身上，看出端倪。宗大儒在小說中屬林兆恩門
人的身份，若以林兆恩的行事風格和交往對象而言，宗大儒應該歸屬於新派王學的
旁支餘緒。但因作者個人對道學的推崇觀念，使得故事中的宗大儒形象，並非心學
人士，而爲道學士人，如第二十二回夏常秀士向吳繼旦介紹宗大儒時，稱之爲「荆
楚道學名士」（頁 334），即爲作者對宗大儒道學身份的安排。宗大儒的道學傾向，
尚表現在宗大儒視「理」爲天地間第一等事的言談，時常將「理」字掛在嘴邊，如
第四十九回勸解衙門公役時說：「列位只知其錢未知其理。天地間不論貴賤，有了理
不應無錢，沒有理有錢也無用，何不試看那有理之家，貧也安靜，比如做官的有理，
子孫出賢，廉名遠播，百姓家有理，門庭生吉，家道日興。」（頁 739）視理爲最重
要的道德標準。這種對理極力推崇的態度，正符合黃明理所說的「道學家事事以理
相繩」觀點〔註4〕，可見宗大儒的道學家傾向。

既然作者對於道學採認同態度，當然會對假道學人士十分鄙視不恥。例如賈儒
（字道學）的名字取法，就是假道學之意。此位賈道學人物聽到大儒們的事蹟，立
刻請差人接大儒們前來「講一個道理」（頁 208），表現出對道的注重。作者雖然替

〔註 2〕黃明理：《晚明文人型態之研究》，（台北師範大學國文研究所碩士論文，民國 78 年），
　　　頁 79～81。

〔註 3〕（明）李贄：《焚書》，（北京：中華書局，1975 年 1 月），卷四，〈雜述·困記往事〉，
　　　頁 156。

〔註 4〕黃明理：《晚明文人型態之研究》，（台北師範大學國文研究所碩士論文，民國 78 年），
　　　頁 94。

賈儒安上「色莊迷」之迷名，指出其人之弊病為外表莊嚴，但故事中卻無任何破迷的情節，也不曾交待其色莊的模樣，僅塑造了一位不了了之的角色。但從第九十二回描寫的「飾外迷」行徑，可以看到作者「色莊迷」的解釋。（頁 1422）當一位士人「行路端莊，真是趨進翼如，目不傍視。」（頁 1423）經過大儒一行人的面前時，大儒稱讚此人為「行端表正的君子」，但靈明不表認同，認為此人是「色莊迷」，「面貌上做模樣便是色莊」，因此大儒派辛知求一路尾隨跟縱此位士人，觀看其私下的言行。果見此人在僻靜之地，「四望無人，舒了一口氣，伸了兩隻臂，說道：『且疏散疏散著。』」（頁 1423）後來此人發現辛知求的存在，又趕緊「忙忙的又端莊起來前走。」因此大儒評定此位士人為「飾外迷」，並且解釋「色莊迷」為「只在面貌上做模樣」，但「尚有良心」；而「飾外迷」則為「其心必偽，不止以觀瞻悅人，良心只死喪失。」（頁 1424）從此則故事中，與耿定向在《權子》「志學」中，對道學家的可笑事蹟之記載相似：

> 曾有人士歆道學之聲而慕學之者，日行道上，賓賓張拱，跬步不踰繩矩。久之覺憊，呼從者顧後有行人否？後者曰無，乃弛恭率意以趨。其一人足恭緩步如之，偶驟雨至，疾趨里許，忽自悔曰：「吾失足容矣，過不憚改可也！」乃冒雨還始趨處，紆徐更步過焉［註5］。

因為道學要求士人宜嚴正端謹的緩步微行，使得故事中的一位士人，因時間一久，甚感疲累，四顧無人之下回復正常行走方式；另一位士人則是遇驟雨就自然反應地疾行，後來才省悟到已違反了道學家舉止要求，趕緊改過。透過這兩則行路故事，耿定向嘲諷了道學人士虛偽不合人情的行事容儀，並對道學家違反自然本性的嚴謹言行，提出了質疑。

雖然《三教開迷歸正演義》的「飾外迷」故事，與耿定向的記載有幾分相似，但作者的寫作用意，並非對道學家行徑的批判，只是對無法堅持嚴正儀容的假道學人士，加以譏諷嘲笑。作者在書中仍秉持著一貫的推崇道學家態度，從此則故事開始時，作者藉宗大儒的評論之語，表明對道學家嚴整舉止的贊許之意，可看出作者仍然對道學家的風範儀態，給與相當高度的肯定。

二、批判心學

王門心學和程朱理學，形成明代思想界的兩大主流。晚明時期的文人們，在王

［註5］（明）耿定向：《權子》〈志學〉。收在（清）陶珽：《續說郛》，（《四部集要》，《子部》，新興書局，民國 53 年 6 月），卷四五，頁 1999。

門興盛的影響下，都或多或少的浸染著心學色彩，強調個人主義的唯心思想，主張
內省自覺的主觀意識。吳承學和李光摩對於晚明文人所流行的個性之風，稱之爲
「病」，認爲「晚明人喜歡不同常態的『病』『癖』『痴』『狂』，故抱怨『天下之病者
少，而不病者多。』」而且具備「有『病』才有個性，有情趣，有鋒芒，有不同世俗
之處。」的思想〔註6〕，如王陽明就曾說過「我今纔做得個狂者的胸次」〔註7〕這樣
對狂者認同的話語。可見「狂」爲心學人士推崇的理想人格。因此心學思想具有反
傳統、立異求新的特色，是晚明文人理想中的名士風範。

　　作者面對心學士人流行的個性之風，採嚴正抨擊以反對立場，認爲這些個人色
彩過濃、主觀意識過強的行爲，都是一些偏頗不正的言行表現，皆屬有迷在身、遭
迷惑心的人物，因此安排入小說的開迷情節中，爲其破除迷邪，歸返正道。如第五
十八回（頁883）樊士嘉的「孤高輕世、執傲任情」，在作者看來即是著了「是非不
辨」的「清客迷」，必須加以剷除消滅；第五十三回（頁792）中的三四位士人則是
著了「狂妄迷」。至於對大儒一行人加以訕笑的狂放人物吳繼旦（頁334），有著明
確的心學傾向，因爲他認爲只有耿定向和李贄，才稱得上是荊楚名士，並且批評大
儒不配「名士」之稱呼。對於這種口無遮攔、放肆厥詞、毫無忌憚的異端人士，作
者在小說中，對此人嚴重地懲處了一番。所以此則故事正爲作者以道學立場，教訓
了狂縱的心學士風，以收警示教化之效用。

第二節　社會價值

　　明代中後期社會，政權王朝的統治十分腐朽，全國上下的商業活動極爲活絡，
形成商業經濟型態的社會。牛建強將當時社會風尚的變化，歸納成經濟活動、日常
生活和人情世態三方面，並且認爲可以「利欲」二字概括和貫串〔註8〕。黃明理則
認爲明末江南地區的社會面貌，屬商業發展下的「消費型社會」，產生了「縱欲」風
氣，和鼓勵消費的現象〔註9〕。追求利欲的同時，伴隨而來的是奢侈聲色的生活傾
向，張瀚《松窗夢語》即記載著：「人情以放蕩爲快，世風以侈靡相高〔註10〕。」

〔註6〕吳承學、李光摩：〈晚明心態與晚明習氣〉，（文學遺產，1997年第六期），頁65～66。
〔註7〕（明）王守仁：《傳習錄》，《王文成公全書》，《四部叢刊初編・集部》，（上海商務印
　　　書館），頁150，卷三，「薛尚書謙鄒謙之馬子莘王汝止侍坐」。
〔註8〕牛建強：《明代中後期社會變遷研究》，（台北：文津出版社，民國86年8月），頁209。
〔註9〕黃明理：《晚明文人型態之研究》，（台北師範大學國文研究所碩士論文，民國78年），
　　　頁48。
〔註10〕（明）張瀚：《松窗夢語》，（北京：中華書局，1997年11月），頁139，卷七，「風俗

的社會現象。吳承學和李光摩根據晚明文人的小品，總結當世文人們兩種矛盾的生活傾向爲：「清心去欲，絕塵去俗」和「追求聲色極欲之樂」，而更常見的普遍文人心聲，就是「人生就是充分地最大限度地享受生活樂趣，盡可能地滿足人的心靈與感官的所有欲望。」〔註11〕。所以明代文人普遍有滿足物質和精神享受的生活追求。

　　《三教開迷歸正演義》作者企圖藉由小說之創作，以達社會教化之目的，所以小說的社會價值觀，表現出對於社會利欲風尚的強烈批判，但在批判的同時，亦呈現出當時社會風尚的面貌。再則作者的社會觀，亦表現於對社會階層的新認知方面，尤其是對商人階級的觀點，和士商關係的情節安排，都具有新時代的社會意識。以下即分成逐利之風、縱欲之風、階級意識三項進行論述。

一、逐利之風的批判

　　面對社會的逐利之風，作者利用書中人物加以批判和反映實況，如第二回辛德說：「當初鄉村坐下，便說那個孝，那個弟，那個做官與朝廷出力，行些愛民實政；如今開口便誇那家有錢、那家有勢，那家做官賺了多少田產遺與子孫。」（頁 31）這種世風日下的社會逐利現象，透過鄉里小民之口，鮮活表現。而鄒一聯在第十八回也說：「如今世上都是貴而求富的多，富而得貴的也不少，看來還是貴不如富。」（頁 265）也說明了世俗對財富重視的心態。第十八回富饒這一位吳門財主所表現出來的驕矜模樣，以及身旁跟隨人士的奉承巴結嘴臉，都是世人面對金錢財勢時的曲承阿諛表現。而且藉由此段故事中四位人物的話語：「當今富貴是那一件好？」（頁263）（富饒），「當今之時，富好是貴。」（頁 264）（靈明），「如今世上都是貴而求富的多。」（頁 265）（鄒一聯），「如今時勢，還敬有錢的多。」（頁 267）（幫閑）四次提及時代尚富風氣，可知作者試圖傳達出的重利世情。小說描寫家庭爲錢財而失和的例子，如殷獨侵佔死去弟弟之田產（頁 955）；曾產曾業兩兄弟爲爭遺產而鬧上官衙（頁 1175）；賈失常因其父吝嗇，得不到錢財花費而神智失常（頁 350）。可見錢財成爲家庭和樂的負面影響，這些都是作者希望警惕世人，藉以反省的常見教訓。這種金錢至上的逐利現象，爲明中期商業經濟發展下的實際面貌，牛建強稱此期的時代趨勢爲「金銀人格化的傾向」，使得中國人原本豐富的人際關係，成了冷冰冰的「利欲至上的特徵」，否定尊長父母，讓家庭內部產生了一些緊張的氣氛〔註12〕。

紀」。
〔註11〕吳承學、李光摩：〈晚明心態與晚明習氣〉，（文學遺產， 1997 年第六期），頁 68～69。
〔註12〕牛建強：《明代中後期社會變遷研究》，（台北：文津出版社，民國 86 年 8 月），頁 35。

　　《明史新編》以「逐利與奢侈之風的盛行」，應爲嘉靖萬曆時期社會風尚的變化現象，並且認爲原屬於上層社會的奢侈逐利之風，在明嘉靖萬曆年間已移至下層社會，庶民百姓紛紛起而效尤，商人、地主甚至於一般貧民，都走向高消費的生活型態〔註13〕。小說中的花盧子（頁 509）人物，正是貧窮小民喜奢侈炫耀的代表，當家徒四壁的花盧子偶得幾兩銀子，他全拿去採買綾羅衣服，然後到街上招搖炫耀一番。結果這種行爲引來偷兒將他新置衣服偷走，讓他「搥胸跌腳，怨道苦命」（頁 513），憾恨不已。可見時風的重浮華奢侈，連一個貧戶對於自身的衣著都如此重視，講究表面的華麗。而作者透過敝絮迷和綾錦迷的對話，舉說一位萬金財主十分節儉，不愛綾錦迷，反與敝絮迷相親，甚至對「捉襟肘見、捫虱而談」（頁 513）的人視作高賢，極爲敬重。而另一位暴發戶卻是「小家子、輕薄郎、奸詐漢」（頁 513），甚至是「他家的狗也輕薄欺貧敬富起來。」（頁 513）表現出奢華炫耀人士的敷淺模樣，這種人士往往缺乏令人尊敬的內涵修養，反倒是眞正有實力的富豪之人，表現出儉樸無華的作風，值得人們的敬重。所以作者對於奢華之人，往往毫不留情的予以嘲諷之描寫。

　　至於富戶追求金錢的例子，可從童鏉（頁 224）和范保（頁 237）這兩位「家業頗饒」、十分富有的豪富，仍受全眞道士燒煉術的利誘，希望增加更多的財富，表現出一付利欲薰心的模樣。尤其是范保這麼富有的人家，看到地下銀子滿窖，竟然出現「五個兒子只顧亂搶」的醜態，並且十分前倨後恭，先前尙罵寶光爲瘋和尙，見到銀子之後，就改稱寶光活佛。甚至在得到這麼大筆的意外之財後，還不知足的在屋內四處挖掘，希望找到更多的銀子。結果屋子整個塌陷下來，范保被掉下的屋瓦打死，成了貪財的現世報。

　　第二十四回（頁 356）楊譽提及至親建造一處林園，花費無計錢財以供遊客賞玩，博得靈明稱讚說：「人生寄客，既富於財爲耳目玩好之供，便是山水花石之趣，費用些也強似積聚阿堵之物，與不相知之人。」代表作者對現世享樂的肯定，而遺財與後代子孫，反倒是無謂的贈物給一些「不相知之人」。但若是對監造園林之事勞心太過，就是著了「土木花石迷」，反不爲一樁美事。至於楊譽以金錢買得他人對自己的稱譽，本身既知此事虛僞不實，卻又無法改變此心性，矛盾可笑的舉止，表現出士人對虛名的物化觀點，士人名譽已沾染了金錢買賣的利益色彩。金錢已成了社會價值的唯一標準，所有的東西都可用金錢買得，極度的金錢至上觀念。

　　傅惠生標定明代後期爲「嘉靖中葉到萬曆末這一段時間」，認爲社會風氣的影

〔註13〕楊國楨、陳支平：《明史新編》，（台北：昭明出版社，民國 88 年 9 月），頁 401～419。

響，是《三國演義》和《水滸傳》在明後期大量流行、版本眾多的原因，並且指出：「其中的墨家思想和英雄氣概正起著鼓動民心的作用。發財致富的意識通過五花八門的坊間刊刻的《三國》、《水滸》的版本這一小小的窗口也能夠有所反映〔註14〕。」所以小說正是社會民情的反映。《三教開迷歸正演義》正處於傅惠生所說明代後期，既然此期人們在心理撫慰的需求，以及現實生活的允許之下，視《三國演義》和《水滸傳》為自身意識覺醒的一種閱讀需求；那麼《三教開迷歸正演義》小說的寫作和問世，同理可證，也是作者針對民眾閱讀之需求，進行人情世態的反映，所以其中必不可免的具備了追求金錢財富的逐利觀念，但又呈現出作者道德意識的反對態度。

二、縱欲之風的批判

作者的主體思想，既為傳統守舊的道學思想，故其看待聲色情欲之事，皆屬歪邪荒淫之事，因此對於縱欲之人，一概予以教訓意味濃厚的悲劇下場收尾，如賈忠厚之妻，逃離視己身為搖錢樹的丈夫，選擇一位看似可託付終身的鄭撞著，勇敢無懼的私奔；當她遇到床上功夫更屬害的白日鬼時，受其引誘而與之私通，讓本無深厚感情基礎的鄭撞著轉頭就走，遭拋棄的她又只好和何欺善湊合在一起。只是她對於白日鬼難以忘懷，假扮男子出外尋訪時，竟遭人誘入尼妓庵中。後來又為虛有其表的虛花子所誘，但識破其底細後就決然的立刻離開，結果竟遭巡夜更夫們輪暴，險些喪命，幸被辛知求救回後，暫時在尼庵出家，等到賈忠厚前去尋訪，破鏡重圓後，此段故事方才結束。

在小說中出現相當多篇幅的此位女子，其經歷之多變和過程之曲折，算是一位重要的人物角色，結果作者始終未曾替其安上名字，僅稱其為賈忠厚婦人、或是何欺善婦人；這種人物安排，如同前述的全真道士，是作者一種寫作手法的模糊貶低模式，藉由不稱名字的方式，表達作者個人對於此種人物的輕視鄙夷之意。

其實此位勇於擺脫惡劣婚姻、追求理想伴侶的女子，可算一位新時代的獨立勇敢女性，從她毅然決然擺脫婚姻制度的逃離動作開始，就展開其充滿自主性的新生活選擇。但因她太過重視個人情欲，對於男子的選擇往往無法理性判斷，以致再三所遇非人，選擇出來的男子全都是一些居心不良、貪圖短暫情欲享樂的男子，而此位女子也似乎一再沉淪其中、無法自拔。當然這也是當時重情欲的社會風氣使然，不論男女都表現出一付男歡女愛的浮面情欲享樂。只是在這種情色泛濫的狀況下，

〔註14〕傅惠生：《宋明之際的社會心理與小說》，（北京：東方出版社，1997 年 10 月），頁263。

傳統的社會觀念，對於女子仍有較多的譴責，所以作者對於此位女子，給與一個悲慘下場：遭到多位巡夜更夫的輪暴。這些本該負起巡守人民身家安危的更夫，見到女子時，認為是「背夫逃走的」，就理所當然的暴力相向，使得「婦人尋死不得，僅有些些人氣。」最後這些更夫將婦女剝光了衣服，抬到荒僻塚間讓她自己等死。作者對於此段情節的敘述語氣十分冷淡平常，似乎視此事全屬婦女的自討苦吃、自尋報應，而非更夫們的罪行過錯。甚至後來辛知求無意間發現待死悲慘的婦女時，尚且認為此婦女邪淫，欲不加理會地不救助女子，在女子百般懇求之下，才到何欺善家報知消息，由何欺善救她回去療傷，等養好了病後，此位女子的唯一選擇，就是到尼庵出家。此女子下場的安排，表現出作者嚴苛的道學家之貞節觀念，非經由出家無以洗清女子淫邪的不潔成分，也就沒有資格回到賈忠厚身邊。所以作者對於女子的貞節觀十分傳統保守，但也真實反映出當時一些衛道人士，對於女子和男子縱情行為的不公平態度。

故事中尚有一位重要的女性角色，即是吳明處士之女--桃夭。第五回（頁 69）桃夭在清明時節，與母親一同上山掃墓，在路上受到狐妖所變身的史動，十分標緻的相貌誘惑，竟以手勢隱語方式與狐妖約定相會。結果第一次約會時，桃夭積極主動的舉止，就讓狐妖心中想著：「人家女子大了，切不可留，色慾之事，萬不宜向他講說。這女子多是父母不善教訓，此閨閣中失節，將來必是個淫奔浪婦。」（頁 70）面對桃夭接下來更大膽的舉動，狐妖評論道：「世間失節的女子比禽獸還不知羞。」（頁 71）這麼義正嚴詞的話語，出自一位妖精之口，顯得此位桃夭女子的淫蕩縱欲更加罪不可赦。而此段對女子守節要求的內容，以及認為面對人類性欲需求時，應採逃避制止的言論，即是標準的道學家觀點，視人性欲望如同洪水猛獸，應該加以防堵制服。這就是作者延續著程朱理學的禁欲主張，認為面對男女情欲之事應絕對禁絕。作者除了藉狐妖以訓戒淫荒之事，更現身評論說道：「話說色欲之事雖多男子耽女，那有女子耽男，這桃夭被妖狐迷了，卻也是他自己先迷。」（頁 71）認為男女的色欲需求不可能相同，即是標準男尊女卑觀點的延伸，對於女子的貞節給與更嚴格的標準，而且將問題的癥結歸諸於桃夭自身。

作者對於女性的歧視態度，可從小說中所出現的女姓，不是淫蕩偷情、不守婦道的女子角色（約三人），就是風塵妓家的女子角色（約八人），如李美兒、馬嬌兒等慕色貪財的妓女，和賽姻媒、遠觀花這類醜角型妓女；另外則是一群色誘惑人的精怪女子（約七人），如纜柁精、柳嬌嬌等。這些女性角色在故事中的安排，都有女色迷人、戒欲勸世的警惕作用，也流露出一種對女性輕視的斥責態度。當然小說中仍有一些良家婦女，如尤豫之妻常氏、妾王奶奶，曹長子之妻寸金糖、郅矮子之妻

一丈青等，但作者不重視這些人物的描寫，僅以敘述家庭糾紛之根源爲故事主體，對於女性在男女間所應扮演的角色和家中地位，採一貫的男子爲主、女性陪襯和次等的態度編寫故事情節。一如傅惠生舉《三國演義》和《水滸傳》爲例而論述：「二書的男性形象是高大的，而婦女的形象在相當程度上是醜化和歪曲的。」「這說明作者對婦女有偏見，或者這一特定的歷史時期對婦女有特別的歧視政策〔註15〕。」在《三教開迷歸正演義》小說中的女性群象，同樣受到作者的歪曲描繪和醜化定位，充滿著偏頗的觀點。

　　在商業興盛發展和心學自由放任思想的影響之下，明末有著重慾享樂的放縱風尚，使得男子嫖妓納妾的情況十分普遍，也讓家庭失和不睦的現象日漸頻繁和明顯，此點即是根源於男子的好色縱欲之不當行爲。但是作者仍持女性應服從男性的標準，將問題解釋成女性本身的言行失當，才導致家中的丈夫向外發展。如喻祥喻閑父子之所以嫖醜妓，作者即安排成根源於家中妻子絮聒吵嚷的原故，並且由靈明在第七十三回中說明：「如今世間嫖風子弟多有妻貌不美，再兼不賢，縱是貌美或潑惡惹憎，男子漢能有幾個本分重義的？一被娼家甜哄，這心腸只是去嫖風弄月。妻室知道不曉的，和容悅色忙陪些歡好，把丈夫心意挽回。卻更炒炒鬧鬧，所謂爲妓驅夫者，不賢之婦也。」「世間男子誰是不貪女色的？人情誰是不樂甜哄的？你做妻室的卻絮絮聒聒炒炒鬧鬧，動了丈夫憎嫌，一入煙花隊裡受了那圈套奉承，怎肯與妻室和好？」（頁 1126～1127）其中似是而非的解說，將男子嫖妓的行爲，簡化成家中女子之不賢的原因所致；而且要求妻子面對丈夫荒唐行爲時，宜和顏悅色的卑恭屈膝，以挽回丈夫之心，讓夫妻關係重修舊好，否則男子嫖妓就是天經地義的理所當然之事。此屬視人欲情色爲單一原由的片面之詞，幻化成理想式的解決之道。而作者主要的訓示對象，僅屬女方，對於男子本身的缺失則不置一語，一種毫無責任過失的縱容態度。所以從此則喻祥父子的家庭故事，可清楚了解作者男女尊卑的倫理觀念，甚至此則故事結束時，作者以「後人有一詞，說嫖客十個到有九個是妻不和諧。」（頁 1134）此種不合理的歪道，作者卻一再重覆強調的申述表明，表現出一付冬烘道學家的模樣。

　　而男子因娶妾所引發的家庭糾紛，作者安排的解決方式卻是透過勸解女子改進自身，以達事情圓滿落幕的結果。如蔡清（頁 290）家中因爲大妻小妾爭寵競較之事，鬧得十分不愉快，而蔡清想出來的解決之道，竟然是再娶一妾以躲避糾紛、以

〔註15〕傅惠生：《宋明之際的社會心理與小說》，（北京：東方出版社，1997 年 10 月），頁 268～269。

圖清靜。所以由大儒和靈明輪番勸解大妻小妾，最後是「蔡清見大妻小妾和睦，也就不想娶妾。」（頁 300）將家庭問題歸諸於女子身上，而非男子自身行爲的反省，就是作者一貫的思考模式。

對於納妾致家庭糾紛、引惹風波的故事，作者倒是表現出較爲新進的改革思想，認爲妾室往往是家庭不睦的另一項重要根源，因此男子宜莫納妾室，如第九十回尹善認爲自己多聽信妾室之言，故請大儒見教一二。大儒也就以口頭詩句說出：

> 有妻莫娶妾　十室九家傾　有妾莫受信　人人動不平　若更聽妾語
> 寇讎從此生　爲妾傷父子　爲妾疏弟兄　爲妾朋友惡　爲妾妻子爭
> 爲妾奴僕怨　爲妾親戚輕　可笑榮華客　爲妾失令名　長生守至寶
> 爲妾損元精　哀哀泣愚魯　三五對兒魊　誰識皆冤孽　無常促汝行
> （頁 1379～1380）

雖然莫娶妾屬新思想的表現，但是上述詩句仍圍繞著男子利益之立場，列舉娶妾不利男子的缺點以進行勸說，詩中充滿了對女子地位的貶抑態度。

三、社會階層的認知

大儒在第三十九回告知仇有陪和翟乘龍二位士人，「士農工商那一家不可婿，只要看他可付託的女子終身。」（頁 583）此種對職業的一視同仁，不再視士爲高高在上的崇高身份，正是明代心學思想的影響，如王陽明曾說：

> 古者四民異業而同道，其盡心焉，一也。士以修治，農以具養，工以利器，商以通貨，各就其資之所近，力之所及者而業焉，以求盡其心。其歸要在於有益於生人之道，則一而已。士農以其盡心於修治具養者，而利器通貨猶其士與農也。工商以其盡心於利器通貨者，而修治具養猶其工與農也。故曰四民異業而同道〔註16〕。

將工商的「利器通貨」等同於士農的「修治具養」，視士農工商爲社會結構不可缺少一環，四者處平等的地位，這是相當實際的現實考量，回應著此一時代的思想趨勢。黃宗羲亦曾說過：「工商皆本」〔註 17〕，對於商工已給與肯定的社會地位。因此不論小說中的大儒是否受到心學思想的影響，其對士農工商的理解，都是頗符合明代思潮的現實傾向。余英時對明代中葉以後四民不分的社會現象，以「新四民

〔註16〕（明）王守仁：《王文成全書》，〈節庵方公墓表〉，（《景印摛藻堂四庫全書薈要》，世界書局）集部，別集類，第六十九冊，卷二五，頁 168。

〔註17〕（清）黃宗羲：《明夷待訪錄》，〈財計三〉，《萬有文庫薈要》，（台北：台灣商務印書館，民國 54 年 8 月），頁 41～42。

論」標題稱說，內容則主要圍繞著士商關係進行論述，認為兩者「已不易清楚地劃界線了」。並且引用何心隱的《答作主》文章內容，指出當時的社會結構，已成「士商農工」的次序，甚至可歸納成為士商同屬「大」的社會最高階層，農工則并列為社會的最低階層〔註18〕。因此士商成為社會矚目的兩種階級，士原本就高佔令人景仰的地位，商人則是竄升而起的新貴人士。

明代嘉靖萬曆以後的商業發展十分快速，商人成了社會的新興階級，享有令人羨慕的物質生活和較過去崇高的地位，如張瀚的《松窗夢語》所說：「商賈之子，甘其食，美其服，飾騎連轡，織陸鱗川，飛塵降天，赭汗如雨。」〔註19〕。即為商界盛況之描寫。

明代社會士商關係密切的情形，作者在小說中亦多所描寫，如第三十五回（頁525）春元（名高甲）與林兆恩上京會試的路上，一位鹽商為高甲的同族，即款待兩人飲酒敘舊。第四十一回（頁626）一位名字為經年的徽商，曾與林兆恩在維揚結識；後來因經年的杉木牌工，誤撞大儒們所乘坐的官家樓船，因林兆恩的關係，盡釋前嫌，並取五錢銀子請舟子準備酒菜招待大儒們，又與大儒們結交同行。維揚地區家資巨萬的鹽商王三水，曾在荊門與宗大儒結為莫逆之交，在第四十五回（頁674）與大儒重逢於京口。

這樣的士商交往模式，都不乏商人優越經濟條件的展示，以及商人慷慨行事風格的表現，形成吸引著士人與之結交的有利條件。明代以薦舉、科舉、貢監、吏員、捐納、任子和世襲七種管道選拔人材以任官〔註20〕，讓明代士人熱衷於科舉功名的人數，大幅增加。但事實上政府內部並無這麼多的職位容納士人之晉身，再加上明代官吏的薪俸偏低，與同時期的民生物資不成比例〔註21〕，因此士人不乏由儒轉商的情況，王世華在〈左儒右賈辨〉一文中認為明清時期徽商棄儒服賈的可能情形有三種：家遭變故，無以為生；家少兄弟，代父服賈；屢躓科場，仕途無望〔註22〕。若從小說中王三水商人的情形看來，應屬家中世代從商，年輕時以儒服遊學，後來才繼承家業，投身於商場之中。因此商人若具儒士經歷，具相當的知識學養，如此

〔註18〕余英時：〈中國近世宗教倫理與商人精神〉，《士與中國文化》，（上海：人民出版社，1987年），頁528～531。

〔註19〕（明）張瀚：《松窗夢語》，「商賈紀」，（北京：中華書局，1997年11月），頁80，卷四。

〔註20〕王興業：《明代行政管理制度》，（鄭州：中州古籍出版社，1999年7月），頁132。

〔註21〕同上註，頁221。

〔註22〕王世華：〈左儒右賈辨──明清徽州社會風尚的考察〉，（安徽師大學報，1991年第一期總第七十六期），頁55。

一來士商之間的交往就無太多認知上的差距。另外王世華認為商人喜與士人交往，是基於社會傳統的價值觀所致，徽商具強烈的「右儒」「崇儒」觀念，在其發達富有之後，不僅致力於課子讀書的後代教育事業，也重視與士人官僚們結交的活動〔註23〕，如第六十一回（頁 932）提及王三水與降邑村接靈壁境界的一位地方官長史牙為舊知相交，兩人長久以來就是官商交好的關係；所以小說中描述商人對儒者之示好舉動，為實際社會背景的反映。

小說對商人的描寫，在一定程度上反映了現實的情況，如經年徽商剛開始面對官船人眾時，一點也不肯示弱，甚至無畏到官府衙門與官場人士打官司，可見當時徽商聲勢之盛，行事作風之強勢。再從另一位米水田人物的話中：「徽俗極富，卻有一等極儉，儉於自奉甚薄，卻每於爭訟甚費。」（頁 629）可知徽商善爭訟的強悍民風。維揚商人王三水亦發生與兩位朋友，合夥從事鹽業的糾紛，以致纏訟經年未解決，耗費了相當高額的金錢。大儒甚至批評其「貴郡風俗好訟。」（頁 675）可見商人的金錢買賣，不免惹上官司訴訟，此為商界之常態，但也同時造成了商人財富的嚴重損失，成了一種常見的社會糾紛。

另外，此位徽商與大儒們相遇於武林到維揚之間的河中，按照范金民〈明清時期活躍於蘇州的外地商人〉一文的內容，可知明清時徽州商人在外地所從事的買賣，木業佔了相當大的比例〔註24〕，所以此段故事情節的背景，作者倒是照實安排，讓此位徽商的基本背景，符合實情。

第四十二回（頁 629）此位徽商自敘徽地多行商的原因和商旅的辛勞：「敝鄉山多田少人眾，且善十一之利，富而有本，豈肯空老？但做了客商，比如小子這個木行生理，山裡採來，水裡販去，終年經手，何以斷絕，所以不得回家安息。」（頁 629）徽地的自然環境，本屬崎嶇陡險、山峻澗深的不適合耕種之地，牛建強在分析明代徽州的社會變遷時，已將此點詳加論述〔註25〕，可見作者藉小說中的徽商之言，如實描繪此地的民情背景。

作者在第五十七回中勾劃著理想性商業遠景，寶光對珠寶商說：「世間惟有五穀，飽人腹濟人之饑。足下何不販些糶糴生理？使那豐稔的地方減其有餘，把那饑饉的去處補其不足。」（頁 871～872）也勸米商在買賣時不要只想著利潤而抬高價錢。再看寶光最後的總結勸說：「列位為商生理甚多，個個也未免有些迷，看只是平

〔註23〕同上註，頁 52～60。
〔註24〕范金民：〈明清時期活躍於蘇州的外地商人〉，（中國社會經濟史研究，1989 年第四期），頁 39。
〔註25〕牛建強：《明代中後期社會變遷研究》，（台北：文津出版社，民國 86 年 8 月），頁 113。

等些，莫要為利過用了心計。世間還有一等造作假物，欺哄人的錢財，如此的客商，天理何在？終須有個報應。這假物迷最惡，列位客商須要禁戒。」（頁877）所謂的「假物」即「米中添糠放水，紬綾噴濕著餳販，寶石的砍砆類玉魚目混珠。」（頁877）之不實貨品。作者藉由此段頗見篇幅的故事，各種角度的批評論說商業逐利風氣，勸告商人不要唯利是圖，應以人民生計之需要，行貿易之事。可看出作者思想觀點的守舊和傳統，無視當時社會型態的轉變，和商場獲利原理的必然性，只是一意發揮個人理想性的謬論，真為多烘先生的道學思考模式，脫離現實考量，僅為崇高理想的教化意義。這種純然從教化風俗立場創作的小說，陳大康認為是「任何作家都無法超越自己所處的時代，其創作只能與社會狀態相適應，創作受到當時佔統治地位的小說觀的制約。如在嘉靖至萬曆前期，人們普遍地認為只有那些演述史實、教育百姓都以忠臣孝子義夫節婦為楷模，從而有裨風化的作品才有價值〔註26〕。」而《三教開迷歸正演義》作者正受限於時代制式的思考慣性，將社會教化的作用，添加入小說的故事情節中，產生了這些相當傳統守舊的言談內容。

第三節　宗教意識

鎌田茂雄以「現實利益」稱說中國人在宗教方面的觀點：「中國人，一般說來是現實的，在宗教方面追求現實利益的願望尤為強烈。」並且認為「中國的民間信仰，其現世利益的性質原本就很強，在崇拜對象方面，供奉佛、菩薩、焚線香、諷誦經文等佛教儀式均被接受〔註27〕。」因此中國人之所以能接受佛教這樣的外來宗教，就是因為佛教的福報思想和供奉儀式，易為民眾接受和施行，符合中國民間對宗教的需求。王月清則指出宋明以來的中土佛教之修行觀，具有圓融性、世俗性、內向性、簡易性四種特徵〔註28〕。本論文第二章的論述中，亦指出明代佛道的發展特色，為「世俗化」和「融合性」傾向。《三教開迷歸正演義》的宗教觀，除了具有符合上述提及的現實逐利和融合混同兩項思想特色之外，尚有冥界觀點、果報思想、正一道認同、對民間宗教團體的否定態度四項，以下分成六項要點進行探討。

〔註26〕陳大康：《明代小說史》，（上海：文藝出版社，2000年10月），頁20。

〔註27〕鎌田茂雄：《中國佛教通史》，（高雄：佛光文化事業有限公司，民國87年9月），頁28。

〔註28〕王月清：《中國佛教倫理研究》，（南京大學出版社，2000年5月），頁150～152。

一、現實逐利的宗教認知

小說往往是現實人生的縮影，明代金錢至上的時風，如實呈現在小說的虛幻世界中，甚至是小說中的宗教性內容，亦充斥著此種利益傾向，有著金錢無所不能的觀點，如作者評論眞空和尚破獄度亡的舉止不當，認為應該「只救得那做齋之家的亡魂」（頁 128），而不該讓一切亡魂皆離苦惱之地獄，因此安排「習法不精，濫行普度」的眞空和尚，被精細鬼拘提到地府衙門問罪。此段情節傳達出金錢至上的宗教訊息，認為僧侶度亡救脫的對象，應限定於在世親人肯出錢建道場做齋醮的亡魂，若無金錢助醮，去世亡魂將不得度脫離苦。如此看來，金錢決定一切，宗教儀式的進行並非為著普度眾生，而是限定在有錢建醮的少數人士。

第十三回（頁 193）王林泉道士受蘇三白五兩銀子所託，不顧大儒三人的勸阻，也違反自己一開始的主張，仍依蘇三白所請，為其建壇捉妖。以致狐妖譏諷他為「騙五星」「若不是蘇三白五兩，怎買得你一日三朝」，並且直斥其作法為「歪行」（頁193）。作者將王林泉道士高強的宗教形象，塗上利益色彩，藉此反映現實社會的金錢萬能觀。有錢方肯建壇收妖，無錢則一切免談。如此一來，將宗教與金錢劃上等號，屬相當現實的宗教思想。

再則，故事中有許多位僧人亦染俗塵氣息，與金錢牽扯不清。如作汴長老（頁484）一直要求大儒們開設三教講堂，以招延信徒前來，當大儒們再三拒絕之後，其怠慢態度讓大儒們稱說其著了「褻慢迷」；一位官衙家僕到廟中時，此位作汴長老「盛設醴酒，慇懃過當」表現出一付極力討好的奉承模樣，讓辛知求評論為著了「勢利迷」。宗教人士為求利益的現實嘴臉，作者一方面進行寫實的描述，一方面也對其言行大加諷刺。多忌長老（頁 581）更是一位貪財慕利之人，面對寶光好言相勸、多方解說，就算在場多位僧眾皆深受寶光言語感召而悟道向善，此位多忌長老仍冥頑不靈的執拗不改，必須等到他四處募化不得金錢之時，方才悔悟自己之失，而來拜謁寶光、執弟子之禮。這種非眞心悔悟開道、僅為個人財路受阻而回頭的情形，作者雖欲傳達出以其人之道還治其人之身的道理，但其中的故事意義，仍是充滿著金錢色彩的宗教思想。一九分道人自稱出家後雖維持過去強梁時代的稱號，但作風已有改善，「若遇利息，心腸猶在，只是賣藥沒有同夥，利息也微薄了。」（頁 917）所以一九分道人並非出家後利益心隨之淡薄，而是賣藥所得較少，也無合夥人可以爭競，作者塑造了這麼一位重利道人的角色，毫無出家修行的氣質，只是沉淪於俗世的從事商業賣買。因此這些僧人雖身在佛門淨地，卻心繫俗世利益，其行徑思想實與俗世百姓無異，只是披上了宗教界的外衣。而作者對於這些利欲薰心的佛門子弟並不苛責，結果的教訓意味皆不嚴厲，甚至毫無警惕作用的結局安排，似乎視這

種金錢主義的僧人為世間之常態，呈現出現實利益取向的宗教思想。

　　當吳明一家深受狐妖作怪所苦，請來道士設壇作法，但不論靈明道士或是王林泉道士，皆未有成效，仍讓狐妖為患，這時吳明妻子決心吃齋禮斗，靠自身的虔誠信念，先設斗星牌位，再焚香點燈，由母女兩人誠心的朝夕祝禱方式，祈求除妖以保平安。結果「宅上金光萬道，赤焰千尋，光中如鎗戟一般，鋒芒四邊，神將擁獲定了。」（頁185）讓狐妖不敢靠近，一家也從此平安無事，於是王道士收了壇場離開吳家。作者如此安排，突顯了民間禮斗信仰的靈驗神效，也表明了禮斗與道士作法全然無涉的關係，只要民眾心誠即可靈驗。禮斗信仰源自中國自然信仰中的星辰崇拜，藉由天體運行的軌跡變化，來推演預測人世間的吉凶禍福。鄭志明在〈西遊記的鬼神崇拜〉文中，指出二十八星宿的信仰，原屬民間自然崇拜的一種，後來為道士所吸收，成了齋醮作法時，召喚前來斬妖除魔的神將〔註29〕。而《西遊記》第五十一回中記載的「三微垣」、「二十八星宿」、「七政」等，幾乎收錄了所有傳統的星辰崇拜，並且將其人格化，成了玉帝手下的特殊神明，具有完整的星神形象。當然《三教開迷歸正演義》的宗教色彩和神魔小說成分，不似《西遊記》這般的濃厚，兩位作者在文學造詣和學術涵養上，亦相差懸殊，所以《三教開迷歸正演義》對於當世盛行的斗星信仰，也只是透過在吳家發揮除妖神效功用上，加以渲染和張揚，運用禮斗信仰成故事情節的一段轉折而已，並無太多的說明與發揮。甚至禮斗信仰的儀式安排上，側重於民眾可以自行祝禱祈求，毋需仰賴道士作法，所以成了十足平易的親民宗教。此種禮斗信仰，在《金瓶梅》第二十一回中（頁2），吳月娘也曾「每月吃齋三次，逢七拜斗焚香，夜杳祝禱穹蒼。」表現出虔誠忠貞的為夫之心，讓西門慶感動得重拾夫妻之舊情。因此這兩本同時期的小說，同樣的代表著處深閨婦女之宗教信仰，也同樣的有著心誠則靈、祈求有驗的結果。

　　而《三教開迷歸正演義》此段禮斗故事的情節描寫，一方面傳達了信仰需誠心，方能收效驗的重要性；另一方面也符合了中國民俗信仰的靈活性特色。民眾對於宗教信仰絕少會去計較究竟歸屬於何宗何派？而是只要有所需要、有所靈驗，就會全然接受；相對的若是無效，基於實效考量，也會立刻改換其他信仰，對於原本信仰的宗教，並非純然的效忠和固守。所以當吳明家中靠著禮斗信仰收到避妖的效用時，王道士的壇場就無存在的意義，只好捲鋪蓋走人。林仁川和徐曉望即稱明清民間的宗教觀為「實用主義」，這是根源於明清時代商業經濟高度發展的思考模式，「中國

────────────

〔註29〕鄭志明：《神明的由來──中國篇》，（嘉義：南華管理學院出版，民國86年10月），頁276。

人對神靈態度的變化，他們不再把宗教放在第一位，而是將個人利益放在首位。」〔註30〕當人們視個人利益爲首要考慮的因素，不再是純然的宗教信仰立場，就會出現侵佔寺院田地這樣的舉動〔註31〕。因此小說中吳明處士對宗教的態度，正是這種將個人利益置於首位考量的實效觀點，宗教信仰的選擇考量，不是宗教的優劣和派別問題，而是信徒個人立場的實際需求，進行著多重善變的宗教選擇，正是一種現實逐利的宗教思想。

二、融合混同的宗教風格

本論文第七章第一節分析《三教開迷歸正演義》「神明角色的宗教意義」時，可得「三教合一傾向」和「佛道互用轉換」的結論，此點正屬小說宗教思想融合混同的表現。除了小說中的神明角色，富含融合混同特色之外，以下將從書中的其他內容，說明小說宗教思想的融合混同特色。

（一）佛道共行法事

雖然寶光和靈明於第十一回（頁 159）皆認爲齋醮法事屬非佛道本業之傍門工夫，不該過度從事，而應各自修習本門正道，但故事中卻又時常出現兩人共同齋醮行法的情節。如第六十二回（頁 953）王恩請靈明寶光一同誦些功課，超度前妻冤魂。第七十三回（頁 1114）列荒之母請靈明建壇度亡，寶光亦「借著建壇修齋，行些善事。」可見只要佛道立意相同，爲著勸世度亡之事，法事道場是可共用同享的。《金瓶梅》描寫李瓶兒死後法事儀式之進行，也是同樣的佛道共行，二七日是玉皇廟吳道官受齋，「請了十六個道眾在家中揚旛修建，請去救苦。」（第六十五回頁149），三七日是水福寺道堅長老「領十六眾上堂僧來念經，穿雲錦袈裟，戴毘盧帽，大鈸大鼓。早晨取水轉五方，請三寶浴佛；午間加持召亡破獄，禮拜梁皇懺。」（第六十五頁 155）等到出殯之日，更是佛道合作：「先是請了報恩寺朗僧官來起棺」，又是「請玉皇廟吳道官來懸眞。」喪葬儀式也是「清清秀秀小道童十六眾」和「肥肥胖胖大和尚二十四個」的組合。可見民間的法事儀式，是佛道不分的同施並進。

林仁川和徐曉望以「多神崇拜」觀點，看待佛道融合的現象，認爲「多神崇拜使中國人產生了兼容并蓄的宗教性格。多神教允許多神崇拜，這給道教與佛教相互

〔註30〕林仁川‧徐曉望：《明末清初中西文化衝突》，（上海：華東師範大學出版社，1999年 10 月），頁 325。

〔註31〕江燦騰：《晚明佛教叢林改革與佛學諍辯之研究》，（台北：新文豐出版有限公司，民國 79 年 12 月），頁 28～32，介紹金陵天界寺欽賜田的一場長期爭訟糾紛。可參考本文第二章第一節內容。

承認大開方便之門〔註32〕。」所以小說中所呈現的佛道法事共行，除了三教合一的時代趨勢，更是中國民間對宗教本身的實務需求所致。

（二）呈現佛教內部的整合風氣

　　明代佛教處於混融禪教、終歸淨土的發展趨勢。而小說對禪宗的態度，有時巧妙的運用禪意一番，如第一回（頁10）林兆恩與寶光的初次會面，當胸一掌打去就頗似禪門頓悟的棒喝方式；第十四回（頁 209）大儒回答道可離否的問題時，禪味十足的「可以離可以不離」答案。但有時也對禪宗盡情嘲弄了一番，如第二十四回（頁 352）將寓居白龍禪寺的胎元高僧，其好答啞禪的作風，藉由他與皮匠一陣瞎對亂應的過程，將胎元禪僧所謂的禪機進行諷刺。

　　明初朱元璋所制定的宗教政策中，原本明確定出禪講教三種寺院與僧人〔註33〕，欲劃分三者的屬性和職掌，以進行政治上的管理。但是實際上佛教內部的自然發展卻是禪講教三者融合混同，並無明確區分，如第九回（頁 125）破獄走迷魂的真空和尚是一位禪僧，但得高僧傳授「焰口施食、破獄度亡」的本事，所以能「依科行法」救脫亡魂。從事法事儀式的僧人，原屬「教」派所謂的「赴應僧」，但小說中的真空禪僧也卻能施行法事。小說中的佛教代表人物寶光，雖然看不出其禪僧身份的標識，但其講經演法的「講」和施行醮齋儀式的「教」，在故事中卻是混合的同時進行，毫無衝突的。因此明代佛教的實際施行，並無政策上的宗教分派，而是兼融並用的。所以嚴耀中認為佛教世俗化的表現之一，即是僧侶們視做佛事為主要的宗教活動，念經、放焰口、做水陸道場等佛事，原本屬於「赴應僧」的工作，但政策上的制定，不能代表民眾實際層面的施行，所以明代政治上的宗教界限，在真實社會上是相當模糊的〔註34〕。

　　另外，隨著明代市民階級比例的增加，社會上的宗教需求類型，為佛教世俗化的簡易修行，因為淨土信仰的稱名念佛，是一種適合普通民眾的修習法門，所以明代以後的佛教各宗派，皆不免融入稱名念佛的淨土法門，如本論文第二章第一節所說的明代佛教發展「融歸淨土」特色。此點在小說的佛教代表人物寶光身上亦表露無遺，如寶光在第六十六回（頁 1013）面臨到危急時刻，即以唸誦佛號方式對應：第六十八回（頁 1035）見安邊家丁們射飛鳥時，則念「多保如來」佛號，使箭不得

〔註32〕林仁川‧徐曉望：《明末清初中西文化衝突》，（上海：華東師範大學出版社，1999年10月），頁340。
〔註33〕參看本論文第二章第一節中的「僧官教派的分屬問題」。
〔註34〕嚴耀中：《中國宗教與生存哲學》，（上海：學林出版社，1991年），頁247。

沾鳥身；第七十一回（頁 1089）誤入邪境變身爲蟒蛇時，則是念了一聲「觀自在」以回復原形。高深佛理對俗世來說，缺乏立即性的實際收益，也難以理解和接受；而如《妙法蓮華經·普門品》中誦念觀世音菩薩名號，「菩薩即時觀其音聲」，現身解救人們的困苦危難，這樣明確的效益和簡易動作，反倒爲廣大民眾所接受。所以小說中亦時時表現出這樣的稱念佛號，即可解災度厄的原理。

三、人間投影的冥界觀點

　　明代中後期人心的利欲趨向，除了出現在小說的人間世界，故事中的冥界，亦成爲現世的反映，與人間無所差異，如第八回（頁 121）藺嗇抵達陰間衙門時，遇到兩位公差對其公然索賄，聲明若不多送些錢鈔，就會多吃點苦楚；穆義氣（頁 124）對黑暗地獄烏七抹黑的情況，則是異想天開的打算約集眾人湊錢開天窗，表現出一付金錢無所不能的模樣；而眞空後來的破獄舉動，也似乎正對此處開天窗的說法有所回應。

　　對世人來說冥間地獄的苦難和責罰，相當具有警示意味，故不論佛道都喜用冥界受罰來勸世。藺嗇在第八回被送到所謂的「黑暗地獄」，在第九回中又稱之爲「無明地獄」。此黑暗的無明地獄，作者以韻語形容：

> 黑霧縵空，陰靈窄地，四望不知色相，一團盡是玄冥。有日無形，聲雖轟兩耳，內黯外矂，幽沼獨障，一心身與蛇蝎並處，誰辨惡毒之來侵。鼻共臭污，同居那知穢惡之相溷，可憐造就無明，受盡冤愆罪孽。（第八回頁 125）

　　韻語中的黑暗地獄，符合世人對地獄形貌的認知，是一個陰暗深幽、污穢惡臭的處所，罪人在此受盡煎熬和折磨。在佛教經典中雖不乏「日月所不照，終年幽冥」的地獄描寫〔註35〕，也出現不少與黑有關的「黑繩」、「黑耳」、「黑」之地獄名稱，但都不如道教《太上靈寶洪福滅罪像名經》中「黑暗地獄」名稱〔註36〕，與小說中的地獄名稱完全相符。所以雖然小說與地獄有關的故事情節，大半圍繞著僧人身上，如眞空和尚在第九回（頁 129）破獄度亡，寶光在第七十回（頁 1067）指出旅店老婦、主人、兒子當入「阿鼻地獄」「鐵床地獄」「刀山地獄」，但從地獄名詞運用上，可見道教經典之運用，屬佛道相混的方式。

　　靈明在第六十八回（頁 1047）中令神將押盜劫迷鬼魂入酆都，第九十九回（頁

〔註35〕蕭登福：《漢魏六朝佛道兩教之天堂地獄說》，（台北：台灣學生書局，民國 78 年 11 月），頁 436。

〔註36〕見上註，頁 608，《太上靈寶洪福滅罪像名經》正統道藏洞玄部本文類服字號（十冊，頁 693～694）

1519）也是將罪大惡極的迷魂們，由神將押入酆都。蕭登福對此亦多加考證與論述，認為：「唐宋而後，道徒便常把所有的地獄都劃入酆都管轄之內，甚至把所有的地獄都搬至酆都羅山中。酆都的北陰大帝，便成為道教冥界的最高主宰〔註37〕。」所以道教對冥界主宰處所的酆都概念，在小說中藉由靈明道士再三提及得到印證，故事中的迷魂們最終不是受到超度寬宥，就是被押入酆都禁錮，永無翻身之時。因此出自黑暗地獄的眾迷們，最終被囚禁入酆都，「黑暗地獄」和「酆都」在作者的觀念中是相同無差別的。

酆都位於北方癸地的羅酆山上，亦稱北酆或羅酆，是傳說中的閻王居所，負責捉拿惡人、拘禁鬼魂事宜。小說中的酆都代表著冥間審理訴訟官司之所在，除了接受冥界訴訟案件，如第七十二回（頁1109）史動的祖先，因為狐妖化身為史動的形貌與桃夭淫亂，致使桃夭懷孕，有了名為史動之子，而實非然的子嗣，故其祖先告訟詞於冥司。酆都因此差了一個替死鬼，押狐妖到吳情家勘驗實情。第二十回更有蔡清因退婚，向貧家討回聘禮錢財，致使貧家無奈氣憤之下，告了一個「陰詞」；冥司認為蔡清誤人女子，就差鬼使捉蔡清魂魄。從上述二例可知，小說中的酆都不僅能審理冥界官司，也可受理人間的官司糾紛、主持人間不公之事。只是這兩件官司都因鬼使獄卒的無能昏庸而不了了之，替死鬼要求判官加派人手一同押解狐妖，結果在半路上受到鬼妓的引誘，一陣混亂後，讓狐妖趁機溜走。此段情節不僅敘述著鬼使們怠忽職守的過程，更寫出其色慾荒謬的醜態。而蔡清案件的結果更是荒謬，鬼使胡里胡塗因聲音相近而誤捉了「債精」蘭夛，全案後來也未交待結果，就也不了了之。所以鬼卒在小說中的角色扮演，十足的人性化，不僅擁有人的七情六欲，更具有一切官場衙門之弊病，一付辦事不力的模樣。

這些鬼使獄卒的形象，來自於人們對鬼卒的認知。為維持地獄中各種刑罰之進行，需要大批的獄卒以執行各種酷刑，這些獄卒或來自戰死的毘沙國王之百萬兵眾，或屬喜好觀人受苦的世間惡人之投胎轉世，也有受人類迫害的禽獸們化為鳥獸人身之形以擔任之〔註38〕，總之早期佛經中的獄卒形象非佳，亦與人世間的罪惡過責有關，屬對不善之人另一形式的懲罰，所以小說中出現的這一大批品性不佳、辦事不力的鬼使獄卒們，其來有自。

〔註37〕見上註，頁442，
〔註38〕見上註，頁117，蕭登福引《經律異相》、《分別業報略經》、《阿毗達磨俱舍論》、《大智度論》等佛經內容，介紹獄卒來源的三種可能。

四、因果報應的推崇

第十六回和第九十一回的因果報應故事，皆有今世財富乃前世積德所致的觀念，一是范保的祖先爲後代子孫積聚了萬金之巨財，後由寶光傳達以出土；一是金一鋤貧困時得財即是祖父積德所致，故能於自家園中鋤得一窖金銀。這兩則故事都清楚表明了積善者方能致富、方能傳流子孫後代的觀念，但也都因爲子孫貪財狂妄，以致下場淒慘、終遭天譴。

這種隔代傳承的財富因果觀，來自於中國固有的「積善餘慶」「積惡餘殃」思想，也是道教早期「承負說」的善惡因果思想，當然也與佛教傳入的因果輪迴觀有關。在王月清《中國佛教倫理研究》書中的第一章第三節〈善惡報應論〉，即對前述三種思想的關係，以及演化情形，進行詳細的分析和解說。書中認爲「積善餘慶」「積惡餘殃」思想，是《易傳》：「積善之家必有餘慶，積不善之家必有餘殃〔註39〕。」和《尚書》《老子》《韓非子》等中國典籍中的固有思想；然後再引述《太平經》內容，說明早期道教的承負說思想「其主要內容是說任何人的善惡行爲都會對後代子孫產生影響，而人的今世禍福也都是先人行爲的結果，如果先人有過失，由子孫承受其責任〔註40〕。」所以中國的善惡因果論，基本上是種他力和外力的果報思想。而印度佛教的善惡果報論，比較上則傾向於自力和內力特徵。雖然《三教開迷歸正演義》這兩則故事表面上看起來較屬中土本有的善惡因果思想，且第九十三回大儒亦曾說過：「積善之家必有餘慶，若積不善之家必有餘殃。」（頁1431）的話語，但若從金一鋤故事中，靈明建壇運神召來赤衣大吏所說的一段話：

> 天地間錢財關乎生人的福享，一個貧窶之子，抖然起得金貲，享那福祉。人不知便道他命運所招，那裡曉是他祖父積德所致。他祖父積了功德，自己壽數不齊，歲月難候，便流到他的子孫。子孫知道平日貧窶，今日一旦富貴，小心謹飭更積善行仁，自代代相承，富可常保。乃若不想平日貧窶，一旦富貴便狂妄驕傲起來，止可保一身以盡了他祖父的德蔭，若是兇惡太甚，祖父德不能勝，奪福減筭仍歸貧窶。（頁1397）

認爲子孫得先祖的福報後，仍應「積善行仁」，而此福必不能容忍包庇、概括承受後代子孫的現今行爲，若是作惡仍會招致報應。故此段赤衣大使的話語，除了有早期道教承負說和積善餘蔭的思想，更強化了人自身努力行仁積善的成分，有著印

〔註39〕王月清：《中國佛教倫理研究》，（南京大學出版社，2000年5月），頁35。以下積善餘慶說的出處資料，皆出自本書同頁中的介紹內容。

〔註40〕同上註，頁41。

度佛教自報自受的「現在所受乃前世自作，今生所作來生自受〔註41〕」思想，所以此段言論是中土和印度因果報應思想的融合。所以王月清以東晉名僧慧遠（334～416）的善惡報應論，作爲東晉以後的因果報應觀，已融合了佛教倫理與中土倫理思想的說明，並且提出「以慧遠爲思想代表的中土佛教善惡報應論對後世影響極大〔註42〕」這樣的結論，而小說中所呈現出來的思想似乎恰爲上述結論的一項印證。另外，此段談話將世人的享福和財富劃上等號，認爲人間所謂的有福即是有錢，表現出一種重利思想，視金錢爲人生最重要的追求，連神明的訓戒警示話語，也不忘以利誘爲重點，所謂的福報，在此位赤衣大吏口中，竟僅剩利祿一項。

第七十八回的齊魯仁故事，亦與金錢的因果報應有關。當大儒們路過富莊單橋之地，一位年高六旬、家財萬貫、妻妾數人的齊魯仁老者，因爲聚斂吝嗇、不願行善施捨，所以年老仍無子嗣。一日夢中有位自稱曾爲鮑發戶之子的人，自訴願意投胎爲其子，但條件則是需要替他先還一大筆前生債，方能轉世投胎。如此一來齊魯仁掙扎於捨棄一庫金銀而有位嫖賭子，還是守著一庫金銀而死後無人祭拜，且家財散落外人之手。此則故事的教訓意味，即是：今生聚斂錢財、不思行善的人，死後報應爲財散無子；就算是勉強得一子以延續香火，也必是敗家之子。故事安排寶光勸解齊魯仁：「施捨於冥冥，自然生子於昭昭。」「修橋補路，恤寡憐貧，方便門中，積福無量。」（頁 1195）就是只要立意行善，誠心悔過，自然能有子嗣，也因積福無量而無需擔憂子孫之賢與不肖。這種行善的定義和方式，與金錢仍有極大的關係，鼓勵富者拿出錢財來造橋鋪路、施捨窮人，是行善積福的不二法門。或許正是明代中葉之後，因政經局勢的激烈變化，導致社會貧富結構兩極化的鮮明發展，使得針對富人進行宣揚的施捨善報觀念，更形強調和鼓勵。

此類果報故事，除了充斥著金錢色彩之外，尚有強調人爲自力的影響之關注。如上述王月清書中所稱說的佛教倫理思想因素，必爲一項重要的摻入成分，但必定亦與反映時代精神的思潮相互呼應。明代思潮的主流即是王門心學，而陽明心學的特色之一，即是強調本心的個人覺醒，注重人自身能力的反思，以提高人本身的自我地位。所以孫遜在論述古代果報小說的基本結構時，以「啓悟」作爲此類小說起因和果報之間的一項關鍵性因子〔註43〕，而啓悟即是人心醒覺的具體表現。孫遜以「文言小說與神道施報」和「白話小說與人道回報」的標題方式，作爲兩者思想傾

〔註41〕同上註，頁 37。
〔註42〕同上註，頁 47。
〔註43〕孫遜：《中國古代小說與宗教》，（上海：復旦大學出版社，2000 年 7 月），頁 238～252。

向的不同點。因為孫遜所定義的白話通俗小說，時代和文體上皆與《三教開迷歸正演義》小說相符合，故孫遜所謂明代小說中果報思想之人力作用，恰可為《三教開迷歸正演義》的因果報應原理，增添學理上的印證。而孫遜認為白話小說一方面免不了神道施報的情節，但另一方面人為成份的情節因素卻更形加重：「報應也摻雜了許多人為的因素：人的報應常常是人自身行為以及人際關係所形成的合力的結果。」〔註44〕隨著時代奮發精神的宣揚，人自我意識覺醒的提高，白話通俗小說本屬與民相親、最為貼近民情的文體表現，就更能將此人本主義思想表現的淋漓盡致。

所以不論是范保、金一鋤或是齊魯仁，故事中雖免不了神道訓示、神力介入的他力色彩，但仍回歸到人自力的決定關鍵，以及誠心靈驗的絕對結果。

此外，三教於渾元堂開宗論理時，大儒講《大學》、寶光講《心經》，對崇正里方村的村民們來說太過深奧，無法了解和吸收。因此寶光在靈明開講《道德經》前，建議靈明面對村民這樣的「凡夫俗子」，只要講一些「彰善罰惡、陰陽報應的事情」即可。果然，靈明僅說了《道德經》第一章的：「道可道，非常道；名可名，非常名。」，村人們竟皆大笑不止，因此由大儒引《道德經》第四十一章：「上士聞道，勤而行之；中士聞道，若存若亡；下士聞道，大笑之，不笑不足以為道。」話語，喝止眾人的大笑。接著靈明講《道德經》第七十三章「天不爭而善勝，不言而善應，不召而自來，繟然而善謀。天網恢恢，疏而不失。」內容時，眾人竟仍大笑未止，這時其中一位蕭閑處士出言化解尷尬，指出上述之言為「善惡報應之理」，請靈明就此說明。於是靈明順勢講出：「報應多端，天道不爽。只如一個人使心用心，反累己身，身根結成罪根，難滅。俗語云：孝順還生孝順子，忤逆偏生忤逆兒。」也就是「儒門言悖而出，亦悖而入。釋教要知前世因，今生受者是，要知後世因，今生作者是。」（頁26～27）果然這樣的善惡報應之理，讓眾人聽了頗能接受而欽服。所以此段由《道德經》演化而成的善惡報應說，與上述王月清論述的中土佛教善惡報論，十分相似，小說言論正為佛道報應觀融合的明證，尤其從一位道士口中說出的善惡報應論，更可看出此說本身的道教色彩。

五、對正一道的推崇

作者看待正一道和全真道的觀點，與一般人士的眼光截然不同。誠如本論文第二章第二節道教發展趨勢的探討，明代正一道因屬君王認定的宗派，雖極其榮尊亦十分衰落；全真道則因政權統治者的打壓，雖一時沉寂，但明末時重獲中興氣象。

〔註44〕同上註，頁246。

所以在一般人士的觀點，正一道屬於裝神弄鬼、建壇作法的江湖術士之徒，而全眞道則有仙風道骨、高潔不群的修道形象。結果在《三教開迷歸正演義》小說中的道士們，正一道成了能捉妖除魔、助人行善的高強道士們。三教人物之一的靈明，就是一位有符籙牌劍的正一道士，故事中不斷聲稱自己行的是「正乙天師、眞人道法」，喜好亮出「正乙道法」的名號。在故事中其他人物的眼光，靈明也是「一個正乙法門，善驅邪縛魅」（頁456）的高明道士。

就算是第七回（頁95）靈明請來其道院師兄弟的牛畢二道士，雖然因見錢起欲、以致失令牌法劍的法器金光，但其未起利欲之心前，所擁有的法器確實金光四射、法力無窮，能讓狐妖如針刺體、如鏡照形，害怕地倉皇而逃。所以牛畢二道士也因類屬於正一道，在作者的描寫下具備相當程度的法力。

因為靈明貪杯過飲失了丹頭，所以吳情處士在第九回（頁137），請來了另一位渾名王捉鬼的王林泉道士。作者描寫此位授正乙道法的正一道士，具有祈雨神效的眞實功夫，且書符念咒頗有些手段，書符都能請來神將，眞正是有特異功能的道士。雖然王道士設壇作法的排場和步驟，甚至喝酒誤事的小段波折，都與靈明相同，不過此位王道士的道法較靈明高強，終究能擒拿狐妖，將其收服。

第四十二回的女巫事件，也成了靈明強調法力、獨尊正一道地位的情節。當靈明和知求前往某一處村莊，觀看女巫降神報人禍福的儀式時，此位女巫竟可預知正乙符籙使官的靈明之到來，令村人以禮迎接，所以這時靈明說了一句：「女巫所降亦眞」（頁635），表示對女巫法力的認可。但第四十三回又對女巫自稱「降的村人各家祖宗」說詞，堅決否定，認為：「人家祖先，遠年近日，前亡後化，脫生的脫生，消散的消散，那有又回家說話，管後代家私閑事的。」所以必為「假降別靈，托言人事。」（頁646）將女巫之法力全盤否定。如此前後矛盾的說詞，為作者一方面藉女巫感知靈明之存在，來強調靈明身份法力之確實，另一方面又要批判女巫降神為邪法，以達抬高正一道地位之目的，故令人有整段故事不夠周延合理之感。總之，作者藉女巫事件再次標榜了正一道法之高明。

反觀全眞道在小說中的地位則顯低下而邪門。全眞道士從第十五回開始，扮演著一位有神奇異術的高人，藥方具療效且身懷奇功，只是以燒煉丹術騙財，又有著不知悔改的狂妄霸氣。後來大儒三人在第三十回（頁452）中又與此位全眞道士相遇，卻對其煉丹騙財的行徑，毫無責怪懲處言行，反倒有老友相逢般的場面，十分不符合全書除惡伏魔的主題精神。因此作者在全眞道士的角色塑造上，為營造小說曲折生動的戲劇形象，刻意給與相當多的奇術異能。又為能與正一道有所區隔，且依世人對全眞丹術的傳統印象，故編寫全眞道士燒練騙術的情節；且對此位人物從

頭到尾皆未給與任何名字，一反作者喜為大大小小無計數人物的命名習慣，即是一種刻意糊模、極力貶低全真道的心態使然。但全真道士的下場，並未有任何惡果的安排，作者似乎對此類修道人士的道德標準，較為寬鬆，也似乎是作者一定程度的正面反映全真道形象之表現方式。

六、對民間宗教團體的否定態度

當大儒一行人過了「南直」抵達「東省」，來到了一座庵觀，其中的僧道以施茶化緣為營生之法，不僅不知課經，亦多屬出身盜賊匪類之人。當他們請寶光立會講法時，立刻遭到寶光嚴詞拒絕，並且立即表明「立一個會教，小僧最惡的這事。自古來如張角劉福通，皆是做會燒香白蓮等教，非清平世所宜有，正人君子所行的事。」（第六十五回，頁 998）作者在此處，為寶光塑造了一個潔身謹節的純派佛教徒形象，以求與白蓮教類的民間宗教有所區隔。這是小說中一貫的正統傳承觀念，視民間宗教為異類邪教，藉打壓否定民間宗教以突顯書中佛教主角人物的高尚形象。當然，從全書所呈現出來的民間宗教風格，來看此段故事的內容，實在十分怪異而且不恰當，但若了解小說撰著刊印的時代背景，以及宗教風尚，就能理解小說此段情節的寫作動機。

從小說中三教人物結伴同遊的行徑、演理說法內容、宣揚主張方式，其實已是十足的民間宗教模式；甚至故事的靈魂人物林兆恩，更是當時已然蔚為風行的民間宗教團體三一教之教主。所以作者對於民間宗教的理念和思想，本質和概念上是接受，且已引用成為故事之主體。至於書中與白蓮教等民間宗教特別劃清、極力撇清界限的態度，應該來自於當時白蓮教亂嚴重的時局所致。戴玄之研究中國祕密宗教的演進情形，指出從明代萬曆元年（1573）至崇禎十七年（1644），這七十二年是明代祕密宗教發展的鼎盛時期〔註45〕，由正統白蓮教或非正統的白蓮教所掀起的一次又一次、大大小小的動亂，讓政權統治者無法招架。當然這樣的教亂定有其嚴重的社會背景和政治因素，因黑暗腐化的政權，才會導致混亂不安的社會。但小說採取與政權相同立場，對於宗教結社的現象大加批擊，認為就是因為許多歹徒惡人的混入寺觀、集結成黨，才會導致社會的動亂。這種方式頗似羅祖批評白纏（蓮）教的用意〔註46〕，藉否定白蓮教聚眾生事之行徑，稱呼其為邪教，表明與其截然不同的

〔註45〕戴玄之：《中國祕密宗教與祕密會社》，（臺灣商務印書館，民國 81 年 10 月），頁 581。
〔註46〕鄭志明：《民間的三教心法》，（板橋：正一善書出版社），頁 18～19，引用《正信除疑無修證自在寶卷》第十八品批評白纏教的內容，說明羅祖批判白蓮教只是對其膚淺的宗教儀式加以反對，而且為了避免政府對無為教的取締，故有批評的言論。

宗教立場，以避免朝廷取締禁教。所以小說特別提及白蓮教，聲明三教一行人與其宗教團體截然不同，除了對佛道儒正統思想進行標榜，也對小說的宗教立場進行澄清，試圖避免遭禁書的命運。所以小說中寶光的此段聲明，令人感受到作者意欲討好政權當局的心態，也傳達出自身保守傳統的觀念。第五十九回（頁 901）靈明使用影子法術勸解王一本全家之迷後，就有一些看熱鬧的人聞風前來，要靈明再搬演一次，結果靈明急忙澄清自己「不是那扶箕圓光，降神請仙之家。」聲稱無迷就無法，遇到有迷之人方能施行影子法術。這也是一種刻意的撇清和不實的申辯，因為故事中靈明所使的影子之法，即屬民間宗教中的扶箕請仙之術，而靈明解說的無迷無法之言，也無法說清自己所使的法術，到底與扶箕請仙有何不同？因此純粹是對自己道法的清高申明，也是一種極力與民間宗教劃清界限的態度。

第四節　政治態度

　　宋元理學的本質是「政治哲學化的儒學思潮」，為對「封建倫理道德和等級秩序」的合理性論證，同時也是對「君主權力」和「君主政治制度」的強調〔註47〕。所以理學思想中的尊君色彩相當濃厚，並且強調著倫理道德的價值和意義。這種理學本質流傳到明代，使得「儒家的忠君思想在明清時代是不可動搖的，流風所及，民間也尊重忠君的言行。」〔註48〕，社會上下階級的忠君思想，形成了一些粉飾太平、歌功頌德的制式言行，表現出守舊傳統的制式思想。於是明代程朱理學「唯德是尊」「唯理獨尊」的人生觀，以及對於「禮教」倫常的注重，在明代新經濟型態的商業社會中，顯得十分格格不入，令人有十分困窘突兀之感。

一、對政權的歌功頌德

　　第八十三回大儒三人好不容易來到京城，結果守城門的軍人不讓「遊方僧道」進城，因此靈明換裝成儒者模樣，與大儒一同進城，而寶光則轉身回城外的天寧寶剎。作者描寫寶光回寺前，尚且「向門外望上叩了幾個頭」。這種藉出家僧人叩拜君王的入世舉止，表現出一付對君王忠心耿耿的模樣，純粹只是作者虛偽刻意的描寫，表現出傳統的忠君思想，讓清高絕俗的寶光都對君王畢恭畢敬。而作者虛假的政權

〔註47〕傅惠生：《宋明之際的社會心理與小說》，（北京：東方出版，1997 年 10 月），頁 24～25。

〔註48〕林仁川、徐曉望：《明末清初中西文化衝突》，（上海：華東師範大學出版社，1999 年 10 月），頁 373。

奉承描寫，從大儒、辛知求、靈明一行進京城後，仍持續的進行編寫，如大儒進城門後，說「有職人員定要報名朝見，我們只需向關叩幾個頭罷。」，一付政權當局秩序井然、禮法規矩嚴格的假象。再從大儒動不動就稱讚：「有道盛時」「士人濟濟鏘鏘，氣象威儀，卻也真是盛世，人材四方英俊，足見中國禮義之邦，不負大君賓興之典。」（頁 1275）可看出作者極力稱揚政權、不斷歌功頌德的態度。

但事實上明朝中期以後的政治經濟社會，全處於衰敗動亂的情況，尤其是小說所創作的明神宗萬曆中後期，更是政壇上一片荒誕馳廢、民間處處哀鴻遍野的慘狀。神宗二十餘年的不視朝政，閣輔權臣們的畏縮避事，政黨之間的傾壓爭鬥，再加上外患頻仍的危急局勢，導致明萬曆年間政局的混亂和腐敗。因為平邊靖亂的龐大支出，以及宮廷宗室毫不節制的奢侈浪費，使得國家發生嚴重的財政問題。結果這些赤字全轉嫁到人民身上，以加重稅徵賦歛方式，解決政權統治者的金錢困境，如此一來當天災來臨時，人民無法解決基本的生存需求，只好成了流民四處逃竄，或成暴動的民變〔註49〕。由明代史實的記載內容，對照著小說所描寫的昇平景象，作者討好政權、粉飾太平的企圖，一目瞭然。

小說中所記載的衍聖公之事，也是相當的不具真實性。衍聖公是宋以後對孔子後裔的封號，作者以對儒者一貫的標榜觀點，將衍聖公安排入故事中，加以推崇，在第八十四回中，大儒對衍聖公「定晴飽看了一會兒」（頁 1282），流露出十足的欽羨和贊歎。但據同屬萬曆年間的沈德符，所描述出來當代的衍聖公，卻完全是另種模樣：

> 其舉乖錯，似得心疾。有持物欲售者，過其門必強納之，索價即痛毆，人皆迂道以行。尚可託云其與儓生事也，乃至出票拘集教坊妓女侍觴，則全是勳戚舉動，又非禮虐之。其持票者至曲中，必云聖人孔爺叫唱，諸妓迸匿，或重賂之得免。夫聖人可施之叫唱耶〔註50〕。

此位衍聖公強索路人物品、召妓陪侍，囂張跋扈地有失儒家禮節之舉止，所以沈德符認為此位衍聖公心智不太正常，似乎有精神方面的疾病。另外沈德符在同則記載中，提及孔尚忠之衍聖公因凌虐庶母之名聲傳入宮中，令皇帝不悅而抑其女樂之排場。而衍聖公不倫不類的執武職之禮，出門的盛大排場，有前導和隨從的囂張

〔註49〕 楊國楨、陳支平：《明史新編》，（台北：昭明出版社，民國 88 年 9 月），頁 276～294，論述萬曆中後期政局的朋黨樹立現象，以及與鄰近國家的關係。頁 294～301，則敘述農村騷動及城市民變的情況。

〔註50〕 （明）沈德符：《萬曆野獲編》，《元明史料筆記》，（北京：中華書局，1997 年 11 月），下冊，卷二六，頁 673。

模樣，沈德符認為「見之令人駭恨欲泣，不止可笑而已。」總結沈德符所知所見的衍聖公，已無復儒者謙謙風尚、雍和大度的氣質，似乎深受政權推崇榮寵而淪喪敗壞。另外沈德符提及衍聖公本非居住在京城，僅朝覲面聖時才至京城，但萬曆時衍聖公已長久定居於京城；而小說中的衍聖公前往官府處拜訪，也令人有已定居京城、與官府有所來往之感。當然小說中的衍聖公，僅屬文學創作中的理想人物，不一定非得依真實人物而進行角色塑造，且小說敘述衍聖公的內容太過簡短，無法詳細分析其中的意圖。但從小說敘述此事的口氣和意圖，已可見明顯的標榜意味和美化作用，這是從傳統儒者的角度，為小說增添一段與孔聖人後代有關的情節，藉此增加小說價值、抬高小說內涵，但卻無從反映現實世界的真正面貌。

　　作者習慣安排的推崇政權言語，連與精怪世界有關的故事亦不例外，如迂腐迷告知義之癖等四癖的談話內容：「向來我二人也走了幾個布政，去到國學，都是些閥閱簪纓之裔。我們存留不住，去到武學，又是些龍韜虎略之英，那個肯容？」「如今簧宮泮水，一進來的便就高談闊論，器宇昂藏，這家也是禮樂宅第，那家也是詩書門楣。怎麼去得？」（頁256）迂腐迷抱怨在當今世界存留不易，難以生存，就是從另一角度對當時社會有所稱譽，正因處太平盛世，人才濟濟的文武兼強時代，所以邪迷無法入侵人心。但是事實如何呢？若從「國學」（國子監）自明世宗嘉靖年間以後轉趨衰落，不僅招收人數減少，且循特權和錢財管道入學的比例增高〔註51〕，明顯呈現素質低落的現象。武學情況亦然，武學招收的學生，為「十歲以上，二十五歲以下的武官子弟」〔註52〕，所以招生對象限定於軍官子弟，使其繼承父職官位；這一批學生基本上具有恃勢而驕、粗暴無禮作風，明初尚未設立京衛武學時，就曾因這些武臣子弟入國學後不遵學規、恣意妄為的行為，於是朱元璋將國子監祭酒的吳顒免職，並且嚴懲違教者〔註53〕。由此脈絡可推想後來武學子弟的習氣，必是每況愈下，亦相當驕縱粗率。所以小說對於國學和武學情形的描寫，未具真實性，只是歌功頌德式的虛偽褒揚。

　　第六十五回大儒書寫「修好正事」之話語為「孝順父母，尊敬長上，和睦鄉里，教訓子孫，各安生理，毋作非為」，聲明只要依了這幾句家常語，定可「家門清吉，子孫也個個出些賢人。」而這幾句十分平常勸世語，作者添加成此為「皇祖的聖諭」，連故事中的眾人亦笑稱：「這幾句口頭話語，不過是家常話，卻不知道是皇祖聖諭。」

〔註51〕張建仁：《明代教育管理制度研究》，（台北：文津出版社，民國82年5月），頁20
　　　～35。
〔註52〕同上註，頁159。
〔註53〕同上註，頁156。

（頁 989）即是作者表白此則純屬個人欲沾君王光彩的附會語，當然亦是一種推崇君王地位的表現。

百回故事結束時，不忘對當朝君王大加諂媚奉承一番，將「萬歲龍牌」移置渾元廟大殿中恭奉，並且祝禱說：「聖天子萬壽無疆，海宇雍熙，人民康阜，士農工商，各安職業。」（頁 1541）。結尾詩中也不忘對君主「皇王有道四方清，禮樂陶鎔政教平」再讚美一次。

二、對仕宦從政的追求

明代以八股文為科舉取士的標準，因此有相當多的士人，為追求功名，熱衷於八股文的鑽研，缺乏經世治國長才的訓練，顧炎武對八股文的戕害民心，有沉重的感觸：「八股之害，等於焚書，而敗壞人才，有甚於咸陽之郊所坑者，但四百六十餘人也〔註54〕。」張建仁也對明代八股文的影響，提出「無益於國計民生，又無助於個體精神的自由，只有利於統治者對人們進行思想統治〔註55〕。」的評語。

作者延續著尊崇政權立場的思想，視從政為官乃士人終極依歸，如十分清高的宗大儒，在故事終了時，竟受聘於陳總兵，助其參畫軍機。然後再安排寶光靈明的時時冥中相助，讓大儒得以封爵賜衣，衣錦榮歸。至於林兆恩角色，則礙於事實的關係，不能為其編寫成仕宦的結局，但仍安排了一位高甲士人入京赴試、獲選閩省別駕的仕宦舉動，藉林兆恩一路伴隨同行的過程，讓林兆恩沾染了入世的從政色彩。

對於社會盲目崇儒以求仕進的風氣，作者以第三十五回中（頁 531）一位「家世儒業」的油蒙心，因為資質魯鈍，被父親關鎖在一間屋內讀書三年。結果出來時一付搖搖擺擺的飽學秀才模樣，卻僅領悟到書史「都是刻板印的」這種荒謬的結論，而其父親竟然還高興不已，欲送油蒙心前去考童生。從這位父親使用這麼激烈的方式嚴格要求兒子讀書，全然不顧兒子的資材和性向，可看出社會對儒者的高度期許，視仕宦為顯達之唯一途徑。故事中又舉了一個相似的例子，資質魯鈍的讀書人，因父母的要求而從學，結果讀了一輩子的書，「名不成、道理行不去、生理又做不得，渾帳了一生」，連臨終時到底是穿衣巾的儒服裝扮？還是平民服飾以入歛？考慮了三天之後，尚且捨棄不了當儒者的名份而僭分入歛。第五十二回（頁93）描寫年少輕狂的三四位狂妄士人，和眾人對仲魁士人前倨後恭的模樣，以譏評世人對士宦科名

〔註54〕（清）顧炎武：《日知錄》，〈擬題〉，《萬有文庫薈要》，（台北：台灣商務印書館，民國 54 年 8 月），卷十六，頁 48。

〔註55〕張建仁：《明代教育管理制度研究》，（台北：文津出版社，民國 82 年 5 月），頁 192。

的欽慕心態。作者主要是針對這些人士的愚昧荒唐、誇張違反常理的可笑行徑，編寫成具娛樂效果的故事情節，倒非對科考的反對和排斥。

　　小說中有相當多的士人角色，作者或以士人之名稱呼，或以隱士之名稱呼。這些士人的角色塑造，也都是爲了小說的戲劇效果，不免有著怪誕奇情的成分，以迎合小說開迷的故事主旨；另一方面仍可從作者所描述的這些故事中，看出作者殘存著傳統道學思想的功名利祿觀點。例如第二十七回（頁402）雲間秀士費心思爲「多覽廣識，博學高才，眞乃作賦之手，但未登宏辭之科。」雖然故事著重於描寫此位士人，沉迷於詩詞歌賦創作的病態行爲，但作者認爲費盡心思的創作詩詞，屬無用的舉動，登科入仕方爲士人的正經事業，即爲作者表現出來的傳統儒者觀點。第五十三回（頁816）的施打油詞客，是一位到處吟詩題詞的賣弄風雅士人，在作者看來也是一位不務正業的士人。另一位吳所用士人（頁411）只依靠家業，整日無所事事、閑散遊玩，作者認爲亦屬無用之人。而李惟一是一位窮思達的士人（頁528），雖有心功名之事而攻鉛槧，卻又不失生活之樂而遊山玩水，結果大儒對他的建議是應該專心一意，不宜分志；此專心立志的目標，當然就是一意求取功名，不受遊山玩水所干擾。此則故事發生的地點爲杭州西湖，屬遊覽風氣極盛的地區，士人受到湖光山色的吸引，結伴成群遊玩的情況，相當普遍，連大儒們亦受邀於此地盤桓覽勝，可是其勸解李惟一的話語，卻是代表著功名與遊樂無法兼顧時的取捨原則，仍以實際功名考量的思考模式。面對向來以金錢換取他人稱譽的楊譽士人（頁361），大儒亦建議他應該讀書中舉，博得最多人的稱譽，以滿足其喜聽人奉承的心性，這是一種非改變其心性的勸導方式，與故事再三強調「迷由心生」「破迷由心」的道理相違背，就是作者立於功名利祿的考量下，違反創作用意的結果。

三、官場生態的反映

　　對於明代朝政重文輕武的現象，作者透過接官武職的安邊吏員，受到馹宰的輕蔑歧視，憤而說出「如今文職到了馹遞，地方先畏懼幾分，應付不敢遲慢。便是跟從的百般囉噪，他只得忍氣吞聲。偏我武職，他故意留難欺抗，少若行些勢力，便以騷擾申呈。」（頁1029），因此令擔任武職吏員的安邊十分不滿。張建仁據明代武學的設立、武科的選拔，其規模和屢次變動改換的內容，而有「武學、武科在明代並不受人們的重視」〔註56〕，既然科舉考試和教育訓練不爲人們所重視，其職位亦同樣的爲時人所輕視。因此小說作者藉安邊之口，說出武官遭受到的處境和待遇的

〔註56〕同上註，頁193。

情況，正是因爲當時武官的地位下降，馱役們也就現實的對其輕視，十足的功利主義。

　　至於作者爲何加上這一段情節？與作者個人出身有關。第二回作者將自己寫入小說，自稱爲「武解元」，蕭閑說道：「以先生儀表高才，何乃左武？只今文風太盛，武吏權輕，已蹈羞之轍，難免匏葉之嗟。」結果作者的回答爲：「儒固席珍，武豈尙桼，只是用人太濫，武人自輕耳。」（頁 30～31）看來作者身份確屬武官之類，否則以作者一貫推崇儒者道學家的言論，爲何將自己在小說中的角色，不安排成文科出身，反冠上武解元身份？所以此段情節編寫不僅爲作者自表身份的安排，也藉此爲武官的形象和地位，提出申辯和呼籲。

　　明代官場的貪污賄賂風氣之盛，如第四十九回衙門公役所說的「天下衙門大大開，有理無錢莫進來。」（頁 738）十分貼切有趣的描寫。小說有相當多貪官的故事，如第十四回官至極品、年高七旬的計得之，「終日在衙內盤籌什一，計較錙銖，金珠賄賂，日遣當事，惟恐掛入彈章白簡。」（頁 201）爲著金錢賄賂之事，年老仍不得閑暇；另一位景洁鄉紳則是「才學通儒，文名播世，家徒四壁，食乏二餔，片紙不入公門，簞瓢眞甘陋巷。」（頁 200）這樣淡泊名利的高紳，卻是家業貧乏。作者描述二人皆博得稱譽：「當時士林也有誇計老之勞，也有譽景老之高。」（頁 201）所以士人的出處有道，皆爲時人接受和認可，從政爲官能獲得實質的生活改善，但必得爲貪贓枉法之事；鄉居爲士紳，若欲獲得高名，也必得甘受淡泊貧困的生活，如此將士人所面臨的現實問題，清楚剖析，也十分赤裸地呈現眞相。

　　對於明代官僚階級的實際情況，牛建強稱之爲「以貪污爲具體表現形式的官僚體系的頹敗」〔註57〕，認爲「利欲意識的影響」、「科舉制的商品化」、「人情變異」、「禮節繁冗」、「消費擴大」和「懲貪法制和實踐的有名無實」，爲官吏們貪污情況惡化的原因。當時官僚已完全放棄禮義廉恥，罔顧國家安危、人民福祉，只重視個人的物質享樂和利益，因其社會形象十分低劣，貪贓枉法的行爲，讓人民相當痛恨。因此小說中的官吏們，無一例外的卑劣醜陋，能力低下，就是出於社會群體的共同印象，表現出人民對其共同的心態。如卜知事（頁 144）和單曹官（頁 1287）問案時的荒謬場面和收取賄賂作法，史牙兩面收取賄賂的無恥行徑，都是對官吏貪污行爲的揭露。至於武直官府（頁 744）的好美男、喜人巴結奉承，對於家中二子的督責教導失職，讓所蓄養的猴子精怪在家中吵嚷作怪，即是對官僚人品性格的誇大諷刺。另外還有地方長官史牙對民戶假說謊稱的裝模作樣（頁 932），人民就算不相信、

〔註57〕牛建強：《明代中後期社會變遷研究》，（台北：文津出版社，民國 86 年 8 月），頁 175。

不服氣地方長官所說之事，也只能噤若寒蟬的忍氣吞聲，其耀武揚威的作風，就是下層官吏對百姓人民的一貫態度，作者藉故事表現出誇張的娛樂效果，也眞實傳達出吏員無理囂張、令人痛恨的醜陋面目。

　　再則作者對於許多官吏人物的取名，多含明示隱喻意，如關赦爲衙門員役，商天經和韋地義爲齎奏公差，都是對下層官僚的負面指稱，在故事中對三人雖無行事違逆的情節描寫（頁 967），但是從名字的意涵，即可看出作者的嘲諷揭露企圖。

第六章　林兆恩的思想理念與
《三教開迷歸正演義》的實踐方式

　　林兆恩為《三教開迷歸正演義》作者在小說中極力推崇的靈魂型人物，屬全書內容中十分重要的角色扮演。因此對於這位歷史實有的人物，本章將針對其三教合一思想的內容進行探討，並且略述明代三一教的發展概況，以為林兆恩人物的實有背景依據。再則分析《三教開迷歸正演義》小說中的林兆恩之人物形象，以及書中援引的林兆恩思想，呈現出作者對於林兆恩其人其事的實踐方式。

第一節　林兆恩三教合一的理念與三一教

　　明代正德、萬曆年間的福建興化府莆田縣，出現了一位影響民間社會的傳奇人物---林兆恩，以其獨步堅定的信念，提倡三教合一，形成一個吸引著當時士人聚集的學術團體，然後又進一步演變成民間的宗教組織：「三一教」。對於三一教和三一教主林兆恩的研究，歷來已多見專著論文和相關研究，介紹明代的學術史或宗教史時，皆不免提及此一獨特的學說和教派，足見其所造成的勢力和影響的風潮，為後世所矚目。林國平認為「三一教」有三個階段的演化：一、林兆恩在世時的嘉靖四十四年之前，為一般性的儒者結社；二、嘉靖四十四年之後，開始有宗教性的特質，但尚非一種宗教組織；三、林兆恩去世後，方在弟子們的神化和尊奉之下，形成了「三一教」、又尊稱為「夏教」，且奉林兆恩為「三一教主」，開始了三一教民間宗教組織的歷程〔註1〕。其引用資料論述之詳細，似可為林兆恩和後來的「三一教」關

〔註1〕林國平：〈論三一教的形成和演變——兼與韓秉方、馬西沙先生商榷〉，《世界宗教研究》，（北京：中國社會科學出版社，1987年第二期），頁60～73。

係作了一番釐清，且可爲此單元的論述方向，所以僅限於林兆恩的思想理念而非三一教教義的原因，作一番詮釋，區隔和確定二者並非等同合一。因爲林兆恩本身著作已相當豐厚，而後繼者在承傳三一教之宗教思想時，又有更多的論著，如盧文輝的《中一緒言》《夏心》等、林至敬的《卓什實義》《明夏集》等、朱逢時的《心海眞經》等，皆爲後來作品，其思想主張已與林兆恩有所不同，因此本單元並不打算述及這些後世學者的著作及其內容，因《三教開迷歸正演義》小說主要針對林兆恩個人的理念和事蹟，進行故事的編造。所以此處僅介紹林兆恩個人的思想。

鄭志明《明代三一教主研究》一書針對林兆恩的人格和思想詳細論述，可謂週全而盡善。故此單元的介紹，主要參考此書內容中的三教合一理念及其方式部分，作整合式的簡述。另外再參考韓秉方和馬西沙〈林兆恩三教合一思想與三一教〉文中，介紹三教合一思想的內容部分。

三教合一的理念，貫穿於林兆恩思想的主體，表現在他不同範疇的著作當中，可見於宗教理念部分，又可見於心學主張方面，內容既博雜，且資料眾多，故試圖將其整理成如下三個重點：一、儒者本位思想和宗教信念的折衝（三教合一的主旨和宗教理念）；二、三教觀點的認同；三、合一的詮釋和實踐。

最後再針對三一教的發展概況，進行簡要說明，以爲本單元的歷史背景。

一、儒者本位主義和宗教信念的折衝（三教合一的主旨和宗教理念）

三教雖名爲合一，實則以歸儒宗孔爲主旨，從《林子全集》第二冊的《宗孔之儒》〈群三氏以歸儒〉處處可見林兆恩的儒者思想：

> 至於二氏者流，專以離塵超俗爲高，不以嗣續綱常爲大，此其所以與儒者異也。若能不以蓬島之旨，求之海外，而求之吾身，不以淨土之旨，求之西方，而求之吾身，不離日用之間，率循常行之道，不荒唐不枯槁，是儒者而已矣。（子 91～409）〔註2〕

將儒者推崇高過二氏的地位，顯而易見乃爲其儒者的本色。《林子三教正宗統論》第一冊《合一大旨》〈非三教小引〉亦說「林子曰：『三教合一者，合而一之，以孔

〔註 2〕林兆恩：《林子全集》，《四庫全書存目叢書》，（台南：莊嚴文化出版社，民國 74 年）。原稿爲林兆恩弟子眞懶所有，他於金陵倡教時，由其門下涂文輔爲其師出資匯刻，從崇禎元年開雕到崇禎四年（1631）完成。原書藏於北京圖書館，共四十一冊，計一百三十餘卷，分成元亨利貞四集。台灣大學圖書館的《四庫全書存目叢書》《子部》，〈雜家類〉，第九十一、九十二冊收入的《林子全集》即此崇禎本。

子之儒也。』」〔註3〕所以其三教合一，正是合於孔子之儒的學說思想。所以其三教合一，正是合於孔子之儒的學說思想。從其自誌的墓誌銘：

> 但生平之所以孜孜汲汲（矻矻），以闡明夫三教歸儒宗孔之旨，與夫君
> 臣父子夫婦三綱之大者，不知至死之期，果能信於天下乎否耶〔註4〕。

此段話可見林兆恩除「歸儒宗孔」的主旨之外，更以儒家的倫理綱常為思想重心。鄭志明也認為林兆恩以「發揚三教歸儒宗孔的神聖使命」，作其一生努力的工作〔註5〕。

林兆恩生長在莆田以德行孝弟為家風的官宦世家中，具深厚的儒者淵源和士人背景，其思想上自然偏向儒家。但除了傳統儒家思想之外，林兆恩又富含著宗教關懷意識，這與其人生經歷有關。考之《林子本行實錄》云：

> 八月省試，初場首輒大三試，凡三易其巾，人咸以魁解期之，既而放榜
> 不與焉。教主遂翻（幡）然棄舉子業，而銳志於心身性命之學，遍叩三門自
> 茲始也。數年間如癡如醉，如顛如狂，凡略有道者輒拜訪之，厚幣之，或邂
> 逅儒服玄裝雖其庸流，亦長跪請教，故莆人咸以教主為顛，而教主殊不為之
> 少阻〔註6〕。

林兆恩十八歲至二十八歲於省試時皆榜上無名，嘉靖二十五年的失敗令其「翻（幡）然棄舉子業」，生命有了轉向，多方求問「心身性命之學」以期突破自身困境。故脫離了一般儒者的仕宦之途，而有多元化的求學問道，甚至被外人視之為怪顛的形貌。他與王學門人羅洪先的亦師亦友關係，和道士異人卓晚春的交往，都導引其漸入佛道儒合一的思考模式。

林兆恩的宗教神祕色彩，多來自信徒門人的宣揚，如《林子本行實錄》五十五歲條：

> 隆慶五年辛未冬十月，寓榕城魏鶴鳴上帝遣請教主歸，令有主此三教
> 者。教主遂預草遺囑曰：「三教之旨，余既詳之矣。而其復主此三教者，必

〔註3〕林兆恩：《林子三教正宗統論》，（明萬曆原刊本，三十六冊，今藏故宮博物院圖書文獻館），為盧文輝萬曆二十三年（1595）編序，陳衷瑜又重新編定付梓的本子。據鄭志明《明代三一教主研究》頁142～143說明，為林兆恩七十八歲時，命弟子盧文輝再依《聖學統宗》等相關本重新刪校編定成三十六冊。筆者所見的《林子三教正宗統論》為微卷資料，未見冊數標示，故以鄭志明書中的冊數標示，再添加資料還原後的細目標示。第一冊《合一大旨》，〈非三教小引〉，頁7。

〔註4〕同上註，第三十冊《續稿》，頁12～13。

〔註5〕鄭志明：《明代三一教主研究》，（台北：台灣學生書局，民國77年8月），頁103。

〔註6〕《林子本行實錄》，《明清民間宗教經卷文獻》第十一冊，（台北：新文豐出版公司，民國88年3月），頁234。

其達而操宰執之權，能推而行之於天下萬世者，非若余無位之士，徒託諸空言巳耳〔註7〕。」

將三教宣揚歸諸於上帝的旨意，令林兆恩主持教務，而有種種特殊的能力。林兆恩以其「艮背法」爲人治病，頗有奇效，爲人稱頌，再加上本身篤信煉丹數十年，故門人爲其披上宗教必備的靈異事蹟。

但林兆恩本身的宗教信念，充滿著儒者人文主義的使命感，其試圖破除民間的迷信風氣：

夫人之心既不正而陰矣，則是失其人道之常，而入於幽昏之境，自妖自誕便生於心，既生於心便眩於目，而恍惚之際，若有魑魅之屬，見其形而舞其靈者，蓋心中自邪，即是心中即鬼也。近來莆人之聽於神也。遂有神其事而自稱爲神之童子者，或扶鸞降靈，以崇其誕；或昇鬼喧道，以駭其俗；或書符誦咒，以妖其術；或登術履火，以愚其象；或陳古炫奇，以慢其藏，或飾像鬥富，以侈其有；鼓人心而趨之，蓋有若狂焉。古云神民雜揉者，其以是乎。如有能齋心向道，去惡從善，以復吾身之陽，是有吾身之正氣在也。夫陽氣既復，而陰氣有不息乎？正氣在我，而邪氣有不滅？傳曰：「妖不勝德。」此朱文公消（銷）鑠不正之旨也〔註8〕。

林兆恩認爲鬼魅都是因人心術不正、失常道所生的幻相，所以說邪自心生；而民間妖術盛行的風氣又助長了邪靈勢力，更導致魑魅猖獗。林兆恩的對應妖邪之道爲：陽氣、正氣、德，以儒者風範杜絕民間歪風，充滿表現出知識分子對庶民文化的改造態度。其觀察解釋民間宗教現象的論點十分理性，且以一貫的心學原理詮釋邪鬼之根源，所以林兆恩的宗教使命來自於儒家觀點的救世濟俗，試圖解除人民之愚昧蒙蔽。

林兆恩對於宗教修持功夫的觀點，亦充滿了儒者本位的思想。如《林子三教正宗統論》第二冊《林子》：

世之學佛者即坐禪，而問人之學佛者，必曰：「能坐禪乎否也。」如此則磨磚之識非乎。世之修道者即運氣，而問人之修道者，必曰：「能運氣乎否也。」如此則鼓脹之徒是乎。不坐禪而心自禪，不離這個也；不運氣而氣自運，無暴其氣也〔註9〕。

〔註7〕同上註，頁242。

〔註8〕林兆恩：《林子三教正宗統論》，（明萬曆原刊本，三十六冊，今藏故宮博物院圖書文獻館），第三十冊，《續稿》，〈正氣答問〉，頁26。

〔註9〕林兆恩：《林子三教正宗統論》，（明萬曆原刊本，三十六冊，今藏故宮博物院圖書文

　　坐禪和運氣是佛道的修行方式，本無不是，但若執著於形式的假相，刻意拘泥於施行的表面功夫，林兆恩認為是無法達成修行的成果。所以應採取「心自禪」和「氣自運」態度，自然而然的以心施用發揮，讓心自然運作，這又回歸到林兆恩心學理論。例如《林子本行實錄》五十一歲條，記載林兆恩在武夷山見到翁離陽和劉古松二人在運氣，便說：「不運氣氣自運，運氣反令氣不順。君不見蒼蒼上浮之謂天，北辰居，五氣宣，夫何為哉？任自然。」又在建陽城外岳山菴見萬雲陽道人倡日夜空坐，就說：「靜不在坐，坐豈能靜，心一無他，是為主敬〔註10〕。」亦可看出其對坐禪運氣的修正，甚至以儒家「主敬」功夫進一步闡釋心之具體實踐。如此將宗教修持的功夫納入儒家範疇以操練，《林子三教正宗統論》第三冊《夏語》：「若二氏之荒唐枯槁，不知致用也，故必其盡人物之性，以參天地贊化育也，斯謂之盡性之聖人矣〔註11〕。」更是以實用角度，批評佛道修行之局限。改善之法唯有會通儒釋二家：

　　　　或問：「儒家之靜，佛教之禪。」林子曰：「儒家之靜，佛家之禪，命字雖殊，其旨一也。誠使佛家而知有本來面目焉，坐可行，行可也。儒家而知有主敬工夫焉，靜可也，動可也，若禪必在坐，則佛之禪頑空也；靜必在坐，則儒之靜枯坐也〔註12〕。」

　　他將儒家的靜和佛家的禪，以相通原理：「知」本來面目和「知」主敬功夫的「知」統一，認為人若能「知」儒佛的真正精神，就不會受到坐行動靜的局限，就可打破形式上的障礙，亦即一切的命名字意迷思，以推得儒佛同一的道理。對於他人問運氣之事，林兆恩回答：

　　　　非也，不運氣而氣自運，孟子所謂無暴其氣也。蓋吾身之氣，自升自降而自運矣，如天之一春一秋，如海之潮一汐，皆自然而然也。而運氣以逆氣者，豈不失其妙用之自然耶，余故曰運氣者逆氣也〔註13〕。

　　強調自然的讓氣運行，非勉強運行，是其一貫修行的理念。所以林兆恩並非反對坐禪和運氣之宗教修持，而是反對不識坐禪之敬和運氣之自然的弊端。

　　　　　獻館），第二冊，《林子》，頁13。
〔註10〕《林子本行實錄》，《明清民間宗教經卷文獻》第十一冊，（台北：新文豐出版公司，
　　　　　民國88年3月），頁241。
〔註11〕林兆恩：《林子三教正宗統論》，（明萬曆原刊本，三十六冊，今藏故宮博物院圖書文
　　　　　獻館），第三冊《夏語》，〈夏語致用教〉，頁7。
〔註12〕同上註，第二十八冊《破迷》，〈禪靜同旨〉，頁12。
〔註13〕林兆恩：《林子三教正宗統論》，（明萬曆原刊本，三十六冊，今藏故宮博物院圖書文
　　　　　獻館），第二十八冊《破迷》，〈運氣〉，頁11～12。

另外林兆恩的終極性宗教關懷，將人對生死的恐懼和長生不老成仙的渴望，全都轉換成「精神的永生」和「神靈玄妙的長生」。根據鄭志明解釋爲：「林兆恩將『羽化飛騰』重新詮釋爲『一點清靈在天不昧』，強調精神的永生，悟出天地間似我非我、是空不空的六通境界，超出劫外，神滿虛空，法周沙界。將『長生不死』詮釋爲『歸天之神氣，期與天地相爲炳煥』，指出眞氣升在天宮，身軀如在空中，立悟萬有皆空，清空一靜，當下世間有壞，惟空不壞，乾坤有礙，惟空不礙。」並進一步論述「林兆恩以儒家的性命之學來轉變長生之說。」「對生死看法，大致上仍來自於儒家的人文關懷，以爲直道而生，盡道而死，即是個人安身立命的根本原則。」〔註14〕因此林兆恩三教合一的主旨在以儒爲依歸，宗教理念亦充滿了儒者的本位思想，對宗教有所修正和轉化。

二、三教觀點

（一）非三教之流

《林子三教正宗統論》第一冊《合一大旨》〈非三教小引〉云：「林子曰：『非三教也者，非以非三教也，以非三教之流者非也。』〔註15〕」說明非議的對象爲「三教之流」，即孔子、釋迦、黃老之後出者，爲不識三教宗旨精神，而產生的流弊；並不是對三教之首和其代表的思想內容加以批判。如《林子本行實錄》亦針對「三教」和「三教者流」之間的差別，加以說明：

> 或問：「何以謂之三教者流也。」林子曰：「三教者流，乃三教之流弊，三教之異端也。」又問：「何以謂之三教之異端也。」林子曰：「仲尼之時中也，黃帝老子之清靜也，釋迦之寂定也，悉皆本之於心者端也，彼三氏者流，而不知所以求端於心者，異端也。」（第二十一冊論語正義）

> 格之而知者，仲尼也，流而爲多識矣；滅之而寂者，釋迦也，流而斷滅矣；無之而虛者，黃老也，流而爲迂怪也。（第三冊夏語）〔註16〕

仲尼之時中、格知，黃老之清靜、無爲，釋迦之寂定、滅寂，是林兆恩所推崇

〔註14〕鄭志明：《明代三一教主研究》，（台北：台灣學生書局，民國77年8月），頁120～122。

〔註15〕林兆恩：《林子三教正宗統論》，（明萬曆原刊本，三十六冊，今藏故宮博物院圖書文獻館），第一冊《合一大旨》，〈非三教小引〉，頁7。

〔註16〕鄭志明：《明代三一教主研究》，（台北：台灣學生書局，民國77年8月），頁134。鄭志明此處應爲書名誤置，應爲《林子三教正宗統論》而非《林子本行實錄》，因筆者在《明清民間宗教經卷文獻》第十一冊的《林子本行實錄》中未見此處引文，但因不知筆者所見資料與鄭氏所見是否相同？故暫時引用鄭氏書中內容。

的三教之對象和個別特徵；而其共同點是：本之於心。非議的是儒之多識、釋之斷滅、道之迂怪，以及共有的不知求之於心。所以林兆恩對三教所採取的觀點，是認同三教之源，否定三教分別後的儒道釋流派，以及對三教者流因不重心之本、不求之心，所產生的流弊批判。

《林子三教正宗統論》第三十四冊《非三教》卷有「非儒」「非道」「非釋」單元，皆是針對三教之流，執著於形式所衍生出來的弊端加以專論。至於林兆恩所謂的「三教之流」，其具體對象為何？韓秉芳和馬西沙曾對此介紹，儒：荀子、注經之漢儒、性三品說之韓愈、宋儒之程頤；道：避世幽居、斷絕倫常、煉金丹圖長生者；釋：不婚娶、不事常業、念經、坐禪、行齋戒忌葷酒者〔註17〕。可見非對三教宗主之批議，而是其後的發展不滿。

而林兆恩以親身體驗來論三教之弊，使得此說更具說服力：

> 初余之迷於外道也，概有十年，蓋嘗師事儒門，而窮物而詞章矣，既而悔之；又嘗師事玄門，而遺世而辟糧矣，既而悔之，又嘗師事空門，而著空而枯坐矣，既而悔之，屢入迷途，幸而知返〔註18〕。

專注於詞章的儒者、遺世辟穀之術的道士、空門枯坐的釋氏都是林兆恩曾扮演過的角色，終以悔悟結束其嘗試，而返回道之本源。

三教之後世者因產生了分別心，偏執迷見而自以為是，認定他人之非，故弊端由此而生。若能識得弊端所在，體認分別心之誤，視三教一體，才能真正走向三教合一的理想目標。所以林兆恩一再闡述「三教之流」與「三教」之間的差別，期待世人正視兩者差異，而能對三教有真正的認識，方能了解三教合一之理。

（二）對教道之區分

世人對三教認定的偏差，尚有視「教」為「道」，二者無分：

> 道也者，所以本乎其教也；教也者，所以明乎其道也。但世人不識道與教之分也，故以教為道焉，豈非所謂教三而道亦三邪？殊不知儒氏以其道而儒之以教人也，而非儒自儒以為道也；道氏以其道而道之以教人也，而非道自道以為道也，釋氏以其道而釋之以教人也，而非釋自釋以為道也〔註19〕。

此段文字以「儒氏」「道氏」「釋氏」代表三教之源：孔、釋、老，以巧妙區別

〔註17〕韓秉芳和馬西沙：〈林兆恩三教合一思想與三一教〉，（《世界宗教研究》，1984年第三期），頁71～74。

〔註18〕林兆恩：《林子三教正宗統論》，（明萬曆原刊本，三十六冊，今藏故宮博物院圖書文獻館），第三十四冊《非三教》，〈寄羅念庵公〉，頁7。

〔註19〕同上註，第一冊《合一大旨》〈道一教三〉，頁17。

了儒道釋三教之流的後世者，並指出三教之流自以為是的毛病，以及「道」和「教」具有本末前後的互動關係。因為僅識三教之別，誤認三教之「教」為三教之「道」，不知三教之上尚有一真正的「道」，流弊因此而起。知「道」是本源，「教」是形式，才能進一步接受林兆恩所提出三教合一，而「一」即「道」。林兆恩對「道」和「教」之別的論述尚有：

> 世之學孔子者，而以孔子之道，專在三綱五常以立本也，殊不知此乃孔子之教，而非孔子之道，只如是焉已也。世之學老子者，而以老子之道，專在於修心煉性以入門也，殊不知此乃老子之教，而非老子之道，只知是焉已也。世之學釋迦者，而以釋迦之道，專在於虛空本體以極則也，殊不知此乃釋迦之教，而非釋迦之道只如是焉已也〔註20〕。

三教之「教」確實有別，儒的三綱五常、道的修心煉性、釋的虛空本體，分別代表「道」之立本、入門、極則。但三教所追求的「道」則是相同的，但後世者僅「專」於「教」上，就是陷、拘泥、局限於三教各自特質上，無從認知共有之「道」的存在，成了「不知」孔子老子釋迦之道，這就是世人可悲和無知之處。所以林兆恩從先非議三教之分、談教與道之別，再進而論述「合一」之理論。

三、合一的詮釋和實踐

（一）詮釋為「道」「中」，以「心」「性」作聯結與回歸

對三教合一的「一」；如上所述可詮釋為「道」。而先於孔釋老時代之前的道，即唐虞三代時的「道」，這是林兆恩所重視的：

> 余安知道。而余之所以倡明三教，合而一之者，非他，蓋自其未有儒、未有道、未有釋之先之道者〔註21〕。

> 唐虞三代之時，有儒乎？否也；有道乎？否也；有釋乎？否也。而人始生之時，知有儒乎？否也；知有道乎？否也；知有釋乎？否也。故儒道釋者枝也，而未有儒、未有道、未有釋之先者根也〔註22〕。

> 三代以前不惟斯道之既明，亦且斯道之既行。三代以後不惟斯道之不行，亦且道之不明〔註23〕。

〔註20〕同上註，第一冊《合一大旨》〈道一教三〉，頁 16～17。
〔註21〕同上註，第一冊《合一大旨》，〈三教本始〉，頁 33。
〔註22〕同上註，第一冊《合一大旨》，〈三教本始〉，頁 34。
〔註23〕同上註，第一冊《倡道大旨》，頁 2。

先於儒道釋產生的唐虞三代的道是本源，再來才有儒道釋的形成。「道」即是生成於三教產生之前的時代，任人未「知」三教之前即具足完備。而「道一」裂成「教三」後，世界才開始混亂。如何能回復於道一的狀態？可以從「性」來聯結唐虞時代的道：

> 然教本於道，道本於性，余於是而知能性，吾之性以為性，則孔老釋迦之道，可得而道，斯其為道也至矣。道吾之道以為道，則孔老釋迦之教，可得而教，斯其為教大矣〔註24〕。

性是道之本，若能以知本性，即可達孔老釋迦之境。

此外，又可以「心」作為聯結：

> 心宗者，以心為宗也，而黃帝釋迦老子孔子非外也，特在我心之爾，夫黃帝釋迦老子孔子，既在我之心矣，而我之所以宗心者，乃我之所以宗黃帝釋迦老子孔子也。由是觀之，我之心，以與黃帝釋迦老子孔子之心，一而已矣。心一道一，而教則有三，譬支流之水固殊，而初泉之出於山下者一也〔註25〕。

我的心和黃老釋迦孔子的心是一致的，兩者無分，故可宗源溯本，藉心上推之於道，故心是與黃老釋迦孔子貫通的媒介，宗心則我與黃老釋迦孔子等同無別：「我之心清靜也，我之黃帝老子也；我之心寂定也，我之釋迦也；我之心時中也，我之孔子也。」〔註26〕結合三者各有特色的心，具全三者各有所長的心，即可完成道的境界，此可謂極強烈自我的理論。林兆恩對於心體的重視，源自於王陽明心學的影響，而王畿和李卓吾對三教的言論，亦與林兆恩有相當多的共同點〔註27〕，可視作林兆恩理論之淵源。

「中」亦是林兆恩對合一常有的詮釋：

> 儒而聖也，以中以一而開道統之傳矣，故曰執中，曰一貫。道而玄也，以中以一而開道統之傳矣，故曰守中，曰得一。釋而禪也，以中以一而開道統之傳矣，故曰空中，曰歸一〔註28〕。

唯有「聖儒」、「玄道」、「禪釋」者，可「執中」、「守中」、「空中」和「一貫」、

〔註24〕同上註，第一冊《合一大旨》，頁2。

〔註25〕同上註，第一冊《合一大旨》，〈三教以心為宗〉，頁34～35。

〔註26〕同上註，第一冊《合一大旨》，〈真心〉，頁35。

〔註27〕鄭志明：《明代三一教主研究》，（台北：台灣學生書局，民國77年8月），頁351～352，有引文介紹。

〔註28〕同上註，頁355，鄭氏稱說此語出自《林子本行實錄》第三冊夏語，但筆者查之未見。

「得一」、「歸一」之道統傳承的精神。三教有不同的定義和各自的解釋，但「中」和「一」的詮釋爲三教一致的貫通。《夏午尼經》《三一教主夏總持經》卷一有段解釋上述內容的文字，可更明示其意：

> 儒氏之執中，其與道氏之守中有不同乎？道氏之守中，其與釋氏之空中有不同乎？而所以持心法以入門，以造于執中、守中、空中之極則者，不可不知也。儒氏之一貫，其與道氏之得一有不同乎？道氏之得一，其與釋氏之歸一有不同乎？而所以持心法以入門，以造一貫、得一、歸一之極則者，不可不知也〔註29〕。

三教只要能從心法入門中一道統，則三教名稱雖各有不同，但其依歸則一致無分別。則中與一的關係爲何？

> 道原於一，一統於中，中而一者，無極而太極也；一而中者，太極本無極也。余於是而知中無定在者，寂然不動之本體也；一無不貫者，感而遂通之妙用也〔註30〕。

如此就將道一中的三者關係，巧妙串聯起來，並且說明中與一的關係，就如同無極與太極的關係，是一種環狀圓形的相互作用，彼此融合而造就〔註31〕。然後又從體用方面解說中一的關係：「中也者，體也；一也者，用也。易曰寂然不動者，中之體所由以大也；感而遂通天下之故者，一之用所由以神也。」〔註32〕藉由中體一用的運作，可達至大且神的境界。

韓秉芳和馬西沙指出林兆恩的「中一道統說」是從《尚書·大禹謨》中「人心惟危，道心惟微，惟精惟一，允執厥中。」十六字敷演而來〔註33〕。藉此以統一三教，以倡合一之旨。

（二）合一的實踐步驟

林兆恩三教合一之具體實踐，並非三教並行共進的鼎立局面，而是以儒道釋次序，完成合一的終極目標：

> 余設科也，有曰立本者，是乃儒氏之所以爲教也。有曰入門者，是乃道

〔註29〕韓秉芳和馬西沙：《中國民間宗教史》，（上海：人民出版社，1992年），頁783。筆者未見，故據《中國民間宗教史》書中引文。

〔註30〕鄭志明：《明代三一教主研究》，（台北：台灣學生書局，民國77年8月），頁355。

〔註31〕李秀芬：《羅教的知識系譜與權力關係一個知識史的詮釋》，（台大歷史研究所碩士論文，民國83年6月），頁71～74。對羅祖無極與太極的論述內容，頗見清晰的解說。

〔註32〕鄭志明：《明代三一教主研究》，（台北：台灣學生書局，民國77年8月），頁355。

〔註33〕韓秉芳和馬西沙：《中國民間宗教史》，（上海：人民出版社，1992年），頁74。

教之所以爲教也。有曰極則者，是乃釋教之所以爲教也。而其教之序也，先立本，次入門，次極則也〔註34〕。

這是爲學的三道次序：儒爲「立本」、道爲「入門」、釋爲「極則」。此點乃林兆恩基於三教「歸儒宗孔」的主旨，所設下的履踐方法。以下分此三次序加以分析：

1、以儒立本

如本節第一單元所說的「三教合一以歸儒宗孔爲主旨」，林兆恩雖有煉丹修道之舉、禪門人士之行事、或是宗教家的情懷和信念，但儒家爲其思想體系中無所不在的堅持，時時表露儒者風範。延續上述設科之說的解釋，談「立本」之內容爲「乃余所謂世間法，而爲人道之常也。」而何謂「世間法」和「出世間法」？則云：

> 故孔子之教，惟在於人倫日用，所謂世間法者是也。黃帝老子之教，惟在於主極開天，所謂出世間法者是也。而況釋迦之出世，則又在於虛空本體，無爲無作，殆非斯人所可得而擬議而測量之者〔註35〕。

儒爲入世、釋道爲出世，這是一般人對三教的觀念，兩方屬性本截然不同，但林兆恩欲包融二者，故提出：

> 大矣哉，聖人之道乎！而學道之人，甚毋習於所見，足已以狹人也。故志於世間者，雖以世間法爲重，而其不可使知之道，不可不知也；志於出世間者，雖以出世間法爲重，而其所可使由之道，不可不知也〔註36〕。

因聖人之道是至大非狹隘的，對於「不可不知」的世間法和出世間法，必然會推論出兩者之互相包含對方：

> 釋老以出世間法教人，而亦未嘗輒舍世間法，而釋氏之清規，道家之女青天戒律，可考而知也。仲尼以世間法教人，而亦未嘗輒舍世間法，而曰命曰仁、性與天道，可考而知也〔註37〕。

「清規戒律」所代表的世間規範，爲出家之釋老所遵守，仲尼談命天道等離世之哲理，亦是兩者包含之明證。林兆恩對三教爲求合一，而有以上的論點，但他並不改對儒的信奉態度，仍對「世間法」有所偏重，以下可看出這種傾向：

> 堯舜之執中者，出世間法也；孔子之一貫者，出世間法也；至於大學之所謂知止至善，中庸之所謂致曲而誠，孟子之所謂居廣居、立正位、行大道

〔註34〕林兆恩：《林子三教正宗統論》，（明萬曆原刊本，三十六冊，今藏故宮博物院圖書文獻館），第一冊《合一大旨》，〈立本入門極則之序〉，頁19。
〔註35〕同上註，第一冊《合一大旨》，〈道一教三〉，頁18。
〔註36〕同上註，第三十四冊《世出世法》，〈世出世法不可偏廢〉，頁1。
〔註37〕同上註，第三十四冊《世出世法》，〈師道之所由以立〉，頁1～2。

者，是皆出世間法也。夫所謂出世間法者，豈必山棲谷處，圓坐茹素，以辟
世離人，而後謂之出世間法哉〔註38〕。

將「出世間法」原義改換，以此說明堯舜、孔子、大學、中庸、孟子的精神，
所以鄭志明對此提出了解釋：「林兆恩所謂『出世間法』非字面上的意義，而是指成
聖之法，超越感官世界的牽累，直接將其本體呈露，開顯內在道德地人格世界。」
〔註39〕因此顛覆原本的出世間法和世間法定義，是林兆恩為突顯世間法重要性的方
式，代表著一位傳統儒者的道德意識和社會關懷，強調必不能離群索居、無視倫理
常業，方能達到成聖修道的目標。這是林兆恩思想上一貫的終極依歸，由此可看出
其世俗化和儒化之深刻程度。

2、以道入門

林兆恩長年修習內丹之術，世人對其有種種結丹奇事或金丹致狂的傳說。鄭志
明在「林兆恩所理解的道教思想」單元，指出林兆恩的道教理解以內丹仙道為主，
其《三教會編》介紹的道教人物亦多為修金丹者，因此說「林兆恩所謂的道教往往
僅是狹義的內丹道門」〔註40〕。屬入門的道如何付諸行動呢？由下引文可知：

> 道家之教，教以父母既生之後，收拾此一點靈光而已矣。而收拾此一點
> 之靈光則不免有法，有法則有為，有法有為，其道教之所以入門乎〔註41〕？

> 人之始生也，而太虛一氣中，自有一點靈光，落乎其間者，道教則謂之
> 丹是也。惟此一點靈光也，聖人非有餘，常人非不足，人惟能收拾此一點靈
> 光，如父母初生之時一般，即此正是入門工夫，而道教則謂之結丹是也。若
> 余所諸艮背等諸心法，乃其內念止念，使心不亂而定而靜，然後可以行此入
> 門工夫，余故曰望門而入〔註42〕。

「一點靈光」為眾生無論聖人凡人，一律具備之資質本有，道教稱之為「丹」。
此丹隨著世俗之浸染而漸失，故需以道之修煉「收拾」，回復成父母初生時的狀態，
此收拾取拾之工夫即道教「結丹」，亦林兆恩學說中的入門工夫。此處尚指出有名的
「艮背心法」，透過念力、心定靜之氣運行工夫，可完成道之入門。這是林兆恩修持
養生的獨門工夫，共有九道程序，故稱「九序」；或以第一道程序：「艮背，以念止

〔註38〕同上註，第三十四冊《世出世法》，〈世出世法〉，頁8。
〔註39〕鄭志明：《明代三一教主研究》，（台北：台灣學生書局，民國77年8月），頁360。
〔註40〕同上註，頁157。
〔註41〕林兆恩：《林子三教正宗統論》，（明萬曆原刊本，三十六冊，今藏故宮博物院圖書文
　　　　獻館），第一冊《合一大旨》，頁28。
〔註42〕同上註，第一冊《合一大旨》，頁29。

念以求心」，故稱「艮背心法」；以此爲儒家祕密心傳法門，故稱「孔門心法」。林國平曾有專文論述此氣功理論，介紹具體方法，並且總結說明：「林兆恩的『九序』法的第一序至第七序，體會了儒家的『志一動氣』的基本原理，運用佛教的「觀想」方法，通過道教的煉精化氣、煉氣化神煉神還虛的修煉過程，來達到神氣互化互凝，結成陽丹，重返本源，常住永生的目的。第八序運用佛教的『撒手』功，使『氣』脫離色界而上升到無色界。第九序虛空粉碎，不著空相，超出了無色界，達到了所謂『何思何慮、無意無爲』的最高境界，可以說『九序』法是一套完整的氣功理論。」〔註43〕從上述所引總結，此氣功採儒家理論的作爲基本原理，以道教的內丹術作爲實施步驟，終以佛教禪境作爲終極目的，整體看來最能代表林兆恩三教合一思想的全面實踐，無怪乎後來的三一教徒眾們以此爲教門之祕寶，且因此法確實有強身療病的效果，故成三一教的一大特色。

3、以釋至極

　　林兆恩的佛教思想，從管志道對其批評爲「泰州王氏之後」〔註44〕，和朱彝尊批評其閩省二異之一〔註45〕，可看出其與明代王學禪化的情形是相同的。鄭志明評其佛教思想，僅限於對禪宗的了解，而且是僅具淺薄的佛學素養〔註46〕。由上述「儒」「道」兩項內容可理解在林兆恩三教合一思想中，佛釋往往居最終極的位置，代表著理想境界的表徵，卻又常與王門心學的儒家思想混融，且缺乏詳細的佛理闡釋，和具體的修行方式。以下即是對釋的極則解說：

　　　　釋氏之教，教以父母未生以前，復還我太虛之本體而已矣，而復還我太虛之本體則又焉用法？無法則無爲，無法無爲，其釋教之所以極則乎〔註47〕？

　　　　父母未生以前，而所以不屬乎形骸者，果何物也，一片太虛，乃人之所本無，釋氏之教，教以此矣〔註48〕。

〔註43〕林國平：〈試釋林兆恩的九序氣功理論〉，《宗教學研究》，（四川大學1985年11月第一期）。鄭志明書中，頁415～448，亦詳細介紹九序的修持步驟。
〔註44〕鄭志明：《明代三一教主研究》，（台北：台灣學生書局，民國77年8月），頁16，引管志道《覺迷蠡測》林氏章第六。
〔註45〕同上註，頁10，引清代朱彝尊《靜志居詩話》卷十四
〔註46〕同上註，頁161～165，從此書引文和說明篇幅中，亦可看林兆恩思想中佛教成分較貧乏。
〔註47〕林兆恩：《林子三教正宗統論》，（明萬曆原刊本，三十六冊，今藏故宮博物院圖書文獻館），第一冊《合一大旨》〈道教三〉，頁28。
〔註48〕同上註，第一冊《合一大旨》〈道教三〉，頁18～19。

釋教之所以定位爲「極則」，因其「無法無爲」，可回復人「太虛之本體」，使人回歸於初生之前「一片太虛」的狀態。鄭志明解釋此「極則」即是指「無法無爲」，亦爲「心法的境界」，是所謂的「寂靜虛默的未發之中，以其無欲無爲通於自然的感應而流行於萬物之中」〔註49〕。

將儒釋道區分成三個層次之實踐工夫，並非林兆恩認爲的修持重點，他仍以心法、人倫爲最重要的三教精神，雖區分爲三，卻是一種不得不然的架構而已，仍應以追求合一爲最終理想。心法和人倫被視作最主要的學說根源，雖將三教置入不同的修持工夫之先後程序，但一切仍以孔門心法和儒家人倫爲體太虛的法則。而由此亦可證驗其歸儒宗孔的立場十分鮮明，亦仍表達著明確的三教合一之主旨。

四、三一教的發展概況

隨著林兆恩三教合一理念之逐漸成熟，社會上對其思想信念亦逐漸風行，就在林兆恩聲望不斷提升而跟隨者也不斷增加的情況下，「三一教」這樣一個民間宗教團體的組織，於明末清初時期漸次發展成型。

林兆恩在嘉靖二十五年（三十歲）應試落第之後，盡棄舉業，訪求心身性命之學於佛道儒三門，因「得遇明師，授以眞訣。」故從是年起「始言三教矣。」〔註50〕開始宣揚其三教合一理念。嘉靖三十年收了第一位門徒黃州之後，又陸續收了黃大本蕭應麟等弟子，即屬三一教創立之初。但初期的三一教，學術性質較爲濃厚，林國平以此期教徒多屬讀書人身份、規戒的條文內容、以及林兆恩的山人理想這三點論據，來說明嘉靖四十五年之前的三一教，非屬眞正的宗教性質團體，而是介於宗教和學術之間的組織團體〔註51〕。

隨著林兆恩的弟子們，於各地倡教活動的漸次推展，各地的三一教祠堂亦紛紛建立，再加上萬曆十五年門徒朱有開，在杭州遇一方士扶鸞畫三教合一圖，言：「近諸神朝天見玉皇天尊，所事者乃三教合一像，即今之三教先生也，可傳祀之。」故從此時開始，門人稱林兆恩爲「三一教主」〔註52〕，而林兆恩雖言不敢當，仍爲此

〔註49〕鄭志明：《明代三一教主研究》，（台北：台灣學生書局，民國77年8月），頁379。書中既無引文以介紹此説法之出處，解釋方式亦屬牽強，但因目前尚無其它資料以介紹林兆恩「極則的釋」部分，勉強採用之。

〔註50〕《林子本行實錄》，《明清民間宗教經卷文獻》第十一冊，（台北：新文豐出版公司，民國88年3月），頁234。

〔註51〕林國平：《林兆恩與三一教》，（福州：福建人民出版社，1992年2月），頁103～106。

〔註52〕《林子本行實錄》，《明清民間宗教經卷文獻》第十一冊，（台北：新文豐出版公司，民國88年3月），頁250～251。

圖題辭，也顯示出其接受此一稱號的態度。因此三一教的民間宗教形態，至林兆恩晚年可謂成型。當然，若以林國平嚴格的宗教意義之認定，必得等到林兆恩死後，符合民間宗教定義的三一教，方始成立〔註53〕，但從林兆恩晚年對於三一教祠堂建立的視察興趣，門徒尊稱教主的坦然接受態度，以及向道煉丹的傾向，已與他過去儒者本位的思想大不相同，漸趨宗教化，也促成三一教在林兆恩死後加速發展成宗教類型的根源。

　　林兆恩死後弟子們在各地的傳教情形，馬西沙和韓秉芳以五種三一教團的分類方式介紹〔註54〕，其中「以張洪都、眞懶爲首的三一教團」，即是金陵地區三一教的著名倡教者；「以盧文輝爲首的三一教團」則是福建莆田地區，林兆恩最主要的傳承弟子。這兩個重要的三一教團，分別編纂著林兆恩作品中的《林子全集》和《林子三教正宗統論》二書，爲目前研究林兆恩思想和三一教的學者們，所廣泛採用的資料，也爲本論文探究林兆恩思想的重要依據。

　　林國平則以兩大派別共分四支的方式，說明林兆恩死後三一教之分化流變情形〔註55〕，其中較爲特別的派別介紹，即是以林兆珂爲代表，學術性質的三一教。林兆珂（字懋忠）是林兆恩的堂弟，《林子行實》記載著：

　　　　辛卯（萬曆十九年）先生弟榕門公兆珂，宦行舟次，間忽遇怪風，舟幾覆。有新安人曾拜先生，以所佩正氣，當空拜之，舟遂無恙。榕門公始知先生法力不可思議。歸覽三教諸書，以詩呈先生云：「上皇去我遠，大道日以離，豫章本既蹶，百代羅其枝。……余生昧心聖，三復勤遐思，願言順下風，廣成子有玄規〔註56〕。」

　　此段內容，由門徒張洪都所述，自然染上怪奇的神化色彩，但也由此探知林兆珂跟隨林兆恩的可能契機。不過，林國平指出林兆珂此派門徒，編輯《林子年譜》

〔註53〕究竟「三一教」於何時開始，可算是一個宗教組織？這點在林國平的〈論三一教的形成和演變〉（《世界宗教研究》，1987年第二期，頁60～73）一文中，認爲林兆恩生前的後期，三一教尚未形成嚴格的宗教特徵，僅是已具宗教發展的特質；必須等到林兆恩死後，其後繼者才有一派將林兆恩的三一教轉化成眞正的宗教，至此方可稱之爲宗教性質的三一教。但是一般學者，如鄭志明的《明代三一教主研究》（台北：台灣學生書局，民國77年8月）和韓秉芳、馬西沙的《中國民間宗教史》（上海：人民出版社，1992年），頁728～749，皆認爲林兆恩在世的晚年時期，林兆恩本人已被稱爲三一教教主，且當時具宗教團體形式的三一已然成型。

〔註54〕韓秉芳、馬西沙：《中國民間宗教史》（上海：人民出版社，1992年），頁749～762。

〔註55〕林國平：《林兆恩與三一教》，（福州：福建人民出版社，1992年2月），頁119～122。

〔註56〕林兆恩：《林子全集》，《四庫全書存目叢書》，（台南：莊嚴文化出版社，民國74年），子92-732-92-733。此段記載亦見於《林子本行實錄》，頁259，內容大致相同。

的動機，即因當世其他信徒編寫的林兆恩事蹟，多神怪訛謬，故以嚴謹的學術態度，撰寫《林子年譜》一書，不稱「教主」「三一教主」之名號，僅有「先生」「吾師」之稱；不談妖說怪，無神化事蹟，僅簡單扼要地記載林兆恩的生平事跡〔註57〕。由此看來，此派信徒不以宗教信仰角度看待林兆恩，視其爲講學論道之學問家，與其它三一教信徒的行事風格截然不同，但也因此未能形成勢力，在當時無太大的影響力。不過，看來此派人士與《三教開迷歸正演義》作者的寫作風格較爲相近。

明末清初的三一教，有著一段發展勃蓬的風光時期。從三教祠堂的遍布各地〔註58〕，信奉人數的眾多〔註59〕，可看出當時三一教的興盛局面。但是清朝入主中原之後，爲求統治勢力的鞏固，嚴格禁止民間宗教活動，極力打擊民間組織，因此三一教在歷經康熙五十五年和乾隆五十三年兩次嚴重打壓之後，即急速沒落和衰微〔註60〕。

第二節　小說所描摹的林兆恩形象

福建莆田縣的林兆恩是明代民間宗教團體三一教的教主人物，其信徒初尊稱爲「三教先生」，後改稱「三一教主」〔註61〕。《林子行實》中記載林兆恩「少而穎悟，長而慈仁，壯貌奇偉，下筆成章。」〔註62〕，《林子本行實錄》對林兆恩容貌的說明較爲詳細：「相貌嚴丰神卓異，眼一露一藏，左龜右鳳，顏蒼然若龍，步武謹厚若麟。左眼內有紅誌四，外循至額復有紅誌三，凡七誌。眉間一紅誌，時隱時現。頂門如嬰兒，息息出入。背有十八黑子，耳大而乳垂，腹皤而體厚，行坐笑語，隱然

〔註57〕因未能見到《林子年譜》，故引用林國平《林兆恩與三一教》頁119～120的書中內容。

〔註58〕可參考林國平《林兆恩與三一教》頁130～132，將各地三教祠堂的建造時間、所在地點和創建人，製成表格。

〔註59〕《金陵中一堂行實》，《林子全集》，（台南：莊嚴文化出版社，民國74年），子92-738-92-755，此文敘述林兆恩死後弟子們的傳教情形，有「時受教幾千人焉」「問病拜教者百十人」「問病拜教者數十人」等信眾人數的誇大說法，但仍可藉此了解到，當時確實有不少人士，因三一教的治病強身功夫，對其崇信。

〔註60〕林國平：《林兆恩與三一教》，（福州：福建人民出版社，1992年2月），頁135～138，書中進一步追索清康乾之後，民間信仰三一教的情形，並且稱之爲具復興景象，但整體看來已遠遠不及明末清初時期，故論文中不再述及。

〔註61〕參見本論文第六章第一節，頁432。

〔註62〕（明）張洪都：《林子行實》（《四庫全書存目叢書》，《子部》，〈雜家類〉，第九十一、九十二冊的崇禎本《林子全集》，台南莊嚴文化出版社，民國74年），頁714。

一彌勒佛。」〔註63〕而從現存的林兆恩畫像中〔註64〕，可見其外形相貌之謙和慈善。

小說並未對於林兆恩的外貌加以任何描繪，僅介紹「這士人學貫天人，理參釋道，海內從遊師事者甚眾。」（頁2）之後描寫的此位林兆恩人物，以其發言論議的長篇道理為主要內容。

作者安排林兆恩為全書的開場人物，於第一回中簡介他的來歷：「福建莆田縣」人，「學貫天人，理參釋道，海內從遊師事者甚眾，都稱他為三教先生。」（頁2）然後林兆恩前往渾元廟，尋訪遊學在外的門人宗孔，並與靈明道士會面。接者又請來寶光和尚，以湊齊代表儒道佛三教人物的故事主角。當林兆恩回答完眾人的疑問，長篇釋道論理言談之後，就藉故遠去，將小說舞台讓給大儒三人以接續搬演故事。直到第一百回三人開迷闡道

林兆恩像

的戲碼即將結束時，林兆恩這才又出現，替三人開迷舉動收尾，解散三人結伴的局面，讓全劇圓滿散場落幕。所以雖然林兆恩在小說中出現的情形極少，但為故事開場和落幕的決定性人物。而小說中共有九次林兆恩以音訊傳達方式現身的情況：

回　數	分　身　現　身　方　法	影　響
十　四	林兆恩寓居武林郡萬國朝人士的旅店時，託萬國朝的一位親戚帶一封書信到秣陵給宗大儒（頁213）	使得大儒們決定前往武林。
三　十	大儒們到武林郡時找不到林兆恩，恰巧遇到全真道士提及曾見過林兆恩。但林兆恩已於五日之前，同「高春元」到揚州去了，因為此位高春元將從揚州再到燕京赴試。（頁451～452）	大儒三人北上尋訪林兆恩。
三　五	林兆恩與高甲赴京會試時，因高甲的一位鹽商族人款待宴讀，因此夜歸路過二十四橋。這時有一位白眉皓鬚的老翁在橋上等候林兆恩，與之攀談結交。最後才說出要林兆恩一件信物，好日後向靈明求情，放了他一對作怪的陽魂陰魄子女。（頁525～52）	改變了第四十八回靈明對陽魂陰魄妖魅的制裁。

〔註63〕《林子本行實錄》，《明清民間宗教經卷文獻》第十一冊，（台北：新文豐出版公司，民國88年3月），頁231。

〔註64〕林國平：《林兆恩與三一教》，（福州：福建人民出版社，1992年2月）

六	一	史牙說曾在京中相會過林兆恩（頁 938）	史牙指出林兆恩「儒門不談怪異」的思想
六	三	大儒回憶林兆恩曾說過一位相知憲臺私行訪一惡僧的故事。（頁 963～964）	大儒借林兆恩之言，以爲個人權謀開迷行徑之依據
六	三	關赦、商天經、韋地義三位齎奏公差，在京師與「高春元」相識，亦曾會見林兆恩（頁 967）	藉林兆恩之緣，與大儒們結識，再爲三人開迷解惑。
七	十	萬火牛曾於京師相會舊交高春元，並與林三教同寓。提到高春元選了閩省的別駕，林兆恩亦治裝舟行回籍。（頁 1071～1072）	爲大儒們在京遇不著林兆恩之伏筆。
八	三	大儒入京仍找不到林兆恩，後由「施經魁」告知半個月前，林先生與高春元已覓舟從天津回籍閩中去了。（頁 1273～1276）	藉找尋林兆恩展開在京城的一番經歷。
九	六	三人到莆田縣七竅里尋林兆恩，只見其兄稱說林兆恩「數日前金陵去了。」（頁 1473）	三人因此返回金陵渾元廟。

　　從上述表格中，可看到林兆恩以非本尊的分身姿態，縱橫小說全場，時時處於故事關鍵點以發揮其影響力。宗大儒、靈明、寶光三人每回的動念起程，都是要去尋訪林兆恩，由他們一路追尋林兆恩足跡以展開遊歷行程的故事內容，可見作者將林兆恩編寫爲全書的靈魂人物，藉由各式各樣的人物帶來林兆恩的消息，或是傳達著林兆恩的理念，讓林兆恩躍居全書最崇高的禮遇地位，爲小說人物群中的精神領袖。

　　據林國平《林兆恩與三一教》書後附錄中的「林兆恩生平事跡年表（1517～1598）」可知林兆恩多半居於莆田鄉里，常前往廣東榕城（揭陽），也多次到過江西。隆慶三年己巳（1569）和萬曆十一年癸未（1583）兩度欲往武當山，皆因故未果，而滯留在江西萬年縣和福建閩清。其間僅到過江蘇金陵（南京）一次，即隆慶四年庚午（1570），停留約三個月左右，兩次命弟子傳教於金陵〔註 65〕。也曾在萬曆六年戊寅（1578）到過浙江武林（杭州），停留時間不長，然後直接回莆田。所以林兆恩的活動地區局限在東南省份，最北僅到達金陵而已，其活動範圍不出福建、廣東、江西、浙江、江蘇之地。

　　小說中的林兆恩則不然，由莆田往金陵，由金陵而武林，再由武林到京城，京城之後又回莆田，終重返金陵。這樣的活動範圍和路徑，非實情之呈現，因眞正的

〔註 65〕《林子本行實錄》，王見川、林萬博主編：《明清民間宗教經卷文獻》，（台北：新文豐出版公司，民國 88 年 3 月），「五十四歲條」，頁 241 下，命余芹在金陵倡教。「七十九歲條」，頁 260 下，因蔡經儁要到金陵，所以林兆恩命他倡教。

林兆恩未曾到北京，更無兩次造訪金陵之舉。

　　其何以如此？想來作者所要構思如此的虛擬實境，大概起因於作者欲對當時的社會狀況，進行廣泛全面的呈現，故將小說的敘事空間，擴及南北區域的大範圍，以此作爲故事鋪陳的地理背景。若依 Judith Berling（1985）在 "Religion and Popular Culture：the Management of Moral Capital in *The Romance of the Tree Teachings*" 文中，認爲此部小說對於林兆恩的傳教地點多所引用〔註66〕的說法，則金陵、武林、莆田三地，果爲林兆恩眞實活動的確切地點。但金陵地點的運用，因小說著作和刊刻地點都在金陵，所以作者就地取材的成分較大；再看武林之地，因有西湖名勝，成爲歷代享有盛名的熱門旅遊據點，故作者採用著名之地，以入書中地點背景的成分亦大；最後僅剩福建莆田之地，可爲林兆恩眞實身份的表徵，此乃作者特意運用以增小說眞實性的地點取材。只是若觀察第九十六回（頁1473）的三人莆田遊歷內容，作者僅對林兆恩家門外貌略微形容，並安排林兆恩兄長人物出現以接待三教三人，之後的故事內容就與林兆恩全然無關。此段情節對於林兆恩在莆田地區的聲望與事蹟，以及當時已蔚然成風的三一教教團之發展情形、對鄉里地方上的影響狀況，絲毫不見任何事蹟的提及，也毫無藉機推崇之言語。如此看來，小說對於林兆恩的活動範圍，雖有所影射和描寫，但作者的創作意圖，並無宣揚林兆恩其人其事的用意，也非林兆恩思想影響當世情形之描寫，作者對於三教合一和林兆恩，純粹僅是寫作上的借用而已。

　　而根據《林子全集》中的《林子行實》記載，隆慶四年庚午（1570）因有莆田人士借三一教之名在金陵謀利，因此林兆恩於二月時前往金陵制止，於六月二十一日抵達金陵，先居住在朝天宮西山道院。接著又移居城外普惠寺，後然命余芹在金陵傳教、兼掌書籍、置立義冢，於九月初二時返回莆田〔註67〕。而此段記載之後，尚有「後督學使者某君欲正文體，議燬諸新板。貿書者以三教書板抵塞，余芹途中聞之，遂白衣入見，盛言三教歸儒宗孔之旨，大有俾於世。使者然其言遂得不燬。」〔註68〕一段插曲事件。由這段金陵地區的林兆恩事蹟之記載，可見到與小說內容有不少吻合相似之處。小說第一回提及林兆恩自莆田出發前往金陵都城的道院，聞知

〔註66〕Judith Berling, "Religion and Popular Culture：the Management of Moral Capital in The Romance of the Tree Teachings"（in David Johnson et al , eds. , Popular Culture in Late Imperial China, Berkeley：University of California Press, 1985：188～219），頁196。

〔註67〕《林子本行實錄》，王見川、林萬博主編：《明清民間宗教經卷文獻》，（台北：新文豐出版公司，民國88年3月），「五十四歲條」，頁241下，亦記載了此事。

〔註68〕〈林子行實〉，《林子全集》，《四庫全書存目叢書》，（台南：縣莊嚴文化出版社，民國74年），頁722。

門人宗大儒已移居城外的渾元廟，於是又前往崇正里的渾元廟。當小說中的林兆恩離開渾元廟時，交待宗大儒代爲傳教說理，並且留下一部刊刻的《三教宗旨》書文。此部《三教宗旨》書名似爲林兆恩於正德三十九年（1560）所著的《三教要旨》，也可能是之後付梓的《三教會編》、《歸儒宗孔》等書，因爲林兆恩的著作繁多，有不少陸續付梓刊刻的單集著作，而小說雖於第一回（頁16）、第十三回（頁195）和第三十回（頁453），凡有三次提及此部書文的存在，但始終未見任何此書內容大意的介紹或引述，因此無從判定兩者之間的關係。由此看來，小說作者對於林兆恩在金陵地區的事蹟，雖仍以小說創作上的虛構手法，進行故事內容之編寫，但亦有相當多的事實根據，可按圖索驥地找到林兆恩眞實事蹟之概況輪廓，兩者之間有著形似相近的關連。

第三節　小說對林兆恩思想的援引

　　《三教開迷歸正演義》作者對林兆恩思想的援引，主要表現在三教合一和艮背工夫兩方面，以下分述之：

一、三教合一

　　從本論文的第六章第一節「林兆恩的三教合一理念與三一教」單元中，可見林兆恩三教合一思想的特色；再從第四章第二節的「特定議題的談論」之「三教合一」單元，可知小說中三教三人言談中的三教合一理念之表述。觀察兩者的基本概念，或有雷同及近似之處，如第十四回（頁209）靈明從老子「周而不殆」的道本體論，說明三教合一的「一」即「道」，爲週而復始，循環運行不息的概念，毋需分出彼此起止之界限；一如《林子三教正宗本論》所謂的「余之所以倡明三教，合而一之者，非他，蓋自其未有儒、未有道、未有釋之先之道者。」〔註69〕林兆恩在此亦將「一」視爲「道」，用「道」解釋三教合一的「一」。但若仔細探討其中的內涵，就會發現小說與林兆恩思想仍有根本上的差異，所謂雷同相似的概念，僅是一種形似質非的表面狀態。因爲靈明以「道」解釋三教合一的「一」，爲立於道教立場的論述方式，與同則故事中，寶光和大儒以釋儒立場論述「一」的態度是相同的；但是林兆恩思想中的「道」之精神，是立於儒釋道教的教義之上，高於三教而存在，生成於三教

〔註69〕（明）林兆恩：《林子三教正宗統論》，（明萬曆原刊本，三十六冊，今藏故宮博物院圖書文獻館），第一冊《合一大旨》，〈三教本始〉，頁33。

產生之前，而且此道可與「心」「性」「中」互通，具有相當深遠崇高的意義。如此看來，作者對林兆恩思想中的三教合一特色，理解援引地相當淺薄，未爲其中精髓之呈現。

若再以小說第一回林兆恩現身說明「三教合一之旨」之內容爲：「孔門一貫，即是釋教萬法歸一，道家抱元守一。」（頁10）也僅是一種將儒道佛三者並列的說法，並未仔細探討三教合一的內涵，可說是相當簡單的三教合一概念，無法觀察出作者如何援引林兆恩思想以成小說之思想內涵。

而作者安排林兆恩現身於小說的第一回和第一百回，成爲全書故事開始和總結的關鍵人物，以有總挽全局的作用。在第一回中，小說林兆恩針對崇正里處士們關於「人類起源與定名問題」「時間概念問題」「人死後的靈魂存在問題」三個問題，長篇議論的大段說理，結果如本論文第四章第二節的「特定議題的談論」中之「人類起源與定名原由」單元，指出作者都是利用林兆恩之口，發表個人對哲理性議題的見解，其內容和觀點，與宋明理學家對理氣問題的關注態度，有著一致性共同點。而這些議論言談，都是當時文人常見而普遍的評論表述，並非林兆恩思想的代表性言論。第一百回林兆恩對三人破迷之舉持反對立場，認爲三人無事惹事，事倍功半，應以無爲態度處之即可；這番談論也是一種就事論事的態度，基於小說故事結束之需要，對三人破迷行爲，大加駁斥一番。當然此段言談亦與《林子全集》中的〈破迷〉〔註70〕觀點違背，非爲林兆恩破迷思想之引用。

如此看來，作者對於宣揚林兆恩思想的興緻不大，創作目的非爲闡釋林兆恩思想；因爲全書第一回和第一百回既然出現了林兆恩人物，若作者有意宣傳林兆恩思想，必會藉機明確表述符合林兆恩思想的內容，以爲全書思想觀點之重要指標。但由上述論述得知，作者並未以此立場編寫故事，則其作者寫作用意必不在此。

另外，小說作者對於三教的認知，屬於儒者爲本位的明確思想，書前凡例第一則的內容，即已說明了此理：「本傳獨重吾儒綱常倫理，以嚴政教，而參合釋道，蓋取其見性明心，驅邪蕩穢，引善化惡，以助政教。」這就是以儒爲主，佛道次要的立場表述。第六十五回大儒也說：「只因儒釋道分門立戶，各相標榜，傳下個教，後人遂指爲三途。殊不知我儒立了個萬古綱常倫理生人的命脈，只恐政教有不能盡化的去處，釋與道又幫助著些道理，所以說理合。」（頁997）也是這種儒者本位的態度，視其餘二教爲輔的觀點。身爲儒者文士身份的作者，因長期接受儒家思想，當

〔註70〕（明）林兆恩：《林子全集》，《四庫全書存目叢書》，四十一冊，（台南：莊嚴文化出版社，第八冊〈破迷〉）。

然以擁護儒家立場為主。此點與論文第六章第一節論述林兆恩思想中的「儒者本位主義」單元相符，屬普遍常見的儒者心態，縱使提倡三教並重、三教無分的理論，但對待三教的實質態度，仍有偏好儒家和重儒傾向。

只是林兆恩的重儒立場較有前後一致的一貫特性，小說所表現出來的儒者立場，則會隨著故事情節之需要，以及不同角色的發言立場，而有所轉變，如第二十二回寶光回答單諧的言談中，即為明確的佛門立場，讓孔仲尼和廣成子都變成了佛祖的化身，表現著佛教的本位思想〔註71〕。這就是作者依小說情節的戲劇需求編寫故事，既視三教為同等平行的地位，認為三者應可融合為一，卻又無法解決三教之間的根本性差異，也對此類問題不求深究、不加化解，以致全書論述三教合一思想時，不時出現矛盾的言談。

二、艮背工夫

小說的第三十九回援引了林兆恩思想中相當獨特且重要的「艮背工夫」。當尚書鄉尊知道宗大儒是林兆恩的門人時，就誠心請教宗大儒「接命與艮背的工夫」，結果宗大儒的回答卻是：「小生雖出其門，但尋常只得了個清心寡慾的道理，居易俟命的工夫。若是接命艮背還是寶光靈明兩位知道。」雖然後來又補充說明「艮背工夫」即為「修身、齊家、治國、平天下。」但宗大儒的言談，終究只是一些常識性的儒門道理而已，毫無艮背工夫的內容介紹。這也使得尚書鄉尊認為大儒毫無誠意賜教，並且對其回答深感質疑，因此靈明替大儒作證說：「台尊知道接命與艮背的工夫，就是這修身齊家治國平天下的道理，一氣兒來的。」（頁 588～589）林兆恩的門人，對於這種宣揚師門教義的大好機會，不僅未加掌握，模糊含混地一筆帶過，甚至將宣揚責任轉推到佛道二人身上，不是十分奇怪而可笑？然後第四十六回大儒又主動提及了「縱是林先生艮背工夫，也不過是大人不失其赤子，到底造作工夫，不如自然造化。」接著進一步說明「自然造化」為「只一味寡欲養心，是我孔門正脈。」這時寶光和靈明分別回應說：「我釋門不增不減，難道不是正脈？」「我玄門道法自然，這自然豈是別脈？」（頁 698）所以作者將「艮背工夫」，解說成清心寡慾、不增不減、道法自然之理，即為儒道佛三教共通的修養工夫。如此一來，又與第三十九回的艮背工夫之解說立場和方式相同，亦視艮背工夫為三教共通無別的概念性道理。

其實艮背工夫是一種切實可行的個人修養行氣法門，即是所謂的「九序心法」，

〔註71〕可參見第四章第二節的「議論運用方式」之「三教合一」單元。

爲林兆恩獨創的修持工夫，透過九道程序的循序漸進，即可達到行氣養身的目的，具有療病強身的實際功效。這套身心雙重修持工夫的第一道程序，即爲「艮背」，所以又稱爲「艮背心法」。因爲林兆恩將此種修持工夫，視爲儒家秘密心傳的法門，故此心法又被稱爲「孔門心法」。林國平指出此爲三一教嚴禁外傳的獨特法門，《林子全集》元部第二冊有《孔門心法》《九序》、第三冊有《艮背行庭》的介紹文字，內容雖亦詳細，但一般人卻很難從文字表面去了解其中修持的具體方法，故林國平從其他搜羅到的資料，以及實地考查走訪現今三一教的現況，在《林兆恩與三一教》書中以一個章節的內容對此詳細介紹〔註72〕。

　　因爲九序心法是林兆恩樹立個人聲望，建立獨特思想和宗教意識的重要指標，當世人們對林兆恩和三一教的初步認同，即導源於此法之去疾健身作用。因此作者必得提及此法，以爲小說中林兆恩思想特色的標誌。只是從小說評述「艮背工夫」的內容中，可以很明顯地知道作者對艮背心法，只知其名未知其實，甚至連淺近可公開的心法理論，也不知道。作者僅以儒家常講的「養心」、佛教常說的「不增不減」和道家的「道法自然」，相當籠統模糊地帶過解釋，雖並不違反林兆恩九序心法的精神，但卻未能表現出此心法的獨特意義和重點特色。看來作者對於何謂九序工夫、艮背心法，並不了解。

　　總之，小說與林兆恩之間的關係，呈現出一種形似而質非的狀態。對於林兆恩人物的角色塑造，作者以虛實手法進行描寫，以部分眞實、大半失眞的內容，刻劃林兆恩人物。而小說思想方面的內容，則未能表現出林兆恩特有之創見理論，書中的論理說道，多屬當時士人之普遍性言論，非借小說以宣揚林兆恩思想的用意。

　　其實從作者書前自序和凡例內容中，絲毫不見林兆恩之名〔註73〕，再加上朱之蕃的敘言、顧起鶴的引言，甚至書後的跋語，亦不曾提及林兆恩之名，可知作者對林兆恩的其人其事，非有宣傳發揚的意圖。而故事中提及林兆恩時，或稱之爲「林三教」，或稱之爲「三教先生」，就是不曾出現「三一教主」「教主」之名；對於「三一教」更是自始至終，毫無任何相關性的提及，甚至在小說中，對於民間宗教團體有著否定、與極力撇清關係的態度〔註74〕。因此作者創作此部小說的用意，絕非爲了當時已漸流行的三一教進行宣教；看待林兆恩此位人物的眼光，也非視其爲三一教之教主身份，而是認爲此人的三教合一主張，可利用爲小說的主旨精神，其部分事蹟，可引之爲故事進行的主線脈絡，因此純粹爲借林兆恩之名，演通俗小說之實。

────────────────

〔註72〕林國平：《林兆恩與三一教》，（福州：福建人民出版社，1991年），頁66～101。
〔註73〕可參閱本論文第三章一開始時，列出的自序和凡例之引文。
〔註74〕可參考本論文第五章第三節「宗教意識」中的「對民間宗教團體的否定態度」單元。

　　如此看來，金陵中一堂在天啓七年禁燬小說書板之舉，除了爲三一教教徒們的宗教狂熱，和中一堂勢力熾盛的雙重原因之結果，三一教教徒們指責小說爲倚藉三教先生名色以行獲利之事的言辭，仍有幾分眞實性，因小說作者的確是借林兆恩之名以爲書籍創作之源由，書中對於林兆恩思想未見太多實質上的眞正闡揚。

第七章 《三教開迷歸正演義》的價值探討

　　明代是中國歷史上相當獨特的階段，不論政治、經濟、學術等各方面，都有大時代的轉捩點之特質；在新舊融合混雜的陣痛下，有所沉淪亦有所突破。而《三教開迷歸正演義》的價值，即在於將明代中後期的社會文化現象，如實的呈現。本章先就明代小說的兩大主流：神魔小說和世情小說，《三教開迷歸正演義》融合混雜二者的手法，足以反映出當時小說發展趨勢下的常見傾向。再則探討《三教開迷歸正演義》所反映出來的明代性文化現象，以為小說反映真實世界的表現。透過書前之敘引文、文中評語、文後跋語，可以看出當時小說閱讀者對於此書的評價和觀點，亦能成為明代文人的小說觀之片段呈現。最後，透過此書對於後世小說著作的影響探究，作為《三教開迷歸正演義》在小說史上的價值。

第一節　作為明代神魔世情小說融合的反映

　　近來研究小說的學者們多將《三教開迷歸正演義》歸類為「神魔小說」，如齊裕焜定為明中後期之神魔小說〔註1〕、劉世德定為明萬曆時期神魔小說〔註2〕。而林辰專以「神怪小說」一詞，代替習用的神魔小說，稱此書為「神怪仙佛類」、「宣教小說」、「明代的章回神怪小說」〔註3〕。無疑的，此部小說的神魔色彩濃厚，故事主

〔註1〕齊裕焜：《明代小說史》，（杭州：浙江古籍出版社，1997年6月），頁214～215。
〔註2〕程毅中：《神怪情俠的藝術世界》，（北京：中共中央黨校出版社，1994年1月），頁144。
〔註3〕林辰：《神怪小說史話》，（瀋陽遼寧教育出版社，1993年9月），頁84。《神怪小說史》，（杭州：浙江古籍出版社，1998年12月），頁326。

線以宗孔、袁靈明、寶光三人北上南下的遊歷,在各地破除百迷所造成的種種魔障,對各式妖魅精怪的進行掃蕩斬除,爲本書最主要的情節脈絡。這樣的內容,的確符合神魔小說的定義:神仙人物和妖魔角色相爭抗衡爲故事主體的小說類型。

但不容忽視的,書中也有相當多對平凡百姓的形貌舉止、生活環境、瑣事遭遇,進行深入刻劃和詳細的描摹,所呈現出來的社會百態和弊端問題,再加上種種淫穢場面和色欲情節的安排,更讓《三教開迷歸正演義》的世情小說色彩顯得十分濃厚,並不亞於神魔小說的色彩。所以故事主線雖是神魔相爭,全書主題雖是斬妖破迷,但世情故事與俚俗內容也佔了書中相當多的篇幅。若以初步的簡要略估計算,與神魔小說有關的回目共有四十四次,而與世情小說有關的回目也有高達五十九次〔註4〕。所以神魔與世情色彩是此書兼容並備的內容,同等重要。

本節將以第二章第二節明代神魔小說和世情小說的定義及特色分析,探究《三教開迷歸正演義》的神魔世情色彩,以呈現此書所反映的明代神魔小說和世情小說融合現象之價值。

一、《三教開迷歸正演義》之神魔色彩分析

《三教開迷歸正演義》的神魔小說色彩,可從鬥法情節的安排、《西遊記》題材的取用、神明角色的宗教性質、和邪惡勢力的虛構手法四點看出,以下即從這四項特點進行分析。

(一)鬥法爭戰場面的安排與意義

首先要說明的是《三教開迷歸正演義》書中的「百迷」、「眾迷」〔註5〕,因作者的刻意塑造,除了原本代表人性弱點之外,更有妖魔般的具體形象,以及人們爲非作歹的根源。因「迷」是《三教開迷歸正演義》的主要描寫對象,透過宗孔、寶光、袁靈明三人所代表的儒釋道三教,在書中不斷的破除百迷和消滅眾迷,成爲小說的故事主軸,因此「迷」在全書中佔有相當重要的角色地位,也是一龐大的篇幅,已於第三章第一節中詳細分析,此處不再贅論。本單元針對《三教開迷歸正演義》

〔註4〕當然這樣的統計數目是相當草率亦難準確,因神魔與世情成份在小說中混融相雜,區分不易,判斷時亦難免有誤。但以兩者相差懸殊的數字,亦達到統計數字的目的:表明世情成份在小說中不亞於神魔成份,藉此作爲本單元論述時的理論依據,畢竟多數學者歸類此書爲神魔小說,故神魔色彩已無異議。但因從未有人提及此書的世情色彩,故不免得以數字證明。

〔註5〕「百迷」指第九回「花名冊籍」中一百個迷魂。但此列名一百的迷魂名稱,並未全部出現在小說中。「眾迷」指的是書中前前後後所出現的迷魂名稱。

符合一般神魔小說所定義的神魔角色和鬥法情節，進行分析解說，來了解書中的神
魔小說色彩。就算有些妖魔遭迷侵入，但這些角色往往在本體上仍屬妖魔精怪，迷
的成份僅屬可有可無之附加，故仍視作爲一般神魔角色和情節。

如此可整理出《三教開迷歸正演義》小說中重要的六場神魔爭鬥情節：

場　次	回　次	正　方	反　方	內　　　容
1	一	潘爛頭神仙	狐　妖	潘爛頭神仙先伐樹木令狐狸現形，再唸動眞言咒語縛住狐妖，置於梧井內，上以寫偈語符篆的大石頭壓住。
2	十三	王林泉道士	狐　妖	王道士受蘇三白醮資，建了一個壇場。因其立意發心的原因正當，故王道士此時法力高強，有別於前次爲吳明家齋醮時之無效。他先運動元神、呼神遣將，使山洞狂風大作，砂石亂飛；後使寶劍與妖狐對招，相戰不分勝負。最終以王道士佯敗，引妖入都城，再令正神捉拿住妖狐。
3	六十五、六十六、六十八	寶光靈明	頭　陀	頭陀與靈明、寶光共有三次鬥法：（1）頭陀喚出金童玉女、善惡二貝擺開嚇人陣勢，再令惡貝攝去寶光，而寶光以唸唵字眞言，靈明以運掌心訣相抗，使得惡貝無法動彈。頭陀又以網和棍棒刀斧加諸寶光身上，皆失效。最後金童玉女甚至開口說「邪不勝正」，勸陀頭求寶光講心經以消災滅罪。（2）頭陀變大河阻路，讓一九分道人變龜嚇三教之人（知求以喊出其名號破解），再變四貝爲四隻狼咬三教之人（寶光叫出名號破解）；靈明使慧劍變烏龍、陀頭令繩子變龍二者互鬥，結果是劍斷繩子，陀頭敗逃。（3）陀頭以一變百枝飛箭射往三教之人，結果靈明以眞罡吹去，寶光以觀自在眞言對應，使箭碎折；又以一變十把刀往三教之人斫來，靈明以慧劍敵住，寶光以唸觀自在，使十把刀紛紛斷壞，最後陀頭敗逃。

4	七十、七十一、七十二	寶光、靈明	纜繩精、妖狐、蛇精	（1）靈明以靈符相當簡單得捉住纜繩精。寶光變成蟒蛇以勸走其師花蛇精怪，不要替徒弟撐腰作亂。（2）接著是花蛇精怪的師父妖狐，化身爲道人將寶光變成蟒蛇，又變假公差捉拿三教之人，等靈明喚醒寶光覺悟，由寶光念觀自在以復本像後，再由靈明召喚神將、運動掌心雷，使妖狐化黑氣逃遁而去。（3）妖狐自言受寶光慈悲感召，幫襯靈明規勸獵戶勿殺生，卻反遭靈明惡意相向，故變身靈明形貌作弄以拖他下水，失敗後慌張而走。
5	九十二	寶光、靈明	禿廝兒和尙	禿廝兒和尙以葫蘆收去寶光元神，接著以幻術製造呼風喚雨的假象，結果眾人皆見，獨大儒靈明因「以正視邪」而未見風雨。然後又吸走靈明元神，幸寶光元神趁空飛出葫蘆，由大儒使計放出靈明元神。此妖僧又以撕紙戲法賣弄其術，三人都對妖僧無可奈何，終以謊報官府即將前來方式，嚇走和尙，回復眾人元神。
6	八十六	寶光、靈明	鼠精們	三人說破廟中無神之實，惹來鼠精作怪，假神說話，要樊老父子驅逐三人。靈明以言語探查其底細，當鼠精被說破本像後現身逃走，樊老父子這時才對靈明的說詞半信半疑。於是鼠精請來一干遠房近族爲其助陣，將樊家吵鬧一番。欲咬靈明寶光二人未果後，又去迷惑店肆夫妻，幸靈明提慧劍及時制止。後由眾人備藥物煙火以搗破鼠穴，結果小鼠們變身精怪打磚與眾人對抗，大鼠甚至變成大虎嚇人。幸寶光靈明有護教神將相助，以拳頭打的他們落花流水，再加上眾人合力滅鼠，終掃蕩乾淨。

由上表鬥法場面的內容中，可知鬥法收妖屬道士的本份職責，所以鬥法場面必定出現道士角色：頭兩次爲潘爛頭神仙和王村泉道士進行收妖除魔的工作，其餘四

次則全屬靈明的表現。另外，佛教陣營的代表人物寶光，雖曾變身爲蟒蛇的形貌以勸退花蛇精怪，但仍多屬傳統的佛教徒形象，以慈悲善念、定靜正意的唸眞言方式與妖魔對峙，在鬥法場面中多屬爲配角，僅爲靈明助陣而已。當然大儒在這些神魔鬥法的場面中是無作爲、甚至是不參與的，因爲本著傳統儒者不信怪力亂神的立場，必不對此有任何的表態。除了第七十一回神將告知山中有一個妖狐時，大儒笑道：「怎的又有個妖精狐狸？小生儒門不信怪事，師兄既行正乙，當自然裁處。」態度上的輕視與不耐煩，引得寶光諷刺他：「因有正乙道法，先生所以成了不信。」（頁1084）因爲一路上的群妖眾魔爲亂，大儒亦親眼目睹、親身經歷，卻仍說出這樣矯情造作的話，難怪寶光對他有所嘲諷，認爲受正乙道法保護下的大儒，才會如此不知輕重的無知。

另外，道士們與妖魔鬥法的方式，十分模式化。多半先藉靈符鎮妖，禁止妖魔爲亂，無效或遭逃脫後再以元神探察妖魔敵情，最後必以神將力量方能收妖除魔。王道士捉到妖狐的方法是如此，靈明的一貫收妖手法也不例外，除了與頭陀一連串的鬥法情節中，有慧劍變烏龍、吹眞氣敵飛箭等較神奇的法術出現之外，整體而言，除妖手法仍嫌缺乏變化，不僅場面敘述相當簡陋而草率，連可運用的法寶亦貧乏的可憐，較諸《西遊記》或《封神演義》等神魔小說中精彩複雜的鬥法情節，實爲嚴重不足。所以《三教開迷歸正演義》的神魔鬥法情節，在全書中並非最重要的故事單元，僅僅爲襯托邪魔角色的戲劇效果而存在，並試圖傳達邪不勝正的中心思想，所有神明和道士們的斬妖除魔手法，皆不重要，只是一種點綴式的神奇色彩。

但鬥法場面也可看出對「邪不勝正」理念的宣揚，縱使基於小說的戲劇效果，必對妖魔爲亂有除之不盡、再三反覆的情節安排，卻又對經咒道術給與正面肯定的意義，只要施法唸咒之人的本心端正，重視心性修養，即可立刻獲得神效。

（二）取用《西遊記》的部分

最足以說明《三教開迷歸正演義》的神魔特色，爲書中直接取材於《西遊記》的小說人物和故事背景部分。第五十到五十二回的猴精故事，其中數度提及孫行者，甚至將孫悟空引用入書中搬演。一隻官員寵愛的猴子因諸迷入侵，竟開始成精作怪。猴精擅長變化成各種人形，調皮搗蛋的四處爲亂，連神將見了都笑他：「三分不像人，七分眞像鬼。卻要學孫行者神通。」（頁760）而作者形容猴精見了神將，「卻也有些孫行者的家傳。」（頁760）不慌不忙答話後，逃去無蹤。第五十一回官員知道此事後的評論竟是：「莫看輕了這山猴子，當時孫行者大鬧天宮，莫非也是他們。」（頁767）既模仿孫悟空攪局鬧事，又讓書中人物認眞舉用《西遊記》的情節，當成是確

切可考的歷史實事引證，可見作者對《西遊記》是一種相當崇信的態度。第五十二回在神將、靈明都對猴精無計可施的情形下，以一角文牒告知孫行者，讓孫悟空出現在《三教開迷歸正演義》內容中，由孫悟空移文馬祖師、馬祖師再下令神獒出馬，終於捉住這隻令眾人頭痛的猴精。這樣的情節安排，似乎是《三教開迷歸正演義》的作者，在模仿、提及孫悟空相關事蹟尚不過癮的情形下，硬要扯出孫悟空真正的現身書中，卻又僅是「孫悟空見了牒文笑道：『何處猿流？壞我名教。』」（頁784）這樣簡單的現身情節，無任何精彩出馬除妖的文字，徒留借用的表面功夫，讓人有純粹沾《西遊記》光環觀感。

作者對《西遊記》的引借，在第九十二回中出現了錯用的情形。《西遊記》第三十二回中，金銀角王二魔的「紫金紅葫蘆」和「羊脂玉淨瓶」，爲一種喊人名以應答後吸形的法寶；《三教開迷歸正演義》中卻由寶光之口說出：「小僧被這禿廝，假『牛魔王吸魂瓶』奪去這一點正氣。……」（頁1414）作者既要模仿葫蘆法寶吸魂的情節，又要扯出《西遊記》之小說人物，卻不愼誤用，將銀角魔王的「羊脂王淨瓶」錯植入牛魔王身上。這就是純粹沾小說名著光芒的方式，卻又在寫作上顯得十分草率而馬虎。

除了上述兩段情節，作者以十分明確的手法模仿引用《西遊記》之外，其他與《西遊記》相似的角色塑造和模仿寫作尚有：1.《三教開迷歸正演義》故事中的妖狐、狐妖都喜變身爲道士行走人間、愚弄百姓，與《西遊記》許多妖魔變身道士和喜裝扮成道士樣子的情形相同；2.第十二回的史動和第七十二回的靈明皆曾遭狐妖和妖狐模仿變身，有著糾纏不清、無法分辨的情節，正與《西遊記》第五十七到五十八回中的六耳彌猴與孫悟空的糾結情節相仿。一些鬥法情節亦可見到或多或少《西遊記》的影子。而《西遊記》對此書的影響，亦爲《三教開迷歸正演義》濃厚神魔色彩之明證。

（三）神明角色的宗教性意義

《三教開迷歸正演義》神明出現的次數雖然不多，但在故事中具有舉足輕重的地位，往往是正派人物除妖伏魔的主要助力。而神明角色的宗教性意義，藉由整理可分析出五點意義：

1、三教合一的傾向

故事最後出現的儒佛道至上神祇，儒教爲「魯國至聖先師」稱「聖神」，佛教代表爲「救苦慈尊」稱「慈尊」或「世尊」，道教代表「降魔護道聖眞」稱「聖眞」，僅從簡單名號稱呼，使得佛道二教所指的神明較不明確，但無妨於作者企圖傳達的

三教合一宗旨。而結局安排爲孔子出面後，方能解決佛道之爭的僵局和困境，讓孔子的智慧和聖神形象，推崇致極高地位，亦正符合林兆恩思想中的歸儒宗孔理念。

2、佛道互用轉換的情形

首先是佛教神明具有道教行徑，如第四十回佛教的「降龍伏虎尊者」，變身成寶光長老和靈明道士的模樣，對惡人加以奇術的懲罰。這是一種佛道不嚴格區分的角色安排，似乎只要救世除魔的目標相同，佛教神明也可變身成道士形貌。

再則是「關公」信仰的佛道成分，在書中亦呈現融混現象。第八十三回說北方因有關公在，所以眾迷不敢北去，並指出關公爲當世的護教伽藍。但此處所提及的「護教伽藍」之詞，源自梁朝智顗和尚的傳說故事，「伽藍」是佛教梵語僧伽藍摩的簡譯，又爲護衛伽藍神靈的簡稱〔註6〕。而道教則是對關公稱之爲「伏魔大帝」〔註7〕。所以《三教開迷歸正演義》的道教神將，對關公不稱「伏魔大帝」，卻以佛教「護教伽藍」稱之，又是一種佛道混用互換的現象。

3、民間宗教信仰的運用

「城社神司」屬於民間信仰中的地區性神明，其法力隨著當地人們道德修養，而有不同的功效法力，如第三十七回中武林之城社神司，出面阻止群迷入城爲亂，說：「武林稱爲天堂，士夫清正的也多，庶民向善的不少，業障休得亂闖。」這群迷眾本來四處爲亂，毫無障礙，但因武林地區的風俗人情良善，使得群迷不得入城。這段情節正表現出人民相信自身的修爲工夫，足以去邪除魔，一切的禍事非人力所無法解決，神司法力正爲人心的象徵。

龍王亦屬民間信仰中，常見的神明之一，往往具備呼風喚雨的能力，掌管江河湖海的水底世界。在第八十七回中出現一隻變金色鯉魚的龍子，遭船上柁工捕獲後，寶光取錢放生；因此龍王運風使船行到福建，助三教之人順利返鄉。故事模式不免老套，爲龍子化身爲鯉魚，遭劫難而被捕捉；幸賴佛教放生善行以施救，故有報恩之舉。此爲神明不乏有遇劫落難的情形，而人心之善念終可獲得回報的教訓意味。

〔註6〕見劉逸生：〈關公變成佛教的伽藍神〉，《神魔國探奇》，（台北：遠流出版事業股份有限公司，民國81年9月）。

〔註7〕本論文第二章第一節介紹道教的神明祭祀時，即曾提及明末君王重視推崇關公的原因，且萬曆二十二年在張通元道士促請下進爵爲帝：「三界伏魔大帝神威遠震尊關聖帝君」。可見關公神祇在道教中的地位。若從時間來看，《三教開迷歸正演義》的刊行年代上限爲萬曆四十年，此處不稱關公爲「伏魔大帝」，而稱「護教伽藍」，是否爲民間慣用此稱呼原故？也爲小說對民間習慣、社會風俗的反映。不採當時官方稱呼，而自有慣用稱呼。

　　而靈明和寶光除了具有道佛教特色的書符唸咒召神，和慈悲濟世的能力之外，尚擁有十分神異的奇術，如寶光在第五十四回中以夢境惡懲屠戶和殺鵝宰雞之人，靈明在第五十五回和第五十九回以影子幻術，規勸作惡之人報應道理。夢境奇術和影子幻術都非正統的佛道法術，兩種法術的民間信仰色彩濃厚，呈現出宗教的融合意味。

　　另外作者以自家祖先成仙的兩位角色：潘爛頭神仙和清溪道人，作為最高強法力的神明代表，以捉拿故事中最難收服的狐妖，呈現出民間信仰中的祖先崇拜思想，也為此段情節增添真實意味十足的仙氣。

4、對道教神將的態度

　　書中出現最多的神明，屬道教之「神將」：潘爛頭在作道童時即學會書符念咒、召喚神將（金甲神人）；靈明一貫的除魔開迷方法，也是書符念咒請神將；王村泉道士第十三回捉妖時亦呼神請將。神將或隨道士書符而現，或因唸咒而出，作者運用神將角色時，將其視作道士法力之主要來源，增添道教神奇色彩。但神將的身份形貌在故事中都是極籠統而模糊的，似乎是一群為數不少的小神，從第七十一回的神將會因一時去聽道，而讓纜繩精脫走；和第八十三回中的神將因聖賢關公在北，故神將自言不敢拘帶群迷北去，可看出此類神明的地位不高，且似乎有點專供道士驅使的意味。

　　從以上分析，可看出《三教開迷歸正演義》對神明的宗教屬性和對主角施奇術時的宗教定位，皆與傳統神魔小說佛道不分的方式，同出一轍，只求立意新奇的效果，就隨興取用，不重視宗教派別之分。

（四）邪惡勢力的奇幻虛構

　　邪惡勢力指的是神魔小說中的「魔」，為非常態之負面邪惡力量，即妖魔角色。而妖魔角色在書中出現的回目和情節概要如下表：

妖 魔 名 稱	回 目 和 情 節 概 要
狐　妖	第一回被鎮，第三回遭放出，第九回結合地獄逃出的百迷，直到第十三回被王道士捉住。（第七十二回為與後出的狐狸區別，一律改稱「狐妖」）
妖　狐	為花蛇怪師父。第七十一回變身道人燒丹煉汞禱雨祈晴，並將寶光變成蟒蛇。第七十二回妖狐助三人開迷。第七十三回與狐妖下毒藥要害靈明。後遭清溪道人斬除。

狐男女	第九十七回對談論他們的人施以惡意懲處，使得鄉里人心惶惶。後收服眾迷，以迷魂陣花名冊子與神將對敵，遭神將一舉捉住。
鯉魚精	第四十二回在談天化、談夢化家中作怪。第四十三回被靈明先以靈符止妖、再以網罟書符咒捉妖，皆未獲；後逃入常州變身為尹川流先生模樣惹事生非，靈明又燒飛符限神將捉妖，仍未成。
猴　精	第五十回與神將鬥法，神將未能制服他。第五十一回靈明燒符唸咒又未果。第五十二回告知孫悟空，孫悟空移文馬祖師、借神獒捉得猴精。
城狐社鼠	第五十一回成精說話遭靈明誤捉。
花蛇怪	為纜柁二精師父。第七十一回以小蛇替換而救出纜繩精。本欲與大儒們作對，經寶光勸走大海。
鼠　精	第八十五回助窮漢掘壁挖墙偷竊。第八十六回鼠精作怪假神說話以惑愚民。與寶光靈明一番對峙往來，終被消滅。
柳樹精	第四十六回柳樹精與仲子相戀，第四十七回又加上竹、梅、桃、榴、李、敗竹、野草黃花八位花木精怪。第四十七回遭靈明遣神將捉妖。
纜柁二精	第七十回纏住童子勞，靈明以符捉住纜繩精，卻又被花蛇精救出。
陰魂陽魄	為雙生之未育男女。第四十七回與柳樹精一起作亂，但因其生身之父先一步佈局，請得林三教信物太平車子求情，故得以被超渡。
頭　陀	第六十五回、第六十六回、第六十七回、第六十八回，與寶光、大儒皆有精彩鬥法場面。
和　尚	第九十二回與大儒三人有曲折離奇的相峙。
二孽和魑魅魍魎	第七十九回暴食而亡的顧工傭作二人在屋中作怪，寶光言語勸解，靈明責罵一番而遭臭泥污衣，二孽逃走以請魑魅魍魎。眾孽遭靈明運動元神、召神將一網打盡，寶光持咒超度。

　　由上表可歸納出妖魔角色的類別為五大類：（1）動物類。有兩隻妖狐、一對小妖狐（狐男女）、鯉魚精、猴精、城狐社鼠、花蛇怪、和一群大小鼠精。（2）植物類。柳樹精、楊嬌嬌、竹翠翠、梅瓊瓊、桃夭夭、榴焰焰、李素素，和敗竹、野草黃花二位丫嬛。（3）物品類：纜繩和船柁二精。（4）邪妖類：頭陀和一位禿廝兒和尚。（4）鬼魂類。雙生不育男女：陰魄、陽魂；暴食而亡的二人，和魑魅魍魎。

　　從這五大類妖魔角色所構成的故事內容中，可知作者的運用手法為：

1、真假交雜的筆法

作者善用民間傳說，加重妖魔的神異來歷，如鯉魚精爲唐朝李太白避難采石磯時，在江心捉月，後騎鯉魚仙遊，而此鯉魚因得了太白的才華仙氣，故能成精怪；又如陰魄陽魂是受了呂神仙指點，才能等到靈明道士的度化。這種將眞實的歷史人物和典故，置入小說虛構的情節之中，以增添故事的說服力和神奇感，正爲神魔小說常用的手法。如《東度記》以孟光和伍員，作爲書中捉拿妖魔的神將人物，讓歷史人物化身爲神明角色，使得斬妖除魔的故事情節更添幾許可信度。

2、正邪兼具的角色塑造

頭陀在故事中一開始的形象並非全然的惡人，在第三十三回他施法術以惡懲出言不遜、不信道之人，在第五十六回以障眼法威嚇凌若仁必須凡事忍耐；所以頭陀在這兩回中並非惡人，只是以過於偏激手段，威嚇民眾信道。不過在故事中並未介紹其宗教傾向爲何？因爲未曾出現任何宗教性的言論，用以斷定其宗教屬性，只可看出他對修道信道之事十分推崇。故事進行到第六十五回時，此位頭陀才開始展現其邪惡的一面，不僅與盜賊本質的一九分道士等道眾們對民眾進行斂財之營生，又在遭寶光嚴詞拒絕同夥後，與三教們作對。其法術雖高強，但作者以邪不勝正原理仍讓他每次都敗走。至於這類惡人的下場如何？作者倒未曾交待。

所以作者在塑造頭陀角色時，爲求誇張的戲劇性效果，著力渲染其奇異行徑與高強法力，製造出緊張的衝突氣氛，這就是邪惡角色的存在意義。也是神魔小說爲求故事的變化性，並不是簡單的斬妖除魔、立即的邪不勝正，而是要讓正義勢力捉妖的困難度加深，將過程曲折化而產生高潮迭起的感覺。

3、妖魔的人性成份

故事中的妖魔多與女色有著牽扯不清的關係，如第一隻狐妖或變男或變女，總爲色欲之事而爲亂鄉里；鯉魚精因遭負心漢爽約，而有一連串的作怪行止；柳樹精與仲子戀情未果，纜繩和船柁二精糾纏男子，都是怪異事產生的原因。這也是神魔小說慣用的題材，讓美色和妖魔劃上等號，希望有發人省思的警惕作用。

另外對妖魔們的形像刻劃，亦頗具趣味性，如第四回狐妖剛被放出時，向一位老婦人探問山洞有無狼虎情形，在他得知山洞空無一物時，竟心中一喜就現了原形，嚇得老婦人倉皇逃下山；第十一回他使隱身法聽得偷漢子婦人的老公在自言自語時，也「不覺失聲一笑」，讓那人驚得奪門而出，都是對妖狐如人般的心性與反應描寫，十分生動有趣。第八十六回中的鼠精聽到老婆子和老漢說出對其不信服之話，半夜在他們嘴上撒尿，一付調皮搗蛋的模樣，亦詼諧俚俗。這些妖魔的人性成份，

都讓小說有著親和力的趣味性，頗符合神魔小說的娛樂性需求。

4 強化妖狐的本領

　　書中將狐狸視作最屬害的妖魔，五隻中有四隻的法力高強，令眾人頭痛不已，神將和道士都難以將他們斬除。狐妖在第九回中集結地獄逃出的百迷，成了作亂的領袖；第九十七回其兒女「狐男女」亦是率領邪迷，成了「二位魔主」，可見狐狸的本事極強。正是自古以來對狐狸精怪的傳說延續，將民間對狐狸狡詐多變的印象，透過故事的妖魔角色反映出來。

二、《三教開迷歸正演義》之世情色彩分析

　　世情小說以描寫百姓生活瑣事為主，藉此刻劃人世現實的複雜層面，和人情世故之多重意涵。從第二章第二節明代世情小說的探討中，可知世情小說具有情欲渲染、市井關注的形式特色，以及逐利生態、現實宗教的內容特色，以此方式分析《三教開迷歸正演義》一書，亦可條理出與世情小說吻合的內容特色，這是因為處於相同的時代，皆以民間大眾、社會環境作為小說寫作的背景資料，同時期的編著者關注的角度相同、迎合讀者們口味所完成的作品亦大同小異。所以《三教開迷歸正演義》在描繪世俗人事的瑣雜糾紛，以及相當多的淫穢場面描寫，即為明代世情小說色彩的內容，因此本單元將對小說中的世情成份進行整理，分析其中的世情色彩。

（一）平凡小民的言行百態

　　民間百姓為小說中數量最多的人物，將其生活景況如實描繪，視普通小民的生活瑣事為故事的重心之一。這就是世情小說與講史小說、傳奇小說、或者是志怪小說最不同的地方，也是世情小說一項重要的判定指標。《三教開迷歸正演義》對平民百姓的描繪特點有三：

1、民間對宗教的刻板認知和現實態度

　　第一回渾元廟修繕完畢後，秣陵鄉里村民們前來隨喜時，「只見老的、小的、村的、悄（俏）的、賢愚不等，又見那婦女成群，張姑姑、李姨姨……矮花鞋大腳重粉濃脠一個醜似一個……」（頁 16）一付民眾到廟宇燒香拜佛的熱鬧景象，並點出比例最多的婦女信徒，村姑式俗豔可笑的打扮模樣。而趕熱鬧的民眾看到三教之人登壇講道時竟說：「到不如那都城裡，禪堂法師和尚講經說法，人都信心去聽。」（頁 16）因佛教俗講在民間已有久遠歷史和成熟模式，故此處傳達出人們對講法的民俗概念，在不曾看過這種形式的情況，對三教之人的共同講法有所懷疑。果然在第二

回靈明一說出道德經:「道可道,非常道。」的內容時,竟引起眾村人一齊哄堂大笑,不論靈明多努力講解道理,眾人竟從頭笑到尾,一付鄉民淺陋狹隘見識的模樣,憑著對道士的刻板印象,一見道士口出道貌岸然之語,就感新鮮有趣,不尊重、不禮貌的齊聲大笑。使得場面著實有趣,也對當世道士的普遍形象有所譏諷。當第九十六回三教之人遭誣陷誤捉時,地方人士見了三人形貌也說出:「空門多藏歹人」「近來盜多假扮斯文」(頁 1477),表現民眾的偏頗認定方式,當然也代表了一種當時真有其事的現實反映。

民間對宗教的觀念,往往是一種多重選擇的實效功用性。以解決自身困難、立即能獲利益,作為宗教信仰的條件。如第十一回辛德因兒子只知與狐朋狗黨吃喝玩樂,勸告不聽之下氣出病來,於是打算到庵觀寺院,請僧道齋醮禳解。先到家僕介紹的小尼庵中探看,結果看到小尼庵中的尼姑和對門小廟的和尚正在吵架,言語不慈悲下,立即打消了念頭,到渾元廟找三教之人齋醮,並且撂下話說:「若是保佑不靈,三位莫怪小子說這三教到有損無益,枉費了鄉村的金銀財寶供應。」(頁 163)十分功利主義的宗教態度。另外人們出家的原因,在故事中亦有現實考量下的結果,如第二十五回的貝戒雖為真正悔悟出家,但亦有躲避追捕風聲、遁入空門目的;俏兒在第二十六回中因頓失所依而出家;賈忠厚的妻子在歷經鄭撞著、何欺善、白日鬼多人之後,慘遭巡夜更夫們輪暴,以出家作為最終下場,亦屬不得已的辦法。所以出家對百姓而言,無疑是另一種求生存的方式,宗教信仰和教義並非最重要的,對宗教的認知往往以實用角度看待。

2、社會病態和弊端的呈現

各種欺詐枉法的社會敗類,在書中出現極多。如第七回戚情、陸欲二人設賭局詐騙朋友辛放和蘭爹,卻遇上偷兒出身的張毛兒等三人黑吃黑,第八回將這些人枉顧友誼、無江湖義氣的貪財舉止,生動傳神地勾勒出來,並以符合此類人士的俚俗下流口氣,描繪其醜陋的嘴臉。第二十九回有一場仙人跳騙局,幸好辛知求機巧逃過一劫,第三十回同夥惡人竟又立刻故計重施,不過卻落得主謀人財兩失的結局。其中靈明指出此事當時稱之為「放白鴿子」,為京都最常見的事。第三十四回巡更夜夫們見婦女單身行走,竟加以輪暴,令其痛苦的「尋死不得」,最後還剝了她的衣服抬到荒僻塚間待死。這些都是將社會不良份子的劣行、世間常見的罪惡,深切鮮明的揭露出來。

3、平凡百姓生活中的瑣碎糾紛:

第二十二回尤豫之妻十分賢慧,為其娶妾得王氏女,亦美麗端莊,但仍免不了

妻妾不合之家庭紛爭，而糾紛爭吵的導火線，都為著一些無謂的小事。第三十五回居求安右鄰賣藥救人，左鄰賣棺治喪，二者事業因利益衝突而不斷吵嚷，這種無解的職業矛盾現象，充滿小民生計營利的衝突特性。第四十一回牌工拿著一牌杉木，誤撞一艘樓船，結果舟人恃勢毆罵不休，牌工也倚眾毀傷不已，兩方為小事幾乎要打鬥起來。第七十六回賣水飯的小販和推車子的眾人們，因吃水飯的數目和付錢的費用有所爭執，眾車夫竟推倒攤販，惹來鄉里人的助陣幫忙，眼看一場當地人和外來車夫的械鬥就要展開。第八十二回的婆媳之間和第八十五回老夫老妻之間，都是一時不合的家庭糾紛。這些事情極瑣碎無謂的意氣之爭，在社會各個角落都不時上演著，構成了小民的生活點滴。書中以相當多的小民爭執和糾紛，令人深感平民氣息的紛雜和活力。

（二）淫穢色欲的刻意渲染和低級葷笑話

《三教開迷歸正演義》頗受當時淫穢寫作風氣的影響，有純粹淫穢鏡頭的畫面寫作，也有完整情節的色情故事寫作，更有民間流傳的低級葷笑話，以為小說中的色欲世情成份。

第十五回辛知求本欲與妓女香兒交接，一摸到香兒身上有許多彈大梅瘡，慌忙走了，這種畫面的描寫，令人有作嘔之感。第六十四回寫賊聾子的老婆與臊鬍子偷情後「腰間陰物露出來，將那毛摸了一把……」（頁 986），真是用語淫穢，場面低俗。第八十一回有一場金九與家中眾女混亂性事的場面描寫，渲染醜化男女的交歡情事。第八十七回更有離譜的鼠精遭眾人打殺，竟鑽入婦人戶內的低俗畫面。以上這些簡單的幾句露骨性事，或直言性器官部位的無修飾用詞，都全然的缺乏美感，大傷閱讀者的胃口。作者以寫實暴露的角度，傳達著性事醜陋的觀點，既有渲染效果，又令人深感污穢和低俗。

而具完整情節的淫穢故事寫作，亦是充滿粗鄙噁心的風格，如第七十二回描寫鬼魂亦免不了嫖妓行為，整段情節充滿噁心用詞與低級的言行。管楊梅園的鬼「渾身滿臉都是翻花大楊梅瘡」說：「勾欄墳葬的都是野路表子，那鴇子魂靈只愛我幾個個錢鈔，任我翻屍搗鬼。誰知弄的是一個齷齪行貨子，惹了這一身瘡，如今害成了一個楊梅鬼。」（頁 1110）結果眾鬼們聽了之後，仍爭先恐後的衝去嫖妓，接下來就是一場淫穢的眾鬼嫖妓圖。當然這是作者故意以此種寫作風格，進行對嫖妓人物的縱慾諷刺，但卻在閱讀感受上，給讀者過強烈的戕害作用。又如第五十二回寫浩古（字南風）遭美男迷入侵後，出現一連串過於寫實而有齷齪感的內容：「黑暗處覺似一物往肛門內鑽將進去，那肛門就作癢起來。」「這肚中亂拱亂撞，肛門癢的難當。」

「豈容陽物直搗，致使肛門作受精之處。」（頁 787～789）這些淫穢內容實在令人難以接受，也是不潔感之誇張描繪。

另外，在小說一開始的狐妖作亂故事中，亦出現相當多的淫穢情節。如狐妖變人身扮女性與史動交歡，又與陸欲進行交接性事；或以史動男性形貌，與桃夭長時間的私通，其間又不斷與某一婦人多次偷情。狐妖性事之淫亂，男女多人皆可的情形，令人著實稱奇。而這些情節的敘述中，作者不斷地以露骨的「光細細白淨臀兒」人體描寫方式，和絲毫不美化的「陰物」「大陽物」「那話兒」詞語，對種種性交場面，真實無隱的描寫出來，也是一種毫無美感的視覺傷害。

至於第四回婦人與狐妖偷情，卻哄騙丈夫說是「與王媒婆方纔吃飲」；和第八回辛放與蘭夅為妓女爭風吃醋的情節，這兩處的情節中，可看出《金瓶梅》故事的些許痕跡。但書中的淫穢場面較諸《金瓶梅》更為低級下流，性情節的場面和對象，往往太過誇張的醜陋，且著重細節的逐一描繪，反倒令人對情色失去興味。

尚有些具情節的淫穢內容，屬葷笑話的類型寫作，如第二十六回寫妓女俏兒的丫頭，莫名其妙跟著剃髮當了小尼姑之後，負責送香到庵中燒。因年紀小不解世事，小尼姑在庵中遭一個聽講道的人以銀子要求猥褻，不僅有著淫穢場面的描寫，還將小尼姑的蠢痴誇張了一番，成了一則葷笑話。第三十九回史潑皮無賴告知其酒肉朋友的心事，是他費了好多功夫，才攢下錢定親，結果其丈人百般要求更多錢財，才肯讓他贅入女方家中。所以新婚之夜時，他想起這些怨氣就對老婆百般發洩。房事過程中，將女子的先拒後主動要求，與對史潑皮的性能力，描述的既淫穢又可笑。第五回有一個做小唱的娶破罐子女兒故事，亦是一則唱戲者多行後庭花，竟不解男女行房之事，倒要頗有經驗的女子教他，整段情節十分俚俗可笑。這些無疑是民間流傳的葷笑話，作者將這些小故事置入書中，與故事絲毫無關，純粹只是串場的笑料罷了。

（三）鄉土民情的風俗介紹

這些小人物的故事，反映了不同地方的鄉土人情，隨著三教之人遊歷行徑的地點和所遇之人，亦有對特定地區的風土民情，加以詳細介紹和評論。如第四十二回徽商談及徽地的鄉人，長年在外從商，足跡遍及全國各地，原因是該鄉受地理環境的限制：「山多田少人眾」，為在艱困環境中求生存，只好出外從商。經商雖有利可圖，但需不斷採買運送交易，多有二、三十年不得歸家的奔波之苦。另外米水田評論特殊的徽俗現象：人民自奉極儉，卻因喜爭訟的強悍民風，以致訴訟官司的花費極多。可知此地民風之傾向。然後再藉由徽商之言，說出秣陵鄉俗（金陵）花費千

金治奩嫁女，卻捨不得花白金請帥諜子；花費白金治棺入殮，卻捨不得花十金以卜葬地，亦是對秣陵鄉人好面子卻不重實務長效的風氣，頗多諷刺。所以對於風土民情的介紹，作者尚有對鄉里弊病的規諫作用。第四十五回大儒說維揚之地「風俗好訟」，認為此舉只是一時的意氣之爭，讓自己的錢財白送給衙門人役，這就點出民間打官司常有的弊端。第四十九回幾位衙門公役的談話，亦回應訴訟事的內情，一位書房文書就說：「小子們在衙門撚管筆若不捏弄那犯人幾文錢鈔，日子怎生得過？況這爭訟公門的，那裡是個忍讓明理好人。不是捏害良善之奸，定是憤訟生事之輩，不捏弄他怎肯輕把錢鈔送你！」（頁 737～738）正將官司訴訟的不健全和民間對爭訟的觀點，相當寫實生動的說明。

（四）社會弊病的嘲諷批判

批判態度和嘲諷語氣，往往是世情小說常具備的特色之一。此點在《三教開迷歸正演義》書中亦時可聞見，作者所批判和嘲諷的對象，包括官場的黑暗面、宗教的弊端、和儒者的偏失處。以下分述之：

1、對官吏斷案的嘲諷

由官吏判案的荒謬性，作者極其誇張的描寫，突顯得十分可笑，如第十回寫卜知事判案全憑娘子主意，故事中雖未錯斷訴訟官司、誤懲人犯，但案件審理進行之草率和離譜，充滿了對官吏斷案的嘲諷。對於第八十四回中的單曹官，作者先以「治過大邑」「有才名」「好管閑事」之詞對其稱贊，又從故事中此位官吏審理案件、裁判訟訴的方式中，揭露此位官員的無能和愚昧。從審理此件拐騙民婦官司的一開始，無任何線索、無任何指示，就只是要求皁隸得自行設法找到人犯、立即捉拿人犯到案；難怪皁隸會委曲說：「有這等不明白的官」，以極不滿的抱怨之語，道盡此位官員不辨事理、不明是非的真相。因此官吏之無能，只好強請靈明行道法才終於查出人犯的下落。但接下來的當庭審案過程中，單曹官還是一貫的昏庸與魯莽，不僅無法釐清事情的真相，了解案情的是非曲折，還殘酷無理的要打死婦人。最後結案的圓滿結局，完全是人性良心的發生作用，與此官員的斷案全然無關。因此故事中完全看不到此位號稱「有才名」官員的高明之處何在？作者對官吏才智給與了極大嘲諷。另外對於官場的反常現象，在第四十九回門子陳述當時官員的考績問題：清官考績得到劣等，貪官酷吏考績卻是優等，這種是非顛倒的不公現象，也是作者所提出的質疑性批判。

2、對三教敗類的嘲諷

故事中所出現的佛道惡質份子，除了為因應故事情節之需要，而進行誇張戲劇

性的編寫之外，尚富含對現實世界的諷刺與批判意味。第二十二回三人遇到一位吳繼旦的狂妄人士，對三教之人譏評了一番。說寶光「只剃了光頭，便是沒法，非是躲避差徭，卻乃遊閑不務四民之業，說什麼高僧，何益於世。」（頁332）這段話讓寶光「不便回答」有著默認理虧意味。而書中也安排不少敗德惡行的僧人，如第六十五回庵觀內的眾僧道們，其施茶化緣只為錢財，不僅非修行出家之人，還本屬盜賊之出身，其言行不檢、面目猙獰的情形可想而知。第十八回中的夏常，在無意間，撞破一位素有清譽的長老匿婦奸情，差一點被這位僧人老友殺人滅口。而第五十四回中的屠戶更出言嘲諷說：「寺院吃五葷的長老比我屠戶還會傷生，心更殘忍。」（頁825）此外，作者還安排了一些享有盛名的僧人，有著可笑的行徑，如第二十四回胎元高僧是徒具虛名、好弄玄虛的僧人，書中讓他上演了一場鬧劇，對一指禪法有著莫大的諷刺；第三十二回作汧長老是位勢利之人，擅長與官員交接應酬，引起多人不滿。

　　另外，道士在整個明代時期的形象亦不佳，書中對此多所刻劃。吳繼旦稱道士為「越發是棄了五倫，妄指黃白飛昇之輩。你看他煙火騰騰，令人難近，有如國家多事，他們坐視無救，這皇王水土之恩，那個替你去報。」（頁333）鮮明點出道教耀武揚威、虛有其表的架勢，受王朝政權寵信卻又腐敗無能的模樣。如第十五、十六回全真道士以煉金術騙財，卻仍理直氣壯的二度、三度重施故計，毫無愧色。這樣煉金騙術以愚弄世人的手法，在明代社會中不時上演著。因有錢之人才有條件煉金，貪得無厭的慾望讓他們失去理智的瘋狂投入煉金把戲中，歷來多有相同模式的故事一再發生，靈明在第十六回就一連舉出八種方式，可見流傳已久。

　　對儒者的觀點，吳繼旦說大儒是：「此生無計補袞，何策請纓，搭著兩個和尚道士東走西撞，直是不耕不織，坐受煖衣飽食，壞了名教，何名士之有？」（頁334）亦是一種有理的批評，連大儒都認為吳繼旦言之成理，只是說話方式欠妥當。在第三十六回寶光解釋古今士人讀書的動機時：「老翁你不知古今不同時了。古時教人讀書明道理，就行道理；今時教人讀書求榮名，卻做文字。行道理偏是那魯鈍的肯行，做文字的卻是那聰明的會做。」（頁535～536）這樣的內容，就有相當濃厚的諷刺意味。三一教以儒為宗，故書中對儒者的批判內容，明顯的與前二者相差甚多。而民間對三教彼此間的看法，第一回秣陵鄉里村民們議論三教之人聚合說「如今做秀才的，那裡眼中有個和尚道士。」（頁16）亦可看出端倪。

　　《三教開迷歸正演義》的故事內容眾多、小說色彩複雜，可說是集明代中後期小說的各項特色之大成，因此由是書可看到後世各種小說的發展趨勢。

第二節　作爲明代性文化的反映

　　《三教開迷歸正演義》書中有相當多的性描寫，雖然本章第一節已從世情色彩角度，分析《三教開迷歸正演義》小說在「淫穢色欲的刻意渲染和低級葷笑話」形式方面的特色，但是爲突顯小說在這方面的描寫特點，藉以呈現明代此一獨特的性文化現象，以此主題探究小說在時代反映上的意義和價值。

　　明代的性文化，在政治、社會、經濟、學術等種種因素的促成之下，較過去時代更形普遍和多樣化〔註 8〕。詩、詞、曲、小說、戲劇、民歌等各種文類，對性文化的廣泛運用和著重描寫，讓這一股時代風氣愈加熾烈，呈現一付繽紛景象。而小說方面無論文言白話，或爲長篇、中篇和短篇，都在內容上或多或少增添了性描寫的場面，隨著時代的推演，越到明代後期，小說中的性描寫越爲繁盛和眾多〔註9〕。在此性文化的風潮下，《三教開迷歸正演義》作者雖再三強調以提倡社會善良風俗、教化民心世情，爲小說創作的首要目標，在全書內容中亦以此作爲最主要的敷衍陳述，可以看到作者不可免俗、或迫於商業考量之現實因素，在小說中出現相當多的淫穢情慾寫作。這些性描寫的內容，足以作爲此期性文化的反映依據。並且足以說明《三教開迷歸正演義》小說的史料價值之所在。

一、嫖妓文化的反映

　　明代的娼妓之風，可藉由當世文人的筆記記載中，了解此風氣所造成的社會景象：

　　　　廣陵二十四橋風月，邗溝尚存其意。渡鈔關，橫互半里許，爲巷者九條。巷故九，凡周旋折旋於巷之左右前後者什百之。巷口狹而腸曲，寸寸節節，有精房密戶，名妓歪妓雜處之。名妓匿不見人，非嚮導莫得入。歪妓多可五

〔註 8〕孫琴安：《中國性文學史》，（台北：桂冠圖書公司，民國 84 年 5 月），頁 257～260，從社會和歷史兩項因素分析明代性文學的興盛原因。
　　　　劉達臨：《中國古代性文化》，（銀川：寧夏人民出版社，1993 年 10 月），頁 696，認爲明代是強烈的中央集權，矛盾的階級衝突，嚴肅的意識形態，在這樣的社會和歷史特點交織下，形成明代的性文化現象。
　　　　高羅佩：《中國古代房內考》，（台北：桂冠圖書公司，民國 80 年 11 月），頁 281～285，「明代的性習俗」單元中，提及君王、儒者、宗教、民間方面對性的觀點，足以作爲明代性文化的背景呈現。
　　　　本單元多採這三本著作的觀念和資料，以爲明代性文化的理解管道。
〔註 9〕對於明代世情小說的發展概況，可參見本論文第二章第二節的「世情小說背景分析」單元，其中亦提及淫穢豔情小說和才子佳人小說的定義和特色，故此處不再述及。

六百人，每傍晚，膏沐薰燒，出巷口，倚徒盤礴於茶館酒肆之前，謂之站關。
茶館酒肆岸上紗燈百盞，諸妓掩映閃滅於其間。皰蚤者簾，雄趾者國。燈前
月下，人無正色，所謂一白能遮百醜者，粉之力也。游子過客，往來如梭，
摩睛相覷，有當意，逼前牽之去。……〔註10〕

　　金陵都會之地，南曲靡麗之鄉。紈茵浪子，瀟灑詞人，往來遊戲，馬如
游龍，車相接也。其間風月樓台，尊罍絲管，以及孌童狎客，雜伎名優，獻
媚爭妍，絡繹奔赴〔註11〕。

揚州金陵等歷來即屬煙花之地，明代時期的發展更為繁盛，這些富有歷史盛名
的江南風月之地，在妓戶的數量和玩樂的花樣上，更形龐大而眾多，文人詳細記載
著這些地區風俗民情，讓世人的狎妓形貌躍然紙上。嚴明就曾指出金陵地區妓業之
興盛，與六朝遺風和洪武初年設官妓有關，到了明中葉時期「金陵城中仍是處處歌
館、滿地佳麗，……〔註12〕」除了南北二京之外，其它地區的嫖妓之風亦促成妓業
的昌盛發展，謝肇淛就曾說過：「今時娼妓滿布天下，其大都會之地，動以千百計。
其他偏州僻邑，往往有之。終日倚門賣笑，賣淫為活，生計至此，亦可憐矣！〔註13〕」
這樣感嘆的言語。

正因為社會上有這種興盛的狎妓活動，小說中的嫖妓行為，或是因狎妓而起的
糾紛事件，也成了小說書中的描寫材料。《三教開迷歸正演義》書中第一位出現的娼
妓馬嬌兒，在第八回中與戚情等人，以設局詐賭方式騙取富家公子蘭多不少錢財。
馬嬌兒之妹俏兒，則因被另一富家公子辛放梳櫳，此舉引起蘭多的嫉妒，於是設計
使較俊美的史動色誘俏兒，使得原本友好的辛放和蘭多二人，因此反目爭吵。第十
回雖然辛放與另一位李美兒妓女來往，卻又因嬌兒與蘭多大打出手，甚至鬧上衙門。
從這一段馬家娼妓事件的情節描述，可以看到妓家出入人士份子的複雜性，往往與
詐賭、奪趣糾紛有關。而娼妓縱使有情感的好惡，但金錢的決定因素仍高過一切。

第十五回辛知求欲嫖香兒妓女，發現「彈大梅瘡」而止，醉裡夢嫖了香兒後才
發現「大瘡」，已悔之不及，以及第七十二回眾鬼嫖有「翻大楊梅瘡」鬼妓們的情節，
都是將當世妓女性病的嚴重情形，和嫖客不知禁欲止淫的縱欲景象，生動傳神的描

〔註10〕　（明）張岱：《陶庵夢憶》，《宋明清小品文集輯注》1，（上海：遠東出版社，1996年
　　　　11月），〈二十四橋風月〉，頁118。
〔註11〕　（清）余懷：《板橋雜記》下卷軼事，《龍威祕書》，（新興書局，民國58年2月），頁
　　　　1616。
〔註12〕　嚴明：《中國名妓藝術史》，（台北：文津出版社，民國81年8月），頁99。
〔註13〕　（明）謝肇淛：《五雜俎》，《四庫禁燬書叢刊》《子部》37，（北京出版社，2000年1
　　　　月），卷八，人部四，子37～512。

述出來〔註14〕。

　　第五十回提及維揚有三妓女：賽崔鶯、奇古董、到能幹，常受官吏召喚而與之褻狎。其實明代法令禁止官吏狎妓，王琦的《寓圃雜記》就記載著明太祖時禁止官吏宿娼：「官吏宿娼，罪業殺人一等。雖遇赦，終身弗敘，其風遂絕〔註15〕。」這樣嚴格的禁令。只是法令雖嚴，官吏照舊召妓行樂，例如沈德符的《敝帚齋餘談》記載：

> 今上辛巳壬午間（明神宗萬曆九年、十年）聊城傅金沙光宅令吳縣，以文采風流，為政守亦潔廉，與吳士王百穀厚善。時過其齋中小飲，王因匿名娼於曲室，酒酣出以荐枕，後遂以為恒。王因是居間請托，彙為充切。几榻閒數年而歿〔註16〕。

　　所以官吏狎妓雖不能公開進行，或太過於招搖的前往妓家嫖宿；但召之府中、私下嫖宿的情形仍十分普遍，所以《三教開迷歸正演義》小說亦反映了這種官吏嫖妓的景象。

　　第七十三回喻祥父子有嫖遠觀花、賽煙媒這兩位醜妓的行為〔註17〕，第三十六回則出現馬湘蘭此位金陵名妓〔註18〕，從上述小說中的娼妓故事情節，可看到作者在描寫嫖妓事件時，雖無十分清楚詳細性場面描寫，也乏淫穢露骨的景象敘述，但一再強調娼妓是多麼地污穢不堪，而嫖妓之人是多麼地的可笑荒唐，可見作者此方面的保守傳統觀念。小說中出現了這麼多次的娼妓事件，是可反映當時嫖妓文化的普遍性。

二、男風文化的反映

　　劉達臨在《中國古代性文化》書中，曾指出「男風、性小說、春宮畫的流行，是明代性風尚三個最突出的方面〔註19〕。」當然男風之盛，自古皆然，只是明代出現了相當特殊的專就男同性戀主題所寫作的小說，如《宜春香質》、《弁而釵》、《桃

〔註14〕參見論文第四章第二節的「諧謔批判的誇張戲言」單元。

〔註15〕（明）王琦：《寓圃雜記》，《四庫全書存目叢書》子239，（台南：莊嚴文化事業有限公司，民國86年10月），卷一，子239～689。

〔註16〕（明）沈德符：《敝帚齋剩語》，《歷代筆記小說集成》37，《明代筆記小說》第六冊，（河北教育出版社，1995年11月），頁475。

〔註17〕參見第四章第二節的「取材於民間笑話」單元和第五章第二節的「介紹作用的插敘韻語」單元。

〔註18〕參見第五章第一節的「真實人物的描摹」單元。

〔註19〕劉達臨：《中國古代性文化》，（銀川：寧夏人民出版社，1993年10月），頁785。

花豔史》、《龍陽逸史》等專門描寫男同性戀的故事；至於其它小說中出現與男風有關的情節，亦不寡見，如《金瓶梅》、《二刻拍案驚奇》、《繡榻野史》、《浪史》等皆有涉及到男風性行爲的描寫。

《三教開迷歸正演義》的男風文化，最直接的反映，即是由史動此位人物所衍伸出來的故事。第三回即介紹史動是位「龍陽」之人，以一段韻文形容龍陽人物：

> 眉清目秀，齒白唇紅。鬢𩭞烏雲，宛似佳人容貌。眉施粉黛，恰如女子丰姿。體態妖妖嬈嬈，美過龍陽。風情孃孃娜娜，眞若彌子。人前假靦腆，拿定腔兒。背後眞齷齪，鬆了套子。只恐一日離邊荊棘亂交加，把那幾年眼裡情人都掃盡。（頁 39）

這段對於史動外貌行止的描繪，與小說日後的故事發展有所關連。就是因爲史動外貌的出色，所以妖狐幾番變男身、勾引女子時，皆以化身史動模樣爲手段，也因此無往不利。除了第五回以「只見辛放卻與史動有那話兒的契交」（頁 77）透露出史動和辛放有同性戀的性關係之外，書中其它情節所出現的史動，不但娶妻又嫖妓，非單喜同性性交的性關係。因此史動的同性性關係行爲，似乎僅出現在他未入贅桃夭家，貧窮困頓的時候，所以此位龍陽之人，僅因外貌的清秀和家境之貧苦，才淪爲富家公子的性伴侶。第七回做小唱的男子，新婚之夜時全然不懂異性性交之事，也是戲子無奈的悲歌，看來也非眞正性喜龍陽之人，只是現實環境使然。這種美貌男子淪落成龍陽之人的例子，在《弁而釵》的《情奇記》李又仙身上，描寫得更加深刻，孫琴安即稱：「整個故事，就是以李又仙的遭遇爲線索，而廣闊展現了當時社會的同性戀風氣的。並深入描寫了有同性之癖者與無同性之癖者，各自在性慾和心理方面的差異﹝註20﹞。」所以小說正足以說明貧戶男子在面對生活現實時，無可奈何的處境。

第五十二回浩古（字南風）被「男風迷」所惑的情節，即是對有同性癖好之人的著墨。書中將男性之間的性交關係，透過再三肛癢難耐的文字提及，敘述男風之人的醜態。內容露骨污穢，具有諧謔式的嘲諷意味。此外第三十五回描寫一位愛男風的漢子，見了賈忠厚之妻女扮男裝的俏模樣，就將其拐騙到尼姑庵中，意圖進行強姦。此段故事將俊俏男子易遭性侵害，以及因爲尼姑的無能，致使佛門淨地險遭玷污的過程，相當生動的勾勒刻劃。這也反映了社會上男風現象的粗暴性。

三、房中術文化的反映

﹝註20﹞孫琴安：《中國性文學史》，（台北：桂冠圖書公司，民國 84 年 5 月），頁 339～340。

全書中僅於第八十和八十一回出現與房中術有關的故事。大儒一行人在臨河地方，遇到一位杭州來的龐門（字外道）士人，向靈明求教道家服食修煉之事。後來又以一首西江月，說明自身的房中術之修煉口訣：

> 二八佳人芳潔　按月選數非多　紅鉛莫教把時過　自有真方配和
>
> 更有雙篝取氣　鼻中口內調和　有時摟抱女嬌娥　採取抽添奇貨
>
> （頁1229）

這番對房中術的描述，將方法和過程說明得極為真實生動，色彩鮮明。劉達臨論說明代房中術理論的發展情形，為「與其它領域結合、借助於其它領域的力量來發展——具體說來，表現形式有道教理論、養生理論、生育理論三方面。」〔註21〕看來，小說作者對於房中術的了解並不多，僅能進行概念式的畫面描述，對於真正的房中術理論，並無深入提及。

結果當龐門的弟子，來自浙江的金九還，稍稍表示對靈明的佩服之意時，就惹得龐門大篇不滿的言論，稱說自己的「採陰補陽、入境忘境的功夫」才是超凡入聖之道（頁1230），接著龐門抬出了呂洞賓調戲白牡丹故事以為房中術之引證〔註22〕。後來因為靈明假稱要看二人的鼎器，讓金九還先行回家收拾家中的婦人，結果就演出一場眾女子爭相與金九還交歡的場面。等到靈明和龐門稍後到達金九還家中時，就將採陰補陽的煉功之說不攻自破。此段房中術故事的描寫，表現出世人假修煉之名、行荒淫之實的虛假，對於明代採陰補陽、修煉得道的房中術之說有著生動的反映。

四、兩性失序文化的反映

夫妻之間如果一方有不貞的行為，與他人發生性關係；或是未婚的男女之間，有性行為的產生，這種情況在古代倫理綱常謹嚴的社會中，都是屬於兩性失序的關係，也就是所謂「偷情」，為男女不正常、非可公開的性關係。如第四回和第十一回妖狐與同一位婦女兩度偷情的性描述；第五回妖狐與桃夭、妖狐與陸欲之間的偷情描寫。都是作者極力鋪寫性欲淫穢場面的重頭戲，將男女之間的性欲淫念，性交時的反應和細節，既露骨又詼諧的刻劃出來。

而第三十回何欺善之女與白日鬼、第四十六回仲子與柳樹精、第四十七回二俏郎與多位妖精、第六十回賊聾子之妻與臊鬍子，都算是較為簡略的性關係之描寫，

〔註21〕劉達臨：《中國古代性文化》，（銀川：寧夏人民出版社，1993年10月），頁834。
〔註22〕參見第三章第二節的「取材於筆記和小說」單元。

但仍可算是偷情性質的性描寫。其中有未出嫁的女子，瞞著家人進行偷情，東窗事發時，如桃夭之父就將偷情男子招贅入門；或如何欺善之女，竟與男子聯合，以假妖方式欺騙家人。也有年輕氣盛的男子，禁不住妖精化身美女的誘惑，如仲子，明知女子可能為妖精，仍執意發生性關係。而賊聾子之妻則因貧窮，故以出賣肉體方式謀生，但作者敘述故事時仍有偷情成份。

藉由這種普遍又各式各樣的偷情故事描寫，令人想見兩性失序的現象必充斥於社會各個階層，作者對於此種情節的敘述相當詳細，也十分生動有趣。

由此可見，《三教開迷歸正演義》對於明代性文化的社會現象，有著深刻如實的反映，一如明代豔情小說對性描寫的興趣，即是根源於當時人心縱情放浪之趨勢，社會淫靡荒唐之風潮，投射在小說文本的書寫創作時，則以此種赤裸露骨的性描寫，投合讀者的閱讀口味，以獲取商業利益。當然，其故事題材的真實取用，人心性欲的深切披露，都為小說增添了一定的時代意義和社會價值。

第三節　讀者對《三教開迷歸正演義》的評價

《三教開迷歸正演義》書中最早的閱讀者，可能就是書前敘文、全書評點、書後跋語的撰文者朱之蕃，以及書前引文的寫作者顧起鶴二人。藉由這兩位讀者的評議意見，可以作為《三教開迷歸正演義》價值的參考依據；而從評者的小說認知中，亦可了解到當世文人的小說概念。故此節分成「朱之蕃的敘跋和評點」和「顧起鶴的引文」兩單元，了解作者友人對小說作品的評價，以探討小說的價值。

對於朱之蕃此人的背景介紹，可見於論文第一章的第二節；而顧起鶴的人物資料，亦於論文第一章的第二節，和第四章第一節的第三單元中，詳細探討過，故本節中不再述及二人的背景資料。

一、朱之蕃的序跋和評點

朱之蕃對《三教開迷歸正演義》小說的評價，透過書前敘文、書後跋語，以及文中評點，約略可以了解。因此以下分成〈三教開迷演義敘〉、〈三教開迷演義跋〉、文本的評點部分三方面進行論述。

（一）〈三教開迷演義敘〉

> 語云：「文章不關世教，雖工無益。」故高則成（誠）傳奇詞話云：「不關風化體，縱好也徒然。」由斯以觀，則書記之貴，關世教風化尚矣。夫書

關世教風化，則爲作不徒作，作不徒作則可長久，可長久則又與世教風化相關繫於不朽，其今《三教破迷正俗演義》之謂乎！

夫《三教破迷演義》與《西遊解厄傳》、《忠義水滸傳》等書耳，亦等之稗官小說之類耳，何據以足久遠而不知有不然者。《西遊》、《水滸》皆小說之崇閎者也，然《西遊》近荒唐小說，而皆流俗之談：《水滸》一游俠之事，而皆無狀之行，其於世教人心，移風易俗，俄頃神化，何居而得與《破迷正俗演義》相軒輊也。

演義者，其取喻在夫人身心性命、四肢百骸、情欲玩好之間；而其究極在天地萬物人心底裡、毛髓良知之內；其指摘在片言隻字、美刺冷軟、浮沈深淺、著而不著之際；而其開悟在棘刺微芒、紅爐淡濃、有無漬入、知而不知之妙；其立名則若有若無、若眞若假；其立言則至虛至實、至快至切；其震撼則崩雷掣電、神鬼俱驚；其和婉則薰風膏雨、髓骨俱醉，稱名小，取類大，旨遠詞文，曲中肆隱。故言之者不覺其披卻，而聽之者不覺其神移。激則怒髮衝冠，裂眥切齒；柔則心曠神怡，筋蘇骨懈；嘲笑則捧腹解頤，胡盧雀躍；冷軟則汗背顙泚，愧赧入地；諷婉則膽冷心碎，拍奮激昂。酒色財氣之徒，不半字而魂消：淫奔浪蕩之輩，聆片言而心顫。笑談而奪千軍萬馬之力，指顧而高華袞斧鉞之權。其視鎖心猿意馬於無影無用之椿，而快恩讎報復於水注雀澤之境者，不相去萬里，而于扶持世教風化，豈曰小補之哉！

雖謂是書也，爲帝王聖賢之羽翼，感化人心之鼓吹，喜起作人之嚆矢，而萬世萬人遷善改過之法門可也。言言靈藥，字字神鍼，宇宙在乎手，造化本乎身，即觀者自行玩味，有一點即化，不覺其瞠目，而神快者自覺，此記之妙又何事乎余之贅言。

此篇敘文的開宗明義，即點出「世教」的重要性。認爲文章和書籍，若無世教風化的功能，則無流傳後代的價值，即失創作的目的。因《三教開迷歸正演義》具有濃厚的教化意義，所以朱之蕃認爲此書可傳頌後世而不朽。這是朱之蕃對於小說的最高評價，接下來的言論，亦圍繞著此教化主題進行。在此標準下，朱之蕃在敘文中，甚至對《西遊》和《水滸》二書大加批評，認爲《西遊》的內容荒唐，爲「流俗之談」；《水滸》的游俠之事，屬「無行之狀」。只有《三教開迷歸正演義》的教化意義深刻強烈，故有超越前二書的地位和價值。除了表現出絕對尊崇小說教化作用的態度，也是當時爲序者的慣例，總要對作序寫跋之書大加吹捧褒揚，方算善盡職責。孫琴安亦曾指出：「古人序書，或寫凡例有個通病，就是凡爲之作序或寫凡例的書，不論美醜，總要恭維幾句。有時未免失實，若以爲《禪眞逸史》可與《水滸傳》

《三國演義》並列而不朽，《西遊記》、《金瓶梅》等還不及它，這就未免捧得太高了。」〔註23〕《禪真逸史》的凡例撰寫者，將其書極力吹捧的程度，以及所舉說的小說例證，與朱之蕃如出一轍，可看出當時《西遊》《水滸》的流行盛況，新小說的出版上市時，總要與這些小說經典鉅作沾上點邊，誇說己書的勝出超越，以期獲得讀者的矚目。

而中段有大篇文字，以「演義」小說的角度，論述書中取材內容的意義，寫作手法的虛實技巧，以及所形成的感召力量。文中充滿激昂華美的詞語以鋪陳個人崇高的創作理念，終不離世教風化一事，以誇耀演義小說的價值。最後再度提到此部小說的實效性，指出觀看小說的讀者們，可由小說內容，受到點化而醒悟，成為世人們改過遷善的啟發關鍵。當然這又是立於教化角度，重申小說的價值。

由上述對敘文內容的簡略介紹，可以看出朱之蕃的小說觀念，十足的道學思想和實用主義，不具文學美感的獨立觀點，而是將文學附屬於道德層面，形成濃厚的文以載道意識，所談所論皆不離道德教化色彩，連四大奇書的《西遊》和《水滸》都被打入流俗無狀之作，可見朱之蕃並非真正認可小說之文學價值，而是認同小說的教化功用。此點正與《三教開迷歸正演義》作者的創作理念相同，代表著當世某些士人儒生們的普遍心態，視小說為社會教化的訓誡工具，和道德理念的傳遞媒介，無視於小說獨立的文學生命。

另外，從敘文中三度提及《三教開迷歸正演義》此部小說的書名：《三教破迷正俗演義》、《三教破迷演義》、《破迷正俗演義》，可看出朱之蕃所知道的書名，明顯地與此部小說最後刊刻的書名不同，可能是此部小說曾有過的書名改動之痕跡留存，因「破迷正俗」與「開迷歸正」之義相同；可能也是朱之蕃對於此部小說並非那麼熟悉，因為全篇敘文內容中，不見任何提及小說內容的文字，只是應酬為文而已；或許是朱之蕃看待小說的態度不甚重視，僅以世教觀念作敘，所以出現敘文中的小說書名有著似是而非的情況，一如他將《西遊釋厄傳》稱之為《西遊解厄傳》，兩者情形的原因是相同的。

至於文中所提到的《西遊解厄傳》，指的是羊城沖懷朱鼎臣的《鼎鍥全相唐三藏西遊釋厄傳》十卷？還是金陵世德堂的《新刻出像官版大字西遊記》二十卷一百回？雖然現在提到《西遊釋厄傳》書名時，皆指朱本的《西遊記》簡本，但從柳存仁在〈《西遊記》簡本陽、朱二本之先後及簡繁本之先後〉一文中，已明確考證出陽本、

朱本、百回本繁本三者間的依次時間和關係〔註24〕，陽本和朱本既為明初刻本，而萬曆二十年的百回本，與萬曆四十年（上限）的《三教開迷歸正演義》，在時間上較近；而且以刻刊地點的來看，金陵世德堂的百回本遠比廣州的朱本，被朱之蕃提及的可能性更高。所以當世稱呼《西遊釋厄傳》書名，或許非如現今學術界的版本名稱之標定意義，也不可能對刻刊版本有意識的稱呼，只是對《西遊記》的一種稱呼方式而已，因為《西遊記》書前的開卷詩有「欲知造化會元功，須看西遊釋厄傳」，於是自然亦可稱之為《西遊釋厄傳》〔註25〕。當然朱之蕃所提及的《西遊解厄傳》，或許如柳存仁所說的，可能有與朱本相同系統或性質相近的其他本子的《釋厄傳》（例如汪憺漪他們說見過的《大略堂釋厄傳》古本）〔註26〕，當時尚有其它的《西遊記》版本流傳，但因此處透露出來的訊息太少，其它書名版本的資料缺乏，故無法更進一步查證。

　　而敘文中的《忠義水滸傳》之名，是否即為萬曆年間，由李贄加評作序的郭武定新百回本？或是天啟年間，有一篇楊定見的序文之百二十回本？單從朱之蕃的敘文內容，無法得知所指的《水滸傳》版本究竟為何？只是若從朱之蕃稱呼此部掛名批評的《三教開迷歸正演義》書名，已有明顯不夠真確的情況；再從他對小說創作的道學主張，以及對小說概念的教化印象，甚至論述演義小說的性質和特色時，以史書角度進行說明和個人文采之鋪敘。朱之蕃在敘文中所透露的《西遊》和《水滸》名稱，看來並不適合引以為當世小說版本問題的確切依據，也無從深究和探討。不過由這種書名稱呼的混亂情形，可以了解當世對於通俗小說名稱的隨興任意態度。

（二）〈三教開迷演義跋〉

　　余友鏡若子潘九華，燕居撰《三教開迷》。其中事蹟若虛若實，人名或真或假，且信意而筆，無有定調。余竊怪其泛而離，乃復愛其委而婉，把世情紛紜變幻，直辨駁在一詞句間，乃私詢其意旨。渠笑而不答，既而款款指向余說：「皆其生平經歷所遇，實有其事與人者，除怪誕不根者十之三，以

〔註24〕柳存仁：《和風堂新文集》，（台北：新文豐出版公司，民國86年6月），頁699～730。文中指出先有陽本，再為朱本，最後才是百回本。而朱本有若干地方承襲陽本，百回本有不少材料來自陽本和朱本。

〔註25〕劉勇強：《西遊記論要》，（台北：文津出版社，民國80年3月），頁22，認為「在三本頭回，都有一首開卷詩曰：『欲知造化會元功，須看《西遊釋厄傳》。』也許，《西遊釋厄傳》就是這個祖本的書名。」因為書中對於陽本、朱本、百回本的關係推論有誤，所以此種推論並不真確。但由此段文字，亦可得知《西遊釋厄傳》名稱，必不僅限稱呼朱本而已。

〔註26〕柳存仁：《和風堂新文集》，（台北：新文豐出版公司，民國86年6月），頁700。

粧點作傳之花樣,其餘借名托姓。總之,不揚人惡,亦不隱人善,種種著是
迷者,自相警戒爲則可,必欲知其事與人,人可知乎!」千百年尚識其人與
事乎?我苟不迷,即迷而自能破,得大利益身心,則斯傳亦良餌矣。

此段跋語並未署名,但王三慶老師認爲從跋語的語氣來看,當是朱之蕃評點全
書後的後跋語〔註27〕。文中指出與小說作者潘九華爲朋友的關係,認爲書中的故事
和人名皆眞假摻半,有著泛雜的缺點,也有著委婉的優點,對於這麼虛實難辨的情
形,朱之蕃曾直接詢問過潘鏡若的寫作用意,而作者的回答,則表示自認爲將眞實
人事寫入書中,以怪誕的神魔成分粧點書中色彩,期許小說可達到揚善開迷的警戒
作用。所以朱之蕃認爲閱讀此部小說有利身心,足以自破個人迷思。

(三)文本的評點部分

書前作者的〈三教開迷傳凡例〉第八款云:「圈點非爲飾觀者目,乃警拔眞切處,
則加以圈;而其次用點,至如月旦者,落筆更趣,且發作傳者未逮。」,用以說明小
說評點的原則和用意。雖然此部小說的目錄和每卷之首皆題「朱蘭嵎批評三教開迷
歸正演義」字樣,表明此書乃朱之蕃所評點,但因並無總評和結評的完整文字,以
了解評者的圈點方式,故僅藉凡例第八款以爲朱之蕃在圈點時的用意說明。

而《三教開迷歸正演義》的評語,在形式上皆屬眉批類型,評者將對小說內容
的意見,一一書寫於每頁正文之上,雖然眉批數量很多,幾乎每頁皆有評語(但八
十回之後的眉批評點則明顯減少),只是評語文字大多簡約單調,而且極爲相似,例
如時常出現「著眼」、「趣」、「畫」、「逼眞」等詞,在書中大量又重複的運用,反映
出評者的興趣,完全著重在一些特定問題的關注,也可作爲小說作者興趣所在之理
解。以下將《三教開迷歸正演義》書中的這些眉批評語,分成「故事情節批評」「言
談內容批評」「人物角色批評」「寫作技巧批評」四項,以探討朱之蕃書寫評語的批
判角度和觀點。

書中並無回目總評和挾批形式的評語出現,而正文的圈點和眉批評語,不一定
相配出現,時而有圈點無眉批,時而無圈點有眉批,並無定則。

1、故事情節批評

朱之蕃對於《三教開迷歸正演義》小說的故事情節,有相當多的批評,有時針
對書中的某段故事內容,進行重點式的提示;有時針對某個小說情節以發表個人感
言。下面將書中常見的「著眼」「關目」二詞,和一些其它評語,以爲評者對故事情

〔註27〕王師三慶教授:〈《三教開迷歸正演義》讀後〉,(《1993年中國古代小說國際研討會論
文集》,北京開明出版社,1996年7月),頁261。

節批評之探討依據。

（1）「著眼」評語的運用

　　評者對於小說的故事情節之評點，最常使用「著眼」一詞，此屬評者提示讀者注意此段故事的敘述內容，認為此處有作者創作故事的重點要旨。此種評語在書中運用的方式相當多樣化，除了處處可見單用「著眼」一詞，提示讀者注意此段故事內容的意義性之外，尚有「吝債吃跌著眼」（頁 319）、「尼姑著眼」「和尚著眼」「盜者著眼」（頁 389）、「有寡婦的著眼」（頁 392）、「迷人著眼」（頁 633）、「妄心的著眼」（頁 659）、「算命的著眼」（頁 868）、「妄想的著眼」（頁 1092）、「妄誕的著眼」（頁 1093）、「好殺生的著眼」（頁 1105）、「惡婦著眼、男子著眼」（頁 1146）、「愚蠢著眼」（頁 1171）、「好勇鬥狠的著眼」（頁 1174）、「無義的著眼」（頁 1187）、「求嗣的著眼」（頁 1200）、「山人著眼」（頁 1346）、「刻薄的著眼」（頁 1394）、「貪戾著眼」（頁 1433）等等，進一步明確標注此段故事情節的主旨要點，讓讀者立即明白文中內容的用意，成為此處情節重點的確切簡要說明。而著眼的評語運用，除了上述方式之外，尚有第七十一回對童子勞和爛柁纜二精故事提示為「著眼看人家婦女的要害童子癆哩！」（頁 1082）；第八十八回大儒開破李益迷思時，評者稱之為「世間大事著眼著眼」；第九十八回作者描寫桃夭與狐妖過去的那一段關係，所生下的狐男女，使桃夭成了「狐魔洞主元配，就是群迷的主母」（頁 1502），因此評者稱之為「著眼婦女是妖魔的元配主母哩」（頁 1502）。這種更進一步的著眼評語寫法，使得評者的個人意見之表露更形清楚，且有藉此故事情節批評以警惕世人、或嘲諷風俗的推衍擴大效果。評者的此種評語運用無所不包、隨處可見，相當普遍。

（2）「關目」評語的運用

　　第三十五回出現「好關目」（頁 507）的評語。「關目」指的是故事關鍵、重要情節轉折之處，為當時評點小說的常用評語，鄭光熙指出容與堂本的《水滸傳》，常出現「關目」一詞，以此作為「批評《水滸傳》情節展開的優劣。」「容本評語以『關目』的有無、好壞，分析小說情節問題。」〔註28〕例如第二回有「好關目」之夾批，第二十一回有「好關目」之眉批等。若以此觀點檢視第三十五回所出現的「好關目」評語，此處評者只有眉批而無圈點，再對應正文的故事內容，為賈忠厚之妻，女扮男裝出外尋找白日鬼，遇到一位同性戀男子的拐騙入廟，要進行強姦時，氣憤得說出：「清平世界！怎麼拐姦人家婦女？」然後脫下帽子長衣，回復女子裝扮。對於此

〔註 28〕鄭光熙：《兩種水滸傳評點及其小說理論研究之一——以袁無涯本與容與堂本為中心》，（政治大學中國文學研究所碩士論文，民國 80 年 6 月），頁 176。

段情節，評者的「好關目」用語，似乎不太符合此詞意涵。評者對於此處的評語用意，僅屬對於人物言語的讚許，認為極具揭示告知作用，因此大加稱揚。因為此段情節的安排，並非小說整體的故事關鍵，也與情節進行脈絡的關係不大，此評語的運用，似乎僅屬當世慣用語詞的引用而已，為評者對故事情節進行批評的一種手法。

（3）其它評語的運用

　　評者認為寶光在第七十一回變身成蟒蛇之事，為「佛是蟒蛇，遇蛇精便作蛇精而為說法」（頁 1084）簡介此段故事情節並指出其意義。第七十一回中的石透著了妄想迷，希望能將世間炎涼富貴看破，只求逍遙散誕過日子的心態，評者認為「閑散是神仙，豈可妄想。」（頁 1095）針對此段小說情節，發表個人感想。對於第七十五回甘巴兄弟的妯娌爭吵情節，評語為「長舌」、「牝雞司晨」、「獅吼了」（頁 1144）。第八十九回認為寶光所說的二僧度亡魂事為「僧原度鬼，鬼反度僧」（頁 1367）將小說的故事意義點出。

　　點出故事情節要旨的評語，尚有第二十一回評者對於蘭豸的夢中見聞，稱之為「無上菩提」（頁 309）；而辛知求和蘭豸在此回中重修舊好，評語則為「三教化解的效驗」（頁 319）。第九十五回，寶光和靈明為了要點化明不迷先生，乘他熟睡時將魂攝出至一座衙門內，冥府公差詢問明不迷是否為善為惡時？明不迷表示自身雖未為善，但亦不為惡。這時眉批出現「這是善惡到頭終有報處」（頁 1460）的字眼，替作者說明此段故事情節的用意。

　　上述這些評語的運用，或為評者揭示小說內容之主旨，或為告知此段情節的意義，或屬評者針對故事情節所發表的感言，有時也替作者說明未盡詳細的故事內容。

　　另外，評者的故事情節批評，也會出現過於浮誇不實、不甚符合故事主旨的情形，例如第三十二回以「人傷虎，虎便傷人」（頁 481）評語，批評鮑虎搏虎此段故事，就顯得與作者寫作用意不符。而第九十一回吳小四以剛學會的妖術，施法讓其妻閉眼婆娑起舞，惹得丈人尹善大怒，這時吳小四笑道：「戲法戲法！丈人何必認真！」對於此段故事，評者眉批為「著眼天地間事都不可認真。」，這種單就評者個人一時感言以書寫此段故事情節的評語，並未針對故事本身進行評議，與小說內容無直接的關連性，可算是小說評語中的不當之處。

　　雖然評者對於故事情節批評的評語，多以道貌岸然的教化開示語氣為主，但仍有相當多淺白口語的情緒表露，如第五回狐妖變身女子引誘史動時，因為一時疏失未變女子的陰物，使得史動一看陽物就「哎呀！娘子原來是個假裝的女人。」評語竟也出現：「哎呀怎的」（頁 64）這樣有趣又情緒性的文字。此外尚有「是是大是大是」（頁 413）、「是是」（頁 1433）、「可歎可歎」（頁 1442）等。第三十一回出現「揭

底了哩」（頁 465）這樣俚俗口語的評語。第三十八回有「說謊的要懲戒哩」（頁 570）「著眼說謊的要下地獄哩」（頁 574）。從這些口語化的敘述中，令人感受到相當真實親切的評者角色，拉近了評語與讀者之間的距離，評者似乎跳出來與讀者同步進行閱讀小說的活動，一起有著好惡高低的情緒感受，為相當特殊的評述方式。

2、言談內容批評

《三教開迷歸正演義》小說中有相當多闡道說理的言談內容，為作者思想觀念的傳達。而評者對於這些言談內容多所批評，或解說或讚揚，將個人感言和理解，據此評析發揮，足見評者思想理念的表現。今略述如下：

（1）「本旨」評語的運用

評者對於小說的言談內容，喜用「本旨」作為標示：第一回作者指出儒釋道的聖賢們，留下見性明心的道理，足以去邪除魔，評者即點出作者的此番論點，為全書之「本旨」（頁 9）；林兆恩答覆蕭閑對於人類源起疑問的講述，評者指出此為「洪範大旨」（頁 12）。第三十三回先點出書中全真道士的一些道具為「煉丹的行頭」，再指出全真談外丹之理為「提罐本旨」（頁 496）。另外，尚有第三十五回「是本旨」（頁 510）之詞，以及第三十八回「中庸大旨」（頁 567）之語等等的評語，這就是評者針對小說的言談內容所下之註腳，認定這些論述道理的內容，即是作者創作的主旨本意，屬於小說中相當重要的部分。

（2）「禪」「玄妙」「玅」評語的運用

「禪」「玄妙」「玅」等字眼，亦常成為評者批評書中言談內容時，所使用的詞語。如：第一回將寶光和林兆恩一段對答內容，以「禪機」「玄玄」（頁 10）語評之。第二回以「玄微」（頁 33）一詞，評辛處士與安人之間的言行舉止。第八回以「句句玄機，字字儆醒」評蘭齒被押至黑暗地獄時的一段言談，評者認為小說作者寫作此段內容時，富含玄機思想，且具儆醒世人之用意。對於第二十一回常謙解說個人謹戒慎言的理由，評語為「玄妙」「佞人著眼」「言不可不慎也。」（頁 316），認為作者思想玄妙，可為佞人警惕之方，和世人言談慎重之則。循此觀念，故在後續情節中，當大儒勸告常謙不要過度謙抑，成了足恭迷時，評者提出與作者書中意見不同的評語：「正是謙愛益處，畢竟強似驕慢的。」（頁 318）。第二十二回以「劈的妙」「自跌玅」（頁 333）評靈明對於儒者名實相符的談論，其間思想極為高妙。

第二十四回當靈明詢問寶光如何開破賈失常的迷思時，對於寶光的回答，評者認為屬於「一指禪」（頁 351），為禪理內容；接著又指出作者敘述胎元長老和三位徒弟的名字及事蹟，為「三生，不語是達摩禪機」（頁 352）（「三生」是三位徒弟的

名字，分別為從卵、從濕、從化，取三種生成之意。），亦是針對小說此段內容的達摩禪思想，加以說明。然後對於胎元長老與皮匠之間的一番對答內容，指出此屬「一指禪也」，更是「一團玄妙哩」（頁353）之理，也是對於小說作者禪思想的玄妙處註明。第二十六回認為寶光評論俏尼出家之事的言語，屬「玄機更進一步」（頁382），是作者玄機思想更進一步的表達；大儒之言則是「純是玄機，是是！」（頁383），為作者寫作純用玄機之理的點出。第二十九回對於大儒和靈明認定吳所用的憂愁和懶惰乃自找的結果，評語為「玄妙理玄著眼，妙絕」（頁425）；大儒解說成富之道必不在賭，評者認為此說「妙解」（頁430）。第三十二回以「風幡之議」和「著眼達摩一字禪」（頁475）點出此段眾人言談之意。第三十七回指出寶光與兩面刀的對答內容為「一團禪機」（頁558）。第七十五回寶光和靈明的一段色相言談，評者認為「愈談愈入玄妙」（頁1154）。第七十六回談論詩句迷人與否時，評者稱此段內容為「玄之又玄」（頁1158），而第八十八回靈明玄門增減言談，也以「玄之又玄」（頁1347）稱之。第九十回寶光的談無為之論，為「禪指玄門」（頁1387）。

　　總之，此類評語的運用在書中相當常見，屬小說慣用的評詞之一。「玄」「禪」用字，已代表評者認定小說中所存在的哲理思想，而評點對象皆屬書中的言談說理內容，更可看出這些評語試圖標示出小說的思想性。

（3）「婆心」評語的運用

　　「婆心」評語不只一次地出現在書中說理論道的時候，為評者一方面希望讀者能了解作者苦口婆心的用意，另一方面也代表對於作者諄諄善誘的肯定。如第二回大儒提及講道說理之因，評者即以「婆心」（頁18）稱之，第三回也以「婆心」（頁42）評大儒試圖勸化辛放蘭爹之舉。第三十回靈明解說何謂放鴿子之事，評者指出此為「婆心」和「著眼」（頁440）。凡此，皆在說明此書警世勸世之苦心。

（4）其它評語的運用

　　評者對小說的言談內容批評，尚有：第二十一回說明大儒不願回答寧給的問題，乃因儒門道理為「心傳」（頁310），而靈明代大儒解說為「真實體」、「好融合」（頁310），寧給的反駁辯詞為「超超玄著」（頁310），寶光論佛化身為孔仲尼和廣成子之理為「大關宗風」（頁311），指出此為「脫胎換骨」（頁311）之法。第八十八回稱說大儒一段關於傳世後代子孫禮義的言論為「鍼砭」（頁1347）。第二十三回夏常秀士指出大儒以三封錦囊行教化勸善之事，評者認為此段言談屬「說出真正道理」（頁343）；對於大儒三人談論漁夫捕魚之事，評者認為大儒言談與寶光相比為「百尺竿頭，又高一步之論」（頁344），而靈明之言屬「空中樓閣」（頁344）般的虛幻

不實，顏素士人之言爲「神談」（神妙奇絕）（頁 344）的言論，寶光最終的感歎之語爲「妙論層見疊出，出凌人意表」（頁 345）。第二十四回當靈明對於山水花石賞玩進行稱許，認爲積聚錢財給子孫，只是一種遺留財富給不相知的人，這時評者以肯定角度，替靈明之言加以說明：「人死後何得知子孫面目？」（頁 356）。

從上述評語中，可看到評者以道德意識、教化心態，評判小說的言談內容，其思想觀念，與作者論道說理的態度是一致的，因此言談內容評語中的警醒提示意味濃厚。

3、人物角色批評

對於小說人物的形象塑造，也是評者所關注的重點。如：認爲第八回對金煥士人的模樣描寫：「生動恰似」（頁 111）；指出作者在第三十八回對於黃謊信口雌黃的描寫，爲「口吻生動，光景宛然」（頁 571）；認爲第二十二回作者對於吳繼旦人物的塑造，「描寫無忌憚人，如寫實傳神」（頁 333）

而人物描寫的「傳神」特色，多爲小說評者所重視，張曼娟指出谷本《水滸傳》多用「傳神寫照」之評語，以此視爲「人物論最高指標。自李贄始，『傳神』成爲小說評論的慣用語。張竹坡評論《金瓶梅》的「讀法」中有所謂的『摹神肖影，追魂取魄』。庚辰本《紅樓夢》元妃省親，與親人相見時含悲強歡，脂硯齋批道：『追魂攝魄，《石頭記》傳神摹影，全在此等地方，他書中不得有此見識』。傳神論在小說理論中逐漸得到具體的探究和闡述。」〔註29〕因此對於小說人物描寫的傳神眞實性，是評點者一向關注的焦點。

至於評者針對人物角色，加以感言評語的，有：第七回因狐妖變身成史動模樣與桃夭偷情，使得史動最後能娶得富家女桃夭，此段故事評語寫道「史動造化」（頁83）；大儒在第二十三回中，以錦囊中文字勸戒吳繼旦的狂妄言行，評者讚許宗大儒乃「眞大儒也！」（頁 341）；指出第二十一回的不了和尚眞是「好個扯淡不了的和尚」（頁 314），常謙處士的行爲堪稱「道學行徑」（頁 315）；第二十二回因尤豫娶妾之舉，故稱尤豫爲「作孽子」（頁 321），以否定娶妾態度來評論此位人物的行爲；第二十六回稱讚立志出家修身的俏尼是「好俏尼」（頁 391）；第三十一回認爲小說中的何欺善、鄭撞著人物名字是「好姓名」（頁 456）、「也好姓名」（頁 457）；第九十三回點出人物舉止的用意：「騙飯吃」（頁 1438）；第七十三回喻閑父子的嫖醜妓故事，其中一位名字爲遠觀花的妓女，雖然文中有一首打油詩點出此妓的外貌醜態，

〔註29〕張曼娟：《明清小說評點之研究》，（東吳大學中國文學研究所博士論文，民國 79 年 5月），頁 40。

而評者則先一步點出取名之意:「遠觀似花,近看是鬼」與後出的打油詩內容相配合;第七十七回對於石志人物的角色安排,評者解說爲「矢志自然千里奔趨」(頁1181);第九十回中的老者言談,爲「老成之言」(頁1375)。第七回當大儒對狐妖的色誘無動於衷時,評者稱大儒爲「眞道學」(頁90)。第二十一回對於女巫挑撥尤豫妻妾感情的行爲,評者認爲是「正是最毒的是婦人心」「正是兩面刀也」(頁326)。對於第三十四回賈忠厚婦女的悲慘下場,評者以「淫婦的結果個個是如此」(頁515)之語,加以道德意識的大力批判。

這些對於人物角色的評語,爲評者替作者所塑造人物角色,分析特徵、點出內涵,或是表達個人感想,流露出評者對小說人物塑造方面的重視。

4 寫作技巧批評

對於《三教開迷歸正演義》的寫作技巧,評者亦有相當份量的評語,以爲小說寫作效果和風格特色之評價,可據此作爲全書價值的理解依據。

(1)「趣」評語的運用

「趣」爲評者對小說寫作的諧趣筆法,慣常運用的語詞。也是評者表明個人對於書中興趣之所在,是一種讚美稱許的推崇語氣。全書中的趣字運用,數量眾多,出現情況頻繁,有時同頁一連出現數個「趣」字,如頁1185以三個趣字,稱許書中描述靈明以奪魂法術懲戒吳義的筆法。有時將趣字變化運用,如頁332以兩個「妙趣」、一個「趣」稱許書中描寫吳繼旦人物的言行舉止;或者如頁470有「趣甚趣甚」之語的用法。總之,這是評者點出小說趣味之所在的用語,爲其觀察小說內容的文學欣賞角度,藉由趣字再三拈出其感言。

張曼娟指出容本《水滸傳》以「趣」作爲評點的重點:「所謂的『趣』,可理解由作品情趣而產生的藝術感染力。以趣論文,明代頗爲盛行,如小品文更以之爲境界的評定;而截斷眾流,提出『趣爲第一』,卻是容本的創舉。」文中將趣的意義擴大:「或是情節變化可喜;語言生動可聽;人物鮮活可愛,通過這些描寫,使作品充滿機智與幽默。」[註30]所以容本《水滸傳》所評定的趣,具相當廣泛的內涵。鄭光熙對容本《水滸傳》的「趣」,認爲「從容本評語中所有的『趣人』、『趣事』、『趣話』來看,其所謂『趣』,實際上就是指一些自然、通快的戲劇性的言行,故『趣』能引起讀者的興趣和快感,而且促進小說的生動感。」[註31]由此可知當時文人評

[註30] 張曼娟:《明清小說評點之研究》,(東吳大學中國文學研究所博士論文,民國79年5月),頁35。

[註31] 鄭光熙:《兩種水滸傳評點及其小說理論研究之一——以袁無涯本與容與堂本爲中

論小說時，常用趣字以爲小說書寫效果和特色之評議，所以《三教開迷歸正演義》的評者，無疑亦採用了此一慣常語詞以進行小說寫作技巧的批評。

（2）「畫」評語的運用

書中評語的「畫」、「入畫」、「如畫」、「畫出」等詞，爲評者讚美小說的生動眞實特色。如第五回以「入畫」（頁 77）評一段史動和辛放之間的對談描寫之生動性；第六回以「畫出」（頁 89）評妖狐色誘大儒的情節；第七回以「如畫」（頁 106）評蘭夛縱欲行樂的模樣；第九回以「畫」（頁 133）稱說眾迷魂蜂湧至渾元廟前的景象；第十回也有「畫」（頁 143）和「如畫」（頁 145）之評等等。透過此種評語的大量運用，顯示評者認爲描寫上的眞實感，屬小說藝術效果的絕佳表現，故在評語中不遺餘力的大肆推崇。當然，此種用語亦屬小說評點之常態：「容本評語關於畫工、化工的議論更多，很多眉批、夾批只用一個『畫』字，肯定描寫的生動性。」「『如活』、『如畫』，是金聖嘆評點《水滸傳》語言時，喜用的贊語，實則對小說語言準確性的要求。」〔註32〕所以畫字之點出，有助於小說眞實特色之突顯。

（3）「眞」評語的運用

評者藉由評語以強調書中的眞實成份，尚有第五回之「眞切」（頁 70），第六回之「逼眞」（頁 81），第七回之「眞切」（頁 99）、「眞事眞事」（頁 101）、「眞實情眞」（頁 104）之語，第八回之「寫眞」（頁 112）、「逼眞」（頁 117），第十回的「逼眞」（頁 142），第九十七回有「實理實情」之語等等，直接表明小說此處的眞實性，亦是對書中寫作技巧的讚許。

《水滸傳》的評語中，亦常運用「逼眞」之語：「諸如『史筆』、『逼眞』、『傳神』、『肖象』，都是對於作品的藝術描寫與生活眞實相符合的評價。袁本評語認爲，此是小說創作在眞實性方面所要追求的一種最高境界。」「容本很多評語中，重複強調『逼眞』、『傳神』、『肖物』等的藝術評價標準。」〔註33〕因此對於小說的眞實特色之點出，常以「逼眞」之語呈現。而第七回以「曾有如此眞賊」（頁 107）說明書中所描述的偷兒行徑，和第二十七回王處士猜測尼姑乃男子假扮的說法，評者指出乃「說出時事」（頁 396）之語，也都是評者對於小說眞實筆法之稱讚。

（4）「錦」評語的運用

心》，（政治大學中國文學研究所碩士論文，民國 80 年 6 月），頁 181。

〔註32〕張曼娟：《明清小說評點之研究》，（東吳大學中國文學研究所博士論文，民國 79 年 5 月），頁 28，頁 437。

〔註33〕鄭光熙：《兩種水滸傳評點及其小說理論研究之一——以袁無涯本與容與堂本爲中心》，（政治大學中國文學研究所碩士論文，民國 80 年 6 月），頁 139，頁 172。

評者對於小說繁複豐富的場面描寫，多用「錦」字加以批評，認爲這是作者寫作技巧之所在。如第七十二回眾鬼嫖妓的情節，眾鬼喧囂亂鬧的場面，評者稱之爲「花團錦簇」（頁1110），這種評語即對作者此段情節的編寫，給予肯定讚美，認爲具繁盛豐富的美感。第二十一回以「一篇凝錦」和「刺骨」說明脫空大王故事的精彩華麗、獨特絕佳的寫作技巧。又如第二十七回稱大儒開破宋朝美的一段謊話，乃「一段凝錦」（頁400）之語；以及第三十四回對綾錦迷和敝絮迷的一段對談，爲「一團綾錦文章」（頁512）之評，也都是評者針對作者華美富麗的描述技巧之稱許，讓小說的寫作效果和內容特色，藉由這些「錦」評語的運用，得以強調。

（4）其它評語的運用

針對小說創作技巧的評析，尙有第七回大儒得知桃夭被拐走，就大罵：「世間有這樣的備賴惡人！拐帶人家婦女犯將出來就該打死。」評者指出此爲「變幻手筆」（頁86），即是作者藉大儒之口，批評當世偷情歪風，而評者認爲這是作者特殊的變換手法，以幻爲眞的寫作用意。再則針對第二十七回描繪費心思秀士試圖做出可與王勃《滕王閣賦》媲美的《凌虛閣賦》，那種苦思勞想的模樣，乃「圖像手（法）」（頁403）。而同回中以「好穿插」（頁405）稱許作者在宋朝美苦戀俏尼的情節中，插入迷思一族的故事，屬於作者絕佳的寫作技巧。第二十五回書中先描述辛知求逃出遭監禁後的際遇見聞，再回頭寫貝戎發現辛知求不見了之後的反應和想法，對於此種倒敘手法，評者稱之爲「好回顧」，而且爲「體貼生動」的刻劃（頁370）。第三回針對書中的一段清客描述韻語，評爲「清客行樂圖」（頁38），指出此爲成功的韻語描繪手法。第七十四回認爲作者對喻閑家中的爭執場面描寫，爲「家常語，眼前景，鏡裡花，妙趣勃勃。」（頁1131）評者讚美書中此段場面刻畫，極爲平易生動，精彩有趣，頗有可看性。

而第二十九回評者指出大儒對「賤者貴，辱者榮」的解釋爲「不賭的人見了就貧賤人也憐憫，好賭的就是富貴人也憎嫌。」屬於作者「頂門針」（頁431）的技巧運用，表露評者對於小說技巧的關注態度。第三十六回對於大儒解說盛上舍沒義禮的一段議論，評者亦認爲此屬作者「一步進一步，一層深一層，妙妙」的高明技巧。認爲第九回的百迷花名冊，屬作者「名色精奇，意義深遠」（頁134）創意十足的名色編寫。

評者對於小說的寫作技巧之點出，上述這些評語，尙能與書中內容有所符合，足以呈現書中特色；但是仍有一些評語的運用，不甚理想，如寫第六十回大儒一行人途中遇雨，於一座古廟前躲雨。與另外兩位躲雨人談玄說理一番後，廟門開了，出來一位自稱眞空長老弟子的明時道人，恭請眾人入廟奉茶。此段故事評語爲：「活

像」「太史公鴻門宴筆」「生動」「眞道人只是從小旁門出」。「活像」和「生動」爲對作者描繪眾人形貌舉止的筆法稱許，而「太史公鴻門宴筆」的評語，則顯過於誇張而不實，明時道人請大儒們入內，並無不良居心，只是聽了眾人的談話，知道爲其師眞空長老的朋友，故出來恭請入廟，與鴻門宴的佈局鬥智毫無關係。當然評者此種評語的運用，雖未眞切符合小說故事，但也算是善盡標榜小說內容、抬高小說價值之責。由此可看出評點者的批評用語，爲求讚美稱許小說，有時難免誇張不實。

最後，再來觀看第三十八回，頁567所出現的「予豈好辨哉」這則評語。當辛知求認爲大儒們雖講道談玄，卻仍是「與人爭辯這些沒來由的瑣屑閑事」，此時評語出現「予豈好辨哉」之語。由此可推知，雖然《三教開迷歸正演義》的評點者署名爲朱之蕃，但此處似乎也透露出全書評語，或許並非全爲朱之蕃所評寫，可能有部分爲作者自書。

二、顧起鶴的〈三教開迷傳引〉

> 國家崇儒重道，治化蓁隆，未嘗以釋子黃冠範圍黎庶，然亦不廢而絕之，爲其有裨政不少。何者？今有挾邪罩懲以臯陶三尺，彼或巧避倖逃，不若以彌陀一句化。羽士能飛符號召雷霆，人有不畏轟劃而滌慮洗心者幾希，則釋道之格邪引善，信非誣矣！是傳開迷心、歸正路，欲以舉世盡歸王道之中，乃參三教而合一，立意其在茲耶！顧世之演義傳記頗多，如《三國》之智，《水滸》之俠，《西遊》之幻，皆足以省睡魔而廣智慮，然未有提撕警覺世道人心，如茲傳之刻切者。彼者姓名事蹟眞實者過半，就中生一派光明正大之規，彼其借事託名立義者十三，其間雜一段詼諧笑傲之趣，是傳又堪與《三國》諸傳記並美也。而不然曰：「規模狹隘，毛疵詈人。」予應之曰：「三綱五常，載滿帙中，克己復禮，時盈篇內。」予其信是傳不欺。

顧起鶴的引文內容在觀念上，與朱之蕃的敘文相比，在對佛道的態度上，呈現出較認同、較重視的思想，認爲佛道的宗教勸善功能，於社會大有助益；不似朱之蕃對於佛道全然無提及的漠視態度。而對於《三教開迷歸正演義》小說的觀點，與朱之蕃相同，以演義小說視之；甚至認爲《三國》、《水滸》、《西遊》三部小說都是「演義傳記」類型，雖具醒睡魔的娛樂作用，但與《三教開迷歸正演義》相比，則在警世教化方面有所不足。這種言談態度，張曼娟曾提及：「小說發展到明代，一般評論者多將史書與之相論，一方面蓄意提昇小說的地位；另一方面也確定了小說與

史傳承襲的因原。」〔註34〕如此看來，不論是顧起鶴或是朱之蕃，都是當世小說評論觀點的普遍反映。

此外，引文對於《三教開迷歸正演義》內容的分析，亦以眞實筆法和意義賦予作爲小說價值之首要關注，再提及此部小說書中的詼諧娛樂效果，認爲足以和《三國》等傳記媲美並稱。縱使書中有些單調刻板的內容，且批判評議的成份過濃，但是顧起鶴認爲小說三綱五倫、克己復禮的道理講述，足以彌平小說創作上的種種缺點。

由上述內容，可看出當世文士對於小說普遍有著觀念上的局限和偏頗，也免不了以儒者衛道崇理的立場看待小說創作，所以顧起鶴的引文和朱之蕃的敘文，在思想觀念上具有相當一致的多烘學究特性。當然，兩者對《三教開迷歸正演義》小說意義價值的極力推崇態度也是一樣的，善盡了寫敘爲引者的職責和本份。

由此節《三教開迷歸正演義》敘文、跋語、文中評點、和引文四方面的分析論述，可以看到最早的小說讀者、作者友人，對於此部小說十分讚許，給予高度評價。只是他們對於小說的認知觀點，局限在世教功能，視小說爲道德教化的媒介。不過，由這些讀者的評價文字中，亦可看到《三教開迷歸正演義》的價值之所在。

第四節　對於《東度記》等書的影響

藉由《三教開迷歸正演義》小說的神魔世情色彩分析，可知此書爲明代中末期各類型小說之融合，在故事題材和寫作手法上，皆能或多或少的反映了後世小說發展流變之特色，可說是眾體兼備，例如才子佳人小說、豔情淫穢小說、時事社會小說、炫學逞才小說等類型，可從《三教開迷歸正演義》書中略見一二，故此部小說可說是綜合當時小說發展的特色。

由於《三教開迷歸正演義》在明代時期的流傳時間和地區皆有限，除了三一教徒《金陵中一堂》的記載之外，留存下來的相關資料亦缺乏，故甚難推知其影響的層面。但藉由「清溪道人」之人名，亦可檢索出《三教開迷歸正演義》對《新編掃魅敦倫東度記》一書的影響。《東度記》〔註35〕是一部明代後期演繹達摩東度宣教

〔註34〕張曼娟：《明清小說評點之研究》，（東吳大學中國文學研究所博士論文，民國79年5月），頁23～24。

〔註35〕（明）清溪道人：《東度記》（上海：上海古籍出版社，《古本小說集成》影印北京大學圖書館藏清初刻本）書題爲《新編掃魅敦倫東度記》，又稱爲《續證道書東游記》，故可簡稱爲《東度記》和《東游記》。但因《東游記》之名，易與《四游記》中的《東

事跡的長篇小說，為明末作家方汝浩（號清溪道人）所著作的一部神魔小說。而《三教開迷歸正演義》作者潘鏡若在書前序文中，曾提到先父清溪道人之語，令人不禁懷疑兩者之間的關係？據王師三慶教授的判定，認為「《東度記》的作者因為不滿《三教開迷》的三教合一，於是杜撰出一部以佛理獨治群魔的小說，這等例子在歷朝有關的三教論衡資料中，時時可見，《老子化胡經》即是一例。」〔註36〕由兩書出版時間落差，和所指稱的「清溪道人」絕非同一人，從這兩種情形，可判定《東度記》受到《三教開迷歸正演義》的影響。縱使《東度記》的創作旨意和故事內容，與《三教開迷歸正演義》有很大的不同，但仍可看出《東度記》對《三教開迷歸正演義》的仿效與摹寫。

首先是人物角色的諧音取名和故事安排上，兩者相當雷同。《三教開迷歸正演義》在人物命名上，諧音命名和原字義命名是頗具特色的寫作構想，而《東度記》亦有第十八回卜公平（不公平）、卜垢（不垢）、卜淨（不淨），第七十回的金來（今來）、古往（僕人莫來）、仲孝義（重孝義），第七十七回有強梁、殷獨（陰毒）、吳仁（無仁）、穆義（無義），第八十二回的梁善（良善）、費思等相同的取名方式，只是在人名的運用上，《三教開迷歸正演義》是全面性的取用，而《東度記》則顯得較零散，時用時不用，或是運用得含混不清，不夠具體完整。

在故事安排上，兩書亦有相似之處，例如《東度記》第十八回因父親（卜公平）刻薄且太過伶俐，致使兒子（卜垢）渾沌愚昧，但受到高人指點後，即破愚為明；此段情節類似《三教開迷歸正演義》第三回中，辛放受到大儒點化，開破渾沌，轉成聰明。為士、為農、為商、為工四位兄弟，受到懶妖、惰怪、欺心怪的影響，成了懶惰相爭之人，第六十六回中的僧人以「你家原無妖怪，看來都是家鬼弄家神。」，此句「家鬼弄家神」的俗語運用，亦可見於《三教開迷歸正演義》第十回（頁140）。

對於人心邪思作亂世間的角色，如反目魔王、不遜邪魔、不悌邪魔，貪心病、嗔心病之痴病，和陶情、王陽、艾多、分心四種酒色財氣之邪魔，都是將人心弊病

游記》，即《東游記上洞八仙傳》五十六回互相混淆，因此現今多以《東度記》簡稱《新編掃魅敦倫東度記》一書。上海古籍出版社影印北京大學圖書館藏清初刻本而成《古本小說集成》之《東度記》，唐華以此為底本，改正其中的錯別字和詞句誤置之處而成《十大古典神怪小說叢書》之《東度記》。國家圖書館亦曾代管北平圖書館藏《新編東度記》之清初刊本。本文即以此清初刊本為研究對象，而文中引用的書籍為上海古籍出版社的影印本和唐華標點本。另外，《東度記》的明崇禎八年乙亥金閶萬卷樓刊本，原書今藏於日本日光慈眼堂。

〔註36〕王師三慶教授：〈《三教開迷歸正演義》讀後〉，《1993年中國古代小說國際研討會論文集》，（北京：開明出版社，1996年7月），頁249。

描寫成邪魔形象，再以其迷惑人心的情形編寫故事，一如《三教開迷歸正演義》書中的百迷角色，強調人心之迷是世間弊端之根源，藉以警惕世人。由此可看出兩書作者的象徵手法之運用，齊裕焜認為《東度記》的象徵藝術極富特色，指出書中的妖魔形象具象徵意義，而情節的象徵意義亦不少〔註37〕。陳大康則更進一步的指出《三教開迷歸正演義》對於迷角色的象徵手法之運用，對於《東度記》的創作極具影響〔註38〕。由上述分析中，可清楚看到《三教開迷歸正演義》對於《東度記》一書的影響程度。

至於《三教開迷歸正演義》對於方汝浩另外兩本著作的影響程度則較輕。《禪真逸史》以「替天行道」「除暴安民」為創作主旨；《禪真後史》以「拯世救民」為寫作要點〔註39〕，此點與《三教開迷歸正演義》的「破迷返正」主旨如出一轍，皆以治世濟民為小說創作的首要目的。另外《禪真逸史》和《禪真後史》都有作者既想遁世修道，又希望建立功業、光宗耀祖，對於兩者的概括周全之意圖，和矛盾衝突之結果，在書中表露無遺，而《三教開迷歸正演義》亦是如此，希望兼顧超脫和入俗這兩項特點。再則兩書在書名上雖然標寫著「禪真」之佛道意，但滿篇皆是毀佛斥禪的思想，對於道教亦不乏批判言論，有著強烈的儒者本位態度，此點亦與《三教開迷歸正演義》相似，表面上推崇三教合一，實際上仍對儒家多所偏袒，明顯地重儒輕釋道。而三書皆有主要人物描寫單調乏味、塑造公式機械的缺點，對於次要角色則能編撰生動而鮮活。當然以上情況，也可說是當世小說寫作之共同傾向，並非絕對地前者影響後者的結果，但從方汝浩寫作《東度記》時，深受《三教開迷歸正演義》影響的情形看來，同一位作者所創作的其它小說，其寫作心態和理念應該是相同的，也應該會影響到小說作品的思想內容，所以二書也可說是受到《三教開迷歸正演義》的影響。

再看清代夏敬渠的《野叟曝言》，此書的創作動機和言談論點，皆與《三教開迷歸正演義》的寫作主旨和思想觀點相似。據王瓊玲整理《野叟曝言》的創作動機為：1、功名失意，著《野叟曝言》以明志；2、際遇不凡，博學多通，藉《野叟曝言》以記錄生平、炫才耀學；3、著作雖富，無一能刊刻，故摘錄於《野叟曝言》中，冀其隨小說之傳鈔而得以流傳；4、補償現實人生缺憾、滿足個人身心幻想〔註40〕。

〔註37〕齊裕焜：《明代小說史》，（杭州：浙江古籍出版社，1997年6月），頁343～344。
〔註38〕陳大康：《明代小說史》，（上海：文藝出版社，2000年10月），頁428。
〔註39〕安平秋、章培恒：《中國禁書大觀》，（上海：文化出版社，1991年4月），頁556，頁557。
〔註40〕王瓊玲：《清代四大才學小說》，（台北：台灣商務印書館，民國86年7月），頁68

這幾項內容特點皆可在《三教開迷歸正演義》書中找到相同或相類似的成份，只是
《三教開迷歸正演義》的描寫色彩或是程度較少，而《野叟曝言》則是極力鋪寫、
盡情發揮這些特點。

對於小說的泄憤成份，兩書皆可見到作者將個人於現實世界中的不順際遇，藉
由小說人物的經歷事蹟，得到滿足和發抒，《野叟曝言》的文素臣，在書中為天下第
一等人物，才貌俱佳、智勇雙全、文武兼備，雖一度科舉考場失意，但終能美妾圍
繞、功勳顯赫、子孫榮顯、成就大事；這就是一生困蹇、寂寥失意的夏敬渠之理想
投射。《三教開迷歸正演義》的潘鏡若亦是如此，本身的功名未就，默默無名，在小
說中搖身一變成一位武解元，神彩奕奕、相貌不凡，讓觀者無不賞識贊歎。

至於作者藉小說以誇炫個人才學見識方面，在兩部小說中隨處可見作者賣弄詩
才、發表學識素養的長篇內容：《野叟曝言》多談醫理兵法、天文曆算等學問，對於
寫詩的理論和創作，亦多見發揮；《三教開迷歸正演義》在論人類起源、士人出處、
家庭和睦、富貴貧賤之理方面，亦多所評議。兩書比較起來，潘鏡若的才學，明顯
地不如夏敬渠，後者有較深入完整的學識陳述，而前者的談論則較概念性，這或許
與兩人學養背景有關，至少夏敬渠的身世資料和著作尚足以考察研究，而潘鏡若的
背景資料則無從追索，僅知其軍籍出身的背景概況。當然這也是因為明代的《三教
開迷歸正演義》平民色彩較為濃厚，屬於針對一般社會大眾的通俗性質小說，這就
使得其論述道理的內容，以平民百姓所能理解的論點和觀念進行說明，因此較為淺
白俚俗。而清代的《野叟曝言》則屬文人色彩較為濃厚的小說，以高深哲理、豐富
學識之賣弄，為小說言談內容的重心，因此全書所表現出來的華麗色彩、充實內容，
已漸失通俗小說的平實特色，轉為炫學逞才型的文人小說。

此外，《野叟曝言》以「崇正闢邪」〔註41〕傳達儒家信念，《三教開迷歸正演義》
以「開迷歸正」說明儒者立場；兩書對於當世官吏貪贓枉法、世人荒淫縱欲等等社
會問題及世間敝病，假人物之口以譏諷批判，在書中大肆議論地痛下針貶，以盡小
說道德教化的訓示功能。其強烈的使命感，即屬傳統儒家思想，因此兩書有著相當
雷同的思想風格和寫作特色。

從上述舉說四部小說的內容分析中，除《東度記》一書可明顯確切的解析出與
《三教開迷歸正演義》之傳承關係，得到《東度記》受到《三教開迷歸正演義》影
響的結論；其餘三部小說，都僅能從與《三教開迷歸正演義》有相同創作理念、或

〔註41〕王瓊玲：《清代四大才學小說》，（台北：台灣商務印書館，民國 86 年 7 月），頁 116
　　　～148，「展現『崇正闢邪』之理念」單元。

是相似的故事題材等相關性議題中，連繫出彼此之間的關係。嚴格說來，很難判定受到《三教開迷歸正演義》的影響。但因這三部小說刊行問世的時間，較《三教開迷歸正演義》為晚，足可代表當時小說寫作的普遍傾向，亦可稱之為受到時代較早前的《三教開迷歸正演義》或多或少影響，因此仍置於此單元中討論說明之。

第八章　結　論

　　《三教開迷歸正演義》小說撰寫於佛道儒極度融合的時代。在佛教方面，因度牒頒發和僧官教派的分屬問題，使得佛教呈現極速膨脹又極度整合的發展傾向，而禪宗在歷經發展上的衰微和興盛階段之後，修正成爲兼具各家思想、會聚各派精華的局面。因此明代佛教的發展特色即爲庶民世俗化和禪教統一、融歸淨土兩項。在道教方面，也因受到政權統治者、道教內部人士、以及民間信仰三重因素的影響，呈現了世俗化和融合化的發展特色，並且形成正一道與全眞道兩者勢力互爲消漲的現象。至於儒家方面，程朱理學獲得官學一統的明確地位，王學流派則隨著演變歷程上的幾番分化匯整，而漸形成熟壯大。當時的儒者對於佛禪和道教皆有普遍汲取援引的傾向，故而形成明代思潮的三教合一特色。在民間祕密宗教方面，雖然教團組織上有著極複雜的分合類屬問題，但其教義理念上，卻有相同的三教合一主張，形成民間祕密宗教的一種共同特色。所以明代的佛、道、儒、民間祕密宗教，思想上皆具三教匯同融合的傾向，而在此思想背景下，《三教開迷歸正演義》小說的創作，恰是反映了三教合一思潮的特色。

　　明中葉自《西遊記》與《金瓶梅》出現後，影響了以神魔小說和世情小說等長篇小說發展的主流。又吸收講史小說的編輯方式，使神魔小說在政治、社會、經濟、學術風氣等外緣因素，和小說文體本身發展的內緣因素等之雙重影響下，形成既具援引史事和襲用素材之形式，又有宗教宣揚和虛實交融之內容。而世情小說則在作者立意創新的理念下，朝向現實人性、赤裸人心之揭露寫作，投合當世民情對於閱讀文本之需求傾向，有著形式上傾向市井小民和情欲渲染之寫作特色，以及內容上重視商業逐利和宗教現實面貌的刻劃描繪

　　因爲《三教開迷歸正演義》書中的故事相當繁多，情節內容亦錯綜複雜，但是若將情節條理解析，不外分成兩條主線情節：即開迷主線情節和妖狐主線情節，藉

此勾勒出全書的故事輪廓。書前序言中所謂的「塵情萬種，觸境皆迷。」即為作者看待世事人情的觀點，也為是書故事之源起。因為人心易受迷惑、人性普遍具有弱點，故世間之迷無所不在，隨處可見；另一方面，自然界的妖魔精怪，又會隨著人心遭迷而入侵作祟，以致人間亂象紛陳、社會弊病叢生。為解決百迷群妖肆虐的社會亂象，作者採取當時流行的三教合一思想，作為全書說理立論的基礎，成為主角人物組合模式的原由，以三教同盟、三教同理的創作觀點，進行社會現象的整體檢驗與全面評論，期能發揮教化社會的小說功能，賦予小說積極正面的價值。書中以百迷概念構思，塑造出數量龐大的群迷角色，運用兩種開迷模式進行全書的主體故事，成為小說的開迷主線情節。在妖狐主線情節部分，以四組妖狐角色的形象刻劃，和圍繞在妖狐身上所發生的大大小小故事，構成諧趣熱鬧的精彩情節和教化意義，具有十足的警世作用。另外，作者在創作時所取用的素材，經過仔細分析和比對，可以探查出作者在古書成語典故、唐傳奇、筆記、小說、民間說唱故事、民間傳說和民間笑話方面，選取了相當多的故事題材，以為小說篇幅的增添手法。這些駁雜素材的大量運用，一方面提升了作品的文學內涵，另一方面也為小說閱讀娛樂效果增色。

對於《三教開迷歸正演義》人物和語言運用方面的分析，可知作者是以人物命名方式、角色出場安排、人物群像塑造、真實人物描摹，作為其個人創作理念的表述手法，運用小說人物以為世情現象之批判，並以此作為理想人格的化身。而其語言運用方面，以韻語、議論、戲言三種方式，表現出作者文以載道的著述態度，藉此以營造小說的意義和價值，也成為個人炫才逞能的手法。書中數量龐大的詩詞吟詠，屬作者自認為「俗中藏妙」的韻語運用，希望讀者不要以寫作技巧的工拙與否加以論斷，而能從意義角度看待這些詩詞作品。在議論和戲言運用方面，也是相同用意下的寫作手法，因此作者往往以語言運用進行著道理之闡釋。

以分析《三教開迷歸正演義》的思想內容，作為小說整體概念之全面檢視，來了解作者創作時的思考模式。從道學觀點、社會價值、宗教意識、政治態度四方面的探討，可知作者以傳統守舊的思想，面對著大環境的劇烈變遷，多以撥亂返正的企圖心，批判著社會時代的亂象弊病，但在書中也反映出不少的社會面貌，因此呈現出相當程度的現實真相。

至於林兆恩與小說之間的關係，真實世界中的林兆恩，因其儒者本位主義和宗教信念的雙重因素下，發展出獨具特色的三教觀點與合一詮釋，並且形成一套具體可行的實踐步驟。而小說中的林兆恩人物和三教合一理念，僅屬名目上的形式尊崇和援引，並未有符合真實記載的事蹟鋪寫，和真正的思想精神之呈現，純為概念和

表象手法之運用。因三教合一爲明代各界人士普遍存有的思想觀念，而林兆恩以儒者身份高倡三教合一，又領導著一個漸成氣候的團體組織，深受世人所矚目。因此作者將林兆恩塑造成全書的靈魂關鍵人物，爲小說安上一個耀眼的光環。只是從書中對於三一教絕口不提，也對林兆恩的教主身份絲毫不見提及，可以看到作者明顯的不爲宣揚三一教教義而著述的立場，只是假林兆恩之名，行敷衍小說之實，所以才有天啓七年三一教教徒們之燬禁《三教開迷歸正演義》行爲。

　　《三教開迷歸正演義》的價值，來自於此書反映了當世小說發展的普遍趨勢，即是神魔小說和世情小說的融合風潮。而處於這股神魔世情小說流風下的《三教開迷歸正演義》，在鬥法場面、神明角色、奇幻虛構方面，都沾染上神魔小說的色彩，甚至出現不少援引《西遊記》的故事情節；另外在人物描寫、情色敘述、社會寫照方面，亦符合世情小說在形式和內容上的特色。由此可知《三教開迷歸正演義》正爲當世小說風尚之呈現。而小說對於明代性文化的眞實反映，亦屬此書價值之所在，足以表現出當世社會文化的片段面貌。而朱之蕃和顧起鶴的小說評論，代表著當時某一階層、某些儒者的小說觀；而兩人的推崇褒揚之語，也爲《三教開迷歸正演義》一書的價值增添不少份量。

　　從對《三教開迷歸正演義》小說的研究分析中，不難察覺到當世小說作者的一種普遍之創作心態，往往有著教化意義和賦予小說價值的自我期許。但是小說文本企圖承載著哲理意義時，往往有著融入兼併的困難度。如何讓讀者藉著輕鬆娛樂的閱讀文本，傳達出深遠沉重的道理訓示，端賴作者的創思構想和寫作手法，彌平二者的懸殊差異，以達高妙超絕的圓融結果。

　　《西遊記》借佛教玄奘西天取經過程中的危難經歷，以組織龐大的故事情節，而書中第九十九回所羅列的八十難名單，可以從小說的重要情節中，一一找到回應符合的部分〔註1〕，此屬作者對於全書故事之總結。反觀《三教開迷歸正演義》書中的開迷故事，一如《西遊記》的八十一難，亦是借由重重難關的克服，歷經千辛萬苦的遊歷，以完成肩負的使命和終極目的。所以此種主線情節安排，誠屬全書佈局上的巧思佳構。但作者在書中所列出的百迷迷名花冊名單，不僅未能全數出現，且又出現相當多不符合百迷名單的迷名別稱，以及另行編造出一七一個迷名，使得全書最主要的創作構思，有著未能回應最初構想之散漫感。由此可見《三教開迷歸正演義》與《西遊記》兩書之間的懸殊差異，以及作者寫作功力的天壤之別。

〔註1〕楊昌年老師：《古典小說名著析評》，（台北：五南圖書出版有限公司，民國83年5月），頁164～170，將八十一難以表列方式，把篇末所列的災難次序、名稱、添註所屬回目，簡述內容，交代創作意義，十分清楚，可以作爲研究八十一難的依據。

　　此外，《西遊記》以合情合理的細膩刻劃、詳實的情節說明方式，編寫出一個個想像虛幻的奇異故事，讓奇幻色彩深植於眞實氛圍的根基上，產生閱讀上的趣味感和說服力。而《三教開迷歸正演義》則不然，敘述妖狐故事過於簡單，刻劃開迷事件過於省略，題材取用過於直接，以致幻奇虛構部分缺乏具說服力的立足點，使得虛實筆法結合時的效果不彰。

　　而《三教開迷歸正演義》作者以諧音、原字義、拆字的人物命名方式，讓數量過於龐大的人物群，有著一目瞭然的立即標示作用；當人物名字成爲人物角色的鮮明表徵，既可免去人物背景的解說麻煩，又讓讀者藉由人物名字對人物產生深刻的印象。因此書中眾多角色的人物取名，誠屬作者創意十足的寫作手法。四位眞實人物置入書中，亦是作者的特殊創作構想，尤其是作者化身成書中的人物角色之一，成爲書中故事的眞實興味，爲相當創新的寫作手法。只是作者未曾塑造出如《西遊記》中的孫悟空，或如《金瓶梅》中的潘金蓮，這般生動鮮活的典型人物，爲後世所稱頌和讚歎；《三教開迷歸正演義》書中的人物角色，只是一些簡單的平面人物，連宗大儒、靈明和寶光三位主角，作者亦未曾給予較詳實深入的人物心理、個性及形象塑造，難免令人閱讀之後，無法對於人物產生深刻的印象。

　　另外，作者在全書中表現出太過道貌岸然的寫作立場，以及過度沉重教化的社會使命感，不如嘻笑辱罵以針貶世情弊端的《西遊記》，在一派詼諧幽默的風格中，產生發人省思的寓意內涵，受人讚歎。

　　總之，《三教開迷歸正演義》產生於明代神魔世情小說盛行的年代，兼有兩者風格融合之特色。其思想內涵既屬明代三教合一思潮的反映，又將當世倡導三教合一思想不遺餘力的林兆恩人物編寫入小說中，成爲貫串全書的精神象徵。可見此書在文學上和思想的雙重意義。所以雖然此部小說在組織故事、鋪陳情節上有不少的漏失和弊端，寫作技法亦無法達到完善高妙的地步，但全書創意巧思不斷、見解發論獨到、文字敘述也具相當程度的文筆功力，不失爲當世一部重要的小說著作。只是在明代大量編撰刊行小說的行列中，如無垠星河中的一顆星子，難以突顯其光芒，被埋沒在眾多出版品之中，再加上天啓七年的焚燬書板事件，就使得此書絕跡於中土，但《三教開迷歸正演義》在文學史和思想史上，仍有一定之價值及地位。

參考書目

書籍部分

1. 《左傳》,《十三經注釋》,(台北:藝文印書館,民國 78 年 1 月)。
2. 《正統道藏》,(台北:新文豐出版公司,1997 年 3 月)。
3. 《列子》,《四部備要‧子部》21,(上海:中華書局據守山閣本校刊,民國 16 ～24 年)。
4. 《卍續藏經》,(台北:中國佛教會影印卍續藏經委員會印行,民國 57 年)。
5. 《孟子》,《十三經注疏》,(台北:藝文印書館,民國 78 年 1 月)。
6. 《宛署雜記》,稀見《中國地方志匯刊》,(江蘇:中國科學院圖書館選編,1992 年 12 月)。
7. 《明人傳記資料索引》,(國立中央圖書館編印,民國 76 年 1 月)。
8. 《明代小說輯刊》,(四川巴蜀書社,1993 年 12 月)。
9. 《明史研究論叢》第一輯,(台北:大立出版社,民國 71 年 6 月)。
10. 《明版嘉興大藏經》,(台北:新文豐出版公司,民國 76 年)。
11. 《明清史料乙編》,中央研究院歷史語言研究所編,(台北:維新書局,民國 24 年起)。
12. 《明清笑話十種》,(西安:三秦出版社,1998 年 9 月)。
13. 《明實錄》,(中央研究院歷史語言研究所校印本,民國 53 年)。
14. 《晉書》,(台北:鼎文書局,民國 69 年)。
15. 《筆記小說大觀》,(台北:新興書局,民國 49 年)。
16. 于化民,《明中晚期理學的對峙與合流》,(台北:文津出版社,民國 82 年)。
17. 中村元,《中國佛教發展史》,(台北:天華出版社,民國 73 年 5 月)。
18. 文史知識編輯部編,《儒佛道與傳統文化》,(北京:中華書局,1995 年 4 月)。

19. 牛建強，《明代人口流動與社會變遷》，（開封：河南大學出版社，1997 年 3 月）。

20. 牛建強，《明代中後期社會變遷研究》，（台北：文津出版社，民國 86 年 8 月）。

21. 王月清，《中國佛教倫理研究》，（南京大學出版社，2000 年 5 月）。

22. 王兆祥，《白蓮教探奧》，（陝西：人民教育出版社，1993 年 2 月）。

23. 王見川，《從摩尼教到明教》，（台北：新文豐出版公司，民國 81 年）。

24. 王見川、林萬博主編，《明清民間宗教經卷文獻》，（台北：新文豐出版公司，民國 88 年 3 月）。

25. 王忠林、邱燮友等，《中國文學史初稿》，（台北：福記文化圖書有限公司，民國 74 年 5 月）。

26. 王煜，《明清思想家論集》，（台北：聯經出版社，民國 81 年 4 月）。

27. 王爾敏，《明清社會文化生態》，（台北：台灣商務書局，民國 86 年 7 月）。

28. 王興業，《明代行政管理制度》，（鄭州：中州古籍出版社，1999 年 7 月）。

29. 王瓊玲，《清代四大才學小說》，（台北：台灣商務印書館，民國 86 年 7 月）。

30. 石麟，《章回小說通論》，（河南：中州古籍出版社，2000 年 4 月）。

31. 任繼愈，《中國道教史》，（台北：桂冠圖書公司，民國 87 年 3 月）。

32. 任繼愈，《佛教史》，（北京中國社會科學出版社，1991 年 12 月）。

33. 向楷，《世情小說史》，（杭州：浙江古籍出版社，1998 年 12 月）。

34. 宇井伯壽，《中國佛教史》，（台北：協志工業叢書出版股份有限公司，民國 59 年 6 月）。

35. 安平秋、章培恒，《中國禁書大觀》，（上海：文化出版社，1991 年 4 月）。

36. 江燦騰，《晚明佛教叢林改革與佛學諍辯之研究》，（台北：新文豐出版有限公司，民國 79 年 12 月）。

37. 余英時，《士與中國文化》，（上海：人民出版社，1987 年）。

38. 呂建福，《中國密教史》，（北京中國社會科學出版社，1995 年 8 月）。

39. （宋）李昉，《太平廣記》，（台北：文史哲出版社，民國 76 年 5 月）。

40. （宋）周密，《癸辛雜識》續集下，《中華古籍叢刊》第二十四冊，（台北：大西洋圖書公司，民國 57 年）。

41. （宋）蘇軾，《東坡七集》，《四部備要‧集部》45，（上海：中華書局，民國 16～24 年）。

42. 李毓芙，《成語典故文選》，（濟南：山東教育出版社，1997 年 10 月）。

43. 李壽菊，《狐仙信仰與狐狸精故事》，（台北：台灣學生書局，民國 84 年 10 月）。

44. 李滌生，《荀子集釋》，（台北：台灣學生書局，民國 68 年 2 月）。

45. 李養正，《道教經史論稿》，（北京：華夏出版社，1995 年 11 月）。

46. 李曉、愛萍主編，《明清笑話十種》，（西安：三秦出版社，1998 年 9 月）。

47. 李豐楙，《許遜與薩守堅》，（台北：台灣學生書局，民國 86 年 3 月）。

48. 杜維沫、劉輝編，《金瓶梅研究集》，（濟南：齊魯書社，1988 年 1 月）。

49. 杜繼文 魏道儒，《中國禪宗通史》，（江蘇：江蘇古籍出版社，1995 年 2 月）。

50. 周中明，《金瓶梅藝術論》，（台北：貫雅文化事業有限公司，民國 79 年 8 月）。

51. 周志文，《晚明學術與知識分子論叢》，（台北：大安出版社，民國 88 年 3 月）。

52. 忽滑谷快天，《中國禪學思想史》，（上海：上海古籍出版社，1994 年 5 月）。

53. （明）林兆恩，《林子三教正宗統論》，明萬曆原刊本三十六冊。

54. （明）林兆恩，《林子全集》，《四庫全書存目叢書》，（台南縣莊嚴文化出版社，民國 74 年）。

55. （明）方汝浩，《掃魅敦倫東度記》，（上海：上海古籍出版社，1997 年 6 月）。

56. （明）王守仁，《王文成全集》，《景印摛藻堂四庫全書薈要・別集部》415，（台北：世界書局，民國 75 年）。

57. （明）王畿，《龍谿王先生全集》，明萬曆乙卯山陰張汝霖校刊本。

58. （明）吳訥等，《文體序說三種》，（台北：大安出版社，民國 87 年 6 月）。

59. （明）宋濂，《宋文憲公全集》，《四部備要・集部》72，（上海：中華書局據殿榮校刻足本校刊，民國 16～24 年）。

60. （明）李東陽，《大明會典》，（台北：文海出版社，民國 75 年）。

61. （明）李贄，《焚書》，（北京：中華書局，1975 年 1 月）。

62. （明）沈國元，《兩朝從信錄》，明崇禎間原刊本。

63. （明）沈德符，《敝帚齋剩語》，《歷代筆記小說集成》37，明代筆記小說 6，（河北教育出版社，1995 年 11 月）。

64. （明）沈德符，《萬曆野獲編・補遺》，《元明史料筆記叢刊》，（北京：中華書局，1997 年 11 月）。

65. （明）沈德符，《萬曆野獲編》，《元明史料筆記叢刊》，（北京：中華書局，1997 年 11 月）。

66. （明）高攀龍，《高子遺書》十二卷，《景印文淵閣四庫全書》第一二九二冊，（台北：台灣商務書局，民國 72 年）。

67. （明）張宇初，《峴泉集》，《四庫全書珍本》五集第三〇〇冊，（台北：台灣商務書局，民國 63 年）。

68. （明）張廷玉，《明史》，仁壽本二十六史，（成文出版有限公司，據東海徐氏退耕堂刊本影印）。

69. （明）張岱，《陶庵夢憶》，《宋明清小品文集》輯注 1，（上海：遠東出版社，1996 年 11 月）。

70. （明）張應俞，《杜騙新書》，《古本小說集成》，（上海：上海古籍出版社，1993 年）。

80. （明）張瀚，《松窗夢語》，《元明史料筆記叢刊》，（北京：中華書局，1997 年 11 月）。

81. （明）陳子龍等選輯，《明經世文編》，（北京：中華書局，1997 年 6 月）。

82. （明）陳獻章，《白沙子全集》，（河洛圖書出版社，民國 63 年 9 月）。

83. （明）陸容，《菽園雜記》，（北京：中華書局，1997 年 12 月）。

84. （明）陸粲，《庚巳編》，（北京：中華書局，1997 年 11 月）。

85. （明）黃宗羲，《黃宗羲全集》，（台北：里仁書局，民國 76 年 4 月）。

86. （明）葉盛，《水東日記》，《元明史料筆記叢刊》，（北京：中華書局，1997 年 12 月）。

87. （明）葛寅亮，《金陵梵刹志》五十三卷，《四庫全書存目叢書・史部・地理類》第二四四冊，（台南：莊嚴文化事業有限公司，民國 85 年）。

88. （明）鄧志謨，《飛劍記》，《明代小說輯刊》第一輯，（四川巴蜀書社，1993 年 12 月）。

89. （明）憨山德清，《憨山老人夢遊全集》，清光緒五年，江北刻經處刊本。

90. （明）薛瑄，《讀書錄》，（山西：人民出版社，1990 年 8 月）。

91. （明）謝肇淛，《五雜俎》，明末刊本。

92. （明）藕益智旭，《靈峰宗論》，清光緒元年江北刻經處刊本。

93. （明）顧祖訓原編、吳承恩增補，《狀元圖考》，明代傳記叢刊，（台北：明文書局，民國 80 年）。

94. （明）顧起元，《客座贅語》，（北京：中華書局，1997 年 8 月）。

95. （明）顧起元，《嬾眞草堂集》（六），《明人文集叢刊》二十九明萬曆四十六年刊，（台北：文海書局，民國 59 年）。

96. 林仁川、徐曉望，《明末清初中西文化衝突》，（上海：華東師範大學出版社，1999 年 10 月）。

97. 林安梧，《中國宗教與意義治療》，（台北：明文書局，民國 85 年 4 月）。

98. 林辰，《神怪小說史》，（杭州：浙江古籍出版社，1998 年 12 月）。

99. 林辰，《神怪小說史話》，（瀋陽：遼寧教育出版社，1993 年 9 月）。

100. 林悟殊，《摩尼教及其東漸》，（台北：淑馨出版社，民國 86 年）。

101. 林國平，《林兆恩與三一教》，（福州：福建人民出版社，1992 年 2 月）。

102. 金鍵人，《小說結構美學》，（台北：木鐸出版社，民國 77 年 9 月）。

103. 長谷部幽蹊，《明清佛教史研究序說》，（台北：新文豐出版公司，民國 68 年）。

104. 侯外廬，《宋明理學史》，（北京：人民出版社，1997 年 10 月）。

105. 南朝（宋）劉義慶，《世說新語》，（台北：三民書局，民國 85 年 8 月）。

106. 柳存仁，《和風堂新文集》，（台北：新文豐出版公司，民國 86 年）。

107. 柳存仁，《和風堂讀書記》，（香港：龍門書局，1977 年）。

108. 洪修平，《中國禪學思想史》，（台北：文津出版社，民國 83 年 4 月）。

109. 胡士瑩，《話本小說概論》，（北京：中華書局，1982 年 7 月）。

110. 卿希泰、唐大潮，《道教史》，（北京中國社會科學出版社，1994 年 12 月）。

111. 卿希泰主編，《道教與中國傳統文化》，（福州：福建人民出版社，1990 年 9 月）。

112. 孫琴安，《中國性文學史》，（台北：桂冠圖書公司，民國 84 年 5 月）。

113. 孫楷第，《中國通俗小說書目》，（台北：木鐸出版社，民國 72 年 7 月）。

114. 孫遜，《中國古代小說與宗教》，（上海：復旦大學出版社，2000 年 7 月）。

115. 孫遜、孫菊園，《中國古典小說美學資料匯粹》，（台北：大安出版社，民國 80 年 1 月）。

116. 徐志平，《晚明話本小說石點頭研究》，（台北：台灣學生書局，民國 80 年 1 月）。

117. 徐曉望，《福建民間信仰源流》，（福州：福建教育出版社，1993）年。

118. （晉）干寶，《搜神記》，（台北：木鐸出版社，民國 74 年 7 月）。

119. （晉）葛洪，《抱朴子內篇校釋》，（北京：中華書局，1994 年）。

120. 高佩羅，《中國古代房內考》，（台北：桂冠圖書公司，民國 80 年 11 月）。

121. 康來新，《晚清小說理論研究》，（台北：大安出版社，民國 88 年 11 月）。

122. 康來新，《發跡變泰——宋人小說學論稿》，（台北：大安出版社，民國 85 年 12 月）。

123. 張建仁，《明代教育管理制度研究》，（台北：文津出版社，民國 82 年 5 月）。

124. 張曼濤，《中國佛教的特質與宗派》，（台北：大乘文化出版社，民國 76 年 5 月）。

125. 張曼濤，《明清佛教史篇》，（台北：大乘文化出版社，民國 66 年 11 月）。

126. （清）英廉，《日下舊聞考》，《烏石文庫》124，清乾隆年間武英殿刊本。

127. （清）陳作霖，《金陵通傳》，《中國方志叢書·華中地方 38·江蘇省》，清光緒三十年刊本，（台北：成文出版社，民國 59 年）。

128. （清）陶珽，《續說郭》，《四部集·要子部》，（台北：新興書局，民國 53 年 6 月）。

129. （清）黃宗羲，《明夷待訪錄》，《萬有文庫薈要》，（台北：台灣商務印書館，民國 54 年 8 月）。

130. （清）楊沂孫，三陶先生合刊，《明通鑒》，清光緒六年。

131. （清）顧炎武，《日知錄》，《萬有文庫薈要》，（台北：台灣商務印書館，民國 54 年 8 月）。

132. 莊吉發，《薩滿信仰的歷史考察》，（台北：文史哲出版社，民國 85 年）。

133. 郭朋，《中國佛教史》，（台北：文津出版社，民國 82 年）。

134. 郭朋，《明清佛教》，（福州：福建人民出版社，1985 年）。

135. 陳大康，《明代小說史》，（上海：文藝出版社，2000 年 10 月）。

136. 陳東有，《金瓶梅文化研究》，（台北：貫雅文化事業有限公司，民國 81 年 11 月）。

137. 陳垣，《明季滇黔佛教考》，（北京：中華書局，1989 年 4 月）。

138. 陳炳良，《形式，心理，反應，中國文學新詮》，（台北：台灣商務書局，民國 87 年 1 月）。

139. 陳美林等，《章回小說史》，（杭州：浙江古籍出版社，1998 年 12 月）。

140. 陳鼓應，《老子今註今釋及評介》，（台北：台灣商務印書館，民國 75 年 10 月）。

141. 陳慶浩、王秋桂主編，《思無邪匯寶》，法國國家科學研究中心、（台灣：大英百科股份有限公司合作出版，民國 86 年 12 月）。

142. 鹿憶鹿，《馮夢龍所輯民歌研究》，（台北：學海出版社，民國 75 年 6 月）。

143. 傅惠生，《宋明之際的社會心理與小說》，（北京：東方出版社，1997 年 10 月）。

144. 喻松青，《民間祕密宗教經卷研究》，（台北：聯經出版社，民國 83 年 9 月）。

145. 喻松青，《明清白蓮教研究》，（成都：四川人民出版社，1987 年 4 月）。

146. 湯一介主編，《中國宗教：過去與現在》，（台北：淑馨出版社，民國 83 年 6 月）。

147. 黃霖、王國安編，《日本研究金瓶梅論文集》，（濟南：齊魯書社，1989 年 10 月）。

148. 楊昌年，《古典小說名著析評》，（台北：五南圖書出版有限公司，民國 83 年 5 月）。

149. 楊國楨、陳支平，《明史新編》，（台北：昭明出版社，1999 年 9 月）。

150. 楊惠南，《禪史與禪思》，（台北：東大圖書有限公司，民國 84 年 4 月）。

151. 葛榮晉，《中國哲學範疇導論》，（台北：萬卷樓圖書有限公司，民國 82 年 4 月）。

152. 賈文仁，《古典小說大觀園》，（台北：丹青出版社，民國 72 年）。

153. （漢）司馬遷，《史記》，藝文印書館據清乾隆武英殿刊本景印，（台北：台灣開明書局，民國 51 年）。

154. 蒲慕州，《追尋一己之福——中國古代的信仰世界》，（台北：允晨文化出版社，民國 84 年）。

155. 齊裕焜，《明代小說史》，（杭州：浙江古籍出版社，1997 年 6 月）。

156. 齊裕焜、陳惠琴，《劍與鏡》，（台北：文津出版社，民國 84 年 9 月）。

157. 劉仲宇，《中國道教文化透視》，（上海：學林出版社，1990 年 3 月）。

158. 劉枝萬，《中國民間信仰論集》，（中央研究院民族學研究所專刊之二十二，民國 63 年）。

159. 劉國梁，《道教精萃》，（吉林：文史出版社，1991 年 1 月）。

160. 劉達臨，《中國古代性文化》，（銀川：寧夏人民出版社，1993 年）。

161. 劉精誠，《中國道教史》，（台北：文津出版社，民國 82 年 7 月）。

162. 劉毅中編,《神怪情俠的藝術世界》,(北京:中共中央黨校出版社,1994 年 1 月)。

163. 劉蔭柏,《西遊記發微》,(台北:文津出版社,民國 84 年 9 月)。

164. 劉鋒、臧知非,《中國道教發展史綱》,(台北:文津出版社,民國 86 年 1 月)。

165. 歐大年,《中國民間宗教教派研究》,(上海:上海古籍出版社,1993 年 7 月)。

166. 潘重規,《敦煌變文集新書》,(中國文化大學中文研究所印行,民國 73 年 1 月)。

167. 潘桂明,《中國禪宗思想歷程》,(北京:今日中國出版社,1992 年 11 月)。

168. 蔣維喬,《中國佛教史》,(台北:史學出版社,民國 63 年 1 月)。

169. 鄭志明,《中國善書與宗教》,(台北:台灣學生書局,民國 77 年 6 月)。

170. 鄭志明,《民間的三教心法》,(板橋正一善書出版社,【無出版年月】)。

171. 鄭志明,《明代三一教主研究》,(台北:台灣學生書局,民國 77 年 8 月)。

172. 鄭志明,《神明的由來》,(嘉義:南華管理學院,民國 86 年 10 月)。

173. 魯迅,《中國小說史略》,(香港:三聯書局有限公司,1999 年 3 月)。

174. 魯德才,《中國古代小說藝術論》,(天津:百花文藝出版社,1988 年 12 月)。

175. 蕭登福,《漢魏六朝佛道兩教之天堂地獄說》,(台北:台灣學生書局,民國 78 年 11 月)。

176. 戴玄之,《中國祕密宗教與祕密會社》,(臺灣商務出版社,民國 81 年 10 月)。

177. 濮文起,《中國民間祕密宗教》,(浙江:人民出版社,1991 年)。

178. 謝水順、李珽,《福建古代刻書》,(福州:福建人民出版社,1997 年 5 月)。

179. 謝昕、羊列容、周啓志,《中國通俗小說理論綱要》,(台北:文津出版社,民國 81 年 3 月)。

180. 韓秉方,《道教與民俗》,(台北:文津出版社,民國 86 年)。

181. 韓秉芳和馬西沙,《中國民間宗教史》,(上海:人民出版社,1992 年)。

182. 藍吉富,《佛教史料學》,(台北:東大圖書公司,民國 86 年 7 月)。

183. 藍吉富主編,《禪宗全書》,(台北:文殊文化有限公司,民國 78 年 12 月)。

184. 鎌田茂雄,《中國佛教通史》,(高雄:佛光文化事業有限公司,民國 87 年 9 月)。

185. 嚴耀中,《中國宗教與生存哲學》,(上海:學林出版社,1991 年)。

186. 釋東初,《中國佛教近代史》,(台北:中華佛教文化館,民國 63 年 9 月)。

187. 釋東初,《中華佛學研究所論叢(一)》,(台北:東初出版社,民國 78 年 5 月)。

188. 釋聖嚴,《明末佛教研究》,(台北:東初出版社,民國 81 年 2 月)。

189. 顧偉康,《禪宗六變》,(台北:東大圖書公司,民國 83 年 12 月)。

190. 顧偉康,《禪淨合一流略》,(台北:東大圖書出公司,民國 86 年 11 月)。

單篇論文

1. 于海根，〈試析明清徽州鹽商文化人格〉，（中國社會經濟史研究，1994 年第三期），頁 20～30。

2. 方志遠、黃瑞卿，〈江右商的社會構成及經營方式〉，（《中國經濟史研究》，1992 年第一期），頁 91～103。

3. 王三慶，〈三教開迷歸正演義讀後〉，1993 年中國古代小說國際研討會論文集，（北京：開明出版社，1996 年 7 月），頁 245～262。

4. 王世華，〈左儒右賈辨——明清徽州社會風尚的考察〉，（安徽師大學報，1991 年第一期總第七十六期），頁 52～60。

5. 王明蓀，〈李純甫之三教思想〉，《宗教哲學》，第四卷第一期，（台北中華民國宗教哲學研究社，民國 87 年 1 月），頁 38～48。

6. 王齊淵，〈傳統思想文化的深入反思〉，（《文學遺產》，1987 年第五期），頁 60～70。

7. 王衛平，〈明清時期太湖地區的奢侈風氣及其評價〉，（《學術月刊》，1994 年第二期），頁 56～61。

8. 巨克毅，〈中國宗教合一的歷史意義——傳統與現代的審視〉，《宗教哲學》，第三卷第一期，（台北中華民國宗教哲學研究社，民國 86 年 1 月），頁 38～51。

9. 申喜萍，〈李道純的三教合一思想研究〉，《宗教學研究》，（四川大學出版社，1998 年第四期），頁 115～118。

10. 羊華榮，〈道教與巫教之爭〉，《宗教學研究》，（四川大學出版社，1985 年第一期），頁 35～42。

11. 吳仁安，〈明清以來江南水鄉古鎮同里的社會經與文化風尚探微〉，（《學術月刊》，1996 年第五期），頁 95～99。

12. 吳承學、李光摩，〈晚明心態與晚明習氣〉，（《文學遺產》，1997 年第六期），頁 65～75。

13. 吳建國，〈從明清小說看文人的家庭生活與人格危機〉，（華東師範大學學報，1992 年第二期），頁 68～76。

14. 李叔達，〈成玄英論三一〉，《宗教學研究》，（四川大學出版社，1996 年第四期），頁 1～3。

15. 李夢生，〈三教開迷歸正演義提要〉，《明清小說研究》，（江蘇省社會科學院文學研究所明清小說研究中心，明清小說編輯部，西元 1992 年 12 月第三、四期），頁 480～487。

16. 李遠國，〈心法與空觀——兼及陳摶與佛學之關係〉，《宗教哲學》，第二卷第一期，（台北中華民國宗教哲學研究社，民國 85 年 1 月），頁 65～78。

17. 李遠國，〈論道教符籙的分類——兼及符籙與中國文字的關係〉，《宗教學研究》，（四川大學出版社，1997 年第二期），頁 39～47。

18. 李豫川,〈禪宗對陽明心學影響初探〉,(《內明》卷二七七,民國 84 年 4 月),頁 33~38。

19. 林國平,〈試釋林兆恩的九序氣功理論〉,《宗教學研究》,(四川大學出版社,1985 年 11 月第一期),頁 67~73。

20. 林國平,〈論三一教的形成和演變——兼與韓秉方、馬西沙先生商榷〉,(《世界宗教研究》,1987 年第二期),頁 60~73。

21. 邱敏捷,〈宋明理學「去欲」觀與佛法「離欲」說的異同〉,(《孔孟月刊》,第三十五卷第一期)。

22. 范金民,〈明清時期活躍於蘇州的外地商人〉,(中國社會經濟研究,1989 年第四期),頁 39~46。

23. 苟波,〈神魔小說中人物形象的道教內涵〉,《宗教學研究·道教研究》,(四川大學出版社,1998 年第二期),頁 45~52。

24. 苟波,〈道教仙傳與神魔小說中的去欲就善思想〉,《宗教學研究·道教研究》,(四川大學出版社,1996 年第三期),頁 45~47。

25. 苟波,〈道教與神魔小說的人物形象來源〉,《宗教學研究·道教研究》,(四川大學出版社,1996 年第四期),頁 29~35。

26. 苟波,〈道教與神魔小說的結構〉,《宗教學研究》,(四川大學出版社,1997 年第二期),頁 26~32。

27. 唐大潮,〈三教合一思想成因初探〉,《宗教哲學》,第三卷第一期,(台北中華民國宗教哲學研究社,民國 86 年 1 月),頁 52~63。

28. 唐大潮,〈論明清之際三教合一思想的社會潮流〉,《宗教學研究·道教研究》,(四川大學出版社,1996 年第二期),頁 29~37。

29. 唐大潮、石衍丰,〈明王朝與武當道教〉,《宗教學研究·道教研究》,(四川大學出版社,1996 年第三期),頁 7~12。

30. 夏咸淳,〈晚明文士與市民階層〉,(《文學遺產》,1994 年第二期),頁 85~91。

31. 荒木見悟,〈宋明思想史概觀〉,(《國文天地》,民國 81 年 10 月,卷八之五),頁 15~17。

32. 馬西沙,〈黃天教源流考略〉,《世界宗教研究》,(北京中國社會科學出版社,1985 年第二期),頁 1~18。

33. 高小康,〈市民文學中的士人趣味〉,(《文藝研究》,1997 年第期),頁 93~102。

34. 高建立,〈晚明人文主義思潮與社會風習的轉變〉,(《學術月刊》,1998 年第二期),頁 75~79。

35. 張正明,〈明清山西商人概論〉,(《中國經濟史研究》,1992 年第一期),頁 80~90。

36. 張誠道,〈王重陽與全真道形及神仙思想〉,《宗教哲學》,第三卷第二期,(台北中華民國宗教哲學研究社,民國 86 年 4 月),頁 117~130。

37. 張廣保，〈明清內丹思潮與陳攖寧學派的仙學〉，《宗教學研究》，（四川大學出版社，1997 年第四期），頁 21～29。

38. 張廣保，〈論中唐道教心性之學——兼與儒、禪心性論會通〉，《宗教哲學》（季刊），第二期，（台北中華民國宗教哲學研究）社，頁 73～87。

39. 張踐，〈新佛學、新道教和新儒學——宋金三教匯通論〉，《宗教哲學》（季刊），第二期，（台北中華民國宗教哲學研究社），頁 89～100。

40. 張橋貴，〈《西遊記》與明代道教〉，道教學探索，第八號，（成大歷史系道教研究室，民國 83 年 12 月），頁 361～372。

41. 張澤洪，〈中國大陸的全真道與正一道〉，《宗教哲學》，（台北中華民國宗教哲學研究社，民國 86 年 1 月，第三卷第一期）。

42. 張澤洪，〈唐宋元明時期的齋醮〉，《宗教哲學》，第二卷第二期，（台北中華民國宗教哲學研究社，民國 85 年 4 月），頁 125～133。

43. 曹仕邦，〈西遊記若干情節的本源十一探〉，（《中華佛學學報》，民國 81 年 7 月），頁 299～315。

44. 郭武，〈明清雲南儒釋道三教合流簡論〉，《宗教哲學》，第二卷第三期，（台北中華民國宗教哲學研究社），頁 167～176。

45. 郭英德，〈論晚明清初才子佳人戲曲小說的審美趣味〉，（《文學遺產》，1987 第五期），頁 71～23。

46. 陳兵，〈略論全真道的三教合一說〉，《世界宗教研究》，（北京中國社會科學出版社，西元 1984 年第一期），頁 7～21。

47. 陳寒鳴，〈明代中後葉的平民儒學與異端運動〉，（《浙江學刊》，1993 年第四期），頁 53～56。

48. 章尚正，〈徽商的生活情態與價值觀念〉，（《安徽大學學報》，1997 年第三期），頁 24～30。

49. 曾召南，〈宋元明皇室崇信真武緣由當議〉，《宗教學研究》，（四川大學出版社，1996 年第二期），頁 38～43。

50. 曾召南，〈明清茅山宗尋蹤〉，《宗教學研究》，（四川大學出版社，1997 年第四期），頁 48～53。

51. 曾春海，〈朱熹理學與佛學之交涉〉，《哲學與文化》，第二十六卷第九期，（台北哲學與文化月刊社，民國 88 年 9 月），頁 794～804。

52. 程越，〈金元時期全真道宮觀的道士生活〉，《宗教學研究》，（四川大學出版社，1997 年第二期），頁 48～52。

53. 黃霖，〈杜騙新書與晚明世風〉，（《文學遺產》，1995 年第一期），頁 92～102。

54. 楊昌年，〈西遊記的時代背景與意識指向〉，（《歷史月刊》，民國 85 年 8 月），頁 28～33。

55. 楊國榮，〈心性之辯：從孟子到王陽明——兼論王陽明重建心體的理論意蘊〉，

（《孔孟學報》，民國 85 年第七十二期），頁 153～173。

56. 詹石窗，〈磨鏡自鑒亦鑒人——王重陽詩詞創作略析〉，《宗教學研究》，（四川大學出版社，1997 年第二期），頁 20～25。

57. 劉學智，〈三教合一義蘊辨微——兼談心性論與當代倫理實踐〉，《宗教哲學》（季刊），第四期，（台北中華民國宗教哲學研究社），頁 73～82。

58. 蔡方鹿，〈佛教與二程理學〉，《宗教哲學》，第二卷第一期，（台北中華民國宗教哲學研究社，民國 85 年 1 月），頁 53～63。

59. 衛復華，〈明著名道士張三丰住鶴鳴山年代及其他〉，《宗教學研究·道教研究》，（四川大學出版社，1995 年第一～二期），頁 36～38。

60. 謝景芳，〈明人士商互識論〉，（《史學月刊》，1993 年第六期），頁 48～53。

61. 韓秉芳，〈從王陽明到林兆恩——兼論心學與三一教〉，（《宗教哲學》（季刊），第二期，台北中華民國宗教哲學研究社），頁 101～117。

62. 韓秉芳和馬西沙，〈林兆恩三教合一思想與三一教〉，（《世界宗教研究》，第三期，北京中國社會科學出版社，1984 年），頁 71～74。

學位論文

1. 李秀芬，《羅教的知識系譜與權力關係一個知識史的詮釋》，（台灣大學歷史研究所碩士論文，民國 83 年 6 月）。

2. 李進益，《天花藏主人及其才子佳人小說之研究》，（中國文化大學中國文學研究所碩士論文，民 77 年）。

3. 林惠勝，《王陽明與禪佛教之關係研究》，（台北師範大學國文研究所博士論文，民國 85 年 7 月）。

4. 林潛爲，《歡喜冤家研究》，（東吳大學中國文學研究所碩士論文，民國 86 年 7 月）。

5. 袁光儀，《明晚之儒家道德哲學與世俗道德範例研究》，（師範大學國文研究所碩士論文，民國 86 年 6 月）。

6. 張火慶，《三寶太監下西洋研究》，（東吳大學中國文學研究所博士論文，民國 81 年 5 月）。

7. 張曼娟，《明清小說評點之研究》，（東吳大學中國文學研究所博士論文，民國 79 年 5 月）。

8. 陳昭珍，《明代書坊之研究》，（台灣大學圖書館研究所碩士論文，民國 73 年 7 月）。

9. 陳益源，《元明中篇傳奇小說研究》，（中國文化大學中國文學研究所博士論文，民國 83 年 12 月）。

10. 陳翠英，《世情小說之價值觀探論》，（台灣大學中國文學研究所博士論文，民國 84 年 5 月）。

11. 游秀雲，《元明短篇傳奇小說研究》，（中國文化大學中國文學研究所博士論文，民國 85 年 6 月）。

12. 黃明理，《晚明文人型態之研究》，（台北師範大學國文研究所碩士論文，民國 78 年）。

13. 葉有林，《明代神魔小說中的法術研究》，（中國文化大學中國文學研究所碩士論文，民國 89 年 6 月）。

14. 劉恒興，《話本小說敘事技巧析論》，（中山大學中國文學研究所碩士論文，民國 83 年 6 月）。

15. 鄭光熙，《兩種水滸傳評點及其小說理論研究之一》，（政治大學中國文學研究所碩士論文，民國 80 年 6 月）。

16. 賴玉樹，《明代神魔小說之神格化人物研究》，（中國文化大學中國文學研究所碩士論文，民國 88 年 6 月）。

17. 賴旬美，《中國古代寓言型笑話研究》，（台灣大學中國文學研究所碩士論文，民國 87 年 1 月）。

18. 賴慧眞，《馮夢龍所輯民歌之風俗研究》，（師範大學國文研究所碩士論文，民國 89 年 6 月）。